Seadove

U0085464

Seadove

海鷗成立四分之一世紀・紀念

探偵事務所
Detective Office

世界推理小說之父

愛倫・坡的
偵探與驚悚小說

Edgar Allan Poe

最完整的譯本

柯南・道爾、史蒂芬・金、江戶川亂步的啟蒙者
「他是那個年代最偉大的作家，他的小說是藝術的傑作！」
　　　　　　　　　　——諾貝爾文學獎得主　蕭伯納

塑造出世界第一位偵探

以前所未有的手法，確立推理小說的所有模式
推理小說的最高榮譽——愛倫・坡獎（Edgar Allan Poe Awards）
「走偵探小說這條路的人，都會看見愛倫・坡的腳印。」
　　　　　　　　　　——《福爾摩斯探案》作者　柯南・道爾

作者/埃德加・愛倫・坡　譯者/葉盈如

目錄

埃德加·愛倫·坡

前言

埃德加・愛倫・坡（Edgar Allan Poe，1809～1849），19世紀美國詩人、小說家和文學評論家，美國浪漫主義思潮的重要成員。

愛倫・坡性格獨特、學識過人，很早就顯露出不凡的文學才華。就讀西點軍校期間，曾因寫詩諷刺軍官而在學員中深得人心。不過，愛倫・坡最初的寫作事業並不順利，這與他怪異的文風有關，哈珀兄弟出版社解釋說：美國讀者「顯然更偏愛整本書只包含一個簡單而連貫的故事……之作品。」

1843年，34歲的愛倫・坡以小說《金甲蟲》在徵文比賽中贏得100美元獎金，從此引起讀者關注。直至6年後去世，愛倫・坡名聲越來越大，關於他的評價分歧也越來越大。讚賞者將其奉為天才，抨擊者認為他不過是個精神錯亂的極端分子。愛倫・坡開始週期性地酗酒，並自我總結道：「我的敵人與其把我酗酒歸因於神志錯亂，不如把我的神志錯亂歸因於酗酒……那是一種介乎希望與絕望之間的、漫無盡頭的彷徨，如果我不一醉方休，就無法繼續承受那種煎熬。從我自己走向死亡的生命中，我感受到了一種新的——上帝啊！——無比悲慘的存在。」

縱觀愛倫・坡的小說，其關注點在於揭露人類意識及潛意識中的陰暗面。他透過非現實、非理性的表現方式，凸顯現代人的精神困頓。想像奇

特，情節怪異，色彩斑斕，充滿誇張、隱喻和象徵等修辭手法。這些特點集中體現在他的恐怖小說中。令人驚奇的是，其幽默小說也具有以上特點。學術界認為，愛倫‧坡的幽默小說成就非凡，大大提高了美國幽默文學的品味。不僅如此，愛倫‧坡的科幻小說也影響深遠，現代「硬科幻」小說的鼻祖凡爾納、「軟科幻」小說的代表威爾斯，都對愛倫‧坡推崇備至。

愛倫‧坡40歲就去世了，但為多個文學門類留下了典範。除以上所說，他還是舉世公認的「推理小說鼻祖」。一生只寫了五篇推理小說，但每篇都開創了一種模式：《莫格街謀殺案》開創了密室殺人模式，《瑪麗‧羅傑疑案》開創了「安樂椅偵探」形象，《金甲蟲》開創密碼破案的模式，《你就是殺人兇手》開創了心理分析破案模式，《被竊的信》是利用心理盲點破案。這五個短篇，確立了後世偵探小說的所有模式。

英國作家蕭伯納評論道：「坡的成就，主要表現在三個方面：評論家、詩人和短篇小說家。坡是在他那個年代最偉大的作家、雜誌評論家，他的詩精緻優雅，他的小說是藝術的傑作。」

我們這個集子，是從愛倫‧坡「藝術的傑作」中精選出來的。五篇偵探推理小說全部收錄。其餘各篇的選擇，主要是考慮其代表性；尤其是涉及「推理」、「案件」、「情仇」等因素的，更在選錄之列。

莫格街血案

不管海妖的歌聲如何，也不管阿基里斯用什麼名字混在女孩中間，即使最難破解的謎題，也有答案。

——湯瑪斯·布朗爵士[1]

分析作為一種才能，不太實在。我們往往會根據分析的效果評價一個人的分析能力。在分析這方面有天賦的人，總能從中獲得更多的快樂。大力士喜歡向別人展示體力，經常做可以鍛鍊肌肉的運動；分析力強的人喜歡向別人展示腦力，經常參加鍛鍊腦力的活動。對於分析能力強的人來說，只要能發揮他們的才能，哪怕是一件瑣碎的小事，也能讓他們興奮。他們喜歡研究神祕的事，破解謎題。在這種人眼裡，就算只能解開一個難題，也可以向人們展示他們的聰明才智。不過一般人很難理解這樣的做法，認為分析能力就是直覺。

---

1. 湯瑪斯·布朗爵士（1605～1682），英國作家和醫生。在英美被稱為「小作家裡的大作家」。這段話出自他的《甕葬》。《甕葬》是布朗1658年的作品，主要談論的是古人的喪葬，書中還表達了他對死亡的看法。——譯注

如果一個人精通數學——最好是高等數學，那麼他解決難題的才能或許非常高超。高等數學也被稱為解析，當然解析應該是最理想的稱呼。之所以稱高等數學為解析，是因為它運用了逆演算法。可計算不等於分析。比如下西洋棋的人，不會在分析上花心思，只會在計算上下功夫。所以下西洋棋對身心有益的說法不正確。大家不要誤會，我並沒有寫論文，只想在寫一篇有點離奇的故事之前，發表一些看法當作開場白。還要藉這個機會說明一下，把思考力用在跳棋上比用在西洋棋上更有作用。西洋棋這種東西，每顆棋子的用法和走法都很講究，讓人琢磨不透，人們常常把西洋棋的複雜當成深奧。在下西洋棋的時候，必須集中精力，只要稍微疏忽走錯一步，就會擾亂全域，以失敗告終。西洋棋的走法變幻莫測、紛繁複雜，所以出現疏忽的機率很高，通常十局中會有九局出現疏忽。最後能贏的總是那些精力集中的人，而不是頭腦靈活的人。相較而言，跳棋就容易得多，這門遊戲的變化極少，走法單一，疏忽的可能性也小，所以下跳棋的人注意力不用特別專注。兩個人下跳棋，頭腦稍微靈活一點的人總能笑到最後。比如玩跳棋的人只剩下四顆棋，肯定不會有人出現失誤。如果兩個棋手實力相當，就只有那個善於用腦、步步為營的人才能獲勝。遇到沒有應對辦法的情況，有分析力的人總是一門心思研究對手的想法，這樣就能找出應對對方的招數。有時候這些招數十分簡單，卻能誘使對方出現錯誤。

惠斯特牌戲[1]以能培養人們的計算能力出名，凡是頭腦聰明的人都能從中找到樂趣，沉浸其中。他們認為西洋棋非常枯燥，所以不願意下西洋棋。而且西洋棋需要人具有很強的分析力，人們絕對找不出與之類似的遊戲。不過，世界上能下好西洋棋的人，頂多擅長分析，但精通惠斯特的人，可以在任何複雜的場合取得勝利。我在這裡說的「精通」，是指瞭解這門遊戲，包括所有合法取得勝利的技巧。這種技巧複雜多樣，很少有人能在內心深處找到。觀察能力強的人，記憶力也強，所以能把西洋棋下好的人，也能玩好惠

---

1. 一種四個人玩的紙牌遊戲，與橋牌很像。——譯注

斯特。霍伊爾紙牌遊戲的規則（完全根據技巧制定）非常容易理解。人們認為精通此道的人都具備兩個條件：過目不忘和依據「本本主義」。如果正好碰到的情況規則裡沒寫，就能看出分析能力強的人的優勢。他們會進行觀察和推論，當然他們的牌友也會這麼做。敵我雙方瞭解彼此的深淺程度取決於誰的觀察能力更強，而不是誰的推論正確，因此學會觀察就變得非常重要。人們在玩牌的時候不會只顧自己的牌，也不會完全把心思放在輸贏上。他們也會關心局外事，比如觀察搭檔和對手的臉色；推測每個人手中拿牌的順序；根據每個人的神色推測王牌和大牌在誰手中。他們邊打牌邊察言觀色，其他人的表情是得意還是吃驚、自信還是沮喪，透過收集到的資訊進行思考，根據對方贏的時候收牌的神色，推測這個人下一把能不能繼續贏，再根據攤牌時候的表情，推測這是不是對方放的煙霧彈。具有這種能力的人可以從對方的言行舉止中捕捉到對自己有價值的資訊，對方隨口說的話、不小心掉落的牌、偶然翻開一張牌時小心謹慎的樣子、神情是困窘還是糾結、情緒是焦躁不安還是驚慌失措都難逃他的眼睛。玩個兩三局就可以猜到其他人手裡有哪些牌，就像每個人都把手裡的牌攤在桌面上給他看一樣，這可以使他在接下來的牌局中穩操勝券。

　　分析力絕對不可以和聰明畫等號，分析力強的人肯定聰明，但是聰明的人分析力不一定強。聰明通常表現在推斷能力和總結能力上。骨相學家認為人的推斷能力和總結能力是與生俱來的，這兩種能力由身體裡的某種獨立器官決定。我認為這種說法是錯的。這種與生俱來的能力經常表現在智力水準與傻子差不多的人身上，這一點引起了心理學家的注意。聰明與分析力的差別比幻想和想像的差別還大，但兩者的本質差不多。事實上，聰明的人喜歡幻想，喜歡分析的人想像力十分豐富。

　　讀者可以把接下來要講的故事當成對上文的注解。

　　18XX年春末夏初，我住在巴黎，認識了一叫西・奧古斯特・杜賓的公子哥，是個當地人。他家原本是名門望族，非常有錢，沒想到發生一場意外，從此家道中落，一貧如洗。他受到打擊，從此一蹶不振，也沒想過重新恢復家族聲望。還好債主心地善良，給他留下一點家產。從此他過上了精打

細算、維持溫飽的生活。他非常喜歡看書，當然在巴黎看書是一件很容易的事。

我第一次見到他，是在蒙馬特爾街的一家圖書館裡，當時我們在找同一本書。從那以後我們開始頻繁見面交談。交往的時間長了，他就把家裡的事說給我聽。法國人只要談到自己，就會把心裡話全說出來。他講的事總能吸引我。令我吃驚的是，他讀過很多書，而且想像力非常豐富。我當時正在巴黎尋找某些東西，能遇到他使我非常高興，我把這種心情如實告訴他。最後我決定在巴黎的這段時間跟他一起住。因為我的經濟狀況比他好，所以由我出錢在市郊日爾曼區租下一幢破舊的房子。這幢房子的外形很奇怪，位置也很偏僻。有人說這是一座凶宅，房子一直空著沒人住。我們沒有聽信這種迷信的話，按照兩個人的喜好把房子布置好。

如果人們知道我們住在這種地方，肯定會把我們當成精神病——不會傷害別人的那種。我們兩個隱居在這，不接受任何外人的來訪。我沒有把新的地址告訴以前的朋友，杜賓在巴黎一直獨來獨往，也沒人關心他會住在哪。就這樣我們開始了新的生活。

我的室友偏愛深夜，他認為漆黑的夜有著獨特的魅力，這是他的怪癖。我受到他的感染，也喜歡上了深夜，就像我會染上他的其他怪癖一樣。我經常沉浸在他的奇思妙想當中。時間不會永遠停留在黑夜，可我們有辦法讓屋裡保持黑暗。天剛曚曚亮，我們就把房子裡所有的百葉窗關上，點上兩隻蠟燭，放上香料，憑著這微弱的燭光，我們開始看書、寫字、談天說地。等到真正的黑夜來臨，我們會到大街小巷遊走，或繼續討論白天說的事，或四處溜達。每次都會逛到深更半夜，走到很遠的地方，在繁華的城市和閃亮的燈光中尋找精神刺激。這種精神刺激只能在默默的觀察中才能感受到。

我早就知道杜賓擁有特殊的分析力，但他在這種時候展示出來的能力還是令我十分敬佩。而且他好像也巴不得展示一下——如果不只是炫耀的話，他承認能在其中找到樂趣。他笑著對我說，他能看透大多數人的心思，因為大多數人都是玻璃心。他很容易就能猜到我在想什麼，還經常拿出證據證明他說的是正確的。這種時候，他的態度非常冷漠，臉上沒有任何表情，聲音

也提到最高，要不是他說話時的神態沉著冷靜，真以為他在發火。看到他這副樣子，我就會想起有關雙重性格的心理學說，並開始琢磨擁有豐富想像力和解決能力的杜賓。

看到這裡，大家不要以為我在寫充滿神祕色彩的故事或傳奇小說。我寫關於杜賓的事，不過是因為激動的心理作祟，當然這也可以稱為病態心理。接下來我會舉例說明他在這段時間說話的特點。

有一天晚上，我們在王宮附近的街上瞎溜達。兩個人各自想著心事，誰也沒有說話。大約過了十五分鐘，杜賓突然開口說了這麼一段話：

「這個傢伙身材矮小。沒錯，他可以去演雜技。」

「這還用說嗎，」我脫口而出。當時我正在思考，所以根本沒意識到杜賓說的就是我心裡的想法。等我冷靜下來，才發現這件事，這使我非常驚訝。

「杜賓，」我嚴肅地說：「我都糊塗了。說實話，剛才的事讓我感到很驚訝，我都開始懷疑是不是我的耳朵出了問題。你怎麼知道我在想……」然後我停下來，想看看他是不是真的知道我在想誰。

「你在想桑迪，」他說：「怎麼不繼續說了？剛才你不是在想，他身材矮小不適合演悲劇嗎？」

他說對了！我剛才的確在想這件事。原本桑迪在聖鄧尼斯街做皮匠，然後他迷上了戲劇，還登臺演過克雷比雍寫的悲劇中的角色澤克西斯，結果遭到大家的嘲諷。

「你可別跟我賣關子，」我大聲說：「快說你怎麼知道我在想什麼？」雖然我盡力掩飾，但還是露出驚訝的神色。

「看到那個賣水果的，你就想修鞋的那個人太矮了，不適合演澤克西斯或類似的角色。」

「什麼賣水果的！我可不認識賣水果的。」

「大概十五分鐘以前，我們剛走到這條街，有個人差點撞到你。」

這時我才想起來，剛才從西小街走過來的時候，確實有個人頭上頂著一大簍蘋果，差點撞到我，可是我不明白這和桑迪有什麼關係。

杜賓的臉上沒有任何吹噓的表情，他說：「這件事回頭再說，我一說你就明白。我先說說從看到那個賣水果的到我跟你說話的這段時間你在想什麼。你內心的活動大概圍繞著這幾個主題：桑迪、獵戶座、尼古斯博士、伊比鳩魯、石頭切割術、出現在街上的石頭、賣水果的那個人。」

　　在生活中，人們喜歡研究自己的想法，總會問自己：我怎麼會想起這個？回想自己的想法很有意思，有時候人們開始想的事和最後想的事完全沒有關係，這確實令人感到驚訝。剛才我聽到杜賓說出這樣的話，並且他說的每句話都是正確的，這確實讓我大吃一驚。他接著剛才的話題繼續說：

　　「剛才走出西小街之前，我們一直在談論馬，這也是我們說的最後一個話題。拐進這條街的時候，正好有個賣水果的頂著一個大簍子從我們身邊經過，有個修自行車的旁邊有一堆石頭，賣水果的把你撞到石頭上。你被一塊鬆落的石頭絆了一下，扭到了腳踝。你看上去很生氣，神情嚴肅地回頭看了看那塊石頭，念叨了幾句，轉身走了。我並沒有特別注意你的舉動，不過最近我總是喜歡觀察生活中發生的事。

　　「你的眼睛一直盯著人行道上的車印和坑坑窪窪的地方，我就知道你還想著那塊石頭。等走到拉馬丁巷，你才開始面帶笑容。我看見你動了動嘴，就知道你說的是石頭切割術，因為巷子的路上鋪了層疊的石塊，這個詞用在這種鋪路的方法上很奇怪。我知道如果你提到『石頭切割術』，就會想到伊比鳩魯的理論，因為我們前不久討論過這個問題。我跟你說過這個有名的希臘人提出的這個模糊的猜測，竟與後世證實宇宙進化的星雲說的理論一致。想到這，我就覺得你會抬頭看獵戶座大星雲，心裡也祈禱你能這麼做。結果你真的抬頭看了一眼，這時我就確定對你思路的推斷是正確的。昨天的《博物館報》刊登了批判桑迪的長篇大論，文章的作者嘲諷這個皮匠，說他換上厚底的戲靴，就忘了自己姓什麼，還加上一句我們經常說到的拉丁詩文：「改變第一個字母的發音。」

　　我之前跟你說過，這句詩說的是奧瑞恩②，以前寫作烏瑞恩，跟你說的時候我還諷刺過這種解釋，我知道你肯定不會忘。所以你看見獵戶座肯定會想起桑迪。看到你露出那樣的微笑，我就知道你想到了那個倒楣的皮匠。你

剛才一直駝背走，這會卻挺直了腰板，所以我斷定你想到了矮個子的桑迪，然後我打斷了你的思路，說桑迪那傢伙身材矮小，可以去演雜技。」

這件事過去不久，我們翻看著《論壇報》晚刊，不由得被一段新聞吸引了。

離奇的殺人案——今天凌晨3：00左右，聖羅克區突然傳來一聲慘叫，慘叫聲從莫格街一幢房子的四樓傳出，據說裡面住著列斯巴奈太太和她的女兒米耶·列斯巴奈小姐。大家想進去看看發生了什麼，結果費了半天勁也沒把門打開，最後只能用撬棍把大門撬開。八九個鄰居和兩個警察一起進去，這時候喊叫聲早已消失，大家走到二樓樓梯口，聽見樓上傳來吵架聲。等到了三樓，聲音就消失了。隨後大家分頭尋找，逐一查看房間。過了一會兒，有人發現四樓有個房間門反鎖了，於是召集大家撞開房門。房間裡的景象慘不忍睹，大家都嚇壞了。

傢俱破敗不堪，散落一地。屋裡有一個床架，床墊被扔在地上。椅子上放著一把沾血的剃刀，壁爐上放著一把花白的長髮，頭髮上染著鮮血，好像是直接從頭上拽下來的。在地板上發現了四枚拿破崙幣、一個黃玉耳墜、三把大銀勺、三把小白銅茶匙、兩個錢袋子——袋子裡裝了四千法郎金幣。房間的角落裡有一個五斗櫃，櫥櫃裡的抽屜全部拉開，但裡面的東西都在。床墊底下發現了一個小鐵箱。鐵箱開著，鑰匙插在鎖孔裡，箱子裡有幾封信還有一些文件。

列斯巴奈太太不在房間裡。壁爐裡發現了很多煤灰。大家檢查了一下煙囪，竟然在裡面發現了列斯巴奈小姐的屍體，當時她的身體有一大截在煙囪裡，身上還有溫度。認真檢查以後發現她的身上有很多擦傷，應該是把她硬塞進煙囪裡時弄的。她臉上有抓痕，喉嚨上有黑色的瘀傷和指甲印，應該是被人掐死的。

大家仔細搜查了整幢房子，也沒找到什麼線索。人們來到房子後面的小

---

2. 獵戶座英文詞為「Orion」，這裡是音譯。——譯注

院子裡，在那兒發現了列斯巴奈太太的屍體，她脖子上有一道深深的割痕，大家想抬起屍體，結果發現頭被割斷了。列斯巴奈太太的身上和頭上全是割痕，尤其是身體，已經完全看不出原來的樣子。

本報認為，這件令人震驚的血案到現在還沒找到任何關於兇手的線索。

第二天的報紙上又刊登了一段報導：

莫格街慘案——據說與這件慘案相關的人都被傳去問話，結果仍然沒有找到有關兇手的線索。接下來將展示幾段重要證詞。

鮑蘭・迪布林，洗衣婦，與兩位死者認識三年。三年來一直為她們洗衣服。列斯巴奈太太為人和善，她的女兒善良孝順，母女倆的關係很好。她不知道兩人的生活方式和收入來源，但她們給她的工錢不少。列太太好像以算命為生，應該有些積蓄。每次去她家取送衣服，都看不見人。她們家裡肯定沒有傭人。整幢房子只有四樓有傢俱。

皮埃爾・莫羅，菸草商，本地人。列太太四年前開始從他這購買菸草和鼻煙。死者和她女兒在那幢房子裡住了六年多。列斯巴奈太太曾把這幢房子租給一個珠寶商，這個珠寶商將樓上的房間全都租給別人。列斯巴奈太太看到租戶把房子弄得亂七八糟，就搬進去住，並且不再向外出租。老太太的個性像個小孩兒。在她們居住的六年時間裡，證人見她女兒的次數屈指可數。據說兩個人非常有錢，過著與世無爭的日子。鄰居們都說列斯巴奈太太是個算命的，可他不相信。屋子裡除了老太太和她女兒，就只有一個腳夫和一個大夫來過。此外再也沒見誰進過屋子。

還有很多人——都是鄰居，提供的證詞大致相同。據說沒有誰經常出入那間房子，也不知道列太太和她女兒有沒有其他親人。房子前面的百葉窗很少打開，後面的百葉窗一直關著，四樓的那個房間總開著窗戶。那幢房子建造的時間不是很長，是個好房子。

伊西佗爾・米塞，警察。凌晨三點的時候，有人請他去那幢房子。等他到的時候看見有二三十個人正在撞門，最後用刺刀——不是撬棍——把門撬開了。因為這扇門是雙扇門，上下沒有門閂，所以很容易就打開了。房子裡傳出來一陣一陣的喊叫聲，直到把門打開，聲音才停止。這聲音非常響亮，

持續時間很長，像是有什麼人在痛苦的哀嚎。走到二樓樓梯口，傳來兩個大人吵架的聲音——一個粗狂一個尖細，這聲音聽起來很奇怪。嗓音粗狂的是個法國男人，可以清楚地聽到他說「該死」、「活見鬼」。嗓音尖細的是個外國人，好像是西班牙人，聽不出來是男人還是女人，也聽不清說了什麼。他對室內情況和屍體情況的描述與昨天早報的描述一致。

亨利・狄法爾，銀匠，死者的鄰居。他跟著第一批人來到房子裡，與米塞的證詞大致相同。那天雖然是半夜，但門外仍然聚集了很多人，他們進門以後，馬上把大門鎖上，防止外面有人進來。他認為那個嗓音尖細的人不是法國人，是義大利人，聽聲音不像男人，好像是女人。證人不懂義大利語，不過聽說話的口音像義大利那邊的。證人認識列太太母女，他們經常在一起聊天，可以確認嗓音尖細的這個人不是死者。

奧丹海梅爾，飯店老闆，自己主動跑過來提供證詞。這個人的原籍是阿姆斯特丹，不會法語，接受訊問時有翻譯。他路過那兒的時候，聽見房子裡有人喊救命，喊了大約十分鐘，聲音陰森可怖，響亮持久。據說他跟著大家一起進到房子裡，提供的證詞與上面的人說的差不多，只是說到嗓音尖細的那個人時，堅稱其是個法國男人。那個人說話的時候非常慌亂，語氣中充滿恐懼，聲音刺耳，聽不清到底在說什麼。嗓音粗狂的那個人嘴裡重複說著「該死」、「活見鬼」這兩句話，還說過「天吶」。

茹爾・米尼亞爾，銀行家。老米尼亞爾是德羅雷納街米尼亞爾父子銀行的老闆。八年前的春天，列太太在這家銀行開了帳戶，經常往裡面存些小錢。列太太死的前三天，把帳戶裡的四千法郎全部取走。列太太提取的全是金幣，由一個銀行職員送到她家。

阿道夫・勒・本，米尼亞爾父子銀行的職員，那天中午他拿著兩個袋子——裡面裝著四千法郎金幣——和列斯巴奈太太一起來到那幢房子。打開大門的時候，看見列小姐從樓下走下來。列小姐從他手裡接過一袋金幣，列太太接過另一袋，他鞠躬行禮，轉身離開。當時街上沒人——這是一條偏僻的小街。

威廉・伯德，裁縫，是個英國人，兩年前來到巴黎。那天他跟著第一批

人上了樓，聽見樓上吵架的聲音，嗓音粗狂的那個是法國人，證人聽見這個人說了幾句話，只記得兩句「該死」和「天吶」，剩下的想不起來了。當時還聽到一陣扭打的聲音。嗓音尖細的那個人說話聲音比粗狂的那個人的聲音響亮，像個女人，不是英國人，好像是德國人。證人不會德語。

上面這四個人又被傳訊了一次，都說來到列斯巴奈小姐的房間時，房門從裡面反鎖了。當時現場非常安靜，沒聽見呻吟聲，也沒聽見來回走動的聲音。他們撞開門以後發現房間裡沒人，窗戶都是從裡面拴上的；前房和後房之間的房門沒有上鎖，但都關著；通向過道的前房房門鎖上了，鑰匙插在鎖孔裡。四樓房間對面的過道盡頭有個小房間，房門半開著，裡面擺滿了舊床架、箱子等，他們認真檢查過這些東西。房子裡的所有地方都經過仔細檢查，就連煙囪也仔細清掃過。這幢房子共有四層，上面還有一間閣樓，屋頂有天窗，被釘得嚴嚴實實。從聽到吵架聲到闖進房間到底花了多少時間，四個人的說法始終無法統一。有人說用了三分鐘，有人說用了五分鐘。但撞開房間門時的確費了一番功夫。

阿豐索‧加西奧，殯儀館老闆，原籍西班牙，住在莫格街。跟著大家一起進到屋了裡，沒有上樓，天生膽子小，怕被嚇出毛病。他聽到樓上傳來吵架的聲音，嗓音粗狂的那個是法國人，聽不清在說什麼。嗓音尖細的那個是英國人。他不懂英語，是根據對方說話的口音做出的判斷。

埃爾貝托‧蒙塔尼，糖果店老闆，跟著第一批人上樓。嗓音粗狂的那個是法國人，能聽清幾句，好像在勸說什麼。嗓音尖細的那個人說話又急又亂，聽不清說了什麼，好像是個俄國人。證人是個義大利人，沒跟俄國人說過話。其他證詞與前面的證人提供的情況相同。

以上幾個證人又被傳訊過，都說四樓每個房間的煙囪都很小，不能通過一個人。他們把房間裡的煙囪都通了一遍，通煙囪的工具是掃煙筒人用的那種掃帚。房子沒有後門，我們上樓的時候沒看見有人從樓上下來，列斯巴奈小姐的屍體牢牢嵌在煙囪裡，四五個人用力拖拽才把她弄出來。

保羅‧迪馬，醫生。黎明時分，有人請我過去驗屍。當時兩具屍體放在列斯巴奈小姐房間的床架子上，小姐渾身都是擦傷，可以看出她是被硬塞進

煙囪裡的。下頷處有幾道抓痕和幾塊瘀青，瘀青的地方顯然是指痕。死者的臉色完全變了，眼睛凸出來，有一部分舌頭被咬穿了，心窩上有一塊瘀青，是用膝蓋壓的。迪馬先生說列斯巴奈小姐是被掐死的，目前還不能確定兇手人數。老太太的屍體慘不忍睹，右腿和右臂的骨頭被壓碎，左肋骨和左脛骨碎得厲害，身體完全變了顏色，佈滿瘀傷。這樣的傷痕只能由一個強壯的大力士拿著粗鐵棍或大木棒，或掄起一把椅子或沉重的鈍器才能造成，肯定不是女人弄的。證人看見死者的時候，死者的頭和身體已經分開，頭骨全碎了，喉嚨被割斷，兇器可能是剃刀。

亞歷山大·埃迪安，外科醫生，和迪馬先生一起去驗屍，證詞與迪馬先生一致。

隨後傳訊了其他幾位證人，但並未獲得新的線索。透過細節來看，這件兇殺案實在是迷霧重重，毫無頭緒，這在巴黎還真是前所未有的奇案。而且這個案子一點線索也沒有，警方到現在都沒辦法偵破。

該報晚刊報導的消息：

現在聖羅克區的人十分驚慌，雖然警方再次仔細搜查了那幢房子，也重新傳訊了證人，但卻沒有任何進展。

報導中還說警方已經逮捕了阿道夫·勒·本。透過該報之前的報導來看，沒有任何證據證明他有罪。

杜賓非常關注這件案子，雖然他什麼都沒說，但我能看出來。知道勒·本被抓以後，他問我對這件事有什麼看法。

我只能說這件案子毫無頭緒，看起來沒有任何可以抓到兇手的線索。

「咱們可不能根據證詞來破案，」杜賓說：「巴黎警察總覺得自己很聰明，在我看來，那頂多是狡猾。他們辦案只有一種辦法，根據證詞判斷兇手是誰。他們說掌握很多破案方法，可是經常弄巧成拙，就像儒爾丹[3]先生想

---

3. 法國喜劇作家莫里哀寫的小說《貴人迷》中的人物。——譯注

穿著睡衣欣賞音樂一樣。當然他們也能偵破案子，不過大多數時候破案都靠巴結，如果不能施展這種才能，就不能如期破案。比如維多克④擅長推理，做事很有毅力，但他沒有接受過這方面的教育，偵查的時候專心過頭，反而會出現很多錯誤。他總是離事物太近，這樣會使真相變得扭曲。這樣的做法可以使他看清一兩點，卻容易忽略全域。有些事非常奇妙。真相永遠不會埋藏在井底。我覺得真正重要的知識往往是簡單的。事情的真相並不在我們看不見的地方，反而就在我們抬頭就能看見的地方。我們可以用對天體的觀察來說明這種錯誤的觀察方式和來源。你抬頭看星星的時候，只要把視網膜外部對準星星就可以準確捕捉到星光，也可以看得很清楚。視網膜外部對微弱光亮的感覺強於內部，所以當你集中精神看星星的時候，星光反而會變得微弱。當視線全部對準星星的時候，星星就照在眼睛上，只要我們瞟一眼，就能看的更真切。認為事物過於深奧，反而會使思想變得模糊。如果集中精神盯著天空，就連金星的光也會變弱。

「話說回來，這兩條人命案需要先深入調查一番才能進行下一步，能夠私下過去看看現場，也是件開心的事（我心想你這話說得倒挺奇怪，不過我沒有說出來）。另外勒・本曾經幫我辦過事，我可不是忘恩負義的人。我們親自到現場看看，而且我認識警察廳長，他肯定會放我們進去。」

得到許可，我們立刻趕往莫格街。這條街位於舍利爾街和聖羅克街之間，街面上到處都是垃圾。那裡離我們住的地方很遠，當我們趕過去的時候已經快到黃昏了。我們一眼就認出了那幢房子——房子外面站了很多人，好奇地打量著緊閉的百葉窗。這幢房子是普通的巴黎式房子，大門旁邊有一個小房子，窗戶上有塊活動的玻璃，寫著「門房」二字。我們沒有直接進門，而是先走到街的盡頭，拐進一條巷子，轉了一個彎來到房子後面。走過來的路上，杜賓仔細查看著房子四周的街面。我看了半天也沒看出什麼名堂。

我們按照原路返回到房子前面，按了門鈴，掏出證件給看守人員查看，

---

4. 十八世紀法國神探。——譯注

然後走進房子裡。我們來到列斯巴奈小姐的房間，母女倆的屍體還擺在床架上。房間裡依舊很亂，和《論壇報》上報導的一樣。杜賓把房子裡所有的東西都檢查了一遍，包括被害人的屍體。然後他又查看了其他房間和發現列太太屍體的小院子，在我們查看的過程中，有個警察一直跟著我們。檢查完的時候，天已經黑了。回家的路上，杜賓去日報館待了一會。

上面提到過，我這個朋友經常冒出一些奇怪的想法，對這些想法我向來不予理會⑤——英語裡找不到合適的同義詞。回來的時候他沒有向我透漏有關案件的資訊，這符合他的性格。等到第二天中午，他突然問我在現場有沒有什麼特別的發現。

聽到他強調「特別」這兩個字，我感到很吃驚。

「沒，沒發現什麼特別之處，」我說：「和報紙上刊登的內容沒什麼差別。」

「報紙上可沒說這件案子有多恐怖，」他說：「不過先別管報紙上那些沒有依據的說法。現在大家都覺得這件疑案沒法破解。我認為本案擁有超越常規的性質，事實上，要破解這件案子很容易。因為警察不知道兇手為什麼用這麼殘暴的手段殺人——我說的不是殺人動機，所以不知道應該如何破案。樓上只有列斯巴奈小姐的屍體。在那種情況下，即使有人也不可能在眾目睽睽之下逃走，可人們清楚地聽見樓上傳來兩個人爭吵的聲音。這兩件事相互矛盾，所以警察局也弄不明白。房間裡被翻得亂七八糟，屍體被塞進煙囪裡，老太太屍首分離。在這些情況下，警察吹噓的破案手法一點也用不上。他們犯了一個常人經常犯的錯誤，把這種不常見的事看得太神祕。如果想要找到事情的真相，就不要按常規方法辦事。比如我們現在做的調查工作，與其問『發生了什麼事』，還不如問『發生了什麼以前沒發生過的事』。說實話，這件案子我已經破解了。我認為容易的事，警察卻認為很困難，兩者形成了強烈的反差。」

---

5. 原文是法語。——譯注

我吃驚地看著他。

「我在等一個人，」他看著房門說，「這個人不是兇手，但跟這件案子有關。不過我認為這個案子最殘忍的一個環節跟他沒關係，希望這個推測是正確的，因為這是破案的關鍵。我現在很期待那個人能來，當然他也許會來也許不會來。如果他來了，就要想辦法讓他留下。這是手槍，我們都知道該怎麼用。」

我接過手槍，不知道接下來要做什麼，也沒法相信聽到的事。杜賓沒有理我，像在自言自語地繼續說下去。我早就說過，遇到這種情況，他總是無法集中精神。他那些話是對我說的，但卻像在跟遠處的人說話，兩隻眼睛迷茫地看著牆面。

「大家在樓梯上聽到的吵架聲不是列太太母女的，已經有很多人證明了這一點，」他說：「可以排除老太太先殺了女兒再自殺的可能。我這樣說是為了說明殺人手法，列斯巴奈太太不可能有那麼大的力氣把她女兒塞進煙囪裡，而她自己身上全是傷，所以她不可能自殺。殺死她們的人就是嗓音尖細的那個人。接下來我們說說這些證詞，先不說有關吵架聲的證詞，只說證詞中特殊的地方。你發現特殊的地方了嗎？」

我說大家一致認定嗓音粗狂的那個是法國人，但是嗓音尖細的那個人，大家的說法各不相同。

「那是證據，不是證據中特殊的地方。雖然你沒看出來，但它確實存在。無論是義大利人、法國人、英國人、荷蘭人、西班牙人，都說那個嗓音尖細的人是外國人。這些人肯定地說他不是本國人，而且每個人說出來的語言都是他們不會說的那種。比如，法國人說是西班牙語，『如果他會說西班牙語，他應該能聽懂幾個字。』荷蘭人說是法語，可他卻說自己不懂法語，接受訊問的時候旁邊有翻譯。英國人認為是德語，但『他不會講德語』。西班牙人『認定』那個人是英國人，可他卻是根據『說話的腔調判斷出來的』，『因為他根本聽不懂英語』。義大利人認為那個人是俄國人，但他『卻從來沒和俄國人交談過』。另外還有一個法國人，他的說法跟第一個法國人說的不一樣。他說那個人是義大利人，和那個西班牙人一樣，他是從

『說話的腔調判斷出來的』，因為他根本不會義大利語。你看，那個尖細的聲音多神奇，透過證人提供的證詞根本無法判斷是哪國人。估計歐洲五大區域的公民都不知道這種語言吧！也許你會說，他可能是亞洲人或非洲人。可在巴黎的亞洲人沒幾個，非洲人也屈指可數。當然也不能完全排除這種可能。現在你要注意三點：有個證人說這聲音『不是尖細，是刺耳』；還有兩個證人說那個人的聲音聽起來非常慌；沒人聽清他說了什麼。

「我不清楚你聽完這番話，是怎麼想的。我認為根據嗓音粗狂和尖細這部分證詞可以得出合理推論，推論的過程中會產生疑問，順著這個疑問可以進行深入調查。剛才我提到了『合理推論』，我認為我說的不夠準確，我本來想說這種推論是唯一的、合適的，它必然會產生疑問。不過，我暫時不會告訴你這個疑問是什麼。而我的疑問不是空穴來風，搜查房間的時候，我心裡已經有了調查方向和目標。

「假設咱們現在回到了那個房間，去房間幹什麼呢？首先尋找兇手逃走的方法。我們倆都不相信這個世界上有妖魔鬼怪，所以列斯巴奈太太母女肯定不是被妖怪殺死的。兇手是個活生生的人，他不可能化作一縷青煙逃走。那兇手到底是怎麼逃出去的呢？我們可以把兇手逃走的方法列出來，再進行深入研究。當大家上樓的時候，兇手確實就在樓上列斯巴奈小姐的房間，或隔壁房間，我們只要在這兩個房間找到出口就可以。警察已經檢查過房間裡的天花板、地板、磚牆，沒有發現密道。我過去的時候也仔細查看過，確實沒發現祕密出口。過道裡的兩扇房門都上了鎖，鑰匙插在鎖孔裡。屋子裡煙囪的寬度跟普通的煙囪一樣，距離爐子大概有八九英尺，這個煙囪連大一點的貓都裝不下。兇手不可能從這兩個地方逃走，那就只剩下窗戶了。要想從前房的窗戶逃走，肯定會被街上那群人發現，所以兇手肯定是從後窗逃走的。既然得出這樣的結論，那我們就應該去證明一下這個結論是否正確。

「房間裡有兩扇窗戶，有一扇前面沒有傢俱遮擋，另一扇被笨重的床架擋住了下半部分。沒被遮擋的窗戶在裡面拴上了，用多大力氣也拉不動。左邊窗戶框上釘著一根大釘子，另一邊也用一根釘子釘上，不管用多大勁，都沒辦法拉動這扇窗戶。警察認為兇手不可能從這兩扇窗戶逃走，所以他們沒

有拔掉釘子，打開窗戶檢查。

「我做調查的時候比較嚴謹，因為我知道越是說不通的事，越有可能是正確的。

「所以我就從後往前推，兇手肯定是從這兩扇窗戶中的一扇逃走的。可窗戶明明從裡面拴著，如果兇手從窗戶逃走了，就沒法從裡面拴上——警察才不會在這麼明顯的事上下功夫。所以我推測窗戶可以自動拴上。我走到那個沒有遮擋的窗戶前，把釘子拔掉，準備把窗戶推上。結果怎麼都推不上，我就知道這上面裝了彈簧，而且這個想法也得到了證實。不管釘子有多奇怪，至少窗戶有問題這個前提是對的。我仔細查找了一番，找到一個開關。發現了這個開關以後，我感到很開心，所以就沒急著把窗框推上。

「我把釘子重新釘好，如果有人從窗戶跳出去，窗戶就會自動關好，彈簧也會碰上，但釘子卻不會重新釘上，這樣我就可以縮小偵查範圍。兇手肯定是從另一扇窗戶逃走的，兩個窗戶上的彈簧一樣，那麼釘子上肯定有不同的地方，比如釘子的釘法。我站在床架上，仔細觀察著另一扇窗戶，我向床頭後面伸手，摸到一個彈簧，跟先前檢查過的那扇窗戶一樣。我檢查了釘子，跟另一個釘子的釘法一樣。

「你會說這可把我難住了。要真是這樣的話，肯定是我把歸納法的道理弄錯了。用體育界的一句話來說，我可是有『十足的把握』。線索一直是完整的，也沒漏掉任何一個環節，我已經追查到這件迷案最深的地方，也就是那個釘子。我剛才說了，這根釘子看上去和另一扇窗戶的釘子一模一樣。雖然看上去是這樣，可實際上這兩根釘子有很大的不同。當時我說：『這根釘子肯定有問題。』我伸手一摸，發現釘子頭是鬆的，於是我拔出釘子頭，發現釘子斷了，裡面留著三分之二的釘子。斷開的地方生鏽了，看來釘子老早就斷了。從斷了的地方看，應該是錘子錘斷的。我把釘子頭重新放回去，就恢復成了一顆完整的釘子，完全看不出有裂縫。我按下彈簧，輕輕把窗框推上去，釘子頭也跟著一起推上去。等我把窗戶關上的時候，釘頭與釘身重合了。

「調查到這裡，案情總算有了實質的進展。兇手從床架擋住的那扇窗戶

22
埃德加・愛倫・坡

逃走。兇手逃出去以後，窗戶就自動關上了，當然也有可能是兇手關上的。警察以為窗戶上釘了釘子，所以就沒有繼續追究，但其實窗戶關上的原因是那個彈簧。

「現在我們要研究的問題是，兇手怎麼跳下去的。我在屋子裡繞了一圈以後，就知道了。距離窗戶五英尺半的地方有一根避雷針，沒人能從上面直接跳到窗戶上。我看到四樓的百葉窗很特別，是巴黎木匠師傅做的『鐵格窗』——現在人們很少用這樣的窗戶，不過這種款式在里昂和波爾多的某些古老的宅邸很常見。這種窗戶像普通的單扇門，下半部分是格子窗或鐵柵欄，很容易讓人抓握。列斯巴奈太太家的百葉窗足足有三英尺半寬，我們當時繞到房子後面檢查時，我看見兩扇百葉窗半開著，也就是說，百葉窗正好和牆面形成了直角。警察應該也到房子後面檢查過。如果他們檢查過，就會注意到這兩扇鐵格窗的寬度，不過他們沒有在意這件事。他們也認為兇手不會從這裡逃走，所以就沒用心檢查。可我認真觀察過，床頭的那扇百葉窗完全打開後，距離避雷針還不到兩英尺。另外，只有身手不凡、充滿勇氣的人才可能從避雷針爬到窗戶上。假設這扇百葉窗已經完全打開，與避雷針之間的距離只有兩英尺半，兇手完全可以抓到百葉窗上的鐵格子跳過來，如果當時裡面的窗戶也開著，他可以直接跳進房間裡，還可以順手把百葉窗關上。

「要特別強調一點，能做出這麼危險和困難的事的人，肯定擁有矯健的身手和過人的膽量。我之所以這樣說，是想告訴你兇手可以跳窗戶逃走，不過這需要他擁有令人驚嘆的身手。

「你肯定會說『請拿出證據證明一下』，這在法律上行得通，在推論上卻不行。我還是暫時低估一下兇手的身手比較好，我的目的只是想知道事情的真相。跟你說了這麼多是想讓你把我剛才說的話連結起來，非常敏捷的身手、尖細或刺耳的聲音、慌亂的爭吵聲、不知道哪個國家的語言、聽不清楚的發音。」

我好像明白了他說的意思，又好像沒有明白。這感覺就像隱約能記起一件事，又怎麼也想不起來一樣。杜賓繼續往下說：

「不用我說你也知道，兇手進來的方式和出去的方式相同，地點也相

同。現在我們來說說房間裡的情況，五斗櫃的抽屜都開著，應該有人翻動過，據說兇手進來是想偷東西，可裡面的東西都在，所以這種說法不過是一種猜測。可我怎麼知道裡面沒有丟東西呢？列斯巴奈太太母女過著隱居的生活，她們很少跟別人來往，也不怎麼出門，看得出來抽屜裡的衣服都是最好的，如果有人進來偷東西的話，為什麼不把這些最好的衣服偷走？還有他為什麼不直接把四千法郎金幣拿走，反而偷那些不值錢的衣服呢？銀行老闆米尼亞爾說的那筆錢紋絲不動地放在那，警察卻因為證詞裡說過銀行職員把錢送到門口，就錯誤地認為兇手的殺人動機是劫財。希望你別抱著這樣的想法。銀行職員把錢送過去，收款人在三天之內就被殺了，這種事經常發生，以前也沒見誰這麼在意過。通常情況下，巧合是思想家的絆腳石，他們不懂或然性理論——這種理論幫助人類科學研究取得了重大成就。就目前這個案子來說，如果金幣被偷，三天前送錢的事就不是巧合。這樣一來，反而能證實關於動機的說法。假設本案的動機就是圖財害命，可那麼多金幣放在地上不拿，只能說兇手是個傻子。

「還有之前我重點強調的幾點：特殊的聲音、矯健的身手、沒有動機的兇殺案。現在我們看看現場慘不忍睹的狀況吧！房間裡的那個女人被人掐死後，塞進煙囪裡。通常情況下，兇手不會用這樣的方式殺人，也不會用這種方式毀屍滅跡。兇手藏屍的方式確實有些特別，就算是最兇殘的人也不會這麼做。想想看，好幾個人一起用力都沒把她拽出來，兇手得有多大的力氣，才能把人塞進這麼小的空間。

「還有壁爐上有幾把連根拔起的花白頭髮，就算要從頭上拽下二三十根頭髮，也要費好大的勁，更何況我們看見的那幾把頭髮是連皮帶肉一起拔下來的，由此可見兇手的力氣比正常人大出好幾十倍，說不定它可以一下拔掉50萬根頭髮。再者，老太太被人割斷了頭，兇器竟然是一把剃刀。我希望你注意到這些殘忍的手段。我先不說列斯巴奈太太身上的瘀傷。迪馬先生和他的助手說這些傷痕是由鈍器造成的，我十分贊同他們的說法，這種鈍器就是鋪在院子裡的石頭，兇手把被害人從床頭的那扇窗戶裡扔了出來，可警察卻忽略了這件事，就像他們忽略那扇百葉窗的寬度——因為那兩根釘子——一

樣，就這樣他們的腦子被堵住了，根本沒想到窗戶可能打開過。

「你可以好好回想一下，我們可以把房間的混亂情況和這幾點結合起來考慮：矯健的身手、超出常人幾十倍的力氣、殘暴的獸性、沒有殺人動機的慘案、完全違反人性的手段、被很多國家的人聽成外國人的語言、沒有清晰的音節。總結一下這些特點，你能得出什麼結論？」

聽到杜賓的這個問題，我心裡很緊張：「這個人是個瘋子，肯定是附近療養院的瘋子跑出來幹的。」

他說：「這種說法倒也合理，可就算瘋子犯病了，跟樓上聽到的聲音也不一樣。瘋子也是有國籍的人，就算他們說話沒有邏輯，也應該能聽出音節吧！再看看我手裡的毛髮，是從列斯巴奈太太手裡找到的，你說這是什麼？」

「杜賓！」我嚇了一跳，虛弱地說：「這不是人的毛髮啊！」

「我也沒說是人的。不過在這點沒確定之前，我先給你看看這張草圖，上面畫的是根據部分證詞描述的列斯巴奈小姐喉部『深黑的瘀傷和指甲印』，迪馬和埃迪安先生說：『有幾塊青色的瘀痕，很明顯是指痕。』

「從圖中可以看出，」他把那張草圖攤在桌子上，繼續說：「當時掐得有多用力，多牢固。從瘀痕來看，根本看不出當時有鬆開過的痕跡，每個指頭都嵌在肉裡，直到把死者掐死才鬆手。你可以把手指放在這幾個指印上。」

我伸手試了一下，可是不行。

「這樣試可能沒效果，紙上的指痕是平面圖，可人的脖子是有弧度的。這裡有根木柴，粗細跟死者的脖子差不多，現在把這張圖紙包在上面，你再試一下。」

我又試了一下，這次更不行了。

我說：「這個指印不是人的。」

杜賓說：「還是看看居維易的這篇文章吧！」

這篇文章描述了東印度群島的茶色大猩猩的一般特徵和解剖大猩猩的詳細過程。大家都知道這種哺乳類動物身材魁梧、身姿矯健、力大無比、生性

殘暴、喜歡模仿。看完這些描述，我瞬間明白這是怎麼回事。

我說：「上面描述了爪子的特徵與圖上的這個一模一樣。除了這個大猩猩以外，我沒發現哪種動物的爪子印符合你畫的這個指印。還有這撮毛髮與居維易描寫的一模一樣。不過有些地方我還是不明白，大家都聽到吵架的聲音，裡面確實有個法國人。」

「沒錯，這些證人的證詞裡出現過同一句話『天吶』。糖果鋪老闆蒙塔尼說，這句話聽上去像是在勸告對方。所以我就把希望寄託在這句話上。有個法國人瞭解這個案子，當然這件事可能跟他沒關係，也許猩猩是從他那逃出來的，也許他來到了這個房間，可當時的情況很混亂，他根本沒法抓住猩猩。也許到現在為止，他也沒抓住那隻猩猩。我不能繼續猜下去了，因為這種猜測沒有足夠的證據支撐，就連我自己也不知道對錯。所以我們暫時把這當成猜測來談吧！昨天回家的路上，我到《世界報》刊登了一段廣告，如果這件慘案真的跟這個法國人沒關係，他看到這段廣告就會來我們的住所。《世界報》專門報導航運界的新聞，水手們最喜歡看。」

說完杜賓遞給我一張報紙，上面寫著這樣一段廣告：

招領——某天清晨（案發當天早上）在布倫林裡發現一隻婆羅洲巨型茶色猩猩。據說這隻猩猩的主人是馬爾他商船上的一名水手，只要失主能說明失物情況，核實準確後，支付一些抓捕和留養的費用，就可以領回去。地址：市郊聖日爾曼區某某路某某號。

我問他：「你怎麼知道這個人是馬爾他商船上的水手？」

「我也不太確定，不過這有一根緞帶，看樣子像水手紮頭髮用的——水手不是都喜歡留長頭髮嗎？而且只有馬爾他船上的水手會打這樣的結。這是我從避雷針底下找到的，我從這個結判斷出這根緞帶屬於馬爾他商船上的水手。即使這個推斷是錯誤的，我在報紙上登廣告的行為也沒什麼壞處。如果他看見了，沒來找我，就說明我的這個推斷是錯的。如果他看見了來找我，就說明我的推斷是正確的，我的目的也就達到了。雖然這個案子跟這個水手

沒關係，但他卻親眼目睹了這件慘案的發生，看見這則廣告，他肯定不敢貿然前來領取猩猩。他會想：『我可沒犯法。我只是一個窮人，那個猩猩很值錢，對我這樣的人來說，它確實是一件寶貝。我何必因為擔心把猩猩白白送給其他人呢。猩猩就在眼前，伸手就能抓到。而且這人是在布倫林發現的，那裡離慘案發生的地方還有很遠的距離呢。不會有人知道這事是凶獸幹的，警察都找不到任何線索，就算他們真的查出這件案子是這個猩猩犯下的，也沒有證據證明我知道這件事。即使他們知道我是知情者，也不會因此判我有罪啊！況且人家已經知道這頭畜生的主人是我，不知道這個人知道我多少底細。要是我放棄這麼值錢的寶貝，豈不叫人懷疑？不能讓別人懷疑我，也不能讓別人懷疑那隻猩猩。我要領回這隻猩猩，等這件案子過去再做打算。』」

這時樓下突然傳來一陣腳步聲。

「把手槍拿出來，」杜賓說：「我沒發出暗號，就別開槍，別露餡了。」

大門沒有關，來人直接走進來，上了幾級樓梯後，就沒了動靜，過了一會，我們聽見他下樓的聲音。杜賓趕緊跑到房門口，結果這個人又上來了。這次他直接上樓敲響了我們房間的門。

「請進。」杜賓熱情地說。

一個男人走進房間，他的身材強壯結實，充滿力氣，臉上的表情無所畏懼，一看就是個水手。他給人的感覺不錯，臉上曬得黝黑，留著落腮鬍，手上拿著一根橡木棍，身上應該沒帶別的武器。他笨拙地向我們鞠了一躬，說了聲「早上好」，可以聽出來他的原籍是巴黎，不過現在帶了點奈沙特爾口音。

「朋友，請坐，」杜賓說：「你應該是來領取大猩猩的吧，說實話我真羨慕你，可以看出來牠非常值錢。牠幾歲了？」

水手瞬間放鬆下來，看他的表情就知道，他心裡的一塊大石頭放下了。然後他得意地說：

「我也說不好，差不多四五歲。牠在您這裡嗎？」

「不在我這，我這可沒關牠的籠子。牠在迪布林街的一家馬房裡，你明天早上可以去認領。你是來認領的嗎？」

「當然了。」

「我真的很捨不得。」杜賓說。

「我不會讓您白白受累的，我會好好酬謝你，只要在合理的範圍內，讓我做什麼都可以。」

「好，這非常公平。我想要什麼呢。哦，對了，我只想要一點，那就是把莫格街上發生的那件慘案告訴我。」

說到最後，杜賓的聲音很冷靜，他走到門口，鎖上門，把鑰匙拔下來放進口袋裡，然後掏出手槍放在桌子上。

水手的臉憋得通紅，好像要喘不過氣了。他從座位上跳起來，手裡握著那根木棍，沒一會又重新坐下。他臉色蒼白，渾身顫抖著。看見他這個樣子，我的心裡非常難過。

「朋友，別激動，」杜賓客氣地說：「真的不用這麼緊張，我們並不想傷害你。我知道你跟莫格街發生的那件慘案沒關係，可那件事還是把你牽扯進去了。你應該明白我已經知道了事情的真相。說真的，你不用背負什麼罪名。原本你可以拿走那間房子裡的財產，可你沒有那樣做，所以你不用隱瞞什麼。從道德上來看，你也應該把這件事說出來，現在有個無辜的人被抓起來了，你必須說出這件案子真正的兇手才能救他。」

聽了這話，水手才平靜下來，只是沒了剛才的神氣。

「老天保佑！」他緩了口氣說：「我把知道的事都告訴你吧，不過我並不指望你能相信。反正我沒有犯罪。即使要我償命，我也要把它說出來。」

他大致說了一下這件事的經過。前段時間他航行到東印度群島，跟著一夥人在婆羅洲上岸，到內地遊玩。他和另一個夥伴抓到了這隻大猩猩，結果那個夥伴死了，這隻猩猩就到了他手裡。他花費了很大精力才把這隻大猩猩帶回家。為了不讓鄰居知道這件事，他把猩猩藏了起來，打算等到猩猩腳上的傷好了以後就賣掉它。

發生慘案的前一天晚上，他跟幾個水手玩完回家，發現這隻大猩猩在他

的臥室裡待著。原來為了防止牠逃走，水手把牠關在密室裡，結果現在牠把門撞壞跑出來了。他走進臥室看見大猩猩拿著刮鬍刀，坐在鏡子前，滿臉泡沫，準備刮臉。不用說牠肯定從鑰匙孔裡看見主人這麼做過。看見這頭猛獸手裡拿著一把刀，而且用得這麼熟練，他嚇得不知道該怎麼辦才好。他從來都是用鞭子壓制牠，即使牠發狂發怒也可以用鞭子鎮住牠。所以他拿出鞭子準備打牠，猩猩看見鞭子就往樓下跑，當時房子裡正好有一扇窗戶開著，牠從窗戶跳出去，跑到街上。

法國水手趕緊追出去，這隻猩猩手裡拿著刮鬍刀，跑一會就停下來對著水手挑逗一番，等水手快追上的時候，它就趕緊跑起來。就這樣他們在街上追逐了半天，這時已經快到凌晨三點了，街上非常安靜。猩猩逃到莫格街後面的一個巷子裡，看見列斯巴奈太太四樓房間裡有燈光，於是牠就跑到房子底下，順著避雷針爬上去，正巧四樓的百葉窗完全打開，牠抓著百葉窗順勢跳了進去，前後不到一分鐘，牠進去後又把百葉窗踢開了。

這個時候，水手心裡又高興又著急。高興的是，牠既然跑進去了，就不一定能跑的出來，這樣就可以趁機抓住牠；就算牠能跑出來，肯定還會從避雷針那下來，自己只要等在這就可以抓住牠。著急的是，他不知道這頭畜生會在裡面做什麼事。這樣一想，他順著避雷針爬上去了，對於一個水手而言這是一件很容易的事。可剛爬到與窗戶對齊的地方，他就發現窗戶離他太遠，根本跳不過去。他向前探著身子想看看裡面發生了什麼，這一看嚇得他差點從上面摔下來。也就是在這個時候，傳來列斯巴奈太太母女的慘叫聲，驚醒了附近的居民。當時母女倆正在整理鐵箱裡的信和文件。箱子是打開的，放在屋子中間，裡頭的東西散落在地上，被害人背對窗口坐在地上，從野獸闖進去到發出慘叫聲的時間來看，她們應該是過了一會才看見大猩猩。沒準她們以為百葉窗發出的聲響是風刮的。

水手往裡看的時候，這隻大猩猩正抓著列斯巴奈太太的頭髮（她的頭髮披在肩上），模仿理髮師的樣子，用剃刀給她刮臉。女兒暈倒了，躺在地上一動不動。這時猩猩把老太太的頭髮拽下來了，老太太疼得大聲嚎叫，拼命掙扎著。這可把大猩猩激怒了，牠拿著剃刀的手臂使勁一揮，差點把老太

太的頭割下來。猩猩一看見血，怒氣更盛。牠張牙舞爪，兩眼冒著殺氣，撲到女兒身上，用力掐住她的脖子，直到對方死了才鬆手。然後牠轉頭發現主人在外面，一想起主人手裡可怕的鞭子，大猩猩的怒氣全消，眼神裡充滿恐懼。知道肯定要挨打，牠緊張地在屋裡亂竄，看見什麼就摔什麼，連床墊也被拖到地上。最後牠抓起列斯巴奈小姐的屍體使勁塞到煙囪裡，還把老太太的屍體從窗口扔下去。

水手看見猩猩拖著渾身是血的列斯巴奈太太走到窗口，嚇得他一點力氣都沒有，只能順著避雷針滑下來，連滾帶爬地跑回家，生怕受到牽連。極大的恐懼之下，也顧不上猩猩的死活。大家上樓時聽到的說話聲，就是法國人受到驚嚇時說出來的話，其中還夾雜著野獸吱吱地叫聲。

我已經把該說的都說完了。那隻大猩猩肯定是在大家破門進去之前，從窗口跳到避雷針上逃走了。窗戶是牠跳出去的時候給碰上的。後來水手把大猩猩抓住，賣給了動物園，得到了一大筆錢。我們到警察廳說了事情的真相，杜賓適當地提出一些意見，他們才把勒・本放了。雖然廳長對我的朋友有點好感，但疑案畢竟不是自己人破的，因此他趁機諷刺了我們幾句，說我們多管閒事。

「隨他去吧，」杜賓說：「把話說出來，他才開心。說實話，他破不了這個案子。這件事根本沒他想的那麼奇怪，雖然我們這位警察廳長非常圓滑，但從來不把眼光放長遠些。他只有身體沒有頭，或像拉浮娜女神的雕像一樣，只有頭和肩膀。不過他是個頭腦靈活的人，我喜歡他油嘴滑舌的本領，他就是靠著這樣的手段出名的。我是說他只會『無理取鬧，歪曲事實』。」

瑪麗‧羅傑懸案[1]

真實的事很難與想像中的事完全巧合，人們往往想改變想像中的事。這種改變往往顯得事情不全是完美的，宗教改革就是這樣。

——《精神學論》諾瓦利斯[2]

巧合的事看上去都很奇怪，有時候人們會對這種事產生恐懼心理，多數人還會將信將疑，就連頭腦清晰、善於思考的人也沒辦法只把它當成一種巧合。我剛才提到的將信將疑沒有任何思考的成分，只能說是一種情緒，這種情緒往往抑制不住。要想抑制這種情緒，可以參考機緣論或概率計演算法。這種計演算法是純粹的數學方法，所以我們就用科學的準確性去推測變幻莫測的事。

讀者可以根據時間看出我現在寫出來的這個案子是一系列巧合事件的主

---

1. 本文根據真實事件改編，有個叫瑪麗‧西西莉亞‧羅吉絲的少女，在紐約附近慘遭殺害。當時引起極大轟動，直到本文發表之時（1842年11月），這件疑案仍未破獲。——譯注
2. 諾瓦利斯（1972～1801），德國浪漫主義詩人，早期浪漫主義代表人物。——譯注

線，而發生在紐約的瑪麗‧西西莉亞‧羅吉絲血案是支線或尾線。

　　一年前我寫過一篇叫《莫格街血案》的文章，裡面有一個叫西‧奧古斯特‧杜賓的人，是我的朋友，他智力驚人。當時沒想過以後還會談到這個話題，在這篇文章裡，我透過描述一系列離奇的事情，展示了杜賓的獨特性格。原本還可以舉些其他例子，但最後想想還是算了。不過最近發生的事非常嚇人，讓我忍不住感嘆，所以我開始進一步描述。最近我聽到一些謠言，如果我還繼續保持沉默，就太說不過去了。

　　偵破了列斯巴奈太太母女的案子以後，杜賓又恢復了往常的神態。我受到他的感染，時不時就走神發愣。我們還是住在市郊聖日爾曼區的那幢房子裡，享受著眼前的安寧，過著與世無爭的日子，將周圍的一切編織成美麗的夢。

　　可是美夢總有被吵醒的時候。我朋友在莫格街血案中的表現，給警察廳長留下了深刻印象，杜賓的大名早就在巴黎警察廳的警員中間傳開。他只給我講過破案的推論，警察廳長和其他警員都沒聽過，所以人們把這件事傳的神乎其神，把杜賓的分析能力看成直覺。其實他只要稍微解釋一下，就可以消除誤解，可他偏不，遇到不再感興趣的事，他連想都不願意想，更別說解釋了。結果他成了巴黎警察眼裡的紅人。他參與的案件很多，其中最奇特的一件是瑪麗‧羅傑被害案。

　　這件事發生在莫格街血案兩年以後。瑪麗是寡婦埃斯泰爾‧羅傑的獨生女，因為瑪麗的名字和「賣雪茄的女人」的名字差不多，所以這個名字很容易引起人們的注意。瑪麗的父親在她很小的時候就去世了，直到案發前的18個月裡，母女倆一直住在聖安德列街。羅傑太太在那開了一家旅店，瑪麗在店裡幫忙。瑪麗長得非常漂亮，在她二十二歲的時候，有個賣香水的看中了她的美色，想讓她來店裡幫忙。那個賣香水的叫勒‧勃朗，在皇宮地下商場有一家店鋪，店裡的客人大多是附近街上的光棍無賴。勃朗先生想聘請年輕漂亮的瑪麗在店裡賣香水，並承諾付給她豐厚的薪水，那姑娘一口應承下來，只是羅傑太太還有些猶豫。

　　瑪麗是個活潑熱情的姑娘，有她在，勃朗先生的香水賣得非常好。一

年以後，她突然消失了，那些顧客知道以後個個都無精打采。勃朗先生也不知道這是怎麼回事，羅傑太太急壞了，他們在報紙上刊登了尋人啟事。正當警察準備介入調查的時候，瑪麗又出現在那個賣香水的櫃檯裡。不過從她回來以後就變得多愁善感，臉色也蒼白了許多。除了前來問候的人，其他想要打聽消息的都討了個沒趣。勃朗先生假裝什麼都不知道。如果有人問起這件事，母女倆就說瑪麗上個禮拜去鄉下親戚家住了一段時間。過了很長時間，人們漸漸把這事忘了。這期間瑪麗為了防止別人繼續跟她打聽這件事，辭了香水店的工作，躲在聖安德列街的母親家。

五個月之後，瑪麗又失蹤了，朋友們都很擔心她，連著找了三天，卻一點消息都沒有。到了第四天，有人在聖安德列街對岸，離羅爾關附近那片荒野區域不遠的塞納河上發現了她的屍體。

很明顯這是一件謀殺案。死者年輕漂亮，生前就受人關注，所以這件事在當地引起了非常強烈的反響。真想不起來還有哪件事能引起這麼大的轟動，案發後幾個星期，人們還在談論這件事，連重大的時事新聞都放在一邊。警察廳長不遺餘力地調查這件案子，整個警察廳的熱情也都被調動起來。

屍體剛被發現的時候，警方就展開了調查，因此大家一致認定很快就能抓到兇手。結果還不到一個星期，警察廳就發佈懸賞通告，賞金為1000法郎。同時，警方也在進行偵查工作，期間傳訊了很多人，可案件還是沒有任何進展。因為這件案子一直沒找到什麼線索，所以人們越來越恐慌。十天以後，警方把原來的賞金增加了一倍。可一個星期過去了，還是沒有任何發現，人們對警察廳的意見越來越大，警察廳長提出把原來的賞金追加到20000法郎。「這筆賞金留給自首的人」，如果犯下案子的不止一個人，那「每個自首的人都能拿到賞金」。警方發佈的懸賞通告中聲明，罪犯同夥前來舉報，可以免除責任。張貼過官方告示的地方，都會張貼市民委員會的告示，說願意追加10000法郎賞金。到目前為止賞金的數額變成了30000法郎。想到這個姑娘的身份，再想到城裡經常出現類似的兇殺案，這筆賞金真的太豐厚了。

因為這筆豐厚的賞金，大家相信這件案子很快就會水落石出。警方在偵查的過程中抓到過幾幫人，本以為可以查出事情的真相，結果還是一無所獲。那幾幫人跟這個案子沒有任何關係，警察只好把他們放了。從案發到現在已經過去三個星期，還是沒找到任何破案的線索。奇怪的是，我和杜賓都沒聽到有關這件案子的消息。大約有一個月的時間，我們倆誰都沒出門，也沒接待過任何訪客，悶在屋裡專心搞研究。有時我們會翻看日報上的頭條新聞。這件事還是警察廳長告訴我們的。18XX年7月23日下午兩三點的時候，廳長來找我們，一直待到半夜才離開。他非常生氣，這段時間他想盡各種辦法尋找殺人兇手，結果還是沒有任何發現。他神氣地說這件事有關他的聲望，群眾都看著呢。只要能偵破這個案子，要他做什麼都可以。說完他把話頭轉向杜賓，把杜賓猛誇一頓，然後直接提出一個建議。因為這個建議不方便公佈，而且與正文也沒什麼關係，所以我就不發表了。

我的朋友也誇獎了警察廳長一番，並接受了那個建議。明確了杜賓的態度以後，警察廳長迫不及待地向我們說出了他的看法，還有一些關於案子的證據，這些證據都是我們沒聽過的。他說了很多，隨著時間的流逝，我偶爾壯著膽子提出　兩點建議。杜賓安靜地坐在那張于扶椅裡，一副認真聽講的樣子。在廳長講話的時候，他一直戴著墨鏡，我不時地看一眼黑色鏡片，看那樣子我就知道他睡得很香甜，這一覺睡了七八個小時。直到半夜警察廳長才起身告辭。

第二天早上，我到警察廳找了一份案情報告和證據記錄，還把刊登過案件的報紙全部配齊了一份。刪除了一些沒有根據的報導，以下就是相關內容。

18XX年6月22日，週日早上9：00，瑪麗・羅傑離開住在聖安德列街的母親家，出門的時候，她跟雅克・聖・厄斯塔什說要去住在特羅姆街的姑媽家玩一天，而且瑪麗只告訴了他一個人。特羅姆街離塞納河岸很近，那條街道又窄又短，住了很多人。羅傑太太的旅店離那兒最近的路也要兩英里。聖・厄斯塔什是瑪麗理想的結婚對象，吃住都在羅傑太太的旅店。按照約定，他會在天黑的時候接瑪麗回家。結果下午下起大雨，他想瑪麗應該會在

姑媽家過夜，因為以前遇到過類似的情況，所以他就沒去接她。羅傑太太今年七十歲了，瑪麗走的那天早上她說可能「再也見不到瑪麗了」，不過當時沒人在意這句話。

等到週一，他們才發現這個姑娘沒去特羅姆街。又過了一天，還是沒有任何消息，他們才分頭出去尋找，可惜已經晚了。第三天，還是沒有她的消息。等到第四天，6月25日，週三，有一個叫伯韋的人和一個朋友在聖安德列街對面的塞納河岸羅爾關附近打聽瑪麗的下落。聽說幾個漁夫在河上打撈上來一具屍體，伯韋走到岸邊，看見屍體的時候猶豫了一下才認出那是瑪麗。不過他的朋友倒是一下就認出來了。

屍體的臉上隱約能看出血跡，有些從嘴角流出。淹死的人嘴裡有白沫，她嘴裡沒有；細胞組織沒有發生變化；喉嚨上有瘀傷和指印，兩個手臂彎曲放在胸前；右手握著拳頭，左手半握著拳頭；左手腕上有兩圈繩子的勒痕，右手腕有擦傷；後背有擦傷，肩胛骨上的傷非常嚴重。漁夫用繩子把屍體拖到岸上，拖的過程中沒有造成二次擦傷。身上沒有傷口，也沒被人打過。只是脖子腫得非常厲害，上面纏著一根花邊帶子，已經完全陷進肉裡，在左耳下邊打了一個死結。光是這一處傷就可以致死。據說死者生前受到過性侵，她朋友說看死者的樣子就知道。

死者身上的衣服凌亂不堪，外衣上有一條從裙邊撕到腰間的破布，寬度大約有一英尺。那條破布在腰上纏繞了三圈，最後在後背上打了個索結。她裡面穿了一件細布衣裳，這件衣服被撕掉一條布，寬度大約十八英寸，撕得非常勻稱，可以看出來撕的時候非常小心。經過查看，發現這條布鬆鬆垮垮地纏在她的脖子上，繫了一個死結。她頭上戴著一頂無簷女帽，帽帶和脖子上的兩條布繫在一起。帽帶上打了個活結，像水手的領結，看著不像女人的手法。

屍體驗明身份以後，直接在附近找了個地方埋了，因為大家覺得送到陳屍所是一件多餘的事。在伯韋的掩護下，這件事在幾天後才被公眾知曉，這引起了眾怒。同時有份週刊報導了這件事，才重新開棺驗屍。驗屍結果與上文提到的一樣，沒什麼新發現。不過這次由死者的母親和朋友證實，死者身

上的衣服就是她出門時穿的那一身。

　　這時群眾的情緒越來越激動。之後抓了幾個人，證明他們不是兇手，就給放了。另外，聖・厄斯塔什有重大嫌疑，他一直說不清瑪麗離家的那天他在哪兒。不過他交給葛XX的口供裡詳細說明了那天的情況。時間一天天過去了，可這件案子還是沒有任何進展，外面流傳著很多說法，連新聞記者都開始獻言獻策。其中最引人注目的說法是瑪麗・羅傑還活著──塞納河裡發現的那具屍體是其他人的。我還是摘錄幾段相關傳聞給讀者看。《星報》是辦得有聲有色的大報，我從上面直譯了幾段：

　　18XX年2月22日，週日早上，羅傑小姐從母親家離開，據說要到特羅姆街看望姑媽或其他親戚。從那以後，她就失蹤了，沒有任何消息。……到現在為止，也沒人前來聲明說那天見過她。……雖然本報不知道22日9：00以後她是不是還活著，但至少有人在9：00之前見過她。到了週三中午十二點，羅爾關發現一具女屍。假設瑪麗・羅傑是在離家三個小時以後被人扔進河裡的，那麼從她離開到發現屍體也才三天時間，也就是說兇手殺人的速度必須非常快，因為殺完後還要在半夜以前扔進河裡，這簡直就是無稽之談。這種罪惡滔天的人，肯定不會選擇在白天行兇。……如果死者真是瑪麗・羅傑的話，那麼她在水裡的時間也只有兩天半，最多三天。淹死或殺死後立刻扔到河裡的屍體，6到10天才會腐爛浮出水面。就算是炮轟過的屍體也需要5、6天的時間才能浮上來，而且過不了多久又會沉下去。那麼本案中的這具屍體怎麼會一反常態呢？……如果這具屍體一直放在岸上，直到週二晚上才扔到河裡，那麼岸上總會留下痕跡，順著這些痕跡肯定能找到與兇手相關的線索。如果這具屍體兩天前才被人扔到河裡，會不會這麼快浮上來？還有兇手犯下這樣的滔天罪行，為什麼沒在屍體上綁個重物，畢竟這種銷毀屍體的方法並不費力。

　　寫到這裡，編輯又進行了一番論述，說屍體腐爛的連伯韋都很難辨認，所以屍體在水裡浸泡的時間「絕對超過三天，應該有十五天」。可伯韋辨認

屍體這一點，也遭到了質疑。我繼續對這一段進行直譯：

伯韋先生說這具屍體是瑪麗‧羅傑的依據是什麼呢？當時他扯開死者的衣服，看到身上的某些特徵，認定這就是瑪麗的屍體。一般情況下，我們認為這些特徵會是傷疤之類的。可他揉了揉死者的胳膊，說上面有汗毛。本報認為這個依據絲毫沒有說服力，就像把手伸到袖子裡會摸到胳膊一樣。發現屍體的那天晚上伯韋先生沒有回去，只是在週三晚上七點告訴羅傑太太，瑪麗這件事還在調查當中。就算上了年紀的羅傑太太因為悲傷不能過河（這種情況可以理解），可已經有人認出那具屍體是瑪麗，就應該過河參與調查。但沒一個人過去查看，聖安德列街的居民對這件事毫不知情，就連住在旅店的客人也沒察覺到這件事。瑪麗的男朋友聖‧厄斯塔什先生居住在她母親的旅店裡，他也是第二天早上才從伯韋先生那裡聽說瑪麗的屍體找到了。面對這麼重大的事，大家竟然表現得這麼冷漠。

這家報紙大肆宣揚瑪麗的親戚對這件事態度十分冷漠，這與這些親戚相信屍體是瑪麗的態度相互矛盾。這篇文章的言外之意就是，瑪麗受到侮辱，想離開巴黎，她的朋友明明知道這件事，卻沒有理會。現在塞納河上發現了一具屍體，他們便說這具屍體就是瑪麗，讓人們相信這個可憐的姑娘已經死了。不過《星報》的報導確實與事實嚴重不符。實際上，根本沒有態度冷漠這回事。老太太的身體一直很虛弱，加上急火攻心，結果什麼忙都幫不上；聖‧厄斯塔什聽到這個消息後非常傷心，一下就病倒了，伯韋先生只好找了一個親友照顧他，也沒有讓他參加驗屍。另外，《星報》上說重葬屍體的錢是公家出的，還說死者家屬沒有接受別人贈予的墓穴，也沒有出席葬禮。這一切純屬《星報》的蓄意捏造。在下一期的《星報》中，刊登了對伯韋的懷疑：

本報聽說案件有了新的進展。據說有次貝ＸＸ太太在羅傑太太家，正趕上伯韋要出門，出門前伯韋對貝ＸＸ太太說，一會有個警察要來，不管警察問什

麼都不要說，等他回來再處理。按照目前的情況來說，伯韋先生肯定隱瞞了什麼事。伯韋先生不在，誰也別想動，因為動一下就會對他造成威脅。……不知道什麼原因，他認為除了他以外，誰都不能插手管這件事。瑪麗的其他男親戚說他的舉動非常奇怪，好像不願意讓他們靠近遺體。

有一件事使伯韋的嫌疑更重了。瑪麗失蹤的前幾天，有人到辦公室找他，結果他不在，那人看見鑰匙孔裡插著一枝玫瑰花，旁邊掛著一個牌子，上面寫著「瑪麗」。

我們從報紙上搜集的資料顯示，有一幫無賴把瑪麗拖到河對岸，姦殺以後把屍體扔到河裡。不過在輿論界有很深影響的《商報》卻不認同這種觀點。下面是我從裡面摘抄的段落：

本報認為，這件案子的偵查方向是錯的。像瑪麗這樣的姑娘，看一眼就能讓人記住，見過的人都會對她產生興趣，所以認識她的人肯定不止千百個，她走了四條馬路，竟然沒有一個人見過她。況且她出門的時間，正是行人最多的時間。……她前往羅爾關或特羅姆街的路上，竟然沒碰見與她相識的人，這可說不通。到目前為止，沒人出面說見過她，而且證人的證詞裡只說了她要出門，可沒有證據證明她確實出了門。外衣被撕破以後繞在身上打了一個結，就像包裹一樣，可以看出屍體是被人扛走的。如果兇手的行兇地點是羅爾關，就不用如此大費周章。屍體在羅爾關附近被發現，並不能證明拋屍地點就在這裡。……瑪麗的裙子被撕下一條長度為兩英尺、寬度為一英尺的布條，繞過後腦在下巴頦打了一個結。這樣做應該是為了防止她呼喊。說明兇手身上沒帶手絹。

就在警察廳長拜訪我們的前一兩天，警察廳獲得了一份重要情報。現在看來這份情報可以推翻《商報》論述的主要部分。德呂克太太的兩個兒子在羅關爾附近的樹林裡閒逛時發現了一片密林，林子裡有幾塊大石頭，形狀像有腳踏板的靠背椅。最上面一塊石頭上有條白色的裙子，下面一塊石頭上有

條絲巾，旁邊還有一把陽傘、一副手套、一條手絹。手絹上繡著「瑪麗・羅傑」。附近的荊棘上掛著碎布，地上有腳印，小樹被壓斷了，這裡應該發生過一場激烈的打鬥。樹林和塞納河之間的籬笆也被推倒了，地面上有拖拽的痕跡。

《太陽報》也發表了對這一事件的看法，這些看法與其他各報的看法大致相同：

> 這些東西放在那大概有三四個星期，在雨水的沖刷下，全部發霉了，而且霉得發硬。這些東西周圍長滿草，甚至有些衣服上都長了草。陽傘已經爛成一堆，傘頂折疊的部分已經發霉，傘一張就破了。……小樹上掛著幾塊長度為六英寸、寬度為三英寸的布條，一條是外衣上撕下來的，上面還有補過的痕跡；另一條是裙子上的，不過不是裙擺上的。這些布條掛在離地面一英尺的荊棘上，好像用手一塊塊撕下來的。……兇手行兇的地點基本可以確定。

針對這一線索，又有了新的發現。德呂克太太在羅爾關對面，離塞納河不遠的地方開了一家小旅店。旅店附近非常安靜，四周沒人居住。城裡有一批小流氓每週日都會划船過來遊玩。出事的那個週日下午三點，有一個黑皮膚的小伙子和一個姑娘來到旅店，兩個人在這待了一會就往密林那邊走了。因為那個姑娘穿的衣服和德呂克太太去世的親戚穿過的衣服非常像，所以她印象很深。她還注意到姑娘圍著一條絲巾。兩個人剛走，就來了一幫無賴，在這吵吵嚷嚷、大吃大喝，完事就走，連錢都沒給。這群人也往密林的方向走了，直到天黑才回來，行色匆匆地划著小船離開了。

那天傍晚，德呂克太太和她的大兒子聽到附近傳來女人的喊叫聲。德呂克太太認出了森林裡的那條絲巾和屍體身上的衣服。有個名叫伐侖士的公共馬車夫說，在週日那天看見瑪麗・羅傑和一個黑皮膚的小伙子坐船到塞納河對岸。車夫認識瑪麗，所以不會認錯人。經過瑪麗親屬的指認，林子裡發現的那些東西是瑪麗的。

我按照杜賓的要求從各報中搜集了與案件相關的資料和證據。但這些報紙中有一件事沒有報導，而這件事非常關鍵。找到瑪麗的隨身物品時，她的未婚夫聖‧厄斯塔什就在假定的案發現場服毒自殺了。當人們發現的時候，他已經快斷氣了，身旁放了一個裝著「嗎啡」的空藥瓶，他一句話也沒說就死了。在他的身上發現一封遺書，上面簡單說了說他對瑪麗的愛，也說了為什麼自殺。

「不用我說，你也知道這件事比莫格街血案複雜。」杜賓看完我整理的資料說：「兩個案子在關鍵地方存在差異。雖然這件案子裡兇手行兇的手段非常殘忍，但卻沒什麼不符合常理的地方。你也許會說，正是因為這樣，才應該認為這件案子不容易偵破。可事實是，因為這個道理，警方認為這件案子非常容易偵破，所以他們在一開始才沒有發佈懸賞通告。葛XX手下那群人看一下就知道這件慘案是怎麼發生的，為什麼發生，他們可以想出幾種方式和殺人動機，而且認為這其中肯定有一個是正確的。在這裡我要說明一點，雖然大家的猜想似乎都正確，但我們仍然不能認為這件案子容易偵破。相反的，我們應該認為這件案子不容易偵破。我早就說過，想要挖掘事情的真相，就要打破常規，這樣就可以找到一條新的道路。我還說過，遇到這種案子，與其問『發生了什麼』，還不如問『發生了什麼從沒發生過的事』。在檢查列斯巴奈太太那幢房子的時候，葛XX手底下的人看到那種違反常規的現象，就不知道該怎麼處理了。這種違反常規的現象對於一個善於動腦的人來說，倒是一件值得高興的事。可眼下這件案子裡沒有任何違反常規的現象發生，這個善於動腦的人難免產生絕望的念頭，警察卻因此感到開心。

「列斯巴奈太太母女那件案子，我們從一開始就確定是謀殺，從而排除了自殺的可能。關於這件案子，我們也可以從一開始就排除自殺的可能，而且屍體是在這種情況下發現的，所以我們不必在這上面下太多功夫。不過關於發現的屍體不是瑪麗‧羅傑的說法，是為了讓兇手悔悟；與警察廳長商議發佈懸賞通告，也是想讓兇手投案自首。我們熟知廳長的脾性，所以他的話不用全信。如果從發現的那具屍體下手，追查殺人犯，到頭來卻發現屍體不是瑪麗的；或者認定瑪麗還活著，調查後發現她沒被殺害——這兩種做法既

要耗費很大的精力，又不一定能查出真相。要記住，跟我們打交道的是葛XX先生，所以就算為了我們自己，也要先確認死者到底是不是瑪麗‧羅傑。

「《星報》發表的意見影響了群眾的看法。而且這家報紙自視甚高。有一篇談論這件事的文章，開頭就說：『現在有幾家報紙都談到了週一版《星報》裡發表的那篇文章。』這份報紙的口氣還真大，我在這篇文章中沒看出什麼值得大肆宣揚的地方，只能看出編輯的那份熱情。通常情況下，報紙的目的就在於誇大事實、煽動民眾情緒，他們才不在乎事情的真相。只有當後者可以製造出相同的效果時，他們才會追求事情的真相。如果一張報紙只會發表一些與別人相同的看法，那麼不管這看法多有說服力，也不能得到群眾的好評。只有當一個人發表的言論與其他人不同時，才會被別人稱讚。推理和文學相同，能夠立刻得到大眾稱讚的就是驚人之筆，可這樣的驚人之筆在推理和文學中顯得微不足道。

「我是說，《星報》上瑪麗‧羅傑還活著的說法，就是故意寫出來的，這種說法帶著一點傳奇色彩，沒什麼事實可言，不過是為了滿足讀者的好奇心。我們還是先來研究這種看法的要點，避免跟報紙上的這種論調產生矛盾。

「作者的首要目的，是告訴人們從瑪麗失蹤到發現屍體的時間太短，所以死者不是瑪麗。這樣一來，推論者的目的就是盡量縮短這段時間距離。為了達到這個目的，作者從一開始就做了假設，他說『……也就是說兇手殺人的速度必須非常快，因為殺完人還要在半夜以前扔進河裡，這簡直就是無稽之談。』我們肯定會問，為什麼？為什麼瑪麗離家五分鐘就遭到迫害是無稽之談？為什麼當天發生血案是無稽之談？要知道二十四小時都有可能發生命案！如果案子發生在上午9：00到半夜11：45，那麼兇手就有充分的時間『在半夜以前扔進河裡』。這個假設等於說血案不是在週日發生的，如果允許《星報》做出這樣的假設，那麼它就可以隨意假設。文章開頭說『……簡直是無稽之談等等』。不管報紙上刊登出來的是什麼，作者腦子裡想的肯定是：『如果死者確實遭到謀殺，兇手下手的速度非常快，而且還能在半夜以前把屍體扔到河裡，這簡直就是無稽之談。我們認為這些話是無稽之

談，按照我們的推論，說屍體不是在半夜以前把屍體扔進河裡的也是無稽之談。』——這句話說得前後矛盾，不過不像刊登出來的那樣雜亂無章。

「如果我只是想弄清是非，就沒必要反駁《星報》這一段言論，」杜賓繼續說：「可我們想要弄清事情真相。前面我已經說得很清楚了，那段話只有一個意思，最重要的是，在這些字句中找出作者想說但沒有明著說出來的意思。作者原本想表達的意思是，不管凶案發生在白天還是晚上，凶手都不敢在半夜把屍體扔到河裡。這點正是我想反駁的，他們根據案發地點和屍體狀況，判斷凶手殺人以後把屍體拖到河裡。不過這件案子有可能發生在河邊或者河岸上。如果是這種情況，那麼不管是白天還是晚上可以隨時把屍體扔到河裡，這種銷毀屍體的方法很乾脆。你以後就能明白我說的這番話不是隨口說出來的，也不是憑空猜想出來的。到現在我也沒說這件案子到底是什麼情況，只是想提醒你不要輕易相信《星報》發表的看法，那篇文章開頭就存在很大的局限性。

「《星報》規定了一個期限配合文章開頭的說法，他們認為如果死者是瑪麗，那她的屍體在水裡浸泡的時間就不長。然後寫到：

淹死或殺死後立刻扔到河裡的屍體，6到10天才會腐爛浮出水面。就是炮轟過的屍體也需要5、6天的時間才能浮上來，而且過不了多久又會沉下去。

「除了《新聞報》，巴黎的其他報紙並沒有針對這種說法提出不同意見。《新聞報》針對『人被淹死後屍體的狀態』這一段提出反駁，並且舉了五六個實例說明淹死的屍體不需要那麼長的時間就能浮上來。不過《新聞報》舉出這些特殊例子駁斥《星報》的那些說法確實有說不通的地方。如果《星報》說出來的規律本身沒被打破，別說《新聞報》舉出了五個例子證明死者在淹死後兩三天就能浮上來，就算是五十個，也只能當成特例對待。更何況《新聞報》並沒有否認這種規律，只是著重強調了一下這種例外。既然沒有否認這規律，就相當於承認《星報》的說法合理。《新聞報》的說法只涉及到屍體有可能在三天之內浮上來。除非能夠舉出一條與之相反的例子，才能駁斥《星報》的論調。

「所以要麼就不要反駁，要麼就反駁得徹底一些，把關於這個問題的所有論點都提出來，直接打破那個規律。我們先看看關於這個規律的依據。通常情況下，人的身體與塞納河河水相比不輕也不重，也就是說人在淡水中的排水量等於人體的比重。肉多骨架小的人往往比肉少骨架大的人輕，女人比男人輕。另外河水的比重會受到海潮漲落的影響，這個問題我們暫時先不談。即使人體在淡水裡也不會自動下沉，無論是誰，只要能維持身體的比重和水的比重處在平衡狀態——只要使整個身體都在水裡，別露出來——就能浮在水面上。不會游泳的人在水裡時應該把身體展開與水面保持平行，仰著頭讓鼻子和眼睛露在外面，就像在地上平躺著一樣。這樣人就可以浮在水面上。同時需要維持人的體重和排水量之間的平衡，這時候只要稍微動一下就會打破這種平衡。比如，把一條胳膊抬起來會增加身體的重量，使頭部沉下去。如果可以找到一小塊木頭，倒可以借力浮出水面看看周圍的環境。事實上，一個不會游泳的人在水裡，總會抬起胳膊，使勁梗著脖子，盡力讓嘴巴和鼻子露在外面，結果往往事與願違。人沉到水裡時想吸氣，水就被吸進肺裡，同時胃裡也進了不少水，本來胃裡和肺裡都是氣體，現在裡面裝滿了液體，就增加了身體的重量。通常在這種情況下，人就會沉下去，但肉多骨架小的人卻恰恰相反，這種人就算淹死，也會浮在水面上。

「假如屍體沉到河底，只能等身體比重比排水量輕的時候才能浮出水面。比如屍體腐爛的時候細胞組織和內臟充滿氣體，身體變得浮腫，體積變大，體重沒變，比重輕於排水量，屍體馬上就能浮出水面。不過有很多情況會影響屍體的腐爛程度。屍體的腐爛時間也會因為媒介的影響提前或延後。比如天氣的冷熱變化、水的純度、水裡的礦物質、水的深淺、水流的急緩、屍體的溫度、死者生前有沒有生病等。所以我們沒辦法肯定屍體腐爛到哪種程度才會浮上來。在某種特殊的情況下，也許一個小時就能浮上來，也許永遠也浮不上來。在動物的身體裡注射一種化學藥劑，就可以保證屍體永不腐爛，比如氯化汞。另外，胃裡的蔬菜水果發酵產生了大量氣體，也會使屍體浮上水面。大炮只有震動作用。其他媒介早就做好使屍體浮上來的準備，放炮只是讓屍體擺脫淤泥的束縛，或把部分腐爛的細胞組織震掉，讓內臟充滿

氣體。

「我們把這個問題弄清楚以後，就可以檢驗一下《星報》的那套說辭是否正確。報紙上說『淹死或殺死後立刻扔到河裡的屍體，6到10天才會腐爛浮出水面。就是炮轟過的屍體也需要5、6天的時間才能浮上來，而且過不了多久又會沉下去。』

「這段話本身就沒有任何邏輯可言。淹死後屍體並不需要6到10天才會腐爛浮出水面。無論是科學還是以往的經驗告訴我們：不能確定淹死後屍體浮上來的時間。還有就算用大炮把屍體轟上來，也不會『過不了多久又沉下去』，除非屍體裡的氣體跑光了才會沉下去。我需要強調一點，『淹死的人』和『殺死後馬上扔到河裡的人』之間的不同。雖然作者承認兩者存在差別，但卻沒有詳細描述這種差別。我剛才說過掉在水裡的人，怎麼做才能使身體比重輕於排水量，我還說過這樣做絕對不會沉下去，除非把胳膊伸出水面，鼻子嘴巴浸在水裡使勁吸氣，吸氣的時候會把水吸進肺裡，擠走裡面的氣體。『殺死後馬上扔到河裡的人』不會把胳膊伸出水面，也不會在水裡吸氣。這種情況下，屍體根本不會沉下去——《星報》顯然沒有考慮到這一點。只有等到屍體上的肉全部腐爛，才會沉下去，這時也就無法看到這具屍體了。

「因為屍體過了三天就浮上來，所以他們認為死者不是瑪麗·羅傑，我們該怎麼看待這種論調呢？如果一個女人淹死了，可能永遠不會沉下去；即使沉下去，可能二十四個小時之內也會漂上來。可大家都說她是被殺死之後扔到河裡的。扔到河裡以後，隨時可以發現浮在水上的屍體。

「《星報》上說：『如果這具屍體一直放在岸上，直到週二晚上才扔到河裡，那麼岸上總會留下痕跡。』這句話看不出作者想表達什麼，他應該意識到自己想出來的跟發表出來的那套理論相互矛盾，也就是說屍體在岸上放了兩天就腐爛了，比放在水裡爛得快。如果是這樣的話，屍體在週三就會浮上來。所以他趕緊說屍體並沒有放在岸上，因為屍體要是在岸上的話，『順著這些痕跡肯定能找到與兇手相關的線索』。我想你總是覺得這些符合常理的推論很可笑。你不理解為什麼屍體在岸上擱置的時間越長，兇手留下的線

索越多。說實話我也不理解。

「接下來報紙上的文章寫到『兇手犯下這樣的滔天罪行，為什麼沒在屍體上綁個重物，畢竟這種銷毀屍體的方法並不費力。』這種說法真的太可笑了！沒人說過死者不是被殺死的，就連《星報》也沒有提出過不同意見。這件案子裡兇手使用的殘暴手段太明顯了，這個作者只是想證明死者不是瑪麗。他想證明瑪麗沒有遇害——不是想證明死者沒有遇害。可他的看法只能說明死者沒被殺害。死者身上沒綁著重物，可兇手拋屍的時候不會不綁重物，所以屍體不是兇手扔到河裡的。透過這句話只能得到這樣的結論。死者究竟是不是瑪麗，他提都沒提。《星報》反覆發表看法，不過是把之前說的話都推翻了。報紙上說『我們相信死者是個被殺的女人』。

「這個作者不只在這個例子中自相矛盾，甚至連他的這段話都是自相矛盾的。前面我就說過他不過是想縮短瑪麗失蹤和發現屍體的時間。可他在文章裡特別強調，瑪麗離開母親家以後就沒人看見過她。他說『本報不知道22日9：00以後她是不是還活著』，因為他的論點單一，所以他忽略了這件事。比如他說有誰週一或週二的時候看見過瑪麗，就縮短了這個時間，也減小了死者是瑪麗的可能性。話雖如此，看見《星報》堅持自己的看法，繼續誇大事實，還真覺得可笑。

「現在我們再看一遍有關伯韋辨認屍體的部分。《星報》關於胳膊上有汗毛這一點的報導有問題。伯韋先生不是傻子，不會僅憑胳膊上的汗毛指認死者是瑪麗，因為每條胳膊上都會長汗毛。《星報》之所以這樣說，無非是想模糊證人原來的證詞，也就是說伯韋一定說過汗毛的具體特徵，比如長度、顏色、密集程度等，但是報紙上沒有刊登。

「《星報》上說『她有一雙小腳，世間腳小的人可太多了。襪帶和鞋子根本不能成為證物，還有帽子上的飾物，因為這幾樣東西都可以買到。伯韋先生堅持說襪帶縮短了，因為上面的扣子向後移動過。這算不上什麼，因為很多女人都會把襪帶買回來，按照腿的比例重新調整襪帶。』看到這就明白推論中確實存在很多問題。如果伯韋先生尋找瑪麗的時候找到了一具屍體，而這具屍體的身高、長相跟那個姑娘差不多，那麼他可以不用查看死者

的穿著打扮，就能確認死者是瑪麗。如果除了身高和樣貌，他還發現了死者的汗毛特徵與瑪麗相同，那麼他對自己的判斷就更有把握，越有把握就越能發現汗毛的特徵。如果瑪麗是小腳，死者也是小腳，那麼死者是瑪麗的可能性就更大了，而且這種可能性會呈幾何形式增長。另外，有人指出瑪麗失蹤那天穿的鞋與死者腳上的一樣，也許鞋子是從同一家店買的，但你也可以把死者是瑪麗的可能看成是絕對肯定的。沒有證據可以直接證明的事，因為確實相同，所以成為最有力證據。比如死者帽子上的花，確實與瑪麗失蹤那天戴的帽子上的花相同，所以就不需要再找別的證據了。哪怕只有一朵相同，就不用找別的證據，更不要說兩朵、三朵或更多。每增加一朵，證據就會多加一倍，這種倍數不是相加，而是相乘，這樣可以增加至千萬倍。現在假設死者腿上的襪帶和瑪麗的一樣，如果要在這方面產生懷疑，簡直太可笑了。而且這雙襪帶的扣子向後移動過，還被扣緊了，和瑪麗出門前扣上的一樣，要是在這上面追究，不是瘋了就是裝傻。《星報》說襪帶被縮短是很常見的事，這種說法是錯誤的。吊襪帶有伸縮性，這點可以證明縮短襪帶不是常見的事，很少有人調節襪帶的鬆緊，所以瑪麗要把襪帶調這麼緊肯定有特殊原因，僅憑這副襪帶就可以證明死者是瑪麗。並不是因為人家發現死者用了和瑪麗相同的襪帶、穿著與她同樣的鞋、戴著同樣的帽子、帽子上插著同樣的花、長著一般大的腳、相同特徵的汗毛、同樣的身高和樣貌，而且這些特點不光分開看的時候相同，湊在一起看也相同。如果《星報》的作者真的對這些產生懷疑，他根本不用讓有精神病傾向的人來到官廳等候訊問，就可以判斷其是否有精神疾病。他認為順著律師的想法說話是聰明的做法，但律師發表的言論只要滿足法律要求的一半就可以。在這裡我要聲明一點，對於頭腦聰明的人來說，被法院駁回的證據是最有價值的。法院完全按照法律明文規定的、公認的原則辦案，他們不會研究特殊案例，也不願意打破常規。這種不理會特殊案例堅持按原則判案的做法是最保險的，在隨便的時間內，想弄清多少真相都可以。所以這種做法符合常理，不過可以肯定的是，在個別事情上仍然會產生巨大錯誤[3]。

「你早就瞭解到伯韋先生是個脾氣溫和的人，所以你肯定想立刻駁回

關於暗中懷疑伯韋這件事。伯韋是個熱心腸，喜歡管閒事，懂浪漫，但不聰明。他這種人一遇到真正感興趣的事，便會十分熱情，自然會招惹某些心思敏感的人的懷疑。從你摘抄的資料可以看出，伯韋和《星報》的編輯談過這件事，他不管編輯怎麼想怎麼看，只管大膽說出自己的想法，堅稱死者確實是瑪麗，所以冒犯了編輯。《星報》說：『他確信死者是瑪麗，可除了我們已經評價過的原因外，他又無法提供其他有說服力的證據。』我們倒不必說拿不出來『有說服力的證據』，在這種情況下，倒也可以理解他為什麼說不出叫人信服的話。因為再也沒有比辨認人更說不清楚的事了。每個人都認識自己的鄰居，可人們不會說出一番認識鄰居的理由。伯韋先生認出死者，可他說不出為什麼，這是一件很正常的事，請問《星報》為什麼不高興？

「那個作者說伯韋有罪的言論與事實嚴重不符，不過我對伯韋浪漫、喜歡管閒事的評價倒更貼切。如果用和善的說法解釋一下，就不難理解這些事。比如鑰匙孔裡插著一朵玫瑰；旁邊水牌上寫著『瑪麗·羅傑』；『把男親戚都擠走』；『不願意讓男親戚靠近遺體』；囑咐貝XX太太，他回來之前什麼都不要對警察說；還有他表示『除了他以外，誰都不要插手管這件事』等等。要我說，伯韋肯定追求過瑪麗，她只想證明自己的魅力，他卻想贏得她的芳心。這件事我沒什麼可說的。《星報》說瑪麗的母親和親友的態度十分冷漠，還說如果他們相信死者是瑪麗，就不會表現得如此冷漠。既然事實已經駁回《星報》的說法，我們現在就當死者是不是瑪麗這個問題已經解決了，然後從這裡開始研究。」

「你怎麼看待《商報》發表的意見？」我忍不住問。

「那份報紙上的言論比其他的更值得關注。《商報》發表的那篇文章裡的言辭更符合常理，也更懇切。不過，裡面還是有兩個地方的看法不全。

---

3. 根據事情的一般特徵所下的定論，常常會脫離事情本身；人們只憑事情的起因所下的定論，常常不能考慮到是否與實際後果相符。所以每個國家的法律都表明，只要法律成為科學或制度，也就是說不成為公正的法律。盲目按照分類的原則做事，常常產生錯誤。從立法機關經常出面挽回喪失的公正可以看出這類錯誤時常發生。——蘭多。——原注

《商報》的意思是瑪麗在自家附近被一夥流氓搶走了。報上說『認識她的人肯定不止千百個，她走了四條馬路，竟然沒有一個人說見過她。』常年居住在巴黎的人和吃公家糧食的人，才會這麼想；一個經常出入政府機關的人，才會這麼想。這種人覺得自己走出政府大門，走過十來條馬路，肯定會碰上幾個跟他招呼的熟人。他比較了一下自己的交際範圍和瑪麗的交際範圍，發現沒什麼差別，於是他認為瑪麗和他一樣容易碰見熟人。這種推測只有當瑪麗和他一樣重複走一條道，而且常年在同一個區域的時候才能站住腳。他在同一區域內按時來去，注意他的人大多是同行的人。不過瑪麗走的路是不同的，想必她失蹤那天走的路與平常走的路完全不同。《商報》進行的對比只有在兩個人把全城都走遍的情況下才能成立。而且兩個人認識的人必須一樣多，見到熟人的比例才能一樣。不管在哪個時間段，也不管走哪條路，我敢說瑪麗從自己家走到姑媽家的路上都沒有碰到一個熟人。要全面分析一下這個問題，就算是巴黎有頭有臉的人物認識的人，與整個巴黎的人也差得多呢。

「只要研究一下瑪麗出門的時間就可以知道《商報》的看法說不通。《商報》說：『她出門的時間，街上正是人多的時候。』每天早上九點，確實是巴黎街道人最多的時候，週日除外。週日早上九點，人們在家準備去教堂做禮拜。大家都知道，每到安息日早上8：00到10：00，城裡非常安靜，10：00到11：00的時候，街上才會擠滿人。

「《商報》發表的文章裡，似乎有一個漏洞。『瑪麗的裙子上被撕下一條長度為兩英尺、寬度為一英尺的布條，繞過後腦在下巴頦打了一個索結。這樣做應該是為了防止她呼喊。說明兇手身上沒帶手絹。』我們以後再研究這種說法到底有沒有依據。不過作者口中『沒手絹的人』指的是流氓無賴，可這幫人即使沒有襯衫也會有手絹。你應該知道，手絹對於真正的流氓來說，已經成為不可或缺的東西。」

「那你怎麼看待《太陽報》刊登的那篇文章呢？」

「可惜這篇文章的作者不是鸚鵡，要不然倒是鸚鵡群裡最出色的。他不過是把別人發表的意見照搬過來，每個報紙上都抄一段，花的這番功夫倒是

讓人欽佩。他說：『這些東西放在那大概有三四個星期，兇手行兇的地點已經可以確定。』《太陽報》把人家的意見換了一種說法重新發表出來，可我還是忍不住懷疑。我們以後還會研究這個問題與本案另外一件事的關係。

「眼下還有一個問題等著研究。你也看到了，驗屍工作做得非常簡單，屍體倒是很快就認定了，當然也應該很快就認定，可還有別的需要調查的呢。比如死者是不是被人打劫了？死者身上有沒有首飾？如果有，發現屍體時，首飾是否還在？這些在證人的證詞裡沒有體現？還有一些重要的問題也沒得到重視。我們必須親自出面才能把這些問題弄清楚。而且還要重新調查聖・厄斯塔什自殺的案子。我沒有懷疑這個人，不過還是按規矩來吧！檢查一下他寫的那份交代週日白天做了什麼的證詞，這種證詞都是現編的，要是這份證詞沒什麼問題，就不用追查聖・厄斯塔什了。如果證詞裡說的事都是假的，他的行為就有問題；如果不是假的，就可以理解他的行為，也就不必調查他了。

「我的建議是咱們調查一下案件周邊的情況，至於案件的內部情況就不研究了。偵查這類案件的時候，最常犯的錯誤是只調查直接情況，忽略間接或突發情況。法庭上經常把證據或辯論局限在表面上存在關係的範圍裡。事實證明，絕大部分事情的真相隱藏在表面上沒有關係的事物中。這一點也體現在哲學當中。憑著這種原則，現代科學計算出了出乎意料的事。不過也許你不能明白我的意思。歷史上有很多例子表明，因為有了這些間接的、突發的、偶然的事，所以才有很多寶貴的發明。我們必須充分認識到，許多發明完全是意想不到的、是碰出來的，這樣的認識有利於將來的發展。不能再把依據事物產生的想像稱為哲學空想。突發情況被認為是事物根基的一部分。我們把機會當成意料之中的事，將所有意想不到的事歸納到數學公式裡。

「我再重申一次，絕大部分事情的真相都是從偶然因素中發現的。遵照這一原則，我要把這件案子中別人調查過但沒有收穫的事重新調查一遍，一直調查到案件的周邊。你確認這份證詞是真實的，我卻要研究一下所有的報紙，做的比你更周全。我們現在只不過研究了一下調查範圍，要我說，查看了所有報刊還找不到可以確定偵查方向的線索這才奇怪呢。」

杜賓說完，我把聖·厄斯塔什的證詞重新研究了一下。這份證詞沒有半點虛假，他沒有任何嫌疑。我這位仔細的朋友把各種報紙的合訂本都看了一遍，我認為他這種做法沒有任何道理。一週後，他交給我一份摘記：

三年半以前，瑪麗曾在勒·勃朗先生的香水店裡工作，還鬧出了失蹤的事，當時受到關注的程度與現在一樣。不過一週之後她重新出現在香水店的櫃檯裡，只是臉色看起來蒼白了許多。她母親和勒·勃朗先生都說她去鄉下一個朋友那裡了。不久這件事就被人們遺忘了。本報認為瑪麗這次的失蹤跟香水店那次一樣，用不上一週或一個月，她就會回來。——《晚報》，6月23日，週一。

昨天有家晚報提到羅傑小姐當初失蹤的事。大家都知道，在她失蹤的一週時間裡，是與一個年輕的海軍軍官在一起，那名軍官是出了名的嗜酒好色之徒。據說他們兩個大吵一架，瑪麗才回到家。本報已經打探到那名軍官現居巴黎，本報也知道他的名字，不過不能公佈。具體原因就不多說了。」——《新聞使者報》，6月24日，週二早報。

「前天，本市發生一起強姦案。黃昏時，有一對夫妻帶著女兒出去遊玩，看見塞納河上有六個年輕人划著船來回遊蕩，於是一家三口請求六人載他們過河。到了對岸，三個人走上河岸，走了很久，直到看不見船影的時候，女兒才發現把陽傘落在了船上。她回去找傘，結果被這夥人堵住嘴強暴了。然後他們把她送到她與父母一起上岸的地方。這幫壞蛋到現在還沒落網，不過警察正在全力抓捕，其中有幾個人不久即可抓獲。——《晨報》，6月25日。

本報最近收到兩封來信，指出最近那件慘案的兇手應該是梅奈。但經過審訊，他被無罪釋放。本報的幾名記者雖全力追查這條線索，但因消息不夠詳實，所以本報暫不評價。——《晨報》，6月28日。

本報收到幾封來信，很明顯這幾封信根據不同資料寫成。信中寫到，週日有好幾夥流氓在郊外閒逛，可憐的瑪麗慘遭其中一夥流氓的迫害。本報以後會儘量留出空間刊登這類新聞。——《晚報》，6月30日，週一。

週一，一名稅務緝私機關的駁船船夫，在塞納河上看見有艘空船漂向下游，船帆收起放在船上，船夫將小船拖到駁船管理所。第二天早上，有人偷走小船。目前船獎還留在管理所裡。——《勤奮報》，6月26日，週四。

我覺得這些資料與本案沒有任何關聯，沒看出有什麼特別之處，就等著杜賓給我解釋。

「摘記的前兩段我就不說了，」杜賓說：「那是給你看的。警察可真疏忽，根據警察廳長的描述，他們根本沒打算調查那個海軍軍官。要說看不出瑪麗第一次私奔和第二次私奔的關係，還真可笑。我們可以假設第一次私奔的結果是兩人吵架，女方因為生氣跑回了家。如果這回又是私奔的話，就應該看成勾引她的男人又重新回來找她，而不能看成另外有人勾引她，也就是說應該把這事看成重拾舊愛，而不是另謀新歡——結論一：甲某提出跟她私奔，結果她答應跟乙某私奔；結論二：曾經跟她私奔的乙某，如今又回過頭來向她提出私奔。這兩種可能性的比例是1：10。說到這兒，請你注意一件事，第一次私奔是肯定的，第二次私奔是假設的，兩次私奔中間相隔的時間比軍艦巡邏的時間多幾個月。難道那個男人第一次就想下此毒手，因為要出海只好作罷？難道他一上岸就迫不及待地完成上次沒有得逞的毒計？我們對這些事毫不知情。

「可你會說第二次可不是私奔。確實如此，那我們可不可以說這種沒有實施的計畫不存在？除了聖‧厄斯塔什和伯韋，我們找不到其他公開追求過瑪麗的人。那麼這個隱祕的情人是誰？瑪麗的親戚也不知道她有一個隱祕情人，至少大部分親戚不知道。可瑪麗卻在週日早上與這個人見面，而且兩個人在羅爾關的密林裡待到天黑。請問這個人到底是誰？還有瑪麗出門那天早上，羅傑太太說的那句『再也見不到瑪麗了』是什麼意思？

「我們不清楚老太太是否知道私奔這件事，但至少能假定瑪麗已經有了私奔的念頭。早上出門之前，她說要到特羅姆街姑媽家待一天，還讓聖‧厄斯塔什天黑以後去接她。乍一看，這事跟我的想法有些衝突，不過我們還是動腦筋想想吧！她確實去見了那個人，還跟著他去了河對岸，下午三點才

到羅爾關。不過她陪著這個人的時候（別管她怎麼想，也別管她母親是不是知道），一定會想到早上離家之前說過要去哪，還會想到叫男朋友聖‧厄斯塔什在天黑以後接她的事，到時候他沒有接到她，擔心地回到公寓發現她還沒回來，心裡肯定會產生疑惑。瑪麗肯定想過這些事，也能預料到聖‧厄斯塔什會非常生氣，也知道大家會產生懷疑。她絕對不想讓大家懷疑。話說回來，要是她一開始就沒打算回家，大家是不是懷疑也就無所謂了。

　　「我們假設她的想法是這樣的：『為了私奔，或為了某個只有我知道的目的，去跟某個人約會。時間必須準備充足，千萬不能讓任何人擾亂這個計畫。我要說到特羅姆街的姑媽家待一天，我還要告訴聖‧厄斯塔什天黑以後再來接我。這就可以延長離家的時間，既不會讓人產生懷疑，也不會讓人著急，而且還可以爭取更多的時間。要是告訴聖‧厄斯塔什天黑以後再來接我，他肯定不會早來；要是不告訴他，家裡人肯定認為我會早去早回，如果我沒早回，大家就會著急。話說回來，要是我本來就想回去，也就不用叫聖‧厄斯塔什來接我了，因為他來接我的時候就知道我在騙他。如果我想瞞他一輩子，就不用對他說清楚我在哪，等天黑了我就回家，回家以後再說我去特羅姆街的姑媽家待了一天。不過既然決定不回來，或幾個星期不回來，那就應該多爭取點時間。』

　　「你摘記的資料裡有普通人對這件事的看法，從始至終他們都認為這個姑娘被一群流氓糟蹋了。在某些情況下，我們倒不能不顧及普通人的看法。如果這種看法是自然流露出來的，應該就是與直覺相似的東西，直覺是天才的特點。一百回裡，我倒有九十九次願意憑直覺做決定。重要的是這種看法不能受到別人的影響，必須是群眾自己的看法。通常情況下，很難看出這其中的差別。有關群眾發表的「一群流氓」的看法，根據我摘抄的第三段來看，已經引申了一步。瑪麗的屍體一經發現，轟動了整個巴黎。眾所周知這個姑娘年輕漂亮。在河裡找到了她的屍體，身上全是傷痕。在瑪麗被害的時候，有一群流氓對另一名年輕姑娘實施了暴行，只不過程度沒這麼嚴重。人們對一件沒調查清楚的暴行的判斷受到了另一件人盡皆知的暴行的影響，這難道不是巧合嗎？瑪麗的案子還沒弄清楚，就出現了這麼一件人人知曉的案

子，於是大家把兩件事聯繫到一起。這件大家都知道的案子就發生在這條河上，瑪麗的屍體也出現在這條河上。兩件事之間的關聯這麼明顯，大家要是看不出來才怪呢。既然大家知道的那件暴行是這麼回事，那麼出現的另一件暴行也是這麼回事。如果一幫流氓在一個地方犯了罪，那麼另一幫流氓也在同樣的時間、地點，用同樣的手段犯下同樣的罪行，這不是很奇怪嗎。大家提出這樣的意見，不就是要我們相信這些巧合嗎？

「繼續談下去以前，先研究一下羅爾關密林裡那個假設的行兇地點吧！雖然這片林子樹木密集，但卻靠近公路。林子裡有幾塊大石頭，形狀像有腳踏板的靠背椅。最上面一塊石頭上有條白色的裙子，下面一塊石頭上有條絲巾，旁邊還有一把陽傘、一副手套、一條手絹。手絹上繡著「瑪麗·羅傑」。附近的荊棘上掛著碎布，地上有腳印，小樹被壓斷了，這裡應該發生過一場激烈的打鬥。

「各報都對這片林子進行過報導，大家也認定這片林子就是凶案發生的地點，不過這一點卻引起了我的懷疑。我可以相信這就是凶案發生的地方，也可以不相信，而且我有足夠的理由懷疑。《商報》說凶案發生的地方就在聖安德列街附近，如果兇手還住在巴黎，看見大家已經識破這件迷案，肯定嚇壞了。這時候，兇手的心裡肯定想，還是要盡快轉移大家的視線。既然大家已經發現羅爾關附近的密林，肯定也會發現放在地上的那些東西。雖然《太陽報》假設那些東西在林子裡不止放了幾天，卻沒有任何證據證明這種假設。不過從週日發生這件案子到兩個孩子發現那些東西，中間隔了22天，如果那些東西早就放在那，不可能沒人注意。《太陽報》直接把別人的看法照搬過來，『在雨水的沖刷下，全部發霉了，而且霉得硬了。這些東西周圍長滿草，甚至有些衣服上都長了草，陽傘已經爛成一堆，傘頂折疊的部分已經發霉，傘一張就爛了。』關於『這些東西周圍長滿草，甚至有些衣服上都長了草』這句話分明是兩個孩子根據回憶描述的。這兩個小孩直接把東西拿回家，現場沒有第三個人看過。野草每天都會增長兩三英寸，尤其是天氣暖和、環境潮濕的地方，正好血案發生的地方就是這種環境。如果把陽傘放在草地上，不到一個星期就會被長高的青草遮住。再看看關於發霉的說法，

《太陽報》的編輯非常肯定是發霉了，剛才這段話裡，發霉這個詞出現了三次，難道他不懂什麼叫發霉嗎？難道還要別人告訴他這是一種多種黴菌，生出來不到二十四小時就會死亡？

「在事實證據面前，報紙上引用這麼大段話強調那些東西在林子裡放了三四個星期的做法多麼荒謬。另外，如果說這些東西在林子裡放了一個星期——從出事的那個週日到下一個週日，肯定沒人相信。熟悉巴黎的人都知道，除非在遠郊，否則很難找到僻靜的地方。很難想像，樹林裡會有什麼沒被人探索過或沒人經常去的隱祕地方。假設有這樣一個人，非常喜愛大自然，但因為工作原因只能待在城市，忍受城市的喧囂和熱鬧——假設這個人在平日裡也渴望處在自然美景中，不過他每走一步，就會發現，雖然林子深處的景色很美，但有一幫流氓在林子裡吵吵嚷嚷，這難免有些煞風景。他想在林子深處找個安靜的地方，只能是白費力氣。因為這正好是流氓喜歡去的地方——這裡是被冒犯的聖地。這個一心想出來溜達的人帶著鬱悶的心情回到巴黎，就像回到一個相較而言不討厭的地方，因為那裡沒有不可調和的氛圍。市郊平時的人就很多，到了安息日比平時要多上好幾倍。尤其是現在，城裡的流氓無賴不用幹活，也沒有做壞事的機會，肯定會去市郊，不是因為喜歡田園風光，他們根本不在乎這些，這樣做是因為可以逃避社會習俗的約束；他們才不喜歡新鮮的空氣和茂密的樹林，只不過在鄉下可以胡作非為罷了。在鄉下的小客棧裡，他們跟一幫朋友喝酒聊天，無拘無束。我再重申一遍，這些東西在那放了一個星期，竟然沒人發現，這種情況太奇怪了。我說的不過是明眼人一看就明白的事。

「可以看出那些東西放在密林裡是為了轉移人們的注意力。你可以把發現那些東西的時間和我從報紙上摘抄下來的第五段資訊的時間對照一下，晚報收到那些加急信件以後，林子裡就發現了那些東西。這些信件雖然來自不同的地方，而且內容也不一樣，不過它們卻能達到同一個目的：告訴人們這件慘案的行兇地點在羅爾關附近，兇手是一群流氓無賴。這些信件操控了群眾的意志。這件事最可疑的地方不是孩子們找到了這些東西，而是孩子們以前怎麼沒找到這些東西。現在可以肯定的是，這些東西是發出這些信件的兇

手，在發信的前不久或當天把東西放在密林裡的。

「這片林子很密，密得出奇。在那片林子裡有幾塊大石頭，形狀像有腳踏板的靠背椅。這片林子離德呂克太太家很近，差不多幾杆④遠。她家孩子經常在附近的矮樹林裡找黃樟木的樹皮。藏在林子裡的那些東西，孩子們一天至少能找到一樣，這話難不成只是隨口說說？如果真的只是隨口說說，這個人肯定不是沒當過孩子，就是不瞭解孩子的天性。我再重複一遍，如果這些東西真的在林子裡放了幾天，兩個孩子肯定早就發現了。所以不管《太陽報》說得多麼果斷，我們還是有理由相信這些東西是案發後隔了很長時間才放在林子裡的。

「另外，我還有更充分的理由相信這些東西是案發以後放的。比如這些東西的擺放位置非常刻意。最上面一塊石頭上有條白色的裙子，下面一塊石頭上有條絲巾，旁邊還有一把陽傘、一副手套、一條手絹。手絹上繡著『瑪麗‧羅傑』。這是一個不太聰明的人刻意擺放的，因為他想讓現場看上去更加自然。事實上，這種擺設一點也不自然。如果是我，就把這些東西全部扔到地上，隨意踩幾腳。如果有許多人在那麼窄的地方打架，肯定會把東西扔的到處都是，裙子和圍巾肯定不會扔在石頭上。報紙上說：『地上有腳印，小樹被壓斷，這裡應該發生過一場激烈的打鬥。』——可裙子和圍巾居然像放在衣櫃裡一樣放在石頭上。『小樹上掛著幾塊長度為六英寸、寬度為三英寸的布條，一條是外衣上撕下來的，上面還有補過的痕跡；另一條是裙子上的，不過不是裙擺上的。這些布條掛在離地面兩英尺的荊棘上，好像用手一塊塊撕下來的。』《太陽報》在這段話中，用了個有爭議的字句。按照這種說法，衣服應該是用手故意撕成一條一條的。又說這塊布是被小樹枝撕下來的，可真奇怪。一根釘子或一個小樹枝扎進這樣布料的衣服裡，只能撕成一個直角——撕成兩道直角裂縫，在釘子或樹枝扎進去的地方匯成一個點——不能把衣服撕下來。我沒有聽說過這樣的事，相信你也沒有。通常情況下，

---

4. 一杆大約為5.5公尺。——譯注

需要兩種不同的力往相反的方向發力，才能從這種布料上撕下一塊來。如果料子有兩道邊，比如手絹，只需要一方面的力量就能撕下一塊。可這件衣服只有一邊，還是鑲上去的。要想從衣服上沒邊的地方撕下一塊布，一根小樹枝可不行，除非幾根小樹枝一起發力。不過就算只有一邊，也得需要兩根樹枝朝著相反的方向發力才行。我是說這個邊不是鑲上去的，要是鑲上去的肯定不行。我們可以看到，單靠樹枝撕破衣服有多難，可報紙上還要我們相信，用樹枝撕下來的布有很多條。另外，還有一根是『外衣褶皺上的邊』，另一條是『裙子上的，不過不是裙擺上的。』也就是說要靠樹枝從衣服沒邊的地方撕下來。要我說，別人不相信這些也情有可原。冷靜下來思考一下，就可以看出這篇報導多少有點誇大事實。這樣做是為了讓人們相信這些東西是一群流氓無賴扔到這兒的，而且這些流氓無賴很有先見之明地把屍體抬走了。當然我並不是否認這片密林就是兇手行兇的地方。林子裡可能發生過什麼事，不過最大的可能是德呂克太太的那家旅店出了事。其實，這點並不重要，我們的主要任務不是找到兇手殺人的地方，而是找到兇手。說了這麼多，我的目的有兩個：第一，反駁《太陽報》那篇自以為是的文章；第二，讓你順著我的思路思考一個問題，這件兇殺案的兇手是不是一幫流氓無賴？

「我們簡單說一下法醫的驗屍報告吧！他在報告裡提到的有關流氓人數這一點，被巴黎所有有名氣的解剖學家批評了一頓，他們認為這種說法不恰當，而且沒有任何依據。這倒不是說他的推斷不正確，只是說他的推斷沒有依據。

「現在認真研究一下『打架痕跡』這件事。人家認為這些痕跡表示兇手是一群流氓。一個柔弱的姑娘和一群想像出來的流氓打什麼架呢？而且打的時間那麼久，那麼激烈，還到處都是『痕跡』。兩三條結實的手臂勒住脖子就可以搞定她，她一點反抗的餘地都沒有。我主要反駁的不是林子是行兇地點的說法，而是兇手是一幫流氓的說法。看看林子那些明顯的『痕跡』，只有當兇手是一個人的時候才能說得通。

「話說回來，這些東西原封不動地留在林子裡，肯定會引起別人的懷疑。這些罪證不像兇手無意間留下來的。兇手帶走屍體這一點，說明他非常

鎮定，可不管怎麼說，現場還是留下了一件十分明顯的罪證——那條繡著死者姓名的手絹。如果這條手絹是無意間掉下來的，就可以說明兇手不是一個人。想想看，兇手殺人以後，要獨自面對一具屍體，他的內心充滿恐懼，看著躺在地上的人，他嚇壞了。心中的怒氣漸漸消退，隨之而來的是巨大的恐慌。如果有很多人，可以消除這種恐懼，可他只有一個人。他壯著膽子把屍體拖到河邊，卻把其他罪證留在現場，因為他一下拿不了那麼多東西。雖然回去拿一趟很容易，但他離開以後，更加恐懼了。這一路上，他聽到周圍有人說話，有好幾回他都聽到了腳步聲，就連城裡的燈光也讓他感到害怕。因為心裡有事，所以他走走停停，而且一停就是很長時間。終於他走到河邊，卸下身上這副可怕的擔子——可能是用小船運走的。這時他滿腦子都在想殺人償命的事，再也沒有什麼能驅動他回到那片林子拿那些可怕的東西。不論有什麼後果，他肯定不會回去。他現在只有一個想法：逃命要緊。他轉身逃出那片矮樹林，就像逃脫上天的懲罰一樣。

「如果兇手是一幫流氓會怎麼樣呢？他們人多，自然也就不用害怕，要是這幫流氓真的沒有膽量的話，我說的就是那幫憑空想像出來的流氓。我剛才設想的那種情況就不會有了。如果他們中有一個人、兩個人或三個人有漏洞，那麼第四個人也會把這個漏洞堵上。他們那麼多人，肯定會把所有東西都帶走，一件也不留，而且也不用再回來一趟。

「現在說一下死者身上的那件外衣。『外衣上有一條從裙邊撕到腰間的破布，長度大約有一英尺。那條破布在腰上纏繞了三圈，最後在後背打了個索結。』打這樣一個結是為了做一個提手。要是兇手有幾個人，就不需要這麼費勁，三四個人抬著屍體走不是更方便嗎？這種情況說明兇手只有一個人。想到這就會聯想到：『樹林和塞納河之間的籬笆也被推倒了，地面上有拖拽的痕跡。』如果兇手有幾個人的話，就不用費力推倒籬笆，他們可以抬著屍體越過任何一道籬笆。如果兇手有幾個人，就不會拖著屍體走，留下這麼明顯的痕跡。

「我們來看看《商報》的一篇文章，我在前面已經反駁過報紙上發表的一些觀點。報紙上說：『瑪麗的裙子上被撕下一塊，繞過後腦在下巴頦打了

一個索結。這樣做應該是為了防止她呼喊。說明兇手身上沒帶手絹。』

「我在上面提到過，一個真正的流氓身上肯定有手絹。可我現在並不想細說這件事。林子裡出現的手絹說明事情不是《商報》說的那樣：因為兇手沒帶手絹，所以用這條布帶綁住死者。再者說，要想防止死者喊叫，可以採用更簡便的方法，所以用布帶的目的不是防止喊叫。證人說這根帶子『鬆鬆垮垮地纏在她的脖子上，繫了一個死結。』這話說得非常模糊，而且跟《商報》上的說法有差別。這根帶子是細布，寬十八英寸，直著摺在一起，捲成一團，非常結實。我推測兇手提著屍體走了一段路（先不管從林子裡還是從別的地方），他發現屍體太重了，決定拖著走——屍體上有被拖過的痕跡。他既然這麼想，肯定要在一頭綁上繩子，最好綁在脖子上，因為脖子上有頭，可以卡住繩子。可是綁在腰上的那根布帶，在屍體上纏了好幾圈，還繫著索結，而且這根帶子沒有完全從衣服上撕下來，所以兇手重新從裙子上撕下一條，綁在死者的脖子上，把屍體拖到河邊。綁這根布帶的時候，花費了不少時間。不過，這根帶子好像不怎麼管事。不管怎麼說還是用上了這根布帶，這說明兇手在沒有手絹的情況下不得不用這根帶子，也說明兇手是在從林子（假設是從林子裡）走到河邊的路上，才用到帶子的。

「可是德呂克太太在供詞中說，案子發生的那段時間，有一幫流氓出現在林子附近。我認同這話。我想在慘案發生的這段時間，羅爾關附近確實出現了一幫流氓。德呂克太太形容的這種人可不止一幫。只不過這一幫流氓剛好去德呂太太家的旅店白吃白喝了一頓。她提供的證詞不可靠，而且時間也有點晚。

「德呂克太太的證詞中有價值的資訊是什麼呢？『來了一幫無賴，在這吵吵嚷嚷、大吃大喝，完事就走，連錢都沒給。這群人也往密林方向走了，直到天黑才回來，行色匆匆地划著小船離開。』

「德呂克太太顯然過分強調了這個『行色匆匆』，因為她心裡還想著那些白吃白喝的人，以為人家會回來付錢。不然為什麼在天快黑的時候強調『行色匆匆』？不管是普通人還是流氓，要坐小船回家，眼看著天快黑了，又要起風浪，肯定會『行色匆匆』，這有什麼好奇怪的呢？

「我之所以說天快黑了，是因為天還沒黑。德呂克太太認為的『行色匆匆』，不過是因為天快黑了。證詞裡顯示，當天晚上德呂克太太和她的大兒子『聽到旅店附近傳來一陣女人的喊叫聲』。德呂克太太是什麼時候聽到喊叫聲的？她說那時『天剛黑』，也就是說天已經黑了；『天快黑』說的肯定是白天。所以德呂克太太聽到喊叫聲的時候，那幫流氓已經離開。雖然各家報紙用不同的措辭刊登了這段證詞，但沒有一家報紙，或一個警察注意到這其中的差別。

「對於一群流氓這個觀點，我還要提出一點反對意見，我個人認為我提出的這點沒有任何反駁的餘地。既然警方已經發佈懸賞通告，投案自首並供出同夥的人可以免罪，為什麼到現在為止，還沒有一個人出面作證？在這種情況下，如果兇手是一群人，肯定有人出面告發。這樣做倒不是貪圖賞金，也不是為了免罪，而是怕被別人出賣。所以他要趁早出賣別人，免得被同夥出賣。到現在還沒有人投案自首，說明這件慘案的兇手只有一個人或兩個人。

「雖然有價值的線索很少，但肯定正確。我們把所有線索整理一下，可以得出一個結論：這件案子不是發生在德呂克太太的旅店裡，就是發生在羅爾關的密林裡；兇手不是瑪麗的情人，就是她的密友。布帶上打的『索結』，帽帶上的『水手領結』，再加上黝黑的皮膚，說明她的密友是一名海員。這麼漂亮、有魅力的姑娘願意與他交往，說明他的地位比一般水手高——寄給報社的信件寫得非常流暢，也證實了這一點。《信使報》裡提到瑪麗第一次私奔的情況，叫人忍不住懷疑這個海員就是第一次與瑪麗私奔的那個『海軍軍官』。

「既然說到這，我們就來分析一下這個皮膚黝黑的人。伐侖士和德呂克太太都說這個人的皮膚黝黑，說明這個人的膚色不是普通的黑。可為什麼這個人到現在也沒露面呢？他是不是被那夥流氓殺了？如果那夥流氓把他殺了，為什麼現場只留下了姑娘的痕跡？他的屍體到哪了？兇手應該把他的屍體和瑪麗的屍體一起處理。不過，可能他還活著，之所以一直不露面，是因為害怕擔上謀殺的罪名。現階段，這種說法對他倒是適用——有人看見他跟

瑪麗在一起——但在凶案發生的時候，這種說法無效。如果一個人沒有犯罪，就會站出來揭露事實，協助警方指認那夥流氓——這是他能想到的最聰明的辦法。有人看見他和那個姑娘坐敞篷渡船過河，就算是個傻子，也知道擺脫嫌疑的最好辦法，是指出真凶。我們沒辦法相信，在凶案發生的那個週日的晚上，他既無罪又不知情。如果他還活著，只有在我說過的那種情況下，他才沒來指出真凶。

「那怎麼才能找到事情的真相呢？順著這個思路繼續推理，會找到更多的方法，也會越來越接近真相。我們先研究第一次私奔的經過。查清楚這個『軍官』的歷史、現在的狀態以及案發時他在哪。仔細對照一下寄到那家晚報指控這夥流氓的幾封信件。然後就著原稿和文體對照一下之前寄到日報指控梅奈的幾封信。對照好以後，把這些不同的信跟報導軍官的原稿對照一下，再想辦法跟德呂克太太和他的兒子、公共馬車夫伐侖士打聽一下，那個『皮膚黝黑的人』還有什麼其他特徵。只要提問的方法得當，就能套出這方面或其他方面的資訊——說不定他們自己都不知道心裡有這些資訊呢。等這些事辦妥以後，再去調查駁船船夫在6月23號週一早上撿到的那艘小船。有人在撈到屍體之前，趁駁船管理所的人不注意偷走了小船，不過偷船的人把船槳落下了。只要認真仔細、堅持不懈，肯定能找到這艘小船，因為船夫認得小船，駁船所還有小船上的船槳。船上的槳沒了，偷船的人肯定不會像什麼都沒有發生一樣。說到這兒，我插句話。當時駁船所沒有刊登招領廣告，也就是說只有駁船管理所的人知道這件事，結果第二天船就被人偷走了。使用這艘船的人是怎麼知道這艘小船停在駁船所的？所以這個人應該跟海軍方面的人有私交，才會知道這方面的瑣事。

「前面提到兇手一個人把屍體拖到岸邊，我就說過他應該是用小船把屍體運走的。我們現在弄清了一個問題，瑪麗・羅傑被人從小船上扔到河裡，事情就是這樣。如果把屍體扔到河邊較淺的地方，不靠譜。死者肩背上有一條特別的傷印，說明死者曾經壓在船底的肋材上。死者身上沒綁著重物，也說明屍體是從小船上扔下去的。如果從岸上扔到水裡，肯定會綁上重物。要說屍體上為什麼沒綁，只能說明兇手把這件事忘了。在把屍體扔到河裡的

時候，他肯定想到這件事了，可身邊沒有重物。只要不讓他回到岸上，他願意冒任何風險。把屍體推到河裡後，他趕緊回城。他應該在某個偏僻的碼頭上了岸，然後立刻跑回家，根本顧不上拴船。話又說回來，把船拴在岸邊，等於拴著一個對自己不利的證據。他肯定想擺脫一切對自己不利的事。他上岸以後肯定馬上溜之大吉，隨便這條船漂到哪兒。我們繼續推理，第二天早上，這個人聽說有人撿到這艘小船，而且就放在他每天都去的地方——也許他在那工作，他非常害怕。第二天夜裡，他偷偷把小船划走，連船槳都不敢要。可這艘沒槳的船在哪兒？我們把找到這艘小船列為首要目標，只要看到這艘小船，就看到了希望。找到這條小船，就能找到安息日夜裡使用它的人，而且會很快。現在鐵證如山，兇手只能認罪伏法。」

（作者把原稿交上來以後，本刊擅自刪去一部分，多數讀者一看就能知道為什麼刪除，所以不再詳述原因。刪除的部分詳細介紹了杜賓根據一些細微的線索偵破此案的過程。本刊認為這部分只需要簡單說明即可。案子總算水落石出，警察廳長如期兌現了他的承諾，只是他心裡好像並不是很開心。下文就是愛倫・坡先生這篇小說的結尾。——編者⑤）

讀者看過就能明白，我說的這些都是巧合，上文說的所有內容都是對巧合的解釋。我並不相信沒有任何根據的傳說。頭腦聰明的人不會否認萬物和上帝是兩碼事。毫無疑問，上帝創造、改變、任意支配萬物。我說的「任意」是意識問題，而不是權力問題。並不是說神明無法改變自然規律，而是說我們沒有根據地幻想需要改變什麼是在冒犯神明。在開始創造自然規律的時候，已經包含「未來」可能發生的意外。在上帝看來，一切都是「現在」。

我再重申一遍，上面說的這些事只是一種巧合。大家可以從我的敘述中看到，瑪麗・西西莉亞・羅吉絲小姐的命運，跟瑪麗・羅傑生命中某個階段的命運相似。我剛才說過，這一切都可以看出來。不過，我順著上面提到的

---

5. 這段話是本文發表的那家雜誌社的編輯添加的。——譯注

那個階段講述了瑪麗的遭遇，撥開了她身上的迷霧，並不是想擴大兩個瑪麗相似的地方，也不是建議把偵破巴黎香水店員謀殺案的方法照搬過去。因為根據相似的推論方法，不一定得到相似的結果。

比如假設的後一部分，我們應該考慮到即使兩件案子中存在很小的差別，也會改變兩件事的發展趨勢，從而使我們的分析產生巨大誤差。就像算數一樣，一個小錯誤可能不算什麼，如果把這道題中所有數字相乘，結果跟正確答案相差十萬八千里。再比如假設的前一部分，一定要記住我說過的概率計演算法，絕對不能擴大相似之處，這份絕對性確定無疑，跟引申和肯定的相似之處成正比。這是一種不規則的定理，表面上跟數學沒有任何關係，實際上只有數學家才能看懂，要使一般讀者相信很不容易。比如，一個人擲骰子，連著兩回都是六點，別人就有足夠的把握押上最大的賭注，賭他第三次不會投出六點。頭腦聰明的人肯定不會打這個賭。前兩回投出六點已經過去，對即將發生的第三回沒什麼影響。投出六點的機率與平常一樣，也就是說只要能投出別的點數，就能投出六點。這個道理很淺顯，想要反駁這種觀點，往往會被人嘲諷，而不是被人尊敬。我在這說的錯誤是個大錯，但由於篇幅有限，我不便多說。從哲學的角度來看，也用不著多說。在推理的過程中，一個錯誤必然會引起一連串的錯誤。

金甲蟲

哦吼！哦吼！這傢伙在狂舞！

他被狼蛛咬傷了！

——《皆在錯中》[1]

　　我和威廉・羅格朗多年前就認識，那時我們的關係很親密。他出生於一個古老的胡格諾教派家族。這個曾經富有的家族，在經歷過一連串的打擊以後逐漸衰敗。於是羅格朗離開祖先們居住的新奧爾良，以此逃避這一切帶給他的恥辱。

　　他離開新奧爾良以後，來到了南卡羅來納州查爾斯頓附近的沙利文島。這個島的表面覆蓋著海沙，全長大約三英里，最寬的地方只有四分之一英里，是個奇怪的小島。蘆葦叢和沼澤地之間有一條隱蔽的小河，把島嶼和陸地隔開，一群秧雞經常在那兒遊玩。島上根本看不見大樹，僅有的幾棵植株也非常矮。小島西邊的海灘上有一個毛特烈堡，還有一些簡陋的出租屋。夏

---

1. 《皆在錯中》的作者為英國諧劇作家亞瑟・墨菲。——譯注

天這裡聚集著來自查爾斯頓的人。他們一邊在島上避暑一邊享受著片刻的寧靜。島上還長著一些矮小的美洲蒲葵。整個小島，除了西邊的綠色蒲葵和海岸線的白色沙灘外，就只有紫紅色的桃金娘了。這些灌木可以長到高達十五到二十英尺，形成茂密的灌木林，散發出濃郁的花香。英國園藝家最喜歡這東西。

羅格朗在灌木林的深處，也就是靠近東邊很偏僻的地方建了一個小房子。我偶然路過這兒，遇見他，就成了好朋友。他身上有很多吸引人的地方，也令人很佩服。他智商很高，受過良好的教育。就是性格有點古怪，前一秒還興高采烈，下一秒就沉默不語，而且還有些憤世嫉俗。他收藏了很多書籍，卻很少看。平常喜歡打獵或釣魚，有時去沙灘漫步，有時在桃金娘裡尋找貝殼和昆蟲，製作標本。他的那些昆蟲標本，即使史丹姆[2]看了，也會羨慕。他身邊總跟著一個老黑人朱庇特。這個老黑人在羅格朗家業衰敗之前，就已經自由了，但他依然緊緊追隨著他的「小馬薩少爺」。我認為羅格朗的親戚應該覺得他精神上有點問題，所以不斷給朱庇特洗腦，讓朱庇特寸步不離地照顧他。

沙利文島的秋天和冬天都不是很冷，所以很少生火。但在18XX年10月中旬的一天，天氣格外寒冷。傍晚的時候，我穿過灌木叢，匆忙趕到我朋友的住處。當時我住在查爾斯頓，離沙利文島九英里，交通也不方便，已經好幾週沒來看過他。站在他家門口，我習慣性地敲了敲門，裡面沒人回應。從藏鑰匙的地方拿出鑰匙，打開門走進去，房間的壁爐裡生著火。我感覺有點奇怪，但也沒想太多，脫掉大衣，坐在一張靠近壁爐的椅子上，等著他們倆。

天剛黑不久，他們就回來了。朱庇特看見我高興壞了，趕緊收拾了幾隻秧雞準備做晚餐。羅格朗情緒高漲，因為他發現了一個雙貝殼，是新的品種，還不知道叫什麼名字。另外，在朱庇特的幫助下，他抓住了一隻金甲

---

2. 博物學家，來自荷蘭。——譯注

蟲。他覺得這是一個全新的發現。不過，他還是希望我能在第二天的時候，提供一些意見。

「為什麼不是現在？」我一邊搓手一邊問，心裡想的卻是，讓這該死的蟲子見鬼去吧！

「哎，早知道你要來，我就……」羅格朗說：「我們已經很長時間沒見面了，誰知道你今天晚上過來？回來的路上遇見城堡的G上尉，他把蟲子借走了。你今晚別回去了，我讓朱庇特明天早上把牠要回來，那玩意可真神奇……」

「你是說日出嗎？」

「甲蟲！我是說甲蟲！牠長得有山核桃那麼大，全身都是金色，在後背的一邊有兩個黑點。另一邊的觸角……」

「威廉少爺，牠身上可不是鍍金的，」朱庇特插話道：「那可是一條純金的甲蟲。牠的身上除了翅膀，全是金的。我這輩子見過的蟲子，連牠體重的一半都達不到。」

「好吧，朱庇特，就算是這樣。」羅格朗認真地說，「看看這鳥的顏色，你為什麼把它燒糊了？」

說完他轉過身看著我：「就像朱庇特說的那樣，但在看見牠之前，你沒法做出判斷。我可以先告訴你牠長什麼樣。」說完他在一張小桌子前坐下。桌子上只有筆和墨水，他翻開抽屜找紙，結果沒找到。

「沒事，就用這個吧！」他從馬甲的口袋裡掏出一張紙，那張紙看上去有些舊了。我坐在壁爐邊烤火，他畫完以後，把紙遞給我，我伸手接過那張紙。就在這時，門外傳來狗的叫聲，然後是爪子撓門的聲音。朱庇特打開門，羅格朗那隻紐芬蘭大狗撲到我身上，牠表現得十分熱情——我以前來的時候，和牠相處得很好。等牠消停下來，我看了看紙上的畫，完全摸不著頭腦。

我思考了一會說：「這確實是一隻很奇怪的甲蟲，我從來沒見過這東西，除了頭顱骨，呃，我是說骷髏頭，在我眼裡，這東西和骷髏頭很像。」

「骷髏！」羅格朗大聲說：「好吧！這麼看確實有點像，這兩個黑點就

像眼睛，這條線像嘴巴，最重要的是整個形狀是橢圓形。」

「應該是吧，」我說：「不過也有可能是你沒有繪畫天分。看來我只有等明天早上，才能知道牠究竟長什麼樣了。」

「可能吧！」他有點生氣地說，「我畫的這個一點也不差。再說，我可是跟很多大師學過畫畫，而且我很聰明的。」

「老兄，你不是在逗我吧！這明明就是一個骷髏頭，而且是一個很棒的骷髏頭——我是指從生理學角度看。如果你說的那個甲蟲真的長成這樣，那牠肯定是世界上最奇怪的甲蟲。這樣我們就可以弄出很多神祕的事。你可以叫牠骷髏甲蟲，或給牠起一些類似的名字。這樣的稱呼經常出現在博物學裡。對了，你剛才說的觸角在哪兒？」

「觸角！」羅格朗饒有興致地說，「我畫得很清楚啊，跟蟲子身上的一模一樣，我想你應該看見了。」

「好吧，好吧！也許你說得對，可我還是沒找到。」我把草圖還給他，便沒再說什麼，因為實在不想惹他生氣。羅朗格的不開心讓我有點吃驚，畫上的蟲子明顯沒有觸角，而且那個蟲子確實很像骷髏頭。

他還在生氣。從我手裡接過那張紙，打算揉成一團，看樣子是想把它扔進火裡。就在這時，他看了一眼那張紙，臉立刻紅了，好像受了什麼刺激。他呆呆地坐在那，眼睛盯著那張紙。過了幾分鐘，他站起來，拿著一根蠟燭走到房間最遠的角落，坐在一個水手箱上，仔細翻看那張紙。我好奇地看著他，不過為了避免助長他的壞情緒，我什麼也沒問。過了很長時間，他從上衣口袋裡掏出錢包，小心翼翼地把那張紙塞進去，鎖進書桌的抽屜裡。現在他平靜下來，沒了進門時的熱情，也不像剛才那樣生氣。時間越來越晚，他的精力也越來越不集中。不管我說什麼，他都愛答不理的。我本來想在這住一晚，可現在感覺還是回去吧！他沒有執意要求我留下，只是非常鄭重地和我握手告別。

從那以後，差不多有一個月的時間，我都沒見過他。突然有一天，朱庇特來查爾斯頓找我。看著他灰心喪氣的樣子，我開始擔心羅格朗。

「朱，怎麼了？你家少爺怎麼樣了？」

「唉，小少爺，他不是很好。」

「你這話是什麼意思？他究竟怎麼了？」

「他病得不輕，卻什麼都不肯說。」

「朱庇特，什麼叫病得不輕，難道他已經下不了床了嗎？」

「那倒不至於，他沒有病倒在床上。我都快急死了。」

「我不明白你在說什麼。你家少爺告訴你他得了什麼病嗎？」

「呃，你不要急。我家少爺說他沒病，可他整天耷拉著腦袋在那走來走去，臉色蒼白，手裡拿著一張……」

「拿著一張什麼？」

「拿著一張很大的圖紙，在上面做字謎。有一天早上，他趁我不注意偷偷跑出去，一整天都沒回來。當時我嚇壞了，準備了一根大棍子，想等他回來的時候給他點教訓，可看到他那副可憐的樣子，我就下不去手了。從那以後，我更加仔細地看著他。」

「啊！朱庇特，你可千萬別打他，他會受不了的。不過，你知道他為什麼變成這樣嗎？那天我離開以後發生什麼事了嗎？」

「先生，什麼都沒發生。但我覺得應該是因為你來的那天。」

「啊？為什麼？」

「是甲蟲！先生，我敢肯定是甲蟲。」

「什麼？」

「就是那隻金甲蟲。威廉少爺的腦袋肯定被那隻甲蟲咬了。」

「為什麼這麼說？」

「那蟲子有那麼多腳，還有牠的嘴巴，我從沒見過這樣的蟲子，牠對接近牠的東西亂踢亂咬，少爺抓住牠，但很快又被牠跑了。我敢肯定，他就是在那時候被蟲子咬了。我非常討厭那條蟲子的嘴巴，於是我找到一張紙把牠包起來，還用那張紙的一角堵住蟲子的嘴——我就是那樣做的。」

「你確定羅格朗被蟲子咬了嗎？因為被蟲子咬了，所以病得不輕？」

「這只是我的猜測。他做夢都在想著金子，要不是被蟲子咬了，他怎麼會這樣？以前我就聽說過這種蟲子。」

「你怎麼知道他夢到金子了？」

「這回可不是我猜的，是他在做夢的時候說的。」

「好吧，你說的也許是對的。不過，你找我有什麼事嗎？」

「先生，怎麼了？」

「羅格朗讓你傳什麼話了嗎？」

「沒有，他讓我把這個交給你。」朱庇特遞給我一封信，信上寫著：

親愛的朋友：

我們已經很長時間沒見面了。你不會因為上次的事生氣吧？不過我想這是不可能的。

自從上次你離開以後，我就很焦慮。有件事想要跟你說，但我不確定是不是要說，也不知道怎麼說。

過去這段時間，我的狀態不是很好，朱庇特已經無法容忍我了。你知道嗎？有一次我偷偷跑到山裡待了一天，他居然準備了一根棍子打算教訓我。我確信他看到我愁苦的樣子之後，就不忍心對我下手了。

你離開以後，我的標本裡也沒增加什麼新東西。

不管怎麼樣，如果你有時間，請你一定要和朱庇特一起過來。我有很重要的事要跟你商量，希望今晚能見到你。我發誓這件事真的很重要。

你的朋友
威廉・羅格朗

讀完這封信我感到不安，這和羅格朗平時說話的語氣差別太大。他到底想說什麼？他在信中說的「奇怪的事」指的是什麼？聽朱庇特的語氣應該是發生了什麼不好的事。我開始擔心這個朋友，會被接連不斷的打擊沖昏頭腦。我馬上跟著朱庇特出發。

在碼頭上找到我們要坐的船，我看見船尾放著一把大鐮刀和三個鏟子。

我感到奇怪：「這是什麼？」

「鐮刀和鏟子。」

「我知道。我是問拿它們做什麼？」

「威廉少爺叫我買的。這些東西花了我很多錢呢。」

「真奇怪，他要這些東西幹什麼？」

「不知道。他知道的可不比我多。不用想，肯定跟那隻蟲子有關。」

朱庇特把所有精力都放在「金甲蟲」上，看來從他身上找不到什麼新的資訊了。我們上了船，向著小島出發。

船藉著順向風很快就到了毛特烈堡北邊的海灣。從船上下來以後，我們大概走了兩英里，來到小屋。這時已經到了下午三點，羅格朗正急切地盼著我們。

看見我以後，他熱情而緊張地握住我的手。這讓我感到奇怪，也使我更加疑惑。他臉色蒼白，眼睛裡閃著異樣的光。我跟他客套地說了幾句問候的話之後，就不知道該說什麼了。於是我隨便問了一句，那隻金甲蟲有沒有從那個什麼G上尉那拿回來。

「當然拿回來了，」他瞬間來了精神：「第二天一大早我就把牠要回來了。我再也不要和那個蟲子分開。你知道嗎，朱庇特說得很對。」

「你說的是哪方面？」我心裡有一種不好的預感。

「說那蟲子身上的金子是真的。」他非常認真地說：「這隻蟲子可以給我帶來好運，牠可以幫助我重振家族聲望，看看我多麼重視牠，就知道這沒什麼好懷疑的。既然命運讓我找到牠，只要稍加利用，牠就可以指引我找到金子。朱庇特，快幫我把甲蟲拿過來。」

「什麼？我再也不會碰那隻蟲子了。小少爺，你還是自己去拿吧！」

羅格朗只好站起來，走到一個玻璃盒子前，把裡面的蟲子拿出來。這隻蟲子很漂亮，那時候，博物學家還不知道牠的存在。當然對於科學而言，這也是一個重大發現。甲蟲的後背一邊有兩個黑點，另一邊長著稍長的東西。牠的殼堅硬、光滑，是金色的。這隻蟲子很重，難怪朱庇特會有那樣的想法。不過，我不明白羅格朗為什麼贊同他的觀點。

「我找你來，」等我看完這隻蟲子，他說：「是想請你在命運和蟲子的連結方面，為我提供一些幫助。」

「親愛的朋友，」我打斷他，「你確實生病了，最好早點醫治。你應該躺在床上休息，我會好好照顧你，直到你病癒。你發燒了，而且……」

「你可以給我把把脈。」我把手放在他的脈搏上，他確實沒發燒。

「不過，你肯定生病了，只不過還沒發燒。你先到床上躺著，我給你開點藥，然後……」

「我現在很好，」他說：「比任何時候都好。我現在非常興奮，如果你想幫我，就讓我恢復平靜吧！」

「你想讓我怎麼做？」

「非常簡單。我和朱庇特要去大陸那邊的山裡探險，需要一個值得信任的人幫我們。你是唯一值得我們信任的人。不管這次探險是否成功，都可以平復我的情緒。」

「我很想幫你，」我說：「可你的意思是，這次探險和這隻討厭的蟲子有關？」

「對。」

「羅格朗，我不會答應你這個荒謬的請求。」

「對个起，真的很對不起。我本來就應該自己去的。」

「自己？你瘋了嗎。等等，你打算去多久？」

「大概要整個晚上。我們應該馬上出發，一定要趕在日出前回來。」

「你要用人格擔保，等這件奇怪的事過去，等你處理好這隻蟲子，必須馬上回家。還要像聽醫生的話那樣聽我的話。」

「好，我保證。我們趕緊出發吧，不要再浪費時間了。」

四點左右，我懷著沉重的心情和我的朋友們——羅格朗、朱庇特和那條狗——出發了。朱庇特執意扛著那些鐮刀和鏟子。在我看來，他這樣做不是為了獻殷勤，而是為了防止這些東西落到羅格朗手裡。朱庇特一路上不停地說「可惡的蟲子」。我提著兩盞燈籠。羅格朗拿著那隻甲蟲，他把蟲子綁在鞭繩上，邊走邊來回轉，就像變戲法那樣。看到他這個樣子，我都快哭了，看來我的朋友的確得了精神病。現在我只能先滿足他的要求，直到能想出解決問題的辦法。我向他打聽這次探險的目的，結果他什麼都不說。自從我答

應跟他一起探險，他就再也不想談論其他話題。不管我問什麼，他都會說：
「我們會知道的！」

我們坐著小船穿過海灣，來到大陸海岸邊的高地，穿過一片荒野，向西北方向走過去。羅格朗走在前面，邊走邊尋找以前留下的標記。

大概走了兩個小時，太陽漸漸落下去，我們來到一個更荒涼的地方。這裡是平原，旁邊有一個非常陡峭的山。山上長滿樹，樹與樹之間橫著巨大的石頭。要不是這些樹，石頭早就滾到下邊的山谷裡了。那交錯在一起的山谷讓四周的氛圍變得陰森可怖。

登上那個佈滿荊棘的高地，我很快發現，要是沒有鐮刀，根本沒法往前走。朱庇特按照羅格朗的要求開闢了一條小路，順著這條小路我們來到一棵鬱金香樹下。它和8到10棵橡樹長在一起，但無論是美麗的枝葉、舒展的枝幹還是生長的態勢都遠遠超過其他樹木。羅格朗轉身問朱庇特，能不能爬上這棵樹。這個可憐的老黑人被這話嚇了一跳，好長時間沒有回答。最後，他走過去，認真的檢查著這棵樹。然後他說：「少爺，朱庇特可以爬到任何他能看見的樹上。」

「那就快上去吧，一會天黑了就什麼都看不見了。」

「少爺，要爬多高？」

「先爬到主要的那棵橡樹上，然後我再告訴你怎麼做。等等，拿著這隻甲蟲。」

「蟲子！」朱庇特一邊後退一邊喊：「少爺，為什麼一定要拿這隻蟲子，我不幹了。」

「朱庇特，你這麼強壯，竟然會害怕小蟲子？我不是讓你直接拿著牠，你可以用這根繩子把牠弄上去。不過，你要是不同意，我就用這把鑡子打破你的頭。」

「少爺，你怎麼了？」朱庇特害羞地說：「你總是用這種態度對我。我怎麼會怕那隻小蟲子？我跟你開玩笑呢。」他滿臉嫌棄地接過繩子，準備爬樹。

這種鬱金香樹又稱玉蘭鵝掌楸，是美洲森林中很重要的樹。這種樹的

樹幹在發育階段非常平整，沒有分枝。等到了成熟時期，樹幹上會分出很多枝杈，表面長出有很多凸起的地方。因此，實際爬起來比想像中容易很多。朱庇特用手抓住凸起的地方，雙腳用力向上蹬，身體緊緊貼著樹幹，不停地往上爬，有兩次差點摔下來。終於他爬到第一根大樹幹上，樹幹離地面大約六七十英尺。朱庇特站在上面鬆了一口氣。

「威廉少爺，接下來怎麼做？」

「順著這邊最大的樹枝往上爬。對，就是這根。」羅格朗說完，朱庇特立刻往上爬，這次可順利多了，他爬得越來越高，不一會就看不見人影了。

「我還要爬多高？」朱庇特大聲喊道。

「你現在到哪了？」

「我現在能看到天了。」

「現在數一數你下面有幾根樹杈。」

「1、2、3、4、5。少爺，5根。」

「再爬兩根。」

過了一會，朱庇特說他已經爬到第七根樹杈了。

羅格朗興奮地說：「你現在順著這根樹杈往外爬，看到什麼就跟我說。」

聽完這話，我內心的希望完全破滅了。他真的瘋了，我開始想怎麼才能把他帶回去。就在這時，朱庇特喊道：「少爺，這根樹枝已經枯死，沒法往前爬了。」

「你的意思是這是一根枯枝嗎？」羅格朗顫聲問。

「是的，整根都枯啦。」

羅格朗悲痛地說：「天吶！我該怎麼辦？」

我趕緊說：「走吧，回去睡覺吧！你答應過我，找不到就回家。」

他沒理我，繼續對著上面喊：「朱庇特，能聽見嗎？」

「能。」

「用刀子試一試木頭是不是腐爛了。」

「對，木頭是腐爛的。」過了一會，老黑人說：「不過，要是只有我一

個人，還能往前爬。」

「你一個人？這話是什麼意思？」

「我的意思是，如果不帶這隻討厭的蟲子，樹枝就可以承受住我的重量。」

「混蛋！你要是敢對那隻蟲子怎麼樣，我一定饒不了你。往這邊爬，朱庇特，能聽見我說話嗎？」

「能。少爺，你何必跟我斤斤計較。」

「聽著，在保證你安全的情況下，儘量往外爬。拿好那隻蟲子，等你下來，我會給你一枚銀幣作為補償。」

黑人很快答道：「我已經快爬到頭了，少爺。」

「你是說那根樹杈的頭嗎？」

「是的，少爺。哎？這是什麼？」

羅格朗高興地說：「你發現了什麼？」

「一個骷髏頭。有人把頭掛在這，烏鴉把上面的肉吃了。」

「骷髏頭！它是怎麼放著的？」

「我看一看啊！真奇怪，一根釘子把它固定在這了。」

「好。朱庇特，現在按照我說的做——你能聽見嗎？」

「能，少爺。」

「好，你先找到它的左眼。」

「沒有，沒有左眼。」

「笨蛋！你知道哪隻是左手，哪隻是右手嗎？」

「我當然知道。這隻是左手，我用它劈柴。」

「你是個左撇子，你的左眼和你的左手在同一邊。你現在應該能找到骷髏頭的左眼了。找到了嗎？」

過了很長時間，朱庇特問：「骷髏頭的左眼也和左手在同一邊吧？可骷髏頭沒有手。算了，不管了，我找到左眼了。然後呢？」

「把金甲蟲放在左眼裡，注意別讓牠掉到地上。」

「好的，把蟲子放在洞裡，你們仔細看著啊！」

不一會我們就看到放下來的蟲子。牠被繩子拴著，像一個閃著金光的球，穿過茂密的樹葉，吊在我們頭頂。羅格朗用鐮刀把對著蟲子三四碼的地方處理乾淨。然後讓朱庇特鬆開繩子，從上面下來。

我朋友在甲蟲掉下來的地方打了一個木樁。他從口袋裡拿出一個捲尺，把捲尺的一頭固定在離木樁最近的樹幹底下，拉著捲尺經過木樁向前走了五十英尺。羅格朗拿著鐮刀把附近的雜草清理掉，又打了一個木樁。然後以木樁為中心畫了一個直徑大約為四尺的圓。弄完以後，拿了一把鏟子，也給了我和朱庇特一人一把，示意我們和他一起挖。

事實上，我非常不喜歡做這種事。更何況現在天也黑了，剛剛又趕了那麼長時間的路。我真想拒絕他，無奈找不到什麼理由。最主要的是，我擔心我的朋友又犯病。如果朱庇特能幫我，我就能把他弄回去。不過，以朱庇特對羅格朗惟命是從的態度，恐怕指望不上他了。很明顯，我的朋友受到南方關於寶藏傳說的影響，加之意外獲得的甲蟲和朱庇特那一番關於「金甲蟲」的言論，使他更加相信關於寶藏的傳說。精神錯亂的人特別容易相信這種傳說，尤其是這個人腦子裡的想法與傳說一致的時候。我朋友曾經說過這隻甲蟲會給他帶來好運。總之，對於他這種行為我很擔心，也很疑惑。不過我只能使勁挖，好讓他早點看清現實，擺脫那些沒有根據的想法。

點上燈以後，我們開始一起用力挖。燈光照著我們手中的工具，我忍不住想，要是有人經過這，看見我們這副樣子，肯定會覺得奇怪。

一連挖了兩個小時，我們基本上沒怎麼說話，那條狗在旁邊不停地叫，弄得我們緊張兮兮的。我們——主要是羅格朗——覺得狗叫聲會招來附近的流浪漢。不過，我倒希望有人過來，好找個理由把他弄回去。朱庇特從我們挖的洞裡爬出去，用吊帶襪把狗的嘴拴上。然後笑呵呵地回到洞裡，繼續挖。

我們已經挖了兩個小時，深度大概在五英尺左右，沒發現任何寶藏的蹤跡。然後大家都停了下來，我希望就此結束這場鬧劇。羅格朗擦了擦汗，露出凝重的表情，我感覺他有些失望，但他又開始挖了。已經挖好的坑直徑大約在四英尺，我們又向外擴大了一圈，並向下挖了兩尺，可還是什麼都沒發

現。羅格朗終於從坑裡爬出去，他垂頭喪氣地換回原先的衣服。朱庇特開始收拾工具，我什麼也沒說。等所有東西都收拾好，解開綁在狗嘴上的帶子，我們開始往回走。

走了大概十幾步，羅格朗突然轉身抓住朱庇特的衣領。那個老黑人嚇了一跳，眼睛瞪得很大，嘴巴張開，鏟子掉下來砸在他的膝蓋上。

「你這該死的黑鬼，告訴我，哪隻是你的左眼？」羅格朗恨恨地說。

「少爺，這是我的左眼啊！」朱庇特邊說邊摀著自己的右眼，好像他的小少爺要挖掉那隻眼睛一樣。

「我明白了。我就知道是這樣。哈哈！」羅格朗放開朱庇特，興奮地喊道。

那個老黑人站起身，看看羅格朗，又看看我，然後將視線停留在他的小少爺身上。

「這件事還沒結束，我們必須回去！」他轉身往鬱金香樹那邊走。

等我們回到那棵樹底下，他說：「朱庇特，骷髏頭是面向樹幹，還是背對著樹幹？」

「背對著樹幹。所以烏鴉很容易就把它的眼睛吃了。」

現在，我朋友的幻想中，好像有些東西是有依據的。他拔起原先打在甲蟲正對著的那根木樁，向西移動三英寸。接著像之前那樣，把捲尺固定在樹幹下，拉著捲尺經過木樁，向前走了五十英尺，標出一個新點，離我們剛才挖的地方好幾英尺遠。然後畫了一個比剛才更大的圓。我們又開始挖起來。這時候我非常累，但卻沒有之前那麼反感，甚至還有點興奮。也許我被羅格朗這些不尋常的表現——他的冷靜和謹慎——打動了。我熱切地挖著，並且希望我們能挖到寶藏。挖了大約一個半小時，我滿腦子都是對寶藏的幻想。這時候那條狗開始不停地叫，如果說之前的叫聲是因為好奇，那這次的叫聲就是不安。朱庇特想要像上次一樣綁住牠的嘴，但牠卻跳進我們挖的坑裡，瘋狂地刨地。不一會，就刨出來兩具骷髏、幾顆金屬鈕扣、腐爛的羊毛。我們繼續挖了兩下，看見一把西班牙大刀。再挖了幾下，看見三四個金銀幣。

看到這些東西，朱庇特非常開心。不過，羅格朗卻非常失望，催著我們

繼續挖。他剛說完，我就被插在土裡的大鐵環絆了一下。

我們越幹越來勁，這是我一生中最興奮的十分鐘。在這期間，我們挖出了一個保存完好、品質上乘的長方形木箱，這個箱子應該經過氧化處理，很有可能用二氯化汞浸泡過。箱子長三英尺半，寬三英尺，深兩英尺半。外面裹著用熟鐵鍛造的格狀帶子，上面還加了鉚釘。箱子上有六個鐵環，分佈在靠近箱頂的兩邊，每邊三個，這意味著需要六個人才能把箱子抬出來。我們三個使勁往上抬，它也只是動了一下。不過，箱子蓋是用兩道滑索固定住的，剛才我們往兩邊用力的時候，把蓋子拉開了。箱子裡全是黃金和珠寶，燈籠照在上面，閃著奪目的光，我們興奮得快要暈過去了。

我不用費力描述眼前的場景，此刻，我內心非常震驚。羅格朗似乎是開心過頭了，整個人虛弱地說不出一句話。朱庇特臉色蒼白地站在那，像被雷擊傻了一樣。過了幾分鐘，他激動地跪到地上，一臉享受地把胳膊伸進箱子裡。

最後他深吸一口氣，大聲叫道：「都是因為那隻蟲子！漂亮的蟲子！你真可憐！我之前竟然那樣對你！你這個老黑人，難道不覺得慚愧嗎？」

我只好提醒這兩個人，現在最重要的是，想辦法把這些寶藏弄回家。天已經很晚了，必須趕在日出之前把東西弄回去。我們想了很多辦法，但這些辦法都被我們推翻了。最後我們把箱子裡三分之二的東西拿出來，從坑裡把箱子抬出來。從箱子裡拿出來的東西被放在荊棘叢裡，我們讓狗看著。朱庇特特別嚴厲地警告那隻狗，不准亂跑，也不准亂叫，直到我們回來。我們急匆匆地抬著箱子趕回家。半夜一點，我們到家了，每個人都累攤了，一點也不想動。我們歇到半夜兩點，吃了點東西，拿著三個大麻袋出發了。到那的時候已經快四點了，我們顧不上填坑，趕緊把剩下的東西平均分成三份，每個人背著一份趕回家。等到家的時候，天已經亮了，每個人都筋疲力盡。

我們很累，但抑制不住的興奮，讓我們無法安然入睡。勉強休息了三四個小時後，我們開始整理這些寶藏。

箱子裡塞滿了各種值錢的玩意。現在所有東西，隨意地堆放在地上，我們花了將近一天一夜的時間才把它們清點完。這些寶藏的價值遠遠超過我們

的預期。光是那些硬幣就值45萬——按照當時的兌換比例折算的結果。這裡沒有一枚銀幣，全是各國的金幣——法國的、西班牙的、德國的和幾個英國畿尼[3]，還有一些我們沒見過的金幣。有幾個又大又重的錢幣，已經完全認不出樣子。不過，裡面沒有美國的錢幣。珠寶的價值很難估算，光鑽石就有110顆，其中有幾個又大又好。18顆紅寶石、310顆祖母綠、21顆藍寶石和1顆貓眼石散落在箱子各處。我們從金子裡找出那些被刻意敲打過、鑲嵌著這些寶石的東西，已經完全看不出原來的形狀。另外，還有差不多200個黃金戒指和耳環、30根金項鍊——如果沒記錯的話、83個金十字架、5個金香爐、1個雕刻著葡萄葉花紋和酒神圖案的黃金酒缽和一些我也記不清的小東西。這些東西加起來重達318斤，還不包括197塊精美的金錶（其中價值500美元的金錶共有三塊）。大部分金錶的樣式已經過時，裡面的零件被損壞，已經沒辦法用了，但它們上面鑲嵌著昂貴的珠寶。我們粗略計算了一下，整箱珠寶價值150萬美元。我們挑了一些自己用的東西，把剩下的全部變賣。賣完以後才發現它們的價值比我們預估的高很多。

　　我們的情緒在清點完寶藏以後才漸漸平復下來。看著我疑惑的表情，羅格朗開始解釋這件事。

　　「還記得那天晚上我畫的草圖嗎？」他說：「你說我畫的像一個骷髏頭，為此我很生氣，當時我以為你在開玩笑。可隨後我想起那個蟲子背後有兩個圓圓的黑點，才發現你的說法並不是沒有依據。不過，你對那張圖的態度還是令我很生氣，要知道我的繪畫技術很好。所以當你把那張圖還給我的時候，我差點把它揉成團扔進火裡。」

　　我問：「你是指那張紙嗎？」

　　「不，它不僅僅是一張紙。剛開始我也以為它只是一張紙，可當我開始畫圖的時候，才發現這是一張非常薄的羊皮紙，而且這張紙很髒。你還記得嗎？就在我準備把它揉成團之前，我看了它一眼。當時我非常吃驚——原

---

3. 畿尼是英國舊貨幣單位，1畿尼=1.05英鎊。——譯注

本我畫著甲蟲的地方，卻變成了一個骷髏頭。雖然這東西跟我畫的東西大小差不多，但我清楚地記得我畫的不是這個。我拿著蠟燭坐在房間的角落裡，認真查看著這張紙。我把這張紙翻過來，發現我畫的那隻蟲子和骷髏頭所在的位置相同。我感到很震驚，兩個圖像的輪廓竟然一模一樣。原來在紙的另一面，正對著甲蟲的位置，有一個輪廓、大小一樣的骷髏頭，這太巧了。人們遇到這種巧合的時候，通常會慌了神，我也一樣。我努力思考這兩種東西之間有什麼必然的關連，結果什麼也沒想出來，我完全懵了。可當我清醒以後，才想起我在畫草圖之前，這張紙上沒有任何圖像，我非常肯定。當時為了找一個乾淨點的地方，我把這張紙來回翻了一遍。如果這張紙上有東西，我肯定會看見。這太不可思議了。既然事情已經開始，我們只能根據現有的線索慢慢推出事情的真相，一個很小的假設就能讓事情浮出水面——昨晚的事就是一個很好的證明。最後我站起身，把那張羊皮紙收好，打算只剩我一個人的時候再思考這件事。

「你走了，朱庇特也睡下了，我才開始整理這件事。我首先想的是，那張羊皮紙是從哪來的？我們在距離小島東邊一英里的海灘上發現了那隻甲蟲，那個海灘接近最高的水位線。抓這隻甲蟲的時候，我被咬了一口，牠趁機逃走了。朱庇特在抓蟲子之前，想找一個可以包蟲子的東西。這時，我和他都看見了這張羊皮紙——我當時以為它只是一張普通的紙，因為它只露了一個角在外面。附近還散落著一些大船的遺骸，認不出是哪個年代的，應該放在那很長時間了。

「朱庇特把蟲子包在那張紙裡，交給我。回來的路上遇見G上尉，我給他看了我的蟲子，他請求我允許他把蟲子帶回城堡。正當我猶豫不決的時候，他直接把蟲子塞進馬甲的口袋裡。我一直拿著這張紙。G上尉可能是怕我反悔，才把蟲子拿過去的——你知道他為什麼對博物學感興趣嗎？我就把這張紙裝進口袋裡。

「也許你認為這是我的幻想，不過我已經找到了其中的聯繫。我發現了兩條線索，海邊有一艘船，附近的海灘上有一張畫著骷髏頭的羊皮紙。我還發現了二者之間的關連。你肯定會問『什麼關連？』答案很簡單，就是那

個骷髏頭，或者說那個死人的頭骨。骷髏頭象徵著海盜，每次他們交戰的時候，就會升起畫著骷髏頭的旗幟。

「那張被丟棄的紙不是普通的紙，而是羊皮紙。羊皮紙非常耐用，不會腐爛，上面記載的肯定是需要長久保存的東西。如果只是為了繪製或寫下普通的東西，用普通的紙就可以了。所以這意味著骷髏頭有特殊含義。我仔細觀察過這張羊皮紙，雖然紙的一角有破損，但還是可以看出來它原來是長方形。實際上，以前的人就是用這種紙，記錄那些需要長久保存的東西。」

我問：「你之前不是說你畫甲蟲的時候，紙上沒有那個骷髏頭嗎？既然骷髏頭是你畫完以後才顯現出來的，那你是怎麼發現二者之間有聯繫的？」

「啊，這才是整件事最難的地方。不過，我很快就解開了這個謎題，因為我運用了合理的方法進行推論，所以得到了正確答案。我畫草圖的時候，紙上沒有骷髏頭。畫完之後，就把它交給你。在你還回來之前，我一直關注著你，因此骷髏頭不可能是你畫上去的，也不可能是別人畫的。

「於是我儘量回想當時的情形，也確實把那些細節回憶起來了。那天天氣非常冷（真是太幸運了），房間的壁爐裡燒著火。我剛從外面走回來，身上有點熱，於是坐在桌子前，而你坐了壁爐旁邊的椅子上。我畫好圖遞給你，你剛要看的時候，那條紐芬蘭大狗衝進來，撲到你的身上。你用左手輕輕安撫牠，右手垂放在兩個膝蓋之間，手裡的紙離火很近。我有點擔心那張紙會被火燒了，就在我準備提醒你的時候，你拿起它開始看。我仔細回想著這個過程，我敢肯定，骷髏頭之所以能顯示出來，是因為被火烤了。你應該知道有一種化學試劑，在紙上寫字的時候完全看不出來，遇熱才會顯示。將氧化鈷溶解在王水之中，就會變成綠色的溶劑。將鈷金屬放在硝酸鉀中溶解，會變成紅色的溶劑。用這種溶劑在常溫狀態下寫的字，經過一段時間就會消失，遇熱就會顯示出來。

「緊接著我又認真研究了那個骷髏頭，發現靠近邊緣地方的輪廓比較清楚，這顯然是因為受熱不均導致的。我立刻點上一根蠟燭，將整張羊皮紙放在上面加熱。剛開始，只是骷髏頭變得越來越清晰。然後在骷髏頭對角線的位置，出現了一個圖形。剛看見它的時候，我以為是一隻山羊，但仔細辨認

後，發現它是一隻小山羊。這令我很滿意。」

「哈哈！也許我不應該笑話你——150萬可不是用來開玩笑的。可你為什麼沒發現第三種關連呢？海盜和山羊之間能有什麼關連呢？要知道，山羊和海盜沒有任何聯繫。山羊只能跟耕種產生聯繫。」

「我說過，那不是山羊。」

「確實，你說那是一隻小山羊，可這有什麼區別嗎？」

「是沒什麼區別，可還是不一樣。」羅格朗說：「你應該聽過怪盜吉德。我當時就把那個圖像當成一種雙關語意的象徵。根據這個圖像在羊皮紙的位置判斷，它應該是一個簽名。由此可以推測出，骷髏頭應該是一個類似印章的東西。除了這兩個圖像，上面什麼也沒有了。我之前還在想，這上面會不會出現將所有線索串聯起來的內容，結果……。」

「你應該是想找到一封信。」

「也可以這麼理解。實際上，我有一種強烈的感覺，會找到寶藏，我說不上來為什麼會有這種感覺，也許只是我的渴望作祟。但朱庇特關於蟲子是黃金的說法激發了我的幻想。然後發生了一系列意外和巧合的事。你發現了嗎，所有事碰巧發生在同一天——那天天氣寒冷需要生火，如果沒有火或沒有那隻狗打斷你，我就不可能發現這個骷髏頭，也不會找到這些寶藏。」

「你快往下講吧，我都快急死了。」

「好吧！你應該聽說過，吉德和他手下在大西洋海岸埋藏了大批寶藏，這個傳說流傳至今，從沒中斷過，而且這個傳說也有一定的真實性。因為沒人找到那批寶藏，所以它才沒有結局。如果吉德只是暫時把寶藏藏在這兒，之後又挖走了，那這個傳說就不可能流傳到現在。如果海盜把寶藏挖走，傳說也該斷了。你有沒有發現，所有傳說都是關於那批寶藏，而不是尋寶的人。所以我覺得中間可能出了一些問題。比如，記載寶藏位置的圖不見了。因為這次意外，吉德的同夥知道了有關寶藏的事，所以他們費盡心思想要找到寶藏。結果因為沒有藏寶圖，所以失敗了。但他們尋找寶藏的消息卻被散播出來，到現在成了人人皆知的傳說。你有沒有聽過寶藏在西太平洋海岸的傳說？」

「沒有。」

「所有人都知道吉德擁有一筆巨額財產。我相信直到現在還沒人找到這筆財產。如果我告訴你這張羊皮紙與那張消失的藏寶圖有關，你應該不會感到奇怪。」

「接下來你怎麼做的？」

「我繼續用火烤羊皮紙，它還是沒有任何變化。我想應該是因為羊皮紙上累積了大量泥土，所以我用熱水把羊皮紙洗了一遍。洗完以後把骷髏頭那面朝下放在平底鍋裡加熱。幾分鐘後，我拿起那張紙，看見紙上有幾處地方顯出一些墨跡。我很開心，把它放回鍋裡繼續加熱。過了一分鐘，我把它拿起來，就是現在這個樣子。」

羅格朗把紙重新加熱以後遞給我。我看見在骷髏頭和小山羊之間，有幾行紅色的字：

53‡‡†305))6*;4826)4‡.)4‡);806*;48†8¶60))s;;]8*;:‡*8†83(88)5*†;46
(;88* 96*?; 8)*‡ (;485);5*†2:*‡ (;4956*2 (5*—
4)8¶8*;4069285)6†84‡‡;1(‡9;48o81; 8:8‡1; 48†85;4)
485†5288o6*81(‡9;48; (88;4(‡?34;48) 4‡;161::188;‡?;

「現在我更糊塗了，即使它與寶藏之間有著密切聯繫，我也無法破解這些數字記號。」

「實際上，要想解開它，並不是什麼難事，」羅格朗說：「這組數字記號是一組密碼，它向人們傳遞了某種資訊。根據我的瞭解，吉德根本想不出特別複雜的密碼，所以我判斷這組密碼應該很簡單。不過，對於水手來說，這已經夠複雜了。」

「你真把它解開了？」

「當然。我曾經解開過比這難一萬倍的字謎。因為我的處境和思維上的偏好，所以我特別熱衷於破解字謎。人既然可以創造一個字謎，就可以解開它。對於我來說，要解開有關聯的符號根本就不是什麼難事。

「要想解開字謎，首先要明確，它使用的是哪種語言。無論簡單還是複

81

金甲蟲

雜的字謎，都要依據其語言特點來破解。也就是說，如果想要解開謎題，需要在各種語言之間來回嘗試，直到找到正確的那種（期間，也需要考慮偶然因素）。不過，擺在我們面前的這個很容易，因為這張紙上的簽名，只有英語中才會出現吉德的雙關語意。要不是因為這個簽名，我還真打算先用法語或西班牙語——對於經常出沒在西班牙海岸的海盜來說，用西班牙語編寫密碼是再正常不過的事了——進行嘗試。不過，現在我可以先代入英語。

「你看這裡，沒有標點符號。如果有，就很簡單。那樣我就可以先整理和分析短語，要是能找到由單個字母構成的詞語（比如a和I），就可以找到解題方法。因為這裡沒有標點符號，所以我只能先總結那些主要的字母，以及這些字母出現的次數。總結完以後，列表如下：

字元	出現次數
8	33
;	26
4	19
‡	16
）	16
*	13
5	12
6	11
†	8
I	8
o	6
9	5
2	5
:	4
3	4
?	3

¶	2
-	1
.	1

　這裡出現次數最高的英文字母是e，然後是a o i d h n r s t u y c f g l m　w b k p q x z。因為e出現的次數最多，所以任何長度的句子都包含這個字母。

　「然後我們就可以開始推理。上面這張表的用途一目瞭然，但在破解這個字謎的過程中，它起到的作用不大。我們知道，在這個字謎裡8是最主要的字元，假設它對應字母表中的e。怎麼證明這個假設呢？我們可以檢查一下8是不是經常以重疊的形式出現，因為在英語中e是經常重疊出現的字母，比如meet、fleet、speed、seen、been、agree等。雖然這個字謎很短，但8重疊出現了五次。

　「所以我們假設8代表英文字母e。the是所有詞語中最普通的，我們可以看看是不是有三個字元按同樣順序排列，最後一個是8，而且重複出現了很多次。這樣的組合很可能代表the。檢查完以後，我們發現字元；48出現了七次。剛剛我們已經說過8代表字母e，那麼；代表t，4代表h。

　「我們現在已經確認了一個詞語，接下來我們可以根據這個詞推出某些詞的第一個或最後一個字母。比如，倒數第二行的第一個；48的組合，它後面的；應該是一個詞語的第一個字母，；48後面的六個字母，我們已經知道的有五個。由此可以得到一個只缺一個字母的詞語

　　t eeth

　我們可以看到，如果以th作為尾碼，那麼前面放上任何字母都不能組成一個詞語，所以我們可以把th去掉。這樣就可以縮小範圍

　　t ee

　對照整個字母表，符合要求的詞語只有tree。由此可知，字元（代表r。兩個組合連起來就是the tree。

　「在這兩個組合的後面，還有一個；48的組合，用兩個the來限制緊挨著它們的詞語，就可以得出：

　　the tree；4（‡？34 the，

用我們已知的字母代替以後，就變成：

the tree thr ‡? 3h the，

用省略號代替未知的字元，應該是這樣：

the tree thr...h the，

看到這，你就會想到through。這樣我們就可以確定‡、？和3分別代表o、u、g。

「我們可以看到開頭有這樣一個組合：

83（88也就是egree

很明顯，這是degree的後半部分，也就是說字元†代表d。

degree之後又可以找到組合

；46（；88*

將已知的字元用字母代替，未知的用省略號代替，可以得出：

th...rtee...

這讓人聯想到thirteen。由此可知，字元6代表i，*代表n。

我們可以看到字謎開頭的地方是組合 53‡‡†

將之前已知的字母代入，就可以得到

...good

假設第一個字母是A，前兩個單字就是A good。

我們將所有已知的字元整理如下：

5 = a

† = d

8 = e

3 = g

4 = h

6 = i

* = n

‡ = o

（ = r

; = t

「我們已經知道了十幾個重要的字元，其他的也就沒必要繼續破解了。上面這個推理過程應該能夠讓你相信，這個謎題可以解開。你應該也明白了用邏輯推理的步驟。這個謎題確實是相對簡單的一種。另外，羊皮紙上的謎題破解以後是這樣的：

在主教旅店有一面鏡子魔鬼椅子東北部的41度13分一條來自北部的主幹東邊第七根分枝上有一個骷髏頭繩子拴著蜜蜂穿過左眼垂下來的地方向外走五十英尺。」

「還是不能理解。這些『主教旅店』、『骷髏頭』和『魔鬼』有什麼寓意？」

「猛地一看確實很難理解。我嘗試按照留下謎題的人的思路，將這些句子分成小短句。」

「你的意思是加標點符號？」

「差不多。」

「怎麼做的？」

「我認為寫這個謎題的人故意沒加標點符號，就是為了使句子不好理解。一個頭腦不是很靈活的人肯定很難讀懂這句話。如果這個人在寫這段話的時候，需要停頓或遇到一個節點，就會使整個句子過於緊湊。當我們認真研究這段話的時候，可以很容易找到5個過於緊湊的地方。於是我將這段話分成這樣：

在主教旅店有一面鏡子——魔鬼椅子東北部的41度13分——一條來自北部的主幹——東邊第七根分枝上有一個骷髏頭——繩子拴著蜜蜂穿過左眼——垂下來的地方向外走五十英尺。」

「可我還是不明白。」

「我也一樣，」羅格朗說：「有好幾天，我都在島上尋找有沒有叫『主教旅店』的地方，結果卻一無所獲。當然我沒有用旅店這個過時的詞。後來我開始擴大搜索範圍，展開更加嚴密的調查。有一天上午，我突然想到，也許這個『主教旅店』跟貝索普這個古老的家族有關。很久以前，這個家族在

島的北面大約4英里的地方有一個莊園。我來到那片種植園，向那裡年長的黑人打聽有關這個家族的事。有一個年長的女人曾聽說過貝索普城堡，她說可以帶我去那個地方。還說貝索普城堡不是一個城堡也不是旅店，而是一塊大石頭。

「我請她立刻帶我過去，並答應給她一筆酬勞。她猶豫了一會，最終答應了我的請求。到了那以後，我給了那個女人一筆錢，把她打發走。她走了以後，我開始研究貝索普城堡。城堡由一些不對稱的峭壁和岩石組成。其中有一塊岩石引起了我的注意，它非常高，孤零零地立在那，像被人雕刻過一樣。我爬到石頭的頂端，不清楚接下來要做什麼。

「我陷入沉思。就在這時，我看見岩石的東邊有一塊狹長的部分，這個部分長十八英尺，寬不到一英尺。在它的上面有一塊峭壁，有點像那種後背鏤空的椅子。我認定這就是羊皮紙裡說的『魔鬼椅子』。這時我確信我已經破解了這個謎題。

「我知道『一面鏡子』是指望遠鏡。對於海員來講，鏡子就是望遠鏡。也就是說，需要用一個望遠鏡在某個特定的地點進行觀察。而『41度13分』、『東北部』指的是望遠鏡的角度。我非常興奮，趕緊跑回家拿望遠鏡。等回到那個地方，我立刻掏出袖珍羅盤尋找方向。找到方向以後再把望遠鏡調成41度13分。我謹慎地上下移動望遠鏡，並在一棵大樹上發現一個裂口。剛開始我也看不清這到底是什麼。等我調好焦距以後，才發現這是一個骷髏頭。

「骷髏頭的出現讓我更加自信。『主幹』、『東邊』、『第七根分枝』是指骷髏頭的位置。『繩子拴著蜜蜂穿過左眼』是指寶藏埋藏的地方。我認為應該用什麼東西穿過骷髏頭的左眼，從這個東西垂落的地方到離它最近的樹幹拉一條直線，向外延伸五十英尺就是寶藏所在的地方。」

「你已經說得很清楚了，不過聽起來還是有些難以置信。離開貝索普以後，你做了什麼？」

「認真記下那棵樹的位置以後，我就回家了。我剛離開那個『鏤空座椅』，那個裂口就不見了。不管我怎麼找，都找不到。我認為最奇怪的地方

就是，那個裂口只能在岩石狹長的部分可以看到，其他地方都不行。我反覆試驗了很多次，才相信這一事實。

「那段時間，朱庇特一直跟著我，不讓我一個人行動，他已經察覺到我這幾週的反常表現。但第二天我還是想辦法獨自出門尋找那棵樹。我花了很大功夫才找到它。當我回到家的時候已經很晚了，朱庇特差點用棍子將我打一頓。剩下的事，你都知道了。」

「我們第一次沒有找到寶藏，應該是因為朱庇特錯把右眼當成左眼了吧！」

「沒錯。這其中的差距看上去只有兩英寸半，要是寶藏正好在第一次甲蟲落下的地方，這點差距就不算什麼。但一旦向外延伸了五十英尺以後，就差太多了。還好我堅信寶藏就在那，不然我們真的要白幹一場了。」

我說：「你當時說的那些奇怪的話，還有拿著甲蟲的行為，讓我確信你已經瘋了。你為什麼不用繩子綁著蜜蜂從骷髏頭的左眼穿過？」

「因為我感覺你認為我的精神狀況出了問題，所以我就想用這種方式捉弄你。我一路上都晃著那個蟲子，還堅持讓它從上面垂下來，就是為了懲罰你。誰讓你說這個蟲子很重呢。」

「好吧！還有最後一個問題。那個坑裡為什麼有兩具骷髏？」

「這個我也不清楚。看上去只有一種可能，不過這很難讓人接受。即使這些寶藏是吉德的，他也需要別人幫助才能藏好。很顯然，吉德不希望別人知道這個祕密，於是在他的幫手挖坑的時候，他用鋤頭敲幾下。這樣一來，問題就解決了。」

「就是你」

我要做一次伊底帕斯，破解喧囂自治城的謎題。我將盡我所能，向您解開造成喧囂自治城奇蹟的奧祕。這是一場眾所周知、真正意義上的奇蹟，它結束了喧囂自治城居民的無神論傾向，使那些懷疑基督教真理的人，皈投祖母們信奉的東正教。

很抱歉，我將用輕率的語氣談論這件事。18XX年夏天，本城受人尊敬的首富巴納巴斯・沙特爾沃希先生失蹤了好幾天，人們懷疑這件事背後正醞釀著一場陰謀。某個週六的早上，沙特爾沃希先生騎著馬出了城，據說要到距離本城十五英里的某某城市，將會在當晚返城。在他出城兩個小時後，他騎的那匹馬卻自己回來了。沙特爾沃希先生和綁在馬背上的包裹一起不見了。那匹馬身上全是泥汙，還受了傷。沙特爾沃希先生的朋友們得知此事非常著急。週日上午仍然不見他的蹤影，市民們全部出動尋找他的下落。

開始搜尋的時候，衝在最前面的是查理斯・古德費羅①先生，他是沙特

---

1. 古德費羅，原意是善良的人。——譯注

爾沃希先生最好的朋友，大家稱呼他為「查理・古德費羅」或「老查理・古德費羅」。我一直不能確定，這究竟是巧合還是姓氏本身能夠影響人的性格。所有叫查理斯的人都具備坦誠、豪邁、善良、率真的品質。他們的聲音很有磁性，聽起來很舒服。他們總是看著對方的臉，彷彿在說：「我做事光明磊落，從不做虧心事。」所以舞臺上那些真誠善良、「跑龍套」的男配角，肯定都叫查理斯。

「老查理・古德費羅」搬到喧囂自治城半年了，沒人瞭解他的過去。不過，他輕易就認識了城裡所有有頭有臉的人物。他的話被男人們尊崇。而女士們，為了滿足他的願望，什麼事都肯做。這一切都是因為他那張樸實真誠的臉和他的教名查理斯。他那張臉還被公眾認為是「最好的推薦信」。

前面我提到過，沙特爾沃希先生是喧囂自治城受人尊敬的人，也是該城最富有的人。他和「老查理・古德費羅」是鄰居，兩人親如兄弟。沙特爾沃希先生從沒在「老查理」家吃過飯，而且很少拜訪他。不過，這並沒有影響兩個人的關係。因為「老查理」每天都要去沙特爾沃希先生家三四次，還經常留在那吃早飯或茶點，晚飯更是頓頓不落。只要兩個人一坐下來就喝葡萄酒。「老查理」最喜歡瑪律高葡萄酒，沙特爾沃希先生看著眼前這個老傢伙大口喝酒的樣子，十分開心。某一天，當美酒入肚，思想混沌之際，他拍著「老查理」的後背說：「你是我這輩子遇到的最仗義的朋友，看到你這麼喜歡喝瑪律高葡萄酒，我一定要送你一整箱。他媽的！」——沙特爾沃希先生有說髒話的習慣，通常說最多的就是「媽媽的」、「他媽的」、「我的媽爺子」——「今天下午，我就向城裡訂購一箱雙層裝的好酒送給你。我就要這麼做，你什麼也別說，我一定會這麼做，誰也別想攔著我。你就瞧好吧，我一定會在你最意想不到的時候，把它送到你身邊。」我之所以寫這一段，是想向你們展示兩人的關係有多親密。

週日上午，人們意識到沙特爾沃希先生可能遭到毒害，「老查理・古德費羅」滿臉焦急。週六的時候那匹馬獨自跑回城，身上被子彈打傷，流了很多血。當「老查理」得知他的朋友和馬背上的包裹不見了，頓時嚇得臉色蒼白，渾身顫抖，好像失蹤的那個人是他的至親。

最初他被巨大的悲傷籠罩著，沒辦法做出任何決定。他一直勸說沙特爾沃希先生的其他朋友不要著急，還是耐心等待一兩週或一兩個月，可能沙特爾沃希先生就回來了。還跟大家解釋沙特爾沃希先生為什麼讓馬先回來。我認為那些被悲傷籠罩的人，都會出現這種消極拖延的情緒。他們的大腦已經無法正常思考，只想躺在床上，拒絕採取任何行動。就像老太太說的那樣「安撫受傷的心靈」，也就是反思他們遇到的不幸。

喧囂自治城的居民向來最聽「老查理」的話，所以大部分人贊同他的意見，即「在事情還沒調查清楚之前」不必大張旗鼓地行事。要不是沙特爾沃希先生的外甥出面制止，大家就通過這個提議了。沙特爾沃希的外甥叫彭尼費瑟，是一個執絝子弟。他拒絕聽取任何「耐心等待」的勸告，堅定的認為應該立刻找到「受害者的遺體」。古德費羅先生立即指出，「其他的暫且不說，這種措辭就很不尋常。」「老查理」話音剛落，大家就開始熱烈回應。其中有一個人問道：「年輕的彭尼費瑟竟然敢明目張膽的稱他舅舅是受害者，他為什麼這麼瞭解他舅舅失蹤的事？」於是人群中開始出現一些小的分歧和爭吵，尤其是「老查理」和彭尼費瑟之間——這兩個人經常產生摩擦。在過去的二四個月裡，兩個人的關係越鬧越僵。有一次，彭尼費瑟竟然因為「老查理」在他舅舅家（他也住在舅舅家）過於隨意把他打倒在地。據說，當時「老查理」表現出極大的寬容——他站起來，整理了一下身上的衣服，嘀咕了一句「君子報仇，十年不晚」。當然，這些都是氣話，沒有任何實際意義，說完就忘了。

我們暫時先不說這些是非（這與目前急需解決的問題沒有關係）。經過彭尼費瑟先生的一番勸說，喧囂自治城的居民決定分頭尋找失蹤的沙特爾沃希先生。當然這只是最開始的決定。大家在決定出去尋找的時候，就認為應該分頭行動，也就是說分成幾撥，以便搜查得更徹底。但「老查理」先生卻認為分頭尋找是不明智的做法。除了彭尼費瑟先生以外，其他人都被他說服了。最後人們決定由「老查理」親自帶隊，進行統一的、徹底的搜尋。

大家相信「老查理」是最好的領路人，因為他的目光如山貓一般銳利。他們堅持了一週，搜遍所有偏僻的角落和山洞，還是沒有找到沙特爾沃希先

生的蹤跡。請讀者不要按照字面意思理解我說的「蹤跡」，因為蹤跡肯定是存在的。人們順著馬蹄印來到自治城東邊通往城裡的大路。馬蹄印從這裡穿過一片樹林，拐進一條小路——小路的盡頭還是一條大路。這條小路比普通大路近約三英里。最後人們在小路右邊發現一潭死水，所有蹤跡都在這消失了。透過現場遺留的痕跡判斷，這裡應該發生過激烈打鬥，似乎有某個龐然大物被人從小路拖到水潭邊。人們在水潭裡撈了兩次，結果什麼都沒撈到。就在大家準備離開的時候，古德費羅先生冒出一個想法：將水潭裡的水全部排乾。人們立即表示贊同，並誇讚「老查理」智慧過人。之前有幾個市民以為需要挖屍體，所以隨身帶著鏟子，這時正好派上用場。水潭裡的水很快就被排乾。水潭剛見底，就發現了一件黑色的絲絨馬甲，人們一眼就認出這是彭尼費瑟先生的東西。馬甲破爛不堪，上面隱約能看出血跡。有人認出彭尼費瑟在沙特爾沃希先生出城那天穿的就是這件馬甲。還有幾個人說，出事之後就沒見彭先生穿過這件馬甲。其他人也證實了這種說法。

現在的形式對彭尼費瑟先生十分不利。面對人們的質疑，他臉色蒼白，一句話也說不出來。而他那幾個酒肉朋友立刻拋棄他，嚷嚷著應該立即逮捕他，甚至比他的死敵和對手更來勁。古德費羅先生的寬容在對比之下放射出奪目光芒。他站出來為彭尼費瑟辯護，說他已經原諒了這位年輕紳士——沙特爾沃希先生遺產的繼承人——他相信這位年輕紳士對他做的事只是因為一時衝動。

「我原諒了他，」古德費羅先生說：「從心底原諒了他。於我而言，不僅不想懷疑他——雖然人們已經對他產生了懷疑，而且想憑藉自己的力量改變大家對他的看法。」

古德費羅先生講了半個多小時，為他的智慧和善良贏得了稱讚，但他卻不太善於分析當前形式。衝動的人總會陷入某種誤解，做出違背自己意願的蠢事——他的動機很好，卻辦了壞事。

事實證明，「老查理」出於好心的演說帶來了相反的效果。雖然他說的每句話都在為被懷疑的對象辯護，但卻加深了人們對彭尼費瑟的懷疑，並激發了人們對彭尼費瑟的憤恨。

演說者犯下的最大錯誤是提到彭尼費瑟是「沙特爾沃希先生的繼承人」。因為在這之前，人們根本沒想到這點。人們一直以為他的遺產繼承權已經被剝奪，因為沙特爾沃希先生在一兩年之前說過要剝奪他的繼承權——喧囂自治城的居民思想很單純。現在「老查理」提起這件事，引發了人們的深思，並將這看成一種威脅。於是引出了「誰是受益者」這個問題——這比那件馬甲更容易讓人懷疑這個年輕人。在這裡，為了避免誤會，我想說幾句題外話。我所使用的這句拉丁語非常簡單，卻常常被人誤解和誤譯。「cui bone」在一流小說和其他作品裡——高爾夫人（《塞西爾》的作者）的著作。她是一位喜歡引用迦勒底和奇克索語言的女士。貝科德先生曾經幫助她學習「應需」按系統計畫——我的意思是，從布林沃和狄更斯到特南彭尼和安斯沃思的作品裡，一直將「cui bone」這兩個拉丁詞理解為「有什麼目的」或「有什麼好處」（quo bono）。其實它們真正的含義是「誰是受益者」。cui，使誰；bone，可以受益。這是一句法律用語，正好適用於眼下考慮的這類案件，也就是說，一個人是不是會做某件事，取決於他做完以後是不是能夠自然受益。現在講述的這件案子，「誰是受益者」讓所有人把矛頭指向了彭尼費瑟先生。他舅舅立下遺囑後，說過要剝奪他的遺產繼承權，按照目前的情況來說，這個威脅沒有付諸行動，也就是說沙特爾沃希先生的遺囑並未更改。如果遺囑已經更改，人們只能假設彭尼費瑟先生是出於報復心理才殺了自己的舅舅。可實際上遺囑並未更改，也就是說更改遺囑的威脅時刻存在，這說明彭尼費瑟有足夠的殺人動機。

於是喧囂自治城的居民當場抓捕彭尼費瑟先生。人們又進行了一番搜索，才押著他回城。回去的路上發生了一件事，證實了人們的懷疑。古德費羅先生趾高氣昂地走在隊伍前面。突然，他快跑幾步，從前面的草叢裡撿起一個小東西。人們注意到他鬼鬼祟祟地想把東西裝進大衣口袋，就出聲制止了他。原來他撿起來的是一把西班牙折刀，人們立刻認出這把刀是彭尼費瑟先生的。刀柄上刻著的名字也證實了這一點。折刀的刀刃上沾著血。

這位外甥的罪行確認無疑，剛回到喧囂自治城，人們就把他交給地方法官。當問起彭尼費瑟在沙特爾沃希先生失蹤那天上午的行蹤時，他十分囂張

地說那天上午他背著步槍去打獵，而且就在發現馬甲的那個水潭附近。

這時古德費羅兩眼含淚地請求法官對彭尼費瑟進行審問，他說他身上背負的使命感不允許他繼續沉默下去。雖然他曾寬厚（儘管彭尼費瑟把他打倒在地）地為這個年輕人進行辯護，但所有證據都可以證明彭尼費瑟確實有罪。他要把所有知道的事都講出來，儘管這令他很傷心。沙特爾沃希先生出城的前一天上午，對他外甥說——古德費羅先生無意中聽到的——明天出城的目的是到「農機銀行」存錢，還說這是一筆數額很大的錢。當時沙特爾沃希先生已經明確告訴他外甥，將會取消他的遺產繼承權。古德費羅先生問被告，取消遺產繼承權的事是不是真的。令人吃驚的是，彭尼費瑟先生承認這件事是真的。

這時候，地方法官派兩個警察去搜查被告的房間。他們很快就回來了，帶著搜查出來的鋼質包邊的黃褐色皮夾。大家一眼就認出這是沙特爾沃希先生的皮夾。不過，皮夾裡的貴重物品已經不見了。地方法官問被告把東西藏哪了，被告卻說他不知道，還說他根本就不知道皮夾為什麼會在他的房間。另外，警察還在被告的床上發現了一件襯衫和一條圍巾，襯衫和圍巾上有他的名字。同時還在上面發現了被害人的血。

就這這時，有人說被害人的馬死了。古德費羅先生建議先給馬驗屍，看看屍體裡有沒有子彈。法官同意了這個提議。古德費羅先生仔細搜查馬的胸腔，並取出一顆大子彈。經過檢驗，發現與彭尼費瑟步槍裡的子彈一樣，而且還在子彈與普通焊口垂直的地方發現了一道裂痕。被告說過他的一對鑄模上偶然形成了一個凸起，經過對比，裂痕與凸起的地方十分吻合。法官立刻決定將罪犯交付審判，拒絕聽取任何證詞，並駁回保釋的請求。古德費羅先生反對這一決定，並表示願意出錢保釋被告。「老查理」在這一刻表現出來的慷慨仗義與他在喧囂自治城居住時表現出來的一模一樣。此時，他被同情心沖昏了頭腦，居然完全忘了自己是一個窮光蛋。

在喧囂自治城的譴責聲中，彭尼費瑟先生在刑事法庭上接受審判，由於相關證據（古德費羅先生向法庭提供了一些其他足以定罪的證詞）確鑿無疑，陪審團當即判定為「一級謀殺罪」。接著法庭宣判被告處以死刑，押到

鄉村監獄等候處決。

　　同時，單純善良的自治城居民更加喜愛「老查理・古德費羅」。他在自治城受歡迎的程度比以前高了十倍，經常受到人們的款待。因此他改變了簡樸的生活習慣，經常在家裡舉辦小型聚會。當然偶爾想起彭尼費瑟的不幸遭遇，也會使人們心情壓抑。

　　在一個陽光明媚的日子，古德費羅先生收到了一封信：

查理斯・古德費羅先生

喧囂自治城　　　　　　　　　　　　　　　　　　　　　　．

豪弗鮑公司寄

羚羊牌瑪律高葡萄酒　標號：1　　6×12（6打，12瓶）

查理斯・古德費羅先生：

　　尊敬的先生——巴納巴斯・沙特爾沃希先生兩個月前寄到公司一份訂購信。我們將在今天上午向您家發去一箱羚羊牌瑪律高葡萄酒，封條上有紫羅蘭的標誌。箱子每邊都印著標號和商標。

您最忠實的朋友

豪格斯・弗勞格斯・鮑格斯公司

X城，18XX年6月21日

　　又：箱子將在您收到信的第二天上午送達，順便向沙特爾沃希先生致意。

豪弗鮑公司

　　自從沙特爾沃希先生去世以後，古德費羅先生就把沙特爾沃希先生承諾送他瑪律高葡萄酒的事忘了。現在收到這封信，他權當是上天給他的饋贈。興奮之餘，他邀請了一大群朋友參加第二天晚上的聚會，準備在聚會上打開沙特爾沃希先生送來的禮物。只不過，在發出邀請的時候，他沒有提到沙特爾沃希先生。在此之前，他糾結了很長時間，最終決定還是不提為好。他沒對任何人說——如果我沒記錯——別人送他一箱瑪律高葡萄酒，只說請朋友

們來此共飲他在前兩個月訂購的葡萄酒。我始終想不明白，「老查理」為什麼不跟別人說這酒是老朋友送給他的。也許他有著某種高尚的理由，不過我可能永遠也無法理解。

第二天晚上，古德費羅先生家裡聚集了一大幫朋友，可以說自治城一半的居民都來了——當然也包括我——人們盡情品嘗著「老查理」準備的晚餐。但東道主難掩焦慮之情，因為瑪律高葡萄酒一直沒有送到。我們終於等到它，真是好大的箱子。在場的人興致高昂，一致決定把箱子搬到桌子上。

我跟著眾人一起把箱子搬到桌子中間，慌亂中打碎了很多碗碟。「老查理」一臉陶醉，裝出一副貴族派頭坐在餐桌的首席，並用一支細頸酒瓶用力敲打桌子，示意大家保持安靜。

大家漸漸安靜下來，現場的氛圍非常嚴肅。當古德費羅先生吩咐打開箱子時，我立刻執行，並感到無比榮幸。我把一個鑿子插到箱蓋裡，用錘子鑿了幾下。突然箱蓋飛了起來，箱子裡坐起來一個人——被害人沙特爾沃希先生滿身傷痕、幾乎快要腐爛的屍體。此時他的兩隻眼睛正死死地盯著古德費羅先生的臉，緩慢地、清晰地吐出三個字「就是你！」然後從箱子邊翻落到餐桌上，好像終於了卻心願一般。

接下來的場面十分混亂。房間裡許多強壯的人都嚇暈了，剩下的人瘋狂地衝向門口和窗口。當最初的恐懼引起的尖叫聲停止以後，大家望向古德費羅先生。我永遠不會忘記他臉上痛苦的表情。就在剛剛，這張臉上還掛著得意的笑。他坐在那一動不動，兩隻無神的眼睛好像正在審視自己卑劣、骯髒的靈魂。幾分鐘後，他從椅子上跳起來，趴到餐桌上靠近屍體，然後詳細交代了彭尼費瑟先生為之坐牢，並即將受死的可怕情節。

他的敘述如下：他跟著被害人來到水潭附近，開槍打中馬，用槍托砸死馬背上的人，撿走皮夾。他以為馬已經死了，就把牠拖到附近的荊棘叢裡。將沙特爾沃希先生的屍體放到自己的馬背上，穿過森林放到一個隱祕安全的地方。

為了報復彭尼費瑟先生，他將皮夾、馬甲、折刀、子彈放在彭尼費瑟的房間裡。還有帶血的襯衫和圍巾，也是他設計的。

在這段敘述即將結束的時候，「老查理」的聲音變得越來越空洞。他講完站起身，離開桌子後踉蹌了幾步，倒在地上死了。

套出這段口供的方法很簡單，也很有效。古德費羅先生過於坦蕩的做派引起我的反感和懷疑。彭尼費瑟先生打他的時候，我也在場。當時他的臉上露出陰毒的表情，雖然只是一瞬間，但還是被我捕捉到了。我相信只要有機會，他一定會報復彭尼費瑟先生。所以，我打算用一種與喧囂自治城居民不同的眼光看待「老查理」的表演。很快我就發現所有可以直接或間接定罪的證據都是他找到的。但真正讓我看清此案的是，古德費羅先生從馬屍裡找到子彈這件事。雖然喧囂自治城的居民忘了，但我卻記得馬屍上不僅有子彈打進去的眼，還有子彈飛出來的眼。我認為馬屍裡的子彈是被人故意放進去的。經過檢測，襯衫和圍巾上的血是優質的紅葡萄酒。這一點證實了我的想法。還有古德費羅先生最近慷慨、揮霍的表現也引起我的注意。我把所有事聯繫起來，產生了一個懷疑，隨著時間的流逝，我內心的懷疑越來越強烈。

我開始獨自尋找沙特爾沃希先生的屍體，而且我儘量遠離古德費羅先生曾經帶人們找過的地方。幾天之後，我找到一口枯井，井口被荊棘掩蓋著。我在井底發現了我想尋找的東西。

古德費羅先生哄騙沙特爾沃希先生送他一箱瑪律高葡萄酒的話，正好被我聽見。我順著這條線索行動，將一根硬挺的鯨魚骨塞進死者的喉嚨，將屍體對折起來——使鯨魚骨彎曲——塞進一個舊酒箱裡，蓋上箱蓋，再用釘子固定住。按照我的預想，只要釘子被拔掉，箱子蓋就會飛出去，屍體也會坐起來。事實證明確實如此。

布置好箱子以後，我在上面貼上商標、標號、地址，用沙特爾沃希先生與之交易過的酒商的名義寫了一封信，吩咐我的僕人收到信號以後，把箱子送到古德費羅先生門口。我會腹語，所以我有信心讓死屍「說」出那句話。不過，是不是能達到預期效果，就要看兇手的良知了。

我已經把所有事情交代完了。彭尼費瑟先生被無罪釋放，並繼承了他舅舅的遺產。他從親身經歷中獲益，開始了新的生活。

威廉・維爾遜

該怎麼說才好呢？我那作惡的心，始終受制於冷酷的良心。

該怎麼說才好呢？

——張伯倫：《法蘿妮德》

　　我暫且把自己稱作威廉・維爾遜。如果我把自己的真實姓名說出來，便糟蹋了面前的這張白紙。我不想這樣做。我的族人們早就因為這個姓名而受到了各種嘲笑和怨恨。難道我族人的惡名，沒有被人們憤怒的言語傳播到各處？啊！天下最臭名昭著的浪子啊！——難道你的心變成了一潭死水，塵世的一切也激不起一點漣漪？難道你對人間的鮮花和榮譽，以及遠大的理想和報復都感到冷漠了嗎？難道沒有一重厚厚的烏雲，始終籠罩著你的夢想嗎？

　　最近這些年，各種不幸接踵而至，我犯下了滔天的罪行。我在本文中將儘量避免談起這些事情。近年來我突然陷入到罪惡的深淵。造成這種狀況的原因，我目前不想說出來。凡人就算墮落，也是一步一步地，不會一下子墮落到無可救藥的地步。可是我則全然不同。我身上的仁義道德，就像披風那樣一下子從我身上飄落。我就如同邁著巨人般的大步，一下子犯下了滔天罪行，墮落到無底深淵之中。請允許我將犯下這種罪行的原因交代清楚。死神

不斷地向我逼近；在這個時候，我反倒不再害怕了。我穿過了臨死時的痛苦時刻，渴望世人能夠向我伸出同情之手。也就是說，我一直渴望世人能夠賜予我憐憫之情。我只求他們能夠相信，人力無法控制的環境影響了我，擺佈我，讓我無能為力。我希望他們看到下面的細節之後，能夠看出這種影響。有一件非常確鑿無疑的事情，我想要他們承認，就是說，凡人從來也沒有經受過這樣的考驗，因此也從來沒有如此墮落過。難道從來都沒有像這樣痛苦過嗎？難道我的確生活在現實之中？所有荒誕的幻影，實在是太奇怪，太恐怖了，難道我不會被嚇死？

性格暴躁，想像力豐富是我們族人一貫的特點；當我還是一個孩童的時候，這種祖傳的性格便已經在我的身上有所顯現。隨著不斷的成長，這種特點便越來越顯著；由於各種各樣的原因，我自己受到不利的影響，我的朋友非常憂慮。漸漸地，我就變得愛胡思亂想，喜怒無常、一意孤行，而且越來越嚴重。我父母像我一樣，患有先天性的虛弱症，而且他們做事缺少主見，只能任由我的壞習慣繼續發展下去。當然，他們也曾經試圖阻止我的壞習慣發展下去，但是因為沒有找到合適的辦法，最終沒有成功。在與他們的戰爭中，我獲得了勝利。從此之後，他們完全按照我的意見行事。到了個別孩子自己學會走路的年齡，我想幹什麼就幹什麼，他們根本就不再管我。只是在名義上，我還得聽從他們的命令。

當我對最早的學校生活進行回憶的時候，位於英國一個霧氣濛濛的小村子裡的那幢坑坑窪窪的伊莉莎白式的大房子就會出現在我的頭腦之中。村子裡有很多渾身長滿疙瘩的大樹，房屋都年代久遠。說句實在的，那座歷史悠久的古鎮，就像仙境一樣帶給人愉悅之感。現在，那無數灌木散發出來的陣陣清香，彷彿再次出現在我的鼻孔之中；那濃蔭蔽天的大街上的那種涼爽，彷彿再次讓我倍感舒適；那空洞而深沉的教堂鐘聲，彷彿再次響起在我的耳畔；那哥德式的塔尖，彷彿再次沉睡在暮色之中。

我目前能夠感受到的所有喜悅，可能也比不上詳細地追憶在學校裡發生的每一件事情所帶來的快樂。目前，我正處於悲慘的境地之中——天哪，悲慘！的確如此——讀者對我這樣胡亂的寫一些茫然無緒的瑣事，便會能夠容

忍下去。儘管這樣胡亂地寫，只不過是曇花一現，只是微乎其微的慰藉。更何況，這些瑣事雖然非常普通，甚至荒誕不經，但是我認為，當它們與時間地點聯繫在一起時，反而會顯得非常重要，因為當時我就發現，命運第一次垂青於我，向我提出忠告，並且一直為我提供庇佑，儘管這種忠告並不是顯而易見的。既然如此，還是讓我回憶一下吧！

前面提到過，那幢房子具有悠久的歷史，坑坑窪窪。它有著一個非常大的院子，四周用磚頭築起了一道非常堅固的高牆。有一層灰泥塗在牆頭，還有很多碎玻璃插在上面。雖然這幢房子看起來如同一座牢房，但是它卻成了我們活動的場所；那座高牆把我們與外界隔絕開來，我們每星期只有三次能夠看到牆外的世界。盼了一個星期，終於盼到了星期六下午。我們的助教會帶著我們，走出高牆，到外面的田野裡散步；到了星期天，我們會在早上和晚上排隊去村子裡的教堂做禮拜。那是村子裡唯一的一座教堂。那座教堂裡的牧師，便是我們學校的校長。我經常坐在一個偏僻的角落裡，靜靜地觀察他，看他非常莊重地走到講壇上。當時，我感到非常驚訝和恐慌。這位牧師穿著光鮮漂亮的法衣，戴著又大又硬的假髮套，臉上的表情非常慈祥。——難道這就是不久前那個板著臉，拿著銅箍，對違反書院紀律的學生進行處罰的人嗎？啊，這實在是太荒謬了，實在讓人難以置信。

有一扇笨重的用尖釘釘滿柳條的大門位於龐大的圍牆的一個角落裡。這扇門給人一種畏懼之感。那扇門只有上述的三個時間才會打開，除此之外一直緊閉著。因此每當那扇門打開的時候，無數神奇的事物就會出現在眼前。在那些事情中，有很多值得認真觀察和思考的東西。

那片遼闊的場地很不規則，有很多凸出來凹進去的地方。最大的三四個凹進去的地方，連成一片，就成了我們的運動場。平坦的地面上鋪滿了沙礫。那些沙礫又細又硬。那上面沒有植樹，也沒有設置任何運動器具。對於這一點，我記得非常清楚。那片場地位於屋子後面。屋子前面有一個種著黃楊等各種灌木的小花壇。但是，這個神聖的地方，並不是想去就能去的。只有碰到合適的機會才行。比如第一次來到這個學校，最後離開這個學校，還有父母接我們回家過夏至節或者冬至節。

那幢房子簡直就是一座歷史悠久的大廈！我覺得它就是一座迷宮。有多得數不清的廂房，還有曲折沒有盡頭的長廊。置身其中，我根本就不知道自己究竟是在樓上還是樓下！從一間房走到另外一間房，總是會遇到或上或下的三四級樓梯。除此之外，還有多得數不清的彼此相連的房間。因此，這座大廈讓我們聯想到「無窮大」這個概念。在這座大廈裡，我和其他十八九個學生分配到了一間小寢室裡，並住了5年之久。可是，我一直也沒有弄明白，我住的那間寢室到底位於哪個角落。

那幢房子裡最大的一間便是我們的教室。我甚至覺得，天底下再也沒有比我們教室更大的房間了。房間是狹長形的，讓人覺得低暗陰沉。房間裡裝著橡木的天花板，安著哥德式的尖窗戶。有一間八九英尺見方的小屋子位於教室一端的一個陰森森的角落裡。那可不是一般的地方，那是我們的校長，牧師勃蘭思比博士的密室，在「授課時期」有著非常重要的作用。那個小屋子非常堅固，安著一扇非常笨重的房門，如果「老師」不在，我們根本不敢把門打開，就算有人以性命相要脅，我們也不敢那樣做。除此之外，還有兩個非常小的屋子分別位於教室的兩個角落裡。雖然它們無法與校長的那間相比，但是仍讓人覺得膽戰心驚。它們分別是「英語兼數學」助理教師的講壇，「古典文學」助理教師的講壇。教室裡雜亂無章地擺著無數黑色的桌椅。它們又破又爛，都快無法繼續使用了。很多發黑的書籍亂放在桌子上面。那些書籍上面，刻滿了縮寫字母和各種亂七八糟的圖案。除此之外，還有很多用刀子反覆刻下的其他東西。所以說，這些書籍早就被弄得不成樣子了。房間的兩端分別放著一個龐大的時鐘和一個大水桶。

我10歲的時候就被送進了這座古老的書院之中，被關那裡5年時間。雖然書院的四堵巨牆限制了我的自由，但是我並沒有感到厭煩。童年時期，想像力非常豐富，可以幻想各種各樣的事物，所以外界的滄桑變化，根本就不會出現在我的頭腦之中；學校的生活雖然十分單調乏味，卻非常熱鬧。那種熱鬧，是過上了奢侈生活的青年時代，以及過上了罪惡生活的成年時代所無法比擬的。但是我認為，一定有很多不同尋常甚至超出常規的東西，在我頭腦發育的過程中出現。我必須這樣認為。對於常人來說，到了成年時代，便

會把幼年時代的很多事情甚至一切全都忘掉，只留下一些辛酸的虛無的回憶。可是我卻不然。直到現在，所有的往事都清晰地記在我的頭腦之中，就像迦太基獎章上的字樣一般經久不滅。這所有的一切事情，我必然在童年時期就像成人那樣深刻地意識到了。

可是，事實（世人所看到的事實）上根本就沒有什麼好回憶的！晚上聽到鈴聲響起便上床睡覺，早上起床，其餘時間就是讀書。定期的假日到來時，到外面散步，到運動場上玩。這一切在一種已經遺忘很久的攝魂魔法的支配下，變成了很多有趣的故事帶來了各種驚心動魄的刺激。「黃金時代啊！原來就是鐵器時代！」

老實說，我的想像力非常豐富，而且具有與生俱來的熱情，全然不把一切放在眼裡，因此很快就成為了同學之中的名人；此後，那些比我稍微大一些的同學也逐漸聽從我的命令了；所有的同學都對我惟命是從，只有一個人除外。那個人的姓名與我的完全一樣，儘管我們來自不同的地方，也沒有任何親緣關係。其實這一點兒也不奇怪；雖然我是貴族出身，但是我的姓名很早就被普通百姓所採用。因此，在這篇文章裡，我把自己稱為與真實的姓名非常接近的假名假姓——威廉‧維爾遜。在眾多學生之中，只有那個與我姓名相同的人，才敢在運動場的運動方面，在教室裡的學生方面，與我一較高下；只有他才敢不把我的命令當回事，不按照我的命令行事。他還敢公然地阻攔我的命令，不管在哪方面都是如此。天下最絕對的專制，便是孩子中的老大對軟弱的夥伴的專制。

我因為維爾遜不服我而寢食難安；雖然在眾目睽睽之下，我一定會在他面前擺出一副不可一世的架勢，不把他那套主張放在眼裡，但是私下裡見到他時，我卻非常害怕。他非常輕易地就和我平起平坐，讓我不得不承認他佔了上風。因此，我就更加寢食難安了。既然我想要讓他服從於我的命令，不願意讓他占上風，那麼唯一的方法就是與他鬥爭，直到完全戰勝他。不過話說回來，其實認為他和我平起平坐，甚至承認他占了上風的，只有我一個人；我的同學們好像根本就沒有意識到一點，對我的地位深信不疑。其實，他跟我作對，非常放肆地跟我抬槓，雖然非常激烈，但是從來都不會明目張

膽，而是非常隱蔽。看來他的性格並不暴躁，也沒有和我作對的野心，因此我又佔據了上風。他多半是因為一時興起，或者是因為一時衝動，才會和我作對，讓我在別人面前丟臉，讓我大吃一驚；不過，有的時候，自卑、驚詫、憤怒會交織在一起，出現在我的心中，看到他反駁我，甚至誹謗我時，還帶著一種與此極不相稱的親切之感，這實在讓我感到氣憤。我只好認為，他之所以會有這樣特別的行為，完全是因為他目中無人，故意把自己當成保護人，並以此自居的無恥神氣。

或許，高年級的同學把我們看作兄弟，正是因為我們不僅姓名相同，而且他的舉止總是顯得非常親切，更加巧合的是，我們來到學校是在同一天。高年級的學生一般都不會把低年級學生的事情放在眼裡，所以他們就不會對此事進行詳細調查。其實就像我在前面所說的那樣，維爾遜和我根本就沒有任何關係。如果我們真的是兄弟，那麼毫無疑問，我們必然是雙胞胎，因為我們出生於同一天。這是我在離開勃蘭思比博士那家書院之後無意間聽說的事情。他和我一樣，生日也是1813年1月19日。

有一件事讓我覺得非常奇怪。儘管維爾遜總是不停地和我作對，儘管我被他折磨得擔驚受怕，但是我竟然無法去恨他。我們幾乎沒有一天不吵架的，在其他人面前，他總是故意輸給我，但是他並不肯善罷甘休。他總是千方百計地想辦法讓我明白，他才是真正的勝利者。可是，他的尊嚴和我的自尊心，總是讓我們保持一種普通朋友的關係。另一方面，我發現我們有很多相同之處，我也覺得我們應該成為朋友，但是我們的地位相差懸殊，因此我們才沒有能夠成為朋友。我也無法說清自己對他抱的是一份什麼樣的感情，我甚至覺得，讓我形容一下都非常困難。這種感情非常複雜，根本就無法說清楚；有幾分因為一意孤行所產生的敵視，但是遠遠沒有達到仇恨的地步；有些許的敬重，但更多的是尊重。此外就是畏懼。這種情感佔據了相當大的比重。還有一種莫名的好奇，讓我心煩意亂。按照心理學家的說法，我和維爾遜是一對關係密切，無法分開的朋友。

我們之間的關係非常微妙，所以我對他的那些明面上暗地裡的攻擊，並不代表我跟他仇深似海，不共戴天，而只是嘲笑他，諷刺他，表面看起來就

像和他開玩笑一樣，但其實他的內心受到了很深的傷害。不過，儘管我機關算盡，運用的方法再絕妙不過，但仍然會有失手的時候。因為與我有著同樣姓名的那個人，天生沉著、冷靜，異常的嚴肅，當別人對他說刻薄的話時，他的嚴肅便充分地發揮出重要的作用，讓人無話可說。儘管我費盡心思尋找他的弱點，但是找來找去也只找到一個：他的身體上好像有一種先天性的毛病，他的發音器官有些問題，無論什麼時候，他都無法大聲地叫嚷，只能小聲地耳語。當然，只有像我這樣的敵手，在實在無計可施的情況下，才會利用他的這個弱點。

維爾遜對我進行了五花八門的報復。我因為他的一個花招，傷透了腦筋。他是一個聰明的人，我不知道他為什麼會發現這樣的小事來惹我生氣；可是他還是發現了，並經常以此來對付我，讓我煩惱。我認為自己的姓名既普通又庸俗，我一向非常討厭。這個姓名就如同毒藥一樣，讓我異常痛苦。我來到書院的那天，另外一個威廉・維爾遜也來到這裡。因為他的姓名和我的完全相同，所以我非常氣憤，因為這個姓名會因為他而被叫兩遍；我會經常看到他；還有就是，我們的作業經常會被搞混。

因此，我心中的怒火會因為與他這個冤家對頭有相同之處而越來越厲害。無論那種相同是精神上的還是肉體上的。我當時只看到了我們兩人的個頭兒幾乎相同，相貌和身材都非常像，但是卻沒有發現我們是同一年出生的。當聽到高年級的學生說我們是親戚時，我心中就會莫名地燃起一團怒火。總之，不管私下裡聽到別人說我有什麼相似之處，我就會坐立不安，雖然表面上看起來我絲毫沒有受到影響。其實，同學要把我們之間的相似之處當作話題，就隨他們的便好啦，我又何必耿耿於懷呢？他們根本就沒有看到我們之間的相似之處，只是把我們當作親戚罷了。而且，更為重要的是，提出這樣論斷的人不是別人，而是維爾遜本人。但非常明顯的事實是，他像我一樣，把我們之間的相似之處完全看在眼裡，記在心裡；在這種情況下，他竟然看到了那麼多令人感到煩惱的事情，這其實的原因，只能歸結為他的目光特別銳利。

他的言行舉止，都反映出他在刻意模仿我，而且還要模仿得維妙維肖；

不得不說的是，他的模仿能力非常出色。他成功地模仿了我的服裝和行為舉止，還竭盡全力模仿我的嗓音，儘管他的發音器官有著先天性的毛病。我說話時聲音非常洪亮，這是他無法模仿的，因此，他模仿起我的語調來，而且模仿得完全一樣。

現在，當這副肖像（不能稱為漫畫，那樣做實在太不公道）出現在我的面前，我心裡那種惶恐不安的感覺，我都不敢形容了。讓我感到欣慰的一點是，只有我才能夠看到；當那個與我姓名相同的傢伙詭異地冷笑，或者開懷大笑時，我只需要容忍就行了。他看到在我心裡面播下的種子生了根，發了芽，長出了苦果，他就非常開心。他盡力模仿我的一言一行，一舉一動，終於獲得了成功。他的成功原本可以獲得別人的誇耀，但是他根本就沒把這件事放在心上。他的陰謀詭計實在太厲害了，竟然欺騙了全校學生，隨著他拿我開玩笑，嘲笑我，我越來越覺得這是一個謎團。儘管我好幾個月都過得小心翼翼，膽戰心驚，但是最後還是沒有將這個謎團解開。可能是他在不知不覺中把我的言行舉止都學了過去，所以別人才沒有看出來吧；否則的話，別人沒有嘲笑我，很可能是因為模仿我的那個人僅僅在意我的精神層面，不屑模仿我的種種行為。

我在前面已經講過，他總是與我作對，跟我抬槓，還擺出一副令人厭惡的恩人嘴臉。這種抬槓經常是非常粗魯地勸說；不是直言相告，而是用隱諱的方式表達出來。儘管我十分厭惡他的做法，但也只有忍受。隨著時間的推移，我一年年地成長，這份厭惡之情便逐年增長，變得越來越厲害。雖然事情已經過去了很多年，但我還是有一句公道話要說。我要承認，我的那個冤家對頭從來也沒有幹過什麼傻事，出過錯誤的主意，雖然他還是一個小孩子，幹出傻事，犯錯是純屬正常；我也得承認，就算他的人情世故、他的才幹不比我強，但他有一樣比我要強很多，那就是他的道德觀念；我也得承認，有很多為人處事的箴言包含在他的暗示中，如果我當初能夠聽從，那麼我也不會成為今天的樣子，我也可能會比較善良和幸福，可是當時我厭惡透頂，認為根本就沒有聽從的必要。

但在實際上，我受到他那樣的監督，終於變得越來越倔強，我覺得自己

根本就無法忍受他那種強勁兒，所以就越來越明顯地憎恨他。我在前面提到過，在和他成為同學的最初幾年裡，我對他的感情並不複雜，我們可以成為朋友。可是，在書院的最後幾個月裡，儘管他不再像平時那樣愛管閒事了，但是我對他的仇恨反而越來越強烈。有一次，他可能看出來我對他態度的變化，所以就儘量躲開我。

如果我的記憶力沒有出現差錯的話，我跟他在那段時期大吵了一架。他竟然變得和以前截然不同，他沒有提防我，表現得非常勇敢，與他平時的個性形成了鮮明的反差。我發現——也許說自以為發現更為合適——他身上有一些東西，讓我開始覺得非常驚詫，後來又覺得非常有意思，孩童時代的事情又出現在眼前。這些東西，在他的神情、口氣、外表方面全都有所展現。很多我還沒有記事時的事情全都從心底湧現出來。我覺得在很久以前，甚至在非常遙遠的歲月裡，我就已經同眼前這個人相識了。可是，這種幻覺很快便消失了。我提到這件事，只是想要說明我在那天和與我姓名相同的那個怪人進行了最後一次談話。

大多數學生的宿舍位於那幢歷史悠久的巨型大廈，以及眾多廂房中幾間相連的大房間。除此之外，還有一些學生宿舍位於小角落裡和其他零散的地方：這幢大廈設計得如此古樸，所以有一些零星的房間也就在所難免了。那些房間都非常小，只能容納下一個人。可是，勃蘭思比博士非常具有經濟頭腦，他算計一番之後，覺得那些小房間也有利可圖，所以把它們布置成了宿舍。維爾遜就住在其中的一間小屋裡。

可能是在進入學院的第五年的年底，也就是前面提到了那次吵架之後，我在一個夜裡去找我的冤家對頭。當時，同學們都睡著了，我悄悄地從床上爬起來，提著燈走出寢室。之後，我又小心翼翼地穿過了很多條狹窄的走廊，才來到他的房間。我早就想使用惡毒的伎倆取笑他，可是一直都沒有成功。如今我就要把我心裡隱藏著的那份惡意變為現實，讓他真真切切地感受到。我把燈放在門外，用燈罩罩起來，然後悄無聲息地走了進去。我往前走了幾步，仔細地傾聽著屋裡的動靜。我聽到了他的呼吸聲，那聲音聽起來很平靜，由此我判斷他必然睡著了。於是，我又走到屋外，提著燈走到他的床

前。帳子把他的床嚴密地遮蓋起來了，我輕手輕腳地把帳子掀開，把燈提到他的身前。他的身上立即出現了明亮的燈光。同時，我去看他的臉，只看了一眼——立即感覺到全身發麻，兩條腿發軟，胸口劇烈地起伏，心裡莫名其妙地害怕起來。我的呼吸變得有些困難，直喘粗氣。之後，我又把燈慢慢地向他的臉移動，在距離他的臉很近的地方停了下來。難道這就是威廉·維爾遜的容貌？——這就是？他的這副模樣我已經看得非常清楚了，可是我又覺得他不應該是這副模樣。想到這裡，我渾身像得了瘧疾一樣顫抖起來。我為什麼會被嚇成這樣呢？這副容貌到底有什麼特別的地方？我仔細地看了一下——心裡的念頭像一團亂麻那樣讓我眩暈。他清醒時，可不是這個樣子——的確不是這個樣子。同樣的姓名！同樣的容貌！同樣的時間進入書院！還有他不斷地模仿我的舉止，我的聲音，我的習慣！難道他一直為了取笑我而模仿我，真的會讓他的容貌發生改變，變成我現在我看到的這樣？我嚇得毛骨悚然，立即把燈熄滅，悄悄地離開他的房間，然後頭也不回地離開了那座年代久遠的書院的校舍。

我回到家裡，什麼也不幹，整天遊手好閒。就這樣過了幾個月之後，我又莫名其妙成為了伊頓學院的學生。勃蘭思比博士書院裡所發生的事情，很快就全被我忘掉了。這樁慘案的真相，沒有人會知道了。這給了我一個讓我對自己是否失去理智進行懷疑的機會。如果我的想像力不夠活躍，如果我不對人們那樣容易上當感到不可思議，我根本就很難想到這個問題。這種懷疑不會因為我在伊頓學院所過的生活而有所減輕。我到了那裡，立即開始了極其荒唐的生活，只有過去那些如同泡沫般的瑣事還留了下來。除此之外，所有的記憶都被沖洗乾淨了，只有過去生活中的放蕩行為還殘留在腦海之中。

在本文中描寫荒淫無恥的生活，並不是我的初衷——雖然我想盡辦法，躲避學校當局的控制，過著這種對法律大不敬的生活。我在3年裡所過的都是那種荒唐的生活。這3年時間被我白白浪費掉了，我幾乎一無所獲，除了我的身體異常的長高了。這3年的代價就是我無可救藥地染上了壞習慣。我邀請很多和我一樣放蕩的學生到我的臥室裡舉行盛大的宴會，過整整一個星期的荒淫生活。當夜深人靜的時候，我們聚集在一起，通宵達旦地玩樂。到

處都是酒，我們還不斷地尋找著其他更危險的刺激；所以當我們放肆地尋歡作樂時，天已經濛濛亮了。我玩著紙牌，整個臉因為喝酒太多而格外通紅。當我不顧一切地打算再粗野地喝一杯時，有人在門外把我的房門推開了一半，讓我趕緊去門廳一趟。他說有人在那裡找我談話。

我已經醉得頭暈腦脹。門外的那個僕人意外地破壞了我的興致，我竟然沒有感到意外，反倒覺得他來的正是時候。我立即晃晃悠悠地往前走，很快就來到了校舍的門廳。由於這個時候不允許點燈，所以低矮的門廳光線暗淡，只有朦朧的曙光通過半圓形的窗戶照射進來。我剛來到門口，就看到了一個身材與我相仿的年輕人的身影。他穿著一件樣式新穎的雪白開司米晨衣，很像我當時穿的那件。這一切都是我在朦朧的亮光之下所看到的。但是，我看不清楚他長什麼樣子。我剛跨進門廳，他就邁著大步來到我的面前，把我的胳膊一把抓住。透過這些舉動，可以看出他非常著急。「威廉‧維爾遜！」他小聲在我耳邊說道。

酒勁兒立即消失，我清醒過來。

我看到，他翹起一根手指指著我，那根手指在不停地顫抖著。他的態度，他的動作，讓我感到非常吃驚；但是我的內心並沒有被深深打動。他的聲音雖然噓噓作響，聽起來非常奇怪，但是其中卻蘊含著警告，非常嚴重的警告，特別是他小聲地在我耳邊說出那個熟悉的名字，以及他說話時的那種語調和腔調，無數往事一下子出現在我的心頭。我的心如同觸電一般，震動了一下。他在我尚未恢復知覺前就消失得無影無蹤了。

我那混亂的腦袋很難記住東西。但是這件事卻給我留下了鮮明的印象。可是沒過多久，它也被我淡忘了。幾個星期以來，我一直不斷地打聽，盲目地猜測。我知道那個怪人是誰。我不想故意裝作不認識他。一直糾纏著我，用隱晦的忠告折磨我的那個人就是他啊！我的內心產生出一系列疑問：這個維爾遜到底是什麼人？他從哪裡來？到底想幹什麼？我根本無法回答這一系列問題。我只瞭解到，他家突然發生了意外，在我從勃蘭思比博士的書院逃出去的那天下午，他也離開了學校。他不得不離開。但是很快我就把這個問題放到一邊去了，我一門心思地想要去牛津大學。很快，我就到達了那裡。

我父母實在是太虛榮了，不過這對我來說並沒有壞處。我因此得到了一年的開銷和一筆旅費。有了這筆錢，我才真正能夠過上自己一直渴望的奢侈生活——才能與那不列顛的那群富家子弟較量一下誰的揮霍本領更強。

得到那些錢之後，我就可以更加肆無忌憚地幹壞事了，因此我非常高興。從此之後，我就開始拼命地大吃大喝起來，最後竟然連基本的禮節都給忽略了。如果對那些放蕩的行為進行詳細地描寫，那就實在是太不像話了。所以，我只能順便提一筆：我的浪蕩行為，遠比其他人更為厲害；如果要列出一大批荒唐的行為，我會讓當時歐洲是最為荒淫的大學裡的日常罪行紀錄增加不少。

可是，就是在這所大學裡，我竟然墮落到失去君子風度的地步。這實在是太讓人難以置信了。我竟然打算將職業賭棍那套子下流的騙術學到手，並練到爐火純青的地步，從而來欺騙那些低能的同學，讓我的收入不斷增加。這實在讓人難以置信！但是那就是事實。我沒完沒了地做壞事，犯下累累罪行，是因為我太缺德，喪盡天良所引起的。這是最主要的原因，雖然不是全部原因。這個牛津大學中最高貴、最坦誠的自費生，這個快樂、慷慨的威廉·維爾遜，他的那群跟班說，他的荒唐並不為過，那只不過是年輕人的荒唐；他之所以會犯錯，是因為他的頭腦中產生出了新奇的想法；他只做出了一些輕率而任性的放蕩行為，根本就稱不上惡行。說真的，我那群夥伴全是一些無恥之徒，他們都願意為他辯護。他在玩牌的時候耍花樣，他們又怎麼會懷疑呢？

在玩牌這方面，我已經耍了兩年花樣，而且根本就沒有出過任何問題。有一天，大學裡來了一個名叫格蘭丁寧的年輕貴族，他是一個暴發戶，非常富有，錢來得也非常容易。很快我就發現他腦子不太好使，就把他當成了我的下一個目標。我經常運用各種辦法讓他對玩牌產生興趣，讓他開始玩起牌來。我還使用賭棍慣用的伎倆，故意輸給他一筆數目可觀的錢，引誘他上鉤。我的這個陰謀詭計很快就能夠實現了。我把他約到了自費生普瑞茨登先生的宿舍裡，想要和他一局定勝負。當然，我知道我一定會是最後的贏家。普瑞茨登先生和我們兩個人的關係都非常密切，不過老實說，他根本就沒有

對我的陰謀進行過懷疑。為了讓這齣戲更加逼真，讓格蘭丁寧不產生絲毫懷疑，我早就找來了八九個人。我們故意擺出一副姿態，讓他覺得打牌這件事只是臨時想起來的，而不是一個處心積慮的陰謀。他果然中計，同意與我賭上一局。卑鄙的手段是一件缺德事的必要因素，如果想要簡單地談論一件缺德事，那麼必須要談論一下卑鄙的手段。這是賭博中一件常有的事，因此竟然還會有人上當受騙，實在讓人難以理解。

我的陰謀詭計到深更半夜時終於就要實現。我唯一的對手便是格蘭丁寧。我們兩個人玩的是埃卡特，那是眾多紙牌遊戲之中，我最喜歡玩的一種。其餘的人早就不再玩了，站在一旁滿懷興致地看著我們一擲千金。我在上半夜布下了迷魂陣，讓這個暴發戶喝了很多酒，此時他正在非常緊張地洗牌、發牌、打牌。我覺得他是喝醉了才會如此緊張，但也不完全是這樣，或許還有其他的原因也說不定。我的手風很順。他很快就欠了我很多錢。他喝了一大口紅葡萄酒，向我提出，把賭注再增加一倍。我早就料到了他會這樣。其實原來的賭注已經非常大了。我故意說不能再增加了，無論如何也不行。他被我惹怒了，大聲叫罵。我看時機已經成熟，這才故意不情願地順從了他，答應了他的要求。我已經牢牢地把他這隻肥羊控制在手掌心。沒到一個小時，他欠下的賭債就增加了四倍。他的臉因為喝了太多的酒而漲得通紅，現在正慢慢變成死白，這實在是太恐怖了。我根本就沒有料到。我曾對格蘭丁寧的財富狀況進行過詳細地調查，知道他非常富有，甚至到了富可敵國的程度。我覺得他不會因為輸掉這樣一筆錢而生氣甚至發怒，雖然這筆錢也不是一筆小錢。我的頭腦中突然產生出了他剛剛喝下一口酒就醉倒在地的念頭。我正打算終止我們的賭局，我是希望我的人格不要在同伴面前受到影響，而不是出於某種不太純潔的動機，誰知這個時候，格蘭丁寧突然非常悲痛地長歎了一聲，左右那群人也有所表示，我才明白，他已經被我害得輸掉了全部家產，大家都開始同情他，就算是魔鬼，也不會再毒害他。

這時我的樣子很難形容。那個暴發戶的不幸遭遇，引起了大家的同情。他們為難地擺出一副痛苦的表情。大家都沉默著，整個房間裡沒有一點兒聲音。那群人中的一些比較正經的，都用責備或者藐視的眼光看著我。他的目

光讓我覺得自己無地自容，滿臉像燃燒著炭火一般。當時我的心情非常急躁。關於這一點，甚至現在我也還願意承認。但是，一個意外事件不期而至，讓我緊繃的神經得以放鬆。有一股異常猛烈的衝勁把那扇又沉又寬的折門一下子給撞開，房間裡的蠟燭，一下子全都滅了。我在燭火尚未完全熄滅的時候，看到了一個裹著披風，身材和我差不多的人走進了房間裡。但是此時屋子裡沒有光亮，處在黑暗之中；我們根本就看不到他，只能感覺到他就站在這個房間裡。我們被他莽撞的舉動嚇得呆立在原地。這個時候，我們聽到了他的聲音。

「各位，」他說，聲音既清晰又低沉，給我留下了非常深刻的印象，嚇得我魂不守舍：「各位，我如此冒昧地打擾，希望你們能夠原諒。我來到這裡，只是履行我的職責。在今晚的牌局中，格蘭丁寧爵爺輸給了那個人一大筆錢。我知道，你們還沒有認清他的真實面目。因此，我來到這裡，為你們提供一個簡便的方法，讓你們拆穿他的陰謀。請你們搜一下他左手袖口的襯裡；你們也要搜一搜那個繡花晨衣的大口袋，或許你們能夠在那裡找到幾小包東西。」

人家在他說話的時候，全都保持安靜，房間裡靜得出奇。他說完之後就像他突然來到這裡那樣突然離開了。我的心情立即變得異常複雜。當時我嚇得要死，腦袋裡一片空白。大家立即把我抓住，點燃蠟燭，開始對我進行搜身。他們搜了我的袖口襯裡，在那裡找到了玩「埃卡特」時必不可少的花牌；他們又搜了我的晨衣口袋，在那裡找到了幾副跟牌局上完全相同的紙牌。只不過那幾副牌用術語來稱呼就是「鼓肚子」：小牌的兩頭鼓起來一些，大牌的兩頭凸出來一些。遇到這樣的一副牌，賭棍橫向切牌，當然就不會把這樣一張可以計分的大牌發給冤大頭；而冤大頭卻是直向切牌，必然會發現自己把一張大牌發給了對手。

事情就這樣敗露了。如果他們對我大發雷霆，把怒火全部發洩出來，我倒不會覺得難堪；可是他們卻根本沒有那樣做。他們要麼就是若無其事地朝我冷笑，要麼就流露出非常不屑的表情，那才實在讓我感到難堪。

「維爾遜先生，」房間的主人普瑞茨登先生一邊說，一邊把地上那件非

常珍貴的皮製披風撿起來：「這是您的東西，維爾遜先生。」（那天非常寒冷，我在出門的時候把一件披風披在了晨衣上面，到了這個房間之後才脫下來。）「我覺得證據已經足夠多了，沒有必要再搜您這件披風了。您做了什麼，您自己清楚。我要告訴您的是，您以後不能再繼續待在牛津了，您必須離開這裡。——不管怎麼說，您必須立即離開這裡，離開我的宿舍。」

當時我羞愧難當，覺得自己受到了奇恥大辱，普瑞茨登的這番話對我來說更是火上澆油，但是我並沒發怒。因為一件出乎我意料的奇事吸引了我的全部注意力。我穿的披風是珍貴的皮子縫製的；雖然我不敢說它到底值多少錢。樣式也是我親自設計的；我就像花花公子那樣把心思花在這種無聊的事情上。當普瑞茨登先生撿起地上的披風交給我時，我竟然意外地發現自己的胳膊上早就搭著一件，而搭在胳膊上的那件正是我自己的。除此之外，我還發現普瑞茨登遞給我的那件並不是我的，而是無論樣式還是扣帶都完全相仿的另外一件。我覺得實在太過驚奇，甚至有些恐怖了。我還記得，剛剛來到這裡，把我的底細告訴給別人的那個怪人身上披著一件披風：我們這群人中，除了我之外別人都不披披風。我假裝什麼事都沒有發生，接過普瑞茨登遞給我的那件披風，悄悄地放在我自己的那件上面，然後低著頭離開了那裡。第二天一大早，我就懷著羞愧和恐懼的心情，匆匆忙忙地離開了牛津，前往歐洲大陸。

不管我逃到哪裡，都沒有用。我始終無法逃脫厄運的糾纏，這表明這只是開始，在我以後的人生道路上，厄運將會一直隨意地擺佈我。我剛到巴黎，還沒有在那裡立足，這個維爾遜又出現在我的面前，管起了我的閒事。這實在是太可惡了。儘管這件事過去了很久，但是我的內心一直非常不安。混帳！不論我是在羅馬、在柏林、在維也納、在莫斯科，他總是糾纏著我，與我作對，讓我無法稱心如意。實話實說，不論在哪裡，我都會暗暗地詛咒他。這種虐待實在讓我難以忍受，我終於開始像逃避瘟疫那樣惶恐地逃避了。可是，我知道，不管我逃到哪裡，他都會糾纏著我。我逃到哪裡也是白搭。

很多時候，我都會暗暗地問自己：「他是什麼人？他來自哪裡？他這樣

做到底是為了什麼？」我根本就找不出答案。之後，我對他胡亂監督我的方式方法和主要特徵，進行了特別仔細地研究。老實說，最近這段時間，他總是跟我作對。無數事例表明，他是來對我的計畫和行動進行阻撓和破壞的。如果這些計畫變成了現實，不幸的災禍或許將會出現。

　　我也看出來，那個一直折磨我的人，穿著和我類似的衣服，每當跟我作對時，總會竭盡全力隱藏自己的身份，使他的臉不被我看到。就算他是維爾遜也好，不是維爾遜也罷，這樣做都非常愚蠢。難道他以為我不知道，在伊頓書院為我提出忠告的——在牛津大學揭了我的底，給我造成毀滅性打擊的——在羅馬讓我無法心滿意足的，在那不勒斯對我的戀愛橫加阻撓，在巴黎讓我無法報仇的——就是我小學時期的威廉‧維爾遜——我的夥伴，那個與我有著相同姓名的人，那個冤家對頭——勃蘭思比博士書院裡那個冤家對頭嗎？那樣就太小瞧我了！——我還是抓緊時間，把最後這場壓軸大戲唱完吧！

　　直到現在我一直苟活在人世之間，任由維爾遜隨意擺佈。我一直對維爾遜的聰明才智、高尚人格以及他那神通廣大的本領肅然起敬。他身上的一些其他特徵，無論是天生的還是故意裝出來的，同樣讓我非常敬畏。因此，我認定自己非常脆弱，什麼事也幹不成，並由此想到，雖然他的命令一意孤行，雖然我不願意聽，但最好的辦法還是採取盲目服從的態度。誰知道最近這個階段，我卻瘋狂地愛上了喝酒；我從祖先那裡遺傳來的性情，受到了酒精的影響，使我越來越渴望自由，越來越受不了別人的管教。我開始傾訴我的痛苦，之後變得猶豫，最後終於走上了反抗的道路。難道我只是毫無根據地幻想，才會認為折磨我的那個人越來越動搖，而我自己越來越堅定？就算這樣，現在我也感覺到，有一股熾烈的希望鼓舞著我，讓我變得越來越強大，最後終於下定了孤注一擲的決心。我要掙脫束縛，不再受別人的控制。

　　18XX年的狂歡節，那不勒斯總督德‧布羅里奧在羅馬的家中舉辦了一次化妝舞會。我當時正在羅馬，有幸參加了此次盛會。我在酒桌上瘋狂地喝酒，比我平時喝得還厲害。房間裡擠滿了人，空氣彷彿凝固了一般，讓我的情緒變得有些急躁。那裡的人們全都亂糟糟的，我費了很大的力氣，才從他

們中間擠過去。這讓我變得怒不可遏。因為我懷著下流的念頭，急著尋找德·布羅里奧的夫人。儘管德·布羅里奧已經年老體衰，昏聵無能，但是他的夫人卻年輕貌美，行為放蕩。至於我懷的是什麼樣的下流念頭，在這裡就不做詳細介紹了。總督夫人很早以前就曾把她在這次舞會中將要化妝成的角色告訴我了。在擁擠的人群之中，我一眼就認出了她，急急忙忙地向她奔去。可就在這個時候，我突然覺得有人把一隻手輕輕地按在了我的肩膀上，並在我的耳邊講起了私密的話語。那是我永遠也不會忘記的輕聲細語。

我的氣憤達到了極點，立即轉身面向那個一直和我作對的人，伸出手臂，兇狠地將他的衣領一把揪住。正如我預料的那樣，一條西班牙式的藍絲絨披風披在他身上，一條大紅的皮帶繫在他的腰間，皮帶上掛著一柄長劍，臉上蒙著一塊黑綢面具。他的裝束與我完全相同。

「混蛋！」我用因生氣而變得沙啞的聲音嚷道：「騙子！流氓！壞蛋！你怎麼能一直纏著我不放？這實在是太可氣了！跟我來，否則我一刀宰了你！」說著，我用力拉著他離開了舞廳，去了隔壁的那間小會客廳。

剛一進入小會客廳，我就一把將他推開。他的身體失去了平衡，摔倒在牆邊。我把門關起來，大叫了一聲，讓他拔劍與我決鬥。他稍微猶豫了一下，長歎了一聲，然後拔出劍。他的架勢只是為了防禦，並不是為了進攻。

我們的決鬥沒有耗費過多的時間。我因為氣憤而覺得渾身充滿了力氣，很快就透過凌厲的攻勢把他逼到壁板前。他已經變成了待宰的羔羊。我毫無猶豫地向他的心窩刺去一劍。之後，我又不斷地用劍刺他。

這個時候，我聽到門口有動靜，覺得有人想要扭開門栓，進入這個小會客廳。我立即跑到門邊，阻止別人進來，然後立即返回到我的對手身邊。此時，他的呼吸已經變得非常微弱。我看到這個場面之後，心裡產生出異常驚詫和恐懼的感覺。那種感覺，我根本找不出合適的語言來形容。我把目光轉移到別的地方僅僅一瞬間，房裡遠處的布置就發生了非常明顯的變化。有一面非常大的鏡子出現在本來沒有鏡子的地方。開始我還以為自己因為心煩意亂而看錯呢！我非常害怕，慢慢地向鏡子走去。我看到自己的影子步履蹣跚地向自己走來，鮮血濺滿了死白的臉。

我剛才說過，看起來是這樣；因此，實際情況並不是這樣。原來我的敵人——維爾遜正站在我的面前，痛苦地呻吟著。他已經失去了還手的能力，只等著我把他一劍刺死。他早就把披風和面具扔到了地上，現在它們還在地上。他那奇特的五官，身上所穿的衣服，完全與我的相同。完全相同！

　　他就是維爾遜。可是他說話與以前已經有所不同了。他說話時再也不像過去那樣輕聲輕氣，這讓我產生出一種錯覺，覺得是自己在說話：

　　你獲得了勝利，我輸了，輸得心服口服。不過，其實你並沒有獲勝，因為從現在開始，你也死了。人間、天堂和希望對你來說都已經變得沒有任何意義！你對它們已經死心了！我活著，你才存在；我死了，你也就死了。你把自己毀了，看看這影子吧，這就是你的影子，這就是你的傑作。

埃德加・愛倫・坡

黑貓

　　我要講一個故事。這個故事非常普通卻又非常荒唐。說實話，儘管這是我親身經歷的事情，但是我始終都不肯相信，因此，我也就不指望各位相信了。如果我非要指望別人相信，那我一定是發瘋了。可是，我並沒有發瘋，也不是在做夢。不過，明天就是我的死期了，為了讓我的靈魂能夠安息，我要在今天把這些事說出來。這些事情讓我擔驚受怕，吃盡了苦頭，最後還毀掉了我的一生，所以我迫切地想要把它們簡單明瞭，不做褒貶地講出來。儘管這些事情給我帶來了巨大的災難，但是我並不想做詳細的解釋。這些事情對大多數人來說，只是奇談怪論，根本就不可怕。可是對我來說，卻充滿了恐懼。這些事情很可能會被後世的專家學者認為是非常普通的小事，因為他們的頭腦比我更加冷靜更加有條理，他們不像我這樣，遇到一些小事，就心慌意亂。他們一定會認為，我這樣小心翼翼地敘述的事情，只不過是一些有著因果聯繫的尋常事罷了。

　　我小的時候，就被人誇讚心地善良。我的心腸特別軟，甚至還因此遭到小朋友們的嘲笑。我覺得很多動物都非常有意思，就特別喜歡牠們。父母親都非常寵愛我，給了我很多小動物，供我玩賞。與這些小動物一起玩樂耗費了我一大半的時間。每當撫摸牠們，或者給牠們餵食的時候，我都會非常開

心。我長大成人後，仍然保留著這個愛好。與小動物相處是我的一個非常重要的樂趣。有人喜歡忠實又聰明的狗，他們可以因此獲得非常多的樂趣。如果人類的世態炎涼、無情無義讓你感到心痛，那麼動物們那種無私的愛一定會讓你刻骨銘心。

我結婚很早，妻子與我有著同樣的愛好，這讓我感到很欣慰。她知道我的愛好後，總是會幫我物色一些小動物，如果發現喜歡的，堅決不會放過。我們養了金魚、小鳥、小兔子、小猴子，品種非常好的狗和一隻貓。

這隻貓很大，長著一身烏黑色的毛，特別好看，而且極其聰明。我的妻子很迷信，她認為所有的黑貓都是巫婆變的，所以才會具有靈性。我在這裡提到這件事，只是因為想到了這件事，並不是要表明我的妻子到底有多麼迷信。

我們管這隻貓叫普魯托。牠原來深得我的喜愛。我親自餵養牠，與牠建立起深厚的感情，當我在屋子裡走動時，牠會一直跟著我。有時我到外面去，牠也要跟著。我只得想盡辦法把牠趕回家。

就這樣，在幾年時間裡，我和貓一直保持著非常好的關係。也就是在這幾年時間裡，實在有些難以啟齒，我的脾氣秉性因為我喝酒染上酒癮而徹底變壞了。我越來越控制不住自己的情緒，經常無緣無故地發脾氣，根本不考慮別人的感受。我甚至毫無緣由地向妻子發火，用惡毒的言語辱罵她。最後，我竟然還動手打了她。我飼養的那些小動物也因此遭了殃。我不僅不照顧牠們，反而還故意折磨牠們。那隻小猴子，那條狗，那些兔子，不管是故意跑到我的面前與我親熱，還是無意之中跑到我的面前，必然會遭到我的折磨。只有普魯托例外，我還不忍心對牠下手。可是，我的病越來越嚴重——酗酒是世界上最嚴重的病了——這時普魯托老了，越來越不聽話，於是牠也成了我折磨的對象。

一天晚上，我去城裡一家經常光顧的酒館喝酒。我喝了很多酒才回家，暈暈乎乎中，我覺得這隻貓故意躲著我，於是就一把將牠抓住。牠看到我那副兇神惡煞的嘴臉後，受到了驚嚇，輕輕地咬了我的手一下。我立即火冒三丈，以前那個善良的靈魂飛離我的身體。我酒性大發，像魔鬼一樣充滿了一

股狠勁。我從衣服口袋裡掏出來一把小刀，竟然（抓住牠的脖子，）非常陰險地把牠的眼珠挖了出來。這簡直是無恥的暴行。寫到這裡，我都覺得羞愧難當。

我睡了整整一夜，才算清醒過來。我的神志在第二天早上醒來後才得以恢復，我非常後悔自己竟然做出如此殘暴的事情。但是，這種悔恨之情很快就消失了，我的靈魂根本沒有受到觸動。我放肆地喝起酒來，早就忘掉了自己的所作所為。

過了一段時間，那隻貓的傷勢有所好轉。被挖掉眼珠的眼眶看起來非常恐怖。看來牠的傷勢已經好得差不多了，牠再也不會感到痛了。牠仍舊像以前那樣，在屋子裡走來走去，只是總是遠遠地躲著我，看到我接近牠，立即會奪路而逃。我的良心畢竟還沒有完全泯滅，所以最初還因為牠對待我的態度而傷心難過。原來牠是多麼熱愛我啊，可是現在竟然怕我怕得要命。這種傷心之情並沒有維持多久。很快，牠就變成了惱怒。到後來，那股邪惡的念頭又主宰我的思想，終於把我推向了罪惡的深淵。哲學上並沒有重視這種邪惡的念頭。不過，我認為這種邪惡的念頭，是一種非常微妙的原始功能，是人心本能地產生出的一種衝動，或者說是決定人性格的情緒。對此，我深信不疑。誰沒有在無意之中幹下蠢事或者壞事，並且還不止一次呢？這樣做時，心裡非常清楚不能做，可是最終偏偏又做了出來。就算我們非常清楚，這樣做觸犯了法律，我們不是還會有一股拼命想要這樣做的衝動嗎？儘管我們已經能夠預見到這樣做會帶來非常嚴重的後果，但是我們還會這樣做。哎，我的一生就是被這股邪惡的念頭給斷送了。正是源於內心這種難以名狀的違背本性的渴望，我竟然繼續虐待那隻可憐的畜生，直到把牠折磨至死。一天早上，我竟然非常狠心地用繩子把牠的脖子勒住掛在樹上，非常心痛地把牠給吊死了。我之所以會這樣做，就是因為這隻貓曾經愛過我，非常聽我的話，從來不敢冒犯我，就是因為我是在犯彌天大罪。我犯下的罪過實在太嚴重，就連一向寬宏大量的上帝也不會赦免。

就在我犯下了該下地獄的罪行的那天晚上，我在睡夢之中，忽然聽到有人在大聲喊著火了。我立即驚醒過來。我看到，床上的帳子已經燃燒起來，

整座房子成了一片火海。我們夫妻和一個僕人費了很大的勁，才逃出了火海，保住了性命。這場大火把我的所有財物都燒光了，從此之後，我的心徹底死掉了。

我並不認為這場火災與我所犯下的罪行有關。如果我非要把它們連結在一起，找出其中的因果關係，那我就再懦弱不過了。不過，我要把事情的經過原原本本地講出來，希望不要遺漏任何環節。在火災發生後的第二天，我去看了被燒毀的房子。牆壁都倒塌了，只剩下一面依然挺立著。我看到，那是位於屋子中間的一堵不太厚的隔牆。挨著這堵牆的，正是我的床頭。當火災發生時，火勢受到了牆上灰泥的嚴重遏制，這才沒有把我燒死。我認為，是最近的一次粉刷使得那堵牆阻擋了火勢。有很多人圍在牆邊，仔細地觀察著這堵牆。我聽到有人說「實在是太奇怪了」以及與此類似的話，於是就很好奇地走過去看。只見一個很大的貓形淺浮雕赫然出現在白色的牆壁上。那隻貓刻得像真的一樣。貓脖子上還有一圈繩子的印跡。

這個怪物嚇了我一大跳。但是轉念一想，我又安下心來。我記得很清楚，那隻貓被吊死在房屋邊上的花園裡。大家發現著火之後，全都跑到花園裡。可能是有人為了叫醒我，故意把貓從樹上放下來，順著敞開的窗戶扔進我的臥室之中。這隻被我害死的貓在另外幾堵牆倒下去的時候，被壓在了新粉刷的泥灰牆壁上；熊熊燃燒的大火，牆壁上的石灰和貓的屍體散發出來的氨氣，三者融合在一起，使得牆上出現了浮雕像。

對於上面詳細敘述的這個讓人膽戰心驚的事實，於理說來倒也正常，儘管在良心上不能說是天衣無縫。但是這件事給我留下了非常深刻的印象，在此後的幾個月裡，那隻貓的幻象一直糾纏著我，讓我感到非常痛苦。因此，我的心裡產生了一股非常模糊的情緒，可以說是悔恨，但又算不上悔恨。我甚至對自己將這隻貓殘忍地殺害行為感到後悔。於是，我就想要尋找一隻外貌相差無幾的貓來填補失去那隻貓產生的空缺。我經常光顧下等場所，所以我只能在那些地方尋找。

一天晚上，我光顧了一個下等酒館，在那裡喝了很多酒。我醉醺醺地坐在那裡，突然注意到有一個黑乎乎的東西站在一隻存放萊姆酒或者金碗的

大酒桶上。那個大酒桶是酒館裡的主要擺件，我剛剛始終在盯著牠，並看了很久一段時間，卻沒有發現那個東西，這讓我覺得有些奇怪。我向那個黑乎乎的東西走過去，用手摸了摸牠，這才認出牠是一隻貓。牠的個頭與普魯托完全一樣，其他地方也非常像，只是有一點除外。普魯托全身的毛都是黑色的，沒有一根白毛；這隻貓整個胸脯都長著一片模糊不清的白斑。

我的手剛剛觸及到牠的身體，牠就立即跳了起來，不停地叫著，身子來回蹭著我的手。我知道，這是牠因為受到我的注意而感到開心的表示。我一直要尋找的貓就是牠。我立即找到酒館老闆，表示願意出錢買下這隻貓。可是老闆卻說，他根本就沒有見過這隻貓，也不知道牠來自哪裡，所以就沒有開價。

我繼續撫摸著這隻貓，正打算離開酒館回家，卻發現這隻貓想要跟我走。我讓牠跟在我的身後，一邊走一邊俯下身去撫摸牠。這隻貓來到我家之後，立即變得非常乖。我的妻子馬上就喜歡上了牠。

沒過多久，我就對這隻貓充滿了厭惡之情。我沒有想到我會這樣。我也不知道自己為什麼會這樣。牠如此地眷戀我，而我卻很討厭見到牠，見到牠之後就會生氣。這些情緒逐漸變成了深惡痛絕。我盡量離牠遠遠的，回想起從前所犯下的罪行，再加上內心感覺羞愧，我才不敢對牠下毒手。我有很長一段時間沒有虐待過牠。但是時間一長，我就逐漸對這隻貓產生出厭惡之情，我就像躲瘟疫一樣躲著牠，因為我實在不想見到牠那副醜陋的模樣。

不用說，我之所以會更加痛恨這個畜生，是因為在被我帶回家的第二個早晨，牠的眼珠也像普魯托一樣被挖掉了一個。可是，我的妻子卻因為這個原因而更加喜歡牠了。我的妻子是一個極其富有同情心的人，這我在前面已經說過。這種美德以前在我身上也能夠找到，我曾經因為這樣而感覺到了非常單純的樂趣。

盡管我越來越討厭牠，牠卻對我越來越親熱。無論我走到哪裡，牠就會跟到哪裡，讀者們根本就無法理解牠這股倔強勁兒。只要我一坐下，牠就會跳到我的身上撒嬌，或者趴在我的椅子邊上，實在是太可惡了。我剛剛站起來邁步向前走，牠就會在我的腳邊轉來轉去，險些把我絆倒；除此之外，

牠還會用又長又鋒利的爪子抓住我的衣服，並一直向上爬，直到爬到我的胸口才肯甘休。雖然我對牠厭惡至極，恨不得立即把牠打死，但是我知道，還沒有到對牠下手的時候。這是因為我以前犯下的罪行讓我感到羞愧，而更主要的原因是——我還是主動說出來吧——牠讓我畏懼，我非常怕牠，怕得要命。

　　我的害怕不是因為怕受到皮肉之苦，但是也很難說明白。我簡直因為羞愧而不敢承認——即使現在身陷死牢也是如此。可以想像出來的純粹幻想使得這隻貓給我帶來的恐懼更加厲害。我妻子曾多次提醒我，注意牠身上那片白色的斑。那是牠與我殺掉的那隻貓唯一不同的地方。關於這一點，我在上面已經提到過。讀者們應該還記得，我說過，這隻貓胸前的斑雖然很大，卻模糊不清；可是後來，那片斑變得越來越清晰，最後竟然顯現出一個非常清楚的輪廓來。很長一段時間以來，我一直把這當作幻覺，根本不肯承認。這時那塊斑竟然成了一樣讓我一想起來就毛骨悚然的東西。正是由於這個原因，我才會怕牠，厭惡牠。如果我的膽子大一些的話，牠早就成了我的刀下之鬼了。原來那件東西是一個非常恐怖的東西的幻象。那個東西就是一個絞刑台！天哪！這是多麼嚇人的刑具啊！這是正法的刑具，恐怖的刑具！這是讓人痛苦，讓人死亡的刑具啊！

　　這時，我陷入了最為倒楣的境地之中。我非常輕鬆地將一隻毫無理性的畜生殺掉了。牠的同類，一隻同樣毫無理性的畜生，竟然給我這個按照上帝形象創造出來的人帶來了那麼多難以忍受的災禍。我被攪得不得安寧，不論白天黑夜都是如此。白天時，這個畜生一直糾纏著我，讓我不得安生；黑夜到來後，我總是會做噩夢，當我從噩夢中驚醒之後，會立即看到牠，感覺到牠把熱氣噴到我的臉上。這個東西把千斤重的鐵棒壓在我的心頭，讓這個夢魘一直折磨著我。

　　我心中僅存的一點善性還因為身體受到這種痛苦的煎熬而喪失殆盡。我唯一的內心活動便是卑劣的邪惡念頭。我的脾氣一向就是喜怒無常，如今變得更壞，竟發展到憎恨所有的人和事的地步。我對自己放任自流，經常無緣無故地突然發火，根本就控制不住。如此一來，我那任勞任怨的妻子就經常

遭殃了。

　　由於家境貧寒，我們只得搬到一所老房子去住。有一天，我要到這所老房子的地窖裡去做點事，她也陪著我下去了。當我沿著陡峭的階梯往下走的時候，跟在身邊的那隻貓，差點兒害得我腦袋朝下摔下去。我氣急敗壞，掄起斧子就要向牠的頭上砍去。我對牠懷有的恐懼也因為熊熊燃燒的怒火而忘得一乾二淨。我想要把牠劈成兩半。如果那一斧子果真砍了下去，那隻貓就會登時斃命。這個時候，我的妻子拉住了我。當時我正處在氣頭上，她的阻攔讓我的怒火更加熾烈。我奮力掙脫她的胳膊，把斧子對準她的腦袋掄了下去。她馬上就斷氣了。

　　殺死我的妻子之後，我就想著怎樣才能逃脫法律的制裁，於是就想到了把屍體藏起來。我開始仔細地考慮怎樣做才能天衣無縫。我很清楚，不管什麼時候，把屍體搬出去都可能會被鄰居們看到。我想到了很多方法。我想到了在地窖裡挖一個墓穴，把屍體埋進去；想到了把屍體扔到院子中的井裡；還想到了把屍體剁成小塊，然後用火燒掉，不留任何痕跡；還想到了把屍體當作貨物，裝進箱子裡，然後像搬運貨物那樣雇一個工人把她搬出去。最後，我突然靈光乍見，想到了一個自認為十全十美的妙計。我決定把地窖的牆扒開，把屍體砌到裡面去。據說中世紀的殉道者就是這樣被僧侶砌到牆裡去的。

　　這個地窖最適合這樣做。地窖牆壁的結構非常鬆散，最近剛剛用灰泥全部刷過一遍，直到現在灰泥還因為地窖裡潮濕的空氣而沒有完全乾透。而且有一堵牆還凸出來一部分，因為那堵牆上有一個假壁爐。現在已經填平了，與地窖其他部分完全一樣。那個地方的牆磚非常薄弱，我不用費勁就可以把牆磚挖出來。之後，我就可以把屍體塞進去，然後再按照原來的樣子把牆砌好。這樣一來，就可以確保萬無一失，不管是誰也找不出一點兒破綻。

　　這個主意非常好。我找到一根鐵橇，非常輕鬆地就把磚牆撬掉，再小心翼翼地把屍體放進去，讓她緊緊地貼著裡面的夾牆，保持不掉下來。放好屍體之後，我按照原來的樣子，把牆砌好。我找來了黃沙、亂髮和石灰，用它們調配出一種新灰泥。這種灰泥與舊灰泥幾乎完全一樣。我把這些新灰泥抹

到了剛剛砌好的磚牆上。等到做完這些工作，我又仔仔細細地檢查了一遍，看到一切都非常順利才放心。我看到地上有一些施工造成的垃圾，便把它們也收拾乾淨。我非常得意，環視了一下四周，心裡暗自說道：「忙了半天，總算沒有白忙！」

接下來我要做一件非常重要的事情。我要把給我帶來這麼多災難的禍根找出來；我終於下了狠心，一定要結束掉這個畜生的性命。要是牠當時被我找到，牠的小命也就走到了盡頭。在我剛才發火的時候，那個古靈精怪的傢伙，立即跑到別處去了，牠知道我的火還沒有完全消退，所以就一直不敢出來。我終於逃脫了這個令人厭惡的畜生的糾纏。壓在我心頭的大石頭，終於被放了下來。我實在太高興了。那隻貓直到夜裡還沒有露面。如此一來，自從牠來到我們家之後，我終於可以好好地睡一個安穩覺了。啊！儘管殺人這件事讓我有些擔驚受怕，但我還是睡著了。

第二天結束，第三天結束，我仍然沒有見到這隻折磨人的貓。我覺得自己重新獲得了自由。這隻貓被嚇跑了，從此之後再也不會回來了。看不到這個可惡的畜生，我別提有多高興了。儘管我殺了人，犯下了不可饒恕的罪過，但是我的內心沒有感覺到一絲不安。官府派人到我家調查過幾次，我隨便用幾句話就把他們打發走了。後來，官府又派人來搜索，可是毫無疑問，他們根本就查不到任何線索。據此，我認為自己安全了。

我殺死妻子的第四天，有一群警察出人意料地闖了進來，二話不說就仔細地搜了起來。不過，這並沒有讓我感到絲毫的慌張。因為我認為藏屍的地方非常隱蔽，他們根本就找不到。我被要求同他們一起搜查。他們搜查得非常仔細，決不放過每一個角落。搜了幾遍之後，他們還是一無所獲。最後，他們終於走下了地窖。我非常從容淡定。我自認為沒有做虧心事，所以也就不怕別人來找我報仇。我抱著雙臂，非常輕鬆地在地窖裡走來走去。警察搜過之後，沒有找到任何疑點，就打算離開。我得意非凡。為了表示這種得意之情，我特別想要說話，這樣就更可以向他們證明我是清白的。

我在他們剛剛走上階梯的時候說話了。「先生們，非常感謝你們洗刷了我的嫌疑。我給你們請安，希望你們今後多照顧我一些。先生們，我還想說

一句，這個房屋的結構非常堅固。」我竟然莫名其妙地說出了這麼一句話，連我自己都感到意外。「這所房子的結構非常好。這堵牆——準備離開了嗎，先生們？——這幾堵牆砌得堅固極了。」這時，我一時精神恍惚，竟然用手裡拿著的一根鐵棒用力地敲打著一堵磚牆。我妻子的屍體就被我砌進了那堵牆裡。

　　天哪！求上帝保佑，讓我脫離惡魔的魔爪吧！在我敲牆的回聲還沒有完全消逝的時候，就聽到一個聲音從牆裡面發出來。那是哭聲，開始時像小孩子的哭聲那樣既不連貫又模糊不清，突然一下子變成了異常淒慘的大聲長嘯，一聲哀鳴，既得意又恐怖，這聲音很像冤魂墮入地獄時發出痛苦的慘叫，好像同時還混雜著魔鬼見到冤魂受刑時發出的歡呼聲。

　　我當時大腦裡一片空白。我暈暈乎乎地向那堵牆走過去，停在牆邊。剛剛走上階梯的警察全都被嚇破了膽，呆立在原地。不大一會兒工夫，他們便開始拆牆。十多條粗壯胳膊的努力很快收到了成效，那面牆完全倒了下來。大家看到了那具屍體。她已經腐爛變質，但是依然直立在那裡。那個可怕的畜生就坐在屍體的腦袋上。牠僅剩的一隻眼睛裡噴著火，嘴巴大張著。這一切都是牠造成的。牠先誘使我將自己的妻子殺死，現在又透過叫喚聲讓警察找到了屍體，把我送上了絞刑台。原來，這隻怪物被我砌到那堵牆裡去了！

瓶中手稿

　　對於自己的祖國和家庭，我沒有什麼美好的回憶可說。在我的國家，我倍受凌辱。最後，我不堪忍受這種折磨，逃離了自己的家園。因為多年在國外流浪，一家人之間沒了往來，關係也變得冷漠了。我家庭還算富有，這讓我受到了高於一般人的良好教育，而且我從小就喜歡思考問題，所以對於自己所學的那些知識，我都努力地做好了分類，並牢記於心。對於德國倫理學家的學說，我覺得尤其有意思，我不是對他們的辯論感興趣，我只是樂於戳穿他們的虛偽。別人總說我是個天資平庸的人，認為我沒有想像力，對於我的懷疑論調，總是給予批評。在世人看來，所有的事情都離不開形而下學的論調。我也因為太過偏愛形而下學的論調，而受到了這種普遍存在的錯誤觀點的影響。總的來說，我和大家一樣，都容易迷信。我覺得還是事先說明一下為好，因為我下面說的故事太過離奇，要是不說明我是個不信空想的人，那麼讀者都會認為這不是我的親身經歷，而覺得這是我編造的荒誕故事。

　　我有許多年時間都在國外旅行。在18XX年，我在爪哇島登上了開往異他群島的船。我只是個普通的旅客，沒有什麼明確的目的，我出門旅行只是由於在家感到不安而已。

　　我們乘的船是在孟買用馬拉巴的麻栗木製造的，它能載重四百噸，是

一艘裹著銅殼的漂亮帆船。船上滿載了貨物，有拉克代夫群島生產皮棉和油類，也有一些椰皮纖維、紅砂糖酥油和鴉片。貨物擺放得很不合理，這讓船身不平衡，在海面上搖擺個不停。

我們出航的時候沒趕上好風向，靠著一點微風，我們在爪哇島東海岸行駛了很多天。途中並沒發生些什麼有趣的事情，只是偶爾遇到了幾艘小船，一路上倍感寂寞。

在一個傍晚，我無聊地靠在船尾的欄杆上看著雲彩，在西北角，我看到了一朵孤單的雲彩，它看上去顯得尤為特別。在離開巴達維亞後，我還是第一次看到天上有雲彩出現，而且它鮮豔的外表也讓我很關注。我就一直凝望著那朵雲彩，在太陽下山的時候，那朵雲彩也開始向兩邊擴散，最後形成了一條長長的煙霞。這之後，我看到了一副異樣的海景，還有暗紅色的月亮，這引起了我的注意。那副海景不斷地變化著。那些海水變得很透明，顯得有些不尋常。海底讓人看得很清楚，就好像很淺一樣，可是船上拋下測深錨後，我卻發現我們已經在距海底十五英里的海面上了。天氣很熱，到處都彌漫著灼人的暑氣。夜晚來臨了，海面上的風浪也平靜了，這股平靜的氛圍讓人無法想像。船尾的蠟燭看上去很安靜，沒有風的伴舞，火焰只能靜靜地站著，我拿起一根髮絲，可是依舊看不到有風吹過的跡象。船長認為這並不是什麼不好的兆頭，他安心地讓船在岸邊停了下來。這天晚上，他也沒派人守夜，那些船員也都躺在甲板上睡了起來，我想，他們一定是馬來人。我懷著一種不好的預感走進了船艙裡。在我看來，那些景象好像預示著暴風雨的到來，這讓我感到很憂慮。我把我的擔心告訴了船長，可他對此完全不放在心上，對我置之不理。這讓我更加感到不安，到半夜都沒睡著，於是，我起來走到了船艙外。我剛踏上甲板就聽到了一陣嗡嗡聲，我不禁為這水車飛速轉動般的聲音嚇了一跳，船身馬上開始抖動了，這時，我還愣在那裡沒回過神來。瞬間就湧起了一陣巨大的波濤，船差點被掀翻，浪頭不停地朝船身襲來，整個甲板都陷入了波濤之中。

這時還刮起了一陣大風，可這剛好救了這條船的命。船身滿是水，可是由於桅杆折斷後掉入了海裡，所以減輕了重量的船還是艱難地浮出了海面。

在暴風中晃蕩了一陣後，終於保持住了平衡。

　　我也不知道自己是因為什麼奇蹟的作用而倖存了下來。那時候，我被浪頭給擊暈了，我醒來時，發現自己卡在了船尾的舵上。我好不容易才從那脫身，我還有點暈頭轉向，看了下周圍才回憶起以前的情況，原來我隨著船一起捲入了可怕的漩渦之中。過了一會，我聽到有個瑞典老頭在說話，他是同我一起上的船。我使勁力氣，大聲向那個聲音的方向喊著他的名字，不久，我就看到他跌跌撞撞地向我這走了過來。我們接著搜索了船艙，發現只有我們兩個幸運地逃過了這場災難，其他人都被捲入了海裡，我想大浪襲來時，船長和大副，還有二副應該都在睡覺，肯定在睡夢中就被大海給吞噬了。沒人來指導，我們根本就不知道到怎麼駕馭這艘船，而且我們害怕船隨時可能會下沉，被恐懼折磨得什麼事也做不了。我估計，初來的颶風扯斷了錨，這才沒有讓船翻了過來。在大風中，我們的船飛快地在海面上航行，不停有海水湧向甲板，我們很幸運，沒有被海水給捲走。船尾的骨架被損毀得很厲害，船身也到處都有嚴重的損傷，可讓人倍感安慰的是，抽水機還能用，壓艙物也都在。狂風已經開始減弱了，對我們也沒什麼威脅了，可我依然盼望著風暴快點結束。我和那位瑞典老頭都確信，這艘船絕對經受不住下一場巨浪的侵襲。不過，現在看來那事情還不會發生。我們費了好大的力氣才從船裡找到了一點紅砂糖，我們在接下來的五天裡，就一直以它為食。在急風的帶領下，這艘船以讓人吃驚的速度前行著。最初的四天裡，我們一直朝著東北偏南方向前進，應該是朝著新荷蘭的方向航行。可是第五天，船被改變的風向拖向了更靠北的位置，這時，溫度也變得越來越低了。太陽的光也顯得黯淡了不少，讓人感覺不到什麼溫暖。天上依舊沒看到過雲彩，可是那股大風一直沒有減小，還變得越來越大了，一直在我們身邊怒吼著。我估計已經到中午了，我們再次看起了那個昏黃的太陽。太陽幾乎沒有一點光亮，只能看到一點紅暈，也感覺不到任何熱量。再落到海平面前，太陽的火就會突然消失了。這時候，只能看到一圈朦朧的銀環，不久之後，便沉入了大海之中。

　　我們等了好久就沒見到太陽重新升起。我們一直認為第六天一直都沒

到來。我們就這樣一直被黑暗所包裹著，只能看到離船二十步以內的東西。我們在黑夜裡不得脫身，只能偶爾看到一些閃爍的磷光。我們現在看不到湧現的白浪了，不過依然感覺到暴風並沒有停止肆虐。我們在起伏的波濤裡航行，四周是一片讓人感到恐懼的漆黑。瑞典老頭如今害怕得要死，我心裡卻總感到不解。對於那艘損壞嚴重的船，我們也懶得去打理了，我們死命抱住了桅杆的殘柱，完全不知道現在的時間和位置，只能痛苦地看著一望無際的大海。可是，我們還是明白自己正向南方飄去，我們可到了比航海家走的更遠的地方，可是奇怪的是，我們一直沒碰到預計中的冰塊。我們時刻都在為自己的安全擔心，有時一個巨浪打來，看起來就像是要把我們給吞沒一樣。我們沒在巨浪的襲擊下葬身大海，不得不說是個讓人感到驚訝的奇蹟。我聽瑞典老頭說，這艘船貨物並不多，我這才想到，這艘船被打造得很結實。這雖讓我燃起了一絲希望，可是馬上又產生了悲觀的情緒，隨時做好了死的準備。船越往前開，田野變得越黑了，我總認為，再過不到一個小時，我一定就會死在這裡。巨浪不時地把船拋向半空，這讓我們感到非常害怕，這一上一下弄得我們頭昏，可是空氣好像凝滯了一般，安靜得很，不會讓海怪驚醒。

　　我們正往一個深淵墜去，在黑暗裡我只聽到那個旅伴發出的聲音。他發出刺耳的聲音喊道：「快看啦！上帝啊！看這是什麼！」在他說話的時候，我發現在我們這個巨坑裡，突然射下了一片耀眼的紅光。甲板那裡，還有一道時暗時亮的光柱。我往頭上看了一眼，被所見的景象嚇壞了。我看到，在很高的深淵旁停著一艘巨型的三桅船，從船身大小判斷，估計能有四千噸。這船現在正在一個比船身高處有百倍的巨浪上，看上去很大，我想，所有的戰艦，或是來自東印度公司的商船也沒它大。那艘船看起來一片漆黑，上面也沒有裝飾用的雕刻。船身開啟的炮門裡，露出了一排黃銅的大炮，在纜繩上，還能看到有許多戰燈在那搖晃著，那張帆也被暴風吹得滿滿的，這番景象讓人覺得很恐怖。我一眼就看到了船頭，這時的船正停在飛速旋轉的漩渦頂端，這之後，它就向下面衝了下來，我被眼前的一幕嚇得不輕。

　　可是一會，我就突如其來地鎮靜了下來，拼命地往船尾跑去，在那等著

劫難的到來。我們這艘船終於停止了掙扎，一頭墜入了海底。剛才那艘在浪尖的大船，現在正好撞到了我們船骨上，我也藉著那個力量被拋離了沉船，飛到了那艘大船的繩索上。

我剛落到船上，船就順著風向開走了，因為混亂的關係，水手們都不曾注意到我的存在。我很輕易地就找了個機會躲入了船艙裡。我也不知道自己為何要躲著這些人。我想，初次見到他們時產生的害怕感覺，就是我避而不見的原因吧！我只是看了他們一眼，但我就感到他們是不值得我信賴的人。我認為，自己還是先找個地方躲起來，靜觀其變為好。我掀開活動的甲板，看到船骨間有空隙，剛好可以用來躲藏。

在躲進去前，我聽到了一陣腳步聲，這讓我趕忙鑽了進去。在裡面，我聽到有個搖擺不定的腳步正向我這走來，我從縫隙裡看了看，雖然看不清他的臉，可是還是大概看清了他的外貌。他看起來顯得又老又弱。因為年齡的關係，兩腿沒了力氣，走起路來跌跌撞撞的。他在那暗自嘀咕著什麼，我聽不懂他說的語言，他走到一個角落裡，在那堆古怪的儀器和發了霉的航海圖裡翻找著些什麼。他看來就如同一個年邁的老人一樣，有些暴躁，同時也顯得有些壯重。他找了一會後，終於走了出去，這之後，我也沒再見過他了。

我心裡有了一種無法名狀的感覺。我想這種感覺不僅現在無法理解，將來我也難以理解。我總有為將來考慮的毛病。我想我一生都不會相信自己的那種想法了。這想法的模糊並沒出乎我的意料，可是它所立足的根據卻讓我感到新鮮。現在，我心裡又有了一種新的感覺。

我已經來到這艘可怕的三桅船上很久了。我覺得自己現在能對我的命運做些預測了。這事真是有些難以置信！他們總是帶著心事從我身邊經過，對我的存在一點都沒在意，真不懂他們都在考慮些什麼事情。我覺得，這些人根本就不會注意到我，我躲著他們的行為真是太傻了。就在剛才，我還大大咧咧地從大副眼前走過去了。我還大膽地從船長室裡拿了些紙張、墨水和筆出來。我已經開始用它們寫起了東西。我要開始把這些奇怪的事情寫成日記。我可能無法把這日記送出去，可是，我必須設法地去做。到了最後的時刻，我會把日記裝進瓶子裡，讓海水把它帶到岸邊去。

我又開始為剛才發生的小事思索了起來。這可能是個巧合吧！我走出了艙外，在小艇的軟梯和舊帆裡躺了下來。我正為將來的命運考慮，在不自覺間，就開始拿起身旁的柏油刷塗抹起了邊上的翼帆。我無意在上面用刷子寫出了「發現」這個詞。

我在不久前好好打量了一番這個船的構造。它雖然擁有各種武器裝備，可是，顯然它並不是一艘軍艦。在看過船上的用具就能發現，這絕不是艘軍艦。可要我說明它的用途就有些難辦了。我仔細觀察著這艘古怪的船，它的桅杆很奇特，帆看起來也很大，船頭很簡單，船尾看上去很古樸。我心裡忽然湧現出一種熟悉的感覺，這讓我回憶起了一些往事，我記起了一些古老的歷史資料……

我一直盯著船骨看。我不知道這種木料的質地是什麼，我還是第一次見到這種材質。這種木料看起來一點也不適宜用來造船。這木頭很鬆軟，即便蟲子不去侵蝕它，航行的時間一長，它們也會自行腐朽掉的。我個人猜測這有點像是西班牙的橡木，不過看上去它顯得有些發脹。

我忽然想到了一個荷蘭的老航海家的箴言，他總會在別人懷疑時說道：「這是事實，船和水手的身體一樣，都會被海水泡得發脹。」

在一個小時前，我大膽地混入了一夥水手當中。對於我這個站在他們面前的陌生人，他們都好像完全看不到我的存在一樣。他們的樣子看起來和我見到的第一個船員一樣，都是一副老頭的樣子。每個人都衰弱得走不穩，肩膀也挺不直了；皮膚也被風吹得啪啪發響；說話的聲音斷斷續續的，小得聽不清；眼裡滿是老人常有的那種黏液；頭髮全白了，被風吹得亂飄。在甲板上，到處散亂地放著老式的製圖儀器。

我前面提到過的翼帆，現在被他們給掛了起來。從那刻開始，這條船就平穩地向南方那條可怕的航線開了過去。所有的船帆都鼓了起來，桅杆每時每刻都被可怕的浪濤所席捲。我在甲板上再也站不穩了，不得不離開。這艘船還未被浪濤所吞沒，可以說，已經是個天大的奇蹟了。我想，我們還要在死亡的邊緣遊蕩，不會這麼早墮入深淵。船猶如一隻敏捷的海鷗，在驚天的巨浪間遨遊，大海活像一個唬人的海妖，只是嚇唬一下我們，並不是真心要

我們去死。我認為船是在自然的力量下才安然撐到了現在。我推測，這條船是在某種強大的海底逆流的作用下，才一直穩步向前推進的。

我去船長室見了船長，一切都在意料之中，他也對我視而不見。那些偶爾碰到他的人並沒有什麼感覺，只是把他當成儀錶的一部分而已，可是在我看來，他有種讓人敬畏的氣質，或者說，還讓人有些許的驚訝感覺。他約有五英尺八英寸高，同我個頭相仿。他身材均勻，看上去也很結實。可我從他臉上看到了一種極其怪異的表情。看到他那張老到極點的面孔，我突然感到一種無法名狀的心情。他那不多的皺紋也顯出了悠久歷史的印跡。滿頭白髮是對過去的記錄。那深灰色的雙眼，好像預示著未來的命運。在船長室裡，到處是鐵扣的對開本書籍，看上去很奇怪，地上擺著許多鑄模的儀器，在紙堆裡，還殘留著許多被人遺忘的航海圖。他兩隻手都抱在了頭上，不安地看著一份文件，我好奇地湊上前去看了下，那是一封蓋著皇帝印章的赦免書。他也在暗自說著些什麼，可是就像那個水手說的話一樣，我完全聽不懂他的語言。雖然我離他很近，可是，那些話在我聽來，好像是從遠處傳來的一樣。

這艘船看起來像是來自古代一般。那些悄悄地從我身邊經過的水手，猶如一個個存在了千年的幽靈一樣。他們看上去都顯得很焦急。在戰燈下，對於擋在我前面的這些船員，我總會產生一種特別的感覺。我從未與古人有過往來，可是在思索起了巴爾貝克、泰特莫、波塞波里斯的那些圓柱後，我也慢慢變得有些古人的感覺了。

我看了看周圍，發現自己的憂慮是多餘的。要是我為那如影形隨的狂風而害怕，那我一定也會為了狂風與海洋的戰鬥而感到驚恐。對於這場戰鬥，用熱風暴來表述一點也不貼切。船被無盡的黑暗包裹著，附近只能見到一片看不到白浪的海水。在一海里外，能隱約看到一堵冰牆，它聳立在天空中，如同是宇宙間的圍牆。

我猜想，這艘船是在一條潮流的引導下前行的。這股潮流正在白冰的衝擊下發出怒吼，正一往無前地帶著船向南方飛奔而去。

我心裡產生一種難以想像的驚駭感覺。我感到馬上就要遭受滅頂之災

了，可是我依舊懷有好奇心，我想瞭解這個可怕區域的祕密，我甚至有點期待，想看到那即將到來的死亡場景。這艘船將把我帶向一個驚人的祕密，最終的結果可以預料得到，那就是走向滅亡。我可能正向南極靠近。我承認我的設想有些荒誕，但也不是沒有發生的可能。

水手在甲板上來回踱著步，顯得有些不安。可他們的表情並沒露出絕望的樣子，看上去雖然露出些心急的神色，可還是能夠看到充滿希望的神情。

這時候，船帆依舊被風吹得滿滿的，在大風的作用下，船還不時被抬出海面。我碰到了不斷湧現出來的可怕事件。在船的右面裂開了一塊冰塊，緊接著左面也裂開了，這弄得船開始打起轉來，我也被折騰的頭昏眼花。在黑暗裡我不停地旋轉，已經無法顧及到接下來的事情了。我感到自己猛地被漩渦所吞噬了。在海洋的怒吼聲中，我同船一起慢慢沉入了大海深處。

大漩渦底餘生記

萬物乃天工所成，非人力所能及；人類是無法像自然一樣創造出如此玄妙東西的。就算是德謨克利特之井，也遠比不上自然的精妙之處。

——約瑟夫·格蘭維爾

現在，我們終於爬到了雲霄中的險峰最高處。老頭看上去累極了，不停喘著氣，一句話也說不上來。

過了一會後，他說道：「在不久以前，我還能和我的小兒子一樣，輕鬆地帶你來這條路，給你做個好嚮導。可是三年前我遇到了一件他人都沒經歷過的事情，我在那受了六小時的罪，雖然萬幸逃了出來，可是身體卻因此給折騰壞了。你一定覺得我是個老頭。可是，我年紀並不大。在那天裡，我的頭髮由烏黑變得雪白，全身都失去了力量，神經也不再靈敏了，在那之後，我稍微用點力氣就會感到手腳發軟，而且害怕看到影子。跟你說實話，我現在只要往下看一眼，就會感到眩暈。」

他在峭壁上休息的時候，使勁用胳膊肘撐著峭壁，這才讓他在懸崖上保持住了平衡。這個峭壁很險惡，是由黑乎乎的岩石堆積而成的，沒有任何可以憑藉的地方。這峭壁大約有一千五百英尺高。我可沒膽子走到只有五六碼

寬的壁邊去。看到我的嚮導在那裡躺著，我心裡擔心得要死，自己也緊張得抱住了身邊的一棵矮樹。眼睛閉得緊緊的，一動也不敢動。心裡想到，如果來一陣強風，這山一定會被吹倒的。我努力甩開這個想法，可總會不由自主地往那方面去想。過了許久後，我才擺脫了那個念頭，終於鼓起勇氣睜開了眼睛，開始打量起遠處的風景來。

嚮導對我說道：「你不要想得太多，我今天帶你來，只是讓你瞭解下那件事情的現場是個什麼樣子。在你看到那個地方後，我會告訴你事情的原委。」

他用自己特別的語氣向我說道：「我們現在的位置是挪威海岸，這裡是北緯六十八度的諾南省地地界，屬於羅弗敦區，周圍杳無人煙。我們如今就在海爾雪根雲山上。你現在挺身往外看，要是覺得頭暈的話，就抓住周圍的草，對了，看著大海的那個方向。」

我在暈乎乎的狀態下看到了一片烏黑的大海，這讓我想到了努比亞地理學家所描述過的那個黑暗的海洋。現在，我眼中所呈現出一幅人們無法想像的淒涼景象。在視線所及的地方，我看到從左右兩邊伸出了一片宛如世界圍牆般的懸崖。在懸崖下，不斷有海浪拍打過來，浪花高高躍起，灑在懸崖上。這也讓這副場景看上去更顯陰鬱了。在我們所處山頭下的海面上，能依稀看見一個小島。我們是靠著小島周圍的波濤才發現其存在的。在距離大陸兩英里外的地方，還能看到一個較小一點的島嶼，看上去顯得很荒涼，也讓人感到有些陰森恐怖。它的四周都被圍了一圈黑色的岩壁。

海岸和那個遠處的小島間隔著一片古怪的海洋。這時正有股猛烈的風向大陸吹過來，這讓遠處海洋裡的一艘船停了下來，還能看到船身被風吹得晃動，可是奇怪的是，這裡卻看不到巨浪揚起，只能看到朝四面八方湧來的短促的黑色海水，只有在岩石附近才能見到一些白浪。

老頭繼續說道：「挪威人管遠處的島嶼叫浮格島。近一點叫莫斯科葉島。靠北面，距這一英里外的是阿姆巴倫。那兒是伊佛力森、何伊霍爾默、基爾德爾莫、蘇阿爾文和博客歌爾摩。在莫斯科葉與浮格島之間有著一些島嶼，它們是奧特赫爾墨、弗里門、山特佛力森和卡洛爾默。我們都這樣稱呼

那裡，我想你我都弄不懂其中的原因的。你聽到了些什麼嗎？你發現水裡有些什麼變化嗎？」

　　我和他已經在山頂待了十分鐘的時間了。我們是從羅弗敦內的方向上來的，所以一直是在海的背面行走，在登上山頂後，我們才終於見到了大海。老頭提醒了我一下，我專注地聽了起來，馬上就發覺到一陣變得越來越大的聲響，那聲音讓我想起美洲草原上野牛群的叫聲。就在這時，我看到了波濤洶湧的大海，向著東方奔流而去。那速度飛快，讓我有點看不過來。那個潮流還在變得越來越快，不到五分鐘的時間，這股奔騰的怒濤就到了浮格島的海面上，可是更為洶湧的潮水出現在莫斯科葉和海岸之間。我滿眼都是茫茫一片的海水，它們裂成了許多水道，突然間開始震盪了起來，形成了無數個巨大的漩渦，洶湧地向東方沖了過去。在水流急速變化的地方才會出現如此的激流。

　　過了片刻的時間後，我眼前又出現了一副不同的景象。海面變得平靜下來，那些漩渦也都不見了蹤影。以前沒見到白浪的地方，如今卻掀起了滔天的巨浪。那些白浪在遠處匯成一個個平伏的漩渦，好像在醞釀一個更大的漩渦。突然間，它們就形成了一個直徑半英里的漩渦。漩渦捲起了一陣陣的浪花，可是那些浪花都沒灑到漩渦裡，放眼望去，漏斗裡面是一道和水平面成四十五度斜角的黑乎乎的水牆，它轉得飛快，讓人看得頭暈目眩。它還發出了可怕的嘶吼聲，就連尼加拉大瀑布都沒它聲音嚇人。

　　大山都被搖動了，岩壁也不停地晃動著，這讓我緊張極了，死命抓住身邊的雜草，驚恐萬分地趴在地上。

　　我在事後對嚮導說道：「我想，那一定就是挪威西北海岸出名的漩渦，叫瑪律斯特羅姆的大漩渦。」

　　他回答道：「有的人是這樣稱呼它。可我們挪威人不這樣叫它，因為它在莫斯科葉島附近，所以我們稱呼它為莫斯科葉漩渦。」

　　我只在報紙上看過關於大漩渦的報導，可是親眼所見後，它的壯觀出乎我的意料。對於這個漩渦的描述，約納斯·雷瑪斯寫得最為詳細，可是看過那篇文章後，讀者根本想像不出這壯觀的景象，也無法感受到那恐怖的氣

氛，對於由此產生的新奇感也是無從體驗到的。我無法瞭解作者是在哪看著那個漩渦寫出的報導，可是有一點我可以肯定，那就是他不是在風暴來臨的時候觀察的，也不是在海爾雪根上看的。雖然他的報導有些缺憾，可是其中還是描寫出了一些特點，雖然作者感官的表達顯得很無力，不過也能引用一些章節說明漩渦的特徵。

　　作者這樣寫道：「在羅弗敦和莫斯科葉之間的海水接近四十英尋深。越往浮格島方向走，海水就變得越淺，有的地方連船也無法通行，在無風的時候，在那通過的船隻也會觸礁而毀。在漲潮的時候，羅弗敦和莫斯科葉之間的海面就會迎來奔騰的潮水，那潮水發出的聲響比最可怕的大瀑布都要大，在幾海里外，人們都可以清楚地聽到它的怒吼。這些漩渦就如同是個又寬又深的無底洞，船隻只要駛入了它的範圍，就會被它無情地捲入海底，被暗礁撞個粉碎。在一切恢復正常後，才能看到漂出水面的殘骸。可是平靜的時候很短暫，只會在漲潮和退潮的瞬間出現。最多持續一刻鐘的時間，之後，這片海域又會再次狂暴起來。在波濤洶湧的潮水面前，一點點的距離都會讓你深陷險境。要是船隻不注意的話，很容易就會被那股激流給捲走。哪怕是鯨魚，要是離那個危險地帶太近，也會讓猛烈的潮水給掀翻。對於鯨魚百般掙脫而不得出的場景，我是無法用語言來加以描述的。有一次，一頭白熊誤從那裡經過，不幸被漩渦捲了進去，它發出的哀嚎聲一直傳到了對岸。落入水裡的巨大松樹和棕樹也會被海底的礁石弄得遍體鱗傷。這股激流每隔六個小時就會讓水位分出高低來。在1645年，一個六旬節的早晨，潮水奔騰而過，發出巨大的聲響，那些靠近岸邊的屋子，連屋頂上的石塊都給這巨大的浪頭震了下來。

　　我不明白他是用什麼辦法在大漩渦附近確定了海水的深度。我認為，他所說的四十英尋並非是在那裡測得的，他只不過是借用了莫斯科葉或是羅弗敦沿岸海峽深度的資料。我想，莫斯科葉的漩渦一定很深，是無法測出深度來的。從現在我所在的位置上看去，那漩渦就如同是個無底的深淵，我的眼睛是絕不會欺騙我的。我在山頂俯視著這條奔騰的浪潮，想到約納斯‧雷瑪斯竟然把白熊和鯨魚的傳說當成令人驚訝的見聞來描述，不覺間對他的天真

感到好笑。在我看來，即便是戰艦駛入那個海面，它也無力抗爭，最後連人帶船都會被漩渦輕易地吞噬掉。

在親身來到這裡前，我對於有關漩渦現象描寫的文章還有幾分相信，可是如今我認為那些文章一點也不可信了。多數人從英國百科全書得到的觀點是，這個漩渦與非羅群島的三個小漩渦一樣，都是由於海潮漲落時，暗礁拍打起伏的波浪，再加上那些岩礁把海水圈了起來，這樣導致海水往下傾瀉，從而讓水位變得更深，最後形成了漩渦。可以透過實驗得出漩渦所具有的吸力大小。在柯切爾為代表的一些人看來，是因為在海底有一個貫通地球的無底洞，才導致了旋渦的生成。有些人認為這個漩渦底部直接通向了波士尼亞灣。可是我以前認為，這些觀點完全沒有根據，但現在當我直面這個漩渦時，心中卻開始覺得這觀點也不無道理。可是在我向嚮導說了這種觀點後，他卻出乎意料地說道：「挪威人幾乎都這樣認為，可是，我卻有著不同的看法。」不過，對於報導的描述，他也覺得無法認同。在這個問題上，我們觀點一致。那篇文章看似寫得很嚴謹，可是當你親身來到漩渦前，聽到那雷鳴般的巨吼，那你就明白，那文章看起來簡直是太可笑了。

嚮導說道：「你現在已經仔細看過漩渦了。現在，我們爬到山的背風處去吧，要是那裡夠安靜，不會被水聲吵到，那我就把我的經歷告訴你。你一定能發現，我對這個漩渦還是有些獨到的認識的。」

我隨他爬到了背風處，在那裡，他開始說起了自己的經歷。

「以前，我們弟兄三人以打漁為生。在莫斯科葉島和浮格島間的島嶼附近，我們經常駕駛著一條能載重七十噸的縱帆漁船去捕魚。我們發現，只要膽子夠大，在漩渦深處總能捕到不少魚。在附近的漁民裡，有膽子這麼做的。也就只有我們兄弟三人了。其他人一般往南邊下游航行一大段路程，在那裡的漁場捕魚。在那裡，同樣能捕到許多魚，而且也很安全。可是，對我們來說，那暗礁林立的地方才夠好，能捕捉到大量名貴的魚，與那些膽小的同行相比，我們一天賺的錢要比他們花一週時間賺的還要多。我們把這當成只需用膽量來投資的買賣。」

「我們把漁船停靠在一個小海灣裡，那兒距離海岸上游有五英里的路

程。要是天氣好，我們就會在平潮時，利用那十五分鐘的間隙，快速駛過莫斯科葉漩渦的水道，先開到深淵高處的地方，再藉著水勢下行到奧特赫爾墨島，要不就去山特佛利森島附近的地方。那兒的水流要比別處平緩一些，我們會在那停下來捕魚。等到下一個平潮時期，我們又會按原路返回家去。我們會在判斷好風向不會改變時才會出航，這點我們一般估計得很準確。在六年裡，我們只估計錯過兩次，因為沒有風把我們帶回去，為此不得不停在那裡過夜，不過這事情，在當地卻是很難得見到的。我記得有一次，我們剛到那個捕魚的地方，突然間就刮起了一陣大風，水藉風勢變得洶湧起來，那股驚人的氣勢簡直叫人難以想像，為此我們只能忍受著飢餓的煎熬，不得不在那停留了一週的時間。那時候，在激流的衝擊下，我們漂進了無數激流裡的一條水道，每天漂到不同的地方，最後幸運地漂到了弗里門的背風面。我們在那終於能夠停了下來。要是風再繼續吹下去。我們一定會被帶到大海外去。我們的船在漩渦裡轉過後，錨都纏繞到了一起，無法發揮它的作用了。」

「現在，對當時的險惡處境，我連百分之五都說不上來。我們在那的好幾天裡，都在想盡辦法逃出莫斯科葉大漩渦的束縛。我們總會因與預期的時間有差池而被嚇得要死。有些時候出海，風力沒有預測的大，我們花的時間就會比預計的多。我大哥有個兒子，已經是個十八歲的棒小伙子了，我也有兩個孩子，都長得很結實。可以想到，在出海捕魚的時候，這幾個孩子都將會是我們得力的助手。可我們沒這麼做，我們本人是敢於冒著危險去的，可是我們還沒狠心到讓自己的後代去幹這搏命的買賣。我這樣說並不是誇大其詞。」

「我說的故事離現在已經約有三年了，差幾天就剛好滿了三年。那事情發生在18XX年7月10日，不僅是我，我想附近的居民都忘不了那天。這天裡，刮起了一陣從未有過的可怕的大風暴。但在下午四五點前，海面還是一片平靜，吹著輕柔的微風，太陽也照得人暖暖的。一切都顯得很平靜，沒有一點風暴來臨前的預兆，就算是資歷最老的水手也沒能預料到接下來會發生的事情。」

「在那天下午兩點鐘的時候，我們開到了那個島嶼附近，在那沒花多少時間就捕獲了一船的魚。我們那天都很興奮，我們這是第一次捕獲到這麼多的魚。我們按經驗推算，八點會迎來平潮，我們準備在七點時就起錨回去。」

「我們準時起航了，船藉著風力快速地行駛了一段路程。我們沒有看到任何異象，也就沒料想到將會遇到的危險。我們被一陣突如其來從海爾雪根山刮來的風嚇了一跳。我們還是第一次碰到來自那個方向的風，我們也說不明白原因，可是，這古怪的事情讓我們感到非常不安。我們調轉了船頭，想順風而行，可是船就是不向漩渦那走，這時，我們準備先回到停船的地方，可是在船尾我們看到了一副奇怪的景象，一層紅雲幾乎把整個天空都給染紅了。」

「就在這時，那陣突如其來的風也沒了。現在，我們的船沒法藉著風力開動，只能在水勢的推動下，毫無目的的在海面漂流。但是，這種情況在一分鐘後就告結束了。風暴馬上就向這裡襲來，天空在兩分鐘內就變得一片陰暗。天變得越來越黑，再加上四處湧起的浪花，我們在漁船上什麼都看不清了。」

「我無法描述那場可怕到極點的風暴。這場災難，就算是挪威最年邁的水手也沒經歷過。在狂風把船掀翻前，我們拼命降下了風帆。可是第一陣強風就把兩根桅杆給折斷了，船上只剩下桅杆的殘部，斷了的部分馬上就被大海給吞噬。這也讓我弟弟和主桅杆一起掉入了海裡，他剛才為了使自己不被風浪捲到海裡去，還把身子綁在主桅杆上。」

「我們輕巧的漁船就如同海面上漂著的鴻毛。在平坦的甲板上只有一個小艙。為了防止那個船頭附近的小艙進水，每次從漩渦經過時，我們都會把它密封好。我想，要是沒這樣做的話，我們現在都葬身海底了。我們有一段時間可是完全被海水給淹沒了。我還沒時間去想我大哥是如何逃過那場劫難的。我當時趴在甲板上，兩隻腳死命地抵住了狹窄的船舷，雙手抓著一個桅杆腳邊的螺絲環，一刻也不敢放鬆。我完全是在本能的驅使下去做的。我想，在如此慌亂的狀況下，可沒時間去仔細考慮問題。」

「剛才我提到過，我們被水淹沒了一會兒，我在水底一直緊握著螺絲環，摒住了呼吸。在堅持不下去時，才爬起來，跪在了甲板上，可是雙手一刻也沒敢放鬆那個螺絲環。這讓我頭腦也清醒了一些。不久我們的小船就浮出了水面，開始像落水狗那樣甩著身子，這多少有點用，把船上的海水甩下去不少。這時我回過神來，開始想著下一步的行動，忽然大哥用手抓住了我的胳膊。看到他還平安無事，我開心極了。我還以為剛才他被海水給沖走了呢。可是我的好心情馬上就被恐懼所替代了。大哥在我耳邊大聲說道：『莫斯科葉大漩渦！』」

「我當時心裡的感覺誰也無法瞭解。我被嚇得渾身發抖，好像患了瘧疾一樣。我知道我哥說的意思。我們正被這陣狂風帶向那個恐怖的漩渦，我們回天乏術了。」

「你也明白，為了經過大漩渦，我們總會圍著它繞一大段的路程，就算風浪平靜的時候，我們也會像往常那樣繞到漩渦的上頭，在那裡等待平潮期的到來，可是現在，我們正在暴風的帶領下筆直的向那個漩渦深處駛去。我心裡還在盼望著：『到那裡時，一定會是平潮期。』但這幼稚的想法馬上被我否定了，我罵自己竟然還有這麼不切實際的幻想，簡直是個大笨蛋。我心裡很明白，哪怕是一艘比擁有九十門大炮的船大十倍的船，它也逃不出那個漩渦。」

「就在那時，風暴變得弱了下來，我想，要不就是我們是順風航行，所以感覺上風不再那麼與我們作對。可是原來讓風給制服的海面，現在變得放肆起來，掀起了滔天的巨浪。天空也發生了一些奇怪的現象。周圍依然被裹在了黑暗裡，但是在我的頭頂上方，現在卻現出了一片晴空。在那裡，我還看到了一輪明媚的滿月。月光也讓我看清了周圍的景象，可是，在我眼中呈現的是一種什麼樣的景象啊！」

「我有些話想對我哥說，可是我試了一兩回，都因越來越大的聲響的阻擋而未能如願。過了不久，他搖了搖頭，帶著慘白的臉色看著我，豎起了一個手指，還像在暗示我聽些什麼。」

「最初我還不明白他的意思。可是過了一會，我就有了一個可怕的想

法。我拿出衣袋裡的錶，可是錶已經不走了，我在月光下，馬上就絕望地哭了起來，隨手就把錶給扔掉了。錶上的時間是七點整。我們根本就沒有趕上平潮期的希望了。現在正是大漩渦暴虐的時刻。」

「沒過慣海上生活的人可能無法理解，可對一個老海員來說，我們這艘精美的並且輕便的漁船在強風的引導下正做著『乘風』的航行。」

「我們最初一直在浪尖飛速地前進著。可是不久之後，我們就被海水往高處抬去，最後幾乎都要升到天際去了。這麼高的浪頭，簡直讓我覺得不可置信。船在高處忽然往下俯衝了起來，這就像夢中從山頂上墜下來一樣，讓我感到頭昏眼花，一陣噁心的感覺襲上心頭。可在船往高處升起的時候，我看了看四周，雖然只是倉促間瞄了一眼，可是我還是明白了自己所處的位置。我們離莫斯科葉大漩渦不到三百步的路程。而且，漩渦也不是平常所見的那樣了，那時的漩渦就和現在你見到的一樣，像一個水車溝。我要不是想知道自己在哪兒，也不會看清楚那個地方。我被眼前的可怕景象嚇壞了，閉著眼睛不敢繼續再看下去。」

「我覺得時間過了不到兩分鐘，海浪就平息了下來，周圍也只剩下一片白浪。我們的船突然向左邊拐去，往半路又改變了方向，向別的方向飛速奔馳了過去。這段時間裡，我們已經聽不到隆隆的水聲了，它已經被一種尖厲的呼嘯聲給掩蓋了。那聲音非常大，你只要想像一下千萬艘汽輪一起排氣的場景，就能瞭解那聲音是什麼樣的了。我們那時正航行在漩渦周邊的一圈白浪上。我認為，我們馬上就會被捲入那個無底深淵中。我們在漩渦邊飛快地轉著，這讓我看不清它下面的樣子，只能模糊地看到些東西。漁船現在像個氣球一樣，在海浪邊擦身而過。我們的右舷在靠近漩渦的一面，在左邊，我能看到剛才經過的一片汪洋。在我們和天邊之間，正好立著一堵翻騰的巨牆。」

「可能有些个可思議。可是，在進入深淵的洞口之後，我的恐懼反而要比在外面時小了許多。我現在決定聽從老天安排好了，再也沒了那種強烈的恐懼感覺。我想神經之所以放鬆了下來，是因為內部的情景有點讓我所望。」

「聽上去我像是在誇口。可我並沒有欺騙你。我那時還在想，自己會這樣壯烈的死去。可在那偉大的神力面前，我認為考慮個人的生命是件多麼可笑的事情啊！我為那個想法而羞愧。過了一會兒後，我開始對漩渦的內部發生了濃厚的興趣。我想只要能探明了漩渦的深度，哪怕為此而喪命也值。可是遺憾的是，我要是死了的話，誰能把這個偉大的發現告訴岸上的朋友們呢？我在那緊張的時刻，卻總想著些亂七八糟的東西。在事後，我認為，我是因為被轉得頭暈，而導致神智混亂，才有了那些莫名其妙的想法。」

「我慢慢恢復了鎮靜。這其中還要感謝風停了。那時，風已經吹不到我頭上了。我想你也能明白，就如你看到的那樣，漩渦周圍的浪圈要比海面低很多，我那時正在海面的下面，在我眼裡，頭頂的大海就像一列高高的山峰。你只有在經歷了海上的大風大浪後，才會瞭解那種心如亂麻的感覺。在風浪中，你什麼都聽不清，也看不見，而且使不上勁，不要說動一下，連想都變得非常困難。可是，在漩渦裡我們就遠離了風浪的侵襲，沒有了以上的各種煩惱。這就好比被判了死刑的囚徒，可以在死前最後的時光裡，稍微放縱一下自己。」

「我也不知道我們在漩渦邊的外圈轉了多少圈。我覺得在那說是漂流，還不如飛翔描述得貼切。我們在那轉了一個小時後，慢慢向那個可怕的裡圈靠了過去。我一直都沒鬆開手裡緊握著的螺絲環。我哥哥也一直緊抱著一個綁在船尾的空水桶。那個水桶是唯一沒被大浪捲入海裡的東西。在我們離深淵越來越近的時候，他感到很害怕，鬆開了水桶，向我這爬過來，死命的掰開我的手，想要獨佔那個螺絲環。他的這行為讓我感到很難過，雖然我知道是恐懼弄瘋了他，他才做了這不可理喻的事情。我沒跟他去搶那個拉環。自己轉身想去抱住那個空水桶。因為船轉得很平穩，所以我輕易地走到船尾抱住了那個空水桶。可是，我還沒在新地方站穩，漁船就像右側一偏，猛地栽入了深淵裡。我馬上向上帝祈禱了一下。心裡不由想到，一切都結束了。」

「我被這飛速下降的感覺弄得很噁心，本能地抱緊了空水桶，也把眼睛閉得緊緊的。我在好幾秒鐘裡都一直閉著眼睛等待劫難的降臨。可是過了一會後，我不禁感到奇怪，自己怎麼還沒掉到水裡。時間還在不停地流逝。我

依然沒有等來預料中的毀滅。我感到自己已經停止了下落。船身現在依舊如同在外圈那樣轉動著，只是這回位置更加側向了一邊。我終於鼓足了勇氣，睜開了雙眼，看了看眼前的景象。」

「我張望了一下周圍，心裡感到很驚訝，也很欣喜，還夾雜著害怕的羨慕的情緒，我想，我一輩子都會記得那種感覺。現在的漁船靠在了一個巨大漏斗的裡側，就像是給施了魔法一樣。船在水壁上飛快地旋轉著，讓人感到頭暈目眩。水壁乍看上去像一塊光溜溜的烏木，只是那射出的蒼白光芒出賣了它。那光來自天上的滿月，它正經由雲端的那個缺口向黑壓壓的水壁投下一片金光，一直照到深淵的底端。」

「開始，我還處於混亂之中，沒心思去管周圍的情況。我只是被眼前的壯觀景象震撼了。可當我恢復了思考的能力之後，我就抽身向船下看去了。現在船所在的位置很適合向下觀察，讓我能夠看得很清楚。現在，我們的船完全和水面平行了，都保持著一個四十五度的角，看上去像是要翻過來一樣。可是我發現，在這樣的傾斜角度下，我依然能夠輕鬆地抱著水桶站在甲板上。我想是因為有著這種飛速的旋轉力吧！」

埃德加・愛倫・坡

「月光雖然照到了深淵的底部，可是底下籠罩著一片濃霧，這讓我依舊看不清下面的狀況。在那層濃霧上還有著一道美麗的彩虹，就如同穆斯林神話裡所說的獨木橋。我想與其說是濃霧，不如說是水壁在衝擊過程裡形成的水氣。可是在濃霧裡傳出一陣巨大的聲響，那聲音很可怕，我難以對此加以描述。」

「從上面的白浪圈到這個深淵裡，我們已經走了很遠的一段路。可是，我們還在繼續往下滑，只是與剛才相比，要慢了許多。我們在漩渦裡打著轉，轉動的速度並不相同，可是依舊讓人覺得頭暈目眩。有時只轉了一百碼，可是，有時就轉了一整圈的距離。現在，船正以較慢的速度往下轉去。」

「我抬頭看了看這片漆黑的海水，發現在這漩渦裡，不是僅僅有著我們這一艘船，在我的上面和下面，都能看到許多船隻的殘骸，還有許多諸如傢俱的雜物。我開始越來越對將要面臨的毀滅感起了興趣。我這時興致勃勃

地看著身邊漂浮著的東西。我想那時准是瘋了，我竟然在那計算起這些東西在白浪裡的速度。我還記得自己說過：『接下來肯定是輪到那棵棕樹下去了。』可是當看到是一艘荷蘭商船沉下去後，我竟然露出了失望的神情。我接連猜錯了幾次。在猜錯了幾次後，我不禁回想起了什麼事情，導致我激動得全身發抖，心跳也加速了起來。」

「我可不是因為害怕而發抖，我是因為萌生了一個希望，這才抑制不住地激動了起來。我的希望來自於我剛才的觀察和自己對往事的回憶。我想到，以前見過不少漂落到岸邊的殘骸。它們都是被莫斯科葉大漩渦拋上海面的。大部分東西都被弄得稀碎，看不出本來的面目了，可是我還記得，有些東西依舊保持了完好的形狀。在那時，我不知道是什麼原因導致了這種區別。我認為，那些碎了的東西都是被捲入深淵底部的東西，而那些保存較為完好的東西都是在退潮前還沒被捲入底部的東西。我推斷，那些完好的東西多半是因為晚些被捲入，才逃脫了粉身碎骨的厄運。我還得出了三個結論，第一點是越大的物體下沉得越快；第二點是同樣大的物體比較，球形的更為容易下沉；第三點是同樣大的物體比較，圓柱形的下沉速度更快。在從那個漩渦逃出來後，我為此還去向羅弗敦的老教師請教過，剛才我說的球形和圓柱形這些單字，還是他告訴我的呢。他向我說明了原理，可我現在早已不記得那些理論了。他還用實驗向我說明了那個問題，圓柱體相較其他物體而言，能夠更大地抵抗吸引力，同體積的物體裡，漩渦相較而言更難吸入圓柱形的物體。」

「我們每轉一圈都會碰到一些諸如木桶般的雜物。我發現，我看到的那些原來在同一水準線上的奇怪東西，現在都跑到了我們的頭頂上。我有感於這個驚人的發現，更加認定自己的推論是正確的，迫不及待地想要加以應用。」

「我現在下定了決心。我準備把自己綁在那個空桶上，接著從這船上離開。我朝大哥做了下手勢，用盡一切辦法告訴他我要用木桶做的事。我想，最後他瞭解了我的計畫。可是，我不知道他是不是真的明白了我的意思。他向我搖了搖頭，顯得有些自暴自棄，死命抓著那個螺絲環，不願照我示意地

去做。我現在很難向他靠近，而且事情也不容我再做耽擱了，最後，我痛苦地下了決定，他就交給上帝去關照好了。我把自己緊緊地綁在了水桶上，接著，義無反顧地跳入了水壁之中。」

「結果與我設想的一樣。現在，我還能向你敘說我的經歷，那就說明了我的方法見效了。你一定知道我逃命的方法，也猜到我還會說些什麼了。故事已經快要結束了。在我離開漁船後，過了有一個小時吧，現在原來我乘的那艘船已經離我很遠了，它在下面飛快地轉了三四圈後，帶著我的大哥一起墜入了深淵，被海底吞噬了。我和木桶一直向下沉去，在離深淵不到一半的地方時，漩渦開始發生了變化，而且變化越來越大了。這個巨大漏斗的斜面開始變得平滑起來，慢慢地，漩渦也轉得慢了下來。下面的由水汽產生的濃霧和彩虹也慢慢消失了。深淵的底部開始向上升了起來。天空也變得晴朗起來，風也沒再刮了，滿月這時正從西方落下去，我這時才發現，自己已經漂在了海面上。我這時能清楚地看到羅弗敦的海岸，我現在漂的位置就是莫斯科葉大漩渦的正上方。現在是平潮期，可是暴風的影響還未散去，海面依舊湧起了高高的波濤。我被一個浪頭推到了大漩渦的水道上，不到幾分鐘，我就被沖向了海岸邊漁民的漁場裡。有條路過的漁船發現了我，把我從水裡救了起來。我那時已經被這場劫難折磨得精疲力盡了。即便已經脫離了險境，可我只要想到那恐怖的場景，依然會被嚇得什麼也說不出來。救我的人都是熟悉我的老朋友，可是他們都沒能認出我來，都以為我是來自地獄的遊客。我的頭髮在事發前還是烏黑的，可是一夜之間，就如你現在看到的那樣，變成了一頭白髮。他們說，我臉上的神情也變得與以前大為不同了。對於我的驚險經歷，那些弗羅敦的漁民並不相信。如今我把這個故事說給你聽，我想，你也同他們一樣，對我這離奇的經歷心存懷疑吧！」

與木乃伊的對話

因為昨天晚上酒會的影響，我現在神經變得很緊張。我感到很困倦，頭也疼得要死。為此，我取消了晚上外出的行程。我覺得，我現在該做的事情就是，隨便吃點東西，然後躺在床上好好地休息一晚。

今天的晚飯必須要吃清淡點的食物。對於威爾士乳酪，我是非常喜歡的。可是，我現在要是吃一磅乳酪可不太合適。但我覺得兩磅乳酪的分量我的胃還是可以承受的。我接著吃了第三磅，又吃了第四磅，可妻子說我還吃了第五磅。我認為，她是把我喝的布朗黑啤酒的瓶數和乳酪數弄混了。不喝黑啤，我是嚥不下那些乳酪的。

在吃完這頓簡單的晚飯後，我就躺到床上去了，希望能一覺睡到第二天中午。我腦子沒有什麼煩心事，所以頭一沾枕頭就睡著了。

可是，人的許願一般都是難以實現的。我才躺下去一會，就聽到門鈴大聲地響了起來。接著，又有人焦急地敲起了門，我就這麼被從睡夢裡叫了出來。才過了一分鐘，那時，我還在床上揉著惺忪的眼睛，我妻子就走進了房間，塞給我一張字條。那是波羅那醫生寫的，他可是我的老朋友了。上面這樣寫著：

我親愛的朋友，當你看到這封信時，我請求你馬上趕往我的住處。我想和你一起慶祝此事。在我的不懈努力下，我終於獲得了市博物館館長的批准，他同意我檢查那具木乃伊了。就是我跟你提過的那具木乃伊。我可以打開它的裏屍布，要是我覺得有必要的話，館長還准許我解剖那具木乃伊。這件事我只讓我的幾個朋友一起分享，我當然不會忘了叫你。現在，我已經把木乃伊運回了家，我們決定在那打開它。今晚十一點我們正式開始對木乃伊進行探索研究。

你忠實的好朋友
波羅那

當我讀完這封信後，我已經完全從睡夢裡清醒了過來。這消息太讓我興奮了，我高興地從床上跳了起來，一切擋路的東西都讓我扔到了一邊，我馬上就穿戴整齊。接著，飛奔著出了門，向醫生家跑去。我在那兒看到了許多人，都和我一樣，顯得迫不及待。他們為了等我，已經顯得很不耐煩了。木乃伊早已在餐桌上擺好了。我一進屋，檢查就馬上開始。

在幾年前，波羅那醫生的侄子亞瑟·薩布里塔石上尉從外地歸來，帶回了兩具木乃伊。如今我們檢查的就是其中的一具。這具木乃伊來自利比亞山區，是在埃雷西亞斯附近的墓穴裡被發現的，那裡離底比斯很遠。它的墓穴遠不如底比斯的壯觀，可是，許多人對它的興趣反而更大。在這裡的墓穴中，留存了埃及民間生活使用的大量物品。據說，現在我們眼前的這具木乃伊就是在那被發現的，在它的陪葬品裡有許多浮雕、花瓶、雕塑和豐富的其他物品，一切都顯示出，它生前是個極具財富的人。

這具寶貴的木乃伊一直原封不動地保存在了博物館裡。它一直保持著上尉發現它時的狀態。在博物館裡，它就這樣度過了八年的時間。人們只能在櫥窗外觀看它的外形。現在，我們所面對的是一具還未被開過封的木乃伊。要知道，未受損毀而來到我們海岸的寶物是那麼難得啊，只有瞭解這寶物重要性的人才會懂得這件事的意義，他們才會懂得我們為何要在這裡為我們的好運氣慶祝。

我往餐桌邊走去。在桌上看到了一個大盒子，不，說箱子可能更確切些。它是一個長約七英尺，高兩英尺，寬為三英尺的長方形棺材。開始，我們還猜測它是用櫬木製作的，可是當我們用刀對它進行切割時，卻意外的發現它是由龍舌蘭草做的紙漿板製作的。在棺材上畫滿了圖案，都是關於喪葬儀式的圖案，有一組象形文字，被人用不同的花紋在上面反覆書寫著，我們推測那是死者的名字。還好，格里登先生也應邀而來了，他輕鬆地把那些文字翻譯了出來，那上面寫著「奧拉密斯泰鳩」。

我們費了好大的勁才在沒有損壞棺材的情況下打開了它。我們在裡面發現了一個棺材型的小盒子。它除了比外面的箱子小以外，其他地方看起來都和外面一樣。在這一大一小兩個棺材間的空隙裡塞滿了松香，這也導致裡面那個棺材原本的顏色被磨損掉了。

還好，第二個盒子很輕鬆就被打開了。可是在裡面又出現了一個更小的盒子，這盒子幾乎與外面的一樣，只是材質改用了雪松，即便是現在，還能聞到那股松木特有的香氣。裡面的兩個盒子間密不透風，緊密套在了一起。

在打開第三個盒子後，我們終於看到了期待已久的木乃伊。我們把它從棺材裡弄了出來。在看到它以前，我們猜想它會被亞麻布裹得嚴嚴實實，可是這具屍體與平常所見的不同，它被裝在了一個套子裡，並沒有被布條包裹起來。那個套子是由紫砂草做的，外面用灰泥給封嚴實了，在灰泥上又鍍了一層金，在這層金箔上繪滿了關於死者在冥間的場景。畫面上有表現了靈魂被不同神靈接見的場面，寫明了靈魂必須盡的義務，還有一些木乃伊主人的畫像。套子上還有一道用象形文字書寫的銘文，上面記載了墓主人，還有他親屬的姓名與地位。

我們在木乃伊的脖子上打開了套子。在那露出了一個由各種顏色的圓柱形玻璃珠串成的頸圈，上面有一個帶翅膀的球，還有許多神靈和昆蟲的圖形。在死者的腰部，我們也發現了類似的束帶。

我們將外套從死者身上脫去後，發現屍體被保存得很好，一點異味也沒有。它皮膚還顯得很有光澤，顯出紅潤的膚色，牙齒和頭髮也都很完整地保留了下來。眼睛在死的時候應該就被換成玻璃珠，這讓它看起來顯得很漂

亮，有種猶如活著一般的感覺。只是眼神顯得過於專注，老盯著一個地方看。它的手指和指甲都鍍上了耀眼的金箔。

　　格里登先生在看到皮膚發紅的現象後，推測古人使用了柏油來防腐。我們為了驗證它的成分，用一個鋼製儀器從死者皮膚上刮取了一些粉末，把它投入了火中，可我們沒有聞到柏油的臭味，卻聞到了樟腦和樹膠所散發出的香味。

　　我們在屍體上仔細尋找著那些為了取出內臟而留下的刀口，可是結果很意外，我們沒有找到像其他木乃伊身上所留有的傷口。在那時侯，我們對於木乃伊的知識還太不瞭解，不知道有些木乃伊在製作時，是不需要在屍體上開刀的。按照通常的做法，古人會從鼻子裡抽取出腦髓，然後在身體側面開一個口子，從那裡把內臟取出來，接著把屍體的毛髮刮掉，再把清洗乾淨的身體用鹽塗抹好，在通風的地方放置幾週後，最後就開始給屍體塗抹防腐用的香料。

　　為了保持屍體的完整，我們原打算從屍體的傷口處進行解剖，可是現在，波羅那醫生不得不在屍體上開個新的刀口了。我在這時，發現時間在不知不覺間已經到了凌晨兩點。這時大家也都累了，決定養足精神，到第二天晚上再來看解剖。我們正打算離開時，忽然有人提議，最後再用電池做一兩個實驗好了。

　　對於給一個三四千年的木乃伊通電的主意，在我們看來，真是太有創意了，我們大家都極力表示贊同。我們就這樣抱著開玩笑的心態擺弄好了電源，接著，把那具木乃伊抬了過來。

　　為了讓木乃伊太陽穴處的皮膚露出來，我們可花了不少的力氣。那裡的皮膚與其他的地方相比，要顯得柔軟一點。在接通電流後，就像我們事前預料的那樣，肌肉完全沒有因為電流而做出反應。看來，第一個實驗並沒得出什麼意外的結論。我們也都為這個荒唐行為而大笑了一陣。可是就在我們準備道別離開的時候，我無意間看到了木乃伊的眼睛，天吶，它閉上了。我吃驚極了。我確信，那對玻璃珠般的眼睛剛才還是張開的，好像是在盯著什麼東西看一樣，可是，如今它卻閉上了，現在只能看到從眼皮下露出來的一點

白膜。

　　我的尖叫聲引起了大家的注意。他們也都朝木乃伊看去，發現了我看到的那個事實。

　　看到這個現象後，我覺得自己的心情還無法用驚恐來加以描述。我想，自己之所以還沒覺得緊張，全是靠著那些布朗黑啤的功勞。而其他人看到後，全都露出了驚恐的神情。就連波羅那醫生也不例外。不知道格里登先生去哪了，他好像在剛才神祕地消失了。西里‧白金漢先生更為驚慌，他竟然鑽到了桌子底下。

　　在大家冷靜下來後，我們決定繼續用電流來刺激這具木乃伊。這一回，我們準備把電極接到了他右腳的大拇指上。我們在他拇指外側的皮膚切開了，把他外展肌的根部露了出來，我們在那找到了他的神經，把電極接了上去，接著通上了電流。忽然之間，那個木乃伊好像活了一樣，身體動了起來，最初，右膝蓋向上提了起來，都要挨到肚皮上去了，接著右腿狠狠地踢到了在他下面的波羅那醫生。那力氣真大，可憐的醫生被這一腳踢飛了，從窗口掉了出去，向樓下的大街落去。

　　我們急忙向樓下跑去，還想著該如何收拾醫生的殘骸了，可是在樓梯上，我們卻高興地看到他正從樓下往上走來。看上去，他沒被恐懼所嚇倒，一心只想去探索祕密，更加堅定地準備下面的實驗。

　　我們在他的建議下切開了屍體的鼻尖，醫生這回自己動手接上了電極，不過他的動作顯得有些粗暴。

　　在接通了電源後，木乃伊又動了起來，最初，他張開眼睛，飛快地眨了幾分鐘，那樣子真逗，就像巴尼斯先生在默劇表演時做的那樣，接著，他打了個噴嚏，之後就坐了起來，然後他又對著眼前的醫生晃了一下拳頭，最後，他轉身看著格里登先生和白金漢先生，對他們說起話來。那可是一口純正的埃及語。

　　他這樣說道：「先生們，我要向你們說明，你們的行為真是無禮，他讓我感到羞辱和震驚。對於那個傻瓜醫生的行為，我出於對那個矮胖子的無知表示可憐，還能原諒他的無禮行為。可是你們，格里登先生和白金漢先生，

你們可是在埃及待了不少的時間啊，這讓別人都誤認為你們是在埃及出生的。你們的埃及語說得像自己的母語一樣熟練，我一直以為你們會像對待朋友那樣尊重木乃伊，可是你們並沒有像我想的那樣表示出應有的紳士風度。對於我被這些人百般凌辱的事情，你們卻一句話也沒說，這叫我沒法接受。在湯姆、迪克和哈里掀開棺材時，你們全都沒去阻止，完全不顧天氣有多冷，更加可惡的是，你們還幫助那個壞蛋醫生揪我的鼻子，這一切簡直太令人發火了。」

在一般人想來，當看到這樣一種無法相信的景象後，可能會馬上逃跑，也可能變瘋，更有可能被嚇得昏倒在地。至少會出現以上的一種情況。在我看來，上面的三種行為幾乎都有可能發生。說真的，我也不知道，在那種情況下，我們為何沒有採取上面的行為的原因。我想，理由應該是在我們的時代精神裡，時代是按相反的規律發展的，也只有用它來解釋這種不可能發生的事情。我想，可能是木乃伊說話的時候太過自然了，讓人感覺不到恐怖的氣氛，但當時不管是出於什麼原因，我們大家都感到很平常，一點也沒表露出驚訝的神情。

我沒感覺到有什麼不同，只是知趣地躲到了木乃伊拳頭能打到的地方之外。我看到波羅那醫生正狠狠地盯著木乃伊看，臉被氣得通紅。我轉頭看了看格里登先生，他正摸著鬍子，整理著自己的襯衫領子，在他旁邊的白金漢先生把右手的大拇指放在嘴裡，低著頭一言不發地在那站著。

埃及人一直板著一副臉，看了白金漢先生幾分鐘，接著用譏諷的語氣對他說道：「你變啞巴了嗎？白金漢先生。你難道聽不到我在對你說話嗎？別像孩子那樣咬手指，快點把它從嘴裡拿出來！」

聽了他的話後，白金漢先生趕忙把手指從嘴裡抽了出來，身體還抖了一下。可是，他接著又把左手的大拇指塞到了嘴裡。

木乃伊發現和白金漢先生說話完全是浪費時間，他轉而命令格里登先生，要他說明我們這樣做的原因。

格里登先生用埃及語向他回答了，那可是一場長時間的說明會啊！對於他的精彩演說，我想，要不是美國的出版商不能印象形文字，我一定會全程

抄錄下來的。

在此向各位說明一下，木乃伊參與的對話都是埃及語的，以下的對話都是經過格里登先生和白金漢先生翻譯的。這兩位先生對埃及語就像對自己的母語一樣熟悉。可是，因為木乃伊來自古代，對於現代一些詞彙完全不瞭解，所以有時，兩位臨時翻譯不得不用些直觀的方法來加以表達。比如說，有次涉及到了「政治」這個詞彙，格里登先生怎麼說也無法讓埃及人明白，最後他拿起炭筆在牆上畫了一個站在樹樁邊的老紳士，他很矮，而且長著一個難看的酒糟鼻，身上穿的也很破，左腿縮在身後，右手緊握著拳頭，向前伸去，眼睛朝天上看去，嘴巴張得很誇張，都張成了一個九十度的直角了。還有一次，白金漢先生總也說不清「假髮」這個詞的意思，最後波羅那醫生提醒了一下他，他顯得很不情願，同意把自己頭上的假髮拿下來，用這個行為直觀地向那位埃及人解釋。

我們可以知道格里登先生是如何向埃及人解釋的。他主要說道，木乃伊的解剖對科學研究來說，是意義重大的。對於打擾了這個名叫「奧拉密斯泰鳩」的木乃伊一事，他還表示了深切的歉意。在演說最後，他還隱祕地暗示到，我們可以繼續對他進行研究。在那時候，波羅那醫生已經準備好了檢查用的器具。

對於格蘭登先生最後暗示的那個意見，埃及人有些不放心，那是出於什麼原因，我不得而知。可是，對於我們的道歉，他還是感到非常滿意。為了表示他接受了我們的歉意，他還同我們每個人都握了手。

在這之後，我們趕忙修補那些因為實驗而給他帶來的傷口。在他腳上的刀口處裏上了繃帶，在他被割開的鼻子上，貼上了一英寸的黑膏藥。

對了，那個埃及人在古代擁有伯爵一般的地位。可能因為天氣太涼，他在那打了個哆嗦。醫生看到後，馬上去衣櫃拿了一些衣服什物過來，有一件黑色的外衣、一條藍格子的吊帶褲、一件粉紅色的棉內衣、一件錦緞背心、一件白色的大衣、一根拐杖、一頂無邊的禮帽、一雙黑色皮鞋、一對黃色的山羊皮手套、一個假鬍鬚、一副眼鏡和一個領結。那位埃及貴族要比醫生高了一倍，這些衣服顯然不太適合他，我們費了好大的勁才讓他穿好衣服。這

之後，格里登先生把他帶來到了火爐邊的椅子旁，要他坐了下去。醫生也搖鈴叫來了傭人，要他們送些雪茄和葡萄酒到這來。

我們馬上就開始了熱烈的交談。我們的焦點一直圍繞在他活著的原因上，在我們看來，能活這麼久簡直太不可思議了，這讓我們很感興趣。

白金漢先生唐突地問道：「我認為你早就死了。」

那位埃及貴族吃驚地說：「你說什麼！我才七百歲而已，要知道，我父親可是活了一千歲。他死的時候還顯得很清醒。」

他的話更加引起了大家的興趣，每個人都向他提出了許多問題，我們根據他的回答計算著他處的時代，最後發現，他完全弄錯了時間。從他進入埃雷西亞斯墓穴算起，到今天為止，已經過去了五千零五十年零幾個月的時間了。

白金漢先生接著說道：「我並不是問你進入墓穴時的時間，我覺得你看上去還很年輕，我要問的是，你在柏油裡待的那段漫長的時間。」

埃及貴族不解地問道：「在什麼東西裡？」

白金漢先生重複道：「柏油。」

那位埃及貴族說道：「我好像有些懂你的意思了。我認為，柏油可能也很有效，可是在我們那個時代，我們都只用二氧化汞。」

波羅那先生說道：「我們對你復活的問題感到很困惑。按理說，你早在數千年前就死了，可是現在卻氣色飽滿地站在我們面前，這到底是怎麼一回事啊？」

埃及貴族說道：「要是你們說的是真的，我在當時就死去了，按我現在應該還是一具屍體。在我看來，你們的知識還很落後，還只會用流電療法，我們古代一些常見的療法，想必你們都不曾學到過。真實的情況是，我當時只是昏了過去，可是我的好友誤認為我死了，要不就是他覺得我馬上就要死了，沒法救治了，所以他馬上把我製作成了木乃伊。我想，你們應該瞭解木乃伊是怎樣製作的吧？」

「這點，我們並不是很清楚。」

「我也能看出一些來。你們真可悲，還是處在這麼無知的階段！我不可

能詳細地把這個過程說給你們聽。可是我還是要簡單地提一下，我們埃及人製作木乃伊的目的是，就是讓被製作者停止一切動物性的功能，在此強調一點，是永遠的。我所說的動物性，不單是指肉體的行為，還包括精神層面的思考。我再複述一遍，我們是為了暫停一個人所有的動物性功能才去製作木乃伊的。說簡單點就是，那個人在被做成木乃伊時是什麼樣子，那他以後就會一直保持在那種狀態裡。我比較幸運，有著蜣螂的血統，所以可以在存活的狀態下被製成木乃伊，這也就是你們現在能看到這樣的我的原因。」

波羅那醫生吃驚地喊道：「蜣螂血統！」

「沒錯。蜣螂是一個高貴家族擁有的家紋，那個族群人口稀少。他們每個人都持有代表家族的徽章，我形象地做了個比喻，稱那些徽章為家族的血統。」

「這事情與你能夠存活下來有什麼關聯嗎？」

「事實上，在埃及，一般製作木乃伊的方法是，把屍體的內臟和腦子抽空，然後塗上防腐用的香料。可是只有一個家族例外，那就是我們蜣螂家族。正因為我是蜣螂家族的成員，所以我才能夠被完整地保留下來。我想，要是沒了腦子和內臟的話，生活肯定是難以維持了。」

白金漢先生說道：「我能瞭解。那我們可以說，只要是完整的木乃伊，那就一定是屬於蜣螂家族的了？」

「絕對錯不了。」

格里登先生恭敬地說道：「我以前還以為蜣螂是埃及的神靈中的一員。」

埃及人猛地站了起來，同時還大聲喊道：「埃及的什麼的一員？」

格里登先生重複道：「神靈中的一員。」

「格里登先生，我很吃驚你會這樣說。」說完，埃及人坐回了椅子上。他接著說道：「在地球上，每個國家都只承認有一個神的存在。對我們而言，那些昆蟲和鳥類都是象徵物，他們是我們和造物主聯繫的信使。造物者太過高貴，我們凡人是沒資格直接晉見他的。」

這之後，大家都安靜了下來，陷入了一片沉默之中。最後還是波羅那醫

生打破了平靜。

他說道：「那透過你剛才的解釋，在尼羅河附近，應該還會有你們蜣螂家族的木乃伊存活著。」

埃及貴族回答道：「這事情是毋庸置疑的。只要是在活著時碰巧被製成木乃伊的，那就能和我一樣活下來。我甚至認為，有些人是有意在活著時教他們這麼做的。我想，製作者們可能無意間把他們留在了墓穴裡。」

我說道：「我想知道剛才你說的有意為之是什麼意思？」

他說道：「我很樂意向你說明這個問題。」他先把我好好地打量了一番（我想，可能他是想看清楚我這個還沒提過問題的人的面孔），這才接著往下說：「在我們古代，人類一般都可以活到八百歲。只要不遇到意外的事故，幾乎沒人會在六百歲前死去，可是，能活到一千歲以上的人也極其少。八百歲是我們的平均壽命。在我們學會如何製作木乃伊後，我們之中那些哲人有了一些新奇的想法，他們認為可以把生命分成幾個階段來活，這樣能看到更多新鮮的事物，也能加速科學的進程。從歷史經驗可以得出結論，他們的做法是很有用的。舉個例子吧，要是一個歷史學家在五百歲時寫了一部作品，在那時以活著的狀態被人製成木乃伊，他可以留下遺言，要別人在六百年後將他復活。到了六百年後，他會發現自己的文章已經給人塗改得面目全非。那些評論家們，以他的文章為戰場，用批評和詰責進行著文學上的爭鬥。那些後人們的注解和推測完全歪曲了原文的本意。作者自己都難以認出這被改得面目全非的文章。好不容易找到原本後，卻發現，自己做的事情毫無意義。歷史學家會在那個時代重寫他的作品，把原來那些無憑據的錯誤推測更改過來。這樣，會讓歷史得到更嚴謹的傳承，那位偉大的哲人可以阻止歷史被篡改，避免歷史的退化。」

波羅那醫生用手按住了埃及人的胳膊，打斷了他的話，說道：「對不起，先生，能否先讓我問你一個問題？」

埃及貴族回答道：「先生，你請說吧！」

「剛才你說到，歷史學家在六百年後親自糾正後人對他那個時代的訛傳。我想問你一下，你覺得，那些祕傳的真實性有多少？」

「祕傳，你用的這個詞太合適了。一般來說，那些在歷史中記載的事情，包括這些祕傳，幾乎全都是背離事實的，都是那麼的荒謬。」

醫生繼續說道：「可是，你是生活在五千年前的人，我猜想你們那個時代離上帝創造世界不到一千年，你們肯定對那件事有明確的記錄吧！」

埃及貴族說道：「先生！」

醫生再次說了他的想法，並且為了讓他更好的理解，還加上了許多解釋。這之後，埃及人好像明白了他的意思，有些猶豫地說道：「好吧，我承認，我可是第一次聽到這樣的想法。在我的時代，我是沒聽到過這種奇怪的觀點。你竟然認為這個世界有著一個開端。我僅有一次聽到過一個人說關於人類起源的事情。那個喜歡思考的人說起過亞當，我認為可能是紅土這個詞。他沒像你們這樣曲解這個詞彙，他說的是人是由肥沃的土地裡演化出來的。在土地裡生長出了人類的五大種族。他們分佈在地球的各個不同的部分，同時地生長了出來。」

我們大家都不由地聳了下肩，有人還用手摸了一下頭。白金漢先生帶著輕蔑的神情看了看那位埃及人，打量了下他的枕骨，又瞧了瞧他的前頭骨。接著對他說道：「在你們那個時代，人們都很長壽，而且還有著暫停生命的技術，那應該促進了科學的發展，並累積了大量知識吧！由此，我認為，古埃及人是因為頭骨堅硬才導致在科學上落後於現代人，特別是美國人的吧！」

埃及人很有禮貌地回答道：「我再次說明一下，我沒有理解你的意思，你具體是指哪些科學方面？」

我們都踴躍地向他列舉了這個時代的科學成就，有關於骨相學假設方面的，也有關於動物磁力學方面的。

在聽完我們的描述後，那個埃及人向我們說了幾則故事。這讓我們瞭解到，在古埃及，高樂和斯波爾塞姆的原型早就有過了，而且還經歷了一段由興盛到衰落的歷程。與底比斯學者所演示的真正奇蹟相比，梅斯梅爾的那些花招猶如兒戲一般。那些學者已經能變出跳蚤及同他類似的東西了。

我還是有些不服氣，插嘴問道：「你們那個時代能不能計算出日食的時

間？」他向我笑了一下，不以為然地說道：「完全能夠做到。」

我感到很失落。但馬上又向他提了許多問題，都是關於天文學的。就在這時，我身邊的同伴悄悄對我說道，關於那些問題，你可以在托勒密（我可不知道這個人是誰）和普魯塔克的月相書裡找到答案。

接著，問他見沒見過火鏡和透鏡，懂不懂得如何製造玻璃。可是我還沒說完，又是那位同伴碰了我一下，對我說道：「你要知道那些問題最好去看看奧多勒斯・西克勒斯的文章。」埃及人並沒有回答我剛才說的那些問題，他只是問我道：「在你們這個時代，有沒有能用在寶石雕刻上的顯微鏡？」我還在這個問題感到難辦的時候，醫生用一種顯得很正式的語氣對他說道：「好好看看我們時代的建築吧！」他顯得有些忘乎所以。就連那兩位憤慨的臨時翻譯死命的招著他也無法讓他平靜下來。

他大聲說道：「去外面看看吧，看看紐約的球場，看看華盛頓的國會大廈！」這之後，醫生向埃及人詳細描述了那些建築的構造和比例。他說道：「僅僅在門廊上，就使用了二十四根直徑五英尺的柱子來裝飾，每隔十英尺就有一根柱子。」

埃及人說自己還想不起阿茲納克城裡的建築所占的面積。那些建築都歷史悠久，就在他被製成木乃伊時，在底比斯西邊的沙漠裡，還能看到他們巍峨的遺跡。可是關於門廊，他想到了在一個叫卡納克的郊區看到過一個較小的宮殿，那宮殿的門廊由一百四十四根周長三十七英尺的柱子構成，每隔二十五英尺就會有一根柱子。在門廊外，修建著一條通往尼羅河的大路，那條路長約兩英里。在道路兩旁，立著許多雕塑，有獅身人面像、方尖塔等。他們高矮不等，在二十到一百英尺之間。那座宮殿有一個邊有兩英里長，周長應該也有七英里，四周都用牆圍了起來，那圍牆內外都畫滿了華麗的象形文字。他雖然沒說那宮殿的圍牆裡可以建造五六十座醫生口中的國會大廈，可是很顯然，他覺得那裡完全有可能容納得下兩三百棟那樣的國會大廈。可是，對於醫生所說的那個球場上的噴泉，他也覺得很新奇，也很氣派。他承認，那種別出心裁的設計，自己在古埃及還從沒見過。

我這時開始向公爵打聽對於我們鐵路的看法。

他說道：「很平常，沒有什麼值得肯定的地方。他們在設計上就不合理，做工也很粗糙。看看我們的那裝有鐵槽的寬闊大道，在那條大道上，埃及人能運送整座寺廟，也能運送一百五十英尺高的方尖塔，這完全不是你們那些破鐵軌所能比的。」我又告訴他，我們擁有許多巨大的機械。

對於這方面的技術，他給予了認同。可是，他馬上反問我道：「你們能把卡納克那座小宮殿的柱頭吊到門楣上嗎？」

我決定不做回答，就這麼敷衍過去好了。我向他說起了自流井，他對此只是揚了下眉頭，沒做回應。這時，格里登先生正向我使著眼色，悄聲對我說道：「最近，在大綠洲，鑽井的工程師在地質作業時，偶然發現了一口古埃及人打造的自流井。」

我接著向他提起了我們的鋼鐵。可是埃及人對此不屑一顧，他說他們的銅器可以雕刻方尖塔的浮雕，問我們的鋼鐵能不能做到。

這讓我們感到很頭疼。我們決定跟他談論玄學問題。我們拿來了一本《日晷》讀了一兩章晦澀難懂的章節，那說的是有關波士頓的「偉大進步運動」。

埃及人對此感到很平常，在他們的年代裡，偉大的運動是極為平常的事情。進步倒是經常困擾他們，但在這方面，他們也沒能有所突破。

接著我向他說起了民主。告訴他民主對於我們的重要性，還有民主帶給我們的美好一面。可是，我們不知道如何向他說明，在一個沒有國王，可以自由選舉的年代，我們所獲得的利益。

他對此很感興趣，聽得很認真。在我說完後，他對我們說到，我們所謂的民主也曾在埃及出現過類似的版本。那時，埃及的十三個省宣佈脫離國王的統治，獨立了出來。他們為人類的進步樹立了榜樣。他們選出了一些很有才能的人，由那些人開會討論生成了一部特別的憲法。他們把活動弄得聲勢浩大。可是，他們誇大其辭的手法也是讓人感到驚訝的。最後，這十三個省和另外大約二十個省合併到了一起，由此產生了一個前所未有的專制統治機構，幾乎讓所有的人都感到厭惡。

我問埃及人道：「那個盜取權力的暴君叫什麼名字？」

埃及人說道：「我好像記得人們稱呼其為烏合之眾。」

我覺得這個話題沒有繼續的必要了。繼而轉到了蒸汽上來，我提高聲音說道：「埃及人一點都不瞭解蒸汽的作用啊！」

對於我的話，那位埃及貴族感到很吃驚，但他沒有對此作出回應。這時，那位老在提醒我的夥伴用力撞了我的肋骨一下，告訴我道：「你可真是太丟臉了，簡直是無知到了極點，你竟然沒聽說過，高斯的所羅門在看了西羅的發明後，深受啟發，這才發明了蒸汽機。」

我們尷尬得要命。還好，在這時，波羅那醫生又有了精神，向埃及人談起現代人在服裝上的成就，並問他埃及人的著裝能否與之媲美，這才讓我們擺脫了窘迫的困境。

聽完醫生的高論後，埃及人看了看自己褲子上的吊帶，又提起衣服上的下擺仔細瞧了瞧，最後把嘴張得很大。可是，要是我沒記錯的話，當時他並沒有對此發表什麼意見。

這讓我們重新振作了起來。醫生又問道：「在古埃及，有沒有人像伯蒂一樣造出藥液，或是像布蘭德里斯那樣製造過藥片。」對於這個問題，醫生期待他能像個紳士一樣，做出公正的回答。

我們都很想聽到他的回答。可是，他好像無法回答這個問題。埃及人為此臉漲得通紅，羞愧地低下了頭。我們把對手擊得潰不成軍，終於迎來了圓滿的勝利，為此高興極了。可是，對於埃及人那副倍感屈辱的表情，我不忍心再看下去了。我拿起禮帽，很有禮貌地對那位遠古來客鞠了一個躬，向他道別，接著就回家去了。

我到家時已經是凌晨四點。我直接就回床上睡覺去了。我在上午七點就起來了，為了家人和全人類的利益，我把這件事記錄了下來，一直寫到現在，也就是上午十點。我以後再也不會見到我的家人了。我一直討厭那個潑婦一樣的妻子，也厭倦了那種乏味的生活，不想繼續生活在十九世紀了。在我看來，這個時代的一切都腐敗透頂了。我很想知道在2045年時，誰會擔任美國的總統。所以我清理乾淨後，只喝了一杯咖啡，就迫不及待地向醫生家趕去了。我要請他幫忙，把我做成木乃伊，好讓我能看到三百年後的世界。

鐘樓魔影

現在幾點？——古諺語

　　人們都應該知道，世界上最好的地方應該是哪裡，不，也許應該說曾經最好的地方，是荷蘭的沃德沃特米提斯鎮。它在一個偏遠的地方，附近沒有什麼主要公路，去過那兒的讀者應該不多。正因為這一點，我想在這裡描述一下，方便人們瞭解。事實上，我更想透過介紹激發人們對當地人的同情之心，出於這一點考慮，我更需要向大家介紹了。不久之前，那兒發生了一件不幸的事，我就把這事的來龍去脈原原本本地說給大家聽。對我有所瞭解的人，都會知道我為什麼主動擔當起這份職責，我不過是想盡點兒力罷了，我不會像那些欺騙大家賺取名利的歷史學家，我會認真仔細地調查研究，會向人們虛心地求取證據，不會偏袒任何一方，會站在公正的角度去做評價。

　　經過對一些徽章、手稿和題詞的瞭解，我確定了一點，沃德沃特米提斯鎮從建立那天起到今天沒有絲毫變化，也就是說，它現在的樣子和它剛剛建成的時候是一樣的。關於它存在的時間問題，我很遺憾，不得不向數學家一樣，在處理代數問題時迫不得已使用的方式——模糊法，來解決問題。我能夠確定的是，它建立的時間非常久遠，肯定在文字出現之前就存在了。

至於這個小鎮為什麼叫沃德沃特米提斯，或者說這個名字有什麼來歷，坦白地說，我不知道。在這個問題上有很多說法，像深刻的，淵博的，還有跟這些相反的，但沒有一個是我滿意的。克洛特潘倫特先生和格勞格斯威格先生的看法基本相同，他們的這個觀點還是值得說說的。他們覺得：「沃德沃特米提斯（Vondervotteimittis）——Vonder，lege Donder與雷霆相似；Bleitziz——Bleitziz obsol，也是閃電的意思。」這種說法到現在都能找到證據，在鎮議會廳的塔尖上，至今仍遺留著被雷擊過的印跡。小鎮名字的起源是個很重要的問題，我不想隨意下定論，讀者們要是想知道個究竟，可以看看杜德古茲先生的這本叫《Oratiunculae de Rebus Praeter –Veteris》的書，除此之外，還可以看看布拉德布茲先生的這本《De Derivationibus》書的第二十七頁到五千零一十頁，這是一本用哥德體編輯的書，是對開本，有紅黑兩種字體，它並沒有注釋，還有用了很多流行語，在閱讀這樣的一本書時候，請注意看一下斯塔夫德帕夫先生和格諾特格茲爾先生寫在邊上的注釋。

　　雖說我們不知道沃德沃特米提斯鎮的建立日期，也不知道它的名字有什麼來歷，可有一點卻是十分明確的，那就是小鎮在建立之後從來沒變過，我們現在看到的樣子就和它剛建成的時候一樣。哪怕是鎮上年紀最大的人，都沒發現過鎮子有什麼細小的變化。事實上，覺得它會出現變化，這種想法本身而言，就辱沒了它。小鎮建在一個山谷中，它是個圓形的山谷，周長大約有四分之一英里，周圍都是些平緩的山嶺。鎮上的人從沒翻越山嶺走出去過。這是為什麼？因為他們覺得山的另一邊沒什麼東西，這種信念根深蒂固。

　　山谷的四周沒什麼坡，十分平緩，地上全都鋪著平整的磚塊，建有六十棟小屋，相互連接著，形成一排，它們全都是面向中間的平地，背靠山嶺。每一座房子的大門到地面中央的距離是一樣的，有六十碼遠，每座房子前面的景物也都是一樣的：一個小型花園、一條環形的小路、一個日晷儀、二十四個捲心菜。因為房子的設計相同，所以很難區分。鎮裡的建築都非常古老，這也使得它們與現在建築相比，就顯得非常奇特了，但這並沒有減弱小鎮的美，它依舊是令人讚歎不已。建房子所用的磚都是用火燒製的，是兩

邊有些黑的小紅磚，用它們砌成的牆看起來就像一個大棋盤。兩邊的山牆向前伸著，屋簷和大門的上面都裝飾著一個非常大的飛簷。窗戶非常窄小，看起來很深邃，它都是由很多個裝著玻璃的小窗框組成。屋頂鋪了很多瓦片，都帶著很長的耳飾。在木工方面，都採用了黑色調，雕刻的非常精細，只是圖案變化較少，很多都是在重複雕刻。這沒辦法，在很久之前沃德沃特米提斯鎮的雕刻匠就只會鐘錶和捲心菜兩種雕刻。在這兩方面，他們雕刻得真的非常出色，鎮上能讓他們雕刻的地方，全都被他們弄上了鐘錶和捲心菜。

每座房屋外面的設計都是一樣的，屋子裡面的傢俱陳設也都一模一樣。地板是由方形地磚鋪成的，桌椅呢，都是用黑色的木頭做的，腿很細很彎，腳很矮很小。刻滿捲心菜和鐘錶的壁爐十分巨大。在壁爐的正上方有一個掛鐘，滴答滴答地響著，這是一個真的鐘錶，在它的兩邊各放著一個捲心菜花瓶。兩個捲心菜和鐘錶之間各放了一個小瓷人兒，鼓起來的肚子上還有一個大圓洞，往洞裡看，就會發現一個鐘錶的錶盤。

壁爐又大又深，裡面的柴架歪的不成樣子。灶裡的爐火劈啪作響，十分旺盛，有一口大鍋放在上面，裡面有泡菜和豬肉，女主人總是在爐灶旁照看著。她年紀很大了，有些胖，藍藍的眼睛，紅紅的臉頰，頭上戴著一頂帽子，上面用紫色和黃色的絲帶裝飾著，帽子看起來有些大，就像一個超大的圓錐形糖塊。她身上穿著一件橘色的衣服，是用亞麻毛織成的，後擺長，腰部短，不過其他地方也不長，最長就是到膝蓋而已。她的腿有點粗，腳踝也不細，一雙漂亮的綠色長筒襪把那些全擋住了。她粉色的皮鞋上是黃色的鞋帶繫成捲心菜。她左手戴著一塊荷蘭手錶，很小卻很沉，右手總是揮舞著一把勺子，翻著泡菜和豬肉。她身邊蹲著一隻虎斑貓，胖胖的，貓尾巴上繫著一個東西，是一個鍍金的報時鐘，男孩子們做遊戲的時候給它戴上的。

這時，在花園裡站著三個男孩，他們照料著豬。他們的個子都在兩英尺左右，頭上戴著三角帽，上身穿著紫色的馬甲，這馬甲很長，一直拖到大腿上，下身穿著鹿皮短褲，到膝蓋那麼長，腳上是紅色的長襪和笨重的靴子，靴子上面還用大顆的銀扣裝飾著。他們穿的長外套上都點綴著珍珠母做成的鈕釦。他們都有一個菸斗，在嘴裡叼著，右手戴著手錶，那錶看起來很小很

蠢笨。他們抽一口煙，看錶一眼，然後再抽一口接著看錶。那頭肥胖、懶惰豬的正忙著吃東西——散在地上的捲心菜葉子，還時不時地向後面踢踢，孩子們也在它後面也綁了一個鍍金報時鐘，是為了把它打扮的漂亮些，就像貓那樣。

大門右邊放著一個皮製的手扶椅子，靠背非常高，椅腿很彎，腿腳是紫色的，這些特徵就和那些桌子一樣，屋子的主人正在椅子上坐著。他是個老紳士，身材有些臃腫，眼睛非常大，還有一副非常大的雙下巴。他的穿著我就不多說了，基本上和那些孩子差不多。不同的是他的菸斗更大，吐出的煙圈也更大。他也有一塊錶，只不過他沒像孩子們那樣戴在手上，而是放在了自己的口袋裡。事實上，他們有更重要的事，這比看錶還重要，至於是什麼事我先不說，過一會兒再向大家交代。他就這麼在那兒坐著，把右腿搭在左膝蓋上，錶情看起來嚴肅，眼睛不停地盯著中央平地的一個地方看，他至少會用一隻眼睛看。

他們目不轉睛地看著，所看的東西就在鎮議會廳大樓塔尖上。鎮議會廳的元老都是一些聰明的老人，他們長得很矮，但十分臃腫，大大的眼睛看起來像個茶托，雙下巴上的肉非常多。他們穿的大衣很長，比沃德沃特米提斯鎮的普通居民長出一大塊兒，鞋上的扣子也比普通人的大。從我住在這裡之後，他們就開始召開特別會議，已經召開了好幾次，得出三個重要的結論：

「把傳統的、古老的好習慣改變是不對的。」

「好東西都在沃德沃特米提斯，別的地方什麼都沒有。」

「只有鐘錶和捲心菜才是我們所要堅守的。」

說起那個塔尖就要提到鎮議會大廳，它正好在議會廳的正上方，裡面有個鐘樓。鎮上的人們對鐘樓裡的東西充滿了驕傲之情，提起那東西人們就會讚譽有加。那就是沃德沃特米提斯鎮的大鐘，很早之前，它就被放在那兒了。大鐘就是那些老紳士們盯著的東西，他們坐在皮製手扶椅上就是為了看它。

大鐘的七個面都與塔尖的一個方向相對應，這樣在每個角度都能輕易地看到它。它是一口白色的大鐘，指針是黑色的，看起來很沉的樣子。鐘樓只

有一個人看守，他不做別的，只是照看大鐘。這真是個好活兒，很悠閒，為什麼這麼說呢？因為自從沃德沃特米提斯大鐘放在那兒起，這裡就沒有出過什麼事。如果有人說大鐘也許會出現些意外什麼的，那麼他就會被當作異端分子，認為那是邪惡的說法，直到現在都是這樣。大鐘報時十分精準，從有文字記載開始一直這樣保持著。不止這個大鐘報時準確，鎮上的鐘錶都是這樣，世界上能這樣準確報時的地方恐怕只有這裡了。這時，敲響了十二點的鐘聲，鎮上其他的鐘錶就像張開了嘴巴一樣，剎那間，鐘聲響遍小鎮，與大鐘呼應著。總的來說就是這些善良的人們對他們的泡菜和大鐘無比喜愛、驕傲。

在小鎮上，那些在清閒崗位上工作的公職人員受到人們的尊敬，只是程度不同而已，看守鐘樓的人無疑是沃德沃特米提斯鎮工作最清閒的，理所當然的也就成為了最受尊敬的人。要說鎮上誰最顯貴，當然是非他莫屬，哪怕是頭豬都會抬起頭來，用那種崇敬的眼神望著他。他上衣的後襬很長、菸斗、鞋上的扣子、眼睛、肚子等非常大，鎮上那些老紳士們根本無法與他相比。別人都是雙下巴，可他呢，是三個下巴。

對沃德沃特米提斯小鎮的美，我已竭盡全力地去描繪了。然而，這麼美好的仙境卻被毀壞了，真是令人痛惜不已。

小鎮上，在那些最具才智的人中流傳著這樣一句諺語：「從山那邊過來的都不是好東西。」現在它不是諺語了，而是一個預言。在前天十二點五分之前，一個十分奇特的東西出現在東邊的山脊上，人們都被那東西所吸引，那些在皮製手扶椅上坐著的老紳士們也是一樣，他們把一隻眼睛從塔尖裡的大鐘上騰出來，看向那個怪東西。

在十一點五十七分，人們終於看清了，那奇特的東西是個人，是個外國的年輕人，個頭不高。他很快就從山上翻了下來，他的一舉一動都進入了人們的視線。這個人實在是太小了，不過穿著倒還十分正式，沃德沃特米提斯鎮的居民從沒見過這樣的人。他的臉色暗黃，鼻子很長，有些像鉤子的形狀，眼睛長得像豌豆，他的大嘴巴一張開就會露出整齊的牙齒，臉上的笑容像是故意的——展現他的牙齒，嘴角咧得好長，都快從一隻耳朵到另一隻耳

朵了。他臉上長滿了鬍子，都快看不清他的五官了。他頭上沒有戴帽子，頭髮帶著捲，很規整，還燙過。他一身黑，連腳上的長襪也是黑的，上身穿著緊身的燕尾服，口袋裡露出一點白手帕，下身穿著喀什米爾羊毛短褲，腳上的鞋顯得很沉重，鞋帶是黑色的，還被繫成蝴蝶結的樣子。一個大折疊帽沒戴上，被他夾在手臂下面，他另一個手臂夾著一個提琴，那琴有他的身體五倍那麼大。他左後拿著一個鼻煙壺，是純金的。他就這樣從山上興奮得往下走，步伐奇特多變，手裡還拿著鼻煙壺，看他那樣子似乎感覺非常舒服。上帝保佑！這種情景就是沃德沃特米提斯居民所看到的，對這些最淳樸的居民而言，這該是怎樣的情景啊！

說實話，這個人身上透著一種魯莽和危險的氣息，他那滿臉的笑容也沒能把這些掩蓋住。他蹦著、跳著來到小鎮，腳上的那雙鞋子吸引了不少人的眼球，他們猜測著關於它的資訊。人們看了他燕尾服口袋裡塞著白手絹，都表現得不屑一顧。這個花花公子十分令人厭惡，在完成西班牙舞步和用腳形成的旋轉的姿態時，他的腳沒有遵從時間的指示去滑動，這是當地的居民對他厭惡和憤怒的主要原因。

鎮上那些善良的人們觀察著這個人，他們還沒有看明白他是個什麼人，時間已經是十一點五十九分三十秒了，這個令人厭惡的傢伙正在居民中間跳舞，舞步中透露著歡樂，一會兒歡樂滑動著腳步，一會兒舞動著身姿，一會兒是美妙的狐步，一會兒又做出一個芭蕾舞式的旋轉動作。他就這麼跳著來到了鎮議會廳的鐘樓。那時，鐘樓看守人坐在那裡抽菸，心裡很困惑，臉上帶著嚴肅和驚訝的表情。那個小東西進來之後，馬上就伸手抓住他的鼻子又擰又拉，下手非常狠，還用自己的三角帽狠狠地抽看守人的頭，馬上又朝他的臉打了過去，非常用力，然後伸手拿起大提琴，向他的頭部猛砸了一通，看守人非常胖，加之大提琴裡是空的，可想而知兩者撞擊是會發出什麼聲音，那簡直是魔鬼發出的聲音，就好像沃德沃特米提斯鎮鐘樓裡躲著一個低音鼓手，此時不停地擊打著。

對這種放肆的粗暴行為，鎮上的居民將採取何種行動，大家還不知道。現在人們似乎沒時間去思考這些，因為還差一秒鐘就到十二點，這是一個非

常重要的情況。鐘聲馬上就要響起，每個人都要去注視大鐘，在他們心裡這件事是首位的。這時，有一點是十分明確的，那個人對鐘樓裡的大鐘做了些不軌的動作，他根本沒有權利做這件事，可他還是那麼做了。他之所以這樣做是因為他知道，人們在鐘聲響起之後，就數出大鐘敲擊的次數，那時就沒人去管他了。鐘聲每響一次，人們就要數一次。

「一！」第一聲鐘聲響起。

「一！」坐在皮製手扶椅上的老紳士都跟著數了出來，那帶著當地口音的數數聲類似回音。「一！」他們自己的鐘錶也響了起來，「一！」孩子的鐘錶跟著響了，那在貓和豬尾巴上的小巧鍍金鬧鐘也響了起來，與這個大合唱團一起唱了起來。

「二！」鐘聲又一次響起，「二！」每個人的鐘錶都隨之呼應起來。

「三！四！五！六！七！八！九！十！」鐘聲蕩漾開來。

「三！四！五！六！七！八！九！十！」其他的聲音跟著呼應。

「十一！」第十一聲響起。

「十一！」小鐘錶回應著。

「十二！」第十二聲敲響了。

「十二！」這動聽的聲音蕩漾著，緩緩地消散。

「現在是十二點！」那些老紳士們齊聲說道，手裡都拿著自己的錶。然而，大鐘的敲擊還在繼續。

「十三！」第十三聲敲響了。

「哦，老天！」老紳士們嘴裡喘著粗氣，臉色煞白，菸嘴都掉落在地上，他們搭在左膝上的右腿再也放不住了，全都拿了下來。

「哦，老天！」他們呻吟著，說道：「十三！是十三！上帝啊，現在竟然是十三點！」

這場景真是太恐怖了，為什麼要描述出來呢？就在一瞬間，沃德沃特米提斯鎮亂了起來，這真是一幅令人悲哀的畫面。

「我的豬，我的豬這是怎麼了？」每個男孩子都在吼叫著：「我要被這樣的時間氣死了！」

「哦，我的捲心菜這是怎麼了？」主婦們用尖銳的聲音叫喊著：「它們被這樣的時間給弄碎了！」

「我們的菸斗這是怎麼了？」個頭矮小的老紳士們咒罵著，說道，「老天！這本應該瀰漫著菸草味的時間，現在卻什麼都味道沒有。」接著他們就帶著怒氣把煙管裡添滿了煙，又坐在椅子上大口地吸著煙，沒過多久，整個山谷就變得煙氣繚繞。

在同一時間，捲心菜的顏色改變了，看起來一片鮮紅。那些帶著鐘錶圖案的東西都不一樣了，好像都著了魔。那刻在傢俱上的鐘錶本是死物，可現在都動了起來，左右擺動著，就好像帶著魔性。那些在壁爐前的掛鐘一直報著十三點，顯然已經處於混亂之中了。鐘擺的敲擊聲，以及它所產生的震動接連不斷地發出，形成一種恐怖的景象。這還不要緊，貓和狗所引起的後果才真是糟透了，它們尾巴上的報時鐘一直響著，這使它們不堪忍受，驚慌地來回跑著，碰到什麼就抓什麼，還發出驚恐的尖叫聲，向人們的臉上跳，往人們的裙子下鑽，可以想像當時的場面糟糕至極，這種場景沒有人可以忍受。這時，那個該死的壞蛋在做什麼，他可沒閒著，似乎覺得火還不夠旺，正在添柴呢。他的身影在濃濃的煙霧中時隱時現，看守人在地上橫躺著，被他騎在下面，大鐘的拉繩被他牙齒緊緊地咬著，不斷地晃著頭，帶動大鐘跟著發出響聲，我的耳邊到現在還有那種聲音。他的腿盤著，把提琴放在上面，兩手在不斷地撥動，一支聽不出韻律和曲調的曲子就這麼出來了。真是個蠢貨！他在演奏《裘蒂‧奧弗蘭納艮和潘迪‧奧拉夫爾迪》。

事情已經如此混亂，在極度地厭惡之下，我離開了小鎮。現在，每一個喜愛準確的時間和捲心菜的人都站出來吧，讓我們一起去沃德沃特米提斯鎮，去把那個小混蛋扔出鐘樓，還小鎮原來的風貌，讓那古老悠久的秩序重新運行起來。

催眠啓示錄

　　任何人都不能不承認催眠術已被廣泛接受的事實。針對催眠術是否應該存在，社會上一直爭議不斷，但這種爭議無法讓眼前的事實發生任何改變。那些對催眠術存有質疑的人都是一些名譽敗壞，對社會毫無貢獻的傢伙，質疑一切就是他們賴以生存的職業。如果有人想要把時間毫無意義地消磨掉，那麼最好的選擇就是對這種事實予以證明。一個人可以對另外一個人造成如此強烈的影響，甚至令其到達瀕死狀態。在我們已知的所有狀態中，與死亡的距離最短的就是這一種。而這一切的始作俑者，不過是人的意志。在接受催眠的過程中，人的感知能力會由最初的正常狀態變得越來越微弱。受限的感官會透過某些不為人知的途徑來到一片陌生的區域，在這裡感受到的一切，已經超越了正常的感官範圍。被催眠者的智商會在這段時間得到巨大的提升，這簡直叫人覺得不可思議。他與催眠師之間的聯繫會隨之變得越來越緊密，催眠師對他的作用力也會相應地逐漸增強。如此一來，這種獨一無二的催眠狀態就會有更突出的表現，持續的時間也會更長。

　　這些不過是催眠術的基本規律，沒必要解釋太多。我說了這麼一大通，其實是多此一舉。然而，證明上述內容並非我今天的目的，事實上，我想做的根本就與這南轅北轍。我想將我與一名被催眠者的對話詳細記錄在這裡，

其中不加入任何評論。這些對話的內容會讓人大吃一驚，可能所有的人都會因此對我提出質疑，但即便是這樣，我也不會退縮。

我已經可以很熟練地為范克林先生催眠。如我所料，在這個過程中，他身上出現了一般被催眠者都會出現的劇烈反應和興奮的情緒。范克林先生已經被肺結核折磨了好幾個月了。我的催眠對於緩解他的病痛起到了良好的作用。週三晚間時分，他又將我召喚到他的病床前，這一天是十五號。

他身上已經出現了哮喘病的所有併發症，包括心臟疼痛不堪，呼吸異常艱難。先前為了緩解病痛，他會用芥末醬來刺激自己的神經。然而，這種法子在這天晚上卻失效了。

我走進他所在的那間房，從他的面部表情來看，他的身體正在承受著痛苦，可是他又顯得很輕鬆，在跟我打招呼時，也表現得很開心。

他說：「今天晚上，我並不是因為自己的身體狀況不佳才叫你過來。我叫你來，是因為我遇到了某些精神困惑。我簡直無法相信，自己近來一直在為這件事憂心忡忡。直到現在，對於靈魂不死這件事，我依然存有強烈的質疑。關於這一點，我沒必要再對你做出說明。不過，儘管靈魂的存在始終未能得到我的認可，但是我對此卻一直存有一種不清晰，也不完整的感受，因此我無法說它是不存在的。可是，從來都沒有什麼能證明我這種不完整的感受是正確的。我所做出的一切推斷，都會因為這種證明的缺乏變得無憑無據。其實，求證結果就是一切符合邏輯的推理所要達成的目標。鑑於此，我心中的那團疑雲也變得越來越濃厚。有人向我提出建議，叫我去研究一下庫辛本人及其作品。我聽從了這個建議，並且將歐美那些庫辛的擁護者們的觀點也研究了一番。舉個例子，我曾經將布朗森所著的《查理斯・埃爾伍德》認真讀了一遍。這是一本很有邏輯的書，除了其中一部分以外，別的都與常理基本吻合。然而，那被排除在外的一部分卻正是本書在一開始時辯論的重中之重，這可真叫人遺憾。在我看來，作者顯然沒有能力證明自己的結論，所以只好草草收尾。這本書就如同特林庫羅政府一樣，開頭的部分對最終的結局根本就沒有任何作用。總之，沒過多久，我便得出了這樣一個結論：雖然英法德等國的眾多道德學家的觀點極其抽象，但他們卻吸引了大批擁護

埃德加・愛倫・坡

者，並因此長盛不衰，可是人們如果真要說服自己相信人類永生，單純依靠對這類觀點的信仰是絕對不夠的。人們的思維不會從抽象中得到任何裨益。當然了，對於那些娛樂活動和訓練活動而言，抽象可能還會有一些幫助。哲學自始至終都在遊說人們把抽象等同於具體。這種做法是不會成功的，從理性角度而言的確如此。不過，從感性角度而言，這種成功也不是沒有可能的。」

「重申一下，我在理性上還沒有百分百確信，現在我依然存有疑惑。然而，近來我已經很難分辨出這二者的區別，因為隨著這種感覺的日漸增強，我在理性上對其的認可也與日俱增。我之所以會這樣，完全得益於催眠。對於這個判斷，我沒有任何異議。我的意思如果藉助以下假設，可能會表達得更清晰：我的觀察能力在催眠的作用下，獲得了很大的提升，不過這種提升只有當我被催眠時才會出現，但此時的我正處於一種不正常的狀態，當我恢復正常狀態時，先前得出的理智的結論就沒有了立足之地。我的推理和結論，也就是原因和結果，只有在我接受催眠時，才會一起出現。當我恢復正常時，我的頭腦中就只餘下了結論，也許這結論也已不完整，至於得出這個結論的推理過程卻已不復存在了。」

「我在這些念頭的驅使下，有了這樣一個設想：在我接受催眠的過程中，要是有人向我提問，而且這些問題正好與我當時的思維相吻合，那麼我的答案就會脫口而出。性格獨立自我的人在你的被催眠者中大有人在，他們會在被催眠的過程中表現得學識異常淵博。我的理論的正確性，可能會從他們的表現中得到一點證明。」

做這樣的實驗，我自然不會不答應。我迅速對范克林先生實施了催眠，這只需要做幾個催眠的動作即可。現在范克林先生已經進入了夢鄉，那些讓他的身體飽受折磨的病痛好像已經消失了，他已可以自如地呼吸。接下來，我們便開始交談。在下面的談話中，V是范克林先生的代號，P則是我的代號。

P：你是不是已經睡著了？

V：是的——不是，如果能睡得更沉一點就好了。

（P開始對V展開進一步催眠。）

P：現在你是不是已經睡著了？

V：是。

P：關於你的病最後會出現的結果，你有什麼看法？

V：（遲疑了很長時間，才艱難地開口。）我肯定會死掉的。

P：你認為自己一定會死，這種念頭有沒有讓你覺得恐慌？

V：（馬上就提出了反駁。）沒有——沒有！

P：你相信你的預測結果會出現嗎？

V：催眠與死亡這兩種狀態並無多大區別，所以儘管我清醒的時候看上去就快要死了，但是眼下卻已無所謂。

P：你能不能給出一個解釋，范克林先生？

V：自然能，不過我們必須要加把勁兒才能得到解釋。你不應該提這樣的問題。

P：那我應該提什麼樣的問題？

V：你的問題要從一切的起源開始。

P：一切的起源？那是什麼？

V：上帝造就了一切，這一點你很清楚。（對上帝深深的崇敬之情從他的言語之中流露出來，此刻他的聲音雖然低沉，但並不單調。）

P：既然如此，何謂上帝？

V：（在經過了幾分鐘的遲疑之後，再度開口。）我也說不清楚。

P：上帝是不是精神？

V：在我清醒時，你口中的「精神」是指何物，我心知肚明。可是眼下，它就像真理和美好一樣，只是一個詞彙，一個概念而已。

P：上帝是不是非物質的？

V：非物質只是一個詞彙，它不能用來形容任何事物。如果它不是特指某項事物，那麼它就失去了一切意義，變得一無是處。

P：照你這麼說，上帝莫非是物質的？

V：不是。

（我為他的答案感到很吃驚。）

P：究竟何謂上帝？

V：（沉默半晌，才輕聲給出了解答。）我心裡已經很清楚了——可是，我不知該怎樣跟你說清楚。（之後又是漫長的沉默。）他是真實存在的，因而他不是精神；正像你所說的那樣，他也並非物質。然而，物質世界中的各個等級是如何劃分的，人類根本就沒辦法干涉。在物質世界的等級體系中，在低等物質的周圍，高等物質無處不在，它們從低等物質中獲取充足的養料供給。舉例而言，在空氣中，光電原理無處不在，而光電原理產生的源頭正是空氣。物質的等級越高，其層次就越多。上述法則最終在最高等的物質面前失效，因為這時呈現在我們眼前的，是一種不可分的粒子，是物質的極點。一切物質都是由這種粒子，這種不可再分的物質組成的。與此同時，在一切物質之中，這種粒子又無處不在。這便是上帝。人們在描繪它的形象時，總是竭力運用「思維」這樣的詞彙，但它真正的存在狀態其實就是這樣的。

P：一切行為都可以被形而上學的觀點簡化成運動和思維，其中，運動的根源就在於思維。

V：是的，這裡面模糊不清的地方，眼下我已經都弄明白了。運動並非思維的行為表現，而是意識的行為表現。那種不可再分的物質，也就是上帝，正是我們提及的意識，它其實是靜止不動的（這實在難以想像）。不可再分的物質，其本身的統一性和與眾不同的普遍性產生的能量，能促使其自身運動起來（這相當於人的意志力），不可再分的物質之所以能夠存在，即獲得思維，正是因為受到了這類量化的規律運動的作用。然而，這種物質本身的統一性和普遍性究竟是指什麼，我很難搞清楚，這將會成為困擾我一生的謎團。

P：關於你提及的這種不可再分的物質，你能給出更詳細的說明嗎？

V：人們已知的一切物質都是不可再分的。舉例來說，金屬、木材、水珠、大氣層、空氣、熱能、電、乙太——能作為光的傳播媒介，都是人們所擁有的。這一切都可以歸納到一個類別中，這個類別就叫物質。這些東西要

麼被我們標注為金屬，要麼被我們命名為乙太，但我們根本就不能從中找出兩種本質截然不同的概念，這就是我們所要承擔的後果。人們總是傾向於將牽涉到自己的思維歸納到精神甚至是虛無的範疇。原子的定義可以被用來幫助人們思考，這也是人們僅存的可以求助的對象。眼下，原子的定義也成了我們尋求幫助的對象。原子的體積極小，但是它有密度和重量，可以被感知。我們不能將乙太視作物質，因而也不能將其視作一種獨立存在的東西，因為這與原子構成的理論不相符。我們可以把它歸納到精神的範疇，因為我們要為它找到一個更恰如其分的詞彙。我們將乙太介質作為基礎，而後我們需要想像出某種物質，它對乙太的意義與乙太對於金屬的意義相同，它比乙太更加接近物質的極點。只有想像出它，我們才能向前邁進一步。這樣一來，我們就能到達某個積聚組合體，它就是絕無僅有的不可再分的物質（請把一切教條都拋諸腦後）。原子本身在無窮的遠距離作用下，會小到一種極限，事實也的確如此。然而，另外一種觀點卻是絕對錯誤的，那就是原子之間的空間也會小到一種極限。這說明，即便是極限，也並不是沒有限度的。要是原子的數目達到了一定程度，那麼它們就會形成一個物質整體，它們各自之間的距離就會不存在了。這樣一來，原子的理論就被推翻了。這樣一個物質整體，我們在追究其實質時，勢必會引出那已經存在於我們頭腦之中的精神。與先前所有的物質相比，這種物質顯得更加徹底，任何人都不能對這種說法提出反對意見。我們想像不出有什麼事物能脫離精神的範疇，因而精神其實是想像不出來的。我們以為某種物質已經到達了物質的極點，但事實上，它只是接近於物質的極點，我們的成就感只是源自一個誤會。

　　P：我認為，要實現百分百的聚集是不可能的，因為這其中的障礙是難以逾越的。如果一個物體的體積比較龐大，那麼在它公轉的過程中，作用在它身上的阻力就會顯得十分微弱，在計算時可以被忽略。然而，雖然這種阻力已經微弱到被牛頓忽視的程度，但從一定程度上說，它並沒有完全消失，這一觀點眼下已經獲得了證實。一個物體的密度越大，它所遭受的阻力就越大，這一點我們都很清楚。百分百的聚集將造就百分百的密度。若是物體內部不存在一絲一毫的縫隙，那麼也就不會存在一絲一毫的變化。跟那些具有

高密度甚至是金屬密度的乙太相比，某種具備百分百密度的乙太，甚至能讓運轉的星球都為之靜止。

V：顯然，你的提問並不需要解答，因此我可以很容易地消除你的疑惑。我們只要想想星球是怎樣運轉的就可以了。星球在乙太之中穿行，與乙太在星球之間充斥，其實沒什麼區別。當彗星從乙太之間穿過時，會產生延時，這是所有天文學謬誤中最難以解釋的一個。在某個極為渺遠的時刻，一切星球都會在這種乙太的作用下停止自轉，有幾個天文學家會想到這一點呢？他們之中的大多數總想給出一個含混不清的解釋，因為他們認為這是無法解釋清楚的。從另一個角度來說，也有可能是乙太在擦身而過的剎那，產生了一種摩擦力，從而造就了這樣的延時。如果是在這樣的情況下，就是在剎那間由其自身產生了這種阻力，跳出這個範圍，則是由於持續的累積造成了這種阻力的產生。

P：不過，認為上帝是百分百的物質，並對其進行證明，是不是有些不尊重上帝呢？（我將這個問題問了兩遍，以便他能真正領會我這句話到底是什麼含義。）

V：與物質相比，意識更受推崇，其中的原因你明白嗎？我口中的物質是一種很特別的「意識」，它包含了很多內容，我們平時所說的「物質」也包括在內，它就相當於學術用語中的「精神」。你不要忽略了這些。實際上，上帝就是一種無懈可擊的物質，但人們卻總是將它的能量納入精神的範疇。

P：難道你認為，處於運動狀態的不可再分的物質具備思維的能力？

V：此種運動就是全宇宙意識中的思維，整體而言就是這樣的。一切生物都囊括在上帝的思維之中。

P：「整體而言」？你剛剛是這樣說的嗎？

V：沒錯，全宇宙的意識就是上帝。物質對於所有剛剛誕生的生物來說，都是必不可少的。

P：可是眼下你好像正在談論形而上學的觀點，因為你不斷地說起「意識」與「物質」。

Ｖ：是這樣的。我將不可再分的物質，也就是已經達到極點的物質稱為「意識」，除此之外的一切，我稱之為「物質」。

Ｐ：你剛剛是不是說「物質對於所有剛剛誕生的生物來說，都是必不可少的」？

Ｖ：是的，原因就是意識只是指上帝，不包括其他。只有將神靈的部分意識賦予一種新生的生物時，才能使這種生物變得獨立自主。人類就是透過這種途徑，得到了區別於其他同類的特殊性。人一旦與自己的肉身分離，就會變成上帝。在這樣的情況下，當不可再分的物質按照某種特殊的方式開始運動時，人類的思想也隨即產生。所謂上帝的思想，就是所有人運動的總和。

Ｐ：你是說人一旦與自己的肉身分離，就會變成上帝？

Ｖ：（在經歷了漫長的遲疑之後，才做出回答。）這個觀點是絕對錯誤的，這不可能是從我的嘴裡說出來的。

Ｐ：（翻看了一下自己的記錄。）你的確曾經說過「人一旦與自己的肉身分離，就會變成上帝」，難道不是嗎？

Ｖ：事實的確如此。人如果脫離了自己的肉身，就會將自己獨一無二的特性丟棄，隨即變成上帝。可是，人要脫離自己的肉身是絕對不可能發生的事。在他的有生之年，他絕對不會這樣做。假設上帝重新進入自己的肉身，儘管此舉沒有明確的目標，也沒有任何價值，但是我們卻不能不做出這樣的想像。上帝的思想就是創造物質，其創造的物質就是人。這便是無法變更的思維本質。

Ｐ：我不明白。你的意思是，人類無論如何都無法脫離自己的肉身？

Ｖ：我是說人類無論如何都不能變得令人無法感知。

Ｐ：你能說明白點嗎？

Ｖ：現在有原始的和完整的兩種軀體，它們分別相當於被繭包裹的蟲和破繭而出的蝶。要完成這樣的蛻變，需要經歷一個痛苦的過程，這就是我們口中的「死亡」。眼前是一具正準備進化的軀體，它現在的狀態只是暫時的。等到日後，它會變得完美無瑕，並將永存於世。一切糟糕的變化都不會

在它身上發生。這就是生命的極致，連半點瑕疵都找不出來。

P：可是我們明明可以看到蝴蝶破繭而出的過程。

V：人類最初只是類似於被繭包裹的蟲，但二者並非一模一樣的。我們最初的軀體，是由只能構成這種軀體的物質構成的。說得更明白一點，那就是，要構成我們最後的軀體，只依靠我們最初擁有的器官是絕對不夠的，因為這些器官只跟我們最初的軀體相吻合。與貝殼的道理類似，我們最初的器官所能感知的只是外在的腐敗變質，而非自己內部發生的變化，而我們最後的軀體已經超出了這種感知的範圍。當人們到達生命的極致時，就能察覺到自己的內部變化。

P：你能具體解釋一下，為什麼你總是說催眠和死亡這兩種狀態十分相似？

V：我口中的相似，是指與生命的極致狀態相似。在這樣的時刻，我要想感知身外物，只需要藉助某種來自生命極致的媒介物，根本就不再需要感官的幫助，而我最初的軀體上的所有感官也早已停止了運作。這時候，在我的生命之中，已經沒有了感官。

P：沒有了感官？

V：是的。讓每個等級的生物都能相互感知，促進本級物質的形成，將其餘的等級和構造都排除在外，這就是感官存在的意義。只有當人類處於最初的狀態中時，其感官的存在才是有意義的。當人類進入了生命的極致狀態，感官都已經不存在了，不管對於何種事物，人們都能進行無窮無盡的感知，只有不可再分的物質的運動，即上帝那獨一無二的意志除外。如果你能發揮自己的想像力，將處於極致狀態的軀體視作結構完整的大腦，那麼你對此的認知就會與先前有著天壤之別。雖然這種認知存在一定的偏差，但它會對你深入理解生命的極致大有幫助。乙太可以作為光的傳播媒介，某種物體將光傳給它，隨後，這種光又被傳到視網膜，接著是視神經，最後由大腦負責接收資訊。某種不可再分的物質就位於大腦之中，它將接收由大腦產生的資訊。這一系列運動共同組成了人的思維，而思維的源頭就來自感官。人類最初的軀體與外部世界之間的意識交流，就是這樣進行的。人類最初的軀體

只能透過感官對外部世界進行感知，這存在著很大的局限性。當生命到達極致時，已經沒有了感官，人類的軀體（我剛才已經說過，它就接近於一個大腦）不再需要藉助乙太或是光波，以及其他任何媒介，直接就可以感知整個外部世界。在這種情況下，人類軀體的運動與乙太及其周圍無處不在的不可再分的物質的運動是完全一致的。感官在這種情況下的缺席，導致人類只能運用極致生命來進行感知，要知道這種感知能力幾乎已經到達了一種極限。處於最初狀態中的生物，在脫離自己的肉身之前，只能一直束縛在自己的感官之中。

P：除了人類之外，還有什麼東西具備你所提及的這種最初的「生命」？

V：那些天體，其中包括星雲、行星、恆星，以及其他，它們都是由無數稀薄的物質凝聚而成的。將養分供給那些數不清的最初生命的感官，就是它們最重要的使命。這些天體之所以能夠存在，正是因為這些最初的生命在生命抵達極致之前已經存在於世間。每一個天體的佔據者，都是由許多最初的生命匯聚成的一類，這些生命都是有機體，而且能夠思考。簡而言之，在不同的地方，就會存在不同的生命。這些生命在經歷了死亡或是蛻變之後，就會達到生命永恆的極致。等到那時，除了上帝的祕密以外，已經沒有任何祕密能夠欺瞞它們了。它們能隨心所欲地變成各種各樣的東西，抵達各種各樣的場所。龐大的空間就真實存在於他們之中，無數細小的顆粒都被它們吞入了腹中，那情形就如同天使在想像中將它們全都吃掉一樣。這種龐大的空間只是空間而已，它並非我們能夠觸碰到唯一的星球，或是我們生存的這個空間——我們一直誤以為這個空間的存在完全是為我們服務的。

P：你認為滿足最初的生命的需求，才是星球存在的意義，那麼，這種需求產生的原因是什麼？

V：生命甚至是物質如果沒有了感官，就無法阻擋神明的意志，這種意志雖然毫無複雜之處，但卻是絕無僅有的。它出現的目的就是為了製造阻礙，它的製造行為要建立在擁有感官的生命和物質基礎之上。這個過程十分複雜，牽涉到大量的物質，必須要在規則的指引下才能完成。

P：我再問一遍，製造阻礙的原因是什麼？

V：在規則指引下得出的結果是正確的，完美的，毫無快樂的。反之則是不正確的，充滿瑕疵的，儘管有快樂，也無法掩蓋其中的痛苦。在某種可行的範圍內，在規則的指引下，只要跨越這些阻礙，就能得到相應的結果。這些阻礙源自最初生命的感官以及物質規律的真實存在與量多質雜。如此一來，某些痛苦不會出現在那些沒有感官的生命中，卻可以出現在存有感官的生命中。

P：這樣的痛苦最終將造就怎樣的結果？

V：要將這個問題解釋清楚，首先就必須要明確一點，任何事物都具有兩面性。無論在何種情況下，痛苦的背面都是快樂。只有在理論之中，才存在單純的快樂。只有在經受了痛苦之後，才能得到相應的快樂。這一點適用於任何事情。要想進入天堂，就必須先吃苦頭。如果生命之中已經沒有了感官，那麼就不能感受到一般人所能感受到的痛苦。正因為如此，人們要想進入天堂，到達生命的極致，並從中享受到快樂，首先就必須要在人間受苦。

P：什麼叫做無窮無盡而又真實存在的空間？我還是沒有搞清楚。

V：對於什麼叫做「實質」，你還沒有瞭解清楚，這應該就是你提出這個問題的原因。我們應該將「實質」視作一種態度而非特徵。「實質」之於生命，就如同物質團體給其中的物質組成部分帶來的感受。居住在金星上面的生靈，可能會覺得地球上的許多東西都是不存在的，而居住在地球上的人類則會認為金星上的許多東西都像泡影。某些生命，比如天使的感官已經不復存在，在他們眼中，不可再分的物質是有形的。這就意味著，在他們看來，我們口中的「空間」也是有形的。天使無法感知到星球，因為星球在我們眼中都是由物質組成的。在我們看來，不可再分的物質都具有非物質性，因此我們感知不到這種物質。這兩種情況的道理是相同的。

當最末尾的幾個字從這個熟睡的人口中說出來的那一刻，無論是他那忽然變得很微弱的聲音，還是他的面部表情，都叫我覺得十分不安。我當機立斷，想叫他從睡夢中甦醒過來。當我真的這樣做的時候，我發現一抹笑容立即浮現在他的臉上。然而，他的腦袋旋即又從枕頭上滑落下來了。他就這

樣離開了人世。我發現，沒過一分鐘，他的身體就變得十分僵硬了，與此同時，他的額頭就像被死亡天使亞茲拉爾摸過一樣，已經涼透了。莫非他在去向幽冥之後，又像說夢話一樣，將餘下的那部分話語向我傾吐了出來？莫非真相就是這樣的？

紅魔假面舞會

　　這是一個從狂歡到寂滅的故事：在瘟疫流行時期，親王召集了一次假面舞會，地點是在封閉的城堡裡。午夜時分，忽然出現了一個穿著血衣的人，看不到臉……

　　在這個國家，還沒有過持續這麼長時間的瘟疫，「紅魔」是個例外。它造成的恐慌，是任何一次瘟疫都無法比擬的。人們談血色變，看到鮮血就想到它。染上了它就只能等待死亡。感染者先是周身疼痛，劇烈時幾近暈厥；最後，毛孔出血，無藥可救。當患者皮膚出現滲血，尤其是臉上。親友會馬上遠離，不會給予他任何幫助。只要感染者出現症狀，半個小時就會死亡。

　　但老謀深算且無所畏懼的普洛茲比羅親王依然很快樂。他拋下自己的臣民，從皇宮裡選了一千名健康的騎士和淑女，躲避到一個城堡式的修道院中。這個修道院依親王個人愛好修建，看上去有些古怪，但規模頗大且莊嚴肅穆。院落被堅實的石牆死死圍住，牆上有幾道鐵門供人進出。但不允許隨便出入，即使裡面出現混亂或對外面有強烈的好奇。以防萬一大臣們用鐵錘和熔爐將門焊死了。瘟疫雖然在肆虐，但不會波及修道院裡的人。因為這裡有嚴格的保護措施，且供給充足。外面的人是死是活，與裡面無關。在圍牆裡，有誰產生了悲觀情緒將被嘲笑為愚蠢。親王還帶來了小丑、即興演出

者、芭蕾舞演員、演奏家、佳人美酒供人們享樂。當然圍牆裡絕對安全，除了「紅魔」這裡什麼都有。

當瘟疫肆虐到極點時，普洛茲比羅親王已經在修道院中躲藏五六個月了，為了款待同來的一千名隨從，他決定舉行一場盛大的假面舞會。

假面舞會的奢華歎為觀止，大殿氣勢非凡，親王為舞會選了一個有七個廳的大殿，其非凡的氣勢、宏大的規模，堪比帝王。大殿的建築風格也很有特色，它有別於同時期的宮殿。親王根據自己的喜好，修建得與眾不同：大殿的每個大廳都是不規則的，無論你處在大殿的哪個位置，映入眼簾的大廳都不會超過兩個。而且，每隔二十到三十碼，會有一個匠心獨具的急轉彎，這讓大殿看起來不那麼直來直去。走廊與大廳相連，與大殿兩邊的牆壁中央嵌有高大狹窄的哥德式窗戶相對。而且房間的裝飾也是有講究的，它要與對應的玻璃相匹配。比如，東邊的房間掛有藍色帷幔，窗戶就飾以明亮的藍色玻璃；第二個房間用紫色飾品點綴，玻璃窗就用紫色；第三個房間是綠色的，所以窗戶也一樣；第四個房間，陳設被從窗戶外照進來的光線染成了橘紅色；第五間則是純白色；紫羅蘭色被用在第六個房間；第七個房間不是那樣搭配的，天花板和四周的牆壁都覆蓋了厚厚的天鵝絨帷幔，地毯也是黑色的，黑色被鋪滿整個房間。可窗戶的顏色卻是猩紅色的——像凝固的血的顏色，只有這個房間，裝飾物和窗戶的搭配是不一致的。大廳裡各處甚至天花板上，都散落著黃金飾品。為了讓這些飾品更加耀眼，大廳裡是沒有燈飾和燭臺的，也沒有供照明的燈光和燭光。採光來自大殿的走廊，每個窗戶前都立著一個放有火盆的三腳架，盆中的火焰透過各色玻璃照亮每個房間。但被照亮的第七間房子，卻異常恐怖，人們不敢駐足。因為光線透過猩紅色玻璃，投射到黑色帷幕上的光影顯得異常詭異。

還是這個大廳，一座黑檀木大座鐘緊靠著西牆。鐘擺每次擺動，都會伴有機械、低沉而且單調的嗒嗒聲。每過一個小時，座鐘的黃銅鐘管就會報時，但聲音卻悅耳、洪亮且有韻律。這韻律非同一般，似乎裡面隱藏什麼，好像是某種特殊的力量。每當座鐘開始報時，樂隊的演奏就會中斷，跳華爾滋的人也不跳了，大家面面相覷，被報時聲吸引注意聆聽。隨著鐘聲響起，

剛才沉浸在舞蹈中的人們，臉上沒有了血色，先前的歡樂也瞬間變成了恐懼，那些年長者，雖然比較鎮定，但也將手放在額頭前，陷入了沉思。但等鐘聲停止，就又恢復了剛才的歌舞昇平，大家依舊談笑風生。演奏者們也聲稱剛才自己過於緊張，彼此嘲笑一下，並打賭下一次絕不會表現出那麼愚蠢的行為。但一小時之後（三千六百秒轉瞬即逝），鐘聲又響了，情形和上次一樣，驚恐不安再一次在人群中蔓延。

　　儘管微有瑕疵，但從舞會的宏大和帶給人們的快樂來看，這也算是一場狂歡了。親王獨具匠心，設計充滿靈感，尤其是在色彩的應用上有自己的見解，他不盲從潮流，想像新銳大膽，荒誕與無拘無束是他為這次狂歡定的主題。但這讓一部分人覺得他瘋了，每天與親王廝混的追隨者卻不那麼想，因為他們與親王接觸太多了，太瞭解他了。

　　為了這次狂歡，會場的裝飾設計大部分都是親王親自操刀的。他還根據自己的喜好對舞會的角色扮演提出了要求：化妝力求怪誕——吸引目光、充滿個性、超越現實、極盡想像——《愛爾納尼》一劇中的人也不過如此。身穿阿拉伯風格奇裝異服的人有之；把自己打扮成神經病的人也有之；有的大膽，有的狂野，有的以怪為美，也有讓人害怕，甚至厭惡。舞步在大廳裡狂躁地飛旋，樂隊在大廳裡瘋狂的演奏，使這狂歡就像是一場夾雜著迷幻色彩的夢。突然，那矗立在第七間房子中的大座鐘報時了。緊接著，一切都彷彿凝固了，大家側耳傾聽誰也不敢說話，只有鐘聲統治著整個大殿。剛才的美夢被驚醒了，舞者們像沒緩過神來似的一動不動。片刻之後，鐘鳴聲變小了，人們的煎熬結束了——一聲小聲的怯笑是音樂重新響起來的信號，美夢又開始了。這次更加瘋狂，三腳架上的火焰透過彩色玻璃折射的光影更加光怪陸離。夜已經很深了，火焰照射在第七間大廳的窗戶上，透過猩紅色的玻璃，光線像是流淌的血液，閃爍的光芒讓人感覺渾身不自在。檀木鐘低沉的報時聲，讓試圖留在黑色區域的人內心不由自主的震顫，肅穆感油然而生。人們紛紛遠離那裡，要貪圖享樂的話還是離那兒越遠越好。

　　舞會在其他屋子盡情地進行著，六個屋子到處都是人，生命在這裡恣意狂歡。午夜了，鐘聲又一次敲響。窒息再一次蒞臨，音樂停了，舞也不跳

了。鐘聲緩緩敲響——這一次是十二下，這次，那些聽到鐘聲就會陷入沉思的人，由於停頓時間較長，有了更多的思考時間。當窒息般的停頓剛剛結束，也就是鐘聲餘音消失的剎那，一個之前誰也沒見過的假面舞者出現了，人們從鐘聲中回過神來才發現了他。一時間，會場各個角落裡都在議論這個陌生人，從竊竊私語的議論中可以聽出，人們已經由驚訝變成了驚恐、厭惡。

這是一場提倡怪誕的狂歡舞會，我之前也有敘述，那麼是什麼樣的裝束，讓大家產生了這樣的感覺呢？舞會雖然對舞者的裝束沒有限制，但有禁忌，這位不速之客做的就有點過分了。缺乏同情心，內心冷漠的人，看到他心靈也顫動不已；無視生命，玩世不恭的人，此刻也茫然無措。事實也確是這樣：他的穿著不倫不類且讓人反感，他的動作也與別人格格不入。他簡直將自己裝扮成了僵屍，裹屍布纏滿了全身，臉隱藏在面具後面看不到表情，加上他高高瘦瘦的個子，跟真的僵屍一般無二。其實，打扮成這樣倒也說得過去，因為大家都沉浸在瘋狂中，沒人會在乎。可是，他的裝扮竟然那麼像它——「紅魔」！他弄得全身血淋淋的，臉上、額頭上、裹屍布上，到處都是，看到就讓人頭皮發麻。

普洛茲比羅親王也忍不住渾身顫抖，當他注意到那個裝束舉止怪異的人時——那個幽靈般的假面舞者，正緩緩地在人群中穿梭，不知道他是已經完全融入角色了，還是他故意裝成那樣！剛開始，親王被那個人的氣焰唬住了，但馬上他就面露凶相，勃然大怒。

「你竟敢！」大廳裡傳來親王聲嘶力竭的吼聲——「你竟敢打扮成這樣，這是諷刺，是褻瀆！把他抓起來，扯下他的面具，明天日出前把他送上絞刑架！」

大殿裡迴盪著親王喊聲，音樂聲也戛然而止。親王是站在最東邊的大廳的，一群呆若木雞的大臣圍繞在他身邊。「紅魔」假面舞者沒理會親王下達的命令，也沒把企圖圍住自己的那一小部分騎士當回事，依舊緩慢沉著的向親王走去。士兵們很害怕不敢再靠近，大家都在猜測來者是誰，但越猜心裡越沒底。他所過之處，人們都不約而同的向都退，最後他順利到達了親王

埃德加·愛倫·坡

所在的藍色屋子。但他似乎對親王沒興趣，仍然在緩緩地繼續。這次，卻是從藍色房間蹭向紫色房間，又從紫色房間到綠色房間，然後是橘色，接著是白色，就在他快到紫羅蘭色房間時，親王怒不可遏，衝了過來。他因自己剛才的懦弱又羞又怒，一個人衝過六個房間，試圖逮著那個裝扮得像僵屍的傢伙，大家都因害怕不敢跟來。就在那個人影快退入到第七間房子的盡頭時，親王已經與他只有四五步之遙了，親王抽出寶劍撲向人影，人影卻突然轉身，迎向親王。倒地的是普洛茲比羅親王，劍被彈飛了，一道寒光劃過，跌落在黑色的地毯上，親王淒厲的喊叫還在大殿裡迴響。人們絕望了，當人影走到黑色檀木鐘陰影裡時，士兵們圍了上去。裹屍布和僵屍面具被撕掉了，卻發現裡面空空如也，大家的心徹底絕望了。

事實證明，那就是「紅魔」。他像鬼魅一樣溜進大廳，在黑夜的掩護下，潛入了修道院。把絕望和死亡帶給這裡的每一個人，把每一間屋子塗滿鮮血。用死亡給親王的黑暗統治畫上句號，將享樂者殺死在自己建造的牢籠。當檀木鐘的報時聲再一次響起時，最後一個人倒地身亡了，三腳架上的火焰也突然熄滅，黑暗完全統治了這裡。

失竊的信

皇宮裡有一封重要的信件，被人偷走了。警察知道偷信的人是誰，並且知道那封信藏在他的住宅裡。但無論怎麼仔細搜查那間屋子，甚至連傢俱都拆開翻找，卻仍然一無所獲⋯⋯

聰明反被聰明誤。

——塞內加

這是18XX年巴黎的一個黃昏，瑟瑟的秋風吹拂著位於聖·日爾曼區杜諾街三十三號四樓的書房。我和我的朋友C·奧古斯特·杜賓正坐在他的小書齋裡，叼著海泡石菸斗吞雲吐霧。一邊吸煙一邊思考確實很舒服，一個小時就這樣過去了，我們卻渾然不覺。看到屋裡烏煙瘴氣的，一定會有人認為我們是視煙如命的煙鬼。其實我是在回味我和杜賓不久前的那次交談，是關於莫格街殺人案和瑪麗·羅傑神祕被殺案的。我正在回憶刑事案件，恰好警察局長G先生來了，真是巧了。

這個人儘管尖酸刻薄，但有時又笨得很有趣，所以我們還是招呼他進來了，畢竟算得上多年不見的老朋友了。屋裡剛才是沒有點燈的，杜賓想去點，一聽G局長向我們，確切的說是向我的朋友，請教案子來的，他就又坐

下了。

「破案靠的是頭腦，」杜賓放下蠟燭，一邊坐下一邊說，「在黑暗中頭腦會靈光些。」

「你又耍花招，」局長說，他如果稱一件事是別人耍花招，那就是他理解不了了，所以他每天都會看到數不勝數的「花招」。

「隨你怎麼想，」杜賓邊說邊遞過去一個菸斗，順便推給他一張帶靠背的椅子。

「什麼事又把您難住了？」我問：「我可不想聽到謀殺這兩個字。」

「哦，不是，至少這次不是。這次的案件已經在我們的掌控中，我對破案有足夠信心，因為它太簡單了。不過這裡也有人喜歡耍花招，所以我覺得杜老弟可能對這個案子感興趣。」

「既然這麼簡單，怎麼耍花招呢？」杜賓問。

「哦，對了，可能是我沒表達明白，事實上，這件案子是太簡單了，像明擺著的事，可就是不知道該怎麼下手啊！」

「細節決定成敗，是不是鑽牛角尖了。」我朋友說。

「沒有這個可能！」局長大笑道。

「也許你這個案子不需要推理。」杜賓說。

「啊，什麼！你何出此言呢？」

「我是說你直接抓捕嫌疑人不就行了？」

「哈哈哈—哈哈哈—呵呵呵——」局長笑得快要說不出話來了：「哈，杜老弟，你逗死我了！」

「你究竟遇到什麼樣的案子了？」我問。

「咳，是這樣，」局長在椅子上坐舒服了，吧嗒了一口菸，說：「我只做簡介，而且你們一定要替我嚴格保密，要是被不相干的人知道了，我的烏紗帽就要被摘掉了。」

「這你放心。」我說。

「別那麼囉嗦。」杜賓催道。

「皇宮內部有人放風說，裡邊一份重要文件被人明目張膽地『偷』走

了，而且知道是誰偷的，文件現在就在他手裡。」

「你的依據是什麼？」杜賓問。

「這不明擺著嗎？」局長說：「這份文件很重要，攥在手裡關鍵時刻會有大用。內容一旦公佈，不知道會造成什麼樣的後果。」

「就這些嗎？」我說。

「一言以蔽之，這份文件很重要，它的持有者可以利用文件的重要性，為所欲為，而且只要在適當的時刻一公佈……」局長並不想完全挑明。

「我還是有疑問。」杜賓說。

「還不明白嗎？好吧，只要現在文件的持有者，將文件內容透露給協力廠商，一位重要的人物就會名譽掃地。而且文件持有人如果用文件作要脅，這個大人物就只能任其擺佈了。」

「如此一來，偷信人的身份不就知道了嗎？」我插嘴道：「他不怕——」

「身份？」

G局長說道，「就是D部長啊，外君子內小人，壞事都做盡了。他偷文件的方法就像探囊取物一樣。那份文件　　說白了，就是封信——信的主人當時一個人在皇宮，有人把信交給她。她拆信正看著，有貴客來訪，因為這封信事關機密，這位貴客知道信的內容後會更糟。所以她想把信藏到抽屜裡，可是慌忙中信卻怎麼也塞不進去。於是只好把信放到了桌面上，因為客人只能看到信封上的姓名地址，所以也沒在意。說來也巧，D部長也來了。他一眼看出今天那位貴婦人神色不對，知道她心裡有事。再一看桌上的信封，立刻認出了上面的筆跡。他坐到自己的位置上假裝辦公，速度之快，可謂雷厲風行，很快辦完了。於是他也拿出一封信——和那封信很像——讀了起來，看完後就把兩封信並排放到了一起。又有一搭沒一搭地談了一刻鐘的公事就走了，走時將兩封信調包了，他拿走了真的。那位貴婦人看在眼裡急在心裡，想要制止又投鼠忌器怕被身邊的客人知道。桌上只留下了那封假信，D部長卻揚長而去。」

「剛才你擔心偷信人會小心隱藏身份，」杜賓對我說；「現在看來你的

擔心是多餘的，原來偷信人是當面作案的。」

「對，」G局長說：「他因為抓住了貴婦人的把柄，這幾個月來，氣焰囂張，而且涉足政治，如果放任不管的話會很危險。丟信人也感到了事態的嚴重性，可是事件涉及隱私，所以只好委託我祕密辦理。」

「依我看，」杜賓悠閒地吐了口煙，慢慢地說：「這樣的案子讓你來辦簡直是不二之選。」

「過譽，過譽了，」G局長答道：「不過杜老弟這次和那個大人物想到一起去了。」

「也就是說，」我分析道：「這封信的重要性在於還沒有第三個人知道，如果信的內容公佈了，信也就失去價值了。信的價值在於持有，而不是內容。」

「正是這樣，」G局長說：「我覺得當務之急，就是偷偷地搜查他的府邸，而且千萬不能讓他知道，因為如果激怒了他，不僅失信人的名譽可能受損，我也逃不了干係。」

「不過，」我說：「巴黎警察就是以善於調查著稱的，你又是他們的頭兒，應該不在話下。」

「嗯，我對他們有信心。而且已經有了些眉目，我們知道他習慣在外面過夜，這讓我們搜查他的府邸變得方便。他使喚的下人不少，可大部分是那不勒斯人，且經常酗酒，一醉就睡，他們睡覺的地方離主人的起居室又遠。你倆也知道，我溜門撬鎖的本領也不是吹的。三個月來，我們天天都行動，幾乎把D部長的府邸搜遍了。因為這件事成了，我不僅能名聲大噪，還能得到不少的酬金。可是他屋裡可以藏信的角落我都搜過了，還是沒有。不過我不撞南牆是不會回頭的，我要繼續搜下去。」

「這封信在D部長手裡無疑，」我問：「但他會不會把它藏在別的什麼地方呢？」

「這個不太可能，」杜賓接著我的話說：「依現在的情形分析，D部長會把信藏在一個可以隨時取到的地方，因為他與好幾樁陰謀脫不了干係，一旦東窗事發，他能立即拿到那封信，從這一點上來說，信一定在他身邊的某

個角落。」

「立即拿到信？」我說。

「也就是說毀滅證據。」杜賓解釋說。

「原來如此，」我有點明白了說：「但他把信帶在身上的可能性應該沒有，雖然信一定在他那裡。」

「正是這樣，」G局長說：「他被搜過身，我們喬裝成土匪幹的，而且是兩次。」

「你是聰明一世糊塗一時啊，」杜賓說：「他不會傻到看不出來是你們假扮的吧？」

「他可沒那麼聰明，」G局長說：「但據說他是個詩人，我覺得詩人比傻子聰明不了多少。」

「說得有理，」杜賓深吸一口菸，好像想到了什麼似的說：「我也寫過詩，不過拿不出手。」

「還是說說你是怎麼搜的吧！」我轉移了話題。

「搜查就是我的強項了，我們進行了地毯式的搜索。我們花了大把時間在每個房間上，沒有一週也差不多。暗格──我不用說你也明白，暗格在受過專業訓練的警察眼裡是不存在的，只有傻瓜才會錯過。每個櫃子的大小和尺寸都被精確地測算過，只要算出櫃子佔用的容積，別說是暗格了，一絲一毫的誤差都逃不過我們的眼睛。你們還記得那種很長的探針嗎？我用它把椅墊挨個戳了個遍。我甚至還拆開了桌面。」

「桌面裡有東西？」

「把桌面或有面板的傢俱頂蓋拆下來，在桌腿中間鑽個洞，就可以藏下一些小東西，我看到過有人用這種伎倆，有人也用過支撐床的四根柱子。」

「哪個是個空心的，靠聲音不能辨別嗎？」我追問。

「一是我們不能弄出聲音，二是有時藏東西的人比較狡猾，在洞裡填上棉花就沒聲了。」

「可是照你這麼做，工作量也太大了吧！一封信捲起來比織毛衣用的針大不了多少，他有很多種地方可供選擇，你不會把所有的傢俱都拆開過

吧？」

「我的手段可沒那麼落後，我有一架先進儀器幫忙——超級放大鏡。我用它把裡面的傢俱都細細檢查過了，包括每個椅子上的凹陷，和傢俱間的連接處。這部儀器可以將木屑放大到蘋果那麼大，桌椅的卯榫結構有什麼異樣它也能明辨秋毫，透明的膠水有什麼不對頭都逃不過它的眼睛。」

「鏡子與牆的連接處，還有床單、被褥、枕頭、窗簾，還有地毯你也沒放過吧？」

「這個自然，搜完傢俱我才搜這些東西。為了防止漏掉什麼地方，我們用劃分區域，並用號碼加以區分，配合超級放大鏡，房間的每一寸地方都仔細檢查過了。而且，左右兩幢房子我也沒放過。」

「左右兩幢房子！」我忍不住喊道：「你們有不少個不眠之夜吧？」

「是啊，可是有錢能使鬼推磨嘛！」

「房子四周也沒落下吧？」

「一溜青磚鋪地，上面長滿了苔蘚，我看過縫隙，沒有被動過的痕跡。」

「D部長的書房也值得一搜，裡面應該有文件。」

「這個更不用說了，我仔細的查遍了裡面所有的書刊包裹。每本書都是逐頁查的，我可不像那些混日子的警官，有任務就蒙混過關，抖抖書就算了。書的每一頁我都用放大鏡看過了，並用精密儀器測了封皮的厚度，所以裝幀哪裡被人為動過，我一看便知。合訂本我也用針仔細戳過。」

「地毯下面的地板查過嗎？」

「是的，地毯式搜索。」

「牆紙呢？」

「看過。」

「地窖？」

「沒落下。」

「如此看來，」我道：「那封信不像你估計的那樣在部長屋裡了。」

「這也是我想不通的地方，」G局長說：「那個，杜老弟，要不你幫忙

分析分析看看？」

「搜查不徹底，重新搜查一遍。」

「我已經搜的很仔細了，」G局長說：「如果那封信在他家裡，我把腦袋輸給你。」

「那我就無能為力了，」杜賓說：「對了，你瞭解那封信詳細的樣子吧？」

「當然啊！」——他拿出隨身攜帶的一本備忘錄，裡面有那封信的詳細描述，他把內容給我們念了一遍，尤其是信封部分。然後就走了，愁眉苦臉的，和剛進屋時簡直判若兩人。

一月有餘，我們正像那次一樣吞雲吐霧的時候，局長又來了。他拿了菸斗便坐下來，只談了些瑣事。最後我問：「G局長，那封失竊的信有眉目了嗎？看來你的一世英名要毀在這個部長手裡了啊！」

「哎呀，真傷腦筋啊，我還是照杜老弟的建議做了，跟我說的一樣，勞而無功。」

「你說過報酬有很多錢，是多少？」杜賓問。

「噫，這筆錢啊，不能說是豐厚——簡直是巨大——到底多少恕我不便明說，但只要那封信失而復得，我願意自己出錢，給他五萬法郎，我說到做到。唉，情況對那位大人物越來越不利了，報酬翻倍了。可是我除了搜查沒有別的辦法了，就算再多薪酬也一樣。」

「哦？」杜賓一邊抽菸，一邊氣定神閒地說：「我倒認為，局長你，偷懶了。我看啊，你還可以更勤奮一點，嗯哼？」

「是嗎？你有辦法？」

「哦——嘶，噗——這件事嘛——噗，」杜賓一邊享受著香菸，一邊說，「嘶——噗，你要像奧普內斯——噗——學習學習。」

「奧普內斯？算了吧！」

「哈哈，他是有點不善與人相處。但你一定記得這樣一個故事：一個守財奴病了，想看醫生但又不想花錢，於是他自作聰明，請來阿伯尼斯。一邊談些生活瑣事，一邊將自己的病情捏造成別人的講給他聽。他說：『親愛的

阿伯尼斯醫生，依您的醫術，如果您遇到這樣一位病人，您會建議他用什麼藥呢？」阿伯尼斯說：『用什麼藥？不不，我的建議是對症下藥。』」

「我一直在找人幫忙啊，我自己掏腰包出錢就是明證。」局長急切地說：「而且，我說到做到，只要能找到信，五萬法郎我出了。」

「好，」杜賓拉開抽屜找出一本支票薄，遞給G局長說：「我現在就能把信給你，如果你兌現剛才承諾。」

我一聽，吃驚不小。而G局長的樣子更是滑稽：他的喉結上下移動動，不知道在嚥唾沫還是想說話。嘴巴大張，眼睛睜得大大的，眼球突出，滴溜亂轉，似乎不相信杜賓說的話。他怔怔地盯著支票發了老半天的呆，最後才緩過神來，拿著筆又猶豫了一會，才簽了字。然後隔著桌子，將支票遞了過去。杜賓過完目，就放進了錢包裡。然後打開書桌抽屜上的鎖，抽出一張信，並把它遞到局長手中。局長不敢相信這是真的，手都開始打顫了。他一把搶過信，簡直高興壞了，匆匆地看過內容，就轉身出門了，道別的話都忘了說。他是不知道說什麼好了，一溜煙跑出了屋。

他一走，我朋友給我講述了故事的來龍去脈。

「巴黎的警察還是值得誇獎的，」他說：「他們精於自己的專業，而且勤奮認真，辦案工具也很先進，也算得上有些小聰明。所以，我絕對相信G局長對D部長府邸的搜查是徹底的，他們已經盡力了，也算做好了本職工作。」

「是嗎？」我問。

「是的，」杜賓繼續說：「如果那封信真的在部長的房子裡，他們是不會找不到的，畢竟他們方法正確，而且很賣力氣。」

從表情上來看，杜賓說的很嚴肅，可我卻只想笑。

「他們的失敗之處，」杜賓繼續說：「是生搬硬套了搜查的方法。無論是就部長這個人來說，還是就當時的情況來分析，這種方法都不適用。局長自以為很聰明，其實他一點也不懂得變通，制定的方案也是圓鑿方枘，行不通。他在一些細枝末節上浪費了大量的時間，可是在大方向的制定上卻不下功夫。在這一點上，他還不如一些小學生呢。比如說在孩子們之間流行的

『猜單雙』的遊戲，我就見過一個小男孩，才八歲，他玩這個遊戲有很好的天賦。這個遊戲操作簡單，主要道具是玻璃珠。遊戲由至少兩個人完成，其中一個人兩隻手裡都握有玻璃珠，且單雙數對方不知道，由另一個人猜單雙。猜對了，贏一粒玻璃珠，錯了就輸一粒。這個小男孩有一套遊戲方法，靠這套方法贏了全校所有的對手。他是這樣做的，根據對手的智商，透過第一輪遊戲估計對方第二輪的遊戲策略。比如說，對手很笨，當被提問是單還是雙時，他回答『單』，結果輸了；可是第二輪他就不會輸了，因為他在想對策。『對手不會變通，第一回出雙，第二回肯定出單。因為他也就只能想到這種程度了。對，我就猜單。』果然被他料到了，贏了第二局。如果碰到一個頭腦靈活的對手，又是另一套方法了：『對手第一回合出雙，結果我猜單輸了。他的第一反應是下回合出單，因為他覺得我這次會猜雙。但他仔細考慮肯定覺得不妥，因為這樣的雕蟲小技太簡單了，所以他下回一定還出雙。我猜雙絕對沒錯。』於是他又贏了。他的同學將他的成功歸結為『運氣』，他的推論方法一定有可取之處，但是什麼使他贏了所有人的呢？」

「應該是，」我說：「他把自己想像成了對手，用他們的思維來做出的判斷。」

「一語中的。」杜賓說：「我向他瞭解過贏了所有對手的方法，他說：『一個人的好壞賢愚以及心理變化，都會透過表情表達出來，你如果想知道他的底細，那麼你就儘量做出跟他一樣的動作來，透過動作觀察自己心裡會產生的波動，你就能知道對方在想什麼了。』這個小學生的觀點跟拉羅希福可、拉布吉夫、馬基維利和康帕內拉的觀點不謀而合，他們的偽善學說就基於此。」

「你的意思是說，」我追問道：「完全正確的把握對手的智商，是取勝的關鍵所在？」

「推論就是這麼簡單，」杜賓答道：「G局長他們之所以失敗，一是他們對對手的智商確認有誤，二是他們對對手的智力估計不足，甚至可以說，他們根本沒想過這些問題。他們只從自己的角度出發，搜查時也只按照一般人藏東西的習慣去做。他們這樣做也無可厚非——因為大多數人都是這樣做

的。可是只要遇到一個高智商的對手，失敗就是必然的了。這往往是因為自己過於驕傲了，並不是對手多聰明。G局長的搜查工作過於教條，不會隨機應變，頂多，當遇到報酬很誘人這類特殊情況時，他們只是變得更賣力氣一點罷了，工作方法還是老樣子。你看，他就是這麼辦理D部長的案子的，他在搜查方法上做什麼改善了嗎？還是以前的老方法，什麼打孔啊、排查啊、藉助放大鏡啊、進行房間的區域劃分啊之類的。G局長在這行混的太久了，小毛賊的思維方式他已經瞭若指掌。你也注意到了吧？他已經將這種思維擴大到所有的案件去了。人們要藏一件東西，比如說信吧！他認為，所有人都會在桌子腿裡打個洞，然後把信藏進去，或是其他類似的方法。他對這點絕對不懷疑，不在桌子鑽的洞裡，就在別的什麼洞裡或犄角旮旯裡。這些伎倆都是普通人的做法，你也知道，而且多數是在通常情況下才會這樣做。把東西藏在一個不容易被發現的地方，是人們的第一反應，在普通的失竊案件中也很常見。這類案件偵破中，智力是次要的，細緻、耐心和自信心才是關鍵。但一些大案要案——尤其是牽扯到政治的，酬勞誘人的案件，就複雜多了。所以我說，局長要找到那封信根本是不可能的，因為信根本沒在部長家中，而且他根本就沒按照局長的思路出牌。局長僅憑部長是個詩人這點，就認為他是個傻瓜，以對付傻瓜的套路對付部長，所以被搞得焦頭爛額。他認為詩人就是傻子，而且從不懷疑。」

「據我瞭解，」我說：「部長兄弟二人，在微積分方面很有見解，發表過很多學術性很強的文章，他們在微積分界赫赫有名。他會是詩人？是數學家才對吧！」

「你只知其一不知其二，我詳細地瞭解過他的生平。他很擅長推理，這與他精通數學也擅長詩歌創作不無關係，他逃過了局長他們的搜查，說明他肯定不僅僅是一個數學家。」

「你的說法很新穎，與千百年來大家的共識有很大出入，」我說：「人們公認數學推理是最完善的，而且持續好幾個世紀了，難道你想推翻這種觀點嗎？」

杜賓用撒福爾的名言來解釋：「『幾乎所有公理都只適合大部分人，智

者往往在少數人中』。那些一直被大眾認同的所謂真理，其實只是數學家們宣揚的謬論。雖然有些人喜歡指鹿為馬，但它依然是鹿。華麗的論據往往是些人騙人的幌子。比如，代數中原來沒有『解析』一詞，但他們正在試圖把它加進去。這起源於法國。如果不把術語看得沒有意義的話，數學中的很多名詞就來自『解析』，比如拉丁文中的『ambitus』、『religio』和『homines honesti』，分別是『積極進取』、『宗教信仰』、『位極人臣』的意思。」

「看來你是想和巴黎的數學家們對著幹了，」我說：「但我想聽聽你的看法，繼續吧！」

「有觀點認為，推理只基於一種邏輯，那就是抽象邏輯。我覺得還有其他推理形式的存在。數學就是一種抽象邏輯，它注重的是定式和個體的推理，如果將這種推理用到別的地方，我不同意。他們覺得越抽象越接近真理，並且幾乎把代數當成了真理，這就大錯特錯了。讓我無法想像的是，人們都在拿著雞毛當令箭，卻不思悔改。定式和個體才是數學家應該關注的，把數學的推論推而廣之是不對的。在道德方面數學的推論，就是謬論。數學中的集合體與整體的概念，放在道德的範疇內，根本不適用。化學亦然。用數學去解釋運動，所得的數值多半沒有意義，某種效果來自某種運動，但同樣的效果可以由不同的運動共同完成，因為運動可以發生疊加。數學推理的適用範圍是有限的，並不能定義超出其範圍之內的邏輯關係。但現在世界上流行的公理，都被說成是有普遍使用性的，其實只是在數學範疇內適用而已。相似的言論也在布萊恩特的《神話學》中被提到過。他說：『我們總是忘了，異教徒們的邪說是無稽之談，還是在反覆論證。』那些數學家們就相信『異端邪說』，因為他們就是異教徒，他們的推論就脫胎於這些『邪說』，他們已經無法控制自己瘋狂的大腦了。總之，我不會相信除瞭解等根方程式之外，數學家說的任何話，有人肯定私下裡懷疑過，$x^2+px=q$這個等式為什麼任意情況下成立。你可以找一個人做一個嘗試，前提是他對這個等式有懷疑，告訴他你可以使$x^2+px \neq q$，在他明白你是拿他尋開心之前，你還是三十六計——走為上，為了防止被揍一頓，最好跑快點。」

「我的意思是，」最後一句話差點讓我笑出來，但杜賓沒給我這個機

會：「數學家的邏輯局長還是能參透的，如果是那樣，這張支票也到不了我手裡。D部長的交際圈，和他既是數學家也是詩人的事實，是我判斷的依據。另外他還陽奉陰違，當面雖然拍你馬屁，背後防備捅你一刀。警察常用的手段，他怎麼能不知道呢？這就是為什麼G局長無功而返的原因，他早就做了安排。他不回家睡覺是故意給G局長他們演一齣『空城計』，這我早就看出來了。他這樣做是為了，讓G局長得出信不在他府邸的結論，而且他的詭計得逞了。我說的這些想法，D部長也一定考慮到了。他知道警察的辦案方式，所以他放棄了把信放在暗格裡的想法。局長的精良裝備——探針、電鑽、放大鏡可以讓他府邸中的，哪怕是最微不足道的地方，也會像衣櫥一樣，暴露無疑。說了這麼多，我認為，他一定選擇了最簡單的方法，這樣做才最合情合理。你肯定還記得，我提醒過他破不了案，可能是把簡單的事情複雜化了嗎？那天局長第一次來時，他覺得很好笑。」

「記得，」我說，「他當時笑得都直不起腰了，我記憶猶新。」

「有時藉助修辭產生的效果，也可以對真理進行詮釋。」杜賓繼續說：「其實適用於非物質世界的規律，在物質世界照樣適用。明喻和暗喻這兩種修辭方法，不僅能潤色文章，而且還能使論點更有說服力。比如，在物理學和哲學上，慣性原理都適用。在物理中，較大的物體不容易移動，是因為它需要很大的動量；而較小的物體則容易些。在哲學中，做事之前喜歡三思的往往是智者，因為他們一旦獲得了動力，可以比普通人更持久，更善於變通。另外，街上的招牌你留心過吧，你會注意什麼樣的招牌？」

「我沒往心裡去過。」我答。

「你玩過猜地名這種遊戲吧？」杜賓接著說：「遊戲的一方說出一個名稱——城鎮、河流、州或是國家，讓對方在地圖上找到它。沒玩過的和總玩的在玩這個遊戲時有點不同，前者一般會挑小的名詞，越小越好；而後者則會選擇跨度比較大的名詞。街上的招牌也是一樣，字大的反而會被忽略。這個現象還可以用在道德上，隨處可見的不道德行為，人們往往會視而不見。

「所以，他一定不會刻意地把信藏起來：一、這封信他隨時會用得上，二、他老謀深算知道最危險的地方也是最安全的。事實上，G局長已經證明

了我的觀點。」

「推理到這兒，剩下的就是行動了。我選了一個陽光明媚的下午，特意準備了一副眼鏡，儘量讓自己不那麼刻意，去拜訪了那位大臣。我到時，他正在家裡打哈欠呢。看上去懶懶散散的，無所事事。實際上，他也有生龍活虎的時候，尤其是自己一個人時最精神。」

「我一邊假裝跟他聊天，一邊偷偷觀察整個房間。為了不讓他懷疑，也為我贏得更多的時間。我暗示他我眼神不好，要戴眼鏡保護視力。」

「其中最值得注意的是一張大辦公桌，上面有好幾封信，還有一些書壓著幾張草紙，還有樂器。但我看了，沒什麼可疑之處。」

「最後，一個用紙做的卡片架吸引了我的注意。它是用金銀絲線做裝飾的，但顯得中看不中用。它被隨意地掛在壁爐架下的銅環上，掛它的是條藍色的繩子，又髒又不起眼。一封信，還有幾張名片，被扔在這個三四層的卡片架裡。信主人可能覺得信沒有價值了，本打算撕掉扔了，可又覺得沒有必要，於是團了一團扔到了架子上。這封幾乎被撕碎的信，字體秀麗，明顯是一個女人寫的，信上蓋著D部長的黑色印章，看來是寫給他的。信在架子的最上層，不像是要被藏起來的樣子。」

「這封信和局長介紹過的那封信一點都不一樣，但我知道我要找的就是它。局長的那封信蓋的是S公爵家族的紅色印章，而且很小；但這封信蓋的是D部長的黑色印章，而且很大。我們要找的那封信字體豪放，收信人是皇親國戚；這封信字體娟秀，收信人是皇室官員。兩者唯一相同的地方，就是信紙的大小。但是這裡D部長犯了一個致命的錯誤，部長的生活很有節制，不可能留有形同廢紙一樣的信。加上他把兩封信的差異做的過大，就更加欲蓋彌彰。他所做的一切，都是在消除人們對這封信的關注度。這剛好符合我上面的推論，我心中的一塊石頭落了地，看來我的猜測是正確的。」

「我儘量找他感興趣的話題聊，並聊得很起勁，這樣他就不會端茶送客，信上內容我也能暸解的多一點。一段時間後，信是怎麼擺在架子上的，以及信的樣子，都深深印在我的大腦裡了。而且我確定，那就是我要找的信無疑。因為只被看過一次就丟棄的信，信紙邊緣不可能皺得那麼厲害。有人

為了掩蓋信先前的折痕，曾多次在原折痕上反向折疊過，由於折疊多次，所以邊緣破損明顯。這就足以說明一切了。我看到印有D部長印章的那一面，是它偽造的，而正面就是我要找的那封，這就是他反向折信的目的。我不敢久留，向部長請了安，並故意把金鼻煙壺落在桌上，就告辭走人了。」

「第二天一早，我就以這個藉口，二次拜訪了D部長。我們又聊起了昨天的話題。這時，窗口突然傳來一聲槍響，受到驚嚇的人們大聲地喊叫著，人群變得沸沸揚揚。D部長走到窗前，看發生了什麼事。我趕忙拿出早已偽造好的信，（從外表難辨真偽，這封信是我在家裡偽造的，還用麵包做的假印章印上了D部長的大名。)換下了架子上的真信，並按它原先的樣子放好。」

「大街上的混亂是由一個小伙子製造的，他的步槍在女人和孩子中間走火了，由於沒有子彈他被放走了，人們都罵他瘋子、醉鬼。我一拿到信就來到窗邊，和D部長一起目睹了事情的經過，小伙子被放走了，我們又重新回到了裡屋。我提出告辭，離開了D部長的府邸。那個小伙子，是我事先安排好的。」

「還有一個問題」，我說：「那就是，你第一次為什麼不把信拿走，卻大費周折，用假的把真的換了回來？」

「第一次時機還不成熟」，杜賓回答道：「他手下爪牙很多，如果硬來，我很難全身而退。而且D部長心狠手辣，他是不會放過我的，巴黎我可能就待不下去了。我幫G局長的忙，錢不是唯一的目的。我是那位丟信人的支持者，你也知道，我和她政治觀點相同。一年半以來，她一直處於被動，受制於人。現在，D部長是真的拿著雞毛當令箭了，自己的小辮子被抓了還不知道，還像跳樑小丑一樣胡作非為。他的政治生命已經不長了，他被推倒時一定會丟盡面子。俚語說，聰明反被聰明誤，生活中有很多這樣的例子，靠耍陰謀一時得勢最後難逃報應。卡塔蘭尼在講唱歌心得時說，高調好唱，低調難。就是這個道理。」這個案子也是，不能不說D部長聰明至極，可他卻是十足的惡棍，他能倒臺我很高興。真想看看，當他需要這封信來要脅那位大人物時，卻發現信是假的，會是什麼樣的表情。」

「你在上面寫什麼東西了？」

「啊——在維也納我們就打過交道，他讓我蒙受過一次損失，我告訴他我會報仇的。這次機會來了，什麼都不寫，他就不知道是誰打敗了他。我想他一定也很好奇，不寫些東西就太看不起他了。他能認出我的筆跡，我在克雷比庸的《阿特瑞》中找了這樣一句話，抄給了他：

此計雖毒，

但難逃阿特瑞的法眼，

不過能與提斯特斯比肩。」

埃
德
加
‧
愛
倫
‧
坡

眼鏡

「我」邂逅了一位美女，但由於「我」視力有問題，所以一直沒能仔細欣賞這絕世美貌。當「我」迫不及待地求了婚，卻發現一個可怕的事實⋯⋯這都是一副眼鏡的功勞。

「一見鍾情」的觀點在多年前被公認為可笑，但多數人都相信它是存在的，感性者如是，理性者亦然。隨著電磁學的不斷深入發展，證明這種情感存在的例子越來越多。就像心電感應一樣，人類最原始的、最無法抗拒的兩情相悅，其實是一種磁場效應。也就是說，當你第一眼看到某個人，就產生了莫名的好感，這種心理上持續不斷的愉悅，可以用感情磁場來說明。下面我要講的故事就是由一見鍾情引起的。

我的故事要從我年輕時說起，那時我還不到二十二週歲，可以說是正當年。我當時用的姓是辛普遜，叫這個姓的人很多，一抓一大把。我為什麼說「當時用的」呢？這要從我的一個遠方親戚說起，他叫阿道弗斯・辛普遜，他去世後留給我一大筆的遺產，但我要繼承的話，就必須隨他的姓。所以我被法律承認的姓是辛普遜，別人也是這麼叫我的。但那只是姓不是名，我的名字叫拿破崙・巴拿巴，即我的第一教名第二教名，這樣說更準確些。

對於我從父親那裡繼承來的佛瓦薩特這個姓，我是深感自豪的，因為傳

世佳作《歷代志》的作者就是這個姓，如果查查族譜的話，我說不準還是他的後人呢。我其實並不想接受辛普遜這個姓。說到姓氏，我很願意提一下我的祖輩們，他們姓氏的發音驚人的相似。我的祖籍在巴黎，佛瓦薩特先生是我的父親，科娃薩特女士——一個姓科娃薩特的銀行家的大女兒，是我的母親，她十五歲就是佛瓦薩特太太了。這位銀行家的妻子是一位叫做維克多·沃瓦薩特的女士——也是家裡的長女，十六歲時出的嫁。巧合的是，這位沃瓦薩特先生的妻子叫做莫娃薩特——她是沃瓦薩特家的童養媳，和她丈夫的名字發音幾乎相同。她的母親莫娃薩特夫人，出嫁時也只有十四歲。早婚在當時的法國並不罕見，反而很流行。奇怪的是這些莫娃薩特、沃瓦薩特、科娃薩特，和佛瓦薩特是一脈相承下來的。所以，把法定姓名改為辛普遜，為的是接受那筆有「附加條件」的遺產，我從內心還是不願意接受的。

名字的問題讓我很煩惱，可我的相貌卻讓我充滿自信。人們說的貌比潘安，我雖說還到不了這種程度，但與他也是難分伯仲。我的身體發育正常，沒有任何缺陷。我有五英尺十一英寸的身高，五官端正，黑色的頭髮自然捲曲，就連鼻子我也很滿意。唯一的缺點就是眼睛近視，但並不變形，從遠處看沒有任何毛病。如果不是視力太差了，我灰色的人眼睛也不會讓我這樣煩惱。但我是不會選擇戴眼鏡的，我可不想我一表人才的臉被眼鏡破了相。我認為，帶上眼鏡，人臉上的活力就被完全封殺了——即使到不了死氣沉沉的程度，也會讓人覺得死板的像老學究。我堅持認為，眼鏡對相貌的破壞可以到無以附加的地步。還有一種單片眼鏡，看見它我就會想起虛情假意之人和不學無術之輩。直到現在，我都沒帶過眼鏡，雖然看不清東西很彆扭。其實，這個問題與我的相貌非凡的外表、開朗健談的性格、不拖泥帶水的做事原則，以及富有青春活力的生命氣息相比，只是細枝末節的小問題而已。其實，我的這些性格，都與我長久以來對女性的愛慕有關。

言歸正傳，我的故事發生在去年冬天，我和朋友——特里波特先生去P劇院看一場歌劇，歌劇是夜場演出，我們來時裡面已經人山人海了，這要得益於演出前期的宣傳工作。我們雖然訂了包廂，但是要從這麼多人中間擠過去，還是要費一些周折的，所以我們只好用胳膊開道，擠了進來。我來陪我

的朋友看歌劇，只是玩玩，我不像他「視音樂為生命」，他可以兩個小時目不轉睛地盯著舞臺。我卻是目不轉睛地盯著觀眾，挨個研究，並以此為樂，來看歌劇的人一定不是俗人。研究得差不多了，我正要把目光移到舞臺上時，一個美麗的倩影深深地吸引了我，那是一個我剛才沒注意的私人包廂，但現在我再也不願意把視線挪開。

那個身影讓我如沐春風，我永遠忘不了那種感覺，我願意就這樣凝視一千年。她坐在那裡，像照水的嬌花一樣安靜，她的身影沒有任何一個女性可比。我雖然看不到她的臉，她的包廂雖然離我們很遠，她的頭雖然側向舞臺，可是她身體散發出的光輝，足以令我窒息，我甚至要用造物的奇蹟來形容。可是，就是「造物的奇蹟」也無法概括出她的美麗，形容她身材勻稱的詞語，造物者還沒有發明呢！

我癡迷於女性高貴的氣質，以及淑女在安靜時散發的典雅氣息。但我眼前的這位美人，是我窮盡自己的想像力，都無法企及的女神的化身，她可以說是「只在理想中存在」。由於包廂遮擋了視線，我無法看到她的臉，但並不妨礙我觀察她的身影。她不高也不矮，身材更是萬裡挑一，豐滿的程度讓人無法錯開眼睛，她的神態高雅端莊，但她的氣質並不是靠化妝和華麗的衣服來維持的，這點與那些所謂的真貴婦們有些不同。她的頭髮盤在後腦，挽成的髮髻，連古希臘的普賽克都會自歎不如。阿普列烏斯所說的「清風織就」，用來形容她頭上的帽子，一點也不過分。它精細的做工，和薄如蟬翼的材料，都是為凸顯頭部的美而存在的。她衣著考究，外衣採用的是當時流行的款式，袖口只到肘部，露出裡面如蠶絲般輕薄的襯衣。襯衣的袖口一直延伸到手背，如削蔥根般的玉指露在外面，讓人一眼就看到了那枚價值連城的鑽戒。她微微露出的一截手腕，如蓮藕般細膩光潔，再配上一只用羽狀珠寶裝飾的手鐲，簡直渾然天成。主人不俗的身世和高貴的品味，被這些衣飾很好的詮釋了出來。

我當時的表情一定夠得上呆若木雞了，因為半個小時過去了，我依然沒有將眼睛移開那個身影。我以前也見到不少美麗的女孩子，她們在不經意間也會有驚豔的瞬間呈現，可是即使是這樣，使我像今天這樣失態的還沒有

過，因為這次和以往完全不同。現在我才知道「一見鍾情」確實存在，那些歌唱一見鍾情的歌曲也不是空穴來風的。我眼前的這位佳人，身上似乎有某種磁場，干擾了我的思維，讓我無法思考；吸引著我的情感，讓我的視線在她身上不能移動分毫。這種讓人靈魂出竅的力量，簡直匪夷所思。我雖然沒有看她的臉龐，可是我確信我已經深深地愛上了她，並且幾近瘋狂。我雖然還不知道她的長相，但我已無法控制我澎湃的愛意，即使她的長相平平，我的愛也絲毫不會減少。於千萬人中，邂逅屬於自己的那個人，真的讓人感覺受寵若驚。可見真愛是存在的，它只是受了時空的限制，不容易出現而已。

上帝似乎很眷顧我，正當我想一睹佳人芳容時，一小陣觀眾製造的混亂幫了我。她扭頭看發生了什麼事時，我看到了她美麗的側臉，雖然只有一小部分，但依然美極了。可她臉上的表情讓我感覺有些不對勁，讓我剛剛炙熱的感情，稍稍冷靜了一些，她臉上的神態有種說不出的嚴肅，彷彿聖母瑪利亞般神聖不可侵犯。這多少讓我有些失望，我的意思是，讓我變得更加理性，雖然是這樣，但我的內心依然有激情在澎湃，但它們變得稍稍受控制了而已。可我很快發現，讓我的感情變得平靜的原因，不僅僅是因為她表情的不可侵犯。我能感覺到她的表情中有某種說不清的東西，這雖然讓我更增加了對她的興趣，但又很為她擔心。如果我不是一個老成持重的人的話，以我當時的心理狀態，我會馬上走過去和她搭訕。可她並不是一個人來看歌劇的，她的身邊還有一位男士和一位與她同樣美麗，但要年輕些的女士陪著。我只好打消了這種不明智的想法。

為了能把自己介紹給那位女士，至少，也要把她的長相看得更清楚一些，我想了一切可以想到的方法。我想挪到別的地方，換個角度觀察，可是劇場裡太擠了，根本就沒有下腳的地兒。我甚至想到了用望遠鏡，雖然劇場裡有明文規定，望遠鏡是絕對禁止的。即使有，也不讓用，更別說我沒有了，可是現在我也管不了那麼多了，我還沒有到絕路上。坐在我旁邊的同伴是最後的希望了。

「特里波特，」我說：「我眼睛有些近視，看不清舞臺，你有望遠鏡嗎？有就借給我吧！」

「你這是緣木求魚啊，我怎麼會有望遠鏡啊，沒有！」他眼珠直盯著舞臺說。

「喂，我有急事，」我扳過他的頭，讓他看著我說，「看那邊，不是舞臺，是對面的包廂，這麼漂亮的女人你見過嗎？」

「她美極了。」特里波特說。

「不知道什麼樣的名字，才能配上這麼漂亮的臉蛋。」

「她就是被傳的沸沸揚揚的來朗特夫人啊，這你都不知道？『不識此人，枉稱名流』這句話你該聽過吧？她有過一場轟轟烈烈的婚姻，可惜丈夫不幸去世使她成了寡婦，她『財貌雙全』，剛從巴黎來到這裡，就成了人們談論的焦點。」

「你和她有過接觸？」

「應該說，很熟。」

「我也想認識一下這位夫人，你能幫幫我嗎？」

「隨時可以。」

「那好，那就明天吧，我去你B公寓找你，一點怎麼樣？」

「沒問題，可是不要亂說話，我和她都不喜歡話多的人。」

特里波特的意思我明白，我只好一聲不吭了。而我的老朋友也樂得清靜，沒有了我的打擾，他可以好好享受這場歌劇了。

特里波特全心投入到歌劇的同時，我仍在為看不到來朗特夫人的臉而不甘心，但仁慈的上帝還是青睞於我的，我如願以償了。雖然就在剛才，特里波特就跟我說過，來朗特夫人是個不折不扣的美人，但是當我看到她的臉時，我發現，她的表情看上去顯得有些冷漠悲涼，這讓她的美麗打了折扣。儘管她的五官勻稱，使她看上去美麗絕倫，但依然掩飾不住她眉宇間的死板，給人的感覺她似乎身心俱疲。但儘管這樣，她的美麗依然讓我如醉如癡。雖然使來朗特夫人看上去不再年輕，可是她更加有成熟的韻味，這反而更讓我傾心，因為我天性中的浪漫因素正好與之契合。

我現在已經完全沉浸在享受中，由於我目不轉睛的關注，這位女士的一舉一動我都看得清清楚楚。我突然發現，她的臉上劃過一絲驚訝：她發現我

了！即使這樣，就算要兼顧禮貌，我也無法收回目光，因為我已經徹底迷失在她的美麗中了。她把臉轉向舞臺繼續看演出，我只好欣賞她精心盤起來的髮髻。但她似乎對我也很好奇，沒過一會，又把臉轉過來，想看看我在幹什麼，結果正好與我的目光相接。一瞬間，她的臉頰緋紅，如秋水般的眼眸趕緊看向別處。我還以為她會像第一次一樣，把臉側過去，可是這次卻出乎我的意料，她不僅沒有回頭，反而是像我觀察她一樣觀察起了我。不過與我不同的是，她從挎包裡取出來一副眼鏡，透過鏡片大大方方地觀察起來。

儘管在她的凝視下，我渾身不自在，彷彿自己是一件商品，被挑剔的顧客挑著毛病。但我卻一點也沒有不高興的感覺，如果換成是第二個人，我一定要把生氣和鄙視寫到臉上。不過被來朗特夫人凝視，卻讓我受寵若驚，心裡打鼓，耳朵也不好使了，彷彿周圍的一切都沒有了似的。雖然我的反應這麼大，可是對面的女士卻顯得平靜得多，她的一舉一動都那麼優雅端莊，舉手投足間都是高雅的氣息。如果換做是別的女人，一定會表現得俗不可耐，可是我還是感覺到了她的驚訝，而且她也很欣賞我的帥氣。

我還發現，她剛開始只觀察了我很短的時間，覺得沒什麼新鮮後，正要把眼鏡放下時，卻好像又發現了什麼，改變了放下眼鏡的打算，又開始觀察起來，而且這次時間更長——五分鐘都不止。

在私下裡盯著別人看都被認為是不禮貌的，更何況是在人山人海的劇場裡。我們怪異的行為，很快就被觀眾發現了，大家指指點點，竊竊私語，使劇場稍顯混亂。來朗特夫人卻一點也不在乎，至少在表情上看不出來，可是我卻一時有如芒刺在背，臉上發燒。

她再一次把身體轉了過去，欣賞起舞臺上的歌劇來，我又只能看到她的背影了，她也許對我只是好奇而已。可是我，雖然知道這種行為很不禮貌，依然不能把目光從她身上移開。這讓我又有了新的發現，她依然在偷偷地觀察著我，只是這次不那麼高調了而已。我的內心深處有說不出的愉悅感，因為偷偷觀察我的是一位多麼美麗的女士啊！

一刻鐘以後，我以心相許的那位女士，和她旁邊的那位紳士聊起了天，他們聊天的內容肯定和我無關，這從他們的表情中就能看出來。

交談結束，來朗特夫人就一心看歌劇了，再沒有往我這看的跡象，這持續了大概幾分鐘。可是她接下來的動作，再一次讓我心潮激蕩起來。她又一次拿起眼鏡，像上一次一樣，不管觀眾的小聲的議論，大方地觀察起我來。她觀察的很仔細，但不帶任何感情色彩的。儘管我不知道他的目的是什麼，但我依然高興，身心都充滿了歡愉。

　　她的這種行為使我信心百倍，人們都會覺得，過於迷戀某人自己會變得渺小，但這種感覺我現在一點也沒有。心裡充滿的只有歡喜，因為她給我的關注太不同尋常了。我現在眼中除了來朗特夫人的倩影，什麼都沒有，我什麼都不記得了，只有意中人高雅可人的形象定格在眼前。當我的古怪行為觀眾們不再感興趣時，當來朗特夫人的眼光再一次與我相接時，我不失時機的向她輕輕鞠了一躬，儘量使動作顯得禮貌。

　　她顯然注意到了我的動作，因害怕被人看見臉羞地緋紅，並趕忙移開目光不看我。還好我的行為並沒有被別人發現，可是她也不再盯著我看了，而是轉向了剛才和他說話的紳士。

　　我也感到我的動作有些冒昧，一時間不知道該怎麼做，並害怕因此被認為是流氓。更令我納悶的是，一個恐怖的畫面迅速在我的腦中閃過，居然是有幾個人舉槍向我射擊。不過，我的擔心是多餘的，因為那位女士並非在向紳士揭發我，而是把節目單遞給了他。然後，再次轉過頭來，像老朋友似的，與我對視，並且禮貌地對我笑了笑，使我看到她齊如貽貝一樣的皓齒。而且，我絕對沒有看錯——她居然還向我點了點頭。我還以為，她再也不會轉過頭來看我了，可是，我卻受到了如此大方的待遇。如果讀者能親身經歷的話，你就會知道我當時的驚愕程度，我的不解與不知所措已經無以復加。

　　那麼，我就不必再贅述我的狂喜了，我早已迷失了自己，沒有任何詞語可以準確表達。我想這種讓人無法思考的狀態，就是幸福吧！我墜入愛河了，我確信，這是我第一次有這種感覺。我認為只透過眼神的交流，就能讓對方瞭解自己的愛意，這才是真正的愛情，語言在真愛面前是蒼白的，只要四目相接就心領神會。

　　她一定感覺到了，這絕對不用懷疑。一個普通人做這樣的動作，也許是

因為莽撞，可是像來朗特夫人這樣漂亮，有錢，受過良好的教育，出身名門又有地位的人，不可能這麼冒昧。她一定感覺到了，她的動作是在回覆我的愛，她也愛我。她一定也與我一樣，經歷了開始時的糾結，最後選擇接受；經歷了世俗的不認可，最後還是擺脫不了內心的激情！在我沉浸在幸福的想像中時，歌劇落幕了。觀眾散場的嘈雜聲把我拉回現實，我突然站起身，拼命地向來朗特夫人的方向擠去，可是觀眾實在太多了，我簡直寸步難行，最後只好有些失望的回家了。但一想到明天就能經特里波特，正式認識來朗特夫人了，失望一掃而光，心中也升起了無限期望。

　　天總算亮了。黎明總是喜歡遲遲不來，儘管人們在熱切地盼望，沒有比這一夜更加難熬的了。時間好像蝸牛爬一樣緩慢，真不知道什麼時候「一點」能來。可是，只要有目標就會有盡頭，就像人們口中的斯坦布林大街一樣。我邁步走進B公館，要求見特里波特時，大鐘剛剛敲完一點。

　　「他出去了，」特里波特的男僕說。

　　「出去了！」我差點沒趴到地上，趕忙問道：「你沒搞錯吧，這不可能。特里波特先生一定就在屋裡，他不可能不在。」

　　「他真出去了，我沒騙你。他一早就騎馬去了S市，要一個禮拜才能回來。」

　　我又失落又生氣，心裡沒了主意，站在那兒一動不動。我想說點什麼，可舌頭根本不聽使喚。思來想去，只好回家。在回家的路上，我把世界上叫特里波特的都詛咒了一個遍，希望把他們都打入十八層地獄，永不翻身。我越想越氣，臉色鐵青。我想，我的這位朋友，一定是把我們的約定忘掉了，他只有在音樂方面的約會才言而守信。我一時沒有更好的主意，只好遊蕩在大街上，又氣又惱。但為了能得到更多關於來朗特夫人的資訊，我還是強壓怒火，向大街上每一位熟人打聽。我發現，許多人都知道有這麼一位夫人，但大家也只是聽說而已，很少有人與她有交往，因為幾個星期前她才到這個城市。我瞭解不到比這些資訊更多的內容了。看來，今天拜訪她是不可能了。跟她有交往的那幾個人，也不肯把我引見給她，他們的關係還沒有密切到這種地步：一早拜訪還是老朋友好。正當我將自己對來朗特夫人的愛慕，

一股腦的講給自己的朋友們聽時，我話題中的主角卻出現了。

「你看那是誰！」一位朋友喊道。

「真是太美了！」第二個也跟著喊道。

「真是驚為天人啊！」第三個幾乎是嚷出來的。

我隨著他們的視線看過去，果然是我在劇場中見到的那位女神，她的旁邊坐著一位年輕的女子，正是昨晚在包廂裡出現過的那位。她們坐在一輛敞篷馬車上，正沿著街道，緩緩向我們這邊駛來。

「真是人以群分啊，她的女伴也是衣著光鮮啊！」剛才第一個說話的朋友讚歎道。

「說得對極了，」第二位說：「五年了，她還是那麼漂亮，簡直有過之而無不及啊！人靠衣裝，此話有理啊！你覺得呢，佛瓦薩特？——對了，是辛普遜。」

「算個美人，」我說，「她也有美的潛質，可是相比起她旁邊的來朗特夫人，她就是星光之於皓月，小巫見大巫了，根本就沒有可比性。」

「辛普遜先生果然眼光獨到，有一雙善於觀察的眼睛。她是很美麗，因為年輕就是資本啊！哈！哈！哈！」談話就此結束，我的三位朋友跟我說再見後，有人唱起了一首民歌，曲調悠揚，我只聽懂了兩句歌詞，裡面有諷刺的成分——

倒在地上的是誰？妮蓉，妮蓉，妮蓉——

倒在地上的是誰？是妮蓉‧德‧萊克羅斯！

接下來的事情，再一次把我內心的激情點燃，使我今天的不快一掃而光。那就是，當那輛馬車駛過我的身邊時，來朗特夫人居然向我報以微笑——那是我見過最無邪的微笑，天哪，她不僅認出了我，還主動向我打了招呼。這只是一件小事，可是對我卻意義重大，因為這意味著幸福。

看來，要想正式與來朗特夫人見面，在特里波特從鄉下回來之前，單以我自己的能力，是辦不到的了。但我也沒有放棄希望，在特里波特回來之前，在各大著名劇場裡都能看到我出入的身影。最後，我如願以償的再一次見到了她，還是在第一次見面的那家劇場，還是像上次一樣的四目相接，這

真是上帝賜予的福祉。不過，這並不是在特里波特的幫助下完成的。我出入劇場期間，也多次到他的公館去找他，但每次回答我的，都是僕人那句「還是不在」，天天如此，簡直氣死我了。

就在第二天見面的晚上，我內心的焦慮使我都快要發瘋了。前面我已經說過，來朗特夫人是巴黎人，這個念頭一出現，就無時無刻不在折磨著我——這說明她可能隨時會回巴黎去。特里波特能否在來朗特夫人離開前回來，還是個未知數。她要是突然回去怎麼辦？我豈不是再也見不到她了。不能這樣，我不能像一個女人那樣優柔寡斷，自己的幸福要自己把握。為了知道她住哪，我決定冒一次險，我選擇了跟蹤的手段，並順利得到了她家的住址。第二天一大早，我就把一篇深情款款的長信送到了她的家裡，信裡的一字一句都滿含真誠。

在寫這封信時，我太激動了，愛情的火焰燒灼著我的心，讓我不得不把對她的愛慕全說出來；讓我不得不把我的缺點全告訴她；我不敢對她有任何隱瞞。我在信中還回憶了我們的第一次見面，我直言她在注視我時，我是多麼心潮澎湃；我甚至還大膽做出推論，說她也愛上我了。我知道這樣做，讓我看起來像一個莽撞的少年，可是我抵抗不了這愛慕之心的驅使。我只好用我是情不自禁，和她也一定愛我這兩個藉口，來解釋自己為什麼寫下了這封冒昧的信。還有就是我不確定她什麼時候離開巴黎，這也是我寫這封信的重要原因之一。最後，我直說了她已俘獲了我的心，我願意為她做任何的事。我把從遠親那裡繼承遺產的事也告訴了她，當然我並非炫富，只是坦誠相見。

我每天都在焦急中等待回信，時間彷彿凝滯了一樣，我覺得一個世紀都沒有這麼長，不過終於有回音了。

簡直令人不能相信，但事實就在眼前。我真的收到了漂亮的，高貴的，讓我一見傾心的來朗特夫人的回信，還有比這更浪漫的事情嗎？她个在乎世間的繁文縟節，只聽從內心最真實的呼喚，率性為之，因為她的體內流淌著真正法國人的血液。我收到的不是她退給我的原信，也不是石沉大海般的沉默，而是她親筆寫的回信，我甚至能感受到她的素手在紙上劃過的溫柔。我

趕緊讀了起來：

親愛的辛普遜先生，請原諒我語句的生硬不通順，因為我剛來貴國不久，還不能運用好你們的文字。

我不知道該用什麼樣的表達方式，只好這樣說，唉！辛普遜先生既然已經知道了一切，我就不用再贅述許多了。唉！可是我還是說得太多了。

歐也妮・來朗特

看完這封來朗特夫人親筆寫的信箋，我都快高興瘋了，在上面親了又親，不知道該怎麼表達自己的狂喜。特里波特還沒回來，他的離去使我遭受的痛苦，他全然沒有在意。難道他的良心真的被狗叼走，一去不復返了？我寫信給他，總是得到這樣的回答，我現在很忙，脫不了身，忙完立刻回去。他甚至還附上他的建議，告訴我好事多磨，讓我不要著急。如果我實在熬不住了，可以讀一些讓人平靜的書，哲學類書籍是不錯的選擇，還有，不讓我喝烈性酒。真是迂腐透頂！即使他真的有事，需要馬上離開，可是每一個正常人都會想到，寫一封引薦信也不是不可以吧！我也曾經寄信向他提過這個要求，等到的卻是那個男僕的退信，後面還用鉛筆留了言：

考慮到您是急性子，今把信退回。我昨日已離開S市，目的地和歸期不詳，諒解。

你的，斯特普斯

這主僕二人好像誠心氣我一樣，我在口頭上把他倆都送到了十八層地獄，可是生氣歸生氣，我還是沒有解決這件事情的辦法。

如此看來，不得不做些衝動的事了。我這種說幹就幹的天性，也確實幫過我不少忙，現在又需要它的幫助了。況且，我們兩個人已經魚雁傳書，互傾愛慕了。我只要在打破世俗的禮節時，不做出過激的行為就不會招致她的反感吧！我們有了信件往來後，我發現了一個規律，她家窗戶的旁邊有一個

廣場，那裡有片密密麻麻的小樹林。她總是在一個穿制服的黑奴的陪同下來這裡散步，這幾乎成了她每天的必修課。與她搭上話，在這個小樹林是最好的選擇，而且最好是傍晚，夕陽西下，素月東升的時候。

於是在這個夏天的傍晚，我的機會終於來了。她和男僕像往常一樣在散步，我為了騙過她的僕人，像老朋友那樣向她問好，雖然心裡發虛，但我的演技還不錯。來朗特夫人立即明白了我的用意，也像老朋友似的伸手向我問好，她沒有被我嚇到，一定與她正宗的法國血統有關。家僕被騙過了，我們終於可以面對面的交談了，我們激動地交談著，互相傾訴著愛慕。任時間匆匆流過，我們的談話沒有一點要停止的跡象。

在我狂熱內心的驅使下，我的表達異常流利，妙語如珠。而且，由於來朗特夫人不擅長英語，所以我們用法語交流，法語最適合表達強烈的感情，他讓我的傾訴更加淋漓盡致。我越說越激動，並要求她能考慮做我的妻子。

來朗特夫人微笑地聽著我的傾訴，我著急地等著她的回答。她顯然對我這些天的行動一清二楚，她認為，我為了追求她而搞得盡人皆知，有點過於草率。一提到第一次在劇場那次相遇，她就會因害羞滿臉通紅。她一直在強調，我們剛剛認識就談婚論嫁，有些不妥，畢竟婚姻是大事不能兒戲。這套傳統的說辭，不知道耽誤了多少人的幸福。但她說的很有道理，而且說話時眼眸顧盼流轉，粉面含羞，讓我對她的愛更深了一個層次。她甚至還調皮地說我是冒失鬼。說到這，她輕歎一聲，並提醒我根本就不瞭解她：對她的社會地位，親戚朋友還有財產狀況都不清楚。還說我對她的感情是一時的衝動，是自己人為幻想出來的，是內心被激情迷惑的產物，是不真實的。夜色越來越濃了，不知什麼時候，已經將我們包圍起來，最後，她擺了擺手，否定了自己剛才的那套理論。

我像真正熱戀中的男人一樣，把自己的心完全交給了她。我不斷地傾訴著我對她的迷戀，對她的執著，對她的忠貞不渝。最後，我還告訴她，我知道將來的路會很難走，也知道真愛始終都是在經受著考驗的。並向她提議兩個人盡早結合，省的走更多的彎路。

她的顧慮終於在我強烈的攻勢下打消了。她鎖著的眉頭也舒展了開來。

但她又提出了一個新問題，並讓我仔細考慮一下。對女士來說，這個問題有些不好說出口。但是，為了能讓我充分考慮一下我們結合的可能，她還是放棄了提出這個問題時的尷尬，委婉地把它說了出來。原來是年齡方面的障礙——我們兩個人的年齡可能相差懸殊。傳統觀念認為，妻子的年齡應該比丈夫的低才對：幾歲，十幾歲，甚至二十幾歲，都可以被人接受。但是只要妻子的年齡超過丈夫，就會讓人感覺彆扭，因為年齡問題而沒有走到一起的人，比比皆是。我和我的歐也妮間就存在這樣的尷尬，我只有二十二歲，而她的年紀遠比這個數大得多。

聽完這些話，我的心徹底被她征服了，在她面前，我只能頂禮膜拜。她說的這些話完全都是在為我考慮，我完全成了她高貴品質的囚徒。

「我親愛的歐也妮啊！」我聲音洪亮地回答她，「你也相信這些世俗的觀點嗎？我是比你小上幾歲，但這又能說明什麼呢？一日不見如隔三秋，這樣的句子到處都是，我已經把我的全部都給了你，還會在乎這些嗎？我現在是二十二歲，但是我馬上就二十三歲了啊，而你，我親愛的歐也妮，你肯定不超過——最多不超過——不超過——不超過——」

我故意把聲音拉長，期待她會說出自己的年齡，但她並沒有這樣做。遇到必須回答的尷尬問題，法國女人的回答通常很巧妙。她們從不做正面的回答，而是用一些物品或動作來做暗示，這與她們以含蓄為美不無關係。歐也妮就是一個活生生的例子，當被我問及年齡時，她就一直在胸前摸什麼東西，終於摸到了卻掉在地上，我撿起來遞給她，原來是一枚袖珍畫像。

「送給你吧，」她像寒風中的玫瑰那樣嬌羞，輕啟朱脣說：「希望你好好珍惜它，為了畫像中的人，請你好好保管它。對了，你感興趣的事可以在背面找到答案。明天你有的是機會欣賞它，現在天太黑了。如果，你對音樂感興趣的話，今晚我的朋友想在我家舉行一場音樂會，你陪我一起去好嗎？我可以很輕易地把你帶進去，我們法國人，不像你們美國人，很好客的，你不用覺得拘謹，就當是我的老朋友就行了。」

於是，我成了護花使者，我們像情侶一樣向她的家走去。她的住所布置考究，美輪美奐。可惜，天漸漸黑了下來，我無法看清房子的全貌。在美

國的夏天，高雅的別墅一般在黃昏時是不點燈的，所以我們到這裡的時候，屋子裡還是黑的。正如我說的，主會客室的白熾燈被點起的時間，是我來到這一個小時後了。房間內的陳設也一下子映入了眼簾，每件傢俱都是精品，每件傢俱都體現著主人對高雅的品味。但有兩間屋子卻一直處在朦朧的陰影中，大部分客人都聚集在這裡。這明與暗的對比，顯然是主人安排的，為的是讓客人有更多的選擇空間。這種安排在美國很流行，巴黎人也只好入鄉隨俗了。

這個夜晚令我如癡如醉，一生都回味不盡。這裡的音樂好聽極了，正如來朗特夫人所說的，她的朋友們極具音樂天賦，就連維也納的專業音樂團體也比不過他們，他們的表演精彩絕倫，真是此曲只應天上有，人間哪得幾回聞。音樂非同凡響，歌曲也非同一般，女士們主要擔當了演唱者的角色。最後，來朗特夫人也被邀請表演了節目，在眾人的喝彩聲中，她大方優雅地從我的身邊站起來，走向主客室中的鋼琴，有兩位男士和一位女歌唱者也走了過去。我雖然很想跟過去，但考慮到我是被偷偷帶進來的，覺得還是不要動的好。所以，我只能聽到她婉轉的歌喉，卻不能一睹她引吭高歌的風采了。

她的演唱強烈的震顫著我的內心，在其他客人也造成了很大的反響。我簡直完全陶醉在她的歌聲中，內心激動不已。一部分是因為歌曲本身的力量，但更主要的是，我對歌唱者其人懷有強烈的情愫。她唱這首歌時充滿了感情，在她的演繹下，這首歌已經超出了它本身的藝術價值。她表演的其中有這樣一句「sul mio sasso」她的唱腔至今還在我的腦海裡盤旋。她的音域可以從女低音D跨到女高音D，正好是三個八度。她的嗓音可以傳遍整個聖卡洛斯大劇院，但她並不單以聲音高亢見長，而是使音調變得更加婉轉——如音階的升與降，節奏的緩與急等，她甚至還能在其中加上修飾音。在《夢遊女》的最後的唱段裡，她的演唱已經進入化境：

啊！此刻我感受到的歡欣，

是上帝賜予的福音。

她沒有遵循貝吉利的原曲，在模仿瑪麗博蘭的同時，做了點小小的改變：她先是以中音的G調起，然後音調陡然升高，變成了高音的G調，兩個八

度的跨越就這樣瞬間完成。

　　她回到我身邊時，我盛讚了她的演唱功底，並誇她剛才幾乎締造了歌唱的奇蹟。她平時說話都是輕聲細語的，真沒想到她唱歌時，嗓子會有那麼大的表現力。我沒有把這些疑問說出來，儘管這個疑問我怎麼也想不明白。

　　接下來，沒人打擾我們了，我們終於可以促膝長談了。她仔細傾聽我說的每一句話，對我早年的生活經歷尤其感興趣。她的坦誠，尤其是在年齡問題上，讓我有了想把一切都告訴她的衝動。她聆聽時的縷縷溫柔，讓我說下去的勇氣倍增。我把什麼都說了，包括生活中一些無關大局的壞習慣，還有精神上的小毛病，甚至是生理上的缺陷。我知道我現在是情到深處不能自己了，要不然我沒有勇氣說出我的缺點。我還說到了大學時的我，那時我放蕩不羈，胡亂花錢，輕視學業，還欠了一屁股債。我還說到了曾經因肺炎引起的咳嗽，這曾經困擾我很長時間；還有類風濕病，遺傳性痛風，最後把我近視眼的毛病也告訴了她，並坦白我一直以來都在掩飾這個缺陷，即使這讓我生活很不方便。

　　「您的坦誠真讓我感動，」來朗特夫人說，嘴邊帶著淺淺的笑意：「可是眼睛近視這一點，您大可隱瞞，掩飾自己的生理缺陷無可厚非，可是太過坦誠只能說你涉世未深。對了，」她想起來了什麼：「我也有——」房間雖然昏暗，可是我還是看到她的臉頰微微泛紅，「我也有近視的毛病，您沒忘了吧，我也有一副眼鏡，就是我脖子上掛著的那個。」

　　說完，她拿出了那副小巧的眼鏡，就是這副眼鏡，在劇場裡，讓我迷失在被來朗特夫人觀察的眩暈裡。

　　「怎麼會不記得呢，簡直記憶猶新！」我一把抓住那雙拿著眼鏡的玉手，激動地說。這架眼鏡做工精細，乍一看不像眼鏡，更像個工藝品。首先映入眼簾的，就是那些寶石的光輝，它們被鑲嵌在鏤空的鏡架上，周遭飾以金線，儘管屋裡光線很暗，但那些寶石依然熠熠放光，一看就不是凡品。

　　「對了！辛普遜先生，」她突然熱情地說，讓我感到有些意外：「對了！辛普遜先生，你讓我送給你一件東西做紀念，我剛才送過了，你那麼珍惜它我很榮幸。你剛才向我求婚，讓我明天就做你的新娘，我倒有一個小

小要求希望你能同意——我的意思是說，我很希望你能答應這個小小的條件——請您接受它，作為我答應嫁給你的回報，好嗎？」

「當然可以，」我興奮地差點當時就跪下求婚，可是由於周圍有很多的客人，我還是打消了這個念頭，但我的聲音還是驚動了在場的幾乎所有的人。「什麼條件，親愛的，親愛的歐也妮，我的最愛！說下去！——無論什麼，我都答應！」

「那我說了，辛普遜先生，」她說，「我知道您對我的愛是真誠的，您坦誠地告訴了我您有近視的毛病，可是你為什麼卻要向別人隱藏呢？——您要知道，這樣您的缺陷就由生理上的，變為心理上的了，您待人誠懇，可是在這點上卻與您的性格相抵。如果您不防微杜漸的話，說不準這個細節會誤了您的大事。您一定也感覺到了，您一直在用各種方法迴避近視的事實，不為別人也為我考慮一下，正視自己的缺陷好嗎？您不戴眼鏡，也不用其他物理方法矯正視力，是不敢正視缺陷的表現。因此，您也知道戴上眼鏡的意義——噓，您聽我說！您說過，什麼都答應我，這個也不例外吧！那麼請接受這副眼鏡，它的使用價值，遠遠超過這上面鑲嵌的寶石的價值，而且戴起來很舒服。您看，它可以自由開合：這樣一掰就開了，這樣　折就合了。所以您可以輕鬆地把它戴在眼睛上，或是放在上衣口袋裡。但是，我不希望它只出現在您的口袋裡，希望它經常被戴在眼睛上。」

這，說實在的，讓我有些為難。可是我一點也沒有猶豫，馬上答應了，畢竟這與我的要求比起來微不足道。

「我答應！」屋子裡迴響著我的回答，我太激動了，沒有控制好音量，「我答應——我完全接受。雖然我對戴眼鏡還是沒什麼好感，但為了你這些都不重要。現在，它就以單片眼鏡的形式，出現在我的上衣兜裡。但當明天我把它戴在鼻樑上時，我希望你能成為我美麗的新娘，我希望明天一早就舉行婚禮。從那時起，我再也不會把它摘下來，就像你說的，它很實用，雖然戴上了顯得很土很沒有活力。」

接下來我們談了明天的安排，我未來的妻子告訴我，特里波特已經回城了。我正好要見他，我需要他幫我完成我的計畫，我們現在急需一輛馬車，

埃
德
加
・
愛
倫
・
坡

這樣舞會到凌晨兩點結束時，我們可以趁大家互道晚安時的混亂，偷偷跑到門口，鑽進等在門口的馬車裡，離開這裡。然後一路飛馳，趕到一位早已聯繫好的牧師門前，祕密地舉行婚禮。最後，由我駕駛馬車，當那些賓客發現我們不在時，我已經在駛向東郡的路上了。事不宜遲，我馬上動身向特里波特公寓走去。走著走著，我想起了來朗特夫人的那枚畫像，於是稍作停留，在一家酒吧裡看到了畫像的全貌。在眼鏡的幫助下，來朗特夫人美豔的臉龐引入眼簾。我從來沒見過這樣完美的面容，她容貌清秀，目似星眸，鼻子小巧玲瓏，並微微上翹，呈現出別樣的古代美。她的頭髮烏黑油亮，似瀑布奔流般變化多姿。「太美了，」看到這裡我不能不讚歎：「我認為女人應有的美麗氣質，她應有盡有。」在畫像的背面有一行小字——「歐也妮·來朗特，時年二十七歲零七個月」。

我到特爾伯特公寓時，我的朋友正好在家，我向他說明了來意。他大吃一驚，但還是送上了誠摯的祝福，並表示他將鼎力相助。計畫進行的很順利，舞會剛結束，也就是凌晨兩點左右，我和來朗特夫人，確切的說是辛普遜夫人，就已經坐在駛往城外的馬車中了。我們朝著東北偏北的方向一路狂奔，看來我們今晚要無眠了。

對於這一點，特里波特已經為我們考慮好了。他建議我們把C莊園作為第一落腳點，那裡離這二十英里，是一個小村莊。在這裡，我們可以休息休息，吃些東西，以便繼續趕路。我們按照他的建議，只用了不到兩個小時，就看到了一家客店，正是C莊園。我一邊叫人預備早餐，一邊把愛妻扶下了馬車。這時天還沒有大亮，東方雖已發白，但還是顯得灰濛濛的。

我坐在一間小會客室裡，再一次欣賞起我身邊的美人來。我還是第一次這麼近距離地觀察她，而且是白天。我的大腦裡突然劃過這樣的想法，讓我覺得有些奇怪。

「看夠了沒有，老朋友，」她把手放在我的手上說，我的思緒被打斷了：「看夠了吧，老朋友，既然你我已經海誓山盟，既然你已經用愛慕打動了我，那麼請履行您許下的諾言吧！您答應過的那件小事，您還記得嗎？啊！想起來了！想起來了！您昨晚許下的承諾還在我耳邊迴響，我甚至可以

背下來了，您說的是：『我答應——我完全接受。雖然我對戴眼鏡還是沒什麼好感，但為了你這些都不重要。現在，它就以單片眼鏡的形式，出現在我的上衣兜裡。但當明天我把它戴在鼻樑上時，我希望你能成為我美麗的新娘，希望明天一早我們就舉行婚禮。從那時起，我再也不會把它摘下來，就像你說的，它很實用，雖然戴上它顯得很土很沒有活力。』我親愛的丈夫，這些話您沒忘記吧？」

「當然沒有，」我回答道：「你怎麼記得這麼清楚！我親愛的歐也妮，我現在就兌現我的諾言，只要是對你的承諾，我絕對不會食言。看啊！太合適了！不是嗎？它簡直是為我量身打造的！」說著，我把折疊在一起的鏡片打開，讓它可以戴到我的鼻子上，並把它放了上去。就在我戴眼鏡的時候，辛普遜太太突然變得有些不自然，她先整理了一下帽子，然後把雙臂抱在胸前，並努力使自己坐得更端正。但她的姿勢讓人看起來很彆扭，甚至可以說是厭惡，我卻不知道是什麼原因。

「天哪！」我剛剛戴上眼鏡，就忍不住大叫起來：「天哪！我的上帝！——怎麼會這樣，這副眼鏡讓我看到了什麼！」我一把摘下它，用真絲了帕擦了又擦，調整一下鏡片又戴了回去。但是我看到的畫面並沒有改變，我剛才看到了什麼，現在就看到了什麼。而且，這次是千真萬確的事實。我由剛才的驚訝，變為了驚恐——而且是讓我渾身發毛，臉上皮膚緊繃，心裡沒有任何防備的驚恐。這到底是怎麼了？這是用我的眼睛看到的嗎？這是嗎？我究竟看到了什麼！胭脂，胭脂？胭脂！怎麼會有胭脂？皺紋，皺紋？皺紋！歐也妮·來朗特臉上怎麼會爬滿皺紋？還有，我的天哪！愛神丘比特啊！各位大大小小在天任職的神靈啊！她的牙，她的牙？她的牙！她的牙哪裡去了？我怒不可遏，怒氣衝天，一下子從座位上跳到屋子中央，使勁把眼鏡甩在地上。由於過度驚恐，一時又沒有主意，我只好站在當庭，瞪著來朗特夫人，牙齒咬的吱吱響。

正如讀者在前面瞭解到的那樣，歐也妮·來朗特夫人即辛普遜夫人，在英語方面的聽說讀寫能力簡直一塌糊塗。所以，她不到萬不得已，是不會說英語的。但是我一連串的行為已經激怒了她，她不知所措，怒氣衝昏了頭

腦，並試圖用不擅長的英語表達疑惑。

「你怎麼了，先生？」她彷彿不認識我了一樣，吃驚的說：「你怎麼了，先生？你到底怎麼了？你怎麼會這樣？你為什麼表現的如此失態？你是後悔娶我了嗎？你為什麼這麼快就不喜歡我了？」

「老妖精！」我因生氣而呼吸粗重，「你這該下地獄的老妖精！」

「老？妖精？——我只有八十二歲而已，還沒到老妖精的程度。」

「八十二歲！」我失聲大叫，向後跟蹌了幾步，靠到了牆上：「那二十七歲零七個月怎麼解釋？你這老不死的大騙子！你現在八千二百歲都不止！」

「是啊！一點也沒錯啊！那幅畫像是我第二次結婚時，我請人幫我畫的，我當時的丈夫是來朗特先生。畫好後，我把它送給了我的女兒，她和我的前夫莫娃薩特先生一起生活。現在算算有五十五年了。」

「莫娃薩特？」我問。

「是的，莫娃薩特，」她想把音發得更地道些，所以模仿了我的發音，可是我的發音也是差強人意，「你瞭解莫娃薩特這個姓？」

「不瞭解，你這個老騙子！我不知道什麼莫娃薩特，除了我祖上有人姓這個姓之外。」

「你對這個姓氏有什麼意見嗎？莫娃薩特，以及沃瓦薩特，這兩個姓氏都曾經輝煌過。我的女兒莫娃薩特小姐，就嫁給了沃瓦薩特先生，他們是門當戶對的一對兒。」

「莫娃薩特？」我越聽越吃驚：「又來了個沃瓦薩特！你的故事還沒編完嗎？」

「編故事？我說的是事實！如果我記得沒錯的話，我們該說科娃薩特和佛瓦薩特了。科娃薩特先生娶走了我的外孫女，也就是沃瓦薩特小姐；而佛瓦薩特先生則成了科娃薩特小姐的丈夫，她是我女兒的外孫女。你一定認為除了佛瓦薩特之外，這幾個姓氏都還說得過去吧？」

「佛瓦薩特？」我問，身子一晃差點摔倒：「我一定是聽錯了，你剛才說的話和莫娃薩特、沃瓦薩特、科娃薩特和佛瓦薩特沒關係吧？」

「恰恰相反，」她答道，然後盡量把腿伸直，使後背能完全靠在椅子上：「我說的就是莫娃薩特、沃瓦薩特、科娃薩特和佛瓦薩特這幾個姓。但佛瓦薩特家族裡出了一個敗類，他居然搬到了蠻荒的美利堅，離開了富饒的法蘭西。他真是愚蠢透頂，就像你一樣，難怪人們都稱他為十足的蠢貨。後來聽說他在那兒娶妻生子，還有了一個兒子，據說他的兒子完全繼承了他的基因，所以也是愚昧透頂。這些都是我聽說的，我和我的同伴，史蒂芬妮·來朗特夫人都與他素未謀面。他叫德·拿破崙·巴拿巴·佛瓦薩特，你一定覺得這個名字不好聽吧？」

辛普遜夫人要表達的意思似乎很浪費精力，她也越說越生氣，在停止說話的瞬間，她的情緒終於失控了。她突然從椅子上蹦起來，像上滿了弦似的，脫掉了裡三層外三層的衣服。她像瘋了一樣，扯掉帽子，黑色的假髮也被帶了下來；她挽起袖子，揮舞著雙手，攥著拳頭，擰著眉瞪著眼，在我面前示威。她把扯下的帽子和假髮扔在地上，用腳在上面踩踏著，好像在跳一曲西班牙鬥牛舞。總之她現在的樣子，就像巫婆在請神時那樣瘋癲，不過她是被氣成這樣的。

我則像洩了氣的皮球一樣，坐回了她剛才坐過的椅子。「莫娃薩特，沃瓦薩特！」我腦海中不斷閃現著剛才的姓氏，她這時跳了下腳，好像在賣弄一個舞蹈技巧。「還有科娃薩特和佛瓦薩特！」她又重複了一下剛才的動作。「莫娃薩特，沃瓦薩特，科娃薩特還有拿破崙·巴拿巴·佛瓦薩特！啊！你這個狠毒的老妖怪，你給我聽著，你說的那個人就是我，是我！是我！」我聲嘶力竭地大叫著：「我！就是我！你說的拿破崙·巴拿巴·佛瓦薩特就是我！我終於知道了，我娶的是我的外曾曾祖母。」

我說的這些千真萬確，我的外曾曾祖母，即前莫娃薩特夫人，也就是歐也妮·來朗特夫人，即現在的辛普遜夫人，成了我現任的妻子。我的外曾曾祖母現在雖然八十二歲了，但她的身材依然保持在少女時的階段，她年輕時就是個美人。雖然現在老了，但她的輪廓依然分明，眼睛依然炯炯有神，鼻子依然沒有塌陷；再加上巴黎化妝師精湛的手法，配合胭脂水粉，假髮假臀，假牙假胸的掩飾，讓她在法國的大都市中，依然以美麗著稱，並受人尊

敬。就這一點來說，她與赫赫有名的妮蓉‧德‧萊克羅斯稱得上不分伯仲了。

她腰纏萬貫，卻沒有子嗣，當她的第二任丈夫撒手人寰的時候，她想到了遠在美國的我。在她第二任丈夫的一個遠房親戚，美麗的史蒂芬妮‧來朗特夫人陪同下，她專程趕到美國，想把遺產繼承權交給我。

我們第一次在劇場見面時，由於我對她的過多觀察，她也注意到了我。她透過眼鏡觀察到我們之間的相似之處，覺得我們可能出自同一個家族。因為她要找的繼承人就在這個城市，這樣的巧合讓她很感興趣。她於是詢問了旁邊那位紳士，並從他口中知道了我的姓名。然後，她又對我進行了觀察，而我卻誤會了她的目的，在內心激情的唆使下，我越陷越深，最後不能自拔。她向我點頭致意是因為，她誤會了我的行為，以為我知道她的身份。近視眼的毛病是這次誤會的關鍵，由於我看不清她的臉，只能透過衣著來判斷，造成我對她的年齡和魅力產生了錯覺。我立即向特里波特尋求幫助，他也誤會了我的意思，以為我指的是那位更年輕的美人兒。他告訴我，她是「無人不知的寡婦來朗特夫人」，也就是理所當然的了。

翌日上午，我的外曾曾祖母巧遇了特里波特，他們在巴黎時就是朋友，並在街上攀談了起來；一番寒暄後，話題就以我為中心展開了。我一直以為，我近視眼的毛病沒人知道，但其實大家都清楚的很，而我卻自以為隱藏得很好。我的朋友談到了我的生理缺陷，我的外曾曾祖母聽後勃然大怒。以她純潔善良的思想，她怎麼也沒想到，在劇場裡我根本就沒看出她的身份。我向她鞠躬，是在調戲一位素不相識的老太太，真是太丟人了。為了給我一個教訓，他們合謀制定了一個計畫。特里波特突然離家出差是故意的。我在街頭到處打聽「遺孀來朗特夫人」，大家自然不知道我所指為誰。在街上，我與那三位朋友的對話也就迎刃而解了，我現在才明白，為什麼有人拿妮蓉‧德‧萊克羅斯來諷刺我的外曾曾祖母。其實我還是有機會知道她的真實年齡的，雖然我白天不能和她接觸，但在那場演唱會上，我們卻是面對面的，我若是早點戴上我外曾曾祖母的眼鏡，真相也就大白了。音樂會上，唱歌的那個「來朗特夫人」也不是她，而是那位年輕的女士，我的外曾曾祖母

只是配合她，去了主會客室的鋼琴旁。只要我陪她一起過去，騙局就會立刻穿幫，可我當時太過小心，沒有這樣做。但是我即使提出陪她去，我想她應該也早想好了對策了。那段精美絕倫的，讓我讚歎不已的演唱，其實是出自斯蒂尼芬·來朗特夫人之口，難怪聽上去聲音是飽滿甜潤的，老年人絕對做不到這一點。至於為什麼送我眼鏡，有兩點原因：一是使她的騙局看上去更真實，二是這也包含了我外曾曾祖母的良苦用心。她用眼鏡諷刺我，希望我能迷途知返；並長篇大論地告訴了我虛榮心的壞處，這些都比直接地說教要有用的多。我不說您也知道，我戴過的那副眼鏡是被改裝過的，因為它只適合老太太戴，卻不適合我。但現在這副眼鏡，卻非常適合我。

那個牧師是也假的，他是特里波特的一個好朋友，他見證了我的婚禮，但他是個假主教。不過，他的駕車技術卻是貨真價實的，他脫下黑長袍，換上馬夫的厚大衣，儼然一個「趕車夫」。我們乘坐的那輛駛往城外的「幸福馬車」就是他駕馭的。最後，在那間客棧裡，這兩個壞蛋，目睹了這場騙局的結尾。他們透過客棧的窗戶，觀察了事件的全過程，並樂得直不起腰來。等我有機會一定要教訓他們一下，以解我心頭之氣。

不過，值得欣慰的是，我總算沒有娶我的外曾曾祖母為妻。可是，另一位「來朗特夫人」卻成了我的妻子。這都是我外曾曾祖母一手撮合的，她不僅做了我和史蒂芬妮的媒人，而且讓我享有她遺產的唯一繼承權，當然要等她去世以後（不過那天可能遙遙無期）。最後的話：這之後，情書和眼鏡就在我的生活裡消失了。

梅策爾的西洋棋手[1]

梅策爾的西洋棋手總能引起廣泛關注，或許沒什麼展覽能達到這種程度。它的操作方式很神祕，看見它的人總會產生強烈的好奇心。這個領域從沒出現過核心論著，根據我們的瞭解，任何機械智慧只要擁有常人的敏感度、理解和辨別能力、發聲沒有障礙、不需要人類操縱的行動中的一種能力，都將是令人驚嘆的發明。毫無疑問，這樣的假設是成立的。如果這樣的假設成立，那西洋棋手的出現將會使那些一直流傳的學說變得不值一提。過去出現過許多偉大的自動裝置，布魯斯特把其中最奇異的一些寫進關於自然奇術的信中。這些被記錄下來的東西肯定是真實存在的。首先，是在路易十四童年時期，卡繆為他發明的一張邊長四英尺的方桌，桌子上有一輛六英尺長的木質四輪馬車，由兩匹馬拉著，馬車夫緊緊握住韁繩，後面是文書和男僕，後座上坐著一位女士，馬車一邊的窗戶開著。卡繆按下按鈕，車夫揚起韁繩，馬車沿著桌子邊緣前進。等走到盡頭，馬突然左轉，車廂也跟著轉了九十度的彎。馬車仍舊沿著桌子邊前進，等走到小王子的座椅對面才停下

---

1. 愛倫坡於1836年參觀了當時非常轟動的梅策爾的棋手，並於4月出版了一篇散文〈Maelzel's Chess Player〉。——編注

來。文書下車，打開後車廂的門，女士下車以後向國王遞交了一份請願書。然後她回到車廂裡，文書收起臺階，關上後車廂的門，回到車夫後面。這時，車夫揚起韁繩，趕著馬回去。

魔術師M・梅拉德也很厲害。說他之前，我們先看一下這段資料的主要提供者B博士的作品。

下面的內容摘自愛丁堡百科全書：

M・梅拉德製造的魔術師，可以回答人們的提問。它是我們見過的最受歡迎的機械裝置之一。它坐在一堵牆前面，身上穿著魔術師的衣服，一隻手拿著魔術手杖，另一隻手捧著一本書。大徽章上刻著事先準備的問題。觀眾可以將想問的問題放在一個抽屜裡，抽屜會自動關上，並運轉起來，直到正確答案出來才停止。魔術師低著頭站起來，用手杖畫圈，並將書拿高一些，認真研讀，好像在書中尋找答案。認真思考以後，它用手杖敲打牆壁，兩扇折疊門打開，問題的答案被送出來。折疊門關上，魔術師回到原來的位置坐好，抽屜會再次打開，送出橢圓形徽章。徽章由黃銅製成，很薄，總共有20枚，上面寫著不同問題，魔術師總是能從中選出恰當的一枚。有的徽章正反面都有問題，魔術師都能答出來。如果抽屜裡沒有徽章，魔術師還是會站起來，認真看書，看完以後它搖搖頭，重新坐回去。折疊門不會打開，返回的抽屜裡什麼也沒有。如果同時放進去兩枚徽章，就只能得到下面那枚徽章上的問題的答案。啟動裝置以後，完成所有動作大概需要一個小時。在這一個小時的時間裡，大約可以回答五十個問題。發明者說，將不同的徽章放在裝置裡，並得到相應的答案，這個操作其實非常簡單。

溫卡森鴨和真正的鴨子差不多大，而且它的模仿很真實，可以騙過觀眾的眼睛。布魯斯特說，它能模仿鴨子的所有動作，比如，吃東西的時候，頭部和頸部快速動作。喝水的時候，弄的到處都是水。它還能發出嘎嘎的叫聲。發明者在結構上向我們展示了高超的技術，這個自動裝置與鴨子的結構相同，包括身上的骨頭和翅膀，每個腔洞、弧度和隆起都非常逼真。如果將玉米粒扔在它面前，它就會伸著脖子吃，就像真的鴨子那樣咀嚼並消化掉。

如果這些自動裝置已經算是精妙的設計，那巴貝奇先生的電腦呢？那

些機器不需要人類智慧的幫助就能列印結果。那些由木材和金屬組成的引擎，既可以計算天文表和航海表，又可以給出精確、嚴格的算數操作糾正可能出現的錯誤。有人也許會說，我們已經談論過的機器，全部加起來都比不過梅策爾的西洋棋手。梅策爾的西洋棋手只是一臺機器，它可以完成所有操作，而且不需要藉助任何人力的幫助。算數和代數的運、演算法則，在本質上是一樣的，只要給出資料，就能得到準確答案。初始資料決定了答案，任何因素都不會對答案造成影響。從開始解決問題到問題解決完，一系列正確步驟，將會引導人們得出一個準確無誤的答案。因此，人類能夠發明出一種具有特定程式的機械裝置，在輸入與問題相關的資料後，它會按照相應的程式解決問題，並給出答案。這個工程雖然複雜，但卻是確定和有限的。然而西洋棋手完全不同，它沒有任何步驟，因為沒人會根據特定步驟下西洋棋。只要我們在下西洋棋的時候走出第一步，就會發現這與代數的計算存在很大差異。代數計算的下一個步驟總是由上一個資料決定，但西洋棋裡走的每一步都不用根據上一步決定。代數問題得出答案的程式不會變，原始資料匯出第二步，第二步匯出第三步，第三步匯出第四步，第四步匯出第五步……直到得出答案。下西洋棋的時候，後面的每一步都無法預測。看棋的人不同，給出的意見也不同。每一步都取決於棋手敏銳的判斷力。即使西洋棋手的所有程式都是事先設定好的，也會被對手的思維打亂。因此梅策爾的西洋棋手與巴貝奇的電腦完全不同。如果我們只把西洋棋手當成機器，那就必須承認它是人類最偉大的發明。但最初展示西洋棋手的坎普倫男爵，卻說它是一個「普通的機器，不值一提。雖然它的效果驚人，但也只是來自一個大膽的設想，和一個可以增加幻覺的方式。」不過，這並不重要。很明顯，這個機器是由思維操控的。它其實採取了數學證明中的先驗原則，問題是人類用什麼方式支撐這個原則。在深入探討這個問題之前，我先介紹一下西洋棋手和它的歷史，好讓那些沒有見過它的人瞭解一下。

坎普倫男爵是匈牙利普萊斯堡的貴族，在1769年發明了西洋棋手機器人。他掌握了操控西洋棋手的祕密，並把它賣給梅策爾。西洋棋手相繼在普萊斯堡、巴黎、維也納和一些歐洲城市展出。梅策爾先生在1783年至1784年

期間，將它帶到倫敦。最近幾年，它在美國幾個主要城市展出。無論哪兒的人都會對它的外表產生好奇，人們想知道它演變的祕密。幾週之前，里奇蒙的居民覺得可以忍受它的形象。它右邊的手臂應該放在箱子盡頭，棋盤應該放在箱子上方，那個鑲著金邊、被固定住的墊子不應該露在外面。梅策爾先生給西洋棋手的服裝做了一些改動，讓它不再像之前那樣寒酸（就像普通機器裝置那樣）。

約定好的展覽時間到了，一扇折疊門被打開，機器移動到離觀眾只有十二英尺的地方，它和觀眾之間隔著一條繩子。有個穿土耳其服裝的人偶盤坐在楓木箱上，就像坐在桌子上一樣。展出者會按照觀眾的要求，將機器移動到指定地點，即使在比賽的過程中，也可以頻繁移動。箱子底部較高，裝著小腳輪或黃銅滾輪。這樣，觀眾可以清楚地看到機器人底部的外觀。機器人的座椅和箱子固定在一起。四方的棋盤邊長大約十八英寸，固定在箱子上。西洋棋手的右臂從右側伸出來，手背向上橫在前面。左臂彎曲，左手拿著一個菸斗。有塊綠色布料從土耳其人偶的兩肩垂下來，遮住後背。箱子由五個部分組成，三個大小相同的櫃子，櫃子下面有兩個抽屜。這就是西洋棋手機器人的外形。

梅策爾現在要向觀眾公開機器的內部結構。他拿出一串鑰匙，打開一號門。觀眾可以看見裡面緊密地排列著一些齒輪、槓桿和其他機械零件。然後他走到箱子後面，拿起人偶的衣服，打開一號門對著的那扇門。梅策爾點了一根蠟燭，在門前來回移動，透過光線可以看見裡面的機械零件。觀眾對此很滿意。他鎖上後面的門，拔出鑰匙，放下衣服，回到前面。一號門始終開著。展示者現在打開箱子底部的抽屜——看上去似乎是兩個抽屜，實際上只有一個，另一個把手和鎖孔只是裝飾品。抽屜裡只有一個小坐墊和一副西洋棋，直立著固定在架子上。關上抽屜以後，他打開二號櫃和三號櫃。櫃子裡有一個折疊門，通向一個大小相同的隔間，隔間的右邊（觀眾右邊）有 個寬六英尺的小空間，裡面裝著機械零件。被黑布遮擋的主體隔間（指可以看見的二號櫃和三號櫃的部分），在兩邊頂端的角落裡有兩塊扇形金屬片，除此之外，沒有任何其他零件。主體隔間左側下邊靠近後方的角落，有一個被

黑布蓋著的長方形突出，大小約八英尺。一號櫃的門、二號櫃、三號櫃和抽屜都開著，展示者繞到後面那扇門，在前後各放一根蠟燭，方便大家看清主體隔間內部的構造。檢查完整個箱子以後，梅策爾沒有關上那些門和抽屜。他將機器人翻過來，掀起土耳其人偶身上的布料，露出後背。人偶腰部有一個邊長十英尺左右的方門，左腿上有一個小一點的門。人偶的內部全是機械零件。現在所有觀眾都瞭解了機器人的構造，證明這裡面沒藏人。詳細展示了其內部構造以後，我覺得裡面藏人的說法十分可笑。

梅策爾將機器放回原來的位置，向觀眾說，誰都可以與這個機器人下一盤棋。如果有人願意，就在繩子旁邊放一個小桌子——不會妨礙挑戰者看到機器人。梅策爾從這個桌子的抽屜裡拿出一副西洋棋，親自擺好棋盤。一般情況下，他都是親自擺放棋盤，除非遇到特殊情況。等挑戰者坐好以後，展示者走到機器人身邊，拿掉菸斗，打開抽屜，從裡面取出墊子，放在左胳膊下面。從抽屜裡拿出西洋棋，擺在人偶面前，鎖好櫃子以後，將鑰匙留在一號門上。他關上門，擰緊發條，將鑰匙插在機器人左邊（觀眾左邊）。準備好以後，遊戲開始，機器人先走。整個棋局半小時左右，如果超出這個時間還沒結束，而且挑戰者也願意繼續，梅策爾一般不會反對。很明顯，挑戰者感到很累，可那個機器人呢？它可以看懂對手走的每一步棋。挑戰者每走一步，梅策爾就在機器人棋盤上移動一顆棋子放在相應的位置上。同樣，人偶每走一步，梅策爾就在挑戰者棋盤上移動一顆棋子放在相應的位置上。就這樣，展示者在兩個桌子之間來回奔走。他從人偶的後背拿出被吃掉的棋子，放在棋盤的左邊（他的左邊）。有時候，機器人不知道該怎麼走，展示者就站在右邊，將手放在箱子上，腳下發出奇怪的聲音。大家開始懷疑他是不是在與機器人合謀。不過，這只是梅策爾無意識的舉動。如果不是，那就是他刻意練習這個動作，目的就是想讓觀眾懷疑機器的真實性。

土耳其人偶下棋時用的是左手，胳膊一直彎曲成直角，它將手（戴著手套，自然彎曲）放在想要移動的棋子上方，然後突然降下來將棋子拿在手裡，這個動作對它來說很簡單。如果棋子的位置不準確，機器人就會失手。這時，它會直接將手放在想要放的地方，就像手裡有棋子那樣。等把「棋

子」放在指定位置以後，它就把胳膊收回來放在墊子上。梅策爾會按照它的意思把棋子放好。機器人每走一步，人們都會大聲叫好。人偶在比賽的過程中，會不時地轉動眼睛，晃動腦袋，好像在觀察棋盤一樣，還會在必要的時候大喊「將軍」。如果擺錯對手的棋子，它會不停地搖頭，用右手使勁敲桌子，並將放錯的棋子放回原來的位置，然後認真思考自己該怎麼走。贏了以後，它興奮地向觀眾搖晃著腦袋，左臂更加向外，將變形的手指放在墊子上。總體來說，它總是獲勝的一方，只輸過一兩次。比賽結束後，如果觀眾有需要，梅策爾會再次展示箱子。展出結束後，機器被推到簾幕後面與觀眾隔開。

很多人想探索機器人的祕密。普遍被熟悉機器人的觀眾接受的想法是，機器只是機器，沒有任何人為力量介入其中。有很多人認為，展示者運用機械手段，透過箱子的腳操控機器人。另一些人認為是透過磁鐵實施操控。有關第一種看法，前面已經解釋過，現在不再重複。有關第二種說法，我們可以回顧一下現場的情況，裝著輪子的機器被推到觀眾面前，並按照觀眾的要求在房間裡來回移動，即使正在比賽也是如此。關於磁鐵的假設很難成立，如果將磁鐵當成媒介，那觀眾身上的其他磁鐵就會造成干擾。事實上，在整個展出的過程中，展示者絲毫不介意在桌子上放磁石。

1785年在巴黎出版的一本小冊子，是我們所知的第一個記錄這個祕密的文件。作者的想法是，裡面藏著一個小矮人。打開箱子的時候，小矮人將兩腿塞進一號櫃的圓洞中，身體在櫃子外邊，被土耳其人偶的衣服蓋住。小矮人等門關上以後進入箱子，機械運動的聲音掩蓋了他行動時發出的聲音，同時他進箱子的門也被關上了。展示機器人的內部結構時，卻沒人發現裡面藏著人。觀眾都說這本冊子的作者不瞭解機器的內部結構。這樣的想法太荒唐，根本無需反駁或評論，也沒引起什麼反響。

1789年，累斯頓的M·I·F·弗瑞希爾出版了一本書，對解開機器人的謎題進行了新的嘗試。這本書非常厚，書裡附有大量彩色雕版插畫。書中寫到：「有一個受過良好訓練的瘦高男孩，在那裡操控機器人的一舉一動（可以讓他藏在抽屜裡，一眨眼就能鑽到棋盤下邊）。」雖然這樣的想法比巴黎

作者的想法更可笑，但卻被很多人接受，甚至認為這是對機器人之謎的正確解釋。最後，發明者把箱子上部詳細檢查了一遍，才打消了人們的這個想法。

隨之而來的是各種奇怪的解釋。近些年，一個無名作者提出了一種看似可能的解釋。不過，我們不能將它當成正確解釋。他的文章的標題是《對梅策爾的西洋棋手的一次分析》，經過刪減發表在巴爾的摩的週報上。我們推測，大衛·布魯斯特在關於自然魔力的信中提到的小冊子就是這篇文章。信中說這就是最令人滿意的解釋。總體來說，文章中的分析很合理，但布魯斯特說「這是最令人滿意的解釋」，我們就只能說這是他粗略閱讀得出的結論。結論分為幾部分（還有木雕，占了好幾個版面），主要說了以下幾種可能，箱子的隔板可以自由移動，使藏在裡面的人也可以自由移動，以免在展示期間被觀眾看到。這樣的解釋無論是原理上還是結果上都是正確的。有人在展出的時候藏在箱子裡。但我們也不認可用這麼冗長的方式，描述移動的隔板是為了配合藏在箱子裡的人的動作。我們反對的原因是，不應該迫使後面的猜測順著這個開始假定的理論方向走。任何理由都不應該，也不能左右它。不管如何移動隔板，藏在裡面的人走的每一步都不能讓觀眾看見。說明特定的運動導致的結果與說明事情的真相之間相差甚遠。能夠得到同一個結論的方法有很多種，認為其中一種方法是唯一正確的，與用個體證明整體一樣荒唐。實際上，隔板的移動沒有固定的排列順序。這篇文章用了七八頁論證了一個正常人都認可的事實：機械天才坎普倫男爵，發明了一種在人力作用下可以向兩邊移動的門或滑板，以此躲過觀眾的視線，就像文章的作者講的那樣。這也是我們接下來要充分解釋的一點。

在試圖對機器人進行解說之前，我們先分析一下如何操作機器人，再詳細地描述觀察事物的本能是如何指引我們找出結論的。

在這裡可以重複一下我們的話題，展示者向觀眾揭示箱子內部結構的順序——他從未做過任何改變——是，打開一號門，並一直敞開門。他走到箱子後面，將一號門正對著的門打開，並點了一根蠟燭。隨後他鎖上後面這扇門，回到前面拉開抽屜。他繼續打開二號門和三號門（折疊門），向觀眾展

示內部的主要隔間。一號門和抽屜仍然開著。然後他走到後面，將門再次打開。關門的時候，我們沒看出有什麼規律。只是每次關抽屜之前，會先將折疊門關好。

假設機器在推到觀眾面前時，有一個人已經藏在一號櫃裡（主體部分到一號櫃之間的距離遠超實際所需），他的腿放在主體隔間裡。梅策爾打開一號櫃的門時，觀眾不會發現裡面的人，因為裡面一片漆黑，就算是最亮的眼睛也不能穿透兩英尺。但他打開一號門正對著的那扇門時，光線可以穿透過來，如果裡面有人，就會被發現。不過，事實不一定是這樣。鑰匙插進鎖孔，就是向藏在裡面的人發出信號。藏在裡面的人儘量將身體向前縮成一團，躲進隔間。這個姿勢不可能維持太長時間，梅策爾很快將門關上，裡面的人恢復原狀——櫃子裡的光線消失，觀眾看不見裡面的情形。拉開抽屜的時候，兩腿可以放在抽屜所在的地方。主體隔間已經完全沒有藏匿者的蹤跡了——身體在一號櫃後面，兩腿在抽屜所在的地方。這時展示者可以自信地向觀眾展示主體隔間。他將前後兩道門同時打開，也看不見人。觀眾也相信已經把箱子的所有地方都看過了。事實上，他們既沒有看見一號櫃後面——展示者關上的前門實際上是後門，也沒看到抽屜的後面。梅策爾將機器轉了一個圈，拿起土耳其人偶的衣服，將後背和左腿的門打開，向大家展示裡面的構造，然後關上門。這時，裡面的人可以移動到人偶的身體裡，視線與棋盤平行。他很有可能坐在那個突起的方塊上，就是我們在主體隔間的角落裡看到的隆起。人偶胸前的布是紗質的，他可以清楚地看見棋盤上的棋子。他的右臂橫在胸前操控機器，同時移動人偶的左臂和手指。這個機械裝置在土耳其人偶的左肩下面，假設那個人是用右手操控機器，對他來說就太容易了。人偶內部有另一個裝置操控頭部、眼睛、左臂和聲音。整個機器的核心很可能分佈在主體隔間右邊（觀眾右邊）的櫃子裡（寬約六英尺）。

分析完機器人，我們可以避免談論隔板移動的方向，現在看來，這一點並不重要。這個裝置可以由任何一個工匠完成，這樣就可以產生很多可能。我們之前說過，觀眾沒有看出其中有什麼特殊之處。我們是根據多次觀察梅策爾的展覽得出的結論。

1、土耳其人偶活動的時間由對手的移動決定，沒有任何規律可言。這一點在機械發明中很重要，而且可以透過設定對手下棋的時間完成。假如設定的時間是三分鐘，機器人就要在三分鐘後完成動作。既然這麼容易就可以實現規律，那麼在我們這個案例中的不規則，充分證明了規律對機器人的操作沒有任何影響，也就是說，機器人不只是一個機器。

2、機器人每一次移動棋子，左肩就會有移動。只是移動的幅度很小，而且被布料擋住了。左肩的移動總是比手臂的移動早兩秒。左肩不移動，手臂也不會移動。假設對手已經走了一步棋，梅策爾在機器人的棋盤上擺出相應的棋子。這時，挑戰者緊緊盯著機器人的左肩，直到左肩有移動的跡象，挑戰者立刻收回剛才那顆棋子。我們可以看看機器人手臂的動作，其他時候，左肩輕微移動後，手臂會馬上移動，但現在它卻停止了。在梅策爾更正這一步棋子之前，它就停止移動了。

由此我們可以得出結論：第一，梅策爾只是在機器人的棋盤上擺放挑戰者的棋子。第二，機器人的活動受到意識支配——一個能看見挑戰者棋盤的人意識的支配，也就是說梅策爾對於機器人而言不是必須的。第三，梅策爾不是整個活動的控制者，因為挑戰者撤回棋子時，梅策爾背對著挑戰者。

3、機器人偶爾會輸掉比賽。如果只是一臺機器，就有可能總贏。既然發明了可以下棋的機器人，那也就可以發明總是能贏得比賽的機器人。對它進行改良，可以讓它永不失敗。製造一個總能贏得比賽的機器，不比製造一個可以下棋的機器難。如果西洋棋手只是一個機器，那麼發明者留下缺陷的目的是為了改進機器。這實在太可笑了，因為人們會嘲諷它的缺陷，質疑它是否真的只是一個機器。

4、土耳其人偶遇到比較複雜的棋局時，不會搖晃腦袋、轉動眼睛。只有知道下一步棋怎麼走了，它才會如此。這些本來是人在思考時做的動作，坎普倫男爵考慮到這一點，所以將這些動作設計進去，目的是增加複雜性。不過，這反而能證明裡面藏著人。當需要思考下一步棋該怎麼走的時候，裡面的人顧不上讓機器人搖晃腦袋、轉動眼睛。但如果棋局非常簡單，不需要思考的時候，他就有時間讓機器人做出這些動作。

5、展示機器的時候，它被推到各個角落，展示者還讓觀眾檢查了人偶的後背。當掀起它的衣服，打開腿上的門時，我們可以看見裡面的機械零件。機器放在四腳輪上展示的時候，有一部分機械的運動形狀會發生變化，位置也會移動，有時候位置移動的幅度很大，這種變化很難用透視原理進行解釋。展示者會告訴我們人偶內部有鏡子，所以才會產生移動。實際上機械內部的鏡子不會對機械本身的角度產生影響。不管展示者想證明什麼，都必須向觀眾解釋它的作用。我們馬上就會想到，在裡面裝上鏡子，只是為了讓器械顯得更加擁擠。最終我們會得出一個結論：它不只是一個機器。發明者在裡面裝上鏡子是為了讓它看起來更加複雜，以此來欺騙觀眾，尤其是那些參加展覽的人，並讓他們把這些簡單裝置看成偉大的發明。

6、我們可以將機器的外形，特別是人偶的設計，看成是對人的模仿，卻與模仿物不同。那張用蠟製成的臉與人臉很像，但卻不是特別精巧。眼睛的轉動很不自然，嘴脣和額頭沒有相應的動作。胳膊僵硬、機械的呈矩形運動。梅策爾花了很多時間改善這個機器，卻依然存在上述缺陷。發生這種情況，要麼是他沒有能力製作，要麼是他故意留下缺陷。我們肯定不能把其相似程度的缺陷歸為改善者沒有能力，梅策爾的其他自動裝置表明他可以精確模仿人類。比如，走鋼絲的人，當小丑笑的時候，嘴脣、眼睛、眉毛、眼瞼等地方全部有著相應的變化。它和它的同伴模仿人的動作，如果不是因為它們很小，走鋼絲之前被觀眾傳來傳去，真會以為它們是活生生的人。梅策爾在這方面的能力毋庸置疑，我們只能假設他是故意保留著坎普倫男爵最初的外形設計——這個設計並不難。讓機器人與人類相似，難道不比現在這個樣子更能贏得觀眾的喝彩嗎？現在，機器人的機械動作和矩形的呆板路徑，讓人們相信這只是一個機器。

7、展示者在表演開始之前給機器人上發條——觀眾很熟悉上發條的聲音，他們發現箱子的鑰匙轉動的軸心沒有連接重物、彈簧、機械系統。我們在這裡得出的結論與之前觀察得出的結論一致，上發條並不會影響對機器人的操控，這個設計是為了讓人們相信這只是一個機器。

8、有人問：「機器人只是一個機器嗎？」梅策爾回答：「關於這點，

我沒什麼好說的。」現在，人們對機器人的好奇，被質疑聲淹沒。作為一個純粹的機器，可以為它的擁有者帶來利益。梅策爾的回答更能激發大家的好奇心。另外，要引起大家的懷疑，還有比梅策爾含糊其辭的回答更有效的辦法嗎？人們聽到這樣的回答，會本能地做出反應，認為梅策爾為了利益，必須說它只是一個機器。雖然他沒有明著說，但他的動作顯然是想讓人們相信它只是一個機器。但如果他真的想表達這個意思，他應該明確說出來，而不是用動作代替。因此，我們可以得出一個結論：他保持沉默，是因為他知道它不只是一個機器。語言可以讓他陷入撒謊的境地，但動作不會。

9、梅策爾在展示箱子內部的時候，打開了一號門和後面正對著它的門，他拿著蠟燭來回移動，讓觀眾看清裡面的機械零件。很多細心的觀眾發現，機器移動的時候，靠近一號門旁邊有一個地方是靜止的。

機器運動時，這個地方是靜止不動的。這個情況證實了我們的困惑，機器裡有很多容易被忽略的部分，被忽略的部分恰恰是整個機器最關鍵的部分。我們設想的人就藏在這個關閉的後門旁邊。

10、布魯斯特說土耳其人偶與真人大小一樣，但實際上人偶比真人大很多。機器人與外界相隔，我們沒辦法拿它與真人進行比較，只能想像它和真人大小一樣。但當展示者靠近它的時候，我們可以感覺到這個想法有多荒唐。雖然梅策爾先生的個子不高，但他比土耳其人偶起碼矮十八英尺，而且人偶是坐著的。

11、箱子後邊放機器人的地方，長三英尺六英寸，寬兩英尺四英寸，高兩英尺六英寸，足夠藏一個人。主體隔間也可以藏一個人。這是事實，我們就不再過多論述。那些對此心存懷疑的人可以經過計算得出結論。隔間敞開的時候，觀眾目測箱子頂部有一塊三英尺厚的板子，它看上去非常薄。如果只是瞥一眼，箱子的高度也會產生誤差。從外面看，抽屜的頂部和櫃子底部的空間大約有三英寸高，這個尺寸包括抽屜的高度。這會讓箱子的高度看上去比實際小。發明者正是利用這樣的設計，造成一種假象，讓觀眾相信箱子裡的空間不足以藏一個人。

12、主體隔間裡的布料有兩個作用：第一，布拉開以後可以形成簾

子——主體隔間背部和一號櫃背部的簾子，以及主體隔間和抽屜被打開時後面的簾子——裡面的人可以自由移動。如果這個假設是正確的，移動隔板就很容易。第二，減輕裡面的人移動時發出的聲音。

13、挑戰者坐的地方與機器人有一定的距離，而不是直接與機器人在同一個棋盤上下棋。這樣做的目的可能是，挑戰者回答觀眾的提問時，可以在機器和觀眾之間調節，讓觀眾在一定距離之外明白。不過，要解決這個問題很簡單，可以調高觀眾的座椅，也可以把箱子的邊緣對著觀眾。如果挑戰者坐在箱子邊緣，就可以藉助快攻發現藏在裡面的人的呼吸。

14、雖然有時候梅策爾向觀眾展示機器內部結構的順序會發生變化，但這並不會影響我們的結論。比如，他一直都是先打開抽屜，但不會在關上一號櫃對著的門之前，打開主體隔間。他會在打開主體隔間之前，拉開抽屜；關上主體隔間的門以後，關上抽屜。打開主體隔間之前，他總會關上一號櫃對著的門。等所有門都關上以後，才開始遊戲。如果梅策爾沒有按照這樣的順序操作，就是對我們的假設最有力的反駁。如果他按照這樣的順序操作，就是對我們的假設最好的證明。

15、機器人的棋盤在展出時，點了六根蠟燭。這裡會產生一個疑問：「為什麼會有這麼多蠟燭？」只需要一兩支蠟燭就可以讓觀眾看清。假設它只是一個機器，下棋的時候根本不需要這麼多蠟燭，或者說根本不需要蠟燭。另外，在它對手的棋盤上只點著一根蠟燭。面對這樣的疑問，最有可能的回答是，藏在人偶裡的人需要藉助蠟燭的光才能透過胸前的薄紗看清棋子。如果我們研究一下蠟燭在棋盤上的擺放位置，就會發現第二個答案。棋盤上有六支蠟燭，每邊三個。距離觀眾最遠的那支最長，中間比前面那一支少三英寸，靠近觀眾的那支比中間的少兩英寸。另外，兩邊蠟燭的高度也不同，一邊最長的蠟燭比另一邊最長的蠟燭短三英寸。另一邊的蠟燭也是以每支兩英寸的長度遞減。所以沒有高度相同的蠟燭。複雜的設計將光線分佈到各個不同的層面，讓觀眾很難看清人偶的胸部是什麼材質（正對著它的光線非常強烈）。

16、坎普倫男爵擁有西洋棋手的時候，人們曾多次看到一個義大利人。

第一次看到他是在男爵的房間裡——土耳其人偶下西洋棋的時候，沒人看見他。第二次義大利人生病了，展覽也停止了，直到他恢復健康，機器人才重新展出。房間裡的人都說自己是西洋棋高手，義大利人卻說自己不會下西洋棋。類似的情況在梅策爾擁有西洋棋手以後也出現過。梅策爾身邊總跟著一個叫舒姆伯爾的人，但沒人看見過這個人幫忙裝卸機器。舒姆伯爾有著中等身材，後背有點佝僂，不知道他會不會下西洋棋。但可以肯定的是，沒人在西洋棋手展出的時候見過他。他一般在展出前或展出後頻繁露面。梅策爾幾年前在里奇蒙展出時，舒姆伯爾住在舞蹈家M·波瑟斯的住所。那一次他突然生病，梅策爾的展出也中斷了。很多人都知道，西洋棋手停止展出的原因不是舒姆伯爾的病情。但我們讓讀者自己推斷事情的真相吧！

17、土耳其人偶下棋時，用的是左手。這樣的特點很明顯，布魯斯特先生卻沒有提到這點。我們推測原因是這樣的，早期有關機器人的文章沒有關注過這一點，甚至都沒有提到。布魯斯特在小冊子裡暗示過，也承認自己不知道該怎麼解釋。但根據這個特點推測出來的結論，卻可以讓我們看清真相。

機器人用左手下棋和機器的操作之間的連結，很容易被人們忽略。一般情況下，可以讓人偶動起來的機械裝置應該放在右邊。人在操作的時候不會因此受到影響——左手和右手都可以熟練使用。我們可以發現西洋棋手的機器似乎和人體結構很像。假設真實情況就是如此，我們需要藉助想像還原——西洋棋手和人的行為相反，這點可以證明裡面確實藏著一個人。我們還可以透過其他一些線索找到答案。機器人下棋時用左手，因為裡面的人不能用左手。如果機器人下棋時用右手，肩膀下的操縱機械在下棋時，就會弄疼裡面人的手，而且操作起來很難（他的身體需要貼緊機器人，或將左手橫在胸前）。不管是什麼方式，都會使他很難受。如果機器人下棋時用左手，就可以解決所有難題。他的右手可以放在胸前，靈活操控與人偶連接起來的機械手。

我相信沒人會對棋手的這種推論提出反對意見。

跳蛙 ①

　　像國王這樣喜歡講笑話的人，我以前從沒見過。他像是專門為笑話而生。得到他恩寵的唯一方式就是把笑話講得非常生動。他的七位大臣講笑話很厲害，他們和國王一樣身材肥胖，但講笑話的能力無人企及。我弄不清楚，人是因為講笑話才變胖，還是因為胖才能講好笑話。不過，很少有身材瘦弱的人能成為講笑話的高手。

　　國王從不會將過多心思花費在推敲字句，或被他稱為「鬼」點子的東西上。他更喜歡大白話，所以整個笑話經常出現很多廢話，可是他卻能從中獲得樂趣。他更加偏愛拉伯雷的《巨人傳》，而不是伏爾泰的《查第格》，也就是說，他更喜歡惡作劇。

　　弄臣在我說的那個年代裡還在大行其道。歐洲大陸的貴族們養著一批小

<hr />

1. 《跳蛙》，源於法國的真實歷史事件。1393年，查理六世和五位貴族在一次婚宴的化裝舞會上，他們的裝扮相同，用繩索互相串聯起來，以此來娛樂眾賓客。旁觀的賓客們非常好奇，有一位賓客拿著火把靠近他們，想逐一辨認出他們。出人意料的是，由於火把過於靠近他們，火把燃著了串在一起的六個人，其中四人被燒死，只有國王和一個貴族倖免於難。受此啟發，愛倫‧坡創作出一篇邏輯嚴密的諷刺故事，並與19世紀美國廢奴浪潮構成呼應。——編注

丑。小丑為了宮殿桌子上殘留的麵包屑，穿著華麗的衣服，帶著小丑帽子，繫著鈴鐺，做好隨時上場為大家表演的準備。

國王陛下自然也有小丑。他其實只需要一些愚蠢的人，好去襯托七位大臣的聰明，和他無人能比的智慧。

國王的小丑或弄臣不僅是傻子，還是侏儒和瘸子。在國王眼裡，他一個人就能比得上三個。侏儒在那個時代和小丑一樣，在宮廷裡極其常見。如果沒有這些小丑和侏儒逗他們開心，他們真不知道該怎麼打發在宮廷裡的漫長時間——宮裡的時間總比外面長一些。宮裡的弄臣大多都是身材肥胖、動作遲緩的人，所以國王看見「跳蛙」——小丑的名字——一人擁有三項才能，自然非常高興。

我認為「跳蛙」並不是這個小丑接受洗禮時的教名，而是七位大臣看見他不能正常走路，才給他起的名字。跳蛙肚子很大，腦袋上還長著一個大瘤，只能用一種跳和扭動的步伐——很像舞步——走路。大家看到都忍不住發笑，當然這也給國王帶來了歡樂。所以國王認為，他是宮廷裡最重要的人物。

跳蛙的雙腿彎曲變形，行走時需要花費很大力氣，忍受巨大的痛苦。但上天卻賜給他強壯的上臂，使他可以隨意在大樹、繩子或其他地方攀援雜耍。這時候，他就變成了一隻猴子或松鼠，而不是一隻蛙。

沒人知道跳蛙來自哪兒，我猜應該是來自一個遠離國王領土的偏遠地域。一位常勝將軍將跳蛙和一個身材同樣矮小的、身材勻稱的、跳舞很棒的姑娘特莉佩塔，從兩個相鄰省份掠來，獻給國王陛下。

兩個小俘虜境遇相似，因此產生了一種親密的感情，不久，他們結拜為兄妹。懷有一身本領的跳蛙能夠得到別人的喜歡，少不了特莉佩塔的幫助。大家非常喜歡美麗的特莉佩塔，所以她一有機會就為跳蛙爭取好處，而且每次都能成功。

國王決定在一個盛大節日（我忘記是哪個節日了）來臨的時候，舉辦化妝舞會。在宮廷裡，不管是什麼樣的化妝舞會，特莉佩塔和跳蛙都會被邀請參加。特別是跳蛙，他擅長布置舞會的現場、給人物設計奇特的造型、準備

服裝道具、製作面具等。如果少了他的幫助，舞會就不能舉行。

　　舉行舞會的日子到了。華美的大廳已經布置好。在特莉佩塔的監督下，所有設備都已安置妥當。整個宮廷都盼望著這一刻的到來，每個人都決定好舞會上要穿的服裝和扮演的角色。很多人在一個月以前就決定好了，實際上除了國王和七位大臣，沒人為此糾結。我不知道他們為什麼遲遲不肯做決定，除非他們準備了一個惡作劇，或者因為他們太胖了，無論裝扮成什麼樣，都會被認出來。舞會馬上就要開始，他們不得不找來跳蛙和特莉佩塔。

　　跳蛙和特莉佩塔奉旨進殿時，國王和七位大臣正圍坐在酒桌旁，看樣子不是很高興。跳蛙喝完酒以後會發瘋，那可不是一件令人舒服的事，國王知道他不能喝酒。不過，國王喜歡惡作劇，因此他樂於逼迫跳蛙喝酒，按他的說法，是讓跳蛙快活一下。

　　當弄臣和小矮人走進房間時，國王說：「跳蛙，過來。把這杯酒喝了，為出門在外的朋友祈福。」聽到這裡，跳蛙歎了一口氣。國王繼續說：「我們要扮演新奇的、與眾人不同的人物角色，你來給我們出出主意。原來那一套我們都看膩了。快把這杯酒喝了，它可以增加你的智慧。」

　　跳蛙想和以往那樣給國王講些笑話，以此答謝國王的賞賜。但這次真的太為難他了。那天正好是他的生日，聽到那句「出門在外的朋友」，讓他忍不住掉下眼淚。大顆淚水從眼睛裡落在他從國王手中接過的酒杯裡。

　　「哈哈！」國王看著跳蛙勉強喝下杯中的酒，笑著說：「一杯好酒有什麼價值！你的眼睛已經亮了。」

　　可憐的人！酒精立刻在他的大腦裡發揮作用。與其說他的眼睛發亮，不如說是發光。跳蛙緊張地把酒杯放在桌子上，神色恍惚地看著大殿裡的人。大家聽到國王的「笑話」，非常開心。

　　首相是一個特別胖的人，他說：「現在讓我們說說正事吧！」

　　國王接著說：「對，親愛的朋友，來為我們扮演的角色出出主意，我們所有人需要扮演的角色，哈哈！哈哈！」七個大臣和國王一起笑著，因為這段話意味著一個笑話。

　　跳蛙也跟著他們一起笑，只是笑聲微弱，整個人沒什麼神采。

「快點，你就沒什麼好主意嗎？」國王不耐煩地說。

跳蛙因為那杯酒變得精神恍惚，他虛弱地說：「我正在努力想一些新奇的人物角色。」

國王突然怒吼：「努力！這話是什麼意思？你在抱怨是吧？你是不是想多喝點酒？把它喝下去！」說完他倒了滿滿一杯酒遞給跳蛙。跳蛙嚇得喘不過氣來，呆呆地看著這杯酒。

「我讓你喝了它！」國王大聲吼道，「不然就以魔鬼……」

小矮人還在發愣，國王臉色鐵青，七位大臣坐在旁邊偷笑。特莉佩塔臉色蒼白地走到國王面前跪下，苦苦哀求國王放過她的朋友。

國王上下打量了她一陣，顯然沒想到她居然這麼大膽。國王不知道應該說什麼，也不知道應該做什麼，才能發洩他的怒氣。最後，他將特莉佩塔推開，將那杯給小矮人喝的酒潑在她臉上。

可憐的姑娘努力站起身，重新回到她原先站的地方，甚至不敢發出一聲歎息。

大約有半分鐘，大殿裡一片死寂，甚至能聽見樹葉或羽毛掉下來的聲音。突然，屋子裡傳來一陣刺耳的摩擦聲。

「這是什麼？你為什麼發出這種聲音？」國王轉向跳蛙，憤怒地說。

跳蛙似乎已經醒過來，看著國王的臉，平靜的說：「我？怎麼會是我？」

一位大臣說：「聲音好像是從外面傳進來的。我猜是牆外的鸚鵡在籠子上磨嘴。」

「沒錯，」國王說。這個提醒似乎讓他放鬆下來：「我敢以騎士的榮譽發誓，這是它發洩怒氣的聲音。」

就在這時，跳蛙突然放聲大笑——國王非常喜歡笑話，任何人笑出聲他都不會怪罪，露出一排鋒利、醜陋的牙齒。他說很想喝酒。國王怒氣全消。跳蛙杯中的酒一飲而盡，這次他並沒有受酒精的影響。他馬上熱情地講起假面舞會計畫。

「我也不知道為什麼會想出這個計畫，」他像沒喝過酒一樣神色平靜：

「但就在陛下您為了懲罰這位姑娘，把酒潑在她臉上以後，牆外面的鸚鵡發出奇怪的聲音，因此我想到一個絕妙的計畫。我們家鄉經常在假面舞會上玩的一種遊戲，在這兒絕對算得上奇特。不過，這個遊戲需要八個人，而且……」

「我們正好有八個人！」國王驚喜地喊道：「我和我的大臣加起來正好八個人。快說吧！這個遊戲怎麼玩？」

「我們稱它為鎖鏈上的八隻猩猩，」跳蛙說：「如果我們能裝扮好，它就會非常有意思。」

國王將身體前傾，瞇著眼睛說：「我們就裝扮這個。」

「這個遊戲最精彩的地方在於，舞會上的女士看見，會驚恐萬分。」

國王和大臣齊聲說：「太棒了！」

「你們需要裝扮成猩猩，」跳蛙繼續說：「這些包在我身上，我會把你們裝扮得跟真猩猩一樣。舞會上的其他人會以為看見了真的野獸，因此感到十分驚恐。」

國王大聲說：「啊！那真是太棒了！跳蛙，我一定會賞賜你很多奇珍異寶。」

「鎖鏈的聲音可以使場面更加混亂，人們會認為你們是趁著看守員不注意逃出來的。陛下，您簡直無法想像現場的效果。人們在假面舞會上看見綁著鎖鏈的八隻猩猩，它們怒吼著衝向那些穿戴整齊的男女賓客，那感覺簡直太棒了！」

「沒錯，肯定會這樣！」國王說完，和其他人一起開始裝扮。

裝扮猩猩的方式很簡單，卻足以達到嚇人的效果。在我敘述的那個年代，很少有人能在文明世界看見他們裝扮的那種動物。跳蛙將他們裝扮得非常逼真、恐怖，像極了野獸。

國王和七位大臣穿上緊身衣褲，身上塗滿柏油。有人建議在上面沾上鳥類的羽毛，跳蛙馬上拒絕了這個提議。他向八位裝扮者證明，用亞麻裝扮猩猩比用動物的毛髮更好。於是他們在身上黏滿厚厚的亞麻。然後他們找出一根長鎖鏈，先繞過國王的腰，打好結，再按照同樣的方式綁在七位大臣身

埃德加‧愛倫‧坡

上。鎖鏈綁好後，八個人圍成一圈，每個人都儘量站開。為了使效果更逼真，跳蛙用剩餘的鎖鏈在他們中間綁了一個十字。這是當時婆羅洲人捉到大猩猩或猿類時的普遍做法。

假面舞會在一個非常高的圓形大廳舉行，大廳裡只有頂上有一扇窗戶，陽光可以從那裡透進來。晚上的時候（大廳主要在晚上使用），用大廳中央的一個巨大的枝形吊燈照明。吊燈用鐵鍊拴著，從天窗上垂下來掛在半空。有一個普通的平衡裝置控制吊燈的升降，這個裝置放在天窗外的屋頂上——這樣不會影響室內的美觀。

特莉佩塔一直負責大廳的布置，實際上，她會聽從跳蛙的建議。這次，跳蛙說應該把那個巨大的吊燈摘下來，因為上面的蠟油——這樣的天氣需要採取必要的預防措施——會滴到賓客的衣服上。大廳裡的人非常多，你不能保證他們不走到枝形吊燈下面。另外，大廳中遠離人群的地方裝上了燭臺，牆邊有五六十個女神像，她們的右手握著可以散發香氣的火炬。

八隻猩猩聽從跳蛙的建議，耐心等到午夜才露面。這時的大廳裡已擠滿戴假面具的人。午夜的鐘聲剛剛落定，八隻猩猩就跌跌撞撞地——身上的鎖鏈將他們絆倒——衝進大廳。

他們的出現立刻引起一陣騷亂，國王非常滿意這種效果。與之前設想的一樣，不少賓客以為這些是真的猩猩或真的野獸。很多女賓客都嚇暈了。幸好國王下過命令，不允許任何人攜帶兵器，不然他們肯定會被打得很慘。大廳裡的人趕緊衝到門口，但國王在進來以後下令鎖上大門，還把鑰匙交給跳蛙保管。

大廳裡混亂極了，每個人都只關心自己是否安全——實際上，當時最大的安全隱患來自人們的互相推擠。在這期間，很多人瞥見那條掛著吊燈的鐵鍊慢慢降下來，直到距離地面三英尺。

國王和七位大臣磕磕絆絆來到大廳中央，正好到了鐵鍊旁邊。這時，緊跟著他們的跳蛙，鼓勵他們讓現場更熱鬧。跳蛙抓住垂下來的鐵鍊和他們身上的十字形鎖鏈，並將十字形鎖鏈掛在平常掛吊燈的鉤子上。同時，不知是誰把鐵鍊拉到了人手搆不到的地方。八隻猩猩臉對臉聚到一起。

「讓我來！」嘈雜的人群中傳來跳蛙的尖叫聲：「我想我認識他們！讓我看一看，很快我就可以告訴你們他們是誰。」

說完他從擁擠的人群中走到牆邊，拿起女生手裡的火炬，像猴子一樣跳到大廳中央。然後他爬過國王頭頂，竄到鐵鍊上邊，舉著火把低頭查看，嘴裡喊著：「很快就能知道他們是誰了。」

所有人都放聲大笑——包括那八隻猩猩。跳蛙吹了一聲口哨，鐵鍊又向上提了三十英尺。八隻猩猩的雙腳懸在空中使勁掙扎。鐵鍊上升時，跳蛙抓緊鏈條，與八隻猩猩保持著一定距離。他保持著剛才的姿勢，好像在仔細辨認他們是誰。

鐵鍊的上升讓原本慌亂的大廳安靜下來。一分鐘後，大廳響起一陣刺耳的聲音，和國王將酒潑在特莉佩塔臉上時，聽到的聲音一樣。這聲音是從跳蛙嘴裡發出來的，此刻，他正憤怒地瞪著國王和七位大臣的臉。

「啊！」最終，跳蛙憤怒地說，「哈！我現在看清了！」他好像努力想看清國王的樣子，將火炬靠近國王的身體，火炬立刻將亞麻衣服點著。很快，八隻猩猩身上都著火了。下面的人驚恐地看著上面發生的一切，除了大聲尖叫，什麼也做不了。

突然火苗向上竄，為了防止燒到自己，跳蛙只好向上爬。在他爬的過程中，下面的人瞬間安靜下來，他趁著這個機會說：

「我終於看清藏在面具下的人是誰了。一個自以為是的國王和七個大臣——一個只會責打手無縛雞之力的弱女子的國王，和七個只會搬弄是非的大臣。而我是一個小丑，我叫跳蛙，這是我最後一次的表演。」

亞麻和柏油都是易燃物，跳蛙的話還沒說完，就完成了復仇計畫。鐵鍊上掛著八個人的屍體，他們早就被火燒焦了，散發著惡臭。跳蛙將火炬扔向屍體，順著鐵鍊爬到天窗外面，消失了。

特莉佩塔應該是同謀，她躲在天窗外幫助跳蛙完成這個計畫。傳言說他們回到了家鄉，此後再也沒人見過他們。

欺騙是一門精密的科學

嘿，騙人，騙人，
那隻貓和小提琴。①

天地誕生以來，世上出現了兩個傑瑞米。其中一個名叫傑瑞米·邊沁，他寫了《高利貸的合理性》這部悲傷的著作。約翰·尼爾先生非常推崇他，因此可以認為他是個小偉人。另一個傑瑞米為世界上最為精密的科學定下了名稱，因此可以認為他是個大偉人——實際上是個超級偉人。

欺騙，或者這個動詞所表達的抽象含義，是很好理解的。但是欺騙的性質、行為和本質，卻沒有明確的定義。不過從對人的定義中——「人是會欺騙的動物」（注意，這不是對欺騙的定義）——我們也許可以對那些問題有一個清晰的概念。如果當年柏拉圖能想出這個定義，也許就不會受那隻拔了毛的雞的侮辱了。②

---

1. 出自英國童謠集《鵝媽媽童謠》。——譯注
2. 柏拉圖曾經宣稱「人類就是沒有羽毛的兩足動物」，反對他的學說的人於是抓來一隻雞，拔光雞毛，宣稱「這就是柏拉圖所說的人類」。——譯注

這個問題對於柏拉圖來說是很棘手的，畢竟按照他下的定義，被拔了毛的雞是「沒有羽毛的兩足動物」，為什麼卻不是人呢？但是我就不會被這樣的問題難住，因為除了人之外，沒有任何動物會欺騙。要想推翻我的定義，可不是一隻拔了毛的雞這麼簡單。

只有人類這種穿衣服的動物，才具有欺騙的特質。烏鴉會偷東西，狐狸會偽裝，黃鼠狼會取巧，但是只有人會欺騙。欺騙是人類天生的特性，有詩人曾說「人天生就是悲傷的」，但實際上應該是人天生就會欺騙。欺騙是人的終極目標，如果有人將欺騙發揮到極致，我們就可以說他「人生圓滿」了。

有計劃的欺騙是多種成分的混合，有謹慎、自私、堅持、有謀略、勇敢、鎮定、新奇、傲慢和放肆的笑。

謹慎：騙子大都十分謹慎。他通常只做小買賣，例如零售或者現貨交易。如果因為利益的引誘，他要擴大交易規模，那麼他便會馬上失去騙子的特徵，而成為我們口中的「金融家」。金融家這幾個字便包含了欺騙的種種特性，但是「大」這個特性卻又與欺騙相悖，因此我們可以將騙子看作一個小金融家，將金融交易看作一次大欺騙。這種大小對比，就像是荷馬比於「弗拉庫斯」[3]，乳齒象比於老鼠，彗星尾比於豬尾巴。

自私：騙子總是自私的。欺騙並不是他的最終目標，他的眼中只有他的口袋和別人的口袋。他時刻關注賺錢的機會，在利益面前其他的東西都是次要的。你們也是次要的，要注意自己的定位。

堅持：騙子是很善於堅持的。他不會輕易放棄，即便銀行都破產他也不會氣餒。他矢志不渝地向著自己的目標前進，「就像一條在肥肉面前趕不走的狗」[4]，不管面對何種困難，他都不會放棄。

---

3. 愛倫・坡曾經在一篇批評詩人湯瑪斯・沃德的文章中，將古羅馬時期的詩人弗拉庫斯稱為業餘詩人。——譯注

4. 出自弗拉庫斯的《閒談集》。——譯注

有謀略：騙子都很有謀略。他心中有千萬條計策，精通各種誘騙人的謊言。他就算比不上亞歷山大，也可以是個第歐根尼。如果他不是個騙子，那他可以成為一個製造捕鼠器的行家，或者成為釣鱒魚的高手。

勇敢：騙子都很勇敢。他是個無畏的戰士。如果大盜迪克・特平[5]能夠更小心一些，說不定會成為一名出色的騙子；如果丹尼爾・歐康諾[6]能少幾句甜言，或許也能加入偉大騙子的行列；如果卡爾十二世[7]能多些腦子，或許也能成為一個優秀的騙子。

鎮定：騙子都很鎮定。他不會緊張，也不會過於敏感。沒有什麼事情能讓他手足無措。他從不心慌意亂——除非超出他的界限。他很冷靜——冷靜得就像一根黃瓜。他很鎮定——「鎮定得像伯里夫人的微笑」。他很舒緩——舒緩得就像一隻舊手套，或者古代巴亞[8]的少女。

新奇：騙子總有新奇的想法——事實確實如此。他總是有自己的思想。他不喜歡竊取他人的思想。他厭惡陳舊的伎倆。我敢說，如果他發現自己騙到一個錢包的方法是別人用過的，他會把錢包還給它的主人。

傲慢：騙子都很傲慢。他大搖大擺，雙手叉腰，昂視闊步，雙手插在褲兜裡。他當面嘲笑你，把你的臉面踩在地上。他吃你的飯，他喝你的酒，他借你的錢，他揪你的鼻子，他踢你的狗，他甚至吻你的妻子。

放肆的笑：真正的騙子每次做完事之後都會咧嘴大笑。不過他只在沒有旁人的時候笑。當完成了一天的工作，或者完成了分配給他的任務，他會在晚上躲在自己的小房間裡笑，這完全是他自己的歡樂。他回到家，鎖了門，脫掉衣服，吹滅蠟燭，躺到床上，頭枕在枕頭上。當所有這一切都完成，你

---

5. 十八世紀英國強盜，喜歡攔路搶劫，在一次偷盜房東的雞時被抓獲，並且被判處死刑。——譯注

6. 十九世紀愛爾蘭民族主義運動代表，領導英國下院天主教解放運動，是一名激進主義者。——譯注

7. 瑞典國王，很有軍事天賦，曾經進攻俄國，但是被挫敗。——譯注

8. 義大利古代城市，遺址在那不勒斯灣海底。——譯注

的騙子開始笑了。這不是假設，這是自然而然的事。我的推理是來自先前的東西，如果不咧嘴大笑，欺騙就不是欺騙了。

　　人類從嬰兒時期就開始欺騙了。也許亞當就是人類史上的第一個騙子。無論如何，這門科學都能追溯到遙遠的過去。經過現代人的完善，它已經發展到了我們的祖先無法想像的完美程度。因此我不必去引用那些「古老的諺語」，只簡明扼要地講述一些「現代的例子」就可以了。

　　一次完美的欺騙是這樣的。例如一個家庭主婦想要一張沙發，她已經轉過了好幾家傢俱店，最後她來到一家種類齊全的專賣店。門口有一位很有禮貌又十分健談的人上前搭話，並邀請她進去看看。她找到了一張滿意的沙發，然後詢問價格，當聽到報價時，她既驚訝又欣喜，因為價格比她預期的要低20%。於是這筆生意立刻成交，她交了錢，拿到收據，留下地址，並提醒儘快把沙發送過去。在店主的恭送聲中，她離開了。然而到了晚上，沙發並沒有送來。她派出僕人去訊問原因，店主否認存在這筆生意。沙發沒有被賣出去，沒有人收到過錢——除了那個冒充店主的騙子。

　　多半的傢俱店都沒有足夠的人照看，因此給了那些騙子機會。顧客進店、瀏覽商品、離開都沒有人招呼。如果顧客在想問價或買東西的時候，旁邊有個鈴鐺可以搖，那就可以避免這類事情了。

　　還有一種相當令人敬佩的欺騙。一個穿著講究的人走進商店，買了一美元的東西，然後他懊惱地發現自己把錢包忘在另一件上衣裡了。於是他對店主說——

　　「先生，能不能先把東西送到我家去？等等！我想我家裡也沒有低於五美元的零錢。但是你可以在送貨時附上四美元的找零。」

　　「好的，先生。」店主答道，他心裡立刻對這位先生的品格做出了很高的評價。「我知道有些傢伙，」店主在心裡對自己說：「會把東西夾在胳膊下，說一句下午路過再給錢，然後轉身離開。」

　　店主派了一個孩子去送東西，並附上零錢。在路上，那位先生偶然碰到了送貨的孩子，於是大聲說道：

　　「啊，這是我買的東西！原來還沒有送到我家。好了，去吧，我已經囑

吩過我妻子特羅特夫人，她會付給你五美元的。不過你最好先把找零的錢給我——我需要一些銀幣去郵局。很好！一、二，沒有數錯錢吧？三、四——錢數沒錯！告訴特羅特夫人你已經見過我了，還有，你路上要小心，不要耽擱。」

那個孩子在路上沒有耽擱——但他仍然花了很長時間來完成這趟差事——因為他發現那裡根本沒有哪位女士叫特羅特夫人。不過他安慰自己，至少還沒有蠢到沒收錢就把貨留下。他帶著一副自得的神情回到商店，當店主問他零錢去了哪裡，他感到很受傷、很氣憤。

還有一種比較簡單的欺騙。一艘正準備起航的貨船的船長，接待了一名看上去很像官員的人。那人給了船長一份非常公道的關稅清單。船長本就被各種事務弄得心煩意亂，看到這份清單非常高興，於是立刻就付了錢。大概十五分鐘過後，船長又接到了一份並不很公道的關稅清單，而送清單來的人很快就證實了，前面那位收稅員其實是個騙子，船長上當了。

還有一個與此相似的例子。一名拎著旅行包的旅客匆忙走向碼頭，一艘汽船正準備離開碼頭。突然，他停了下來，彎下腰，稍有猶豫地從地上撿起一樣東西。那是一個錢包。「這個錢包是哪位先生掉的？」他大聲喊道。沒有人出聲認領。到了船上後，他發現錢包裡有一大筆錢，臉上現出擔憂的神色。不過汽船不能為此耽擱。

「時間和海潮可不等人。」船長說道。

「看在上帝的份上，再停幾分鐘吧！」撿到錢包的人說道：「也許失主很快就會出現。」

「等不及了。」船長命令道：「解開纜繩，聽到了嗎？」

「我該怎麼辦？」撿到錢包的人為難地問道：「我要出國好幾年，不可能安心佔有這麼一大筆錢。對不起，先生！」（他對岸上的一位先生喊道）「一看您就是位好人，能幫我個忙嗎？能不能幫我保管這個錢包——並為它登一則認領啟示？您看，這裡有一大筆錢，它的主人肯定會酬謝您的——」

「我？不，是你撿到了錢包，應該你來做。」

「好吧，如果您堅持——我就從裡面拿一點錢——只是為了消除您的

顧慮。讓我看看——為什麼裡面都是百元大鈔？一百元太多了，我拿五十就行，我想——」

「解下纜繩！」船長喊道。

「可是我找不開一百元，您最好——」

「解下纜繩！」船長喊道。

「沒關係！」岸上的那位先生喊道，他在最後時刻查看了自己的錢包。「我能解決——拿去，這是北美銀行的五十美元——把錢包扔給我。」

那位過分認真的撿錢包的人不情願地收起五十美元，然後把錢包扔給了岸上的先生。汽船冒著濃煙，鳴著笛離開了碼頭。半小時後，岸上那位先生發現錢包裡的「百元大鈔」全都是假幣。這整件事就是一個大騙局。

還有一種大膽的欺騙。在某個地方將要舉行一次野營或者類似的聚會，要到達那裡必須經過一座沒有關卡的橋。一名騙子出現在橋頭，向每一位過橋的人宣佈，根據郡裡最新的規定，每個步行過橋的人都要繳納一美分的過橋費，馬匹、驢子要繳納兩美分，還有一大堆此類條款。也許有的人會抱怨，但是所有人都會乖乖交錢。當這個騙子回家的時候，已經多出了五六十美元的財富。向這麼一大群人收取過橋費，是件很麻煩的事。

還有一種比較爽快的欺騙。一位朋友手中有一張騙子的欠條，是那種用紅油墨印刷的票據，格式很正規，並且上面有騙子的簽名。騙子買回來一兩疊同樣的票據，每天拿出一張票據，蘸上肉湯，訓練他的狗撲食。終於，他的狗認定這種票據是一種美食。在欠款期限的最後一天，騙子帶著自己的狗來到那位朋友家，討論起欠款問題。朋友從書桌裡拿出欠條，剛要遞給騙子，旁邊的狗一躍而起，叼住那張欠條，吞進了自己的肚子。騙子為自己狗的這種突然行為感到驚訝，同時也感到憤怒，他表示自己會隨時償還那筆錢，只要朋友有證據證明他欠了這筆錢。

還有一種精打細算的欺騙。騙子的一名同夥在路上欺凌一名女子，這時騙子出現，將自己的同夥「痛打」一頓之後，救下了這名女子。騙子堅持把女子護送到家，然後把手放在胸前，紳士地鞠了一躬，向女子告別。女子邀請這位恩人進屋小坐一下，順便認識一下她的哥哥和父親。他歎了口氣，婉

拒了女子的邀請。「先生，」女子小聲說道：「為什麼不給我個機會表示謝意呢？」

「女士，您當然可以表達謝意，您可以借給我兩個先令嗎？」

女子想了想，最終打開錢包，拿出兩個先令。所以我說，這是一種精打細算的欺騙，因為騙子要把這筆錢的一半分給那位欺凌女子、挨打的同夥。

還有一種很小但是很科學的欺騙。騙子走到一家酒館的櫃檯前，要了兩支雪茄。老闆給了他雪茄之後，他看了一眼，然後說道：

「我不喜歡這種菸，拿回去吧！給我一杯加水的白蘭地。」

加水白蘭地端上來之後，騙子把酒喝光，然後直接轉身走向門口。不過酒館老闆的話讓他停了下來。

「先生，我想你還沒有付白蘭地的錢。」

「為白蘭地付錢？我不是已經把雪茄給你換了白蘭地嗎？」

「對不起，先生，我記得你也沒有付雪茄的錢。」

「你這話什麼意思，你這個無賴？我不是已經把雪茄退給你了嗎？雪茄現在不是好好的放在櫃檯裡嗎？難道我要為我並沒有買的東西付錢？」

「但是，先生，」酒館老闆結巴著不知該說什麼：「但是，先生——」

「別跟我但是但是的！」騙子生氣地打斷老闆的話，「砰」地一聲關上門，邊嚷著邊逃走了。「別跟我但是但是的，別想用這種伎倆騙人！」

還有一種非常巧妙的欺騙，簡單是它最重要的特點。有人真的丟了錢包，失主在大城市的一份報紙上刊登了一則尋物啟事，在上面對丟失的東西進行了詳細的描述。

我們的騙子把廣告的內容抄下來，但是更改了標題、措辭和位址。比如原來的尋物啟事很長，標題是「尋找一個丟失的錢包」，要求撿到的人把錢包送到湯姆街一號。但是改後的尋物啟事則很簡短，標題只是「尋物」，要求撿到的人到迪克街二號或者哈里街三號尋找失主。這份啟事會刊登在五六份報紙上，而且只比原本的尋物啟事晚幾個小時。就算真正的失主看到了這則假的啟示，也絲毫不會懷疑這跟自己丟失東西有什麼關係。撿到錢包的人有更大的機率前往騙子留下的地址，而不是去真正的失主那裡，其機率大概

是五比一或六比一。最終騙子會支付一筆酬金，然後帶著錢包逃走。

還有一種與此相似的欺騙。一名女子在街上某處丟失了一枚價值不菲的鑽戒，為了找回鑽戒，她懸賞四十或五十美元。在尋物啟事中，她詳細描述了戒指的樣子還有上面鑲嵌的鑽石，稱撿到戒指的人只要把戒指送到某大街某號，就可以無條件拿到賞金。過了一兩天，在那名女子出門之後，某大街某號的門鈴響了。一名僕人打開門，來訪者稱要見女主人，僕人回答說女主人出門了。來訪者表示非常遺憾，因為他有幸撿到了女主人的那枚鑽戒。他說，他可以改天再來。僕人立刻說：「不行！」得到消息立刻跑出來的女主人的妹妹和嫂子也立刻說：「不行！」在一陣喧鬧聲中，她們檢查了戒指，然後支付了賞金。撿到戒指的人跑著衝了出去。女主人回來後，抱怨起她的妹妹和嫂子，因為她們花四五十美元買回來的，是一枚仿製品，它是用金色的黃銅和人造寶石仿製而成的。

因為欺騙是沒有盡頭的，所以即便我只是介紹這門科學中複雜變化的一半，這篇文章也沒有辦法結尾了。但是文章必須得有個結尾，我能想到的最佳結尾，就是簡要介紹一場進行謀劃而且非常體面的欺騙。在不久前，這樣的騙局曾在我們的城市上演，後來在合眾國其他一些民風淳樸的地區也上演了同樣的劇情。

一名不知來自哪裡的中年紳士來到了城裡。他舉止嚴謹、穩重、從容不迫。他的衣著整潔、樸素。他繫著一條白色的領帶，穿著一件寬大的馬甲，看上去很舒適。他穿一雙舒適的厚底鞋，褲子上沒有繫皮帶。他的整個氣質，就是你們所認為的那種富裕、嚴肅、謹慎而令人敬佩的「企業家」，非常優秀的那種，他們很有信用，一手揮灑財富行善，一手又錙銖必較謀求財富。

他花了很多時間才找到一個合適的住處。他喜歡清靜，不喜歡孩子的吵鬧。他的生活很有規律，所以打算找一家僻靜、整潔、虔誠信教的小家庭。他並不在意房租多少，不過堅持要在每個月的第一天付房錢（現在已經改為第二天）。最後他終於找到一個令他滿意的人家，他囑咐女房東不要忘了在每個月的第一天上午十點整，把房租的帳單和收據送來，無論如何不可以拖

到第二天。

安排好住處之後，我們的企業家在市裡一處體面但並不繁華的地段租了一間辦公室。他最不喜歡浮誇，他說：「表面光鮮亮麗的東西，內在往往並不如何。」這句話深深震撼了女房東的心，她立刻用一支鉛筆把這句話記在了她家那本厚厚的《聖經》中的所羅門《箴言》卷的空白處。

然後就是做廣告了，按照這個城市的規矩，小規模的生意不談錢——那被認為是「不體面的」——而且做廣告要預先支付廣告費用。我們的企業家認為，沒完成工作就不應該得到報酬。

招聘——本公司即將在這個城市開始廣泛的經營業務，需要三到四名有能力的員工，薪酬豐厚。不過本公司更看重員工的品格，而非工作能力。由於要承擔重要職責，須經手大筆款項，所以為保險起見，前來應聘者須繳納五十美元的保證金。無法繳納保證金，或者無法提供有力道德說明文件的人，則無需提交應聘申請。本公司優先接收有虔誠信仰的年輕人。應聘者請於上午十點至十一點，下午四點至五點，將應聘申請遞交至本公司。

伯格斯、霍格斯·羅格斯、弗羅格斯公司
多格街110號

到這個月31號，這份廣告已經為伯格斯、霍格斯·羅格斯、弗羅格斯公司招來了將近二十名有虔誠信仰的年輕人。不過我們的企業家沒有急著跟其中任何一個簽訂合約，企業家通常都是謹慎的。每個年輕人都要經過嚴格的教義考試，證明他對宗教的虔誠，然後才能被錄用，同時他也能得到五十美元保證金的收據。這不過是伯格斯、霍格斯·羅格斯、弗羅格斯公司採取的保障措施。

第二個月的第一天上午，女房東並沒有按時送達帳單和收據。住在那裡的那位名字以「格斯」結尾的親切的先生肯定會為此而生氣的，肯定會大罵女房東一頓，當然，前提是他有足夠的理由讓自己在這座城市多停留一兩天。

警察已經為此手忙腳亂，他們已經找遍了城市各個角落，最終只能宣佈那位企業家是「長腿母雞」[9]——有些人由此推斷，警察實際是在暗示其中的n、e、i三個字母——它們通常被用來代表那句經典的話：「non est inventus」[10]。那些應聘的年輕人變得不再那麼信奉教義，那位女房東則花一先令買了一塊橡皮，悄悄把某個傻瓜寫在《聖經》所羅門《箴言》卷空白處的那句箴言擦掉了。

埃
德
加
‧
愛
倫
‧
坡

---

9. 英文原文為「hen knee high」。——譯注

10. 法律條文中的拉丁語，意思是「查無此人」。——譯注

如何寫布萊克伍德式文章①

「以先知的名義——無花果！」

——土耳其無花果小販的吆喝聲

　　我是塞姬・澤諾比婭小姐，我想所有人都聽說過我。只有我的敵人才會稱呼我薩基・斯諾伯斯。薩基只是塞姬的誤讀，實際上塞姬是個很美好的希臘詞彙，意指「靈魂」，也有「蝴蝶」的意思，那肯定是形容我的衣服——嶄新的深紅色緞紋連衣裙，披著天藍色阿拉伯小斗篷，綠色的搭扣，還有繡著七朵漂亮橘黃色耳狀報春花。說到斯諾伯斯，我想任何人只需看我一眼，就能明白我並非勢利小人②。塔比莎・特尼普小姐到處跟別人說我勢利，她那是嫉妒心作祟。沒錯，就是嫉妒！說真的，我們不能對一根蘿蔔③抱有什麼指望，不是嗎？還有，我始終認為斯諾伯斯是澤諾比婭的誤讀，而澤諾比

---

1. 蘇格蘭出版家威廉・布萊克伍德（William Blackwood，1776～1834）曾經創辦《愛丁堡月刊》，以刊登哥德式恐怖小說出名，布萊克伍德式文章就是指這類小說。——譯注
2. 斯諾伯斯（Snobbs）有勢利小人的意思。——譯注
3. 特尼普（Turnip）有蘿蔔的意思。——譯注

姬實際是個女王①（我也是個女王，莫尼彭尼博士就稱呼我為甜心女王），和塞姬一樣，澤諾比婭也是個美好的希臘詞彙，我的父親正好是個「希臘人」，因此我有權用澤諾比婭這個姓，這跟勢利沒有任何關係。除了塔比莎‧特尼普之外並沒有別人叫我薩基‧斯諾伯斯。我就是塞姬‧澤諾比婭小姐。

我剛才已經說過了，所有人都聽說過我，因為我是我們協會的通訊祕書，所以每個人都理所當然地知道我。我們協會叫做「致力於人類文明的費城定期交易茶葉年輕人純文學宇宙實驗文獻聯合協會」。這個名字是莫尼彭尼博士起的，他說這個名字很有氣勢。我們在寫自己名字時，都會在後面綴上我們協會的縮寫，就像別人用R.S.A.來代表皇家藝術學會，用S.D.U.K.來代表實用知識傳播協會。莫尼彭尼博士說S.代表變味的，D.U.K.代表鴨子②（實際並不是），所以S.D.U.K.代表的是變味的鴨子，而不是布魯厄姆勳爵的協會——不過莫尼彭尼博士一直是個奇怪的人，所以我也不確定他什麼時候說的是真話。不管怎麼說，我們總會在我們名字的後面加上我們協會的縮寫P.R.E.T.T.Y.B.L.U.E.B.A.T.C.H.③，用來代表致力於人類文明的費城定期交易茶葉年輕人純文學宇宙實驗文獻聯合協會——一個字母代表一個單字，這比起布姆厄姆勳爵是個很大的進步。莫尼彭尼博士說這些字母反映了我們的真實性格，但是我想破腦袋也想不明白他的意思。

儘管有博士的斡旋，還有協會為了引起人們的注意而付出的艱苦努力，但是在我加入之前，它並沒有取得很大的成功。實際上，協會的成員沉溺於一種浮躁的討論氛圍中。每個週六晚上所讀的文章，根本沒有任何深度，就像一坨攪稠的奶油葡萄酒。沒有對根本原因和基本原則的調查，事實上根本

1. 澤諾比婭（Zenobia）是羅馬帝國時期的巴爾米拉女王，在位時間為267年至272年。——譯注
2. 鴨子英文為「duck」。——譯注
3. 英文全稱是「Philadelphia-Regular-Exchange-Tea-Total-Young-Belles-Lettres-Universal-Experimental- Bibliographical-Association-To-Civilize-Humanity」。——譯注

沒有對任何事情的調查。對於「事情的合理性」，根本沒有人提起注意。總之，沒有一篇像樣的文章。所有文章都很低俗，非常低俗！沒有深度，不夠廣博，也沒有形而上學。既沒有博學者所說的「靈性」，也沒有鄙陋者所說的「cant」。（莫尼彭尼博士說我應該把「cant」的第一個字母換成大寫的「K」[1]——但我知道怎樣做更好。）

加入協會之後，我便致力於引進一種更加優秀的思考和寫作方式，全世界都知道我有多麼成功。現在P.R.E.T.T.Y.B.L.U.E.B.A.T.C.H.中的文章，不遜色於布萊克伍德雜誌中的任何一篇文章。我之所以說布萊克伍德，是因為我堅信所有主題最優秀的文章都應該出自於這本名副其實的雜誌。現在我們正以它為榜樣，探討所有主題，並迅速引起人們的注意。其實只要方法合適，寫出一篇布萊克伍德式的文章並不是特別難的事情。當然，我說的不是政治性文章。那種文章誰都知道怎麼製造，莫尼彭尼博士就曾講過其方法。布萊克伍德先生有一把裁縫的剪刀，和三個隨時聽命的徒弟。第一個徒弟為他遞《泰晤士報》，第二個徒弟為他遞《觀察家報》，第三個徒弟為他遞《格利俚語新編綱要》，布萊克伍德先生只負責把它們穿插拼湊到一起。這種事情做起來很快——要麼是《觀察家報》、《俚語》、《泰晤士報》——要麼是《泰晤士報》、《俚語》、《觀察家報》——要麼是《泰晤士報》、《觀察家報》、《俚語》。

這份雜誌最大的優點就是文章的多樣性，其中最妙的地方是莫尼彭尼博士所說的「荒誕」（不知道他是什麼意思）而被其他人稱為「刺激性」的標題。我早就知道如何鑑別這種文章，不過直到最近我去拜訪布萊克伍德先生（協會派去的）之後，我才知道這種文章怎麼寫。其實方法很簡單，但也不會像寫政治文章那麼簡單。我到布萊克伍德先生家拜訪，向他表達了協會的訴求，他彬彬有禮地接待了我，把我帶到他的書房，然後向我詳細講解了寫這種文章的步驟。

1.「Kant」指的是德國哲學家康德。——譯注

「親愛的女士，」他說，顯然他被我端莊的外表打動了，因為我穿著那件有綠色搭扣和橘黃色耳狀報春花的深紅色緞紋連衣裙。「親愛的夫人，」他說：「請坐。是這樣的，要寫出『刺激性』的文章，作者首先要有很黑的墨水，而且要有一支很大的筆，筆尖要非常鈍。請注意我說的，塞姬·澤諾比婭小姐！」他頓了一下，用最嚴肅的神情和語氣說道：「請記住我的話！——那支筆——絕對——不要修筆尖！小姐，這就是祕密所在，是所有一切的靈魂。我敢說，無論多麼偉大的天才，沒有一個人能用一支好筆——請注意理解我的話——寫出一篇好文章。你可以想當然地認為，當一篇手稿能夠讀的時候，那就沒什麼讀的價值了。這是我們信奉的首要原則，如果你不能同意，那我們的談話就到此為止。」

他停下來。我當然不希望談話就此結束，所以我同意了這個十分明顯，而且我早就意識到了其真相的觀點。他似乎很高興，繼續他的講解。

「塞姬·澤諾比婭小姐，如果我讓你以做範本或研究的目的，去查閱一篇或幾篇文章，或許會引起你的反感，但是我仍然希望你能注意幾篇範例。我想一下。那篇〈活死人〉是個極好的例子！——記錄了一位紳士在完全嚥氣前被埋葬，他的所有感受——充滿了體驗、恐懼、情感、形而上學和博學。你肯定會深信作者就是在墳墓中出生和長大的。還有一篇〈一個鴉片食客的懺悔〉，絕對是極佳的文章——奇幻的想像——深沉的哲學——敏銳的猜想——充沛的熱情和瘋狂，還有一種難以言狀的趣味在裡面。文章裡有一些很精妙的廢話，但是卻讓人們樂於接受。他們都認為這篇文章是康卡勒寫的，但實際上並不是。它出自我的寵物狒狒朱尼伯之手，當時朱尼伯喝了一大杯加水的荷蘭杜松子酒，『熱的，不加糖』。」（要不是布萊克伍德先生親口跟我說，我絕對不相信會有這樣的事情。）「還有〈非自願實驗者〉，寫的是一位紳士被放進烤爐裡烘烤，但是最後他活蹦亂跳地出來了，只不過發生了一點變化而已。還有〈已故醫生的日記〉，這篇文章的優點在於流暢的敘述和無關痛癢的希臘語，這兩點是最受讀者歡迎的。還有〈鐘底的人〉——順便說一下，澤諾比婭小姐，我並沒有充分的理由推薦這篇文章。此文講述的是一個年輕人睡在鐘錘下，一陣喪禮的鐘聲把他吵醒，這種聲音

讓他發狂，於是他拿出一張紙，記下了自己的感受。不管怎麼說，感覺是偉大的東西。如果你被絞死或淹死，一定要記下自己的感覺——這樣的記錄一頁就值十個畿尼。如果你想自己寫的東西有說服力，澤諾比婭小姐，一定要注意自己的感覺。」

「我一定會的，布萊克伍德先生。」我說。

「好，」他說：「你是個令我滿意的學生。接下來我會教你寫作真正的布萊克伍德文章的具體細節。我相信你會理解，這種文章無論從哪方面看都是最好的。」

「首先要做的就是讓自己陷入前所未有的困境。比如說被困在烤箱，這是一個很好的設置。但是如果你身邊沒有烤箱或大鐘，或者你沒辦法從氣球上摔下來，或者被地震吞沒，或者被困在煙囪裡，那你就只能簡單想像一些類似的不幸。但我更希望你有實際的經驗來支撐想像。你的親身經歷是幫助你想像的最好的東西。『現實很奇妙』，你知道：『比想像更奇妙』——而且更能幫你達到目的。」

我立刻對他說，我有一對很結實的吊襪帶，回頭就用它把自己吊起來。

「很好！」他說：「就這麼做吧——雖然上吊有些俗套。也許有更好的做法，比如服用一瓶布蘭德雷斯藥丸，然後告訴我們你的感受。不過我說的這些適用於各種不幸，比如你在回家的路上可能被撞到頭，或者被一輛公共汽車撞倒，或者被一條瘋狗咬，或者掉進水溝裡淹死。但是你要繼續下去。

「在確定了主題之後，下一步要考慮你的敘述腔調或方式。說教腔調、熱情腔調、自然腔調都太俗套了。不過有一種簡潔的腔調，或者說敷衍腔調，最近才流行起來。它都由短句組成，就好像這樣：不能太短。不能太急躁。永遠用句號。永遠不分段。

「然後是腔調的提升、外延和感嘆。我們最好的小說家中有人尤其重視腔調。那些詞彙必須像嗡嗡作響的陀螺一樣不斷回轉，發出與其相似的聲音，這種聲音會比意義更加引人注意。這是所有作者忙於嘗試的各種可能的腔調中最好的腔調。

「形而上學的腔調也是很好的。如果你知道什麼術語，那會幫你很大的

忙。談談米利都學派[1]和伊利亞學派[2]——談談阿契塔[3]、高爾吉亞[4]和阿爾克邁翁[5]。討論一下主觀和客觀。不要忘了批判一下一個叫洛克[6]的人。不要理會普通的事情。如果你不小心寫下了什麼荒誕的話，不用費力氣把它刪掉，只需要加上一條註腳，就說你上面的深刻觀點來源於《純粹理性批判》或者《自然科學的形而上學基礎》[7]，這樣就會顯得你博學而且——而且——而且坦誠。

「還有很多比較出名的腔調，不過這裡我再教你兩種——超驗腔調和混合腔調。前者的優點在於能比別人更加深入地看到事物的本質。這種第二視角如果使用恰當的話，會有非常好的效果。如果能讀一讀《日晷》[8]，你可能會學到很多東西。運用這種腔調時要注意不要使用學術術語，而要用一些通俗詞彙，並且讓表達變得混亂。看看強尼的詩，引用他的關於『像罐頭一樣有迷惑性外貌的矮個子胖男人』（fat little man with a delusive show of Can）[9]的句子。最重要的是旁敲側擊地表達，暗示——但是什麼都不明說。如果你想說『奶油麵包』，不要太過直白地說出來，可以說那些接近『黃油麵包』的東西，比如暗示說蕎麥麵包，甚至暗示說燕麥粥，但是如果你真正想表達的東西是『黃油麵包』，親愛的塞姬小姐，請無論如何不要說『黃油麵包』。」

---

1. 希臘哲學之父泰勒斯創立的哲學學派，主張用合理的解釋代替詩人的想像。——譯注

2. 古希臘最早的唯心主義哲學學派之一。——譯注

3. 古希臘數學家，數學力學的奠基人。——譯注

4. 古希臘哲學家和修辭學家。——譯注

5. 希臘神話中一位先知的兒子，曾為父報仇弒死自己的母親。——譯注

6. 這裡指的是英國哲學家約翰‧洛克（John Locke，1632～1704）。——譯注

7. 這兩本書都是德國哲學家康德的著作。——譯注

8. 美國超驗主義者於1840年創辦的一份超驗主義刊物。——譯注

9. 這裡錯誤地引用強尼《思想》中的句子，強尼的原文是：Thou meetest a common man, With a delusive show of can. 意為：你遇見的是個普通人，他表現出虛幻的能力。——譯注

我向他保證，只要我活著，絕不會說那個字眼。他吻了我一下，然後接著說：「至於混合強調，不過是把世上所有其他的強調按照適當的比例進行混合，把所需要的深刻、偉大、奇特、有趣、合理和美好的一切都融合進來。

「現在我們假設你已經確定了事件和腔調，但是最重要的部分——實際上是整個寫作的靈魂——還沒有得到應有的重視。我所說的就是填充。無論是一位淑女，還是一位紳士，總不能整天泡在書本裡，然而最重要的是，你的文章又要顯示出博學的風範，或者至少有廣泛閱讀的跡象。現在，我就告訴你如何實現這一點。看這裡！」（他打開三四本書，並隨意翻到某一頁。）「不管是在什麼書的哪一頁，你都能立刻找到一些有益的片段，這些片段正是為布萊克伍德文章增加趣味的東西。我把這些讀給你聽，你不妨記下幾句。我把這些片段分成兩類：一是為比喻而引入的有趣事實，二是根據情況需要引入的有趣表達。可以開始記了。」於是他開始念，我開始寫。

「為比喻而引入的有趣事實。『最初只有三位繆斯——墨勒忒（Melete）、謨涅墨（Mneme）和阿俄伊得（Aoede）——冥想、記憶和唱歌（singing）。』如果處理得當，你就可以好好利用這個小片段。你看，這並不是大眾所熟知的，很有發揮的空間。不過你得小心處理，製造出一種新穎的味道。

「再來聽這個。『阿爾弗斯（Alpheus）河從海底穿過，出來時河水依然純淨。[1]』這樣的片段雖然老套，但是只要修飾得當，仍然可以煥然一新。

「這裡有更好的。『波斯的鳶尾花（Persian Iris）對於某些人來說似乎有一種甜蜜而濃烈的香味，但是對於另外一些人來說則完全沒有香味。」很

---

1. 阿爾弗斯河是希臘伯羅奔尼薩斯地區的一條河流，該河多次流進阿卡迪亞山脈的溶洞，消失在地下一段距離後又重新出現在地面，因此有阿爾弗斯河從海底流過的傳說。——譯注

好，而且非常精緻！只要把它稍微改一改，就能產生神奇的效果。我們來看看其他的植物。我想這應該是最好的了，尤其是用上一點拉丁文。寫下來！

「『爪哇島上有一種蘭花（Epidendrum Flos Aeris），開出的花朵非常美麗，它被連根拔起之後仍能存活，所以當地人把它掛在屋頂上，經年享受它的芳香。』這真是太妙了，很適合用作比喻。接下來是有趣的表達。

「有趣的表達。『高雅的中國小說《玉嬌梨》（Ju-Kiao-Li）[1]。』太好了！只要用這麼簡單的幾個字，就能表明你對中國語言和文學非常熟悉。藉助這一點，你也許就不再需要阿拉伯語、梵語或契卡索語了。但是文章中不能沒有西班牙語、義大利語、德語、拉丁語和希臘語，我得每種語言都給你找個例句，隨意一句話就行，你得發揮你的創造性來使它們適合你的文章。現在開始記！

「『Aussi tendre que Zaïre』——像薩伊一樣溫柔，法語。暗指那齣同名法國悲劇[2]中常常出現的『溫柔的薩伊』。只需要恰當地引用，就可以顯示出你的語言知識，還可以體現出你的閱讀能力和卓越的智慧。比如，你可以說，你正在吃的雞（假設你在寫一篇被雞骨頭卡死的文章）並不完全『像薩伊一樣溫柔』。寫吧！

Ven muerte tan escondida,

Que no te sienta venir,

Porque el plazer del morir,

No me torne a dar la vida.

「這是西班牙語——出自塞凡提斯[3]。『快來吧，死亡！但是千萬別讓我看見你來，免得我因你的出現而感到愉悅，讓我不幸地復生。』當你被雞骨頭卡住而做最後掙扎時，可以自然而然地把這幾句加進去。寫下來！

Il pover´huomo che non sen´era accorto,

Andava combattendo, ed era morto.

「這是義大利語，你應該知道它的出處——引自阿里奧斯托①。這句詩的意思是說，一位偉大的英雄，在激烈的戰鬥中沒有意識到自己已經死去了，仍然像未死時那樣英勇戰鬥。這句話顯然很適合你，塞姬小姐，我相信你被雞骨頭卡住之後，至少還要掙扎一個半小時。請寫下來！

Und sterb´ich doch, so sterb´ich denn

Durch sie--durch sie!

「這是德語——出自席勒②。『如果我死了，至少我是為你而死——為你而死！』這裡很明顯，你是在解釋你的死因，也就是那隻雞。我倒是很想知道，一位真正有見識的紳士（或淑女）怎會不願意為了一隻肚子裡塞滿刺山柑和蘑菇、裝在沙拉碗中、塗滿橘子果凍的摩鹿加群島上的肥美閹雞而付出生命呢？寫下來！（在托爾托尼餐館就可以吃到這種雞。）——如果你願意，就繼續寫！

「這裡有一個不錯的拉丁短語，也很少見：（如果使用拉丁語時不夠講究或簡短，那就流於庸俗了。）ignoratio elenchi③。『他犯了一個ignoratio elenchi。』——這就是說，他明白了你的表面意思，但是不明白話中的含義。也就是說那個人是個傻瓜。你說話的時候被雞骨頭卡住了，所以那個可憐的傢伙根本聽不懂你在說什麼。你拋給他一句『ignoratio elenchi』，他立刻就會啞火。如果他敢還嘴，你可以用盧卡努斯這句話（在這裡）回覆他，就說他的話只是『anemonae verborum』④——銀蓮花一樣的話。銀蓮花看上

---

1. 阿里奧斯托是義大利詩人，代表作為《瘋狂的羅蘭》。不過這句詩並非出自阿里奧斯托的《瘋狂的羅蘭》，而是出自博亞爾多的《熱戀的羅蘭》。——譯注

2. 這句詩並非出自席勒，而是出自歌德。——譯注

3. 邏輯學術語，意為用歪曲對方論點的方法駁斥對方。——譯注

4. 這個片語並非出自盧卡努斯，而是出自琉善的《Lexiphanes》。琉善是羅馬帝國時期的敘利亞人，希臘語諷刺作家。——譯注

去挺好看，但是聞起來索然無味。如果他生氣了，那你就直接對他來一句『insomnia Jovis』，朱庇特的幻想——西利烏斯·伊塔利庫斯[1]用它（看這裡！）來形容不切實際的想法。這肯定會重創他的內心，他除了轉身去死什麼也做不了。你願意記下來嗎？

「至於希臘語，我們得引用一句比較精緻的話——比如出自狄摩西尼[2]的這句話：Ανηρ ο φευγων και παλιν μαχησεται。《胡迪布拉斯》中對這句話的翻譯得很精妙：

逃脫的能重返戰場，

死去的永不能再戰。

「在布萊克伍德式文章中，沒什麼能像希臘文那樣精彩。光是那些字母就帶有一種深邃的氣息。注意觀察，女士，這個 ε 多麼靈巧！φ 肯定是個主教[3]！還有什麼能比 ο 更聰明？再仔細想想 τ ！簡單說，沒什麼能比希臘文更適合這種有感覺的文章。在目前的情況下，你在這世界上最需要做的事就是引用希臘文。沖著那個聽不懂你說的關於雞骨頭的簡單英語的蠢貨，用宣誓的方式，用下通牒的語氣，大聲念出那句話。他必定會明白你的意思，然後轉身離開，你不必懷疑這一點。」

這就是布萊克伍德先生對我的請教所給出的建議，我想這已經完全夠我使用了。起碼我已經能寫出一篇真正的布萊克伍德式文章，我決定立刻開始行動。在分別時，布萊克伍德先生提出要購買我將要寫的那篇文章，不過他只能給出五十畿尼一頁的價格，我想與其為這點錢而糟蹋自己的文章，不如把它留給自己的協會。布萊克伍德先生雖然稍顯吝嗇，但是作為一名紳士，他在其他方面給了我周到的照顧，而且非常禮貌。他臨別的話深深地印在我的心裡。

---

1. 古羅馬政治家、演說家、詩人。——譯注

2. 古雅典政治家、演說家。——譯注

3. 這個字母和國際西洋棋中的棋子主教有些相似。——譯注

「親愛的澤諾比婭小姐，」他眼中含著淚，說道：「我還能做些什麼來幫助你完成如此值得讚美的事業？讓我想想。也許，你沒辦法很方便地讓你自己淹死，或者被雞骨頭卡死，或者被吊死，或者被咬死——等一下！我想起來了，我的院子裡有兩隻非常棒的鬥牛犬。我向你保證，牠們是非常好的夥伴——足夠野蠻——牠們會把你啃個精光，耳朵和所有東西，不會超過五分鐘（我來看著錶！）。你只需要思考感覺！過來，湯姆，彼得，迪克，你這個混蛋！把牠們放出來——」但是由於我真的很匆忙，沒有多餘的時間了，所以只得儘快告辭，然後立刻離開了。我承認，按照嚴格的禮節來說，我有些失禮了。

　　按照布萊克伍德先生的忠告，我離開之後第一件要做的事情，就是讓自己陷入困境。因此，這一天我花了大部分時間在愛丁堡四處遊蕩，尋找能讓人陷入絕境的冒險，這樣的冒險要足以刺激我的感官，以催生出理想的文章。在街頭漫步時，我的黑人隨從龐培和我的貴賓犬戴安娜陪在我身邊，他們都是我從費城帶來的。但是直到那天傍晚，我才最終尋找到了理想中的冒險。下面就是我用混合腔調寫成的布萊克伍德式文章，記載了整個事件的經過和結果。

困境

美麗的姑娘，是什麼樣的遭遇，讓你如此隕落？——古摩斯[1]

在一個安靜祥和的下午，我在美麗的愛丁納城街頭散步。大街上十分喧囂，男人們正在聊天，女人們正在叫喊，孩子們正在哭鬧，豬在嚎叫，馬車吱扭亂響，公牛在咆哮，母牛在低哞，馬匹在嘶鳴，貓在叫春，狗在跳舞。跳舞？這有可能嗎？跳舞！可惜啊，我跳舞的日子已經過去了，不會再回來了。我這顆天賦極高、有想像力、善於思考的心，時常回憶起深埋在內心角落的憂鬱記憶，尤其他有一種天性，命中註定要受無窮的、永恆的、不停歇的，也許有人會說持續的——沒錯，連綿不絕的、痛苦的、紛亂的、憂愁的，還有世上那令人羨慕的，真正令人羨慕的——不！是最優美的、最華麗的、最漂亮的事物所帶來的，令人不安的寧靜的、神聖的、莊嚴的、高貴的、典雅的、純淨的影響——我總是被我的感情所左右。在這樣的心靈中，我再次重申，一點小小的瑣事就能激起很多的回憶。狗在跳舞！而我——我

---

1. 古希臘神話中的狂歡和夜遊神，代表混亂和無政府狀態。——譯注

卻不能！牠們活蹦亂跳——我只能獨自哀傷！牠們歡呼雀躍——我只能大聲哭泣！觸景傷情啊！這自然會讓那些古典讀者聯想起與此場景十分契合的精妙段落，那段精美的描寫位於中國經典小說《江東三羅》（Jo-Go-Slow）[2]第三卷的開頭。

我在這座城市中獨自穿行，不過身邊有兩個卑微但忠誠的夥伴跟隨著我。戴安娜，我的貴賓犬！最可愛的動物！牠有一身長毛，蓋住了牠的一隻眼睛，脖子上繫著一根時尚的藍色絲帶。戴安娜身高不超過五英寸，頭比身體稍微大一些，尾巴剪得很短，這讓牠看上去有一種委屈、無辜的神情，這讓牠更加招人喜歡。

還有我的黑夥計——龐培！我怎麼會忘記你呢，親愛的龐培！我拉住龐培的胳膊。他只有三英尺高（我就是喜歡特別的事物），年齡大概有七十歲，或者八十歲。他長著一雙弓形腿，身材有些肥胖，嘴巴有點大，耳朵有點長。不過他的牙齒像珍珠一樣，眼睛又大又白。大自然沒有賦予他脖子，他的腳踝長到了小腿中間（他們那個種族都是那樣）。他穿著異常樸素的衣服，只有一件九英寸長、幾乎全新的褐色大衣，這件大衣原本是身材高大、名聲顯赫的莫尼彭尼博士的，非常漂亮，裁剪和做工都上佳，還沒怎麼穿過。龐培雙手拉著大衣的衣擺，防止沾上泥土。

我們一行總共是三個，前面已經介紹了兩個，我是第三個。我是塞姬·澤諾比婭小姐，不是薩基·斯諾伯斯。我的外表端莊優雅，我穿著一件深紅色緞紋連衣裙，披著一件天藍色阿拉伯小斗篷，連衣裙上裝飾著綠色的搭扣，還繡著七朵漂亮的橘黃色耳狀報春花。貴賓犬、龐培還有我，總共是三個。據說最初有三位復仇女神——梅爾蒂（Melty）、尼米（Nimmy）和海蒂

2. 江東三羅為唐代晚期詩人羅隱、羅鄴、羅虯的合稱，並不是書名。本文中的引用或用典，均與前文〈如何寫布萊克伍德式文章〉中所舉的例子對應，但是均為作者有意設置的錯誤引用。讀者在閱讀本文時，需與前文對照，才能體會這些錯誤之處的諷刺意味。——譯注

（Hetty）——冥想、記憶和欺騙（Fiddling）。

　　我靠著英勇的龐培的胳膊，戴安娜跟隨在我身旁，我沿著原來繁華而宜人，現在卻已空寂荒涼的愛丁納街道緩步前行。突然，前面出現一座教堂——一座哥德式大教堂——宏偉、寬闊，上面有一座高塔。我心裡產生了一種難以壓抑的衝動，想要爬到那高聳的塔頂上去看一眼這座城市的風景。教堂的門打開著，誘惑著我。命運之神在後面推著我。我邁步走進那預示著凶兆的拱門。如果真有守護天使的話，那我的天使當時在哪裡呢？如果！多麼令人痛苦的字眼！這兩個字代表著神祕、迷濛和變幻的世界。我走進了那不祥的拱門！我進去了，沒有損傷到我那橘黃色的耳狀報春花，我從門下走過，出現在門廊裡。就像傳說中阿爾弗雷德（Alfred）河無傷地從海底穿過。

　　我感覺那道旋轉樓梯沒有盡頭。旋轉樓梯！沒錯，它旋轉向上，旋轉向上，旋轉向上，我懷著多年來深情的信任，靠在睿智的龐培的肩膀上，忍不住猜想，那漫長的旋轉樓梯的頂端是在偶然地，或者有意地不斷延展。我停下來喘口氣，這時，一件無論是在倫理學還是在形而上學看來都十分嚴重的事情悄悄顯現出了徵兆。有一陣子，我仔細而焦急地觀察著戴安娜的動作，戴安娜嗅到了一隻老鼠！我立刻讓龐培注意這件事，他同意了我的意見。這下再沒有疑慮。戴安娜嗅到了那隻老鼠。天啊！我怎麼會忘記此時的激動？唉！人類為之自豪的才智是什麼？那隻老鼠就在那裡！它就在那裡，藏在哪個角落。戴安娜嗅到了老鼠的氣味，而我卻什麼都沒聞到！難怪傳說中普魯士（Prussian）的伊希思（Isis）對有些人來說香味異常濃烈，而有些人對此則毫無感覺。

　　我們距離塔頂只有三四級臺階了。我們繼續向上，只差最後一步。就差一步了，這短短的一步！在人生這座巨大的旋轉樓梯上，短短的一步通常就能決定人生的幸與不幸。我想到了自己、龐培，想到了難以揣摩的命運。我想到了那些錯誤的腳步，曾經踏錯，今後還可能踏錯。以後我會加倍小心謹慎。我離開龐培的肩膀，獨自邁上塔頂的鐘樓。戴安娜在我後面，也登上塔頂。只剩龐培在後面。我站在旋轉樓梯最上面，要龐培趕快上來。龐培伸

出手，要我拉他一把。但是這樣一來他就不得不鬆開拉著的大衣。為什麼神明總是不放棄對人類的殘害？大衣的衣擺落下去，龐培的一隻腳踩到了拖在地上的衣擺。他不由得向前傾倒，一頭扎進我的懷裡，我們兩個一起倒在了鐘樓堅硬、滿是塵土的地上。我的報復心突然爆發，我憤怒地用雙手抓住他那捲曲的黑髮，抓下來一大把又黑又硬又捲的東西，然後輕蔑地甩了出去。那把頭髮掉落在鐘索中間。龐培站起來，沒有說話，只是瞪著一雙可憐的大眼睛看著我，歎了口氣。老天啊，那聲歎息當時就扎進了我的心裡。如果我能夠把那把捲曲的黑色頭髮撈回來，我一定用我的眼淚來洗滌它，以表達我深深的懺悔。但是它卻與我隔著那麼遠的距離，唉！它在鐘索間飄蕩，我便想像它仍然是活的，想像它充滿怒氣。據說在爪哇島上有一種快樂丹迪花（happy-dandy Flos Aeris），開出的花朵非常漂亮，如果它被連根拔起，仍然是能存活的。當地的居民經常把它掛在屋子裡，這樣屋裡便總是洋溢著香氣。

我和龐培和好了，一起四下尋找，想找一個能觀察愛丁納城的孔洞。昏暗的鐘樓上並沒有窗戶，只有在離地面大概七英尺高的地方有一個方孔，從那裡射下一縷陽光。但是沒有什麼困難能難倒一個真正有才能的人。我決定爬上那個方孔。在正對著方孔的地方，豎著一堆齒輪、輪盤還有各種古怪的機械零件，一根鐵棍從裡面伸出來，穿過方孔。在這堆零件和方孔所在的牆壁之間，有一人寬的空隙。我已經做好決定，誓要達到目的。我把龐培叫到我身邊。

「龐培，看那個方孔，我要從那裡欣賞愛丁納城。你站在它的下面，對，就是這樣。把手伸出來，對，我要站在上面。沒錯，伸出另一隻手，龐培。幫我爬上你的肩膀。」

龐培一一照做。站在他的肩膀上，我能夠很輕鬆地把頭和脖子伸出方孔。外面的景色真是美極了，我想世界上不會再有比這更美的景色。我轉身讓戴安娜安靜一些，並向龐培保證我會很小心，不會用力踩他的肩膀。我說我會關照他那像牛排一樣稚嫩的感情（ossi tender que beefsteak）。在安撫好我的兩位夥伴之後，我便更加興致盎然地欣賞起眼前壯闊的美景。

我忍不住要詳細談一下當時的情形。對於愛丁堡我就沒有必要詳細描述了，每個人都去過愛丁堡。每個人都去過愛丁堡——愛丁納的典範。我要講的只是我經歷的這場令人驚嘆的經歷中的重要情節。在看過這座城市的全貌、位置和大小之後，我又開始悠閒地觀賞起我身處的這座教堂和美麗的尖頂建築。我發現，剛才我伸出去頭去的那個方孔，實際上是大鐘盤面上的一個小孔，如果從下面的大街上看，這個方孔肯定就像個鑰匙孔一樣，就像法國大鐘上的那種設計一樣。這個方孔的真正作用，顯然是為了方便教堂的人從鐘樓上伸出手去撥動大鐘指標。那些指針大得讓人吃驚，最長的那根至少有十英尺長，最寬的地方有七八英寸寬。那些指針看上去是用精鋼做的，邊緣看上去很鋒利。在觀察過這些細微的地方之後，我又把視線轉向了下面的美景，很快就沉浸在其中。

沒過多久，龐培的聲音把我的思緒拉了回來，他說他堅持不住了，要我從他的肩膀上下來。我費盡口舌告訴他，這是不合理的。他回答了我，但是顯然對這個問題有誤解。我很生氣，直言不諱地告訴他，他犯了e-clench-eye，他的觀念就是insommary Bovis，他的話也比不上ennemywerrybor'em。這下他滿足了，我又沉浸在眼前的美景中。

在半個小時之後，我正陶醉在那優美的景色中，突然感覺一個涼涼的東西正壓在我的脖子上。我立時感到一陣難以言喻的恐懼。我清楚地知道，龐培就在我腳下，戴安娜按我的命令趴在鐘樓另一邊的角落裡。那這個涼涼的東西是什麼？天啊！還好我及早發現了！我把頭一歪，發現那令人驚恐的、巨大的分針，已經像一把閃著寒光的刀一樣，順著時間的軌跡壓在了我的脖子上。我知道現在萬分緊急，於是立刻把脖子向後縮——然而已經晚了。我的頭彷彿陷入一個恐怖的陷阱，陷阱的洞口正以可怕的速度合攏，而我已經沒有逃離的希望。當時我心裡的那種痛苦真的是難以言表。我使出吃奶的力氣，想把那根沉重的指針托起，也許我是想把整個教堂都托起來。然而指針不斷向下，向下，向下，空間越來越小。我大聲呼喊，要龐培救我。可他說剛才我的話傷害了他的感情。我又呼喊戴安娜，牠只是叫了兩聲，示意我牠是按照我的命令待在那個角落的。看來我沒辦法指望他們兩個了。

那把沉重而恐怖的時間鐮刀仍在不停地走著，沒有一點停止的跡象。它一點一點切下來，已經嵌進我脖子一英寸深，我的感覺越來越模糊了。我有時覺得自己在費城和莫尼彭尼博士在一起，有時又覺得自己正在布萊克伍德先生家後面的客廳聆聽他的教導。往日那些美好的時光又突然浮現在我腦海中，讓我回憶去過去的歡愉。那時世界還不是如此荒蕪，龐培還沒有這麼無情。

　　那機械零件的滴答聲真是有趣。我覺得自己馬上就要去往天堂了，任何細微的響動都能給我歡樂。在我耳中，那永不停歇的滴答聲，就彷彿世界上最美妙的音樂，讓我想到奧拉普德博士的感恩演講。隨後鐘錶上又出現很多身影，他們都是那麼的優秀，他們在跳瑪祖卡舞，身影V的舞姿最有魅力。她是一位頗有氣質的女士，沒有你們那種虛偽的腔調，她的舞姿也毫不做作。她踮起腳尖、單腿旋轉的舞姿真是太美了。我覺得她可能跳累了，於是努力想要為她搬一把椅子，但是我這時才發現自己正處於一種悲慘的境地。那根指針已經切進我的脖子有兩英寸深了。我因此感受到了一種異常美妙的疼痛。在痛苦中，我期盼著死亡，我忍不住吟誦了幾句西班牙詩人塞凡提斯的詩：

> Vanny Buren, tan escondida
> Query no te senty venny
> Pork and pleasure, delly morry
> Nommy, torny, darry, widdy!

　　不過更加可怕的情況出現了，就算最堅強的內心也無法不為之心驚。我的眼珠已經被指針壓得凸出眼眶。我剛要思考失去眼珠後怎麼辦，一顆眼珠便從眼眶中掉了出來，沿著傾斜的鐘樓外牆，滾進了教堂大殿屋簷上的雨槽中。現在它獲得了自由，用傲慢的眼神看著我。它的輕視和背叛讓我心生憤怒，而且兩隻眼睛因為之前共同存在於一個腦袋而形成的那種連結，也讓我感到極不舒服。當另一顆眼珠也掉了下去，我終於擺脫了這種尷尬的局面。

這顆眼珠向著它的夥伴滾去（也許是有預謀的），它們兩個滾到一起，然後順著雨槽滾了出去。終於能擺脫它們了，我很高興。

指標現在已經切進我的脖子有四英寸半深，只剩一點皮膚連著。我現在感覺很幸福，因為最多還有幾分鐘，我就能從這尷尬的境地中解脫出來。在這種期待中，我一點都不難過。在下午五點二十五分，那根巨大的分針在可怕的旋轉中走到了合適的位置，切斷了我脖子上僅剩的部分。我看到了我的頭，這使我非常尷尬，它最終還是離開了我的身體。它先從鐘樓的一側滾下去，在雨槽中停留了幾秒鐘，然後滾到下面的街道中間。

我要很坦白地承認，我現在的感情是最奇特、最神祕、最令人困惑，也最難以理解的。我的感官在同一時間散佈各處。我有時用頭思考，覺得我的頭是真正的塞姬‧澤諾比婭小姐——然而有時我又覺得我的身體才是真正的自己。為了把這個問題想得更透徹，我從口袋裡掏出鼻煙盒，正當我準備按正常的方式享受一抹鼻煙的時候，我突然想到自己這特殊的狀況，於是我立刻把鼻煙盒扔給了我的頭。它吸了一抹鼻煙，心滿意足，對著我笑了笑，表示感謝。它對我說了一堆什麼，因為我沒有耳朵，聽得不是很清楚，不過我大致明白了它的意思，是說我在這種情況下仍然堅持活著讓它感到震驚。最後它引用了義大利詩人阿里奧斯托的兩行典雅的詩句——

Il pover hommy che non sera corty

And have a combat tenty erry morty

它把我比作詩中的英雄，那位英雄沒有發現自己已死，仍然以頑強的意志堅持戰鬥。現在我可以輕鬆地從上面下來了，於是我又重新回到地面。不知道龐培到底看到了什麼奇怪的地方，他張開大嘴，緊閉眼睛，就像是要用眼皮把胡桃夾破。他扔掉大衣，跳到旋轉樓梯上，很快就不見了蹤影。我向那個混蛋脫口而出德摩斯蒂尼的那句鏗鏘有力的詩——

Andrew O'Phlegethon，你果然臨陣而逃！

隨後我轉向我最心愛的獨眼戴安娜。天啊，我看到了什麼？躲在洞口的

那是一隻老鼠嗎？地上的那些碎片難道就是被這惡魔齧噬的小天使的殘骸？我看到了什麼——是那我原本以為還乖巧地蹲在牆角的可愛的小狗的靈魂、影子、魂魄？聽！是牠在說話，牠在用德語念誦席勒的詩——

　　Unt stubby duk, so stubby dun
　　Duk she! duk she!

　　天啊！它說的話不是太真實了嗎？
　　如果我死了，至少我是
　　為你而死——為你而死
　　可憐的小狗，牠為我而死了！現在沒有了狗，沒有了黑人，沒有了頭，塞姬・澤諾比婭小姐什麼都沒有了。天啊——什麼都沒有了！我完蛋了。

塔爾醫生和費澤爾教授的療法

　　18XX年秋天，在法國南部各省的旅行途中，我來到一個距離一家私立精神病院幾英里遠的地方。在巴黎的時候，我曾經聽我醫學領域的朋友詳細說過這家精神病院。因為以前沒接觸過這樣的地方，我覺得這次是極好的機會，所以向我的同伴（前些天無意中結識的一位先生）提議，暫時離開大道，用一個小時左右的時間去那個地方參觀一下。但是他果斷拒絕了我，說他很怕見到精神病人，又提出不同的建議。他請我不要為了顧及對他的禮貌而放棄自己的好奇心，他會讓馬放慢速度，讓我可以在當天或者至多第二天便能追上他。在分別的時候，我想到去那家精神病院不知道會遇到什麼樣的困難，然後向他說出了自己的擔憂。他說我要想進去的話，要麼認識院長梅拉德先生，要麼手頭有什麼推薦文件，不然是沒辦法進去的，因為這些私人的精神病院往往規矩比公立醫院嚴格。不過他又說他在幾年前結識了梅拉德，雖然他很抗拒精神病，絕對不會進入那家病院的大門，但是他可以在門前為我引薦。

　　我對他十分感激，我們兩個騎馬離開大道，走上旁邊一條長滿雜草的

小路。走了半個小時，小路伸進山邊的一座茂密的樹林中，幾乎看不清路徑了。我們兩個騎馬在陰暗潮濕的森林裡走了大概兩英里之後，終於看到了那座精神病院。那是一棟別墅，建築樣式很奇怪，因為年代比較久遠，看上去已經殘舊不堪，甚至讓人感覺已經不適合人居住。那棟別墅的樣子讓我心生恐懼，幾乎就要調轉馬頭往回走。不過我隨即又為自己的怯懦感到慚愧，於是又繼續前行。

來到門前時，我發現門是虛掩著的，門縫中有一張臉正在向外看。那人很快走出來，直接喊出我同伴的名字，請他從馬上下來，並和他親切地握手。這個人就是梅拉德先生，他身材高大，相貌威嚴，看上去是位傳統的紳士。他那儒雅、高貴、莊嚴的神態給人很深刻的印象。

我的同伴向梅拉德先生介紹了我，說了我想要參觀精神病院的想法。梅拉德先生說一定會盡力照顧我，然後我的同伴就離開了，從那之後我就再沒見過他。

院長帶著我來到一間乾淨整潔的小客廳，屋子裡的陳設非常高雅，另外還有很多書籍、圖畫、花瓶和樂器。壁爐中燃著旺盛的火焰。在一架鋼琴前坐著一位美麗的年輕女子，她正在彈奏一曲貝利尼創作的詠歎調。見我進來，她停下彈琴的手，溫和地向我問候，歡迎我的到來。她的聲音很輕柔，舉止也很柔和。我覺得自己從她臉上看到了一股悲傷，她的臉很符合我的口味，但是並沒有過於蒼白。她身著喪服，讓我心中生出一種尊重、關愛的複雜情感。

在巴黎的時候我就聽說過，梅拉德先生管理的這家精神病院採用的是法國人所說的「撫慰療法」——沒有任何懲罰措施，就連拘束措施都很少，雖然病人會被監視，但是表面上看是完全自由的，他們大部分都可以穿著正常的衣服，在院子裡隨意散步。

由於這個原因，在這位年輕女士面前說話的時候，我十分謹慎，因為我無法確定她的精神是否正常。實際上她眼中確實有一種異樣的神采，讓我懷疑她可能精神上是有些異常的。所以我只跟她談論一般的話題，這些話題即便對一名精神病人來說也不會有刺激性。她的對答完全正常，而且非常流

暢，有些見解甚至非常獨特，表明她的神智是健全的。但是我長期以來累積的豐富的癲狂心理學知識，讓我不敢相信她這種神智健全的表象。因此在和她交流的時候，我始終小心翼翼。

沒過多久，進來一名男僕，他穿著制服，身材健壯，手裡托著一個托盤，托盤裡有水果、葡萄酒、一些點心和飲料。那名女子跟我們一起喝了一些東西，沒多久就離開了客廳。她走之後，我立刻把詢問的目光投向梅拉德先生。

「啊，不是你想的那樣。」梅拉德先生說：「她是我的家人，我的姪女，很有才情。」

「啊，請原諒我的猜疑。」我說道：「我想你也應該諒解我，因為在巴黎人們都知道你的管理非常出色，所以我才——」

「我明白你的意思。其實應該是我向你表示感謝，你剛才的談話十分謹慎，這是年輕人身上很少見到的優點。之前因為參觀者的不謹慎，發生過不止一次意外。當我還在採取原來的治療方法時，病人們還可以在院子周圍隨意散步，那時經常有一些參觀者的輕率舉動引發病人們的癲狂。所以我只得改變做法，採用更嚴格的管理，只要是我信不過的訪客，都會被拒之門外。」

「原來的治療方法？」我重複了一遍：「難道我之前聽說的撫慰療法已經不再實施了嗎？」

「是的，」他說道：「就在幾個星期之前，我們決定永久放棄那種療法。」

「這太令人震驚了。」

「先生，」他歎了口氣，繼續說道，「我們認為非常有必要恢復以前的那種慣常做法。撫慰療法是有危險性的，而且危險程度非常之大。但是它的好處卻一直被人們高估。先生，我認為我們這所病院已經對撫慰療法進行了最為公正和有效的檢驗。那些有識之士的理性建議，我都一一接受了。遺憾的是，你來晚了一些，不然你就可以親自對此加以判斷。不過我看你對撫慰療法應該是非常瞭解的，甚至熟悉其中的細節。」

「不，我都是聽說的。」

「那我可以實話告訴你，撫慰療法實際上就是一種縱容病人的方法。我們對病人的荒誕想法從來不加以駁斥，而是任由其發展，甚至進行鼓勵。這樣可以達到相當持久的療效。對於精神病患者那脆弱的理智來說，最能產生效果的方法就是歸謬法。比如一些患者幻想自己是雞，這類療法的做法就是認同他們的想法，並為他們沒能充分認識這個事實而責備他們。在接下來的一個星期裡，只提供給他們雞飼料，不讓他們吃任何其他東西。用這種方法，只需要一些穀物和沙粒就有可能出現奇蹟。」

「這就是撫慰療法的全部內容嗎？」

「當然不是。我們認為讓病人進行一些簡單的娛樂活動，比如聽音樂、跳舞、運動、打牌、看書等，可以讓病人認為我們是在為他們治療一些普通的疾病，而不是『精神病』。還有很重要的一點，就是我們會讓每個病人作為其他病人的監護者。對一名病人的理解和判斷能力的信任，可以完全俘獲他們的身心，而且這樣還能減少請護理人員的花費。」

「那時你們沒有任何懲罰措施嗎？」

「是的。」

「你們的病人從來不會被關禁閉？」

「那樣的情況很少。有時某個病人突然發病，癲狂起來，我們只能把他送到封閉的病房中，以免對其他病人產生影響。等他情況好轉之後，我們才會讓他回到其他病人中間。由於我們沒辦法有效治療這種癲狂的病人，所以一般會把他們送到公立醫院。」

「那放棄撫慰療法是為了改變這種情況？」

「沒錯，撫慰療法是有缺陷的，而且這種缺陷很危險。還好現在法國所有的精神病院已經廢除了這種療法。」

「你說的這個情況讓我很吃驚。」我說道：「據我所知，目前這個國家並沒有其他治療精神疾病的方法。」

「年輕的朋友，」梅拉德先生說道：「等你再成長一些，你就能學會如何自己判斷這個世界上發生的事情，而不是輕易聽信別人的話。你應該對你

聽到的東西完全不信，對於親眼看到的東西也只信一半。很顯然是某個假裝很博學的人的話，讓你對我們這種私立精神病院有了一種錯誤的看法。晚飯過後，等你緩解了旅途疲勞，我很樂意帶你參觀一下我們的病院，為你介紹一種新的療法，到目前為止，我認為這是在所有人看來都最為完美和有效的療法。」

「這是你自己發明的新方法嗎？」我問道。

「沒錯，」他答道：「我可以很自豪地說，這是我發明的，至少其中一部分是我的發明。」

隨後我又和梅拉德先生交談了一兩個小時，在此期間他帶我參觀了院子裡的花園和溫室。

「抱歉，現在還不能讓你見病人。」梅拉德先生說：「這樣的參觀通常會讓一個敏感的人感到震撼，所以我不想讓你在晚飯前就壞了胃口。我們會舉行一個宴會，你可以吃一些梅內霍特小牛肉和醬汁花椰菜，再喝一杯克羅武喬葡萄酒，這樣你的神經就可以鎮定一些了。」

六點鐘的時候，晚宴開始了。梅拉德先生領著我來到一個大飯廳，那裡已經坐了不少客人，大概有二十五到三十個。他們看上去都是上流社會的人士，至少都很有教養。不過我覺得他們著裝過於浮誇了，帶有幾分過去社會宮廷服飾的感覺。我發現這些客人中，女士占了三分之二。以現在在巴黎人的眼光來看，她們當中的一些人的服飾是很不得體的。例如有些女士看上去至少有七十歲了，但是戴著滿身的首飾，比如戒指、手鐲、耳環等等，穿的衣服也很暴露，十分不雅。那些衣服幾乎沒有一件稱得上製作精美，至少沒有一件是合身的。這時我發現在小客廳時梅拉德向我介紹的那名有趣的女子，但是當我看到她的穿著，不禁吃了一驚。她穿著一條鯨骨裙，腳下是一雙高跟皮鞋，頭上戴著一頂有些髒的布魯塞爾花邊帽。那頂帽子非常大，讓她的臉顯得小得可憐。但是上次我見她時，她明明穿著一件十分得體的喪服。總之這些人的穿著都十分奇怪，於是我又想到了撫慰療法，猜想梅拉德先生是在欺騙我，目的是不讓我因為和精神病人一起吃飯而感到不舒服。不過我隨即又想起在巴黎時聽到的一些傳言，說是這些南方省份的人都很怪異，仍然

保留著很多過時的習慣。隨後我跟他們中的幾個人聊了幾句，心裡的疑惑立刻不見了。

這座飯廳十分寬敞，地板上沒鋪地毯，窗戶上也沒掛窗簾，關著的窗板上斜裝著成排的鐵條。我發現這個斜四方形飯廳是別墅的側廳，因此三面牆上有十多扇窗戶，另一面牆上是門。

餐桌上堆滿了餐具和各種飯菜，幾乎就要放不下了，食物的數量甚至堪比野蠻人，光肉食就夠亞衲族①人大吃一頓了。我還從來沒見過這麼奢侈豪華的晚宴。不過這樣的安排顯得沒什麼情趣，餐桌和飯廳中只要有空位的地方，都放上了銀燭臺，上面插著點燃的蠟燭，無數的蠟燭發出耀眼的光芒，讓我那看慣了柔和光線的眼睛感到極不舒服。幾名勤快的僕人在餐桌旁服侍，在飯廳盡頭的一張大桌子旁，坐著七八個人，他們正在鼓搗提琴、長笛、長號和銅鼓之類的東西。他們裝出一副很認真的樣子，用那些樂器發出一些毫無規律的噪音，其他人聽到這些噪音似乎很快樂，但是這些噪音卻讓我十分痛苦。

反正我覺得我當時看到的所有情況都很奇怪，不過又一想，這個世界畢竟存在各種各樣的人、各種各樣的思想和各種各樣的習俗，而且我到過那麼多地方，早就已經能對各種怪狀淡然處之了。因此我淡定地坐在梅拉德先生的右邊，悠閒地品嘗著面前的美食美酒。

宴席上的談話主題很有趣，包含很多內容。女士們就像平常聊天一樣，說起來滔滔不絕。很快我就意識到，差不多每個人都受過良好的教育，而坐在我旁邊的和藹的主人則滿腹奇聞。他好像很喜歡談到自己精神病院院長的身份，而其他客人也十分樂於談論關於精神病的話題，這讓我感到相當驚訝。他們講了很多精神病人的奇怪想法來充當笑話。

「以前我們這有個人，」坐在我右邊的一位矮胖的先生說：「他覺得自己是把茶壺。在法國差不多每家精神病院都有這麼一個以為自己是茶壺的

---

1. 《聖經》中記載的巨人族。——譯注

人。我說的這個人是把英國合金壺，他每天早上都要用鹿皮和鉛粉擦拭自己的身體。」

「就在前不久，」坐在我對面的一位高個子先生說：「我們這有個傢伙認為自己是頭驢，如果當作一種比喻的話，那可以說是十分貼切了。他這樣的患者相當麻煩，我們要花費很大力氣才能控制住他。在很長一段時間裡，他只吃大薊草。不過我們放任他這麼做，很快他的這種奇怪嗜好就消失了。後來他又有了其他的愛好，總是踢自己的腳後跟——就是這樣——這樣踢——」

「德科克先生！你能不能老實一點？」坐在那位先生旁邊的一位年紀較大的女士打斷他說：「請你的腿不要亂動，你把我的絲綢裙子都踢髒了！我想這位朋友完全能聽懂你的話，不需要你胡亂踢腿加以演示。說實話，你和你說的那個傢伙一樣，就像一頭驢。你的表演很到位！」

「對不起，小姐！」德科克先生說道，「我並非有意冒犯，還請你原諒。拉普拉斯小姐，為了表達歉意，德科克先生敬你一杯！」

說完之後，德科克先生深深鞠了一躬，並做了一個非常正式的飛吻，與拉普拉斯小姐舉杯互敬。

「我的朋友，」梅拉德先生對我說：「這塊梅梅內霍特小牛肉的味道相當鮮美，需要我為你放到餐盤裡嗎？」

就在他說話的時候，我注意到有三名健壯的僕人在餐桌上擺了一個巨大的盤子，更確切地說，是個木盆。起初我以為木盆裡是維吉爾在《伊尼特》裡面描述的那種「恐怖、畸形、沒有眼睛的巨大怪物」，不過仔細看過之後，我發現裡面放的是一整隻烤熟的牛犢，它跪在木盆裡，嘴裡叼著一個蘋果，和英國烤兔子的模樣一樣。

「謝謝，不過還是不要了。」我說道：「其實我並不是很喜歡這個——什麼，什麼小牛肉？我想它並不合我的口味。不過我倒是希望能換個盤子，嘗試一下兔子肉。」

餐桌上有幾個小盤子裡的東西，看上去像是法國的野兔肉。

「皮埃爾，」梅拉德先生說道：「幫這位先生換個盤子，給他一塊兔貓

肉。」

「什麼肉？」我問道。

「兔貓肉。」

「哦，那算了，我想我還是嘗嘗別的吧！我自己弄點火腿吃。」

我心想，這些外省人吃的東西真是奇怪。

「後來，」坐在餐桌末尾的一位看上去相當羸弱的先生重新說起剛才的話題：「我還見過其他的奇怪念頭。之前有一位病人，他固執地認為自己是一塊科爾多瓦乳酪，並且拿著一把小刀到處遊蕩，請求別人用刀子從他腿上切一下塊來嘗嘗。」

「那確實是個傻瓜，」這時另一個人插嘴說道：「但是同另一個傻瓜相比，他就不算什麼了。我所說的那個傻瓜，除了這位剛剛來這裡的先生，在座的各位應該都認識。他始終堅信自己是一瓶香檳酒，並且嘴裡總是發出呼呼嚕嚕的聲音，就像這種。」

說著，那人用一種在我看來相當粗魯的動作把右手拇指抵到左腮上，然後用力向後一劃，發出「砰」的一聲，就像開啟瓶塞的聲音。然後他用舌頭靈活地在牙齒間震動，模仿香檳酒冒泡的嘶嘶聲，持續了好幾分鐘。我注意到梅拉德先生對他這種行為有些反感，但是並沒有說出來。這時一位身材瘦小，戴著一頂很大的假髮的人又說了起來。

「還有一個傻瓜，他認為自己是一隻青蛙。其實他確實長得蠻像的。先生，可惜你沒見過他。」他對我說道：「看他的表演，對你心臟會大有好處的。先生，如果他不是一隻真正的青蛙的話，那我只能說真是太可惜了。他發出的呱呱——呱呱——的聲音簡直是世間最美妙的樂聲，還是降B調。當他喝完一兩杯酒，雙肘撐在桌子上，鼓起嘴巴，瞪大雙眼，並像這樣快速眨眼的時候，先生，我想你肯定會對這個人的天賦讚不絕口的。」

「我相信肯定如此。」我說道。

「再然後就是佩蒂・蓋拉德，」另一個人又說道：「他始終認為自己是一小撮鼻煙，最讓他苦惱的事情，就是他不能用兩根手指把自己捏起來。」

「還有一個叫朱勒・德蘇利埃的，他是個怪異的天才，堅信自己是個

南瓜。他要求廚師把他做成南瓜餡餅，不過廚師生氣地拒絕了他。不過我覺得，用德蘇利埃做成的南瓜餡餅肯定會非常美味的。」

「你的話真是太令人震驚了！」說著，我用疑惑的目光看向梅拉德先生。

「哈！哈！哈！」那位紳士說道——「呵！呵！呵！——嘿！嘿！嘿！——吼！吼！吼！——呼！呼！呼！——確實很好！你不必如此驚訝，我們的這位朋友是個怪才——你千萬不要按照他的字面意思去理解。」

「然後，」另一個人又說道：「然後就是布封・勒・格蘭德了，他也有自己的特異之處。他因為失戀而精神失常，總是幻想自己有兩個頭。他認為其中一顆頭是西塞羅的頭顱，另一顆頭則是混合而成的，從腦門到嘴巴來自德摩斯蒂尼，從嘴巴到下巴來自布魯厄姆勳爵。他可能錯得離譜，但是他也可以讓你認為他是對的，因為他有著出色的辯論能力。他癡迷於演說，總是克制不住自己即興演說的衝動。比如他以前經常跳到餐桌上，就像這樣——」

他剛要有所動作，坐在他旁邊的人一下按住了他的肩膀，並在他耳邊說了幾句話。於是他又沮喪地坐回椅子上。

「然後，」剛才在那人耳邊說話的先生又接過話頭：「還有一個旋轉的陀螺布拉爾。他認為自己早就變成了一個陀螺，因為這個可笑但並不荒誕的奇怪念頭，我才稱他為旋轉的陀螺。要是你們看到他旋轉的樣子，肯定會捧腹大笑的。他能單腿轉上一個小時，就像這樣——」

剛才被他打斷的那個人，這次又反過來打斷了他。

「但是，」一位年老的女士用她最大的聲音喊道：「你說的那個布拉爾不過是個瘋子，而且是個愚蠢的瘋子。我問你，人怎麼會是旋轉的陀螺呢？這真是太荒謬了。不過你們都知道，茹瓦約斯夫人就明白事理多了。她雖然也有奇怪的想法，但是那想法中充滿邏輯，而且能夠為所有認識她的人帶來歡樂。她經過縝密的邏輯推理，不經意間發現自己竟然是一隻小公雞，不過是一隻舉止優雅的小公雞。她用力拍打著自己的翅膀，就像這樣——這樣——而且她發出悅耳的鳴叫聲！喔喔喔！——喔喔喔！——喔喔喔——

喔——喔——」

「好了，茹瓦約斯夫人！你給我老實點！」坐在我旁邊的主人生氣地打斷了她。「如果你不能表現得體面一些，就請你離開餐桌！」

這位老女士臉一下子紅到了眉毛（聽到她講茹瓦約斯夫人的故事，又被人叫做茹瓦約斯夫人，我感到十分吃驚），似乎梅拉德先生的斥責讓她羞愧不已。她低下頭，不再說話了。這時一名年輕的女子接著說了起來，她就是我在小客廳見到的那位漂亮的女士。

「茹瓦約斯夫人以前確實是個傻瓜！」她大聲說道：「但是在歐仁妮·薩沙菲特看來，她終歸是神智健全的。歐仁妮·薩沙菲特小姐是位漂亮而端莊的年輕女士，她認為一般的穿衣方式都不夠體面，正確的方式應該是把自己穿在衣服外面，而不是把衣服穿在自己外面，這是很容易做到的，你只要這樣——這樣——然後這樣——這樣——接著這樣——這樣——」

「天啊，薩沙菲特小姐！」有十來個聲音一起喊道：「你幹什麼？停下！我們已經瞭解了！停下！停下！」幾個人蹦起來，想要去阻止薩沙菲特小姐扮成美第奇的維納斯雕像。就在這個時候，從別墅的主廳那裡傳來一陣喧鬧的叫喊聲，薩沙菲特小姐的行動也因此停了下來。

我因為這些叫喊聲而感到神經緊張，不過當我發現席上其他人的表現時，心中卻生出一股憐憫之情。我還從來沒見到過一群人被嚇成這樣。他們所有人都面如土色，緊緊縮在椅子裡，全身不停地哆嗦，牙齒打顫，滿臉驚恐地聽著那邊傳來的叫喊聲。叫喊聲第二次響起，聽上去更近了，然後是第三次響起，聲音更大了，第四次的時候聲音終於減弱了。當他們確認叫喊聲不再響起的時候，所有人瞬間又恢復了原來的精氣神，開始氣定神閒地談笑起來。於是我小心翼翼地詢問他們剛才為何如此害怕。

「小事罷了。」梅拉德先生說道：「這種事經常發生，我們已經不怎麼在意了。精神病人們有時會一起喊叫，就像晚上的狗叫會引起其他的狗吠叫一樣。有時這樣的喊叫也預示著逃跑的嘗試，如果遇到這種情況，那可能就有點危險了。」

「病院裡現在有多少個病人？」

「正好十個。」

「應該多半是女病人吧？」

「並不是，我們這裡的病人全都是男人，而且一個個都很健壯。」

「怎麼會這樣？我聽說精神病通常是女性患者居多啊！」

「正常情況下是這樣的，但也不是絕對如此。不久以前這裡總共有二十七個病人，他們當中至少有十八個女人。可是現在你也看到了，情況發生了變化。」

「沒錯，你已經看到了，情況發生了變化。」那位踢到過拉普拉斯小姐的先生插嘴說道。

「沒錯，你已經看到了，情況發生了變化。」所有人一起重複道。

「都給我閉嘴！」梅拉德先生氣憤地說道。飯廳裡一下子安靜下來，持續了將近一分鐘。有一位女士按梅拉德先生的字面意思執行了他的命令，伸出自己的長舌頭，用雙手抓住，一直到宴會結束的時候才放開。

「那位很老實的女士，」我靠近梅拉德先生，低聲問道：「就是剛才學公雞叫的那位，她傷得不重吧——非常輕的傷，嗯？」

「傷得不重？」梅拉德先生驚訝地喊道，看樣子絕沒有偽裝：「為什麼這麼問？你是什麼意思？」

「只是受了點小傷吧？」我用手指了指自己的頭：「她的病應該不算重，沒什麼危險，是吧？」

「天啊，你想得太多了！這位茹瓦約斯夫人是我的老朋友了，她和我一樣精神正常。雖然有一些奇怪的小嗜好，但是你也知道，那些年紀大了的老女人總是會有點古怪的。」

「我當然明白，」我說道：「那剩下的這些女士和先生——」

「他們都是這裡的護理人員，」梅拉德先生坐直身子，自豪地說道：「也都是我的好朋友和優秀的助手。」

「他們全都是？」我問道：「也包括那些女士？」

「是的，」梅拉德先生說道：「我們這裡不能沒有女人，她們是世上最優秀的精神病護士，她們的護理方法非常獨特，她們那晶瑩的目光對病人有

奇效，就好像蛇所擁有的神奇魅力一樣。」

「我當然明白。」我說：「但是你不覺得她們的行為有些異常嗎？難道你不覺得奇怪？」

「異常？奇怪？你真的這麼想嗎？也許是因為我們南方人很注重享受生活，行為有些隨意，所以——」

「當然，我明白。」我說道。

「或許是克羅武喬葡萄酒裡的酒精起作用了，你是不是覺得——有些醉意？」

「應該是吧！」我說道：「對了，我還想問一下，你所說的用來代替撫慰療法的治療方法，是不是非常嚴厲呢？」

「哦，不是的。對於有些病人，我們確實採取了必要的約束，不過總的來說，我們的治療方法還是非常適合患者的。」

「這種新的方法是你自己發明的嗎？」

「並不完全是。這個方法中的一部分來自於塔爾教授，我想你應該聽說過他。而且我也很願意承認，其中的某些改良嚴格來說應該歸功於費澤爾教授。要是我猜的不錯，你和他應該是老朋友了。」

「真是令人慚愧，」我說道：「其實我根本沒聽說過這兩位先生的名字。」

「天啊！」梅拉德先生躺回椅背，舉起雙手，大聲說道：「難道是我聽錯了？你竟然沒聽說過博學的塔爾醫生和著名的費澤爾教授？」

「我確實是太孤陋寡聞了，但是這已經沒辦法改變。最讓我羞愧的，是我還沒有讀過這兩位先生的著作。他們肯定都是優秀偉大的人，我會盡快找來他們的著作仔細拜讀一下。梅拉德先生，說實話——你讓我無地自容。」

我說的全都是心裡話。

「好了，年輕人，」他按著我的手，親切地說：「現在讓我們舉杯，一起喝一杯蘇特恩白葡萄酒吧！」

我們兩個共同舉杯，喝下杯中酒。其他的人也模仿著我們喝起來，只不過他們是狂飲。他們不停地談話，互相調笑，講著各種胡亂編造的荒誕故

事，不時發出震耳欲聾的笑聲。旁邊的提琴吱扭作響，銅鼓咚咚咚地敲著，長號就像一群法拉里斯的銅牛②一樣發出痛苦的吼聲。飯廳裡變得越來越嘈雜，到處都是碰杯的聲音，簡直成了眾魔狂歡的地方。此時我和梅拉德先生正在一堆蘇特恩和克羅武喬葡萄酒瓶兩邊相對而坐，用最大的聲音交談著，如果我們用正常的聲音說話，那就像尼加拉大瀑布下魚躍出水面的聲音，是根本無法聽見的。

「先生，」我對著他的耳朵大聲喊道：「在晚飯前，你提到了撫慰療法帶來的危險，那到底是怎麼回事？」

「沒錯，那是很危險的。」他說道：「精神病人喜怒無常，無論是我，還是塔爾醫生或費澤爾教授，都認為讓他們毫無限制地行動是十分不謹慎的。一個精神病人或許可以像想像中那樣暫時被『安撫』下來，但是越發展到後期他越會變得難以控制。而且我們都知道，精神病人是非常狡猾的，假如他心裡已經有某個目標，他就會用各種令人震驚的辦法來掩飾心中所想。他有敏銳的心思來假裝自己神智健全，這讓心理學家們要多花費很多心思。事實上假如一名精神病人表現出安全正常的神智，這時最應該給他穿上拘束衣③。」

「尊敬的先生，以你管理這座精神病院的經驗來看，你有沒有實質的理由來認定，精神病人的自由就代表著危險？」

「以我的經驗？當然是的。就在不久前，這家病院發生了一起非同尋常的事件。那個時候還在實行撫慰療法，病人們還很自由。當時所有病人都表現得非常守規矩，如果是一個感覺敏銳的人，也許可以發現在這表面的風平浪靜之下正醞釀著某種陰謀。終於，在一個陽光明媚的早上，病院的管理人

埃德加・愛倫・坡

2. 古希臘暴君法拉里斯發明的一種刑具，把人關進一座鑄造的銅牛中，在下面用火炙烤。裡面的人發出痛苦的喊叫，從銅牛中傳出來就變成一種類似牛叫的吼聲。——譯注
3. 一種限制人行動的緊身衣，精神病院中通常用以約束有嚴重暴力傾向的精神病人，防止其傷害自己或他人。——譯注

員被綁了起來，然後被關進祕密病房。精神病人取代他們，成為這裡的管理人員，而原本的管理人員則變成了精神病人。」

「真的嗎？我還從來沒聽說過如此離奇的事情！」

「絕對真實！整件事情都是由一個愚蠢的精神病人策劃的，不知道他是如何產生了這樣的想法，認為他自己發明了一種超越以往任何方法的管理精神病人的方法。據我猜想，他是想透過這種辦法來驗證一下自己的發明，所以他說服其他的病人，和他一起推翻了管理人員的統治。」

「他成功了嗎？」

「當然。管理人員和精神病人很快就交換了身份。不過嚴格來說，並不是完全對等的交換，因為原本精神病人是自由的，但是管理人員被制伏後，立刻就被關進了祕密病房。而且他們遭到了非常粗魯的對待，真是太可憐了。」

「我敢肯定，那些病人很快就會遭到鎮壓的。居住在附近的村民和來這裡參觀的人肯定都會報警，他們不可能允許這種情況持續下去。」

「你猜錯了。那個狡猾的叛變領導者從一開始就預防這種情況出現。所有來參觀的人，都會被他拒之門外，不過也有一次例外。有一天來了一個看上去有些蠢的年輕紳士，領導者根本不擔心他能看出什麼異常，所以便讓他進來了，並帶他參觀這裡，只不過是為了拿他找點樂子。等他捉弄夠了這個年輕人，就把他趕出了病院。」

「那些病人佔領了這裡多長時間？」

「時間很長，至少有一個月吧，具體多長時間我說不清了。在此期間，所有的病人非常快樂，這一點毋庸置疑。他們脫掉那些讓他們有損尊嚴的衣服，穿上自己喜歡的衣服，戴上各種漂亮的首飾。在這座別墅的地窖裡藏了很多酒，而那些病人就像魔鬼一樣嗜酒如命。他們很快樂，這一點我可以肯定。」

「那治療方法呢？那個叛變的領導者採用了什麼樣的治療方法？」

「說到治療方法，我之前已經說過，精神病人不一定就是愚蠢的。實際上我認為他的療法比原本的撫慰療法要高明得多。那確實是一種頂尖的療

法，簡單易行，操作起來很容易，而且還很有意思，就像——」

這時一陣叫喊聲打斷了他的話，這仍是之前讓在座眾人慘遭驚嚇的那種叫喊聲，聽上去是一群正在快速接近這裡的人發出的。

「天啊！是不是精神病人逃出來了？」我不禁大聲喊道。

「也許你猜對了。」梅拉德先生看上去臉色蒼白。還沒等他說完，從窗戶那裡就傳來一陣叫喊聲和咒罵聲。很快我就看清了眼前發生的狀況，外面那些人正試圖衝進飯廳，似乎有一個大鐵錘正在錘擊飯廳的大門，窗戶上的鐵條也被巨力扭得彎曲鬆動了。

飯廳裡一片混亂，我原本還指望梅拉德先生能果斷指揮眾人反抗，但是他卻鑽到一個餐櫃下面。樂隊的人在剛才那最後十五分鐘裡因為喝酒而耽誤了演奏，此時全都跳起來，拿起自己的樂器，爬到桌子上，一起開始演奏《洋基歌》[4]。雖然不完全在調上，但是可以看出他們很努力。在這場混亂中，他們的演奏一直沒有停歇。

剛才席間好不容易忍住沒跳上桌子的那位先生，此時終於跳上餐桌，站在酒瓶中間，站穩之後，便開始了一場精彩絕倫的演說，如果有人聽到的話，肯定會讚不絕口。與此同時，那個陀螺人站在飯廳中開始旋轉，他把兩條胳膊伸展開來，和身體成直角，旋轉起來之後，簡直成了一隻真正意義上的陀螺，所以闖進他的軌跡的人都被他撞倒在一旁。這時我又聽到一陣開香檳的砰砰聲和嘶嘶聲，隨後我發現這是在席上表演模仿開香檳的那個人發出的。緊接著那個青蛙人也發出呱呱的聲音，好像這個聲音能拯救他的靈魂似的。此時最響亮的聲音，便是一頭驢的叫聲。而說到茹瓦約斯夫人，她的模樣真是讓人可憐，她似乎被嚇壞了，唯一能做的就是躲到壁爐邊的角落裡，拉長脖子發出「喔喔喔」的叫聲。

---

4. 美國經典愛國歌曲，最早流行於美國獨立戰爭時期。英軍向美國大陸軍投降時，曾經用這首歌嘲諷大陸軍，因為歌曲內容是在嘲諷當地居民的粗俗。大陸軍總司令華盛頓為了反過來羞辱英軍，便下令將這首歌定為大陸軍軍歌。——譯注

然後就是這場悲劇的最後一幕了，這齣戲的最高潮部分。因為飯廳裡的人只用叫喊聲和鳴叫聲作為抵抗，所以外面的人毫不費力地攻破了十扇窗戶。我想我永遠不會忘記看到那個場景時我內心的恐懼，當我看到外面的衝進來，衝入混亂嘈雜、手舞足蹈的人群中時，我還以為自己看到了一群猩猩、猿猴，或是好望角的大黑狒狒。

　　我受到了一記重擊，然後我滾到一張沙發下邊，靜靜躺在那裡，默默聽著飯廳裡的動靜。過了十五分鐘之後，我終於知道了這場悲劇的具體情節。大致的經過好像是這樣，梅拉德先生給我講述的那位領導精神病人叛變的領袖，實際上就是他自己。他在兩三年前確實是這家精神病院的院長，但是後來他自己也精神失常，成為一名精神病人。把我介紹來的那位同伴，並不知道這個情況。病院裡的十位管理人員被病人突襲，全部被控制住，他們全身被塗上柏油，然後又被黏上一身羽毛，最後被關到了地下祕密病房。他們被關在那裡一個多月，梅拉德先生不停地給予他們柏油和羽毛（實際上他所說的療法的內容就是柏油和羽毛），並且給他們提供一些麵包，還透過一條水道給他們提供喝不完的水。後來有一位管理人員從水道中逃脫，把其他人都救了出來。

　　現在那家精神病院已經恢復了撫慰療法，只不過經過了重大的改良。但是我卻不由得認同梅拉德先生的觀點，他的「療法」確實是最頂尖的方法，正像他自己描述的那樣，「簡單易行，操作起來很容易」。

　　還有一點我要說一下，我走遍歐洲的所有圖書館，試圖尋找塔爾醫生和費澤爾教授⑤的著作，但是最終還是一無所獲。

5.「塔爾（Tarr）」和「費澤爾（Fether）」在拼寫和發音上與「柏油（tar）」和「羽毛（feather）」相近。——譯注

別和魔鬼賭腦袋
——一個有道德寓意的故事

「Con tal que las costumbres de un autor,」拉斯托雷斯的唐・湯瑪斯在自己的《情詩集》的序言中說道,「sean puras y castas, importo muy poco que no sean igualmente severas sus obras」——用通俗的話講,意思就是假如一位作者的道德是純個人的,那他作品中的道德便什麼都代表不了。假設唐・湯瑪斯因為這句話而下了地獄,那麼為了詩一般的公正,最好的做法就是讓他待在那裡,直到他的《情詩集》絕版,或者讀者漸少至無人問津。每一篇小說都應該有寓意,更準確地說,是批評家們已經發現每篇小說都有寓意。三百年前,菲力浦・梅蘭希通曾寫過一篇評論〈老鼠與青蛙之戰〉[1]的文章,指出荷馬的目的是要鼓勵人們抗拒騷動。皮埃爾・拉塞納則看得更遠,他證明了荷馬的目的是勸說年輕人有節制地飲食。按照這個方向,雅各・雨果也分析出來,荷馬是在用尤尼斯諷刺約翰・喀爾文,用安提諾斯諷刺馬丁・路

---

1. 這實際是後人偽託荷馬作的一首詩,作者不詳。——譯注

德，用吃忘憂果的民族來諷刺所有新教徒，用哈耳庇厄諷刺德國人。更加現代的學者也同樣敏銳，他們分析出《古生代》裡有隱藏的含義，《波瓦坦》裡有道德隱喻，《知更鳥》裡有新的觀點，《小拇指》裡有超驗主義。總之，只要一個人能動筆寫作，就不必擔心沒有寓意。這樣倒是替作家節省了精力，因為他們不用再擔心自己的作品沒有寓意，它就在那裡，肯定隱藏在某個地方，批評家們完全能自行找到。只要到了合適的時機，作家想表達的和不想表達的，都會在《日暮》或《復活節》等雜誌上被披露，甚至還有作家本來應該要表達的，以及他想表達而沒有表達的。總之，所有的寓意都會清晰地展示出來。

所以那些無知的傢伙對我提出的指控，是根本站不住腳的——說我從來沒寫過一個道德故事，更準確地說，是有道德寓意的故事。他們並不是註定能使我成名，或者能培養我道德感的批評家——我的道德感也是個祕密。順便說一下，《北美單季季刊》會讓他們為自己的愚蠢感到羞愧。同時，為了減少對我的責難，減輕對我的指控，我附上這個悲慘的故事——它毫無疑問是有道德寓意的，任何人都能從標題中一眼看出來。我應該為這一設置得到讚揚：一個比拉・封丹和其他人都要聰明的作家，直到最後一刻才揭示自己想要表達的東西，直到故事的結尾才揭示其寓意。

「禁止傷害死者」是十二表法[2]中的一項法則，而「為死者隱惡揚善」則是一項很好的法令，即便這個逝去的死者只是個普通百姓。因此我的用意並不是要傷害我那已故的朋友托比・達米特。他以前確實是個惡棍，而且死得很淒慘，但是我們不應再因他的惡習而指責他，因為那些惡習的養成都是因為他母親的個人缺陷。在他還是個嬰兒的時候，他的母親就用力鞭打他——為了盡到管教的職責——這對她那有條理的頭腦來說是種樂趣，而嬰兒就像嚼不爛的牛排，或者現代的希臘橄欖樹，鞭打一下總是好的。但是不

---

2. 也叫十二銅表法，是古羅馬制定的成文法，因為刻在十二塊銅牌（銅表）上而得名。——譯注

幸的是，這個可憐的女人是個左撇子，如果一個孩子要被鞭打的話，最好不要被左撇子鞭打。地球是從右向左旋轉的，打孩子千萬不可以從左向右打。如果在正確方向上的每一次鞭打，都驅散了一種邪惡的傾向，那麼反方向的每一次鞭打，都會同等地促進邪惡的傾向。我經常目睹托比遭受懲罰，從他踢腿的動作，我就感覺他在一天天變壞。最後我終於透過我眼中的淚水，看到那個惡棍失去了所有變好的希望。有一天，他被打耳光打得臉龐發黑，甚至讓人誤以為他有非洲血統，但是除了讓他扭動幾下身子，沒有產生任何效果。我再也忍受不了了，於是我跪在地上，大聲預言了他的毀滅。

實際上，他的惡習早熟得令人害怕。五個月大的時候，他就經常暴怒，以致無法說清楚話。六個月的時候，我發現他在啃一副紙牌。七個月的時候，他就開始追逐和親吻女孩。八個月的時候，他斷然拒絕在戒酒誓言上簽字。就這樣，他的罪孽逐月增加，到第一年結束的時候，他不僅堅持留鬍子，而且養成了咒罵的習慣，還用打賭的方式堅持自己的念頭。

正是因為最後這個惡習，托比·達米特最後終於迎來了我預言中的毀滅。那種惡習「隨著他的成長而增長，隨著他的強壯而壯大」，所以到他長大之後，他不打賭的話幾乎就說不出話。不過他並沒有真的下注——關於這一點我要替我朋友辯白一下，他如果真的下注很快就會傾家蕩產。他說的打賭，只是句口頭禪，對於真實意思的表達沒有絲毫用處。那只是單純的語氣詞，就好像那些用於句子結尾的短語。當他說「我敢和你打賭」的時候，沒人想過要真的和他賭什麼，但我還是忍不住要為此責備他。我跟他說，這種習慣是不道德的，是粗俗的，我懇求他相信你這一點。社會並不認同賭博，在這一點上我只是說了實話。國會已經下令禁止賭博，對於這一點我也沒有說謊。我提出規勸，但是沒有絲毫用處。我給他舉例子，最後都是徒勞。我懇求他，他只是笑笑。我給他講道理，他卻對我一頓嘲諷。我威脅他，他咒罵我。我踢打他，他叫來了警察。我扯他的鼻子，他就趁機擤鼻涕，並且和魔鬼賭他的腦袋。我再也不敢嘗試了。

貧窮是達米特的母親固有的生理缺陷，並且遺傳給了達米特。他身上一文不名，可以確信，這就是他在打賭時很少提到金錢的原因。我甚至懷疑

有沒有聽到過他說「我跟你賭一美元」。他經常說的都是「我跟你賭你喜歡的」，或者「我跟你賭你敢做的」，或者「我跟你賭一件瑣事」，或者是更常用的那句「我跟魔鬼賭我的腦袋」。

他好像最喜歡最後這種賭注，或許是因為風險最小，因為達米特已經變得過於吝嗇。他的腦袋那麼小，如果哪天真的有人接受他的賭注，他的損失也不會太大。但這只是我的猜測，不知道他是不是真的這麼想。反正那句話越來越頻繁地從他的嘴裡冒出來，雖然用腦袋代替金錢來下賭注是一件很不好的事情，但我那位朋友太固執了，根本不會改變自己的想法。後來他乾脆拋棄了其他的賭注，專注於「我跟魔鬼賭我的腦袋」。他的執著和排外的態度讓我感到不滿更甚於吃驚。因為我總是對我無法理解的事情感到不滿。理解不了的事就需要思考，而思考對人的健康是有害的。實際上，達米特先生在使用他那種有攻擊性的表達方式的時候，總是表現出某種特質——某種他的發音方式特有的東西——起初讓我感興趣，後來又讓我很不安。因為目前還沒有特定的詞語來稱呼這種東西，所以請允許我暫時稱之為「古怪的」。柯勒律治先生也許會稱它為神祕的，康德先生會稱它為泛神論的，卡萊爾先生會稱它為扭曲的，愛默生先生會稱它為超驗的。我開始討厭它了。達米特先生的靈魂已經陷入險境，我決心發揮我所有的雄辯能力來拯救它。我發誓要像《愛爾蘭編年史》中聖派翠克侍奉一隻蟾蜍一樣侍奉他，也就是「喚醒他對自己處境的感知」。我決定立刻著手去做，於是我打起精神，去做最後一次勸諫。

等我講完我的大道理之後，達米特先生看上去態度有些模棱兩可。他沉默了一段時間，只是好奇地看著我的臉。然後他把頭轉向一邊，揚起眉毛，攤開雙手，聳聳肩。然後眨眨右眼，又眨眨左眼，隨後把兩隻眼睛都閉上，又睜開瞪大雙眼。我很擔心會有什麼嚴重後果。然後他把拇指放在鼻子上，用其他手指做出一個無法形容的動作。最後他抱起雙臂，屈尊回答了我。

我現在只能記起他開頭的幾句話。他說如果我閉嘴的話，他會對我萬分感激。他說他不需要我的勸諫。他鄙視我所有的暗示。他已經成年了，可以照顧好自己，難道我以為他還是個小孩子？難道我是想改變他的天性？難

道我想要侮辱他？難道我是個傻瓜？總之一句話，我母親知道我從家裡出來嗎？他像對待一個誠實的人那樣，把最後那個問題拋給我，並要求我必須回答。他再一次要求我明確回答，我母親是否知道我出來了。他說我的緊張暴露了我，還說他願意用他的頭向魔鬼下賭注，賭我母親不知道我出來了。

達米特先生沒再給我開口的機會，他非常卑鄙地轉身離去。他也許有他離開的理由，但是我的確受到了傷害，我甚至無法控制自己的怒火。這是我第一次打算接受那個侮辱性的賭注。我將會贏得達米特先生的小腦袋——因為我母親很清楚我只是暫時離開家。

但是就像穆斯林被人踩了腳時說的，上天會給予我們寬慰。我是在盡自己的責任時受到了侮辱，我像一個男人那樣接受了侮辱。在我看來，我已經為那個可憐的人做了我能做的一切。我決定不再去勸告，不再打擾他，把他交給他自己和他的良知。雖然我能控制住勸告的衝動，但是我無法拋棄我們之間的友誼。為此我甚至能容忍他的一些不可饒恕的惡行。有那麼幾次，當我發現自己被他捉弄了，我竟然笑了出來，就像一個美食家眼裡含著淚水讚賞芥末一樣。——聽到他的惡言，我深感悲痛。

有一天，天氣很好，我和他拉著手出去散步，我們沿著道路來到一條河旁。河上有座橋，我們決定從橋上過河。這是一座拱形廊橋，可以遮雨，廊道上只有幾扇窗戶，所以裡面光線很暗，讓人感到很不舒服。當我們走進廊道時，外面明亮的光線和裡面的昏暗產生強烈的反差，嚴重刺激了我的神經。可是該死的達米特沒有絲毫感覺，他說我得了抑鬱症，他敢跟魔鬼賭上他的腦袋。他那時似乎有一種非同尋常的幽默感，看上去非常開心——我不知道我為什麼有一種不安的猜疑。他不可能有超驗症狀，不過在診斷這種疾病方面，我還不夠精通，無法確認這一點。不幸的是，當時沒有一個我在《日晷》雜誌的朋友在場。然而我之所以有這個念頭，是因為我感覺有一種嚴重的快樂主義困擾著我那可憐的朋友，讓他看上去像個大傻瓜。不管在路上看到什麼東西，他都會扭著身子或者蹦蹦跳跳地從上面跳過去或者從下面鑽過去。有時忽然大喊大叫，有時又小聲嘀咕，說著各種奇怪的話，臉上卻始終保持著世界上最嚴肅的表情。我實在不知道是該踢他還是可憐他。就在

我們將要穿過廊橋，踏上人行道的時候，一扇有些高的旋轉柵欄門擋在了前面。我像平常那樣推著們，輕鬆地走了過去。但是這種方法並不適合達米特先生的風格，他堅持要從柵欄上跳過來，還說他能在空中擺一個鴿子亮翅的動作。說實話，我覺得他做不到。對於各種鴿子亮翅的動作，我覺得做得最好的人就是我的朋友卡萊爾先生。但是在我的印象裡，就連他也做不到剛才達米特說的那樣，所以我認為達米特也無法做到。因此我說了很多話，說他吹牛，說他做不到。很快我就後悔說了那些話，因為他再一次跟魔鬼賭自己的腦袋，說他能做到。

我剛要勸說他幾句（儘管早就決定不再勸告他，不過我還是忍不住了），這時旁邊突然傳來一聲輕微的咳嗽聲，類似「啊呵」的聲音。我嚇了一跳，然後環顧四周。最後我發現在角落裡有一位略有些跛足的老紳士，他面容嚴整，穿了一身黑色的西服，襯衫非常乾淨，整潔的領子壓在一條白領帶上，頭髮像女孩那樣從中間分開，他的雙手握在一起，放在腹部前，兩隻眼睛小心地看著頭頂的地方。

我又仔細看了一下，發現他的馬甲外面圍了一條黑色的絲綢圍裙。我覺得這很奇怪，不過還沒等我說話，他又發出一聲「啊呵」，打斷了我。

對於他的這一聲，我還沒準備好如何回答。事實上，對於如此簡單的話，幾乎是沒有辦法回答的。我知道有一家季刊曾被「胡說」這個詞困擾了很久，因此我並不羞於向達米特先生求助。

「達米特，」我說：「這位紳士說『啊呵』，你聽到了嗎？你在幹什麼？」我對他說話的時候，嚴肅地看著他，因為說實話，我當時很困惑，當一個人感覺困惑的時候，他必須皺起眉頭，讓自己看上去很兇狠，不然的話他就會像個傻瓜。

「達米特，」我說——雖然這聽起來像是在罵人，好像我除了罵人什麼都沒想——「達米特，」我說：「這位紳士說『啊呵』。」

我不願用「深奧」這樣的字眼來形容自己的話，因為我並不覺得自己的話深奧。但是我注意到，我們的語言所表達出來的效果，跟我們期望的效果往往不成正比。就算我用佩克桑炮彈轟擊達米特，或者給他大講特講「美國

別和魔鬼賭腦袋

詩人和詩歌」，他也不會比聽到現在這幾句簡單的話更難堪：「達米特，你在幹什麼？你沒聽見嗎？這位紳士說『啊呵』！」

「你不是也這樣說嗎？」他氣喘吁吁地說，就像被軍艦追逐的海盜船上到處逃竄的海盜一樣，「你肯定他是這麼說的嗎？不管怎麼說，我現在還是要大膽地面對這件事。聽我這一聲『啊呵』！」

那位老紳士似乎很高興——只有上帝知道是為什麼。他從角落出來，一瘸一拐地走上前，優雅地握住達米特的手，親切地握著，一直看著達米特的臉，臉上流露出一種人類所能想像的最真誠親切的神情。

「我敢肯定你一定會贏的，達米特。」他帶著最坦誠笑容說：「但我們必須試一試，你知道，只是個形式。」

「啊呵！」我的朋友答道，他脫下自己的外套，深深歎了口氣，在腰上繫了一條手帕，眼睛扭曲，撇了下嘴角，露出一種不可思議的神情——「啊呵！」停了一下，又是一聲「啊呵」，之後除了「啊呵」他就沒再說別的。「啊呵！」我心裡想著，沒有表露出任何心跡，「對於托比·達米特來說，這真是異乎尋常的沉默，毫無疑問，這是因為之前他太囉嗦了。一個極端通常會導致另一個極端。我不知道他是否已經忘記了我上次對他說教那天，他流利地向我提出的許多無法回答的問題。不過不管怎麼說，他的超驗症狀都痊癒了。」

「啊呵！」托比回答說，好像他一直在讀我的思想，像是一隻老山羊。

老紳士抓住他的胳膊，把他拉到橋上陰暗的地方——離柵欄有幾步遠。「好夥計，」他說：「我如此善良，所以讓你多跑幾步。在這等著，等我在柵欄旁邊找到一個合適的地方，這樣我就能看到你能否飄逸、瀟灑地跳過去，別忘了鴿子亮翅的動作。我會喊『一、二、三、跑』，你知道，這只是個形式，當我喊到『跑』的時候，你就開始。」他走到柵欄旁，頓了一會兒，像是在沉思，然後抬起頭來，微微一笑，然後繫緊了那條圍裙，意味深長地看了看達米特，最後他像說好的那樣——

——一——二——三——跑！我那可憐的朋友聽到「跑」這個字便飛快地跑了起來。柵欄並不是很高，就像洛德先生的作品一樣，不過也不是很低，就

像評論洛德先生的那些評論家們一樣。不過總的來說，我相信我的朋友能跳過去。但是如果他沒跳過去呢？——啊，這就是問題所在了——萬一他沒跳過去呢？「他有什麼權力，」我說，「讓其他人去跳呢？那個瘸老頭，他以為自己是誰？他如果讓我跳的話，我會果斷拒絕。我可不在乎他到底誰！」我剛才已經說過，這是一座拱橋，上面有遮雨棚，這種風格非常怪誕，而且橋裡總是有一種令人不舒服的迴響——當我說出最後四個字的時候，那種迴響就更加明顯了。

　　但是我所說的、所想的，還有聽到的，都是在一瞬間發生的。可憐的托比在起跑後不到五秒鐘，就已經跳了起來。我看到他敏捷地奔跑，從橋上一躍而起，在空中時兩條腿擺出最漂亮的動作。我看到他高高地躍在空中，在柵欄頂上擺出鴿子亮翅的姿勢。當然，至於他沒有躍過去，那是一件不太合理的事情。整件事情就發生在一瞬間，我還沒來得及進行深入的思考，達米特先生已經倒在了地上，就在他躍起的這一側。就在這時，我看到那位老紳士用圍裙接住了從旋轉柵欄門上方的黑暗中掉出來的一個東西，然後包緊圍裙，一瘸一拐地迅速離開了。眼前發生的這一幕讓我非常吃驚，但是我沒有時間去思考了，因為達米特先生躺在那裡一動不動。我敢肯定他一定是感情受到了傷害，他需要我的幫助。我急忙趕到他身旁，他好像受了重傷。實際上，他的腦袋不見了。我四處尋找，並沒有找到，所以我決定把他帶回家去，讓他接受順勢療法[3]。這時我突然想到什麼，於是我推開旁邊的一扇窗戶，立刻就明白了這場悲劇的真相。在那道旋轉柵欄門上方五英尺的地方，有一根扁平的鐵條，用來支撐鐵門，它鋒利的邊緣正好橫在水準方向，以支撐整個遮雨棚。很明顯，我那不幸的朋友正好把脖子撞在上面。他沒有在那可怕的情況下倖存下來。順勢療法醫生並沒有給他開太多藥，而開的那少量

———————————————

3. 十八世紀德國醫生撒母耳‧哈內曼創立的一種替代療法，當病人具有某種症狀，就用可以使健康人產生相同症狀的藥物來治療。比如顛茄可以讓健康人產生發熱、搏動性頭痛的症狀，於是就被用來治療那些有發熱和搏動性頭痛症狀的病人。——譯注

的藥，他也不願意吃。最後，情況越來越糟，他終於死了。這對那些胡鬧的人來說是個警告。我在他的葬禮上流了很多淚，在他的家族墓碑上畫了一條不祥的橫線。為了支付他的葬禮費用，我把一張非常公道的帳單寄給了超驗主義者。但那些混蛋不願意付錢，所以我又把達米特先生從墳墓裡挖出來，當作狗糧賣掉了。

捧人

他們踮起腳尖驚嘆。

——畢肖普・霍爾《諷刺》

我是一個名人，或者說我曾經是一個名人。不過我並不是《朱尼厄斯》的作者，不是那個戴面具的人[1]。我名叫羅伯特・瓊斯，出生在法姆－法奇城的某個地方。

我出生的時候就用手抓著鼻子。母親見了我的樣子，便直呼神奇。父親激動得落了淚，立刻拿給我一篇關於鼻子的論文。在我還穿開襠褲的時候，我就已經背熟了這篇論文。

我開始將這門學科當作自己的研究對象。沒過多長時間，我就明白了一點：只要一個人的鼻子有一個明顯的特點，然後著意發揮一番，就能利用鼻子來成名。當然我並非只是研究理論，我每天早上還會揪兩下自己的鼻子，

1. 在1769年～1772年之間，有人不斷向倫敦《公眾廣告報》投遞署名為「朱尼厄斯」的信件，披露政府的黑幕。現在一般認為此人真實身份為菲力浦・法蘭西斯爵士（Philip Francis，1740～1818）。此處「戴面具」則指他的匿名。——譯注

然後喝六口烈酒。

當我成年之後，有一天父親問我可不可以去他的書房。我們兩個來到書房坐下，父親對我說：「孩子，你生活的首要目標是什麼？」

「父親，」我說：「鑽研鼻子學。」

「那什麼是鼻子學呢，羅伯特？」

「就是關於鼻子的學科，父親。」

「那你能不能說一下，」父親問，「什麼是鼻子？」

「父親，」我長舒了一口氣，答道，「有不下一千個人，給鼻子下過各種各樣的定義。」（我掏出手錶）「現在是中午——我想在午夜之前，我可以把這個問題說完。我這就開始——按照巴塞林納斯的說法，鼻子就是突出的那部分——是腫起來的部分——是瘤子——是——」

「好了，羅伯特，」父親親切地打斷我：「你如此博學讓我很吃驚——這是我真心的想法。」（他閉上雙眼，把手放在胸口）「走近點。」（他拉著我的胳膊）「我認為你已經學到了該學的東西——是時候出去獨自闖蕩了。記住了，善用你的鼻子——所以——所以——」（他一腳把我踹下樓梯，我滾到了門外）「所以滾出家門吧，願上帝保佑你。」

我的心裡有一種頓悟的感覺。我一定要聽父親的話，善用自己的鼻子。於是我捏了捏鼻子，很快寫出了一本關於鼻子的書。

這本書讓法姆—法奇城轟動了。

「偉大的天才！」《季刊》說。

「頂尖的生理學家！」《威斯敏斯特報》說。

「智者！」《外國人》說。

「一流的作家！」《愛丁堡》說。

「有深度的思想家！」《都柏林》說。

「卓越的人！」《本特利》說。

「了不起的人！」《弗雷澤》說。

「有我們的風格！」《布萊克伍德》說。

「他是誰？」巴斯・布羅夫人說。

「他是做什麼的？」巴斯・布羅大小姐說。

「他在哪裡？」巴斯・布羅二小姐說。

不過我並沒有理睬他們——我來到一位藝術家的工作室。

「天啊」公爵夫人端坐在椅子上，讓藝術家為她畫像。「什麼什麼」侯爵抱著公爵夫人的鬆獅。「如此這般」伯爵觀賞著公爵夫人的嗅鹽。「別碰我」王子靠著公爵夫人的椅背。

我來到藝術家面前，揚起我的鼻子。

「真是太漂亮了！」公爵夫人驚嘆道。

「天啊！」侯爵回應著。

「啊，太醜了！」伯爵呻吟著。

「簡直讓人噁心！」王子怒吼。

「你出個價吧！」藝術家對我說。

「把他的鼻子買下來！」公爵夫人大喊。

「一千英鎊。」我坐到旁邊。

「一千英鎊？」藝術家思索著問道。

「一千英鎊。」我說。

「真是太漂亮了。」藝術家神思恍惚。

「一千英鎊。」我說。

「你能保證沒問題嗎？」他把我的鼻子挪到光線好的地方。

「當然保證。」我說，然後驕傲地擤了擤鼻子。

「是絕對天然的嗎？」他帶著崇拜的目光用手摸了摸我的鼻子。

「哼！」我把鼻子轉過來。

「沒人複製過這個鼻子嗎？」他用顯微鏡仔細觀察著我的鼻子。

「當然沒有。」我把鼻子翹起來。

「真是太棒了！」我這個美妙的動作讓他大喊出聲。

「一千英鎊。」我說。

「一千英鎊？」他問。

「是的。」我說。

「一千英鎊？」他問。

「是的。」我說。

「好，一千英鎊。」他說：「真是舉世罕見的好東西！」他立刻給我開了一張支票，然後為我的鼻子畫了一張素描。我住到了澤明街，然後將我第九十九版的《鼻子學》和那張畫像一起給女王陛下送去。——那位憂鬱風流的威爾士親王請我前去參加宴會。

前來參加宴會的都是名人。

首先是一位現代柏拉圖主義者，一直在引用波菲利、楊布里克、普羅提諾、普羅克洛斯、希羅克洛斯、馬克西莫斯·提利烏斯和希利亞諾斯。

然後是一位人類至善主義者，他總是引用杜爾哥、普萊斯、普里斯特利、孔多塞、德·斯塔爾還有那個「有抱負的健康學生」。

然後是一位正悖論先生，他說所有的白癡都是哲學家，所有的哲學家都是白癡。

然後是埃斯塞提克斯·埃塞克斯，他談論起火元素、同一性、原子；二元論和先存靈魂；相吸和相斥；原始智慧和同素體。

然後是西奧羅格斯神學家，他提到了尤西比厄斯和阿里訥斯；異端和尼斯理事會；皮由茲運動和三位一體；本體相同和本體相似。

然後是從康卡勒的羅切爾來的弗里卡瑟，他談到了醬汁花椰菜、梅內霍特小牛肉、聖佛羅倫丁醃泡汁和拼盤橘子果凍。

然後是畢布勒斯·奧邦保爾，他提到拉圖爾酒和馬克布涅恩酒；起泡酒和香貝坦紅葡萄酒；里奇堡酒和聖喬治酒；豪布里翁酒、利昂維爾酒和梅多克酒；巴拉克酒和普雷尼亞克酒；格拉夫酒、索特尼酒、拉菲特酒、聖佩雷酒。他搖著頭點評伏舊園酒莊，然後閉著眼談論起雪利和白葡萄酒的區別。

然後是從佛羅倫斯來的廷東廷丁諾先生，他談到了契馬布埃、阿爾皮諾、卡爾帕喬和阿戈斯蒂諾；談到了卡拉瓦喬的憂鬱、阿爾巴諾的溫和、提香的色彩、魯本斯的女人和揚·斯汀的幽默。

然後是法姆-法奇大學校長，他說在色雷斯，人們稱月亮為本迪斯；在埃及，稱為比巴斯提斯；在羅馬，稱為戴安娜；在希臘，稱為阿爾忒彌斯。

然後是從斯坦布林來的格蘭得‧特克，他固執地認為天使是馬、公雞和公牛的混合體，在第六層天上住著一個長了七萬顆頭的人，地球被一隻長著很多個角的藍色公牛駄在背上。

　　然後是德爾菲訥斯‧波利格羅特，他說他知道在哪裡可以找到埃斯庫羅斯那散佚的八十三篇悲劇，還有伊蘇斯的五十四篇演講，呂西阿斯的一百九十一篇演講，泰奧弗拉斯托斯的一百八十篇論文，阿波羅尼奧斯關於圓錐的第八卷，品達的讚美詩和祝酒詩，青年荷馬的四十五部悲劇等等。

　　然後是費迪南‧菲茨-弗西勒斯‧費特斯帕，他談到了地心火焰、第三紀地質構造；氣體、液體、固體；石英石、石灰岩、葉岩、黑電氣岩、石膏、滑石、方解石、閃鋅礦、角閃石、雲主機板岩、布丁石、藍晶石、鋰雲母、赤鐵礦、透閃石、銻、玉髓、錳——他講的東西簡直包羅萬象。

　　最後是我，我談到了我自己——就是我自己——我談到了鼻子學，談到了那本關於鼻子學的書，談到了我自己。我把鼻子揚起來，只談論我自己。

　　「真是個聰明人！」威爾士親王說。

　　「確實聰明！」客人們說。

　　第二天一早，「天啊」公爵夫人前來拜訪我。

　　「英俊的小伙子，你願意去阿爾馬克嗎？」說著，她輕輕拍了我的下巴一下。

　　「當然願意。」我說。

　　「你的鼻子也一起去嗎？」她問。

　　「肯定會一起去的。」我說。

　　「這是請柬，親愛的。你能不能確保一定去？」

　　「尊敬的公爵夫人，這對我來說是種榮耀。」

　　「不要這麼說——不過我還想確認一下，整個鼻子都會一起去嗎？」

　　「絕對不會丟下任何一部分，公爵夫人。」我說。——然後我皺了皺鼻子，去了阿爾馬克。

　　屋子裡擠滿了人。

　　「他到了！」樓梯上的人說。

「他到了！」再往上的人說。

「他到了！」更上面的人說。

「他到了！」公爵夫人也喊道：「終於到了，親愛的！」——她緊緊地擁抱了我，然後親了我的鼻子三下。

這下所有人騷動起來。

「惡魔！」卡普里克納提公爵喊道。

「老天保佑！」斯蒂雷多先生小聲說。

「上帝！」德·葛蘭維爾親王叫道。

「該死！」布魯丁努夫公爵憤怒地喊道。

這真是太無理了，我生氣了，轉身面對布魯丁努夫。

「先生，」我說，「你就是個狒狒！」

「先生，」他頓了一下，說，「我要和你決鬥！」

我無法忍受，於是我們交換名片。第二天，在喬克農場，我一槍把他的鼻子打沒了——隨後我便去找我的朋友。

「白癡！」第一個朋友說。

「蠢貨！」第二個朋友說。

「傻瓜！」第三個朋友說。

「笨蛋！」第四個朋友說。

「呆子！」第五個朋友說。

「無知！」第六個朋友說。

「滾蛋！」第七個朋友說。

我感到受到了侮辱，於是去找我的父親。

「父親，」我問道：「我生活的首要目標是什麼？」

「孩子，」他說：「仍然是研究鼻子學。不過，你打掉公爵的鼻子確實做錯了。雖然你的鼻子很漂亮，但是現在他沒有了鼻子，他出名了。我敢說，在法姆-法奇城，一個人的出名程度跟鼻子大小是成正比的。但是沒有什麼能比得上沒有鼻子的人！」

失去呼吸

噢，請不要呼吸……

——莫爾《愛爾蘭歌曲集》

「你這個惡棍！你這個壞心眼的人！你這個潑婦！」婚禮後的第二天早上，我對我的妻子喊道，「你這個巫婆！你這個妖怪！你這個自以為是的傢伙！你這個邪惡的傢伙！你身上充滿了罪惡！你——你——」我踮起腳，掐住她的脖子，把嘴湊近她的耳朵，準備用更惡毒的話來罵她。只要這些話出了口，她必定會相信自己是一個微不足道的人。但是這時我發現了一個可怕的問題，我喘不過氣了。

雖然起初我不能確定這件事對我的影響有多大，但我毫不猶豫地決定無論如何都瞞著我的妻子，直到接下來的經歷讓我體會了這場災難到了聞所未聞的程度。所以沒過多長時間，我臉上的表情就起了變化，從一開始的面目猙獰，變成了風騷溫柔。我摸了摸她的一邊臉頰，又親了親她的另一邊臉頰，什麼都沒說，留下因為我的滑稽舉動而吃驚的她，如西風一般離開了房間。

請看我是如何安然地躺在自己房間裡的，體會著由憤怒導致的可怕後

果——活著看上去卻像死了——死了卻帶有活著的表象——世上最畸形的臉龐——表情平靜，但無法呼吸。

沒錯，我無法呼吸了。我正式宣佈我的呼吸已經完全消失。雖然還不能確定我的生命是否已經終結，但我已經連一絲吹動羽毛的氣息都沒有了。真是艱難的命運！在經過第一輪悲傷的衝擊之後，我終於還是得到了一些緩解。經過一番與妻子對話的實驗，我發現我原本以為已經完全喪失的發音能力，實際上只是受到了部分程度的損傷，如果我把聲音降到喉嚨較低的位置，我就可以繼續和妻子交流我的情感。而且我發現這種聲音（喉音）並不是依靠氣息，而是依靠喉嚨肌肉的某種痙攣動作。

我坐在椅子上，沉思了一會兒。當然，我所思考的不是令人欣慰的那些問題。很多模糊而催人淚下的幻想佔據了我的心靈，甚至有一刻我腦中出現自殺的念頭。但是拒絕那些明顯的、遙遠的、模棱兩可的東西，卻是人性中一個乖僻的特徵。想到自殺這個念頭讓我渾身顫抖。這時我家的斑點貓正在地毯上用力地咕嚕咕嚕叫，那條愛玩水的狗也在桌子底下努力地喘氣。它們很明顯是在賣弄自己健康的肺，來嘲笑我肺功能的喪失。

當我正被一種絕望和恐懼的情緒所籠罩時，我聽到了妻子下樓的聲音。等確定她已經出了門，我再次回到了對這場災難的擔憂之中。

我小心地把門從裡面反鎖，然後進行徹底搜查。我想我的呼吸已經丟在什麼地方了，也許是在哪個陰暗的角落裡，也許是在哪個抽屜或櫃子裡，我還是有找回它的可能的。它有可能是一種氣體，甚至有可能是有形的東西。

我又進行了長時間的仔細尋找，不過我的執著和堅持換來的只是一副假牙、一隻眼睛和一捆溫蒂納夫（Windenough）先生給我妻子的情書。我還是先說清楚吧，對於我妻子鍾情於溫蒂納夫這件事，我並沒有太多不安。拉克布雷斯（Lackobreath）夫人應該傾慕任何與我不一樣的東西，這是一種自然的、必要的罪惡。大家都知道，我是個健壯而肥胖的人，而且身材有些矮小。那麼在拉克布雷斯夫人的眼中，我那位老朋友的瘦骨嶙峋和已成為笑話的身高自然會得到相應的高評價。讓我們說回主題吧！

就像前面說的，我的努力沒有絲毫收穫。我翻遍了所有的櫃子、抽屜和

角落，但是什麼都沒找到。我有些沮喪地回到我的房間，想著用什麼方法能躲開我妻子的觀察，好讓我準備妥當離開這個國家。我已經決定離家出走。在外國沒有人認識我，這樣我就可以隱藏我的所有不幸。我的這種不幸也許比乞丐更讓人不願接近，並讓那些善良而快樂的人們給予這個不幸的人以深重的憤怒。我沒有猶豫太久，出於天賦，我記得某部悲劇。我幸運地記得在讀這齣悲劇的臺詞時，或者至少是讀主角的臺詞時，根本不需要我所失去的那種聲音，在這齣戲劇中，主角始終採用一種低沉的喉音。

我來到一片常有行人的沼澤地旁，練了一段時間的發聲。不過跟德摩斯蒂尼採用的類似的方法不同，這是我根據自己的特點而設計的一種獨特方法。在準備比較充足之後，我決定讓我的妻子相信我迷戀上了舞臺藝術。而且我發現了神奇的一點：無論我妻子提出什麼問題或建議，我都能用悲劇中的臺詞和我那青蛙叫聲似的低沉喉音對答——我已經很欣慰地注意到，那齣悲劇中的臺詞適用於任何主題。不過有一點我沒想到，在我背誦臺詞時，我的一些缺點也暴露出來了——眼歪嘴斜，雙腿抖動，兩隻腳亂跳，要麼就是做出那些如今已經被認為是明星特色的動作。他們也提到要用拘束衣來控制我，但是他們絕對想不到我已經失去了呼吸。

把所有事情都安排妥當之後，我在一天早上坐上了前往某城市的郵政馬車。此前我已經對我的朋友們說，我要到那裡去處理一件小事。馬車車廂裡擠滿了人，因為天色還很暗，我看不清楚他們的臉。兩位身材肥碩的紳士把我擠在中間，讓我十分痛苦，不過還沒辦法抵抗。還有一位先生更加肥胖，他先道了聲歉，然後就直接倒在我身上，迅速睡了過去，他的鼾聲甚至超過了法拉里斯銅牛的吼聲，也掩蓋住了我為減輕痛苦而發出的喉音。不過還好，我現在失去了呼吸，不再受窒息的困擾。

天漸漸亮了，馬車接近了那座城市的郊區。那個讓我一路承受痛苦的胖子終於起來了，他整理了一下襯衫領子，然後親切地對我道謝。看到我一動不動（我的四肢已經脫臼，頭也扭到了一邊），他變得擔憂起來，於是他把其他所有乘客都叫醒，然後宣稱在天不亮的時候，有一個死人假扮活人加入了旅行，欺騙了車上所有的人。然後他用拇指戳了戳我的右眼，來證實他所

言不虛。

車上的所有乘客（總共九個），都認為應該親自揪一下我的耳朵。一位年輕的醫生在我嘴巴前面放了一面鏡子，發現我確實沒了呼吸，於是宣佈那個揭發我的人所說的是事實。車上的所有乘客都表示以後堅決不會縱容如此的欺騙，並且表示現在無法忍受和一具屍體同行。

接著我便被扔出馬車，掉在烏鴉酒館的牌子下面（馬車正好經過這裡），我落地時倒是沒什麼意外，只不過兩條胳膊被馬車的左後輪軋折了。在這裡我不得不稱讚馬車夫一句，他還記得把我最大的行李箱扔下來，只不過不幸地砸在了我的頭上。

烏鴉酒館的老闆很熱情，他翻了我的行李箱，發現裡面的財物足夠補償我可能為他帶來的麻煩，於是便立刻讓人請來一位他熟識的外科醫生，並以二十五美元帳單的代價把我交給那位外科醫生。

醫生把我帶回他的住處，然後馬上開始對我進行解剖。不過當他割下我的兩隻耳朵後，發現我竟然還活著。他馬上搖了搖鈴，讓人去請一位住在附近的藥劑師，打算和他商量一下如何處理眼前的情況。因為害怕他對我仍活著的懷疑最後被證明為事實，他便解剖了我的胸部，從裡面拿出幾個內臟，作為他的解剖標本。

那名藥劑師最後確認我死亡了。我想要反駁，於是用盡力氣踢打，那名醫生剛才對我的解剖已經讓我恢復了一些力氣。但是我的所有動作，卻被解釋為是一種新型蓄電池組導致的，那位博學的藥劑師正在用這種電池組對我進行幾項奇怪的實驗。其實我想到自己能在他的實驗裡擔任一個角色，還是有些興奮的。我很想加入他們的談話，不過我試了好幾次都沒能張開嘴，我的發音能力已經完全喪失了，根本沒辦法反駁他們那天馬行空的見解，這讓我感到十分痛苦。

因為沒有得出最終的結論，所以他們兩個把我關了起來，以後再進行下一步實驗。他們把我關在一個閣樓上，外科醫生的妻子給我穿上襯褲和長襪，醫生把我的雙手綁起來，然後用毛巾塞住了我的嘴。隨後他們把門鎖上，然後匆忙下樓吃飯了，只剩我一個人在閣樓裡沉思。

這時我驚喜地發現，如果不是嘴裡塞著毛巾，我已經能說話了。我心裡感到舒服了許多，於是像平時睡前一樣，我開始默念《上帝無所不在》中的段落。此時有兩隻貪婪而邪惡的貓從牆洞裡鑽了進來，它們用加泰羅尼亞人那樣的姿勢跳上我的身體，蹲在我面前，跟我臉對臉。之後它們為我這不足道的鼻子而開始了一場粗魯的爭執。

就像那位瑣羅亞斯德教教徒或占星術士失去了耳朵，卻得到居魯士王位，也像索皮魯士割掉了鼻子，卻得到了巴比倫，我失去了臉上幾盎司的東西，卻解放了我的整個身體。因為劇烈的疼痛，我憤怒地掙斷了繩子和繃帶。然後我大步走過房間，瞥了一眼剛才還在爭執的兩隻貓，看到牠們深深的恐懼。隨後我打開窗戶，用一種敏捷的姿勢從窗戶上掉了下去。

有一個身材和相貌都跟我十分相似的大盜W，他正從市立監獄被押往郊外為他建起的絞刑架。不過因為他長時間患病，身體非常虛弱，所以特許他不戴手銬。他穿著死囚服（跟我的衣服很像），直直地躺在刑車的車板上（那輛車正好在我墜落的醫生家的窗戶下經過），刑車上只有一個睡得很香的車夫和兩個爛醉如泥的第六步兵團的新兵。

不幸的是，我正好雙腳朝下落在刑車上。心思靈敏的W趁此難得的機會，一下子從車裡躍出去，快步跑進一條巷子，很快就不見了蹤影。這些動靜把兩名士兵吵醒了，他們不知道發生了什麼，只看到一個長得很像囚犯的人站在車上。他們以為是那個混蛋（指W）想要逃跑（他們是這麼說的），他們交流了一下，然後互相點頭同意，每人喝了一口酒，然後用他們的槍托把我擊倒。

很快我們來到刑場。上絞刑架已經是我註定的命運，因為我沒辦法為自己辯解。我心裡既感到麻木又感到諷刺，只能等待命運的到來。此時我體會到了一條狗所經歷的全部情感，甚至有一點犬儒主義的味道。此時劊子手調整了一下套在我脖子上的繩子，然後我腳下的踏板便落了下去。

我並沒有死。繩子對我脖子的衝擊力，只不過把我在車廂被那個胖紳士壓歪的脖子給扭正了。我本身就沒有呼吸，所以我不會死。而繩子的摩擦、耳根受到的壓迫以及快速流向大腦的血液，並沒有讓我感到有什麼不便。

不過這最後一種感覺確實給我帶來了痛苦。我感到我的心臟劇烈跳動，手腕上的血管快要爆開了，太陽穴突突亂跳，眼睛好像要從眼窩裡蹦出來一樣。儘管如此，這種感覺並不是無法忍受的。

我的耳朵裡傳來陣陣聲音，先是巨大的鐘聲，然後是上千個鼓一起敲打的聲音，最後是低沉的海水聲。但這些聲音並不是十分令人討厭。

我的感覺正在發生一系列快速的變化，我的腦中似乎刮起了一場風暴，然後我的靈魂像羽毛一樣遠去了。一重重的混沌就像海上的一重重波浪一樣，在我的視線中，人群成了一堆抽象的東西。

這時我意識到自己重重摔了一跤。後來我才發現，是人們把我從絞刑架上取了下來。因為真正的罪犯被重新抓了回來。

人們對我深表同情，但是沒人認領我的屍體，所以最終決定把我埋進一座公墓。我躺在地上，沒有任何生命跡象。從我的脖子離開繩子那一刻起，我對自己處境的朦朧意識就像噩夢一樣壓迫著我。

我被安排在一個小房間裡，裡面放著很多傢俱。然而在我看來，這個房間的大小足以容納整個宇宙。在之前或現在，我的身體或思想從來沒有因為這個想法而感到半分痛苦。奇怪！無窮大這個簡單的抽象概念應該是伴隨著痛苦的。

天漸漸黑了，但是那個想法一直壓迫著我。它並不局限於這個房間——它不斷延伸，延伸到所有物體上，也許會延伸到所有情感上。我的手指冰冷、僵硬，擠壓在一起，在我的想像中，它們腫得像螞蟻。我身上的每一部分彷彿都是巨大的。放在我眼皮上的錢幣，並沒有讓我的眼睛閉上，它們在我眼前就像是太陽神車上巨大的車輪。

我的眼睛雖然沒有閉上，但也無法移動，只能透過錢幣縫隙來看周圍的事物。周圍不斷有人影飄動，他們在匆忙地準備我的埋葬工作。我看到一口棺材，靜靜躺在我的身邊，然後是收殮的人和螺絲刀。我感到有人抓起我的腳，另一個人抓起我的頭和肩膀。他們把我放進棺材裡，把裹屍布蓋在我臉上，然後用釘子把棺材蓋釘牢。其中一顆釘子因為收殮人員的粗心大意，深深釘進了我的肩膀。我渾身顫抖，要是我早一分鐘出現這種生命跡象，或許

還有重返人間的希望。但是現在一切都晚了。我感到棺材被人們抬起來，下了樓，被推進靈車。所有的希望都消失了。

在通往墓地的短短路途中，我的感覺模模糊糊。突然，我的感覺變得敏銳起來，我能聽到羽毛的搖曳，侍者的低語，馬匹的呼吸。我能感覺到隊伍行進的快慢，靈車馬夫的不安，道路的曲折。我甚至能聞到棺材裡的氣味，感受到裹屍布的質地，還有靈車裡的光影變化。

沒多久，我們來到墓地，我感覺自己被埋進一座墳墓。重新填好墓穴後，人們離開了，只剩我一個人在墳墓裡。這時我想到了馬斯頓的一句詩：「死神是個好夥伴，始終敞開著大門。」

從早晨我聽到的情況看，很少有人被埋到這裡，可能要過好幾個月，墓門才會重新打開。我想我應該活到那個時候，除此之外還有什麼更好的辦法嗎？因此我平靜下來，陷入一種深沉的、死一般的睡眠中。

不知道過了多久，當我從沉睡中醒來時，我發現自己的肢體不再被死亡所束縛。我有了力量，只是稍微一用力，就把棺材蓋子掀了起來，因為潮濕的空氣已經讓釘子周圍的木頭腐爛了。

我摸索著四周，腳步軟弱無力，飢餓和口渴折磨著我。然而隨著時間的流逝，我發現自己不再為這些痛苦感到不安。

墓穴很大，又分成很多小墓室，我忙著研究它們的結構特點。我量了量墓穴的長度和寬度，數了數磚石的數量，儘量找些事情來減輕單調乏味的感覺。我走在一排排整齊有序的棺材旁邊，把它們一個個放下來，打開棺材蓋，觀察著裡面的屍體。

我撲在一具肥胖屍體上面，說道：「這肯定是一個不幸的人，他只能用滾來代替走行，他這一生不像個人，而是像一頭大象或一頭犀牛。他的命運真是讓人同情！」

「不過這個就不一樣了。」我滿懷惡意地從另一具棺材裡拉出一個瘦高的傢伙，他的怪模樣看上去有些眼熟，「這個傢伙就不值得同情了。」為了看清楚他的樣子，我用拇指和食指捏著他的鼻子，拉著他坐起來。

「你為什麼——」他突然說話了，為了喘氣，他用力扯掉了嘴巴上的

繃帶：「拉克布雷斯先生，你為什麼如此殘忍地對待我的鼻子？你沒看到我的嘴被堵住了嗎？你知道我需要呼出多少氣嗎？如果你不知道，你就坐下來好好聽我說說。就在不久之前，你迷戀舞臺藝術的時候，我從你家窗戶下面經過的時候，發生了可怕的事情。聽說過『俘獲別人的呼吸』嗎？聽好了，我就俘獲了別人的呼吸——這下我的呼吸就太多啦！然後我在街角遇到了勃拉柏那個傢伙，他說話滔滔不絕，我一句話都插不進去。後來我的癲癇病犯了，勃拉柏那個混蛋就逃走了。人們以為我死了，就把我埋在這裡，那群混蛋！」

我想沒人能明白此時我內心的喜悅，我已經明白了，那位紳士（我認出來了，他就是我的鄰居溫蒂納夫先生）俘獲的就是我失去的呼吸，事情發生的時間地點全都吻合。不過我沒有立刻鬆開他的鼻子——起碼要等他把事情的起因解釋清楚。

在這件事上我充分體現了我謹慎的天性。我知道很多人對自己所擁有的一切都十分珍視，就算那些東西看上去根本沒有任何用處，甚至有害，但是只要這東西對別人有益，他們就會貪婪地期望從受益人那裡分得好處。溫蒂納夫先生也許正是這種人！如果我表現出急於得到這份呼吸的樣子，也許他便會趁機對我提出要求。

因為考慮到這一點，我的兩根手指仍然緊緊捏著他的鼻子。

「你這個怪胎！」我用生氣的口吻說：「你竟然有兩重呼吸！這肯定是上天對你的懲罰！不必跟我套近乎——雖然我確實有能力幫你消災解難。」我故意沒有往下說。溫蒂納夫先生果然如我預想的那樣，立刻發誓賭咒，可以接受任何條件，只要我能幫他。

等一切都準備好之後，他把他多出的那重呼吸交給了我。（經過仔細的檢查）我寫了一張收據給他。然後我們便開始謀劃逃出墳墓。很快，我們復活的聲音遠遠傳了出去。輝格黨編輯希索斯發表了一篇文章，名為〈地下聲音的性質和起源〉。隨後一家民主黨報的專欄針對這篇文章進行了駁斥。雙方爭得不可開交，最後決定打開墳墓。當我和溫蒂納夫先生一起出現的時候，他們才發現自己都錯得離譜。

在講述這段豐富離奇的遭遇的結尾，我必須再次提醒讀者，要注意公正哲學的優點。它是抵擋那些看不見的災難箭矢最好的盾牌。正是本著這種智慧的精神，古希伯來人相信天堂的大門將同時向罪人和聖人敞開，他們要用健康的肺和絕對的虔誠來高喊「阿門」。正是本著這種智慧的精神，當一場瘟疫肆虐雅典，任何試圖將其消滅的手段都徒勞無益的時候，埃庇門笛斯——正如第歐根尼・拉爾修在他的第二本講述哲學家的書中說的——建議為「真正的神」建造廟宇和神殿。

失去呼吸

斯芬克斯

在紐約遭受霍亂瘟疫的那段時間裡，我的一位親戚邀請我到他位於哈得遜河邊的「豪華鄉村別墅」居住，我在那裡度過了兩週的隱居時光。在那裡有各種夏季娛樂活動：林中漫步、寫生、划船、釣魚、游泳、聽音樂、讀書……如果不是每天從那座擁擠的城市傳來噩耗，我們本來可以愉快地度過這兩週。每一天都會有我們認識的人的死訊傳來，後來死亡人數漸漸增加，我們已經習慣了聽到某個朋友去世的消息。再後來，只要聽到郵差又送信來了，我們便會忍不住顫抖。我們甚至覺得從南方飄來的空氣中也帶著一股死亡的味道。我的心靈完全被絕望的氣息籠罩了，我沒辦法再交談、思考或想像其他的事情。我的東道主為人親切，喜怒不形於色，雖然他自己的心情也很糟糕，但他還是盡量鼓勵我們。他的豁達很少受到那些可怕想像的影響。他只關心那些引起恐懼的實質東西，而不會為此疑神疑鬼。

他想要鼓勵我走出陰鬱的困境，但是因為我在他的書房看到的一些書，讓他鼓勵的效果大打折扣。我內心深處的某些迷信的因數，因為那些書的觸動而被激發。因為他並不知道我讀這些書，所以他一直弄不明白我為什麼會產生這些奇怪的念頭。

我最喜歡討論的，是民間深信的一些徵兆——在這個特殊的時期裡，我

很願意維護這些迷信的地位。我們針對這個話題探討了很長時間，討論十分激烈。他認為相信那些事情是毫無道理的，而我則堅持那是民間自然而然產生的情感，必定帶有某種真理的成分。

其實在我到這裡之後不久，就遇到了一件強烈不祥徵兆的事情。它帶給我極深的恐懼，也讓我感到困惑，因此過了好幾天我才向我的朋友說出這件事。

在一個炎熱的傍晚，我拿著書坐在窗邊。窗外遠處有一座小山，山上的大部分樹木已經被土石流沖毀。我的心思已經不在書本上，而是飄向了那座充滿陰霾的城市。我的視線從書上移開，轉向了遠處的小山，看到山上有個東西——一個恐怖的怪物。牠正從山頂上快速地衝向山腳，最後消失在山腳下的樹林裡面。我懷疑自己是不是腦子迷糊了，還是眼睛花了，過了好幾分鐘我才確定，我確實看到那個怪物。但是如果我把那個怪物描述出來的話，我想讀者會比我更加難以接受。

我可以用牠經過的樹木來比照牠的大小——牠絕對比目前任何的戰列艦都要大。之所以想到用戰列艦來比擬，是因為那個怪物的樣子讓我想到了有七十四門大炮的戰列艦。那個怪物的嘴巴長在鼻子上，牠的鼻子大概長六七十英尺，粗細堪比一頭大象的身體。在鼻子根的地方，有一片黑毛，簡直比二十頭野牛身上的毛加起來還要多。有兩根閃亮的長牙從那片黑毛中伸出來，就像野豬的獠牙，但是要大很多倍。在與鼻子水準的兩側，各有一根柱子一樣的東西，就像兩根天然形成的巨大的水晶棱柱——在夕陽的照耀下，棱柱反射出美麗的光芒。牠的身體像一根釘向地面的楔子，身體上長著兩對翅膀——每一個翅膀幾乎都有一百碼長——其中一對翅膀疊在另一對上面，表面覆蓋著一層密實的金屬鱗片，每片鱗片的直徑大概都有十到十二英尺。在上面的翅膀和下面的翅膀之間，有一根很粗的鏈子連著。牠身上最引人注目也最可怕的地方，是一處骷髏標誌，幾乎佔據了整個胸部，好像是哪個畫家精心設計過構圖並用白色顏料準確畫在牠的黑色身體上的。我凝視著那個怪物，心裡生出一股深深的恐懼（這種恐懼無法用任何理智消除）——彷彿天大的災難就要降臨。這時我看到那根長鼻子下面的血盆大口突然張

開，發出一陣淒厲刺耳的聲音，就像喪鐘一樣擊打在我的神經上。當牠消失在山腳下的時候，我立刻倒在地板上，暈了過去。

當我醒來之後，第一個想法就是把我的所見所聞告訴我的朋友——但是我沒有這麼做，我的心裡有一種莫名的情緒阻止我這麼做。

又過了三四天，傍晚的時候，我們一起坐在我看到怪物的那個房間。我仍舊坐在那扇窗戶前的椅子上，他坐在旁邊的沙發上。這樣的情景讓我忍不住把那天發生的事情告訴他。他默默聽完我的講述，然後大笑起來。隨即他又收起笑容，變得十分嚴肅，似乎已經確定是我的精神出了問題。這時，我又看到了那個怪物！我發出一聲尖叫，然後驚恐地指著那個怪物，他看了一會兒，然而他說什麼都沒看見——在那個怪物從山坡上衝下來時，我向他詳細描述了牠的行動路線。

我的恐懼更深了，我認為這要麼預示著我即將死亡，要麼預示著我的精神出了問題。我沮喪地倒在椅子上，雙手捂住臉。當我重新抬起頭的時候，那個怪物已經消失了。

我的朋友已經恢復了鎮定，仔細詢問我那個怪物的樣子。我的描述似乎讓他很滿意，他長舒了一口氣，然後繼續以一種異常平靜的口吻談論哲學問題。我們之前一直在討論關於思辨的話題，他堅持認為，人們在研究問題的時候之所以出現錯誤，是因為對距離的計算有誤差，所以在對事物價值進行判斷的時候就容易過高或過低。「比如，」他說：「要正確評價民主的傳播對人類的影響，就要把傳播的距離算進去，但是有哪個研究這個課題的學者，會關注這個問題呢？」

他停下來，走到書櫃旁，抽出一本關於《博物學》概要的書。他請我跟他換個座位，好讓他能看清書上的字。他坐到我的位置，翻開書，用剛才那種平靜的語氣繼續談論。

「幸虧你對那個怪物的描繪相當細緻，」他說：「所以我才能告訴你那是什麼東西。先讓我來念一段關於昆蟲中的鱗翅目天蛾科中天蛾的描述。『長有四片膜狀翅膀，上面覆有金屬狀彩色細鱗。嘴巴呈長鼻形，嘴側有退化的顎和絨毛觸鬚。下層翅膀透過一根硬毛與上層翅膀連接。觸角成稜形柱

狀。腹部尖形。骷髏天蛾叫聲淒厲，胸部有骷髏圖案，往往引起人們的恐懼。』」念完之後，他闔上書，身體前傾，恰好位於我看到怪物的位置。

「我看到了，牠就在這裡呢！」沒過多久他便喊道：「牠又沿著山坡向上爬了。牠的樣子確實很像怪物，不過沒有你想像的那麼大或那麼遠。實際牠正在蜘蛛網上爬行。我看牠最多有十六分之一英寸長，跟我的眼睛也只有十六分之一英寸遠。」

氣球騙局 [1]

令人震驚的消息！諾弗克報導——蒙克‧梅森飛行器實驗成功！三天飛越大西洋！梅森先生、羅伯特‧霍蘭先生、亨森先生、哈里森‧愛因斯沃斯先生和另外四位先生，一起乘坐可操控的「維多利亞號」氣球，用時七十五個小時，飛越了大西洋，在南卡羅來納州查爾斯頓附近的沙利文島成功降落。下面是對這次航行的詳細記載。

這篇充滿驚嘆的文章，其實最早發表在《紐約太陽報》上，在查爾斯頓的兩份郵件送達的幾個小時的時間差裡，那些喜歡道聽塗說的人便已經製造出了頗多難以解釋的情節。人潮如海潮，紛紛搶購這份「獨家報導」。可以說，如果「維多利亞號」的實驗沒有成功，人們反而無法找到一個它沒有成功的理由。

空中航行的關鍵難題終於被解決了！天空繼陸地和海洋之後，將成為人

---

1. 1835年時，《紐約太陽報》就曾經刊出〈月球騙局〉的報導，並且轟動一時。九年後，愛倫‧坡將具有反諷意味的〈氣球騙局〉寄給同一家報紙《紐約太陽報》，結局同樣引起轟動。這篇小說的標題「氣球騙局」已經指出內容屬於虛構，但是愛倫‧坡卻在其中注入某些真實的色彩，讓騙局更撲朔迷離。——編注

類下了一個通行的坦途。乘坐氣球穿越大西洋已經實現，並且實現得相當容易——沒有遇到任何危險，氣球全程都在掌控之中，只用短短的七十五個小時，就飛越了大西洋！我們在南卡羅來納州查爾斯頓設置的一位業務代表，透過不懈的努力，終於取得了首先向公眾詳細報導這一轟動事件的權利。這次的飛行是從本月六號星期六上午的十一點開始的，一直到本月九號星期二下午兩點結束，參加飛行的總共有八個人：埃弗拉德・布林赫斯特先生、本廷克勳爵的侄子奧斯本先生、有名的氣球操控員蒙克・梅森先生、羅伯特・霍蘭先生、哈里森・愛因斯沃斯先生（《傑克・謝潑德》的作者）、前不久飛行器實驗失敗的亨森先生，還有兩位伍爾維奇的水手。以下的報導，來源絕對可靠，描述真實可信，除個別字句，全部抄錄於蒙克・梅森先生和哈里森・愛因斯沃斯先生共同寫的日記。兩位先生熱情接待了我們的業務代表，向他講述了氣球的原理和構造，以及其他一些人們可能感興趣的地方。我們對原稿僅有的改動，就是把我們的業務代表諾弗克的草稿中某些詞句理順了一下。

氣球

最近由於亨森先生和喬治・凱利先生的兩次確鑿無疑的失敗，普通民眾對氣球航行這個話題的興趣已經減少了很多。亨森先生的設計（科學家們最初都認為這個設計是合理的）採用的是斜面動力的原理，飛行器在高處通過外力啟動，以空氣對扇葉的作用力為持續動力，推動飛行器前行，扇葉的數量和形狀與風車的扇葉數量和形狀相同。不過在愛德萊德塔臺進行的幾次實驗表明，這些扇葉不僅不能為飛行器提供動力，反而會製造阻力。唯一能夠推動飛行器的，就是從斜面滑下的動力。扇葉靜止時飛行器前進的距離，要比扇葉轉動時飛行器前進的距離更遠。這足以說明，扇葉是沒有絲毫用處的。當動力——同時也是上升力——消失的時候，飛行器便會墜落。因此喬

治・凱利先生設想了一種具有獨立上升力的飛行器，然後在上面加一個動力裝置就可以了。最符合這種設想的，就是氣球。他依據自己的設想製造出了模型，並帶到學校展示。他的模型中共有四個扇葉，但是最終發現它們還是無法推動氣球，對上升力也沒有幫助。所以他的計畫也失敗了。

後來蒙克・梅森先生（1837年，他曾駕駛氣球「拿索號」從多佛爾飛到韋爾堡）想到利用阿基米德螺桿原理來獲得空氣動力——他最獨到的地方就是認為亨森先生和喬治・凱利先生的失敗在於把旋翼分成了獨立的扇葉。他的第一次公開實驗是在威利斯實驗室做的，後來又轉到了愛德萊德塔臺。

他的氣球也是橢圓形的，和喬治・凱利的氣球一樣。氣球長度為十三英尺六英寸，高度為六英尺八英寸，容積為三百二十立方英尺。如果往裡面注滿氫氣，在氣體開始洩漏之前，承載重量為二十一磅。整個機器裝置重量為十七磅，還可以承載四磅重量。氣球下面是用輕質木料做成的框架，大概有九英尺長，用繩網吊在氣球上，框架下面是一個用柳條編的吊籃。

螺旋裝置中心的螺旋桿是一根十八英寸長的空心銅管，上面有一組兩英尺長的鋼絲，以十五度的傾角繞過銅管，兩端各延展出一英尺，固定在兩根扁平的金屬線上，如此就構成了螺旋裝置的結構。在其外表還要蒙上一塊三角形油布，繃緊之後，它的表面便會變得光滑。螺桿的兩端由從木質框架伸下來的空心銅管支撐，螺桿穿過銅管下端的孔，裝有連貫螺旋葉片的螺桿就繞著這個孔的軸心旋轉。在靠近吊籃的那一邊，有一根鋼條連接著螺桿和固定在吊籃上的發條齒輪。在發條的作用下，這根螺桿就能以很高的速度旋轉，從而為飛行器提供動力。同時還有操縱方向的舵，可以讓飛行器自由轉向。這個發條裝置雖然小巧，但是力量巨大，它的直徑只有四英尺，但是能產生四十五磅的動力。舵盤也是由輕質木料做成，上面覆有綢布，形狀有點像羽毛球拍，長度大概為三英尺，最寬的地方有一英尺，重約兩盎司。舵盤既可以平躺轉動，也可以上下或左右轉動，使得氣球操控員可以在任何方向控制氣球。

這個飛行器模型（因為時間關係，這裡無法詳盡描述）在愛德萊德塔臺進行了實驗，時速可以達到五英里。但讓人奇怪的是，這個模型似乎還不

如之前亨森先生那個複雜的模型更引人注意——人們似乎總是輕視簡單的東西。人們大都認為，只有更加複雜深奧的原理，才能實現空中航行這樣複雜的目標。

　　不過梅森先生倒是充滿自信，他決定只要條件稍微成熟，就立刻製造一個足夠大的氣球，進行一次遠距離的飛行。他最開始的計畫是像「拿索號」一樣飛越英吉利海峽。為了實現自己的計畫，他拉來了埃弗拉德·布林赫斯特先生和奧斯本先生的贊助，這兩位先生對飛行方面的科技非常感興趣。按照奧斯本先生的意思，這項計畫的保密非常嚴格，飛行器是在奧斯本先生位於威爾士彭斯特拉索爾一帶的別墅裡製造的（由梅森先生、霍蘭先生、埃弗拉德·布林赫斯特先生和奧斯本先生共同監督）。在上個星期六，梅森先生和他的朋友愛因斯沃斯先生得以看到氣球，那時他們才決定參加這次航行。至於為什麼找來兩位水手，我們就不知道了。在這兩天之內，我們將為讀者呈現這次航行的所有細節。

　　整個氣球是用塗了液體橡膠的綢布製成的，容積有四萬立方英尺。不過因為沒有使用風險高而且價格昂貴的氫氣，而是使用了價格低廉也更加安全的瓦斯，所以氣球的承載重量只有兩千五百磅。參與航行的人的總體重為一千二百磅，剩餘的一千三百磅中，有一千二百磅是壓艙用的各種不同重量的沙袋，還有繩子、氣壓錶、望遠鏡、用木桶裝的半個月的食物、水桶、披風、睡袋等必需品，另外還帶了一個咖啡壺，因為氣球上不能用火，為了保險起見，我們帶了一些熟石灰用來熱咖啡。出了沙袋和幾件小物品之外，其他的東西都被掛在頭頂的吊環上。跟之前的模型比起來，這個飛行器的吊籃要更加輕便，它是用柳條編成的，大概有四英尺深，非常結實。舵盤也比模型的舵盤要大。氣球上還有備用的一個錨和一根調節繩，這根調節繩對於氣球來說非常重要。在這裡要為那些不瞭解氣球的讀者詳細講解一下氣球的操作。

　　當氣球離開地面之後，會受到很多因素的影響，其中有一些因素會導致氣球的重量發生變化。比如氣球表面在空中可能會凝結露水，增加氣球重量，有時甚至會增加幾百磅。這時就要扔掉一些壓艙的沙袋，以免飛行器下

降。但是在扔掉沙袋以後，當這些露水受陽光照射蒸發，氣球裡的氣體同時受熱膨脹，整個氣球的升力會增加很多，氣球會快速上升，這時唯一的辦法（至少在格林先生發明調節繩之前是這樣的）就是打開氣球閥門放氣。隨著氣體的洩露，氣球的升力又會降低。如此這般，即便世上最完美的氣球，它的能量也會逐漸耗光，最終落回地面。在遠距離飛行中，這是一個極難解決的問題。

調節繩的出現，解決了這個問題，而且是用人們能想到的最簡單的方式。調節繩就是一根從吊籃裡懸出來的一根長繩。當氣球上凝結了露水，導致飛行器下降的時候，就把適當長度的調節繩放回地面，以抵消露水的重量，這樣就不用扔沙袋了。當某些因素造成氣球過輕的時候，同樣也可以從地面收回調節繩來增加重量。這樣在一定範圍內，氣球就可以保持在合適的高度，而無須放氣或扔掉沙袋。當氣球在水域上空飛行時，就要使用一些木桶或銅桶，裡面裝上比水輕的液體，讓它們漂在水面上，以此產生與調節繩相同的作用。調節繩的另外一個重要的作用，是指示飛行器飛行的方向。不管是在海上還是在陸地上飛行，調節繩總是拖在飛行器後面的，因此只要確定調解繩和氣球的位置，就可以確定飛行的方向。而且調節繩和豎直方向的夾角，還可以用來確定氣球的速度。當調解繩豎直垂在下面時，就說明氣球原地不動，而調節繩和豎直方向的夾角越大，就說明氣球的速度越快。

因為原本打算飛越英吉利海峽，然後在靠近巴黎的地方降落，所以參加飛行的眾人都已經準備好了歐洲各國的護照。不過某個意外事件讓這些護照變得毫無用處。

在六號，也就是星期六的早上，在奧斯本那棟別墅的院子裡，他們開始為氣球充氣。十一點零七分的時候，他們已經做好了所有準備，然後解開氣球纜繩，氣球緩緩啟動，沿著朝南的方向穩穩上升。剛開始的半個小時裡，並沒有用到螺旋裝置和舵盤。

下面這篇，是蒙克‧梅森先生和愛因斯沃斯先生一起寫的日記手稿，其中正文是梅森先生寫的，後面的附記是愛因斯沃斯先生寫的，整篇日記由福賽斯先生抄錄。

埃德加‧愛倫‧坡

日記

　　四月六日，星期六——昨天晚上已經將準備工作做完，今天早上天還沒亮，我們便開始給氣球充氣，一直到十一點才充氣完畢。我們高興地砍斷纜繩，氣球開始緩慢上升，北風吹著氣球向英吉利海峽方向飛去。升力比我們預想的要大，氣球上升速度很快，我們很快就越過了山頂。我們把調節繩全部收了上來，但氣球上升速度仍然很快。我們不想一開始就放掉瓦斯，所以只好任由氣球上升。大概十分鐘之後，從氣壓錶看，我們已經來到了一萬五千英尺的高空。當時天氣晴朗，下面的景色十分美麗，山谷間彌漫著霧氣，山峰好像一座座古堡。現在氣球的高度已經足以讓我們越過所有山頂。十一點半的時候，氣球繼續向南前行，我們看到了布里斯托爾海灣。又過了十五分鐘，我們已經越過海岸，來到海上。

　　我們放掉了一些瓦斯，好讓繫著木桶的調節繩構到海面。很快，氣球開始慢慢下降。過了大概二十分鐘，第一個木桶落到海面，緊接著第二個木桶也靠近海面了，這時氣球的高度不再改變。我們都很想測試一下螺旋裝置和舵盤的效果，於是迫不及待地將它們啟動了。透過舵盤的調整，我們的前進方向幾乎與方向垂直，變得更偏東一些，直朝巴黎。隨後我們啟動螺旋裝置上的發條，然後發現它果然能為我們提供動力。我們高興得大喊出聲，隨後我們往海裡扔了幾個漂流瓶，裡面裝著羊皮紙卷，上面寫著這架飛行器的工作原理。然而我們剛剛歡呼過後，便發生了一場意外（兩個水手中的一個在吊籃中走動導致吊籃搖晃），連接發條和螺桿的鋼條在吊籃的那一端突然脫落，掛在我們無法碰到的地方。就在我們努力想辦法修復的時候，突然吹來一陣東風，這陣風很大，迅速把我們吹向大西洋的方向。很快我們便以每小時五十或六十英里的速度離開英吉利海峽。等我們把鋼條修復好，我們發現氣球已經來到了克里爾海角南邊四十英里的地方。這時愛因斯沃斯先生提出了一個大膽的想法，而霍蘭先生立刻同意了這個想法——趁著這股風改變航向，進行一次飛往北美海岸的冒險。我考慮了一下，隨即也同意了這個想

法。反對的人只有那兩個水手，不過因為同意的占多數，最後我們還是決定前往大西洋彼岸。

因為海面上的木桶對氣球的速度有影響，而我們對控制氣球已經十分熟練，因此我們扔掉了十五磅重的沙袋，然後把調節繩收了回來，讓它完全脫離海面。很快，我們前進的速度加快了許多。此時的風很強勁，氣球的速度飛快，調節繩飄在氣球後面，就像船上揚起的風帆。沒過多久，我們就無法再看到海岸了。一路上我們從無數船隻上方飛過，那些船上的人看到我們顯然都十分興奮，很多人鳴放信號槍或者揮舞帽子和手帕向我們致意。兩名水手受此感染，同時也因為喝了點杜松子酒，一掃之前的擔憂和恐懼。

天黑之前，我們的飛行十分順利。到傍晚的時候，我估算了一下我們飛行的距離，應該至少有五百英里了。螺桿始終在旋轉著，這讓我們能夠維持在一個比較快的速度。太陽落下去後，風變得更大了，演變成一場風暴。這一整夜都在刮東風，我們感到十分寒冷，而且空氣潮濕。幸好吊籃空間足夠大，我們蓋著披風和毯子度過了這一夜。

附記（愛因斯沃斯先生記）：在我這一生中，恐怕沒有哪個時刻能比剛剛過去的九個小時更加驚險刺激，更能讓人昇華。願上帝保佑我們成功！我不光是為我個人祈禱，而是為全人類獲得征服天空的知識祈禱。我在想，這項偉大的事業如此容易施行，為什麼前人都沒有敢於嘗試呢？其實只需要這樣一場大風，持續四五天左右（實際上通常能持續更多天），就能讓氣球輕鬆跨越大西洋到達彼岸。此時海面雖然波濤洶湧，但那波濤的聲音絲毫傳不到天上，對於我們來說，海面是寂靜的，這份寂靜直擊我的心靈。我想一個人能夠度過這樣的一個夜晚，勝過平淡地度過一百年。

七日，星期日（梅森先生記）：今天早上，風速降到了八九節的樣子，我們飛行的速度大約為每小時三十多英里。現在風向已經轉為偏北風了，所以到傍晚的時候，我們不得不透過螺桿和舵盤來保持氣球向西飛行。說到這兩樣東西，不得不讓人讚歎，它們在飛行中產生了非常重要的作用，可以很容易地操縱氣球向任意方向飛行（除了逆著狂風）。我們雖然不能逆著昨天那樣的狂風飛，但是可以升高高度，讓風的影響小一些。而對於小一些的

風，螺桿扇葉則完全可以提供足夠的動力逆風飛行。利用不同的高度，我們可以選擇合適的風向和風力來推動氣球，如果一直逆風的話，我們依舊可以依靠螺桿扇葉來維持不錯的速度。到現在還沒有發生什麼值得記錄的事件。希望今天晚上的飛行依然順利。

附記（愛因斯沃斯先生記）：我們現在位於和科多帕希火山相當的高度上，我並沒有感覺到冷，也沒有感覺頭疼或氣悶，梅森先生、霍蘭先生和埃弗拉德先生一切如常，只有奧斯本先生有些胸悶，不過很快也恢復如常了。白天的時候我們速度很快，已經跨越了大半個大西洋。在我們下面經過的有二十到三十艘各類船隻，船上的人們看到我們無不驚訝萬分。現在我們位於兩萬五千英尺的高度，天上的星星異常明亮，夜空黑得很純粹。海面並不是像有人想的那樣凸起，而是明顯地向下凹陷。

八日，週一（梅森先生記）：今天早上螺桿傳動軸出了一點麻煩，我們必須要重新改裝一下，以免引發嚴重的問題。白天風向沒有變過，一直是東北風，而且風力強勁。我們到現在航行仍然順利。在天剛濛濛亮的時候，氣球上發出一些聲音，並產生震動，飛器急速下降，所有人都緊張了一陣。後來明白過來，這是因為空氣的溫度升高，氣球裡的瓦斯受熱膨脹，導致氣球上凝結的冰粒崩碎。我們往下扔了幾個瓶子，其中一個被一艘郵輪撿起。郵輪似乎是從紐約來的，看不清楚船名。我們用奧斯本先生的望遠鏡觀看，好像是「亞特蘭大號」。現在已經是晚上十二點，我們仍保持向西航行，速度依舊很快。海面上的磷光非常漂亮。

附記（愛因斯沃斯先生記）：現在是凌晨兩點鐘，我們憑藉風力前行，因此我很難判斷風力有多大，只感覺到一片寧靜。自從出發之後，我就沒有睡過，現在我熬不住了，必須睡一覺。離北美洲海岸應該很近了。

四月九日，星期二（愛因斯沃斯先生記）：下午一點的時候，南卡羅來納的海岸清晰地展現在我們眼前。我們用一個氣球飛越了大西洋！我們創造了歷史！感謝上帝！以後人類還有什麼困難不能克服呢？

日記就記到這裡。愛因斯沃斯先生還和福賽斯先生聊了一些降落時的細節。當時風已經停了，兩個水手和奧斯本先生一下就認出了前面海岸。奧斯

本先生恰好有朋友住在莫爾特里堡，因此決定在那裡降落。氣球從海灘上飛過（當時沒有潮水，沙灘穩固平坦，正好適合降落），拋下錨之後，很快就固定住了。島上和堡裡的人都圍過來觀看，他們不相信我們是穿越大西洋飛過來的，我們費了很大勁才向他們解釋清楚。降落的時間恰好是下午兩點，我們的航行用時七十五小時整。如果只是按照海岸到海岸的距離，時間還會更短。整個行程沒有發生什麼嚴重的事故，甚至都沒有發現真正的危險。瓦斯放光之後，氣球被疊好整理起來。截止到這篇稿子從查爾斯頓發出為止，那些飛行者們仍然在莫爾特里堡。他們還沒有確定接下來做什麼，不過我們確信讀者可以最遲在星期二看到更加詳細的報導。

到目前為止，這無疑是人類完成的最偉大、最驚人的壯舉。今後還會出現什麼樣驚天動地的事件，我們便無法揣測了。

奇異天使

狂想曲

在十一月的一天下午，天氣很冷，我剛剛吃完豐盛的午餐，正在努力消化松露。我一個人坐在餐廳裡，兩腳搭在壁爐欄杆上，胳膊肘旁是一張挨著火爐的小桌子，上面放著一些甜點和幾瓶紅酒、白酒和甜酒。上午的時候我一直在讀書，包括格洛弗的《利奧尼達斯》、威爾基的《埃皮哥尼亞德》、拉馬丁的《朝聖》、巴羅的《哥倫比亞特》、塔克曼的《西西里》、格列斯伍德的《奇物》。所以現在我的腦袋有些遲鈍，這一點我不得不承認。我不停地喝拉菲特酒，想讓自己恢復清醒，但是最後還是失敗了。我隨手拿過一張報紙，仔細看了一下「出租房屋」和「尋狗」兩個版塊，還有兩則「尋找叛逃的妻子和學徒」的啟事。我決定開始進行評論工作，但是當我把報紙從頭到尾讀了一遍之後，卻發現一個字都讀不懂。我猜想那可能是中國字，便倒過來又讀了一遍，還是讀不懂。我心生厭惡，正要把報紙扔到一邊，

這四頁紙是美妙的作品，

即便評論家也也不能妄加批評。

這時我注意到了下面的一段文字：

死亡的途徑是繁多而奇怪的。倫敦一家報紙報導，某個人的原因死亡十分奇特。他正在玩「吹鏢」，就是把一根長針放在錫管中，然後吹出去，射中目標。但是這個人把針放反了，當他為了吹的力氣更大，而用力吸氣的時候，就把針吸進了肺裡。沒過幾天，他便一命嗚呼了。

我心中感到一股沒有來由的憤怒。「鬼話連篇！」我生氣地說：「這不過是卑劣的謊言——可憐的惡作劇——臭窮酸捏造的荒謬故事！他知道人們容易輕信，便捏造一些不可能發生的事情，也就是他們口中的奇異事件。但是有智慧的人當然能夠一眼看出其中破綻。在我看來，最近這種故事的突然爆發，才是最離奇的事情。今後我絕對不會相信這一類的奇異故事。」

「上帝啊！你這麼做可就蠢到家了。」一個聲音說道，這是我聽過的最不同尋常的聲音。開始我以為是自己耳鳴——有時喝多了酒就會這樣——但是後來又覺得像是木棍敲打空酒桶的聲音，要不是裡面夾著幾個清晰的單字，我真的會以為是誰在敲打酒桶。剛剛喝下去的拉菲特酒讓我沒那麼害怕，我也沒感覺到緊張，只是慢悠悠地抬起眼睛四下觀察。但是我發現並沒有其他人在屋裡。

「哈！」正在我四處尋找的時候，那個聲音又出現了：「你肯定是喝多了，竟然看不到我就坐在你旁邊。」

我立刻把視線集中到我面前，在桌子對面果然坐著一個人。我很難形容他的樣貌。他的身體是個大的酒桶或酒缸，下面插著兩個小酒桶，應該是當腿用的；身體上端垂著兩個長酒瓶，就算是胳膊了，瓶頸處伸出來的就是手。他的腦袋看上去就像有個大洞的鼻煙盒立在酒桶的蓋子上（頂上有一個像騎士頭盔一樣的漏斗）。這個洞正對著我，裡面發出咕咕噥噥的聲音，顯然是想要跟我進行一場談話。

他說：「你肯定是喝醉了，竟然看不到我坐在這裡。你簡直是個白癡，竟然不信紙上印的字。確鑿無疑——事實如此——絕無虛言。」

「你是誰？」我嚴肅地問他：「你怎麼進來的？你在說些什麼？」

「我怎麼進來跟你沒有關係。」他答道：「我說的只是我想說的話。至於我是誰，我來這裡就是讓你看清楚。」

「你就是個醉酒的無賴！」我說：「我會拉鈴把僕人叫來，把你踹到大街上去。」

「呵！呵！呵！」他說，「呼！呼！呼！你做不到。」

「我做不到？」我說，「你什麼意思？——我做不到什麼？」

「拉鈴。」他說道，然後咧嘴笑了起來。

聽他說完，我便打算站起來拉響鈴鐺。不過那個傢伙從桌子上慢悠悠探過身子，用那瓶子的瓶頸重重敲了我的額頭一下，又把我敲回了椅子裡。我呆住了，不知道該怎麼辦。然後他又開始說話了。

「你最好老實點。」他說：「現在知道我是誰了嗎？看仔細了，我是奇異天使。」

「那你是真的奇異！」我鼓起勇氣答道：「可是你為什麼沒有翅膀？」

「翅膀？」他生氣地喊道：「我要翅膀做什麼？你把我當成小雞了嗎？」

「當然沒有！」我趕緊小心翼翼地答道：「你當然不是小雞。」

「老實坐著，不然有你的苦頭吃。長翅膀的是小雞，是貓頭鷹，是妖怪、魔鬼。天使沒有翅膀，我是奇異天使！」

「那你找我有什麼事嗎？」

「什麼事？」他激動地喊道：「你這個粗魯的野狗，竟然問一個天使有什麼事？」

我最無法忍受這種語氣，就算是天使說的也不行。我壯了壯膽，然後迅速拿起手邊的一個鹽瓶，向那個傢伙的腦袋丟過去。但是我並沒有丟中，又或者是他躲開了，總之鹽瓶只是把壁爐檯子上那個鐘錶的水晶罩砸碎了。他用瓶頸在我腦門上敲了幾下，我立刻又恢復了老實的姿態。不知道是因為疼還是因為憤怒，我竟然掉了幾滴眼淚，說起來真是羞愧。

「我的天哪！」奇異天使說，我這副樣子顯然讓他心腸軟了下來：「你這人又是喝醉又是懊惱，以後千萬不要喝這種烈酒了——一定要在酒裡加點

水才行。來，喝點這個，不要再哭了！」

奇異天使從他用來當做手的瓶子裡倒出一種無色的液體，把高腳杯倒滿了（裡面原本還有三分之一的紅酒）。我看到瓶子上面還貼著「基爾申威瑟」的標籤。

他不斷往我的紅酒裡加水，在他的關心下，我逐漸放鬆下來，開始跟他談話。我沒辦法把他的話地記下來，只能說一下大意。按他的意思，他是管理「奇異事件」的天使，職責就是製造那些讓人驚疑的奇異事件。有時我大膽地對他的能力表示懷疑，結果惹得他大發雷霆。於是我學乖了，開始保持沉默，只聽他自己在那裡滔滔不絕。我閉著眼睛躺在椅子裡，吃著葡萄，把葡萄籽丟得到處都是。奇異天使認為這是我對他的輕視，於是他生氣地站起來，把漏斗拉下來蓋住眼睛，嘴裡說出一連串詛咒之詞，還說了一句我不能完全理解的威脅的話。隨後他向我鞠了一躬，然後轉身離開了。

我終於舒了一口氣。因為剛喝了幾杯拉菲特酒，我感到有些睏，想像平常一樣睡十五到二十分鐘的午覺。六點鐘我有一個十分重要的約會，一定不能遲到。我的房子的保險前一天到期了，因為某些有爭議的問題，保險公司約我六點去和公司董事商討重新簽訂協定的問題。我抬頭看了看壁爐檯子上的鐘錶（我睏得很，懶得掏懷錶了），然後發現現在剛剛五點半，還有二十五分鐘的時間，我可以睡二十分鐘，然後用五分鐘從容地走到保險公司。於是我立刻安心睡過去了。

當我重新醒來的時候，發現我沒有像往常那樣睡了十五或二十分鐘，而是只睡了三分鐘。此時我忽然有點相信奇異事件了。還有二十七分鐘才到六點，於是我又睡了過去。當我再次醒來的時候，發現仍然是差二十七分到六點。我趕忙過去檢查鐘錶，發現它已經停了。我立刻掏出懷錶，發現現在是七點半，我已經睡了兩個小時。看來這次約會泡湯了。「沒事，我明天可以給保險公司打電話道歉。不過鐘錶出了什麼問題？」查看後我發現，原來是我丟出來的葡萄籽穿過破碎的水晶罩，掉進了鐘錶的鑰匙孔，並露出一部分，擋住了分針。

「哦，原來是這樣。」我說：「這是一個很好解釋的事件，經常發生類

似事情。」

　　我沒有再思考這件事，按照平時的作息上床睡覺了。我把蠟燭放在床頭櫃上，然後打開《上帝無所不在》，想要讀幾頁再睡。結果還不到二十秒鐘，我就睡著了。只是蠟燭仍然在燃燒。

　　我夢到了奇異天使，他斥責我，威脅我，然後往的嘴裡灌「基爾申威瑟」。我再也受不了了，一下子醒了過來。這時我發現一隻老鼠叼著床頭櫃上的蠟燭跑了，我還沒來得及阻止，牠便跑回了洞裡。隨後很快傳來嗆人的煙味，房間裡著火了。火勢擴散得很快，沒多久整棟房子都著了起來。我想要逃跑的時候，發現所有的出口都被大火封死，所以我只好跳窗了。人們弄來一架梯子放在窗戶下面，我順著梯子迅速往下爬。就在我以為自己馬上可以脫離危險的時候，一頭豬跑了跳過來，牠的樣子讓我想起了奇異天使。牠原本還安靜地躺在泥裡，突然覺得身體發癢，需要找個地方蹭一蹭，而又發現這架梯子最適合蹭癢。於是梯子被牠蹭倒，我從上面掉下來，摔斷了胳膊。

　　因為沒有保險，而且我的頭髮在大火中被燒光了，所以我決定找個女人結婚。正好有一個有錢的寡婦剛剛失去了她的第七任丈夫，正在悲痛中，於是我毫不猶豫地表示願意撫慰她受傷的心靈。她羞澀地答應了，我跪在她的裙子前，她紅著臉彎下腰。不知道為什麼，她的長髮和我的假髮纏在了一起，當我站起來的時候，發現自己的假髮不見了，只剩下一顆光禿禿的腦袋。而她的臉則被一堆假髮蓋住了。於是，在這一系列巧合的影響下，我失去了依傍這個富有寡婦的機會。

　　不過我依然心存希望，開始追求一個更加隨和的人。最初的時候非常順利，但是後來又出現一些小問題來阻撓我。我在一條名流聚集的街道上遇到了我的未婚妻，正當我打算鞠躬表達敬意時，一顆很小的顆粒飛進了我的眼睛裡，讓我雙眼無法睜開。在我還沒有恢復的時候，我的未婚妻就不見了——她認為我對她視而不見，因此便毫不留情地離開了。我愣在原地，這個突然的事情讓我不知所措。當我的視線仍然模糊的時候，奇異天使來了，並且用出乎意料的溫柔態度對待我。他溫柔地幫我檢查眼睛，說裡面進了東

西，然後幫我取了出來，我立刻感到一陣輕鬆。

我覺得自己應該離開這個人世了（命運對我如此殘酷）。我來到附近一條河邊，脫掉衣服（我們應該赤裸地來，赤裸地去），然後跳進河裡。當時只有一隻離群的烏鴉看到了我自殺的過程，牠因為吃泡過白蘭地的穀物而脫離了隊伍。我剛跳到水裡，那隻烏鴉便叼起我最需要的一件衣服飛走了。我暫時取消自殺的打算，把外套袖子穿在腿上，用我目前所能達到的最快速度追了上去。但是不幸仍然追隨著我。正在我抬頭用力奔跑的時候，我突然感覺腳下的大地不存在了，原來我掉下了一個懸崖。還好此時正好有一顆氣球經過，我迅速抓住從氣球上垂下來的繩子，逃過一劫。

當我鎮定下來之後，發現自己仍處在危險的境地，於是立刻大喊起來，希望氣球駕駛員能夠聽到我的喊聲。然而頭頂的氣球上並沒有什麼反應。我猜他要嘛是個白癡，要嘛是個混蛋，故意裝聽不見。氣球上升的速度很快，而我的體力消耗的速度更快。正當我準備放棄掙扎，準備鬆手掉進大海的時候，頭頂傳來一個空洞的聲音。我立刻來了精神，抬頭一看，發現原來是奇異天使。他叉著胳膊倚在吊籃上，嘴裡叼著一根菸斗，擺出一副愜意的神情看著我。我已經沒有說話的力氣了，只好可憐巴巴地看著他。

「你是誰？」他問道：「在那裡幹什麼？」

此時我只能用最簡短的話來回答：「救命！」

「救命！」那個混蛋學著我的語氣說：「我可不救你。給你瓶子，你自求多福吧！」

說著，他丟下來一瓶沉甸甸的基爾申威瑟酒。酒瓶正好砸在我的腦袋上，我想著自己很快就要失去知覺了，正準備放手，迎接死亡的到來，不過奇異天使喝住了我，要我堅持住。

「一定要堅持啊！」他說：「一定不要魯莽地決定。你是想再被瓶子砸一下，還是已經恢復清醒了？」

我連點了兩下頭，第一下表示否定，我不想再被瓶子砸；第二下則是肯定，表示我已經恢復清醒。奇異天使的態度緩和了下來。

「看來你相信了。」他說：「你相信奇異事件的真實性了嗎？」

我趕緊點點頭。

「你確定不再懷疑我這個奇異天使了？」

我又點了點頭。

「你承認是你喝醉之後胡言亂語嗎？」

我又點了點頭。

「好，現在把你的右手放進褲子左邊的口袋裡，表示你屈服於我了。」

很顯然，這件事我是無法做到的。第一，我從梯子上掉下來的時候摔斷了左臂，如果鬆開右手，肯定會掉下去的。第二，那隻烏鴉叼走了我的褲子，我現在根本沒有褲子口袋。所以我只好沮喪地搖搖頭——我只是想讓他明白我此時無法做到。

可是我剛停止搖頭，就聽奇異天使喊道：「那你就下地獄吧！」

說完，他用刀子割斷了我手裡抓著的繩子。此時氣球正好位於我的房子的上方（在我出門的這段時間，房子已經被修好了），於是我直接掉進煙囪，滾到了餐廳的壁爐旁邊。

當我醒過來的時候，我發現已經是凌晨四點。我四肢張開躺在掉下來的地方，頭扎進了壁爐灰中，兩隻腳放在一張已經壞了的桌子上。桌子翻了過來，下面是一堆凌亂的甜食，裡面夾雜著一張報紙和一些破碎的酒瓶，還有一個基爾申威瑟酒空酒瓶。這就是奇異天使的復仇方式。

厄舍府的崩塌 ①

他的心是一把琴,輕輕撥弄,便傳來悠揚琴聲。

——貝朗瑞

那年秋季的一天,天氣陰沉、昏暗,烏雲低垂,死氣沉沉。整整一天,我獨自騎馬穿過一片陰森的荒野。

傍晚時分,總算看到了遠處籠罩在一片哀傷中的厄舍府。我一看到那所房子,就覺得鬱鬱不樂,難以忍受,也不知是怎麼回事。以往我就算見到更加荒涼、恐怖的風景,也總能從中找出些許樂趣,排解苦悶。可眼前的這種苦悶卻無從排解,因此難以忍受。

孤獨的房屋、房屋四周的地勢起伏、荒涼的圍牆、空洞的窗戶、幾枝亂糟糟的莎草、幾棵蒼白的枯樹,眼前這些景物都讓我滿心鬱悶,這種鬱悶幾乎無法用人間的感情比擬。可能只有吸食鴉片的人恢復清醒時的感覺與之類似,因重回現實感到痛苦,因面紗除去感到恐慌。冰冷、空虛、心慌、無盡

1.《厄舍府的崩塌》是愛倫・坡怪誕小說的代表作,被列入世界傑出的短篇小說。小說以奇特的手法,以令人毛骨悚然的氣氛和耐人尋味的主題而聞名於世。——編注

的悲傷、無法因想像力得到昇華的淒涼，一起湧上我的心頭。

這到底是怎麼回事呢？我停下來，陷入沉思。為什麼看到厄舍府後，我會馬上變得這樣沮喪？我想不明白。種種模糊不清的幻想潛入我的內心，我自己也無法看清。於是，我不得不相信，如果某些簡單的自然景色能對人產生這麼大的影響，那以個人的聰明才智，必然無力對這種影響做出分析。我想若對這些景物、這幅畫的某些部分做出細微調整，或許能減少甚至消除那種讓人哀傷的影響。

想到這一點，我騎著馬走到屋子前面一座小湖岸邊，站在陡峭的湖岸上俯視黑漆漆的湖水。灰色的莎草、蒼白的枯樹、空洞的窗戶映在湖面上，我看著這幅畫，越發覺得恐怖。

可是接下來的幾週，我都要在這座陰暗的宅子裡度過。宅子主人名叫羅德里克‧厄舍，他是我兒時的好友，我們多年沒見過面了。我是從很遠的地方趕來的，因為他前段時間寫了封信給我，迫切要求我到這兒見他。他的神經緊張不安，在這封信中展露無遺。他提到，他生了重病，精神錯亂，因此非常沮喪。他說我是他最好的朋友、獨一無二的知己，他很想跟我見一面，想用故友重聚的快樂讓自己的病情緩解。他還在信裡寫了很多話，但大意就是如此。他在信中提出的要求顯然發自內心，容不得我有半分遲疑。儘管直到這一刻，我還是覺得他的召喚十分奇怪，但還是立即啟程趕到了這裡。

其實，我並不瞭解這位兒時好友。他是個謹言慎行的人。可他那有著悠久歷史的家族素以神經敏感聞名，這我還是知道的。這種敏感過去多年在不少頗有品位的藝術作品中得到體現，最近幾年則體現為多次慷慨但低調的慈善活動，對音樂複雜多變性的狂熱喜愛，卻忽視了音樂顯而易見且得到普遍承認的美。此外還有一件事很不尋常，古老的厄舍家族從未有過持續繁衍的旁支，即這個家族世代單傳，偶爾出現例外，也不會持續太久。

世人對宅子主人的特徵已達成共識，且這特徵跟宅子本身十分契合。數百年間，這兩種特徵也許在互相作用。想到這些，我不由得覺得是這種缺乏旁支的不足導致財產和姓氏世代單傳，繼而導致這二者融為一體，讓宅子原先的名字被厄舍府這個奇怪、隱晦的名字取而代之。這個名字在附近的鄉民

看來，不僅代表這座宅子，好像也能代表宅子裡的人。

　　我之前提到，俯視湖面這個帶著些許幼稚意味的舉動，只增加了我內心的恐怖。我很確定，這主要是因為自己突然變得很迷信了——為何不稱其為迷信呢？這種迷信是種含混不清的規則：人類一切感情都建立在恐懼基礎上。這我早就知道。可能正因為這樣，看完那座宅子在湖面上的倒影，重新去看那座宅子時，我的內心生出了一種異常荒誕、奇異的幻想。我說這些，不過是為了表明那種讓我沮喪的感覺有多真實、強烈。我陷入這種幻想無法自拔，因此，那座宅子及其四周在我看來，的確彌漫著一種獨有的氣息。這種並非天然產生的氣息源自那些枯枝、灰牆和湖中的死水。這是種神祕莫測、陰沉黯淡、凝固不動、模糊不清、沉重汙濁的霧氣，足以置人於死地。

　　我抖掉腦海中這多半只是夢幻的感受，更加認真地看了看這座宅子。年代久遠，帶有明顯的歲月痕跡，是其最重要的特徵。宅子表面從屋簷往下長滿細小的苔蘚，好像美麗的蛛網。可要說宅子有多麼破舊，也不至於。這是一座用石頭建造的宅子，整體看起來依舊完好，看不到任何坍塌的地方。然而，其中的石頭經過這麼多年的風吹雨打，已殘缺不全。這種完好和殘缺之間的不協調太明顯了。我由此想到地窖中一個很少用到的木製品，看起來還是完好的，但因為地窖不通風，木製品內部早就腐爛了。不過，除了表面隨處可見的破舊，這座宅子整體看來不像要倒塌的樣子。眼力很好的人也許能找到一條很不明顯的裂縫，從正面屋頂向下，曲折延伸至外面死氣沉沉的湖水中，消失不見了。

　　我一邊觀察一邊騎馬經過一條短短的石頭路，抵達宅子門前。一個僕人正在等候，幫我牽馬。我直接從眼前的哥德式大廳拱門進去，見到了另外一個僕人。他躡手躡腳帶我走過一條又一條昏暗、曲折的走廊，朝主人房中走去，一路上沉默不語。

　　途中，我看著周圍的一切，不知何故，剛剛那種難以形容的感覺變得更加強烈了。我驚訝地發現，這些從小看慣、毋庸置疑很熟悉的東西，包括天花板上雕刻的圖案、四面牆壁上烏壓壓的帷幕、黑漆漆的檀木地板、經過時發出唭唭聲響且表面有明有暗的紋章盔甲，竟讓我的內心產生了陌生的幻

想。

走到樓梯上時，我遇到了這家的家庭醫生。我覺得醫生臉上的表情既狡猾又疑惑。見到我，他很緊張地問候一聲，下了樓。

帶路的傭人打開房門讓我進去，主人就在這裡。

房間很高很寬敞，在距離黑色檀木地板很高的地方裝著尖頂、狹長的窗子，就算伸長胳膊也碰不到。透過方格子玻璃窗，暗紅色的微光照進房間，把房中比較明顯的東西都照得一清二楚。至於遠處的角落、裝飾著回紋的拱頂凹處，卻怎麼都看不清。四面牆壁上掛著深色的帷幕。傢俱很多，都很有些年頭了，既破舊，又不舒服。那麼多書和樂器也沒能為房間增加任何生機。哀傷彌漫在周圍的空氣中。房間到處充斥著沉重的抑鬱，難以化解。

厄舍正躺在沙發上，見我進來了，他馬上站起來歡迎我，顯得那麼高興，那麼熱情。我起初覺得他有些熱情過頭，覺得這個厭世之人在假裝。可他的臉卻告訴我，他的情感絕對發自真心。

我們一起坐下。有一陣子，他沉默不語。我盯著他，心裡既同情他，又有些畏懼。在這麼短的時間內，羅德里克・厄舍就有了如此驚人的改變。這種人世間再也找不出第二個來。這個面色慘白的人便是我的兒時好友，我艱難地確認了這一點。可他的面部特徵一直都非常鮮明，讓人過目不忘：一張灰白的臉，一雙清澈明亮的大眼睛，一對顏色發白、線條極美的薄嘴唇，一個雅致的希伯來式鼻子，但鼻孔偏大，一個漂亮卻不醒目、表現出毅力匱乏的下巴，一頭比蛛絲更加纖細柔軟的頭髮，一個過分寬大的額頭。跟以前相比，眼下他的這些相貌特徵和慣有的表情只是變得稍微誇張些，卻讓他有了如此顯著的改變。我甚至開始懷疑眼前這個人的真實身份。不過，我最驚訝乃至害怕的還是他的皮膚和雙眼，前者慘白如死屍，後者明亮得讓人難以置信。他還把頭髮留得那麼長，自己滿不在乎。看到那頭像蛛網般纖細的頭髮不是靜靜垂下，而是在他眼前飄來飄去，那種怪異的神情絕不屬於正常人。

剛見面，我便感覺到我朋友動作很不連貫，不協調。沒過多久，我意識到，原來是神經極度緊張導致他習慣性痙攣，他極力想要克服這點，卻總是失敗。我對此已有心理準備，除了因為我看過他的信以外，也因為我對他那

時的一些特徵仍有印象，此外還因為他的身體、精神那種獨一無二的特徵。他一會兒精神奕奕，一會兒又垂頭喪氣。他的聲音一會兒虛弱無力，好像失去了所有生氣，一會兒又乾脆強硬。這種生硬、有力、不緊不慢的聲音，這種沉穩、冷靜、遊刃有餘的發音應該只屬於那些醉漢或徹底沉淪的吸毒者。他們大醉或吸毒後，就會發出這種聲音。

在這種狀態下，他開始說為什麼要請我過來，說他有多麼想跟我見面，多麼期待我能給他的慰藉。他對自己的病做了診斷，詳細說給我聽。他提到這種病是先天性遺傳的，他對此感到絕望，相信醫藥不會有任何作用。但他馬上又補充道，這是種神經疾病，也許用不了多久就能慢慢康復。這種疾病的具體病症就是各種奇怪的感受，他做了詳細的描述。可能是因為他的措辭和講話的方式，我對其中部分感受很感興趣，同時又疑惑不解。他因神經敏感只能吃沒滋沒味的食物，只能穿一種料子的衣服，嗅到任何花香都會呼吸困難，見到任何黯淡的光芒都會眼睛不舒服，除了弦樂這種獨特的樂聲，其餘任何樂聲都會讓他害怕。我意識到，這種非同尋常的恐懼把他徹底困住了。

他說：「我快死了，我一定會死於這可悲的愚蠢。沒錯，沒有其他可能，就這樣死掉。我對即將發生的事感到恐懼，但我恐懼的是事情的結果，而非事情本身。就算最不值一提的事，只要能對我敏感的神經發揮作用，也會讓我哆嗦不停。對於危險本身，我並不厭惡，我只厭惡能對我產生絕對影響、讓我陷入恐懼的危險。這種忐忑的心情和悲慘的處境讓我覺得，終有一日那一刻會降臨，在跟恐懼這一令人膽寒的幻覺做鬥爭時，我的性命和理智都將離我而去。」

他的精神狀態還有一個古怪的特徵，透過他時斷時續、含糊不清的暗示展現出來：圍繞著他住了很多年、不敢擅自搬離的宅子，他產生了很多迷信的想法，無法拋開；他談到幻覺對他的影響——措辭含混不清，我表達不出來——這種影響同樣讓他無法拋開；（他說長時間的忍受）這座宅子的外表和實質的一些特徵，給他的心靈造成了影響；灰撲撲的牆壁、塔樓，以及倒映出二者的死氣沉沉的湖水，也給他的精神狀態造成了影響。

遲疑了很久，他終於承認，這讓他飽受煎熬的奇怪的憂鬱大多源自一個更加自然、具體的原因，即長久以來，他唯一的至親、唯一的陪伴者、心愛的妹妹身患重病，時日無多。

「她死後，絕望、脆弱的我就成了古老的厄舍家族最後一個人。」他的聲音那樣痛苦，給我留下了深刻的印象。

瑪德琳小姐（大家都這樣叫她）在他說這句話時，從房間那一頭緩步走過，靜靜離去，根本沒留意到我。

看到她，我又是驚訝又是害怕，卻不明白自己為何會有這種反應。看著她緩慢離去，我只覺恍然如夢。

房門在她身後關起來時，出於本能，我急忙看她哥哥的表情。他用雙手緊緊捂住臉，眼淚不斷從他比平時還要慘白的瘦削手指中間流淌出來。

醫生們對瑪德琳小姐的病無計可施。她的病症很反常，包括深沉的冷漠、身體日漸消瘦、頻頻發作的全身僵硬症。她並未臥床不起，一直在與病魔頑強抗爭。然而，我來到厄舍府當天晚上，她哥哥驚慌失措地跟我說，她已結束了這場抗爭。我再也無法見到活著的她，今天的相遇竟成了我對她的最後一瞥。

我跟厄舍在接下來的幾天都盡可能避免談及她。我儘量緩和我朋友的悲傷情緒，跟他一塊兒畫畫、讀書。偶爾，他會一時興起，彈琴歌唱。我是他的聽眾，沉迷其中。我們的關係日漸親密，我對他的瞭解也日漸深入。然而，我發現自己根本不可能幫他擺脫哀傷，他好像生來就有這種哀傷，它不斷向外散發，將他的靈魂、肉體變得一片黑暗。

我跟厄舍府主人共同度過的這段苦悶時光，將永遠留在我的記憶中。然而，我無論如何都無法準確描繪出他帶我研究過什麼，玩過什麼。這些事情讓人很興奮，本身卻混亂至極，讓所有事物都散發著硫磺的黯淡光芒。我耳邊依然迴響著他即興創作的大段輓歌。我還痛苦地記得，他對熱烈奔放的《馮·韋伯最後的華爾滋》奇怪、放肆的變奏。他極力發揮自己的想像力作畫，將一層又一層染料刷上去，讓畫變得一片模糊。我看到後只覺毛骨悚然。我為何會這麼害怕他的畫，我自己也搞不清楚。到了今時今日，那些畫

依舊在我的腦海中無比清晰，可我無論如何都無法用語言完整描繪出來。這些十分簡單、毫無修飾的畫能深深吸引觀者，讓其震驚不已。羅德里克·厄舍恐怕是唯一能將思緒畫出來的人。至少對處在那種環境中的我而言，這位抑鬱症病人在畫布上肆意潑灑做出的完全抽象的畫讓我畏懼不已，簡直難以忍受。連弗塞里色彩鮮明、想像具體的畫，也不會讓我畏懼至此。

　　我朋友的畫中充斥著各種想像，但其中一幅可能不那麼抽象，雖然很勉強，卻也能用語言描繪出來。這是一幅小畫，畫的是一座矩形地窖或隧道，矮矮的牆壁雪白光滑，不帶任何裝飾，綿延不絕。一些細節顯示，此處位於地下深處。畫中展現的範圍很廣，卻看不到任何出口、火把、人工光源。然而，一種強烈、恐怖的光線遍佈整個畫面，照亮了其中的一切。

　　先前提到，我這位朋友的聽覺神經十分敏感。除了某些弦樂，其餘各種音樂都會讓他無法忍受。可能正因為這樣，他只彈奏六弦琴，這種樂器將他的想像展現得淋漓盡致。不過，他即興創作的曲子那樣激昂，並不是因為六弦琴本身。因為他極度亢奮，所以精力高度集中，才創作出了那些狂想曲的音調和歌詞。他經常一邊彈琴，一邊即興唱起歌來。我輕而易舉記住了其中一首狂想曲，可能是因為我聽他彈唱那首曲子時深受觸動。當時，我覺得曲子中暗含著某種神祕的意義，我第一次深切體會到厄舍高貴的理性已危在旦夕。這首題為〈鬼之宮〉曲子，大致歌詞如下：

　　Ｉ

蔥蔥鬱鬱的山谷中，

美好的天使在這裡生活過。

過去這裡聳立著一座宮殿，

那樣美麗，金碧輝煌。

它在思維王國的領土上，

六翼天使也不曾

飛過如此美輪美奐的建築。

　　ＩＩ

宮殿屋頂上，

金燦燦的旗幟飛舞;

（一切——所有一切

都已成為遙遠的過去）

清風徐來,

在那美妙的日子裡,

沿著破敗的城牆,

香氣振翅飛去。

Ⅲ

歡樂谷中的遊客

從兩扇明亮的窗戶中看到,

和著琴聲,

精靈正跳著優美的舞蹈,

圍在王座旁。

理想的國王坐在王座上,

光芒萬丈,

儼然一國之君。

Ⅳ

宮殿大門上

珍珠、寶石閃閃發亮,

回聲仙子紛紛趕來,

湧入大門,

歌唱是她們唯一的職責,

用動人的聲音

盛讚君王的智慧。

Ⅴ

披著哀傷的長袍,

魔鬼闖入國王尊貴的領地,

（啊,哀悼吧,

國王再也無法迎來黎明,如此悲傷!)

昔日宮殿富麗繁華,

如盛放的花朵。

如今都已在時光中蒙塵、埋葬。

VI

如今進入山谷,

透過紅通通的窗戶,

看到陰森森的鬼影

在嘈雜的音樂聲中起舞;

一群魔鬼如湍急的河流

湧出灰撲撲的大門,永不停止,

只聽得狂笑聲,看不到笑容。

　　我記得很清楚,這首曲子裡的某些暗示,讓厄舍的觀念清晰起來。我提及厄舍的觀念,不僅僅因為其本身很獨特(其餘人也會有類似觀念),更因為厄舍非常固執地相信自己的觀念。他相信一切生物都是有靈性的,這種觀念在他凌亂不堪的幻想中膨脹。有時連無機世界的事物在他看來都是有靈性的,他對此篤信不疑。以我的才能,很難把他這種觀念用語言描繪出來。我之前暗示過,他這種觀念跟他家那座灰撲撲的石頭祖屋有關。他幻想著那些石頭的排列順序、石頭表面的黴菌、四周的枯樹,特別是這麼多年從未改變過的佈局、湖面上始終不變的倒影,全都是有靈性的。他說(我聽到他的話很驚訝),靈性漸漸凝聚,變成了湖水、牆壁獨有的氣息。他又補充道,顯然這種氣息過去幾百年間一直在默默地強迫他的家族接受這種恐怖的命運,他變成現在這副模樣,也是因為受到了這種影響。

　　不難想像,我跟他一起讀過的書跟病人這種幻覺是統一的。這些書多年來一直在影響他的精神狀態。我們共同研究過的書包括格雷塞的《鸚鵡和修道院》,馬基雅維利的《惡魔》、斯威登堡的《天堂與地獄》,霍爾堡的《尼爾斯·克里姆地心遊記》,羅伯特·弗拉德、讓·丹達涅、德·拉·

尚布林各自創作的《手相術》，蒂克的《憂鬱旅程》，康帕內拉的《太陽城》。我們很喜歡道明會教士埃梅里克‧德‧格朗尼的小八開本《宗教法庭手冊》，以及龐波尼烏斯‧梅拉對非洲古代的森林神、牧羊神所做的描繪。厄舍經常沉迷其中，接連讀上好幾個小時。不過，他最癡迷的還是《美因茨教會追悼亡靈經》，這是一本非常罕見、非常奇怪的四開本書，是某個不為人所知的教堂的手冊。

那天晚上，厄舍突然跟我說，瑪德琳小姐去世了，在將遺體入土安葬前，他準備先將其在家裡的地窖陳放兩個禮拜。我由此想到這本教堂手冊裡提及的瘋狂儀式，及其可能會對這位病人造成的影響。可我沒有權利提出異議，因為他有他的世俗原因。他對我說，作為兄長，他做出這一決定，是基於妹妹死於怪病，醫生冒昧但熱情的問詢，以及祖墳位於罕有人至的荒郊野外這些事實。想到來這裡的第一天在樓梯巧遇醫生時，對方那張陰沉沉的臉，我就無意否定或反對厄舍的決定了。在我看來，他這種做法沒有任何壞處，也不違背常理，若沒有更好的選擇，這樣做也無妨。

我應厄舍的邀請，親自幫他安排此事。我倆抬起已放入棺材的遺體，送到地窖。地窖空置許久，讓人透不過氣來。火把也險些熄滅，我們無法看清周圍的環境，只知道地窖狹小、潮濕，在地下深處，一點光都照不進來。地窖頂上恰好是我的房間。在遙遠的封建時代，這座地窖顯然曾被用作地牢，之後又被用於儲存某些易燃物，比如火藥。為了預防火災，有些地板和我們剛剛經過的拱廊都被精心包裹上銅皮，厚重的鐵門也是如此。因為鐵門太沉，轉動鉸鏈開關鐵門時，會發出十分刺耳的聲音。

我們把讓人悲痛的棺材擺在一個恐怖的架子上。棺材的蓋子還未釘死，我們稍微挪開棺蓋，瞻仰死者遺容。我第一次發覺，他們兩兄妹長得非常相像。也許是注意到了我的困惑，厄舍低聲嘟囔道，他們是雙胞胎，彼此間有種神奇的心靈感應。我們都很害怕，很快把視線從死者身上移開。這年輕的姑娘早早被病魔扼殺，胸前、臉上微微泛紅，嘴角有一絲怪異的笑容，顯得很嚇人，這些都是死於全身僵硬症的病人的共同特徵。

我們蓋好棺蓋，釘上釘子，邁著沉重的腳步返回樓上的房間，但房間比

地窖也好不了多少。

　　我們在巨大的哀傷中度過了接下來的幾天。我朋友變得精神混亂，舉止反常，平時的習慣消失了，不知是故意的還是不知不覺中忘記了。他匆匆忙忙、踉踉蹌蹌行走於各個房間，沒有任何明確的目的。他那張慘白的臉變得越發慘白，雙眼黯淡無光。他沙啞的嗓音消失了，整個人總像處在極端的恐懼中，聲音哆嗦個不停。

　　我曾真切感受到，他有個祕密不敢說出來，拼命想要隱瞞，所以他才會變得如此惶恐不安。我只能認為這是因為一種匪夷所思的反常與瘋狂。我發現他總像在捕捉幻想出來的聲音一樣，專注地注視著某個空無一物的所在，許久都不動一下。於是，他的情況越來越糟糕，並影響到了我。我能感覺到，自己漸漸被他那種奇怪、強烈的迷信籠罩了。

　　瑪德琳小姐的遺體停放在地窖的第七天或第八天夜裡，這種奇怪的感覺不斷增強。我遲遲不能入睡，緊張得近乎窒息。我極力想讓自己放鬆下來，極力勸說自己，這種感受多半源自房間裡陰森的傢俱、殘破的帷幕引發的幻覺。狂風驟雨即將降臨，大風吹著帷幕在牆上舞動，跟床頭的裝飾摩擦得窸窣作響。

　　無論我怎樣勸說自己，都沒有任何效果。我渾身哆嗦，無法自控。心中出現了一個詭異的夢魘，我掙扎著想要擺脫它，坐在床上凝視房中無處不在的黑暗，認真聆聽。在狂風驟雨的間歇，我聽到一種低沉、模糊、源頭不明的聲音。無法用語言描述的強烈恐懼讓我不堪忍受，我不相信自己還能睡著，便很快穿好衣服，在房裡快步行走，想擺脫眼前惡劣的狀態。

　　走了沒多久，我聽到輕微的腳步聲在旁邊的樓梯上響起，是厄舍。很快，他過來輕輕敲門。進門時，他手裡提了盞燈。他面色蒼白一如往常，眼睛裡卻有種瘋狂的愉快。他的舉止已到歇斯底里的邊緣，只是拼命壓抑著。我見他這副模樣，心生惶恐。可我還是很歡迎他的到來，因為這房間太可怕了，他來陪我總比我獨處要好，因此，我放鬆了一些。

　　「你沒有看到嗎？」在朝四下裡看了片刻後，他忽然開口問我：「你沒有看到嗎？等一等，你就要看到了。」說話間，他小心把燈遮起來，去打開

了一扇窗。

　　暴風驟雨仍在繼續，從這扇窗吹進的大風險些把我們吹倒。可這個風雨交加的夜晚十分美麗，這奇異的夜景既恐怖又美妙。就在這附近，一陣旋風正在醞釀，風向劇烈變化，烏雲壓頂。從四面八方飛來、彼此撞擊的烏雲近在咫尺，我們卻沒有因濃密的烏雲失去清晰的感知。儘管沒看見月亮、星星和劃破天空的閃電，我們卻能感覺到在充滿水蒸氣的烏雲底下，有種像霧氣一樣的水蒸氣散發出模糊的白光，將我們和整座宅子完全包裹起來。

　　「你不能——你不該看！」我哆嗦著對厄舍說，硬把他從窗前拽到椅子上：「這些讓你陷入幻覺的景象只是常見的電光效應或湖上瘴氣造成的。關上窗，這麼冷的天氣對你的身體沒有好處。這裡有本傳奇故事書，你不是喜歡這個嗎？我來念，你聽著。今晚會很難熬，我們一塊兒熬過去吧！」

　　我拿起蘭斯洛特・坎寧爵士那本《瘋狂的特里斯特》。我是為了開玩笑，才說厄舍喜歡這本古書。其實我朋友既高傲又富於想像力，根本不會喜歡這種粗俗、冗長、缺乏想像力的書。可我手上只有這一本書，而且我還存有僥倖心理，希望在聽到書中那些愚不可及的內容後，這個極度興奮的病人會恢復理智，這種情況在精神病人中並不少見。我覺得自己成功了，因為他看上去像是在聽我念這個故事，而且表現得很興奮。

　　讀到最出名的那一段，主角埃塞雷德想進入隱士的住所，失敗後靠武力硬闖進去。這段文字如下：

　　天生勇猛的埃塞雷德喝了些酒後，便無意再跟執拗、狡詐的隱士廢話。可怕的暴風驟雨即將降臨，雨水落在埃塞雷德肩頭。他掄著大錘照著大門狠砸下去。沒過多久，門上出現了一個洞。他用戴著護甲的手使勁兒一撕，把門撕爛了。森林各處都迴響著乾燥的木板被撕裂的聲音，讓人毛骨悚然。

　　我讀到這兒，忽覺驚訝，趕緊停下來。我隱約聽見一陣模糊的回聲在宅子一個角落響起，距離這裡很遠。這聲音跟蘭斯洛特・坎寧爵士描繪的撕裂聲幾乎完全一樣，但更沉悶。我馬上想到，我可能太興奮了，產生了幻覺。不過，這種巧合無疑引起了我的注意。只是這聲音混雜在窗戶碰撞聲、持續增強的風雨聲中，沒有任何特別之處，無法讓我產生興趣或感到慌亂。我接

著往下讀：

　　進門後，勇士埃塞雷德沒有看到那可惡的隱士，心中既憤怒又驚訝。前方出現了一條渾身長滿龍鱗、口中吐火的巨龍，正守在一座宮殿門前。宮殿是用黃金建造的，地上鋪滿白銀，牆上掛著一張閃閃發光的黃銅盾牌，刻著如下文字：

　　進門即為勝利者，

　　屠龍即得此盾牌。

　　埃塞雷德掄起大錘朝龍頭砸去，龍頭被砸斷，滾到他腳下，死前口吐毒氣，發出尖叫，十分尖利、可怕。埃塞雷德不想聽這種刺耳的聲音，便用雙手捂住耳朵。

　　忽然，我再次停下來。我很確定，這一剎那，我聽到了跟書中巨龍死前的叫聲相似的尖叫或刮擦，低沉、尖銳、怪異，拉得很長。我無法分辨聲音的源頭，但很明顯距離此處相當遙遠。

　　巧合再次出現，我的情緒極其矛盾複雜，其中最為強烈的兩種情緒是吃驚、恐懼。我幾乎窒息。可我不希望我神經兮兮的朋友發現這一點，只能極力保持冷靜。可是在過去這幾分鐘，他的行為出現了奇異的變化，我覺得他可能也聽到了那些聲音。原本他跟我面對面坐在一起，這時卻轉過身，面對著門口。我無法看清他的面部表情，只能看見他的嘴脣在動，好像在嘟嘟囔囔。他的腦袋一直垂到胸口，可我從側面能看見他瞪大眼睛，眼珠像凝固了一樣，顯然並未睡著。他還不斷輕晃身體。我的視線迅速掠過這一切，然後繼續讀蘭斯洛特爵士的故事：

　　巨龍的尖叫過後，勇士恢復了理智，轉而想到黃銅盾牌。他想除去盾牌上的魔法，於是挪開腳下死去的巨龍，從鋪著白銀的地板走向盾牌所在的牆壁，心中毫無畏懼。盾牌在他抵達前落下，在白銀地板上碰撞出驚人的脆響。

　　我讀到這裡，好像真的聽到了銅盾牌砸在銀地板上的聲音。清楚、沉重、宛如金屬碰撞的沉悶響聲在我耳邊迴響。我大吃一驚，一下跳起來。厄舍卻坐在原地，繼續輕晃著身體。我跑到他身邊，他面部僵硬，雙眼直勾勾

盯著前方。我按住他的肩膀，他渾身哆嗦個不停，嘴上露出一點笑容，好像完全沒有看到我，自顧自磕磕巴巴、嘟嘟囔囔。我俯身靠近他，這才聽到了他那些讓人心驚的話。

「沒有聽見？——我聽見了，一早就聽見了。許久——許久——許久——幾分鐘之前，幾小時之前，幾天之前，我就聽見了——但是我不敢——哎，可憐可憐我吧，我多可憐呀！——我不敢，我不敢說出來！我們把她放進棺材時，她還沒死！我說過我的感覺很敏銳，不是嗎？眼下，我不妨跟你說，她最開始在棺材裡掙扎的聲音我都聽見了。我聽見了——幾天前就聽見了——但是我不敢——我不敢說出來！眼下——今天夜裡——埃塞雷德——哈哈哈！砸爛隱士大門的聲音，巨龍死前慘叫的聲音，盾牌落地的聲音——其實就是她砸開棺材，轉動鉸鏈打開地牢鐵門，在地窖裹著銅片的走廊上掙扎的聲音！我可以往哪兒逃？用不了多久，她就會過來了，不是嗎？她正匆匆忙忙趕過來指責我，不是嗎？她上樓的腳步聲我會聽不見嗎？她瘋狂、恐怖的心跳聲我會聽不見嗎？瘋子！」他跳起來，不顧一切大叫起來，「瘋子！跟你說，她就站在房門外！」

他氣勢洶洶的話語中好像真有種魔力，他用手指著的古老烏木大門居然慢慢打開——開門的其實是一陣大風。瑪德琳小姐高挑的身影出現在門口，白袍上沾滿了血，孱弱的身體上隨處可見拼死掙扎的痕跡。她在門邊哆嗦著，搖晃著，發出低沉的呻吟，做著最後的垂死掙扎，最後摔倒在她哥哥身上，將他砸倒在地。他死了，如他所料，死於恐懼。

我慌忙從這個房間、這座宅子裡逃出去。暴風驟雨還未停止，一道奇怪的光照在湖岸邊的石頭路上。後面只有宅子和它投下的影子，這道光是從哪兒來的？我回頭尋覓光的源頭，發現西面的天空中低垂著一輪血紅色的滿月。宅子正面從房頂曲折延伸至湖面的裂縫原本很不起眼，卻在月光下分外醒目。我注視著那條裂縫，忽聽旋風的呼嘯聲響起，裂縫一下變寬，高高的牆壁崩塌，宅子各處全都塌陷。我一陣暈眩，聽到一聲驚天動地的響聲，好像巨浪翻湧，聲音久久沒有停止。腳下陰森、幽深的湖將厄舍府的斷磚碎瓦全都吞沒，沒有發出半點聲響。

一桶蒙特亞白葡萄酒

從前，弗爾圖納特傷害了我一次又一次，我總是儘量忍氣吞聲。然而，有一次，他竟膽敢羞辱我，我發誓一定要報復他。你這麼瞭解我，肯定會明白，我並非在裝腔作勢嚇唬人。終有一日，我會報仇雪恥。我定下了這樣的目標，正因為這樣，我完全不再懼怕危險。除了必須報復他，我還要確保自己不會因此受到懲處。真正的報仇雪恥不僅不能讓報復者本人受到懲處，也不能向被報復之人隱瞞自己的身份。

我當然不能事先在言談舉止中表露出報復的意圖，引起弗爾圖納特疑心。跟往常一樣，我在他面前總是面露笑容，從未讓他發現這笑容底下隱藏著殺機。

雖然在很多方面，弗爾圖納特都很讓人敬重甚至畏懼，但他有一個缺點，就是老愛炫耀自己是個品酒高手。義大利人大多沒有真正的鑑賞家的氣質。他們可能將大部分熱情都用來隨機應變欺騙英國、奧地利的有錢人了。弗爾圖納特跟他的義大利同胞一樣，是個冒牌的名畫、珠寶鑑賞家。然而，他在鑑賞老酒這方面的確是行家。我本人也很擅長鑑賞義大利有名的葡萄酒，總是抓住機會大批買入。說到鑑賞水準，我倆不相上下。

狂歡節最熱鬧的那段日子，一天黃昏時，我遇到了我這位朋友。他喝了

很多酒，跟我說話時顯得異常親密。他穿著雜色條紋緊身衣，戴著帶鈴鐺的圓錐形帽子，打扮成小丑模樣。我正迫切想要見他，跟他握手時，我是那樣的熱情，好像超過了之前任何一次。

我告訴他：「親愛的弗爾圖納特，很榮幸能見到你。你的臉色簡直太棒了。我剛剛買了一大桶白葡萄酒，據說產地是蒙特亞，不過我不確定。」

「這怎麼可能？蒙特亞的白葡萄酒？還是一大桶？這不可能！現在是狂歡節就不可能了！」他說。

「我也不清楚。我已經照蒙特亞白葡萄酒的價錢付了錢，真是太蠢了，我應該事先問問你的意見才是。可那時候我不知道你在哪裡，又擔心白白浪費了這個機會。」

「是蒙特亞白葡萄酒！」

「我不確定。」

「是蒙特亞白葡萄酒！」

「我必須弄個一清二楚。」

「是蒙特亞白葡萄酒！」

「你還有事要做的話，我就去找魯徹西。他應該是唯一能分辨真偽的人，他會跟我說……」

「他才分不清蒙特亞白葡萄酒和雪利酒呢。」

「但是我聽一些白癡說，他的本領跟你差不多。」

「行了，我們動身吧！」

「動身去哪裡？」

「你家地窖啊！」

「朋友，還是算了吧，你雖是一片好意，我卻不能接受。你應該已經約了人，我能看得出來。魯徹西他……」

「我沒有約人，快出發吧！」

「朋友，我不能這麼做。你是否約了人倒無所謂，但很明顯你現在很冷，我家的地窖又非常潮濕，裡面結滿硝石。」

「沒關係，我們出發吧！蒙特利亞白葡萄酒！你一定是上當受騙了。魯

徹西可分不出雪利酒和蒙特利亞白葡萄酒。」

說話間，弗爾圖納特拽住了我的手臂。我戴上黑色絲綢面具，裹緊短斗篷，任由他催促著我回到家。

家裡的傭人全都偷偷跑出去過狂歡節了。我跟他們說過，明天早上才會回來，讓他們待在家裡。我明白，我出去以後，他們肯定會馬上跑光。

我從灶臺上拿起兩支火把，給了弗爾圖納特一支。我恭恭敬敬為他帶路，經過幾間套房，進入通向地窖的拱廊，再從漫長的迴旋樓梯往下。我在樓梯上不斷提醒身後的弗爾圖納特小心。終於走完了樓梯，我們一起站在了蒙特雷索家潮濕的酒窖裡，這裡同時用做我家的墳墓。

我這位朋友帽子上的鈴鐺，隨著他踉蹌的腳步響個不停。

「那桶酒在哪裡？」他問。

「前邊，不過小心牆上閃閃發光的白網。」我說。

他轉身面對著我，那雙眼醉眼惺忪，水光閃爍，朝我的眼睛看過來。

「這是硝石？」他問。

「沒錯。你是從什麼時候開始咳嗽的？」我說。

「咳咳咳……咳咳咳……咳咳咳……」接連幾分鐘，我可憐的朋友一直在咳嗽，說不出話來。

「沒關係。」最終，他這樣說道。

「哎，」我堅決地說：「我們上去吧，你的身體最重要。你這麼富有，又受人敬重，跟過去的我一樣幸運。你該好好保重身體。我倒是無關緊要。我們上去吧，不然你生病了，我可負不起責任。不是還有魯徹西嘛……」

「行啦，咳嗽又不是什麼大事，不會要人命，我不會因為咳嗽幾聲就死掉的。」他說。

「是的，是的，我也不是故意誇大其詞嚇你。只是對你來說，小心一點總不會錯。這裡太潮濕了，我們喝些梅多克紅葡萄酒暖和一下吧！」

地窖的泥地上擺著長長的一排酒瓶。我說完就從中拿出一瓶，敲下瓶塞。

「請喝吧！」我將酒瓶遞到他手上。

他斜眼瞧瞧我，將酒瓶舉到嘴邊，又放下來，對我點點頭，顯得十分親昵。隨著他的動作，他帽子上的鈴鐺叮叮噹噹響起來。

「為長眠於此的人乾杯。」他說。

「為你長命百歲乾杯。」

我們再次上路時，他又拽住了我的手臂。

「這地窖真大呀。」他說。

「蒙特雷索是個大家族，人口很多。」我說。

「你們家族的紋章是什麼樣的，我記不得了。」

「藍色背景下，一隻大大的金色人腳踩著一條毒牙插進腳後跟的大蛇，把它踩得稀巴爛。」

「紋章上刻著什麼箴言？」

「以牙還牙。」

「實在是妙！」他說。

他喝過酒，眼睛閃閃發光，鈴鐺叮噹作響。而我喝了梅多克，同樣變得亢奮起來，開始胡思亂想。經過骸骨和大大小小各種酒桶堆積而成的重重牆壁，走到地窖深處時，我停下了腳步，大著膽子抓住弗爾圖納特的上臂。

「硝石！」我說：「看吧，硝石越來越多，掛在地窖頂上，好像長滿了苔蘚。此處上面是河床，水滴下來，都落到了骸骨上。哎，我們趁早上去吧，你咳嗽……」

「沒關係，」他說：「繼續往前走，但是要再喝瓶梅多克。」

我打開小瓶的格拉夫白葡萄酒，送到他手上。他一口喝光，眼睛裡閃爍著恐怖的亮光。他大笑起來，將酒瓶向上一扔，做出一個手勢。我摸不著頭腦，注視著他，一臉驚訝。他又做了一遍那個手勢。

「你不明白嗎？」他問。

「不明白。」我說。

「說明你不是兄弟。」

「你說什麼？」

「你不是共濟會兄弟。」

「我是，」我說：「我是，我是的。」

「你嗎？不會吧！你是共濟會兄弟？」

「是共濟會兄弟。」我說。

「暗號呢？」他問。

「這個。」我從短斗篷的褶皺下拿出一把石匠用的抹刀。

「你在說笑吧！」他發出驚叫，後退幾步：「我們還是繼續往前走，看看那桶蒙特亞白葡萄酒吧！」

「好。」我把抹刀放進斗篷，再次朝他伸出手臂。他倚在我的手臂上，身體很沉重。我們繼續前行，尋找蒙特亞白葡萄酒。

走過一條又一條矮矮的拱廊，往下再往前，然後又往下，最終進入一個很深的墓穴。其中空氣渾濁，我們的火把雖沒熄滅，火光卻變得十分黯淡。

墓穴深處有個小墓穴，像巴黎的大墓窖一樣，從牆角到拱頂堆滿一排排骸骨。其中三面牆下都整齊擺放著骸骨，只有一面牆下的骸骨亂糟糟倒在地上，堆成一堆。這面牆上有個更小的洞穴，深約四英尺，寬約三英尺，高約六七英尺。這個洞穴好像不是為某種特殊用途建造的，只是兩根支撐拱頂的大支柱中間的縫隙，裡面是堅硬的岩壁，是用花崗岩砌成的。

弗爾圖納特極力想要看清洞穴最裡面是什麼情況，把火把舉起來。可火光那麼黯淡，沒辦法照清楚，他的努力都白費了。

「蒙特亞酒就放在裡面，進去吧！」我說：「至於魯徹西……」

「他是個傻瓜！」我朋友打斷我，向洞內走去，身體搖搖晃晃。

我緊跟上他。他很快便走到洞穴最深處，站在岩壁下發呆。短短幾秒鐘，我就用鎖鏈把他鎖在了花崗岩壁上。岩壁上裝著兩枚間隔兩英尺的U形鐵環，一個鐵環上掛著一條短鐵鍊，另一個鐵環上掛著一把掛鎖。我用鐵鍊截住他的腰，將鐵鍊另一端鎖在掛鎖上。他十分驚訝，甚至忘了反抗。我拔出鑰匙，走出洞穴。

走到洞口，我說：「你摸摸牆上，一定能摸到硝石。這裡實在潮濕。我再次請求你上去，你不願意對嗎？那我只能讓你留在這裡了。可離開之前，我會盡量給你一點關照。」

我朋友脫口說道：「蒙特亞酒！」到了這時，他還沒清醒過來。

「是的，蒙特亞酒。」我說。

我一邊說一邊在那堆亂糟糟的骸骨上忙碌起來，把它們逐一丟到旁邊，露出底下很多石頭、灰泥，可用來砌牆。我用我身上那把抹刀和這些材料在洞口砌起牆來，十分賣力。

尚未砌好第一層，我便發現弗爾圖納特清醒得差不多了，因為我聽到低沉的哀嚎聲從洞穴深處傳來，喝醉的人發不出這種聲音。隨即而來的是漫長的寧靜，讓人忍無可忍。我接連砌好了第二、第三、第四層，然後聽到劇烈的鐵鍊晃動聲，持續數分鐘才停下來。我想舒舒服服聽這聲音，索性暫時停止砌牆，在那堆骸骨上坐下。

聲音停止後，我再次拿起抹刀砌牆，接連砌好了第五、第六、第七層。此時，牆的高度已接近我的胸膛。我再次停下來，舉起火把，讓少許微光越過剛剛砌好的牆，落在牆內的人身上。

被鎖鏈困住的人忽然發出慘叫，好像猝不及防給了我一擊。一瞬間，我全身顫抖，猶豫不決。接著，我拔劍朝洞穴各處試探了一番。不過，我一轉念，又放鬆下來，摸摸那堅不可摧的洞穴，一點都不害怕了。我再次走到牆下，那人慘叫一聲，我也跟著叫一聲。我應和著他，叫得比他還響亮，還有力。他聽到我的叫聲，逐漸不叫了。

已是深夜，就快大功告成。我又砌好了第八、第九、第十層。第十一層也就是最後一層只差最後一塊石頭沒有砌上去，抹上灰泥。我用力搬起這塊沉重的石頭，把它一個角放在恰當的位置上。

一陣令人毛骨悚然的笑聲從洞穴內傳出來，然後是一種是淒慘的聲音。原來是身份尊貴的弗爾圖納特在講話，我好不容易才分辨出來。

只聽他說：「哈哈哈！——嘿嘿嘿！——這玩笑真有意思——妙不可言。我們稍後回到房間，肯定會笑個不停——嘿嘿嘿！——一邊喝酒一邊笑——嘿嘿嘿！」

「喝蒙特亞酒！」我說。

「嘿嘿嘿！——嘿嘿嘿！—— 沒錯，喝蒙特亞酒。但我們是不是耽擱太

長時間了？他們——弗爾圖納特太太他們不是在房間裡等著我們嗎？我們該走了。」

「是的，我們該走了。」我說。

「看在上帝的份上，蒙特雷索！」

「沒錯，看在上帝的份上！」我說。

此後，我再未聽到他的聲音。我忍不住高聲叫起來：「弗爾圖納特！」

無人回應。

我又叫了一遍：「弗爾圖納特！」

依舊無人回應。

我往還沒砌好的牆洞裡塞了支火把，火把掉進洞穴。有鈴聲傳來，作為對我的回應。我覺得一陣作嘔，因為地窖太潮濕了。我急忙做完餘下的活，將最後一塊石頭塞進去，抹上灰泥。我把那堆骸骨靠著這面剛剛砌好的牆擺好。那堆骸骨在此後的半個世紀都沒再動過。希望死者安息！

深坑和鐘擺

貪婪、罪惡的暴徒曾在此處，
仇視無辜之人，讓其鮮血流淌；
而今自由降臨，地獄毀滅，
健壯的生命在從前的死神肆虐處成長。
　　　　——為在巴黎雅各賓俱樂部原址建造的市場大門創作的四行詩

　　我太虛弱了——經過長久的折磨，我已虛弱至極。最終，他們為我鬆綁，讓我坐下。我感覺自己逐漸失去了意識。最後，我聽到的是判決——恐怖的死亡判決。接著，法官的聲音便化為嗡嗡聲，模模糊糊彷彿做夢。可能是在恍惚中，我聯想到了水車轉動的聲音，繼而想到一個詞「旋轉」。不多時，我就什麼都聽不到了，這種想法也隨之消失。有一會兒，我還能看見東西，那些東西全都誇張得讓人畏懼。我看到穿著黑色長袍的法官嘴唇那樣慘白，更勝於我寫下這些黑字的白紙，而且是那樣的薄，簡直有些怪異。那樣薄的嘴唇竟說一不二，一旦做出判決，便再無轉圜餘地，完全無視人類所受的折磨。我看到那兩片嘴唇中流淌出主宰我命運的判決，看到那兩片嘴唇扭來扭去，猙獰可怖，口型顯示它們說出的正是我的名字。可我聽不到任何聲

音，嚇得哆嗦起來。

因為害怕，我一度神志恍惚。在此期間，我看到房間四面牆上掛的黑色帷帳在晃動，幅度小得難以察覺。接下來，我看到了桌子上那七根長長的蠟燭。起初，它們像幾個會來營救我的白色天使，看起來那樣仁慈。但眨眼間，我覺得一陣作嘔，像碰到電流一樣渾身顫動。那些天使都變成了頭上冒火的鬼魂，失去了意義。我明白，它們不可能來救我。我馬上想到，長眠於墓穴必定是件美事，這個想法悄無聲息進入我的腦海，彷彿美妙的樂曲。我在許久之後才清楚察覺到這個想法，它來得太安靜，太神祕了。我感知到它，並開始接納它時，那些法官忽然在我面前消失了，好像魔法一樣。七根長蠟燭也徹底熄滅，消失不見。黑暗降臨，靈魂迅速向地獄墮落，一切感覺似乎都隨之消失。地獄就在身邊，如此寂靜，一切都凝固了。

我陷入昏迷，但依舊保留著一些意識。我不想說明是什麼意識，也不想描繪，可我的確保留著一些意識。酣睡中——不會的！恍惚中——不會的！昏迷中——不會的！死亡中——不會的！就算在墓穴中，也不會徹底失去意識的。如若不然，所謂靈魂永存就不是真的。

我們要打破絲網一樣的夢，才能從酣睡中醒來。但可能因為絲網太薄，我們眨眼間就會忘記自己的夢。而從昏迷中醒來要經過兩個階段：一是心理或精神方面的意識醒來，二是生理方面的意識醒來。若進入第二階段後，我們依然能記起第一階段留下的印象，很有可能會發現，這能幫助我們回想起之前昏迷的深淵。然而，什麼是昏迷呢？昏迷與死亡的陰影該如何區分？可就算我剛剛提到的第一階段的印象無法隨便回想起來，但很長時間過後，它們又會不會再次自動出現？當然，談到它們來自何處，我們會感到疑惑不解。若沒有昏迷的經歷，人就斷然無法看見懷疑的宮殿、在煤火中閃現的熟悉的臉，斷然無法看見在半空中起伏不定的悲哀幻影——可能很多人都無法看到，也斷然不會對奇異的花香著迷不已，不會好奇此前從未吸引過自己的曲調有著怎樣的內涵。

我常常努力回想自己昏迷時的狀態，回想自己在昏迷中陷入的表面虛無狀態有何特徵。我覺得自己曾成功喚醒過記憶，每次都十分短暫。恢復理

智後，我確定這些短暫的記憶只跟昏迷時那種無意識的表面狀態存在關聯。這少許記憶隱約證明，那時候有些魁梧的身影一聲不吭抬著我往下走——往下——再往下——直至我意識到這種往下的旅程無休無止，因此感到恐怖的暈眩感壓過來。這些記憶還證明，那時我的心安靜至極，有種無法言明的恐懼。一種完全凝固的感覺忽然來襲，好像抬著我的那些嚇人的傢伙越過了無邊無際的界線，筋疲力盡，暫停休息片刻。此後，我又回想起昏暗、潮濕。在此之後，一切都變得瘋狂起來，記憶瘋狂地想要衝到禁區以外。

我的靈魂一下又能動了，也能聽到聲音了。我的心在胡亂跳動，心跳聲傳進耳朵。然後是短暫的空白，接著聲音和運動又回來了，還恢復了觸覺，那是一種刺痛感，蔓延至我身體各處。隨後很長一段時間，我只能感知到自己的存在，沒有其他意識。忽然，我又恢復了意識，開始感到害怕，同時急切地想知道自己的處境。隨後，我又萌生了一種強烈的欲望，想再次失去意識。接著，我完全清醒過來，能自主活動。我很清楚地回想起審判、法官、黑色帷帳、判決、虛弱、昏迷，隨即是昏迷後忘記的所有事情。之後，我再三回想，才勉強回想起昏迷後忘記的這些事。

到了這時，我還沒睜眼。我能感覺到自己正仰躺在那兒，沒有被捆住。我伸出一隻手，感覺到它虛弱地垂下去，落到一個濕乎乎的硬東西上。我把手留在那裡，努力猜測這是哪裡，情況如何。我很想睜眼，卻沒有勇氣，對自己睜眼後看到的一切心存恐懼。不過，我是擔心什麼都看不到，不是擔心會看到某種可怕的東西。最終，我狠狠心，一下睜開雙眼。果然像我擔心的那樣，周圍一片漆黑，黑夜好像永遠望不到盡頭。我像被沉甸甸的黑夜死死壓住，呼吸困難。空氣潮濕窒悶，也讓我難受。我繼續躺在原地，一言不發，努力調動起自己的理智。我回想起接受宗教法庭審判的整個過程，以此作為依據，努力想要推導出自己的處境。對我而言，那個死刑判決好像已過去了很長時間，可我始終不覺得自己真的死了。小說中的各種想像跟現實一點相符之處都沒有。不過，這到底是什麼地方？情況如何？被宗教法庭判處死刑的人大多會被綁在火刑柱上活活燒死，這點我是知道的。而我接受審判的當天晚上，曾執行過一次這種火刑。是不是我要接受的火刑要到幾個月後

才會執行，我又被押解回原先的地牢了？我隨即發現不是這樣的。因為所有死刑犯都會馬上被處決，況且我原先的地牢地上鋪的是石頭，一如托萊多所有的死牢，且有光透進來。

刹那間，我萌生了一個恐怖的想法，因此血液沸騰，心跳加速，再次昏過去。醒來後，我馬上跳起來，全身顫抖，無法自控。我伸著雙手到處亂摸，什麼都沒有摸到。然而，我依然擔心墓穴的牆壁擋在前面，一步都不敢邁。我全身冒汗，額上的汗珠一顆顆有豆子那麼大。我再也無法忍受這種對未知的恐懼，朝前伸直雙臂，小心移動。我想看到哪怕是一絲黯淡的光，於是睜大雙眼，眼珠子簡直要從眼眶裡蹦出來。往前邁出幾步後，我依舊只能感受到黑暗與虛無。這裡很明顯不是最恐怖的命運終結點，我稍微放鬆下來。

我繼續小心向前摸索，同時回想起很多跟托萊多有關的可怕傳言，其中包含某些發生在地牢裡的怪事。在我看來，這些事都毫無根據。不過，它們是那樣怪異，那樣恐怖，大家只敢偷偷傳播，不敢當眾談論。他們把我關在這漆黑的地牢中，是想讓我活活餓死，還是想讓我以更恐怖的方式走向死亡？我很確定自己一定會死，且死亡的方式比普通人更痛苦，因為我非常瞭解那幫法官是什麼樣的人。我只想知道自己會如何死去、何時死去，這是唯一讓我好奇的。

最終，我朝前伸出的手觸碰到某個堅固的障礙，是一面牆壁。根據手上的觸感，這似乎是一面石牆，摸起來光滑、濕潤、冰涼。沿著這面牆，我繼續前行，每一步都走得很小心，很警惕，這要歸咎於那些古老傳說的影響。

這面牆到處都一樣，就算我繞個圈子，又回到了起點，也感覺不到差異，因此，我搞不清楚這間地牢有多大。我去拿匕首，我被帶到法庭時，匕首還在我口袋裡。然而，現在我被換上了一件粗布袍，匕首不知所蹤。原本我準備將匕首插在石牆的縫隙中，這樣一來，就能知道起點在哪裡了。這個難題起初因我的慌亂顯得很難解決，實則不然。我從長袍邊緣撕下一根布條，跟牆壁呈直角平放在地面上。圍著牆走上一圈，最後一定會踩到布條。我並未想過地牢有多大，我有多虛弱，只是一心懷著這樣的念頭。我跟跟蹌蹌

蹌走在濕滑的地面上，腳下一滑，摔倒在地。我累極了，躺在那兒不想爬起來。沒過多久，我睡著了。

再醒來時，伸手摸到一塊麵包、一瓶水。飢餓和口渴讓我忘了思考這些東西從何而來，便開始大吃大喝。沒過多久，我重新摸索起來，好不容易摸回布條所在的地方。先前我走了五十二步後摔倒在地，這次甦醒過來，又走了四十八步，碰到了布條，總共是一百步。兩步相當於一碼，所以地牢周長應該是五十碼。可摸索行進期間，我摸到牆上有多處拐角，因此，地窖究竟是什麼形狀的，我無法確定。是的，我斷定這是個地窖。

我做這番摸索，只是出於一種模糊不清的好奇，基本沒有任何目的，更不存在任何僥倖心理。我不再理會這面牆，準備從地牢中間穿過去。地面雖堅固卻很容易打滑，起初，我走得非常小心。之後，我大膽起來，腳步更加堅定，儘量走直線，想到達地窖對面。堅定地走出十一二步後，我剛剛撕布條時撕爛的袍邊在雙腿間糾纏，我一腳踩上去，朝前跌倒，狠狠摔了一跤。

剛摔倒時，我一陣迷糊，並未發現一個讓人有些驚訝的事實。我伏在地上，過了幾秒鐘，便留意到了這個事實：我的下巴貼著地牢的地面，嘴巴和以上的部位顯然比下巴更往下，卻懸空了，我的額頭好像浸泡在冷森森的霧中，鼻子裡嗅到一陣怪異的霉味。我伸手摸索了一下，發覺摔倒的地方剛好在一個深坑邊緣，不由得渾身哆嗦。我當然無從知曉這個坑有多大。我從坑壁上摳下一塊小碎片，扔進坑裡。碎片落下撞擊在坑壁上發出的聲音持續了幾秒，最終，碎片跌入水中，發出悶響。一陣彷彿是迅速開門再關門的聲音同時從頭頂傳來，一道微光轉瞬即逝，劃破黑暗。

我清楚意識到，他們為我準備了何種死亡方式。多虧我及時摔倒，才沒掉到坑裡。如果我再往前多走一步，現在已經死了。我僥倖躲過的這種死亡方式，跟我過去聽說的宗教法庭處決犯人的傳言完全相符，荒謬得讓人無法相信。宗教法庭會用兩種方式將人折磨死，直接折磨其身體，以及用最恐怖的恫嚇折磨其精神。他們決定用第二種方式處死我。我受了那麼長時間的折磨，神經已十分敏感，聽見自己的聲音都會不由得顫抖。不管從哪個方面說，他們為我準備的死亡方式都是恰如其分的，會讓我受盡煎熬。

我小心翼翼摸回牆邊，決定寧願死在這裡，也不再四處探險。在我的想像中，地牢裡佈滿陷阱。我若處在另外一種心理狀態中，可能會勇敢地跳入深坑，讓這種煎熬就此畫上句點。然而，此時我太懦弱了。

過去，我讀過對這種陷阱的描繪，最恐怖的地方在於不會讓人立即喪命，我對此記憶深刻。我心亂如麻，以至於在幾個小時內一直很清醒。不過，我還是再次陷入了昏迷。

重新醒來後，又發覺身旁多了一塊麵包和一瓶水，跟上一次一模一樣。我一口氣喝光了水，實在太渴了。我立即感到睏意上湧，難以壓抑，水裡肯定放了麻藥。我沉沉睡去，像死了一樣。這一覺睡了多久，我自然搞不清楚。可再次睜眼時，我竟看清了周圍的一切。一道黃中帶綠的強烈光芒不知從哪裡照進來，我藉著這道光，總算看清了這間地牢有多麼大，是什麼形狀的。

地牢的周長最多不過二十五碼，剛剛我估計的誤差太大了。我因此又浪費了一些精力——的確是浪費精力，畢竟處在如此困境中，地牢有多大根本不值一提。但是對這個不值一提的問題，我卻充滿好奇，極力想搞清楚之前為什麼會弄錯。最終，我醒悟過來，我走出五十二步後摔倒在地。那時候，我已基本繞完整個地牢，再走一兩步就能踩到布條。緊接著，我睡著了，醒來後一定是往回走了。如此一來，就把地牢的周長錯估成實際周長的大約兩倍。出發時，牆壁在我左側；踩到布條時，牆壁卻在我右側。我之所以沒留意到這一點，是因為那時頭腦很不清醒。

我對地牢形狀的估計同樣很不準確。我摸索到很多拐角，就以為地牢是個不規則形。對於剛剛從昏迷或睡眠中甦醒的人來說，完全的黑暗造成的影響有多大，由此可見一斑。所謂的拐角只是牆壁上一些小凹陷，彼此的間距有長有短。大體說來，這個地牢是正方形的。之前我視為石牆的牆壁似乎是用大鐵板或其餘金屬板鑲嵌而成的，接縫便是那些凹陷。這個金屬鑄成的籠子內牆上畫滿宗教迷信圖案，陰森恐怖且惹人厭惡，手法也拙劣不堪。因四面牆壁上滿是扭曲的骸骨、鬼怪和更加可怕的圖案，牆壁看起來十分骯髒。我發現這些圖案輪廓還算清晰，不過好像因為太潮濕褪了色，顏色看起來模

糊不清。我還留意到地上鋪著石塊，正中就是那個坑，我險些掉到裡面。可地牢中並沒有其餘的坑。

之前昏睡過去後，我的身體發生了巨大改變，所以我費盡力氣也沒能把這些看清楚。這時候，我正仰躺在一個矮矮的木架子上，身體筆直，被一根好像馬肚帶的長皮繩緊緊固定住。渾身上下都綁著皮繩，只能動動腦袋，勉強能伸出左手夠到旁邊地上裝著食物的陶盤。裝水的瓶子不知去了哪裡，我很害怕，因為我剛好覺得非常口渴，不堪忍受。很明顯，那些折磨我的人有意陷害，在盤子裡放了調味很重的肉，我才會這樣口渴。

我注視著三四十英尺開外的天花板，其構造跟地牢的四面牆壁基本一樣。有塊天花板上有個奇怪的人影，吸引了我所有的關注。這是一幅彩畫，畫的是時間老人，跟畫中常見的時間老人差不多，但其手中拿的不是鐮刀。我一開始沒看清楚，以為其手中拿的是舊式鐘錶的大鐘擺。我留意到這個鐘擺看起來有些奇怪。它正好在我頭頂上，我朝上注視著它，感覺它好像在擺動。不久，我的感覺得到證實，只是其擺動的幅度、速度都很有限。有一陣子，我一直在注視著它，有些恐懼，更多的是驚訝。最終，我看膩了這種單調乏味的擺動，轉而去看地牢中其餘東西。

我聽到一陣輕響，看到幾隻大老鼠正從地板上橫穿過去。它們是從右側那個坑裡出來的，排著隊朝我跑過來，瞪大眼睛盯著那些肉，眼神因肉的香味顯露出貪欲。為了把它們嚇走，我可費了不少力氣。

半小時也可能是一小時後（我只能大概估計一下時間），我又看了看正上方，馬上嚇得變了臉色，滿心驚慌。鐘擺擺動的幅度增加到近一碼，速度自然也快了很多。然而，我最害怕的是鐘擺顯然下降了。這時，我才留意到鐘擺底端像一把明晃晃的月牙鋼刀，相距一英尺左右的兩個角向上，邊緣向下，鋒利宛如剃刀。龐大、沉重的鐘擺從下往上越來越細，形狀完全是寬邊錐形，跟剃刀一模一樣。這個錐形頂端掛在結實的銅棒子上，來回擺動時，會在空氣中摩擦出嘶嘶聲。

我很確定，這便是那些喜歡折磨人的宗教人士為我安排的死亡方式，真是新穎別致。宗教法庭那些人已經獲悉，我發現了那個陷阱。據說，那個

陷阱是宗教法庭最嚴酷的刑罰，象徵著地獄。那些人原本想用它讓我這個膽大妄為的異教徒在恐懼中受盡折磨。而我碰巧摔倒了，沒掉進那個深坑。我很清楚，那些奇怪的地牢死刑中很重要的一部分是讓受刑者在恐懼中落入陷阱。我沒有自動掉進去，那麼就算他們把我推下去，那罪惡的計畫也達不到預想的效果。因此，我只能接受另外一種較為溫和的死亡方式（我本人別無選擇）。溫和！我竟然說這種方式溫和，我不禁苦笑起來。

我數著鋼刀擺動的次數，陷入了漫長的恐懼，這比死亡更恐怖，但再說這個又有什麼意義？鐘擺緩緩下降，速度緩慢得像幾百年後才能看出其下降。過了幾天，也可能是過了很多天，鐘擺降到我頭上，我總算能感覺到它晃動時扇出的風了，鼻子也嗅到了鋒利的刀刃發出的惡毒味道。我祈求上天加快鐘擺下降的速度，祈求了無數遍。我變得瘋狂至極，極力掙扎，想要用自己的身體迎接那把不停搖擺的恐怖的月牙刀。忽然，我又平靜下來，心平氣和躺在那裡，像孩子笑著看一件珍貴的玩具一樣，看那把閃閃發亮的屠刀。

我又一次徹底失去意識。清醒過來時，發現鐘擺並未下降，因此，我昏迷的時間應該非常短。可我很清楚，看到我昏過去，那些惡徒也許會讓鐘擺停下來，所以我也可能昏迷了很長時間。這次甦醒過來，我感覺自己好像很久沒吃東西了，身體很虛弱，幾乎已無法忍受。人對食物的生理需求不會因為深受折磨而消失。我在長皮繩允許的範圍內，拼命伸出左手，拿到少許老鼠吃剩下的肉。我將一點肉塞到嘴裡，突然靈光一閃，有了一個還沒成型卻讓人歡喜、心生希望的想法。然而，我跟希望還有什麼關係呢？我說這是一個還沒成型的想法，而這種想法很多到了最後也不會徹底成型。一方面，我認為這個想法能帶給我快樂和希望；另一方面，我覺得在成型的過程中，它就會消失不見。我極力想要抓住這個想法，讓其徹底成型，可這番努力都白費了。長久以來，我受盡煎熬，基本失去了所有正常思考的能力。我變成了蠢材、白癡。

鐘擺擺動的方向跟我躺著的身體構成一個直角。我明白，根據預期，月牙刀刃將從我的心口劃過，摩擦且是反覆摩擦我的袍子。雖然其擺動的幅

度最少有三十英尺，嘶嘶作響的下降力道連鐵牆都能劈開，但還是要等上幾分鐘，才能磨破我的袍子。我沒有勇氣想下去，就此停下來。我抓緊這個想法，好像這樣就能讓那把刀不再下降。我逼著自己想那把月牙刀和袍子摩擦發出的聲音，想用這種聲音刺激神經，會產生何種可怕而獨特的效果。我想著這種乏味的細節問題，最終，牙齒都打起架來。

下降——鐘擺緩慢下降，悄無聲息。我比較著鐘擺擺動、下降的速度，由此生出瘋狂的快意。往右——再往左——擺動的幅度好大——好像墮入地獄的鬼魂發出尖叫——緩緩靠近我的心臟，一如老虎緩緩靠近自己的獵物。各種想法輪番佔據我的頭腦，我接連表演著大笑與怒吼。

下降——鐘擺毋庸置疑是在下降，如此殘酷無情！在距離我心口不過三英寸的高度，鐘擺繼續擺動！我拼死掙扎，發了瘋一樣。我想讓左手臂恢復自由，但除了肘部往下的部分，其餘部分都被固定住了。我拼盡全力，左手也只能在盤子、嘴邊的範圍內活動。若能掙開束縛，讓肘部以上都能活動，便能抓住鐘擺，讓其停止下降。到時就算是雪崩，也可能被我阻擋！

下降——鐘擺繼續下降——無法避免！我每看到鐘擺擺動一次，就會喘息掙扎一陣子，痙攣一陣子。因為無意義的絕望，我生出了強烈的希望，緊盯著鐘擺朝外、朝上擺動。可鐘擺朝下擺動時，我又會很害怕，緊閉上眼。雖然死亡會帶來解脫，唉，但是這種解脫簡直無法用語言描繪！

能看得出來，繼續擺動十一二次後，鐘擺的鋼刃便會碰到我的袍子。我原本已經絕望，卻在發現這一點後一下振作起來，變得鎮定自若。我開始思索，這是這麼多個小時——也可能是這麼多天以來第一次思索。忽然，我想到綁住我的皮繩或是馬肚帶只有一根，除此之外，我身上並無繩索。若像剃刀一樣鋒利的刀刃能在皮繩上劃一刀，一定能把皮繩割斷，如此一來，我也許就能用左手解放自己的身體。不過，這樣做非常危險，只要稍微掙扎一下，都會把身體送到刀刃上。況且那些殺人兇手怎麼可能沒想到我會這樣做，並採取預防舉措呢？再說了，鐘擺會碰到綁在我胸前的皮繩嗎？這點渺茫的希望好像也是我最後的希望，我擔心連它都破滅了，於是拼命抬頭觀察皮繩是怎麼綁住我胸口的。我的四肢、身軀上纏滿皮繩，動彈不得，偏偏鋼

刃即將劃過的部位都沒有皮繩。

　　還沒把腦袋放回原位，我便忽然產生了一個想法。之前提到，我為逃脫而生的想法未能完全成型，在往飢渴的嘴巴裡填充食物時，只想到了半個模糊的想法，另外半個現在也出現在腦海中。眼下，我得到了一整個想法，儘管模糊不清，卻很完整。在極度的絕望中，我又有了力量，馬上開始將想法付諸實踐。

　　過去幾個小時，大批老鼠湧過來，把我所在的矮矮的木架子包圍起來。這些膽大、狂妄、貪婪的老鼠瞪著血紅雙眼盯著我，好像只要我不動了，牠們就會一擁而上將我吞掉。我忍不住思索起來：「在坑裡，牠們慣於以什麼為食？」

　　我極力驅逐牠們，卻阻擋不了牠們搶食盤裡的食物，最後只剩下少許碎肉。我不斷伸著左手在盤子上揮動，成了習慣。到了後來，這種無意識的動作變得毫無作用。那些可惡的老鼠貪婪地吃著盤子裡的肉，尖尖的牙齒不時咬到我的手指。盤子裡只剩一點油乎乎的碎肉，散發著香味。我將牠們全都抹在皮繩上，只要是我的左手能搆到的地方，都抹上了碎肉。之後，我便收回左手，靜靜躺在那兒，暫時停止了呼吸。

　　那些貪婪的小傢伙發現我不動彈了，起初很吃驚，也很害怕，匆忙往後退，不少直接回到了那個坑裡。然而，很快，情況變了。我對牠們貪欲的估計沒有錯，有一兩隻膽子最大的老鼠發現我一直不動彈，就跳到木架子上，嗅嗅塗抹著碎肉的皮繩，這個動作似乎是示意其他老鼠發起總攻。老鼠們成群結隊，匆忙從坑裡湧出來，緊緊攀著木架子跳上來。

　　我身上的老鼠達到了幾百隻。雖然鐘擺仍在有節奏地擺動，牠們卻絲毫不受影響，不停地啃咬塗抹著碎肉的皮繩，同時小心躲開鐘擺。牠們堆積在我身上壓著我，在我脖子上扭來扭去，用又涼又尖的嘴巴嗅我的嘴脣。這種重壓讓我近乎窒息。一種難以形容的反感在心中浮現，那種又黏又滑的觸感更讓我心驚膽寒。可是不一會兒，我便意識到戰鬥將要走到終點。我明顯感到皮繩鬆動，應該有好幾個地方都被老鼠咬斷了。我繼續躺在原地不動彈，要做到這點，需要非同一般的意志力。

我的估計是對的，所忍受的煎熬也沒有白費。最終，我有了自由的感覺。皮繩斷成好幾截，掛在身上。鐘擺的利刃已壓在我胸口，割破了我的袍子和裡面的亞麻布襯衣。鐘擺繼續來回擺動了兩次，強烈的疼痛感傳來，我的每根神經都無法逃避。與此同時，我也要逃脫了。我揮揮手，那些解救我的老鼠急忙四下逃竄。我謹慎、緩慢、穩穩當當地往旁邊縮過去，從皮繩的捆綁、鐘擺的利刃下逃脫。不管怎樣，現在我得到了自由！

自由啊！——但我依然沒能擺脫宗教法庭可怕的掌控！我從恐怖的木架子上溜到地牢的石頭地板上，剎那間，可惡的鐘擺靜止下來。在一種看不見的力量操縱下，鐘擺開始上升，越過天花板，消失不見了。毋庸置疑，我所做的一切都處在監控中，這個教訓給我留下了極為深刻的印象。自由啊！——我只是躲過了一種痛苦的死亡方式，接下來還要繼續忍受煎熬，這比死亡更讓人難受。想到這一點，我便神經質地環視周圍將我困住的銅牆鐵壁。地牢中顯然出現了一種很反常的變化，而我在短時間內還未反應過來。我開始發呆，神志不清，滿心畏懼，拼命思考，卻是徒勞。我終於發現了地牢中那道黃中帶綠的光是從哪兒來的。地牢牆邊有條縫，寬半英寸左右，光就是從這裡照進來的。因為這條縫，牆跟地板好像徹底分離了，事實就是這樣。我極力想透過這條縫往外看，當然了，我什麼都沒看到。

我放棄了，站起身來，忽然意識到地牢中出現了何種改變。之前，我留意到牆上畫的鬼怪輪廓清晰，顏色模糊。眼下，其顏色變得越來越光輝絢爛，讓這些鬼怪看起來越發可怕。就算神經比我強大的人看到這一幕，也會嚇得汗毛聳立。一瞬間，這些鬼怪都有了之前沒有的眼睛，十分恐怖，生機勃勃。這些眼睛從各個方向瞪視我，閃爍著火焰一樣的光芒。我再怎樣發揮想像力，都無法相信這種火焰是我幻想出來的。

幻想！——就算呼吸時，我也能感覺到鐵板燒得滾燙的氣息鑽進鼻孔！讓人窒息的味道彌漫在地牢各處！那一雙雙看著我受折磨的眼睛正不斷變亮！在那些可怕的鮮血淋漓的畫中，彌漫著比鮮血更豔麗的紅色。我喘著粗氣，就要透不過氣來了！毋庸置疑，是那些屠夫設下了這樣的陰謀陷害我！啊，那些殘酷至極的屠夫！我離開滾燙的牆壁，退到地牢中間。眼看自己就

要被燒死在這裡，我想到了那個坑裡的涼爽，覺得好像能從那裡獲得心靈的慰藉。我急忙跑到坑邊，睜大眼睛朝恐怖的坑中望去。幽暗的坑底被地牢頂端燃燒的火焰照亮，一瞬間，我險些發瘋。我究竟看到了什麼，我的內心拒絕去思考。然而，它最終還是闖進我的內心，在我顫抖的理智中留下烙印。啊，無法用言語形容！——啊，太可怕了！——啊，其餘一切可怕的事與之相比都不值一提！我尖叫著從坑邊拋開，雙手掩住臉，大放悲聲。

溫度迅速上升，我再次抬頭看了看，然後渾身哆嗦，好像發了瘧疾。地牢出現了第二次改變，是形狀的改變，十分明顯。起初，我完全搞不清楚這是怎麼回事。可不一會兒，我就醒悟過來。先前我兩次逃生，宗教法庭便加速向我報復。這一次，我沒有機會再跟死神抗爭了。我看到地牢四面鐵牆構成的角，兩個變成了銳角，兩個變成了鈍角。在低沉的轟鳴或是呼嘯中，這種恐怖的變化迅速加快。地牢眨眼間變成了菱形的，且在繼續變化。我也盼著這種變化繼續下去，讓四面燒紅的牆變成恆久的壽衣，將我包裹起來。

我說：「死亡，任何一種死亡我都願意接受，只除了跌入坑裡摔死！」蠢材！用火燒鐵牆，就是為了逼我跳進坑裡，難道我會不明白嗎？可是鐵牆這麼熱，我能忍受嗎？就算能忍受，當鐵牆壓下來，我還能抵擋得住嗎？菱形越來越扁，變化的速度那麼快，我沒有時間多想。菱形中央最寬闊的地方正好在那個好像一張大嘴的坑上。我從坑邊往後退，但鐵牆離我越來越近，推著我走向深坑，我無力反抗。到了最後，我的身體被燒得扭曲變形，在地牢堅固的地面上再也無法立足。我停止掙扎，發出最後一聲響亮、悠長、絕望的呼喊，把靈魂中的痛苦宣洩出來。我感到自己在深坑邊緣搖搖晃晃——我轉移了視線——

一陣混亂的人聲傳來！一陣嘹亮的響聲傳來，彷彿很多號角吹響！一陣巨大的震動傳來，彷彿雷聲轟隆！我昏昏沉沉，馬上就要掉進深坑時，一隻手臂伸過來，拽住了我的手臂。手臂的主人是拉薩爾將軍。法國軍隊已開進托萊多，控制了宗教法庭。

橢圓畫像

　　我受了很重的傷，侍從佩德羅不想讓我夜裡睡在外面，就闖進亞平寧半島山中一座城堡。那一帶有很多城堡，它們都有著悠久的歷史，十分宏偉，但帶著陰森的氣息，跟拉德克利夫夫人想像出來的城堡相比，一點兒都不遜色。

　　很明顯，這座城堡的主人前不久才出去了。我們一主一僕住到一個面積最小、裝修最樸素的套間裡。此處位於城堡偏僻的塔樓，有很多又破又舊的裝飾。牆上掛著壁毯，以及很多戰利品，上面的紋章各不相同。除此之外，房間裡還有很多現代畫，鑲嵌著帶有精美圖案的金色畫框。除了幾面主要的牆壁，連城堡這種奇異建築不可避免的牆角凹陷處，也都掛著這種現代畫。我對這些畫很感興趣，可能是因為我的神經錯亂又發作了。

　　已經很晚了，我吩咐佩德羅把房中暗沉沉的百葉窗關上，把床頭高燭臺上的蠟燭全部點燃，將邊緣帶有裝飾的黑天鵝絨床簾全都拉開。我想，做好了這些安排，就能在睡不著的時候欣賞牆上的畫，看看從枕頭旁邊發現的一本小書，書中全是對這些畫的評價。

　　我欣賞著小書和畫，十分專注，就這樣快樂地度過了幾小時。到了午夜，我覺得燭臺的位置不太合適，但侍從睡得正香，我不想叫醒他。為了讓

更多的光照亮書本，我自己去移動燭臺，費了好大的勁兒。

這次移動燭臺造成的結果讓我很意外。由於有很多蠟燭，移動過後，燭光照到一個壁龕上。之前它在一根床柱的陰影下，我並未留意。藉著明晃晃的燭光，我看到了一幅之前沒有留意到的畫。畫中是個年輕的姑娘，剛剛擁有了女性的成熟。我匆匆看了這幅畫一眼，馬上閉上眼睛。起初，我也不知道自己為什麼會有這種反應，閉上眼睛後才想清楚，這是種下意識的反應，以便為自己爭取一些思考的時間，確定沒有看錯，從而停止想像，更加鎮定、準確地去看。片刻過後，我又開始觀察這幅畫。

剛剛我覺得迷迷糊糊好像做夢，眼下落在畫上的燭光好像驅除了這種感覺，讓我在一瞬間驚醒過來。我不再疑心自己是否能將畫看個清楚。

剛剛說到畫中是個年輕的姑娘。這是用所謂暈映法畫的一幅胸像，跟蘇利擅長畫的頭像畫風很相近。畫中人的兩條手臂、胸脯、光澤閃爍的頭髮末端，都跟畫中模糊、暗沉的背景陰影融為一體，不留痕跡。橢圓形鍍金畫框很是華美，還有摩爾風格的裝飾，頗為精巧。不過，畫像本身才是這件藝術作品中最讓人驚嘆的地方。不過，高超的繪畫技巧和畫中女子永不衰落的美貌，並非這幅畫讓我忽然深受感動的原因。我從半睡半醒中甦醒過來的想像將畫中人當成了活人，更加不是讓我感動的原因。不過，我旋即意識到，我這種觀點很可能當場就被推翻，不容我有半分質疑。而推翻我的是這幅畫的構圖、技巧、畫框這些特徵。

我靠床頭坐著，凝視著這幅肖像畫，仔細思索這些特徵。過了大約一個小時，我終於想清楚了這種效果的祕密，很是滿意，在被窩裡躺下。從畫中女子宛如活人的表情中，我找到了這幅畫的神奇之處，這讓我從驚訝到疑惑，到臣服，再到恐懼。我滿懷敬畏，將燭臺移回原先的地方。如此一來，便看不到那幅讓我忐忑至極的畫了。接下來，我匆忙翻查那本小書，發現其中對這幅橢圓肖像畫做了含混、奇怪的描述：

這個姑娘擁有世間罕有的美貌，然而，更加罕有的是她的活潑開朗。她跟畫家一見鍾情，與他結為夫妻。就在這時，悲劇發生了。滿懷激情、工作努力、莊重嚴肅的畫家心裡早有了一位新娘，就是他的繪畫藝術。

這個姑娘擁有世間罕有的美貌，然而，更加罕有的是她的活潑開朗。她的笑容如此燦爛，她像小鹿一樣歡快玩耍。世間萬事萬物，她都喜愛並珍視。只有對她的情敵——藝術，對奪走她丈夫笑容的調色板、畫筆等繪畫工具，她懷有仇恨與畏懼。更有甚者，她得知畫家要給他的新娘畫一幅肖像時，也覺得十分恐懼。

　　不過，這位新娘溫柔順從，還是乖乖坐到了這座陰暗、高聳的塔樓中。除了從頭上照到灰撲撲的畫布上的微光，房中一片昏暗，但她卻在這裡待了幾個禮拜。只是畫家以工作為榮，時刻沉迷於繪畫。這個滿懷激情、放浪形骸、喜怒無常的人全身心沉浸在想像中，根本沒發現他的新娘身體和精神都被孤獨塔樓上黯淡的光芒摧毀了。所有人都能看出新娘日漸消瘦，只有他看不出來。然而，新娘看到這個有名的畫家從工作中得到了巨大的樂趣，滿懷熱忱畫著深愛自己的她，不分白天黑夜，新娘便毫無怨言，繼續安靜地坐在那兒，臉上帶著微笑。不過，她的精神和身體一天不如一天。

　　有人過來看畫，都悄悄說畫得維妙維肖，真是非同一般的奇蹟。由此可見，畫家功力非凡，且深愛著畫中女子。

　　這幅畫快要完成時，畫家不容許大家再到塔樓上看畫。他的工作熱情已到了幾近瘋狂的地步，除了畫布，他不再看任何事物，包括他太太的臉。他居然沒發現，坐在旁邊的太太臉上的光彩都被他抹到了畫布上。

　　幾週後，畫馬上就要完成了，只有嘴唇缺了一筆，眼睛還未最後上色。彷彿蠟燭火苗即將熄滅時的熾烈，新娘再次變得神采飛揚。畫家為畫中人完成了最後的修飾。

　　面對自己的心血之作，畫家看癡了。然後，他全身哆嗦起來，面色慘白，大驚失色，高叫道：「這便是生命啊！」他猛地回過頭來，看到他所愛的人已經死了。

莉吉婭

其中有意志，意志永不改變。何人明白意志的奧妙與力量？上帝也是一種偉大的意志，用其專一的特徵讓世間一切受益。一個人若沒有意志薄弱的弱點，便不會屈從於天使或死神。

——約瑟夫·格蘭維爾

我跟莉吉婭小姐是如何相識，又是在何時、何處相識的，我全都忘了。這麼多年來，我受盡煎熬，記憶力大不如前。不過，我忘記這些，也可能是因為我心愛女子的性情、罕有的學問、非同尋常卻又十分溫婉的美麗、讓人心動並著迷的溫聲細語，這些在滲透進我的內心時，都是潛移默化的，讓我毫無察覺。可我確定我們初次見面是在萊茵河邊一座已經衰落的古老大城，之後我們便開始頻頻往來。她必然在我面前提到過她的家庭。毋庸置疑，那是個有著悠久歷史的家庭。莉吉婭！莉吉婭！我正專心從事研究，這是最能讓人忘卻凡俗的工作，但是聽到莉吉婭這個美妙的名字，我還是會看到她的影子，可惜她一早去世了。現在我將她的事情寫下來，忽然發現自己連她姓什麼都不知道，儘管她生前是我的朋友、未婚妻，之後又陪我一起讀書，最終還成了我心愛的太太。莫非這是我的莉吉婭跟我開的玩笑？莫非這是為了

試煉我對她的愛有多深？莫非這是供奉在愛與忠貞的神龕前的浪漫，只是我自己的肆意妄為？

　　不過，我並未忘記一件對我十分寶貴的事，即莉吉婭的身材與相貌。她身材修長，顯得過於瘦弱，去世前更骨瘦如柴。而我無論怎樣努力地形容她的雍容、寧靜、風采和輕盈的腳步，都無法如願。她來也好，去也罷，都無影無蹤。我待在書房裡，關著房門。她走進來時，我總是毫無察覺，直到她將玉手輕按在我肩頭，像奏樂般用甜美的聲音低語。她那張美麗的臉是任何年輕姑娘都無法相比的，這種幻象比在提洛斯島上飛舞的女神在夢中看到的景象更加神聖、浪漫，只有被毒品麻醉後才能親眼見到。可她的臉不是端正的臉，即異教徒的經典作品誤導我們仰慕的那種臉。在談到各種各樣的美貌時，培根說：「絕色美人一定有非同一般的五官比例。」在我看來，莉吉婭的臉不屬於正宗的古典美，她是個絕色美人，且五官比例非同一般，但她到底哪裡不正宗，哪裡的比例非同一般，我怎麼都說不出來。我仔細觀察過她光潔飽滿、皮膚白皙的額頭，一點瑕疵都沒有，但要描繪她這種神聖的端莊，只用這樣的形容詞就太乏味了！——她的皮膚像象牙一樣乾淨，額頭寬闊、平和，鬢角線條柔美，頭髮天生濃密捲曲、烏黑發亮，正好契合荷馬的形容「宛如風信子」。我仔細觀察過她曲線優美的鼻子，如此完美，除了希伯來人的雅致浮雕，我再沒在別處見到過。她的鼻子和希伯來人的浮雕一樣細緻光潔，都有弧度很不清晰的鼻樑，以及稍微鼓起但依舊十分協調的鼻孔，彰顯出心靈的自由。我也仔細觀察過那張討人喜歡的嘴巴，簡直是世間最出色的作品。上唇很短，卻弧度優雅，下唇帶一點沒睡醒的迷糊，溫和、性感，唇邊的紋路帶著笑意，說起話來節奏明快。她笑起來時，笑容乾淨、溫柔、燦爛無比，還會露出兩排雪白閃亮的牙齒，反射出聖潔的光芒。我仔細觀察過她下巴的輪廓，寬闊又秀麗、端莊又柔美、飽滿又脫俗，那是希臘人的下巴。阿波羅只允許雅典人之子克萊奧梅尼在夢中看到這樣的下巴線條。

　　我也偷偷觀察過莉吉婭圓圓的大眼睛，無法從古代找出一雙能與之相比的眼睛。也許培根暗示的祕密就藏在我心上人的眼睛裡。不能不說，跟這

個種族的普通人相比，莉吉婭的眼睛要大得多，連諾爾亞德山谷東方部落中人圓如羚羊的眼睛，都比不上她這雙眼睛。不過，她這個特徵只會在她最亢奮時，稍微突顯出來。此時，她的美麗成了天上人間獨一無二的絕色，如同土耳其傳說中天上絕美的仙女——這可能只是因為我的想像太狂熱了。她的雙眼漆黑，沒有雜色，覆蓋著黑色的長睫毛。一對眉毛同樣漆黑，長得稍有些雜亂。可我從這雙眼睛中看到的非同一般的比例，跟她的臉部輪廓、氣質、神采的性質很不一樣。要瞭解為什麼會這樣，還是要看「神采」。這個詞語本身實在乏味。我們對於靈性所知甚少，卻拿這個含義寬泛的詞語做擋箭牌。莉吉婭的眼神啊！我曾對著這雙眼睛苦苦思索，許久無法抽身。一個夏天的夜晚，我聚精會神偷窺了它們一夜。這是種怎樣的眼神啊？我的心上人眼中暗藏的東西比德謨克利特的井還深，那是什麼東西呢？究竟是什麼東西呢？我一門心思想要找到問題的答案。那樣的一雙眼睛！那麼大，那麼明亮，那麼非同一般！對我而言，它們成了麗達的雙子座；對它們而言，我成了虔誠的星相學專家。

　　心理學方面有很多反常現象，讓人難以理解。其中最讓人緊張的是，拼命回想從前早就忘掉的事，感覺很快就要想起來了，最終還是想不起來——這種情況時有發生。學校的課堂應該不會教這種知識。在窺視莉吉婭的眼睛時，我時常會有這種感覺，好像很快就會恍然大悟，卻還有不明白的地方，最終也沒得到什麼結果。我還在世間最平凡的事物中找到了很多跟她的眼神相像的地方，這太奇怪了，啊，簡直讓人難以置信！也就是說，莉吉婭的美麗潛入我的內心，在那裡永遠扎根下來，好像供奉的神龕。從那以後，我在觀察莉吉婭那雙明亮的大眼睛時產生的感情，也能從世間萬物中獲得。然而，我無法定義、解析這種感情。連長時間認真觀察它，我都做不到。我再說一遍，觀察一棵快速生長的藤蔓植物、一隻飛蛾、一隻蝴蝶、一條蟲蛹、一條小河時，我都能體會到這種感情。遙望大海時，望見隕落的流星時，看到古稀老人的眼睛時，透過望遠鏡觀察夜幕中一兩顆星星，特別是天琴座 α 星旁邊的六等星時，我都會產生這種感情。聽到弦樂某些片段，看到書上某些段落，我心中同樣會滿懷這種感情。這種例子數不勝數。我記得很清楚，

每次看到得約瑟夫‧格蘭維爾一本書中的一番話，（可能只是因為這番話很奇怪？如何確定呢？）我都會產生這種感情：

其中有意志，意志永不改變。何人明白意志的奧妙與力量？上帝也是一種偉大的意志，用其專一的特徵讓世間一切受益。一個人若沒有意志薄弱的弱點，便不會屈從於天使或死神。

我走過這麼多年，又對這些往事做了一番回憶，最終能夠確定，這位英國倫理學家的這番話跟莉吉婭的某些性格存在微妙關聯。在思想、行為、言語中，莉吉婭表現出的專注可能正是這種偉大意志的結果，最低限度也是一種表現。只是這種偉大意志在我跟莉吉婭漫長的交往中，沒有其餘更加直接的表現。莉吉婭看起來總是那樣安靜，可她卻是我認識的女人中被殘酷、好動的熱情折磨得最屬害的一個。我無法評價這種熱情。不過，要是她那雙欣喜時會睜大到讓人難以置信的眼睛，她微弱的聲音中夢一樣的甜美、抑揚頓挫、清楚、柔和，她在說一些荒誕的事情時慣有的盛氣凌人（在她文雅的講話方式的對比下，這種氣勢越發顯得咄咄逼人），要是這些都能成為我的依據，我便能對這種熱情做出評價。

之前提到莉吉婭學識淵博，一個女人能有這樣的學識，我聞所未聞。她精通多種古典語言。我精通多種現代歐洲語言，也從未發現她在運用這些語言時出過任何錯。我同樣未發現她在她喜愛的課題（這些課題在自恃學問很深的經院中被當成最複雜難懂的課題，這便是她喜愛它們的原因）中出過任何錯。我額外留意到我太太的這個特徵，為此感到興奮，是最近的事。我們剛結婚的那幾年，我讓她帶領我從我沉迷的形而上學的玄妙世界中穿過，對她懷有一種天真的信賴。她在我身旁彎下腰，指導我鑽研那些少有人鑽研、瞭解的學問，當時我真是滿懷壯志與狂喜、嚮往與希冀，真切感受到美好的未來正在面前緩緩鋪展開來，我將在那條輝煌且少有人走的長路上得到某種學識。這種學識已在人間被禁止，因為其本身如此珍貴，如此聖潔。

正因為這樣，我已打下穩固基礎的前途在幾年後被風吹走時，我十分傷心。我失去莉吉婭後，就變成了一個在漆黑中摸索前行的小孩。我們苦心鑽研的先驗論中有很多難題，都在她的陪伴與講解中得到解決。可那些原本飄

逸的文字卻在失去她眼中的璀璨光芒後，變得比鉛還要沉重。那雙眼睛的光芒停留在我書上的時間不斷縮短。莉吉婭生病了，她熱烈的雙眼中閃動的光芒太過耀眼，慘白的手指變了色，彷彿屍體的顏色。她飽滿光潔的額頭在最微不足道的感情波動下，都會青筋畢露。我看得出，她命不久矣。在心裡，我開始無聲無息跟兇惡的死神搏鬥。面對死神，我情感豐富的太太做出了比我還要激烈的反抗，讓我大吃一驚。她是個很堅強的人，我相信她不會害怕死神的到來，但我錯了。她拼命反抗死神，那種激烈不是用語言能形容的。我看到她如此悲慘，不停地在心中哀嘆。我原本應該寬慰她、開導她，卻明白這對她一點意義都沒有，因為她的求生欲那樣強烈，發了瘋一樣，想要活下去，只要活下去！儘管她的內心由始至終都在做著最瘋狂的反抗，但她表現出來的平靜到了死前最後一刻才出現波動。那段時間，她的聲音越發溫柔，越發低微。至於這些平靜言語背後有多少瘋狂，我無意細說。我仔細聆聽她的話語，頭腦暈乎乎的，好像聽見了天堂的美妙聲音、凡人從未有過的妄想與渴求。

我從沒懷疑過她對我的愛，愛在她這種女人心中必然非同一般，這點我可能早就發現了，這不是什麼難事。可她的深情厚誼在她即將死去時，才徹底打動了我。在很長一段時間內，她一直緊緊抓住我的手，想向我傾訴她滿腔的癡情。它強烈更勝於熱情，永恆更勝於忠誠，一早便上升為至高無上的愛。這種充滿恩賜的告白，我有什麼資格接受？深情告白之後，我深愛的人就要離開人世，這樣的災難我又如何承受得起？若要詳細描述此事，我於心不忍。我只想說明一點，莉吉婭對一個不值得的人（上帝啊，不值得）懷著這種不可思議的深情，恰恰是這一點讓我最終醒悟到，她為什麼會對將要結束的生命懷著如此狂熱的不捨。恰恰是這種狂熱的希望，這種對生命（只有生命）最瘋狂的渴求，讓我無從描繪。

死去的當天深夜，她讓我到她身旁坐下，為她讀一首詩，詩是她幾天前寫的。我照她的吩咐做了。這首詩如下：

看啊！在這幾年孤獨的歲月中，

這是多麼歡快的一晚！

一群天使收起了翅膀，

用面紗遮住臉上的淚水。

進入戲院坐好，

欣賞充斥著希望與恐懼的戲劇。

樂隊演奏著世外仙曲，

時斷時續。

一群小丑打扮成上帝，

兀自嘟囔個不停，

在戲臺上飛來飛去，

不過是來回晃動的傀儡，

被看不見的手操縱，

看不見的手頻頻改變臺上的背景。

禿鷹拍打著翅膀，

無形的災禍由此誕生！

這齣戲啊！

啊，人們必然不會忘記！

因為永遠追逐幻象的人，

總是無法如願，

因為不斷轉動，永世不停，

最終必然會回到原點，

因為情節多以罪過為靈魂，

其中充斥著瘋狂與恐懼。

可是看哪，有個爬動的怪物

闖入那些小丑之中！

這恐怖的怪物全身像血一樣紅，

從戲臺一角爬出來！

它蠕動著，蠕動著！那樣恐怖，

把小丑都變成了食物。

怪物的毒牙上沾滿人血，

天使們都在哭泣。

熄燈——熄燈——熄燈！

帷幕如同裹屍布，

暴風雨般落下來，

把所有顫抖的身影籠罩起來。

面色慘白的天使摘掉面紗，站起身，

確定這場悲劇叫做《人類》，

那征服一切的怪物便是主角。

「啊，上帝啊！」莉吉婭聽我念完這首詩後，馬上拼命站起來，高舉著兩條抽搐的手臂，低聲叫道：「啊，上帝啊！天父啊！這些都合乎天理嗎？這個征服一切的怪物不能被別人征服嗎？莫非在你看來，我們都無足輕重？哪個人——哪個人瞭解意志的奧妙與威力？一個人若沒有意志薄弱的弱點，便不會屈從於天使或死神。」

她那雙白皙的手臂隨即軟軟耷拉下來，好像所有力氣都在這場宣洩中耗光了。接著，她回到床上，一臉肅穆，等待死神的到來。

臨終時，她低聲細語，夾雜在最後的歎息中。我彎腰貼近她嘴邊，格蘭維爾最後那句話再次清清楚楚傳入我耳中：「一個人若沒有意志薄弱的弱點，便不會屈從於天使或死神。」

她就這樣離開了人世。我悲痛欲絕，無法一個人在萊茵河岸邊那座陰暗、破舊的城市生活下去。因為莉吉婭，我得到了普通人無法得到的財富，錢對我來說不是問題。因此，接連數月，我一直四處遊逛，沒有目標，疲憊不堪。隨後，我在風景優美的英格蘭最荒蕪、最人跡罕至的角落買下一座修道院，修葺了一番。我不願說出修道院的名字。不過，這座宏偉的修道院陰森森的氛圍，四周的空曠、荒涼，以及這二者引發的無窮無盡的苦悶與回憶，都跟我絕望的情緒十分契合。而我之所以來到異國的荒野，無非是因為這種絕望的情緒。

我並未改動藤蔓、青苔遮掩下修道院的殘破外觀，但是將其內部各處都裝扮得奢華宛如王宮。我這樣做，可能是基於一種天真的放縱，也可能是基於一點消除苦悶的希冀。我小時候便喜歡這種奢侈、荒誕的室內裝潢。如今這種喜好像藉著我被悲痛沖昏頭腦的時機，重新復活了。啊，我兒時的瘋病必定已在此處怪模怪樣的帷簾中、莊重的埃及雕刻中、混亂的牆壁裝飾和傢俱中、有著怪異圖案的金絲絨地毯中得到了展現！我一早便染上了鴉片癮，像一直生活在夢中。可要轉而去細細描繪這些荒謬的事，我做不到。

先來說一個永遠都無法擺脫詛咒的房間吧！我一時發了瘋，跟特里緬因一位金髮頭、綠眼睛的小姐羅維娜・特里伐伊在教堂的聖壇前舉行了婚禮。我用她來替代自己無法忘記的莉吉婭，帶著我的新娘進入了那個房間。

新房的陳設、裝飾所有細節，直到現在我都記得清清楚楚。新娘的父母居然會讓他們可愛的女兒進入這樣的房間，這對尊貴的夫妻為了錢財，連靈魂都不要了嗎？我清楚記得房間的一切細節，卻把更加關鍵的整體佈局忘了，真是可悲。除了一片混亂，我對那種奇怪的佈局再無任何記憶。

房間位於修道院城堡一座很高的塔樓中，是個寬闊的五邊形房間。南面的牆上全是窗戶，鑲嵌著威尼斯玻璃。玻璃是一整塊，沒有切割過，面積很大。玻璃是鉛灰色的，無論陽光還是月光透過玻璃照到室內，都會給室內的一切塗上陰沉沉的顏色。塔樓外側的牆壁上有一株古老的藤蔓植物，不斷向上攀爬，枝葉在這塊大玻璃的上半部分蔓延開來。房間頂端是橡木做成的拱頂，距離地面很高，陰森森的。拱頂上有精心描繪的圖案，集哥德式、特洛伊式兩種風格於一身，奇怪、荒謬至極。陰沉沉的拱頂正中央凹陷處掛著一根一環套一環的長金鏈子，還掛著一個大大的撒拉遜式黃金香爐，煙火從香爐的孔洞中鑽進鑽出，因為孔洞設計得非常巧妙，看上去就像舞動的靈蛇。

房中各處擺放著東方床榻、東方金燭臺。婚床是印度式的，矮矮的，用堅實的烏木製成，精心雕刻了很多花紋。床頂的罩子好像棺材外面的套子。房間五個角各有一口大棺材，是用黑色花崗岩做成的，蓋子上刻滿花紋，已無法確定雕刻時間。棺材都是從盧克索對面的法老墓穴中挖出來的。

但是，啊！帷簾才是整個房間中最神奇的裝飾。房中的牆非常高，超出

了正常的比例。各種沉重的帷簾將牆壁從頭到腳遮掩起來。帷簾是用最昂貴的金絲簇絨做成的，跟地上的地毯、榻上的罩子、床頂的床罩、半遮住窗戶的巨大羅紋窗簾材質相同。帷簾上亂七八糟分佈著一些奇怪的圖案，每個圖案直徑一英尺左右，看起來一片漆黑。這些圖案只有從某個角度看，才能產生奇怪的視覺效果。這些帷簾的設計很巧妙，看起來不斷變化，這種古代便已問世的設計如今又流行起來。剛剛走進房間，只能看出這些帷簾很奇怪。繼續往裡走，會發現這種奇怪的感覺逐漸消失不見了。在房間裡走來走去，又會發現諾曼第人迷信的鬼魂，或僧侶那邪惡夢境中的幻象層出不窮。這種千變萬化的夢幻感因帷簾背後人為操縱、不斷吹過的大風而增強。房間裡所有東西都被賦予了一種生氣，讓人感到惶恐。

我和羅維娜小姐就在這座宅子——這間新房中，度過了我們不純潔的蜜月，基本沒遇到什麼煩惱。我太太躲避著我，也談不上愛我，因為我這個人喜怒無常。我自然不會看不出來，卻暗自竊喜。我同樣對她滿懷厭憎，而這種厭憎是惡魔的專屬。我再次回想起（啊，我是那樣的悲痛）莉吉婭，端莊、美麗的莉吉婭，我如此愛她，她卻離開了人世。想起她的聖潔、智慧、尊貴、靈秀和熾熱的愛，我便無法自拔。我心裡燒著一把火，狂熱更勝於她熾熱的愛。吸完鴉片，進入夢中時，或夜幕降臨，一切都安靜下來時，或白天進入幽靜的深山山谷時，我都會反覆叫她的名字。好像藉著這種對她的回憶、愛戀、思念，能讓她回到生命的道路上。而她已經放棄了這條道路，這是永恆的放棄嗎？

羅維娜小姐在結婚後第二個月前後忽然病倒了，很久都沒有康復。她發著燒，整夜整夜睡不安穩，因此日漸消瘦。她變得神志不清，告訴我她聽到塔樓的房間及其周圍有響聲。在我看來，這要麼是她生病後的妄想，要麼是房間裡千變萬化的幻象讓她產生了錯覺。她漸漸好起來，最終康復。可沒過多久，她又病倒了，這次病得更嚴重。她的身體本就不好，這下再也無法徹底好起來了。她的病反覆發作，間隔的週期不斷縮短。任何治療都沒有效果，醫生都很困惑。很明顯，她的病非常頑固，單靠醫療手段是治不好的，且會越來越嚴重。我還發覺，她日漸緊張、焦慮，聽到一點點聲音都會害

怕。她再次提到從帷簾中傳出的輕響和反常的聲音，說得越發頻繁且堅定。

　　到了9月末，一天夜裡，我留意到她在反覆強調這個讓人煩躁的問題。看到她的臉部肌肉抽搐，我很著急，也很害怕。然後，她從昏睡中甦醒過來。她在那張烏木床上，我坐在旁邊的矮榻上。她半抬起身體，壓低聲音描繪她剛剛聽到的聲響、看到的場景，而我都沒聽到、看到。她的態度十分嚴肅。大風正在帷簾後面吹。我很想跟她說，因為風，她才會聽到那些近乎微不可聞的聲響，看到牆上近乎沒有變化的幻影（其實我連自己都說服不了）。然而，看到她面色慘白，如同死屍，我明白再怎麼寬慰她都沒有用。再加上我們在塔樓上，傭人根本聽不到我們的指示。我便想到了一瓶淡酒，那是醫生給她開的藥。我站起身來，到房間另一頭拿酒。經過香爐投射出的一片亮光時，我留意到兩種情況，每一種都讓我吃驚。首先，我感到一樣東西從身旁輕輕飄過，我看不到它，卻能感覺到。然後，我看到被香爐照亮的金絲簇絨地毯正中間有個十分模糊、十分婀娜的影子，人們也許會把這種影子想像成鬼魂。可我並不在乎這些詭異的情況，因為那時候我胡亂吸食鴉片，已經精神錯亂。我沒跟羅維娜說起這些情況。找到那瓶酒後，我回到原先的位置，給羅維娜倒了滿滿一杯酒，送到她嘴邊。她伸出手，自己拿著酒杯。跟片刻之前相比，她又清醒了一些。我坐到她身旁的矮榻上，目不轉睛看著她。

　　這時候，輕輕的腳步聲在床邊的地毯上響起，清楚傳入我耳中。羅維娜把酒杯放到嘴脣上時，我又看到，也可能是在想像中看到空中有個看不見的泉眼滴下了三四滴閃亮、豔紅的汁液，掉進羅維娜的酒杯裡。羅維娜沒有看到，毫不遲疑地把杯中酒喝下去。我覺得這一幕是在羅維娜的恐慌、過多的鴉片、深夜變態的想像力共同作用下，我所幻想出來的，因此，並未跟羅維娜提起。

　　可我無法欺騙自己。喝下那杯滴了紅色汁液的酒後，我太太的病情迅速惡化。第三天夜裡，女僕們已著手為她料理身後事。

　　第四天夜裡，我獨自坐在我們詭異的新房中，守著身穿壽衣、變成一具死屍的她。我吸了鴉片，眼前不斷有幻象閃過。我注視著房間角落的黑色大

理石棺材、帷簾上不斷變化的圖案、頭上的黃金香爐周圍飛舞的煙火，心裡七上八下。最終，我回想起幾天前那個夜晚，隨即看向被香爐照亮的地毯正中間，上次我就是在這裡看到了那個影子。不過，那個影子並沒有出現，我放鬆下來，又去看床上慘白、僵硬的死屍。對莉吉婭的無數回憶忽然在我腦海中浮現出來，無法言喻的悲痛再次湧入我心中，彷彿洪水爆發。上次看到穿著壽衣的她時，我心中就是這樣的悲痛。夜很深了，我呆呆注視著死去的羅維娜，心裡卻在回想此生唯一深愛過的女子，因此傷心不已。

約莫是在午夜時分，我並未注意時間，也可能比這稍早或稍晚些，我忽然從回憶中清醒過來，因為我聽到了一聲嗚咽，低沉、柔和，卻十分清晰。我認為，那張用來停放死者的大烏木床是聲音的源頭。迷信讓我心生畏懼，我仔細傾聽，再沒聽到類似的聲音。我睜大眼睛，仔細觀察那具屍體，也未發現屍體有任何動靜。可剛剛的嗚咽聲絕對不是幻覺。我真的聽到了，無論那聲音多麼微不可聞，況且我已恢復神智。我盯著屍體，眼睛一眨不眨。許久過後，依舊沒有發現半點徵兆可能解開剛剛的謎題。然後，我終於清楚看到了一種淡得幾乎看不出來的紅暈，正從她兩側的面頰上、眼皮四周微微凹陷的細血管中泛出來。我坐在原地，生出一種無法用言語形容的恐慌，感覺自己的心臟都停止了跳動，手腳僵硬。

可我還是冷靜下來，因為我有自己的責任。我只能斷言，羅維娜沒有死。我們尚未搞清楚情況，就匆匆忙忙開始為她籌辦喪事。現在要立即開始搶救羅維娜。可我無法從塔樓上叫傭人過來，他們都住在別處。我只能離開這個房間，去把傭人叫過來。在我出去的這段時間，難保不會出什麼事，我不能冒這種險。我決定用自己的力量將那個仍在遊蕩的鬼魂叫回來。

片刻過後，羅維娜臉上、眼睛周圍的紅暈消失了，僅餘的生氣不知所蹤。她面色慘白，如同大理石。嘴脣皺縮起來，儼然是屍體的嘴脣，很是嚇人。屍體表面很快變得滑溜溜、冷冰冰的，隨即又僵硬起來。

我剛才大吃一驚，從矮榻上跳起來，現在又哆嗦著坐回矮榻，只覺有氣無力。接下來，我重新陷入對莉吉婭的幻想，感覺那跟真的沒什麼兩樣。

一個小時過去了，我再次聽到有聲音在床那邊響起，但很模糊。我害怕

極了，側耳傾聽，連大氣都不敢喘。我又聽到了聲音，原來是歎息聲。我一下跑到屍體旁邊，看到——清清楚楚看到屍體的嘴脣微微動了一下，張開一點，露出一排牙，亮晶晶的好像珍珠。我在害怕之餘，又感到些許驚訝，頓時頭暈眼花。我費盡力氣，終於強打起精神。受責任感驅使，我又開始做自己該做的工作，幫她復活。死者的額頭、臉、喉嚨都開始發紅，全身很快湧過一陣熱流，散發出溫熱，連心臟都輕輕跳動起來。羅維娜死而復活了。

我繼續做我的工作，做得格外賣力。所有不看醫書、只靠經驗就能知道的法子，我都用上了，比如摩擦她的太陽穴、幫她洗淨雙手之類。然而，這些努力都白費了。血色忽然消失，心跳忽然停止，她的嘴脣又變成了屍體的嘴脣，屍體全身上下重新變得冰涼、慘白、僵硬、萎縮。屍體一切讓人厭惡的特徵統統浮現出來，她又恢復了幾天以來的常態。

我再度陷入對莉吉婭的幻想。低沉的嗚咽聲又在烏木床上響起，傳入我耳中。簡直太讓人難以置信了，如今將此事記錄下來，我仍覺得毛骨悚然。不過，我何必要把當天晚上那麼多難以形容的恐怖經歷全都記下來呢？何必要把那場可怕的死而復生的戲詳細描繪出來呢？何必要細述一次又一次可怕的死而復生，一次又一次墮入更加無法改變、無可挽回的死亡，逃無可逃，一次又一次飽受折磨的死亡怎樣跟無形的對手搏鬥，在這一次又一次搏鬥中，屍體表面又怎樣迅速呈現出無法用語言描繪的變化呢？總之，我還是趕緊說完這個故事吧！

這個可怕的夜晚過去大半後，死去多時的她重新動起來。跟先前幾次相比，這次她動得更有力量，哪怕她的死亡是那樣的恐怖，毫無挽回的希望。我呆坐在矮榻上，紋絲不動。我已放棄抗爭，也可以說放棄了搶救的希望。我任由一種強烈的感情操縱自己，極端的恐懼可能是其中最不恐怖、最不耗費精力的感情。再說一遍，屍體又開始動了，且跟前幾次相比，這次動得更有力量。她的臉上浮現出罕有的生機，隨之而來的是活人才有的血色。原本僵硬的手腳也放鬆下來。要不是她仍緊閉著雙眼，仍穿著那身壽衣，表明這是一具即將被埋葬的屍體，我可能真會覺得羅維娜從死神那裡逃回來了。在當時的情境中，這種幻覺也顯得不太合理。然而，隨後我卻發現這是真的，

因為穿著壽衣的死者從床上下來，顫巍巍走到房間正中，仍未睜開雙眼，好像在夢遊。這一幕如此真實、清晰。

我沒顫抖，也沒動彈，因為我看到這具身體的身材、儀態、神韻，生出了許多幻想，無法用語言表達出來。一瞬間，這些幻想都衝進我的腦海，我變得好像石頭一樣，渾身僵硬、冰冷。我出神地注視著眼前的影子，身體紋絲不動。頭腦中一陣瘋狂的混亂，無法自控，思維雜亂無章。我面前這個影子是活著的羅維娜嗎？是真正的她嗎？是特里緬因那個金頭髮、綠眼睛的羅維娜‧特里伐伊小姐嗎？我怎麼會，怎麼會心生質疑？那張嘴邊緊緊綁著裹屍布，那跟羅維娜生前的嘴不是同一張嘴嗎？那張臉——裝飾著如同紅玫瑰般的紅暈，在她最美妙的年華盛放——確實很像羅維娜活著時那張粉撲撲的臉。除此之外，那個下巴、那對酒窩——她身體健康時的酒窩，不都是屬於她的嗎？可她怎麼變高了，莫非她在病中長高了？我怎麼會這樣想呢？這源自一種多麼難以言喻的瘋狂啊！

我撲過去想抓住她的腳！她卻退後躲開我。她頭上的裹屍布掉下來，濃密、蓬鬆的長髮在房中流通的空氣中飄來飄去。夜裡的烏鴉翅膀那麼黑，也比不上她的頭髮黑！她站在我面前，緩緩睜開雙眼。

我忍不住驚叫起來：「至少我不會——肯定不會弄錯——這雙眼睛這麼圓、這麼黑、這麼熱烈——它們的主人是我的亡妻——是她——莉吉婭！」

洩密之心

　　是的！神經敏感——一直以來，我的神經都極度敏感。不過，你為什麼要說我瘋了？我的感覺因為這種疾病變得更加敏銳，而沒有消失或變得遲鈍。我的聽力變得極好，能聽到天上人間的一切，以及地獄中很多事。我究竟是如何發瘋的？請聽我說，我會把故事從頭到尾說給你聽，你會看到我的精神多麼正常，我這個人多麼鎮定。

　　一開始，那個想法是如何進入我腦中的，我說不清楚。可從那以後，它一直在與我糾纏，不分白天夜晚。這其中不存在任何目的或欲求。我很喜歡那個老人，他也沒傷害或羞辱過我。我對他的錢無非分之想。在我看來，起因是他的眼睛！沒錯，就是他的眼睛！他有一隻眼睛是淺藍色的，蒙著一層霧氣，彷彿兀鷹的眼睛。那隻眼睛射出的光芒會讓我全身的血液凝固。為徹底擺脫他的眼睛，我逐漸地、緩慢地做出決定，要殺了那個老人。

　　問題的關鍵就在這裡，你相信我是個瘋子，可瘋子什麼都不懂，而當時我是怎麼做的，你真應該好好瞧瞧。我做這件事時，表現得聰明、慎重、充滿遠見、鎮定自若。動手殺老人的前一週，我對他十分親昵，超過了以往任何時候。每天半夜，我都會扭動他的門栓，推開他的屋門——啊，我是多麼的小心翼翼！等到門縫大到能讓我的腦袋擠進去時，我會先把一盞提燈塞

進去——提燈事先被完全遮擋起來，連一點光都透不出來——然後再把頭伸進去。啊，我探頭進去的動作十分靈巧，你若看到，必然會笑起來！為了不吵醒睡著的老人，我以極慢的速度把頭探進去，花費了整整一小時。然後，我終於看到了躺在床上的老人。我要是瘋了，能做出這麼聰明的事嗎？接下來，我小心打開提燈——啊，極度小心——極度小心（因為燈的鉸鏈會咯吱咯吱響個不停）。我只讓提燈露出一條細縫，射出細條狀光芒，照在那隻鷹眼上。接連七天，每到半夜，我都會做相同的事。但我恨的並非老人，而是他那隻罪惡的眼睛。只是他每次都不睜開那隻眼睛，讓我沒辦法行動。

每天天亮以後，我都會大著膽子進入他的臥室，跟他說話，親切地叫他的名字，問他睡得好不好。他若不是那種老謀深算的人，絕不會疑心每天午夜他睡著時，我都會悄悄跑過去看他。

到了第八天夜裡，開門時，我比先前更小心謹慎，速度比鐘錶的分針還慢。以前，我從未覺得自己這樣強大，這樣機警。我十分自得，簡直無法克制。想像一下，我緩緩打開屋門，他卻對我的祕密行動與目的一無所知。想到這裡，我便不由得笑起來。他的身體好像受了驚，動了一下，他可能聽到了聲音。你也許覺得我會退出去，但我沒有這麼做。我很清楚，他不會發現屋門開了，因為他怕小偷進來，把百葉窗都關起來了，房間裡一片漆黑。我繼續推門，速度依舊十分緩慢。

我把頭伸進去，剛要把提燈打開，拇指卻在鐵製燈罩上一滑。

床上的老人一下坐起來，高聲問：「誰？」

我不敢動彈，也不敢說話，甚至不敢眨眼，就這樣過了一個小時。可我並未聽到他躺回床上的聲音。他始終坐在那兒，一聲不吭，凝神靜聽，一如每天晚上我聽牆縫中報死蟲的聲音。

輕微的呻吟聲傳來，我明白，只有在怕得要命時，人才會發出這種聲音。痛楚、哀傷都不會引起這種聲音——啊，不是的！只有心靈被恐懼完全壓垮時，心靈深處才會發出這種低而壓抑的聲音。我對這種聲音很熟悉。很多個萬籟俱寂的晚上，我的心靈深處都會響起這種聲音。我近乎瘋狂的恐懼，因它恐怖的回聲變得越發深切。

我對這聲音很熟悉，明白老人的感受，因而對他生出同情，哪怕內心仍在偷偷嘲笑他。我明白，他聽到那聲輕響，從床上坐起來後，便再沒闔眼。他越來越害怕，努力說服自己，那聲輕響只是巧合，但他做不到。他不斷告訴自己：「那只是風從煙囪吹過的聲音——只是老鼠從地板上跑過的聲音——只是蟋蟀的叫聲。」沒錯，藉著這種種設想，他不斷安慰自己，卻發覺一切都是徒勞。因為死神已走到他面前，他整個人都被死神的陰影籠罩。他並未發現這種陰影，卻因此心灰意冷，感知到我已把頭伸進這個房間，即使他並未看到這一幕，也未聽到什麼聲音。

我耐著性子等待，等了很久都沒聽到他躺回床上。我決定將提燈打開一條縫，極細小的縫。我著手做起來，動作輕巧至極，你根本無法想像。最終，燈罩的縫隙中透出一道微弱如蛛絲的光，照耀著那隻鷹眼。

那隻眼是睜開的——睜得那麼大——第一眼看到它，我便覺得非常憤怒。我清楚看到那隻藍眼睛裡彌漫著一層霧氣，灰濛濛的，我因此感到透骨的涼意。我像是基於本能，將燈光完全對準了那可惡的眼睛。至於老人臉上其餘部分和他的身體，我都沒看到。

看哪，我跟你說過，我只是感覺過度敏銳，卻被你誤會為瘋子。繼續聽我說，那時候，我聽到了一種彷彿被棉花包裹的鐘錶發出的聲音，輕微、低沉、急促。是老人的心跳聲，我對此很熟悉。一如戰士會因戰鼓聲勇氣倍增，我聽到這聲音，就變得更加憤怒。

不過，我依舊沉默，壓抑著自己。我摒住呼吸，提著燈的手絲紋不動，盡量讓照耀著那隻眼的燈光不要有一絲顫動。那恐怖的心跳變得越來越沉重，隨著時間的推移，越來越快，越來越響。老人一定害怕至極！

我說，那心跳隨著時間的推移，變得越來越響！你知道我在說什麼嗎？我說過，我神經敏感，這是事實。深夜在那樣一座老屋裡，周圍安靜得嚇人，卻出現了這樣怪異的聲音，我當然會害怕，簡直無法自控。可我還是壓下心頭的恐懼，在那兒靜立了很久。

然而，心跳聲越來越響！我覺得他的心非爆炸不可。這會兒，我又開始擔心鄰居會聽到聲音。老人今晚難逃一死！我叫了一聲，亮出提燈，闖進屋

裡。

老人發出一聲尖叫，只有一聲而已。我馬上把他拽下來，推翻那張沉甸甸的床，壓住他的身體。我忍不住笑起來，我要做的事做到了。可老人的心繼續跳動了幾分鐘，聲音低沉。這種聲音不會傳到鄰居那裡，所以我並未生氣。

最終，心跳停止，老人死了。我挪開床，為屍體做了檢查。他確實死了，毋庸置疑。我把手放在他胸口，過了好一會兒也沒感覺到心臟的跳動。他徹底死了。我不必再因他的眼睛心煩。

若你依舊覺得我是個瘋子，就請繼續聽我是怎樣毀屍滅跡的。你會明白我有多麼聰明，也就不會覺得我是個瘋子了。

天快亮了，我迅速行動起來，沒有發出半點聲音。我先分屍，把屍體的頭部、四肢都砍下來。然後，我把臥室的三塊木地板撬開，將屍塊全都塞進去，再將地板恢復原樣。我做得聰明、老道，任何人的眼睛都看不出半點異樣，就算他的眼睛也是一樣。屋裡沒留下任何汙漬和血跡，不用清掃。我在浴盆中完成了肢解，考慮得十分周全——哈哈！

清晨四點鐘，我處理好了一切。天色依舊黑沉沉的，跟午夜沒有區別。四點的鐘聲響起時，有人敲響了街邊的大門。我聽到聲音，下樓去開門，心裡十分輕鬆——事到如今，我還怕什麼呢？

來了三個男人，他們走進來，很有禮貌地自我介紹，原來他們都是警察。半夜有個鄰居聽到尖叫聲，擔心出了什麼事，於是報警。這三個警察被派來調查。

我還怕什麼呢？我臉上帶著笑容，歡迎他們的到來。我告訴他們，是我做夢發出了尖叫。至於那個老人，我說他去了鄉下。我帶著三個警察在屋裡各處搜查。我讓他們儘管搜，仔細搜。最終，我帶著他們來到老人的臥室。

我把老人的財寶拿出來給他們看，這些財寶都很安全。我自信滿滿，因此十分熱情，搬來幾張椅子，讓他們在臥室休息。我洋洋自得，以至於膽大妄為，在藏屍處的地板上放了張椅子，坐在上面。

三個警察都對我的說法信以為真。又看過我的種種做法，他們疑慮盡

消。我也覺得非常舒心。他們坐下向我提問，我回答得很爽快。然後，我們開始閒聊。可我很快感到自己面色慘白，心裡盼著他們能早點離開。我開始頭疼耳鳴。他們卻坐在那兒，繼續跟我聊天。我的耳鳴持續不斷，越來越響。我想擺脫耳鳴，於是滔滔不絕說起話來。可耳鳴始終沒有停止，且越來越清晰。最終，我發覺這不是耳鳴，而是另外一種聲音。

我的臉肯定變得更加慘白了。與此同時，我卻提高聲音，說得更多。可那種聲音也跟著變得更響亮——我該如何是好呢？那種聲音彷彿被棉花包裹的鐘錶發出的，輕微、低沉、急促。我幾乎要窒息了，但那三個警察並未聽到聲音。

我繼續侃侃而談，越說越快，越說越亢奮。然而，那種聲音也變得更加響亮。我張牙舞爪大聲說個不停，說的全是些不值一提的事。那種聲音越發響亮。為什麼這三個警察還不肯離開？我在地上來回走動，腳步沉甸甸的，一副被警察們的看法激怒的模樣。那種聲音更響亮了。

上帝啊，我該如何是好？我口水亂飛，胡說八道，大聲咒罵！我使勁兒晃動屁股下面的椅子摩擦地板，製造噪音。可那種聲音持續不斷，越來越響亮，把其餘聲音都蓋過去了！它變得更響亮——更響亮——更響亮！

那三個警察繼續說說笑笑，開開心心。他們當真沒聽到那種聲音？無所不能的上帝啊！——不，不會的！他們聽到了！他們起了疑心！他們明白了！他們在譏笑我的恐慌！——無論當時還是現在，我都是這樣認為的。跟這種折磨相比，其餘一切都算不了什麼！跟這種譏笑相比，其餘一切都可以忍受！他們虛偽的笑讓我忍無可忍！我感覺自己要死了，一定要聲嘶力竭喊叫出來！——聽啊，那種聲音又開始了——聽，它變得更響亮了！更響亮了！更響亮了！

「你們這幫混蛋！」我尖叫起來：「不用裝瘋賣傻了！我認罪！把地板撬起來吧！這裡，就是這裡！是他那顆討厭的心臟在跳動！」

長方形盒子

幾年前，我打算從南卡羅來納州的查爾斯頓到紐約去，就訂了「獨立號」郵輪的船票。那是一艘很華麗的郵輪，船長名叫哈迪。郵輪的啟航時間定在（6月）15日，除非遇到什麼意外的天氣，才會延期。我訂的頭等艙有些事需要處理，於是14日我便登上了郵輪。

我發現這艘郵輪的乘客格外多，女乘客更是多得異乎尋常。我在乘客名單上看到了幾個熟人，其中包括科尼列斯‧懷亞特先生，我因此非常高興。他是一位年輕的畫家，我們私交甚篤。我們都曾就讀於C大學，在學校時，我們兩個如影隨形。他是個憤世嫉俗、敏感細膩、滿懷熱情的人，很多天才都是這樣。不僅如此，他還有一顆最熱情、最真摯的心，在胸腔裡跳個不停。

我看到三個頭等艙包廂門口的卡片上都寫著他的名字。我查詢了乘客名單，原來這些包廂是他給自己和太太、兩個妹妹訂的。每個頭等艙包廂都很寬敞，擺著一張上下床。這種床很狹窄，僅能容納一人休息。不過，他們四人關係如此卻親密，卻要訂三個包廂，讓我十分困惑。這段時期，我心裡非常壓抑，對這種微不足道的事情也好奇不已。他為什麼要多訂一個包廂呢？我做了種種猜測。此舉實在粗魯、荒誕，我為此感到羞慚。當時，我極力想

要解開這個謎團，哪怕此事跟我一點兒關係都沒有。最終，我得出了一個結論。這個結論我打從一開始就該想到的，我不明白自己為何偏偏沒有想到。

「多餘的包廂肯定是為傭人訂的。答案這麼明顯，我卻沒有想到，真是太愚蠢了！」我這樣對自己說。

我重新把乘客名單從頭到尾看了一遍，清楚看到他們並未帶傭人。名單上原本寫著「以及傭人」，之後劃去了。

「那肯定是帶了特殊的行李，他不想放在貨艙，想擺在視線範圍內——哦，我知道了，應該是一幅畫。他跟義大利那個猶太人尼克里洛為了一幅畫討價還價了很久，應該就是那一幅。」我暗暗想道。對於這個結論，我很滿意，好奇心暫時消失。

懷亞特的兩個妹妹都十分聰明，討人喜歡，跟我也很熟。至於他的太太，我尚未見過，他們前不久才結婚。可他之前經常用他慣有的熱烈語氣，對我談及他的太太。在他口中，她是個絕色美女，非常聰明，還很有涵養。正因為這樣，我很期待跟她見面。

聽船長說，我上船當日（14日），懷亞特一家也要上船看他們的包廂。我想藉此機會認識那位新娘，便在郵輪上多逗留了一個小時。很快，我卻聽說：「明天船啟航時，懷亞特太太才會上船，今天她有些不舒服沒來。」

到了第二天，我離開旅店，朝碼頭趕去，途中遇到了哈迪船長。他告訴我說，「因為某些情況」（這是一種拙劣的藉口，卻頗為有效），他覺得一兩天以後，「獨立號」才能啟航，等一切都準備好了，他會讓人過來通知我。

因為這時正刮著南風，風力強勁，推遲啟航顯得十分怪異。我極力打聽「某些情況」是什麼情況，卻一無所獲，只能返回旅店。我很心急，又沒什麼事可做，只好權且忍耐。

差不多過了一週，船長還沒派人送消息給我。不過，最終我還是收到了消息，馬上登船。啟航之前，船上到處都是乘客，一片混亂。我上船後十分鐘，懷亞特一家也上了船，包括畫家夫婦和他的兩個妹妹。畫家正處在一種憤怒的憂鬱中，他經常這樣，我已經習慣了，沒太放在心上。他甚至沒介紹

他的太太給我認識。他聰慧、可愛的妹妹瑪麗安不得不承擔起這項禮節性工作，用幾句話介紹我跟那位新娘認識。

懷亞特太太戴著面紗，把臉完全遮擋起來。她掀起面紗，向我回禮。那一刻，我簡直驚訝至極，這點我必須承認。我原本應該更驚訝，可我已經累積了多年的經驗，明白我的畫家朋友對女性熱烈的讚美未必可信。我清楚知道，他在討論美時，極易在純粹的理想境界中忘記一切。

現實就是，我必須承認，懷亞特太太的容貌的確很普通。在我看來，就算不說她很醜，也不會差得太遠。可她的穿衣打扮十分高雅，我由此確定，她是憑藉更能長久維持的智慧、心靈之美，讓我朋友對她著迷。她只跟我說了幾句應酬話，隨後便跟著懷亞特先生去了船艙。

我再次生出好奇心。很明顯，他們沒有帶傭人。那麼會有一件怎樣的行李呢？我盼望著。片刻過後，一輛馬車載著一個長方形盒子，來到碼頭。這個盒子好像就是我等待的東西。盒子被搬到船上，船馬上啟航，迅速從海港安然駛過，朝大海進發。

我剛剛提到，盒子是長方形的，長約六英尺，寬約兩英尺半。經過認真觀察，這個估計應該沒什麼誤差。盒子的形狀十分特別，第一眼看到它，我便為自己的猜測如此準確洋洋自得。我之前得出的結論，大家可能還沒忘記。我知道我這位畫家朋友最近幾週一直在跟尼克里洛討價還價，所以猜他多出來的行李多半是畫，至少是一幅畫。看那盒子的形狀，其中肯定是達文西〈最後的晚餐〉的複製品，不可能是其餘東西。我一早便聽說，尼克里洛手上有這樣一件複製品，是小盧比尼在佛羅倫斯畫的。我據此相信，那個疑問已徹底消除。我不由得為自己聰明的頭腦竊喜。懷亞特此前從未在我面前保留過任何藝術祕密。很明顯，這次他想在我眼皮子底下偷偷將這幅名作帶到紐約，不向我坦白。我打定主意，一定要找個機會好好嘲笑他一回。

另外還發生了一件事，讓我很不滿意。盒子被送進懷亞特的包廂，就此留在那裡，沒再送到多出來的包廂裡去。盒子會佔據包廂的大部分地面，毋庸置疑，這會給畫家夫婦帶來很多不便，更別說盒蓋上用瀝青或是油漆寫了字，那種嗆人的味道讓我厭惡至極。盒蓋子上草草寫著這樣一些大寫字母：

阿德萊德・柯帝士太太。科尼列斯・懷亞特先生托運。阿爾巴尼，紐約州。此面朝上，輕拿輕放。

　　起初，我猜阿德萊德・柯帝士太太是畫家的岳母。之後，我又覺得畫家是為了騙我，才編造了這樣的姓名、地址。這個盒子及盒子裡的東西都會被運到我這個憤世嫉俗的朋友在紐約錢伯斯街的畫室中，肯定不會再向北挪動分毫。對於這一點，我很確定。

　　最初的三四天，天氣一直不錯。可我們駛離海岸後，南風突然變成了北風，因此，這幾天我們一直是逆風行駛。船上的乘客在這樣的好天氣中都很高興，頻頻往來。懷亞特及其兩個妹妹卻顯得束手束腳。我不由得覺得，他們對其餘乘客很沒禮貌。我不怎麼在意懷亞特的表現。他的憂鬱更勝平時，臉上始終愁雲滿布。不過，他的情緒向來不穩定，我一早便習以為常。我只是不明白他的兩個妹妹為什麼也會這樣。她們在船上的大半時間，都躲在包廂裡不出來。我再三勸說她們跟船上的乘客交往，被她們堅決拒絕。

　　只有懷亞特太太平易近人。我的意思是，她很愛跟人閒聊。在船上，這種愛好能把一個人最大限度地介紹給別人。沒過多久，她就跟船上大半女士成了朋友。她還在男士們面前賣弄風騷，毫不含蓄，讓我很意外。她把所有人都逗笑了。我自己都說不清這個「逗笑」是什麼意思。事實上，沒過多久，我便發現懷亞特太太大多數時候不是跟大家一起笑，而是成為了大家譏笑的對象。男士們不常提到她，女士們卻很快表示，她「這個人容貌普通，沒有涵養，十分粗俗，卻心地善良」。懷亞特為何會娶她，讓人難以理解。這種事通常都是因為錢，可我聽懷亞特說過，她並未帶來任何嫁妝，也不可能讓他繼承任何遺產，所以這個原因說不通。懷亞特曾說，他「是因為愛情而結婚，除了愛情，沒有別的原因，而且他的新娘值得他深愛」。想起我朋友的這番告白，我滿心疑惑。莫非他那時候剛好精神失常了？除了這個，還有什麼解釋？他是個優雅、智慧、吹毛求疵的人，對缺陷、美都有著敏銳的直覺和鑑賞力。那位女士看起來的確很愛他，特別是他不在時，她總是把「親愛的老公懷亞特先生」說過什麼掛在嘴邊，顯得很滑稽。用她本人的妙語來形容，「老公」這個詞好像一直「停在她舌尖上」。船上所有乘客都發

現，她親愛的老公在躲著她。躲避的方式十分明顯，他總是獨自待在包廂，他基本是獨自住著那個頭等艙包廂裡，絲毫不理會太太，後者在公共船艙裡玩樂，想怎麼玩就怎麼玩。

根據這些見聞，我得出一個結論：畫家因無常難測的命運或突如其來的瘋狂，跟這個根本無法與他匹配的女人結了婚，順理成章的，沒過多久，他便徹底厭倦了她。我真心同情他，可是考慮到他向我隱瞞了〈最後的晚餐〉那件事，我便無法原諒他，還決定要報復他。

有一天，他走上甲板。我跟他一起在甲板上散步，挽住他手臂，這是我一直以來的習慣。他依舊像先前一樣鬱鬱寡歡（在我看來，他在這種處境下必然會這樣）。他話很少，偶爾講話也是勉強為之，看起來很不高興。我大著膽子說了些笑話，他努力想露出一點笑容。他真是可憐！——想起他太太，我實在不明白他如何還能勉強自己露出笑容。我斗膽向他發起準確的進攻。我打定主意，透過恰如其分的暗示讓他慢慢意識到，他用那個長方形盒子玩弄這種可笑的伎倆，根本騙不到我。我像藏在暗處的炮臺猛地發起炮轟一樣，談及「那個盒子的形狀很獨特」，邊說邊朝他露出狡猾的笑容，心照不宣地朝他眨眨眼，並伸出食指在他肋骨上輕戳幾下。

對於我這個沒什麼惡意的玩笑，懷亞特給出了他的反應。我馬上確定，這人已經瘋了。起初，他像是不明白我在說什麼，注視著我發呆。接下來，他慢慢理解了我的言外之意，一對眼珠好像正從眼眶裡一點一點鼓出來。隨後，他的臉漲紅了，接著變得一片慘白。忽然，他狂笑起來，似乎覺得我對他的譏諷很好笑。他笑得越來越厲害，笑了整整十分鐘甚至更長時間，讓我大吃一驚。最終，他栽倒在甲板上。我跑過去扶他，他簡直變成了一具屍體。

我出聲求助，一些人過來幫忙。我們好不容易才把他弄醒。醒來以後，他不停地胡言亂語。到了最後，大家為他放血，讓他好好睡了一覺。

第二天清早，他恢復如常，但只是身體恢復如常，精神就不用我多說了。船長勸我避免在船上跟他見面。我接受了這個建議。跟我一樣，船長好像也覺得我朋友瘋了。不過，船長提醒我，別跟任何人說這件事。

繼懷亞特發病後，又接連出了好幾件事，我因此更加好奇。其中最引人注目的事情是這樣的：

我覺得自己神經敏感——因為喝下太濃的綠茶，晚上無法安睡——有兩個夜晚，我徹夜無眠。跟船上其餘單身漢的包廂一樣，我的包廂也跟公共船艙和餐廳相連。懷亞特的三個包廂則在後面的船艙裡，跟公共船艙隔著一道輕巧的滑門，這道門晚上不會上鎖。我們的船朝下風處嚴重傾斜，因為船啟航後，基本都在逆風航行，風又很大。這種傾斜導致當右船舷對著下風處時，滑門會自行滑開，大家都怕麻煩，不願下床去關門。不過，因為天氣很熱，我總是開著包廂的門，當滑門也打開時，從我的床上剛好能看清後面的船艙，且剛好是懷亞特先生那三個包廂。我徹夜未眠的那兩個夜晚（不是連續的），每天晚上大約十一點，我都能清清楚楚看到懷亞特太太悄悄溜出懷亞特先生的包廂，進入多出來的包廂。而她的丈夫會在第二天清晨再叫她回來。很明顯，這對夫妻正在分居。他們住在不同的包廂中，毋庸置疑，他們正準備離婚。我相信他們多訂一個包廂就是為了這個。

我對另外一件事也很感興趣。我徹夜未眠的那兩個夜晚，懷亞特太太悄悄溜進第三個包廂後，她丈夫的包廂內就會傳出一種小心、低沉的怪聲。我仔細傾聽，最終反應過來——畫家在用鑿子、木槌撬長方形盒子。為壓低聲音，他很明顯用一種棉毛織物包裹住了木槌。

我能根據聲音，判斷他什麼時候打開了盒蓋，什麼時候挪開盒蓋，什麼時候把盒蓋放到了下鋪。以最後這點為例，我判斷的依據是他小心翼翼將盒蓋放到床上（地板上沒有空間放盒蓋），盒蓋觸碰到木床發出的輕響。在此之後，直至天明時分，什麼聲音都聽不到。兩個夜晚都是如此。這段時間，只有一種我不確定是不是自己想像出來的抽泣或低語聲，幾乎微不可聞。我說這種聲音好像抽泣或低語聲，可這兩種猜測當然都不對。我更願意相信，這不過是我的耳鳴。

懷亞特先生打開盒子，無疑只是一種習慣，對個人癖好的放縱，即隨時在對藝術的激情中沉迷。他想瞧瞧盒子裡那幅珍貴的畫，滿足自己，所以打開了盒子。他絕不會因此抽泣。我重申一遍，所謂的抽泣必然是我幻想出來

的，罪魁禍首就是我喝下的綠茶，那是哈迪船長送給我的。那兩個夜晚，黎明到來前夕，我清清楚楚聽到懷亞特先生蓋好盒子的蓋子，用被軟布包裹的木槌敲擊釘子，將盒子恢復原樣。他完成這項工作後，便穿戴整齊從包廂出來，把懷亞特太太找回來。

船航行一週後，來到哈特勒斯角以外的洋面，忽然遭遇了強烈的西南風。因為這陣風早有預兆，所以我們並非毫無準備。甲板上的東西都收拾好了，應該掛到桅杆上的船帆也都掛起來了。風越來越猛，最終，船無法行進，大家只能把後桅縱帆、前桅中桅帆都捲起來。

我們就這樣在海上漂了四十八個小時，一直安然無恙。從很多方面說，「獨立號」都是艘不錯的船，船身始終沒有進水。可是過了四十八個小時，強風變成颶風，將後帆撕扯開來，變成一堆爛布條。接連幾個大浪打過來，船身飄搖不定。

這次颶風過後，船上死了三個人，艙面廚房和幾乎整個左舷牆都被浪捲走。我們緩過神來，馬上拉開一張支索帆，否則等前帆被撕爛就來不及了。最初的幾小時，支索帆的確發揮了作用。雖然風暴仍未停止，但船穩當了許多。

風繼續吹，毫無要減弱的跡象。我們發現，船上的索具都繃至極限，眼看就要斷裂了。風暴開始後第三天，下午大約五點鐘，後桅迎風傾斜得十分嚴重，最終斷裂。我們在劇烈搖晃的船上努力想將其矯正過來，但忙活了一個多小時，還是失敗了。這時，船匠跑到船尾，說船艙進了水，有四英尺深。而抽水機全都熄火，基本修不好了，真是禍不單行。

船上一片混亂，大家都深感絕望。可是，我們還是盡量丟掉船上的貨物，砍斷餘下的兩根桅杆，以減輕船身的重量。我們好不容易做完這些事，但還是沒能修好抽水機。船艙的積水越來越深。

夕陽落下時，風暴明顯減弱，海浪也小了很多。我們懷著一絲希望，可以坐救生艇逃命。晚上八點鐘，上風處的雲一下散開，露出一輪滿月。這預示著將有好事發生，我們都重新振作起來。

我們費盡力氣才將船上的大救生艇放到海面上。「獨立號」所有船員、

大半乘客都登上救生艇。這些人歷盡艱辛，最終安然抵達奧克拉科克港。在此之前三天，「獨立號」沉沒了。

船長和十四名乘客留在了船上，準備藉助船尾的小艇逃生。大家輕而易舉將小艇放入海中。小艇竟沒在海面上翻過去，真是奇蹟。登上這艘小艇的有船長及其太太、懷亞特一家、一名墨西哥官員夫婦和四個孩子、我和一個黑人傭人。

小艇空間有限，只能裝一些必不可少的裝備、飲食，還有大家穿在身上的衣服。大家也沒想多帶什麼東西。然而，小艇開出去幾碼後，懷亞特先生猛地從艇尾坐起來，讓哈迪船長把小艇開回去，他要去拿那個長方形盒子。大家聽到他提出如此過分的要求，都很吃驚。

「你坐下，懷亞特先生，」船長厲聲說；「你要不老實一點，會翻船的。海水都要湧進船舷了。」

「盒子！」懷亞特繼續站在那兒高叫；「我是說那個盒子！哈迪船長，你不可以，你不會拒絕我。它那麼輕——又不重———一點重量都沒有。想想你母親——想想仁慈的上帝——為了你的靈魂能得到救贖，求你把小艇開回去，讓我去拿那個盒子！」

畫家這樣懇求，船長好像有所觸動，但不一會兒又冷靜下來，厲聲說道：「懷亞特先生，你真是瘋了，我不會答應你。你坐下，我要求你坐下，否則會翻船的。攔住他——擋住他——馬上擋住他！——他要從船上跳下去！看哪——我一早猜到會這樣——他跳下去了！」

船長說這番話時，懷亞特先生已從小艇上跳下去。「獨立號」剛好幫小艇擋住風，憑藉非凡的力量，他抓住從前錨鏈上垂下的一根繩子，迅速爬上船，衝進船艙，像瘋了一樣。

這時，小艇被吹到「獨立號」船尾。大船無法再為小艇擋風，小艇只能在大浪中翻滾。我們極力想接近大船，可是置身風暴中，小艇就跟一根羽毛差不多。我們馬上意識到，可憐的畫家在劫難逃。

小艇和大船迅速拉開距離。我們看到大船升降口出現了一個人，正是那個瘋子（我們不得不認為他是個瘋子）。很明顯，他憑藉一種非凡的力量，

將那個長方形盒子帶出來了。我們注視著他，完全驚呆了。他拿出一根很粗的繩子，在盒子上纏幾圈，再纏住自己。眨眼間，他跟盒子都到了海裡，迅速在海面上消失，從此無影無蹤。

我們呆望著他沉下去的海面，滿心悲痛，停止搖動船槳，讓小艇停下來。接著，我們又划動船槳走了。此後一小時，大家都沉默不語。

我第一個開口說話：「船長，你有沒有看到，他和那個盒子下沉得多快？這不是很反常嗎？我必須承認，看到他把自己跟那個盒子綁在一起，跳進海裡，我還以為他會有一線生機。」

「他跟盒子自然會沉下去，」船長說，「且是馬上沉下去。可他們很快會浮上來——等鹽都化掉以後。」

「鹽！」我忍不住叫道。

「小聲點！」船長對我說，指指死去之人的太太、妹妹：「稍後有了恰當的時機，我們再說這些事。」

我們嘗盡了各種艱苦與危險，好在有命運庇佑，我們跟大救生艇上那些同伴一樣幸運。艱難地漂了四天，我們最終登上羅諾克島對面的海灘，保住了性命。在這裡，我們待了一週。救下我們的人對我們還算不錯。隨後，我們乘船去了紐約。

「獨立號」沉船約莫一個月後，我去百老匯時，碰巧遇見了哈迪船長。我們很自然地說起那次海難，特別是不幸的懷亞特淒慘的遭遇。我由此獲悉了詳細的內情。

畫家訂下三個包廂，是為給他和太太、兩個妹妹、一個傭人住。他太太確實很美，很有涵養，討人喜歡，跟他的形容沒有出入。6月14日我初次登船的那天早晨，那個美麗的女人忽然病死了。她年輕的丈夫極為悲痛，卻又必須按時趕到紐約。他要將心愛的妻子送到她母親那裡，但若公然運送屍體，必會被世俗成見阻撓，九成的乘客都不會跟屍體同乘一艘船，寧願退票。他不知所措。

哈迪船長想到一個妥當的辦法。船長提議，對屍體進行防腐處理，裝進一個木盒子，裡面放上很多鹽，作為貨物送到船上。外界都不知道懷亞特太

太已香消玉殞，但知道懷亞特先生幫太太訂了包廂，因此，在船上的這段時間，一定要有人假扮他太太，出現在眾人面前。他已故太太的女傭很快被說服了，願意承擔起這項工作。太太去世前，懷亞特先生為女傭訂了包廂，並沒有退掉。假扮懷亞特太太期間，女傭自然每晚都在這個包廂裡睡覺。到了白天，她再假扮成她的女主人——船上沒有一位乘客見過懷亞特太太，船長事先小心確認過。

我之所以產生誤解，自然是因為我太魯莽，太好奇，太衝動。最近，我經常輾轉難眠，總會看到一張臉，聽到瘋狂的笑聲，怎麼躲都躲不開。

活埋

　　有些題材十分吸引人，可要真的寫成小說，又顯得太恐怖。因此，純粹的浪漫主義作家若不想激怒大家或惹人厭惡，就該避開這些題材。要恰當地處理這些題材，一定要有準確、嚴肅的事實作為依據。比如讀到關於強渡別列津納河、里斯本大地震、倫敦黑死病、聖巴托羅繆大屠殺、加爾各答黑洞中一百二十三名囚徒窒息而死的描述，大家都會汗毛聳立，有種強烈至極的「愉快的痛苦」。可事實——真相——歷史才是這些描述中最吸引人的地方。如果這些都是虛構的，大家便會心生反感，不願去讀。

　　我羅列了這麼多在歷史上留下記錄、眾所周知的大災難，可是這些災難的規模比災難的性質更讓人記憶深刻。不必我來提醒大家，我能從無數人類的災難中羅列出很多個人的災難，它們帶來的痛苦更勝於這些大災難。事實上，通常說來，真正的悲劇——最極致的悲哀——都不是普遍的，而是特殊的。最恐怖、最極致的痛苦往往不會降臨在一群人身上，而會降臨在某個人身上——我們應該多謝上帝的仁愛！

　　在人類所有極為痛苦的災難中，活埋毋庸置疑是最可怕的。常常思考的人多半都會承認，活埋這種事時有發生。生死之間的界線模糊不清，生命在何處結束，死亡又在何處開始，什麼人能說得清？大家都知道，一些疾病能

讓病人的生命機能看上去好像徹底停止了，然而，準確說來，這不過是暫時停止，是那種我們瞭解不夠充足的機械運動的暫時停止。過段日子，這些神奇的小齒輪、有魔法的大飛輪，會因為一種未知的規則，再度開始運轉。銀索的鬆弛並非永恆的，金碗的破損也不是無可挽回。只是靈魂這段時間會在哪裡棲身呢？

可是拋開這種無可避免、從因到果的推論，這樣的原因必將引發這樣的結果——這種假死病例一定會經常引發活埋的結果——我們拋開這種推測，依然能證明現實中經常有活埋的事情發生，醫學領域和日常生活中的案例都能直接為此提供證據。我現在就能舉出一百多個確鑿的案例，若有這種需要的話。附近的巴爾的摩市前段時間就出了這樣一個性質非同一般的案例，有些讀者可能還清楚記得其中的細節。當時，巴爾的摩市因此發生了一場痛苦、激烈的動亂，影響範圍很廣。

有個受人敬重的市民的妻子——一名地位很高的律師、國會議員的妻子——忽然得了怪病，醫生對此一點辦法都沒有。她受盡折磨，然後去世，也可以說被認為已經去世。確實沒人懷疑，也可以說沒人有任何理由懷疑，她其實沒死。死人通常會出現的外部特徵，在她身上全都出現了。她的臉部輪廓收縮、下陷，嘴脣慘白如大理石，眼睛黯淡無光，體溫消失，脈搏停止。停屍三天後，她的身體徹底僵硬。大家相信，用不了多久，她的身體就會腐爛，於是急急忙忙將她下葬。

這名女士被放到家族墓窖中。接下來的三年，墓窖一次都沒打開過。三年後，人們要將一口石棺放入墓窖，於是將其打開——上帝啊！她的丈夫去打開墓門時，看到了多恐怖、震驚的一幕！他把墓門向外打開，聽到一陣嘎吱嘎吱的響聲，一個白色的東西倒在他懷裡——正是他太太的骸骨，身上的壽衣還沒腐爛。

經過詳細調查，被送進墓窖兩天後，她死而復生。她在棺材裡掙扎，棺材從壁架或木架上掉下來摔爛了，她從裡面爬出來。有盞燈被人不慎落在墓窖裡，裡面原來裝滿了燈油，現在一點都沒有了。不過，燈油全都蒸發掉的可能性也很大。從墓窖出去的臺階最高處有塊棺材的大碎塊，她好像曾試

圖讓外面的人發現自己，用碎塊敲擊墓窖的鐵門。她這樣敲擊時，可能因為太害怕，暈過去或就此死了。她倒下時，鐵門向內部凸起的地方鉤住她的壽衣，將她掛起來。於是，她站在那裡，逐漸腐朽。

1810年，法國發生了一起活埋事件。這件事雖是真的，人們卻很自然地覺得它比小說更匪夷所思。事件的女主角維克托麗娜・拉夫加德小姐是位大家閨秀，非常有錢，年輕漂亮。很多男人追求她，其中有個叫朱利安・博敘埃的男人，是巴黎一個窮書生，也可以說是窮記者。他很有才華，待人寬厚。那位女繼承人留意到他，好像還對他動了真情。可她生來傲慢，並未答應他的求婚，而是嫁給了一位勒內萊先生，他是尊貴的銀行家、外交家。結婚以後，丈夫對她十分冷落，甚至可能虐待她。婚後數年，她過得很悲慘，隨後香消玉殞——至少那時候她看起來非常像死人，所有看到她的人都相信她死了。她沒有被葬入墓窖，而被送到了她出生的村莊，埋葬在一座尋常的墳墓中。

那個記者依然深愛著她，為此飽嘗相思之苦，痛不欲生。於是，他離開巴黎，來到那座偏僻的外省村莊。他想從墳墓中挖出所愛之人的屍體，從她頭上剪下一絡秀髮，這個想法很浪漫。他找到她的墳墓，將她的棺材挖出來，打開棺蓋，此時正值半夜。他把她的頭髮拆開，忽然看到自己所愛的人睜開了眼。

原來她沒有徹底死去，就遭到活埋。她陷入昏睡，卻被誤會已經死了。戀人的撫摸喚醒了她。他像瘋了一樣抱起她，返回他在村子裡的住所。他對醫學頗有研究，餵她吃下非常有效的補藥。最終，她完全清醒過來，認出了救下自己性命的人。她和他一起生活，逐漸康復。

經過此事，她相當於上了最後一節愛情課。她又不是鐵石心腸，這下終於心軟。她沒去找她的丈夫，也沒通知他自己已死而復生。她將心交給了情人博敘埃，偷偷跟他去了美國。

兩人再次回到法國，是二十年後的事了。他們本以為女士的相貌已隨著時間的流逝，出現了顯著的改變，那些朋友絕不會認出她來。結果並非如此。事實上，勒內萊先生一下就認出了她，還說要讓妻子回來。她不肯答

應。法庭站在了她這邊。法庭判決，他們的情況很特殊，彼此分開了這麼多年，無論從情理還是法律上說，勒內萊先生都不能再對她行使丈夫的權利。

萊比錫的《外科雜誌》頗具權威性，有著很高的價值——要是有美國出版商能翻譯成英文出版就好了。近來，雜誌上刊登了一件事，同樣屬於我們正在討論的悲慘事件。

有位炮兵軍官高大魁梧、身強體壯，被一匹烈馬甩下來，頭部受了很重的傷。當時，他陷入昏迷。經過診斷，他的顱骨有輕微的骨折，不過不會有生命危險。他接受了開顱手術，手術很成功。他還被放血。一切常規的輔助治療，一樣都沒落下。然而，他卻逐漸陷入昏迷，情況越來越嚴重，最終被確定已經死亡。

天氣很溫暖，大家匆匆將他埋葬在公共墓園中。週四，他被埋葬。幾天後的週日，跟平時一樣，墓園中滿是遊人。有個農夫說，中午，墓園出了事。當時，他坐在那個軍官的墳上，清楚感知到地面的顫抖，底下似乎有人在掙扎。起初，大家並未留意農夫的話。可他顯然非常害怕，堅持自己所言非虛，大家自然不會無動於衷。於是，大家趕緊找來鐵鍬，把這座墓挖開。墓穴很淺，很寒酸。僅僅挖了幾分鐘，大家就看見了死者的頭。他表面看來確實已經死了，卻挺直身體坐在棺材裡。棺蓋已在他的劇烈掙扎中從原先的位置挪開了。

大家馬上將他送進附近一家醫院。醫生說他處在窒息狀態中，但並未死去。他在幾小時後清醒過來，認出了自己的朋友，磕磕巴巴說出自己在墓中遭受的折磨。

他說，被埋葬一個多小時後，他確定自己還有生命意識。在此之後，他才昏迷過去。此事再清晰不過了。人們往墓中填土時敷衍了事，泥土疏鬆，有很多小孔，能夠透氣，這救下了他。

聽見有人在上面走來走去，他使勁兒掙扎，想讓大家聽到。他表示，他能從沉睡中醒來，可能正得益於墓園嘈雜的聲音。但是醒來以後，他馬上清楚意識到，自己的處境相當恐怖。

記錄顯示，這名病人原本已逐漸康復，卻在即將恢復如初時，被人用於

失敗的醫學實驗，淪為犧牲。他接受了電流療法，卻遭遇意外，陷入昏迷，就此死去。

談到電流療法，我又想起一個著名的活埋的例子，很不尋常。倫敦有個年輕的律師，下葬兩天後，因電流刺激復活。這是1831年的事，當時引發了很大的轟動。

案例中的病人名叫愛德華・斯特普爾頓，他的死因顯然是斑疹傷寒，同時他又出現了一種反常的病症，讓醫生都很困惑。他看起來已經死了，醫生們便請求他的親朋好友准許他們解剖屍體檢驗。遭到拒絕後，醫生們打定主意，偷偷把屍體挖出來，慢慢解剖。很多醫生都做過這種事。倫敦各地有很多盜屍集團，醫生們沒費什麼力氣，就找到其中一個集團幫忙。葬禮結束後第三天夜裡，那個深八英尺的墓穴被挖開，屍體被轉移到一座私家醫院的解剖室。

醫生在死者肚皮上切開很長的一道口子，發現內部一點腐爛的跡象都沒有。醫生想起可以用電流刺激死者。連續多次的電流刺激卻只引發了最尋常的反應，不見半點異常。不過，跟普通的痙攣相比，有一兩次，屍體出現了更有生命力的痙攣。

夜深了，天就快亮了。醫生最終確定，現在繼續解剖是最恰當的選擇。可有個醫學院的學生執意再用電流刺激死者的一塊胸肌，以便驗證自己的一個理論。於是，死者的胸部被隨意切了一刀，很快接上電線。

忽然，病人從解剖臺上跳起來，動作很快，但肯定不是痙攣。接著，他走到解剖室中間，環視四下，一臉忐忑。過了片刻，他開始說話。他說的是一些句子，音節清晰，卻難以理解。他說完以後，便一頭栽倒在地板上。

現場的人起初全都嚇呆了。不過，他們很快冷靜下來，因為還有緊急的事需要他們處理。他們意識到，斯特普爾頓先生是昏迷了了，但沒有死。

他被搶救過來，恢復了意識。沒過多久，他完全康復，返回朋友們中間。但是在確定他的病情不會再反覆之前，醫生們沒有通知他的朋友他已死而復生。可想而知，後來朋友們知道此事，有多麼驚喜。

不過，斯特普爾頓先生的自述才是此事最讓人吃驚的地方。他說，從頭

到尾，他都是有知覺的。他的所有經歷他都感知到了，只是沒那麼清晰。這種感知開始於醫生宣佈他的死亡，結束於他在解剖室中昏迷過去。意識到自己身處解剖室時，他極力說出一句話，但大家都沒聽懂。那句話其實是「我沒有死」。

這類故事數不勝數，但要透過講述這類故事證明活埋確有其事，確實是多此一舉，因此，我就不多講了。不過，一旦從這些案例中發現這種事情非常難得，我們就不能不承認，在我們不知道的地方，這種事情在不斷上演。實際上，每次人們把一片墓地改為其他用途，無論具體目的是什麼，無論墓地面積有多大，基本都會看到有些骸骨姿勢怪異，讓人感到懷疑、害怕。

這種情緒確實很讓人恐懼，但那種悲慘的命運更讓人恐懼！毋庸置疑，活埋會讓人的精神、肉體遭受最慘烈的折磨，其餘一切都無法與之相比。肺部的壓力難以忍受，潮濕泥土的味道讓人喘不上氣來，裹屍布纏在身上，窄小的棺材死死困住自己，徹頭徹尾的黑暗，靜寂如在深海，無往不利的征服者——蟲子——儘管看不到，卻能感覺到——還有對頭上的空氣、芳草的想像，以及想到好朋友若知道我們正遭受這種災禍，會馬上趕來救我們，可他們根本不可能知道——除了真正的死亡，任何東西都不能讓我們對命運感到絕望——想到這些，仍在跳動的心臟便會感受到前所未有、不堪忍受的恐懼，想像力再豐富，也想不出這是一種怎樣的感受，這點我之前已經說過了。人世間有什麼能讓人陷入如此深切的痛苦，我們不清楚。那地獄有多可怕，我們動用所有想像力都想不出一半來。所以根據這個題目做的任何描述，都能吸引讀者。然而，對於這個題目本身，大家卻都十分敬畏，因此，只有確定我們講述的事情是真的，才能達到吸引人的效果。接下來，我來說說我本人的真實感受，這是我本人的經歷。

這麼多年來，我一直受一種怪病折磨。醫生都稱其為全身僵硬症，沒有比這更準確的稱呼了。我們尚不清楚這種疾病的直接誘因、病理症狀。不過，大家都非常清楚其顯著的外在特徵。這種疾病的發作時有變化。病人會陷入反常的昏迷，持續一天乃至更短的時間。在這段時間內，病人失去了直覺，紋絲不動，不過仍有微弱的心跳能被感知，仍保持著些許體溫，臉上還

有淺淺的紅暈。若在其脣邊放一面鏡子，還能感知到其肺部仍在運作，只是運作得很緩慢、不規律、遲疑不定。不過，這種昏迷可能會持續幾週乃至數月。無論怎樣認真觀察，無論進行何種嚴格的醫學測驗，都不能確定昏迷之人的狀態跟大家通常認為的死亡存在何種實質性差異。一般說來，昏迷之人的朋友知道其之前曾犯過全身僵硬症，便會由此生出懷疑，特別是昏迷之人的身體不會腐爛，最終使其僥倖未被活埋。好在這種病症最開始都很輕微，之後才逐漸加重。剛開始發作時症狀顯著，但不會被明確斷定為死亡。之後的發作會越來越嚴重，昏迷時間也會越來越長。這便是免遭活埋最重要的原因。有些人不走運，剛開發作症狀就極其嚴重，他們大都無法逃脫被活埋的噩運。

對比醫學書籍中提到的症狀，我的症狀也差不多。我有時候會無緣無故陷入半昏厥或半昏迷狀態。我處在這一狀態中，感受不到任何痛苦，不能動，準確說來是不能思考，但我對生命有種模糊的意識，能感知到守在我床邊的人，只是這種感知很不清晰。在那個轉折到來、恢復所有知覺之前，我將一直維持這種狀態。有時，我也會被這種疾病突然擊倒，立即產生噁心、麻痺、顫抖、暈眩這些症狀，當場暈過去，接連幾週陷入虛無的世界，一片茫然、黑暗、靜寂。這是一種徹底毀滅、無法挽回的感覺。可是第二種昏迷發作得越倉促，我醒來得就越緩慢。

我整體的健康狀況其實不錯，只是有這種昏迷的病。雖然這種病經常發作，但我並不覺得它會影響我的身體健康，除非真要把我平時睡覺時一種特殊表現當成其併發症。我睡覺醒來時，總是不能馬上徹底清醒。接連幾分鐘，我都神志不清，滿心迷茫，思維基本停滯，記憶更是徹底凝固。

我感受不到任何肉體的痛苦，但在精神方面，我卻感到無邊無際的哀傷。我的想像全都被陰森、恐怖的事物充斥。我口中提到的都是「蛆蟲、墳墓、墓誌銘」。對於死亡、對於被活埋的幻想，一直在我腦海中揮之不去。無論白天還是黑夜，這種恐怖的威脅始終圍繞在我身邊。可怕的黑夜降臨時，我像靈車上裝飾的羽毛一樣顫抖著，心中滿是憂懼。想到一覺醒來時，可能會發現自己正在墓穴中，我便不由得汗毛聳立，因此，就算睡意來襲，

再也支撐不住，我在不得不睡覺前，也一定會反覆掙扎。最終睡著時，我也只是猛地闖入一個充滿幻想的世界，那個掌控萬事萬物的陰森想法（被活埋）正在這個世界的高空飛翔，揮舞著黑壓壓足以遮擋一切的龐大翅膀。

在這裡，我只準備從夢裡壓迫我的無數陰森森的幻想中挑選出最特殊的一個，記錄下來。在我的幻想中，我的全身僵硬症再次發作，跟平時相比，持續時間更長，程度也更深。有隻冷冰冰的手忽然按住我的額頭，有個低沉、顫抖的聲音在我耳邊響起，聽起來那麼急切：「起床！」

我坐起身來。周圍黑漆漆的，把我叫醒的人長什麼樣，我根本看不清。自己是什麼時候昏迷的，此時正待在什麼地方，我都一頭霧水。我靜靜坐在那兒，努力思考這些事。這時候，那隻冷冰冰的手一下抓住我的手腕，用力晃動起來，顫聲說：「起床！聽到沒有？」

「你——你是什麼人？」我問。

「在我生活的地方，我是個無名氏。」聲音很哀傷：「從前我是個人，如今變成了鬼。從前我很殘酷，如今卻很仁慈。我在顫抖，你能感覺得到。講話時，我的牙齒都在打架，可這不是因為黑夜——無邊無際的黑夜如此寒冷。真正的原因在於這種可怕的氛圍，這讓我不堪忍受。你怎麼還能安睡？我聽到這些痛楚的哀嘆、悲歎，便無法入睡，無法忍耐。快起床！跟我一起出去，看看外邊的黑夜，我會幫你開啟那些墳墓。這種場面還不夠淒慘嗎？看呀！」

那個影子繼續抓著我的手腕，他已把人類所有的墳墓都打開了。我望過去，只見所有墓穴中都散發出微弱的磷光，因此，我能望見墓穴底下被壽衣包裹著的死屍，他們都如此淒慘，如此莊重，跟蟲豸長眠於此。但是上帝啊！其中大部分都無法安息，他們掙扎著，卻沒什麼力氣。淒慘的騷動隨處可見。被埋葬之人的壽衣摩擦出的窸窣聲從無數墓穴底下傳出來，慘不忍聞。我還發現，很多看起來已經安息的屍骸都改變了下葬時的姿勢，顯得不那麼僵硬了。

那個聲音急促地說：「莫非這還不——啊，這還不夠悲慘？」

在我想到如何作答之前，那個影子已放開我的手腕。磷光黯淡下去，剎

那間，所有墓穴都關閉了。絕望的吵鬧聲在墓穴中響起：「莫非這還不——啊，這還不夠悲慘？」

　　清醒之際，我依然為夜裡這些幻覺感到恐懼。我的神經脆弱至極，無時無刻不在恐懼之中受盡煎熬。所有需要外出的運動，包括騎馬、散步等等，我都遲遲疑疑不想參加。我很害怕全身僵硬症發作時，自己會被一些不瞭解內情的人活埋，所以總是跟瞭解我有這種病的朋友在一起，不敢離開他們單獨行動。可是連摯友對我的關懷與忠誠，我都不再信任。我擔心若自己哪次昏迷的時間比平時更長，他們就會在旁人的勸說下，相信我再也不會甦醒。更有甚者，我還怕他們厭倦了我這個麻煩的朋友，當我再次陷入長久的昏迷時，他們就會藉機徹底擺脫我。他們鄭重向我做出承諾，極力想打消我的疑慮，但一點用處都沒有。我逼迫他們立下最神聖的誓言，除非我的身體徹底腐爛，絕對無法保存，否則不管出了什麼事，都不能埋葬我。

　　然而，我依然害怕至極。無論什麼道理或是寬慰，對我都沒有作用。我費盡心機採取了很多預防舉措，包括改造家族墓窖，從墓窖內部能很容易地打開門。墓窖內部裝了根長棒，只要在上面輕按一下，就能輕而易舉打開那兩扇沉甸甸的鐵門。我還改進了墓窖的通風、採光條件，並在棺材旁放了飲食，一伸手就能拿到。棺材裡面墊著暖和、柔軟的墊子。棺材蓋子跟墓窖大門有著相同的設計，還加裝了彈簧，棺材內部輕輕響一下，蓋子便會自動打開。墓窖頂上掛著一個大鈴鐺，連接著鈴鐺的繩子從棺材上的小洞穿進去，牢牢綁在死者一隻手上。但是，唉！跟人類命運對抗有用嗎？遭到活埋的極端痛苦、命中註定的悲慘遭遇，是再精巧的預防舉措都無法避免的！

　　那個關鍵的日子來了。跟之前很多次一樣，我發覺自己正從那種徹底的無意識中飄上來，進入最開始那種朦朧的存在意識，以蝸牛般緩慢的速度向精神的白天那光線黯淡的清晨靠攏。我感到遲鈍的忐忑，漠然忍受著一種隱隱作痛的感覺。煩擾、希冀、努力，全都不復存在。長時間的間歇過後，耳鳴響起，隨後是更長時間的間歇，劇烈的刺痛，接著是舒服的靜止，好像永遠沒有盡頭。清醒的感覺在掙扎，想要進入意識，然後再次陷入無意識，接著一下醒過來。

眼皮輕輕顫動，強烈、模糊的恐懼隨即到來，刺激產生了一陣彷彿電擊的震動，太陽穴的鮮血因此迅速流動，抵達心臟。其後，我才真正試著思考，努力回憶。記憶恢復到能認清當前狀態的程度。我感覺自己並非從普通的睡眠狀態中甦醒。

回想起來，我的全身僵硬症又犯了。我顫抖的靈魂最終被可怕的威脅、被鬼魂一樣糾纏不清的想法淹沒，好像被驚濤駭浪壓下來。接連幾分鐘，我都被這種幻覺掌控，靜止不動。為什麼會這樣呢？我不敢動彈，不敢試著看清自己的命運。可是內心深處一個聲音暗暗告訴我，一切都已無法改變。

絕望——有別於其他悲慘遭遇引發的絕望——只是絕望，促使我在漫長的遲疑過後張開沉重的眼皮。我張開眼，只見黑暗，到處都是黑暗。我明白，這次犯病就此結束，那個轉折早就過去了。我明白，自己的視力已經恢復，卻只能看見一片黑暗，到處都是黑暗。除了恆久不變的夜晚那無盡的黑暗，我什麼都看不到。

我想尖叫。嘴脣和乾燥的舌頭都顫動起來，胸腔卻沒能發出任何聲音。好像有座火山壓在胸膛上，肺極力掙扎，跟隨心臟快速跳動，想要吸入空氣。

上頜與下頜在我試著尖叫時告訴我，它們被固定起來了。一般說來，死去的人都會被這樣對待。我同時感到身下和兩側緊貼著一種堅硬的東西。我一直沒動彈，唯恐會有什麼危險。這時，我把雙手手腕交叉平放的手臂一下舉起來，撞到一塊硬邦邦的木板，木板橫在我上面不到六英寸的地方。我終於確定，自己正躺在棺材裡。

一種如天使般美好的希望來到痛不欲生的我身旁，我想起了自己的預防舉措。我掙扎著想要打開棺材蓋子，發現它一動也不動。我尋找與鈴鐺相連的繩子，在雙手手腕上摸來摸去，卻是徒勞。希望徹底消失了，更加可怕的絕望到來。我發覺自己精心準備的墊子並未出現在棺材中。

忽然，我聞到一種潮濕的泥土刺鼻的氣味。我已無力反抗自己的結論。我沒被葬入本家族的墓窖。昏迷時，我剛好在外面，周圍都是素不相識的人。我已想不起這是何時發生的事，過程如何。就是這些素不相識的人把我

當成狗一樣放入一口尋常的棺材，埋進一個尋常的無名墓穴，埋得這麼深，讓我永無翻身之日。

這種恐怖的確定進入靈魂深處，我再次大叫起來，聲嘶力竭。這次，我成功了。黑暗中，我那瘋狂、痛苦的尖叫或是哀嚎，遲遲沒有停止。

「哎！哎！行了！」一個聲音不耐煩地說。

「這究竟是怎麼回事？」另一個聲音說。

「別叫了！」第三個聲音說。

「你為什麼要像山貓一樣大叫？」第四個聲音說。

一群看起來十分粗俗的人抓住我用力搖晃起來，過了幾分鐘才停下。可我發出尖叫時就已經醒了，他們這樣搖晃我不會將我喚醒，卻讓我的記憶徹底恢復。

我是在維吉尼亞州里奇蒙附近遇到了這件怪事。我來這裡狩獵，有位朋友陪在我身邊。我倆走在詹姆斯河岸邊，向下游接連走了數英里。一場暴風雨隨著夜幕一起降臨。我們只能躲到河邊一艘單桅帆船上，船上裝載著給花園施的土肥。我們夜裡就住在船上。船上只有兩張床鋪，我睡其中一張——載重六七十噸的單桅帆船的床鋪是什麼樣的，大家可以想像。我的床鋪連被褥都沒有。床鋪最寬的地方是十八英寸，床鋪與頂上的甲板相距也是十八英寸。我好不容易才把自己擠到床鋪上。不過，我並未做夢，睡得很不錯。

醒來以後，我的幻覺當然來自自己所在的環境、平日就有的成見，以及從長時間的睡眠中醒過來時，在恢復清醒特別是恢復記憶時遇到的困難——之前已經提過了。

那些搖晃我的人都是船員和卸貨工。我聞到的泥土味道來自船上運載的土肥。至於綁住我上頜和下頜的繩子其實是一塊絲綢手帕，我沒有帶自己慣用的睡帽，就把這塊手帕包了在頭上。

毋庸置疑，當時我承受的痛苦跟真被活埋沒什麼兩樣。這種痛苦如此恐怖，簡直讓人無法相信。不過，痛苦超過限度後，反而讓我的內心出現了突如其來、不可避免的轉變，正所謂因禍得福。我的靈魂因此變得強大、勇敢。我開始到國外旅行，積極鍛鍊身體，呼吸自由空氣。我不再考慮死亡，

轉而思索別的問題。我扔掉所有醫學書籍，燒掉了「巴肯」①。我不再讀《夜思錄》②、關於墳墓的誇張的文章，以及類似本文的恐怖故事。我成為了一個全新的人，生活也恢復正常。我在那個刻骨銘心的夜晚，將自己那些陰森、可怕的恐懼全部清除，永遠清除。我的全身僵硬症隨之康復。可能由始至終，我都不是因為昏迷感到恐懼，而是因為恐懼陷入昏迷。

就算在理智、清醒的人看來，悲慘的人類世界有時也跟地獄差不多。然而，人類卻是無法藉助想像鎮定自若地考察所有洞穴，人類畢竟不是卡拉狄絲③。可悲啊！我們不能將不計其數的恐懼當成純粹的想像，可要想避免被其吞噬，就只能讓其沉睡，將其當成陪伴阿弗拉斯布在奧克蘇斯河上旅行的惡魔④，否則就只有死路一條。

──────────────────────────────

1. 即蘇格蘭醫生威廉‧巴肯（1729～1805）的醫學著作《家庭醫學》。──譯注

2. 即英國詩人愛德華‧楊格的長詩《夜思錄》，全名《哀怨，關於生、死、永生的夜思》。──譯注

3. 英國作家貝克福德（1759～1844）所著的哥德式小說《瓦提克》中的女巫，她讓兒子深陷地獄，永遠無法脫身。──譯注

4. 參見美國作家華萊士（1817～1852）的小說《斯坦利》。──譯注

莫蕾娜

他只靠自己，永遠只靠自己。

——柏拉圖《饗宴篇》

　　我對我朋友莫蕾娜心存愛意，這是種極為反常但極其深刻的感情。很多年前因為機緣巧合，我來到她身邊。第一次見到她，我內心就燒起了一把火，這把火對我而言是完全陌生的，卻不是愛情的火。我逐漸確定，自己絕不可能說出這把火非同一般的意義，掌控其含糊不清的強度，於是，我的靈魂陷入痛苦，受盡折磨。可我遇到了她，在聖壇前，命運讓我跟她結合。只是我從未提及或想到愛情。她卻放下一切，一心一意陪伴我，給我幸福。這種幸福讓人吃驚。

　　莫蕾娜擁有淵博的學識。她極有天賦，智商過人，正好能滿足我的期待。我發現了這點，在很多方面，我都願意拜她為師。然而，我很快又看到，她把很多神祕主義作品放到我眼前——現在這些作品往往被當成日爾曼早期文學的渣滓——這可能要歸因於她曾就讀於普雷斯堡的大學。我猜她對此情有獨鍾，曾做過很長時間的研究。在她簡單、切實的教育影響下，我也對這些逐漸熟悉起來。

我的理智在這一過程中發揮的作用並不多。我相信它們或忘卻自我，並不是這些思想本身產生的效果。我的行為、思想都未曾受到這些作品中神祕主義色彩的影響，一切只因我自己著了魔。我相信它們，所以任由太太把我帶進她的研究迷宮，對此沒有半點畏懼。之後每次讀那些被禁的書，我感覺自己被禁錮的內心蠢蠢欲動時，莫蕾娜就會把她冷冰冰的手放在我手上，從已經死去的哲學灰燼中挑出一些來——都是些怪異的字句，早就徹底涼了。而在我的記憶中，這些字句的意思卻重新燃燒起來，火勢如此猛烈。接連幾個小時，我會一直待在她身旁，聽著她美妙的話語，沉醉其中。這種美妙的聲音最終會染上恐怖的色彩，陰影籠罩在我心頭，以至於聽到她神祕兮兮的語調，我就會面色慘白，膽戰心驚。忽然之間，快樂變為恐懼，最美的變為最可怕的，欣嫩子谷變為火焚谷[1]。

在相當長的一段時間內，我跟莫蕾娜的談話基本都圍繞著我提到的這些書中有名的章節展開，至於其主要含義是什麼，在此就用不著解釋了。我們經常探討費希特的泛神論、畢達哥拉斯的靈魂轉世理論，特別是謝林的同一哲學。對想像力豐富的莫蕾娜來說，這些探討讓她更加光彩照人。我對洛克的人格同一理論的理解是，擁有理性的生命都具有同一性。因為我們從人類身上獲悉，智慧的實質是理性，而我們之所以能成為自己，跟其餘有思想的人區分開，擁有屬於自己的個性特徵，正是因為一種總是隨著思想產生的意識。然而，當時對我來說，思考個體存在的原理，即死後同一性會不會永不改變，是非常有趣的。除了因為思考的結論會讓人疑惑、興奮外，更重要的原因是，在談到這個問題時，莫蕾娜的言行舉止總是十分亢奮。

最終，我太太的言談舉止中包含的神祕卻變成了一道符咒，讓我連氣都透不過來。她慘白的手指的撫摸，歌唱般的低聲細語，還有她哀傷的眼神，

---

1. 欣嫩子谷、火焚谷是同一座深谷，位於耶路撒冷西南邊。欣嫩子谷出自《聖經·舊約》，是異教徒獻祭的地方。火焚谷出自《聖經·新約》，是焚燒罪犯屍體的地方。——譯注

都讓我忍無可忍。她明白這些，卻並未因此責備我。對於我的軟弱或是愚蠢，她好像有所感知，卻笑著說這是命運的安排。她好像還感知到了我們的關係日漸疏遠的原因，而我卻不清楚，她也不曾暗示或點醒我。然而，作為一個女人，她終究還是一天天消瘦下去。她臉上經常長出紅色的斑點，很久都不會褪去。她慘白的額頭上青筋凸起，日漸明顯。有時候，我也不由得可憐起她來。可是她暗含深意的眼神讓我厭倦、頭暈，好像從懸崖上俯瞰陰森森的深淵。

那段時間，我是否在熱切期待莫蕾娜的死亡？沒錯，我是這樣期待的。可是那弱不禁風的靈魂卻對自己棲身的肉體滿懷眷戀，一天天、一週週、一月月就這樣過去了，我的神經受盡折磨，最終徹底掌控了我的意念。我在這無窮的折磨中變得焦躁不安，發出惡毒的詛咒，詛咒這漫長、煎熬的歲月，以及她脆弱的生命，好像日落後遲遲不願消散的晚霞。

一個秋季的傍晚，外面的風停下後，莫蕾娜讓我到她床邊。大堤上到處籠罩著薄薄的霧氣，晚霞照著河面，一片暖色。正值十月，森林中五彩繽紛，天上落下一道彩虹。

「今天已被命運選定了，」我走過去時，她告訴我：「可能生，也可能死。這一天對大地、生命之子來說多麼美妙——啊！對天空、死亡之女來說就更美妙了！」

我在她額頭上吻一下。

她接著往下說：「我要死了，不過我會得到永生。」

「莫蕾娜！」

「你已經不愛我了。這個被你厭惡的女人若是死了，就將重新得到你的愛！」

「莫蕾娜！」

「再說一遍，我要死了，可我體內有愛情的結晶——啊，只有一點點！你給我的愛情只有這麼一點點！我們的孩子——莫蕾娜的孩子將在我失去靈魂時誕生。你以後會過得很傷心，這種傷心就像長青的絲柏一樣，既深刻又綿長。因為你的快樂已走到終點，帕埃斯圖姆的玫瑰一年能開兩次，但人生

的快樂只有一次。你不會再計算時間的長短。對於桃金娘、常春藤，你都視而不見，因此，你會像麥加的穆斯林一樣，把大堤當成你的裹屍布。」

「莫蕾娜！」我吃驚地大叫起來：「莫蕾娜，你是怎麼知道這些的？」她沒有回答，只是轉身將臉貼在枕頭上，手腳輕輕顫慄，就此斷了氣。

她的預言沒錯，瀕死之際，她生下一個孩子。她斷氣時，這個孩子開始喘氣。她的孩子降臨到這個世界上，是個女孩。這個女孩的身體、精神都發育得很奇怪，跟她去世的母親如出一轍。我愛這個女孩，這種愛甚至超出了我的想像。

然而，這種純粹的愛很快聚滿了模糊、哀傷、可怕的陰雲。我提到，這個女孩身體、精神都發育得很奇怪。她的身體發育速度簡直驚人，不過更加可怕的，啊！更加可怕的卻是我瞭解到她的精神發育狀況時，思想就變得一片混亂。

每天，我都會發現這個小女孩的思想中有成年女子才有的才能。每天，我都要聽她稚嫩的小嘴滔滔不絕說著經驗教訓。每天，我都會看到這雙大眼睛陷入沉思，發出成熟的智慧與熱忱的光芒。當這些全都變得顯而易見時，當我的靈魂、顫抖的感知能力都不能再對其置若罔聞時，那種讓人畏懼、緊張的懷疑會偷偷潛入我的內心，且我會回憶起亡妻那些荒謬、可怕的說法，這又有什麼值得驚訝的？我歷經世事，卻在命運的逼迫下愛上這樣一個人，在遠離俗世的家中留意著自己心愛之人的一切言談舉止，時刻為此擔驚受怕。

時間一天天過去，每一天我都在注視她聖潔、溫柔、表情豐富的臉，她越來越豐滿的身材，以及她跟她母親同樣的鬱鬱不樂、沉默寡言。這些相似點表現在她身上，往往更加神祕、強烈、鮮明，更讓人心生疑惑與恐懼。我可以容忍她笑起來像她母親，可隨後我發現二者竟完全一樣，這讓我渾身顫抖。我能容忍她有一雙很像莫蕾娜的眼睛，但是她的眼神穿透我的內心，那是屬於莫蕾娜的眼神，強烈、耐人尋味，讓我不知該如何是好。她高聳的額頭、絲般光亮的捲髮、插進捲髮中的慘白手指、陰沉而美妙的說話聲，特別是——啊，特別是——她總是複述她亡母說過的話，這些都為我提供了思考

的素材。我從中看到了一個不想死掉的死人，因此陷入恐慌。

　　轉眼十年過去了，我還沒給女兒取名字。作為父親，在表達自己的感情時，我總是叫她「我的孩子」、「我親愛的」。她遠離世俗，沒有社交生活。莫蕾娜死後，這個名字也跟著死去。我從來沒在女兒面前提及她母親，也不知如何提及。事實上，我女兒出生後十年，她對外面的世界毫無瞭解，只知道她生活的這個狹小的空間。我頹廢、焦躁的心最終獲得解脫，不再畏懼命運，全因為女兒舉行的洗禮。

　　我站在洗禮盆前時，還沒確定為女兒取什麼名字。我想起很多名字，優雅的、美妙的、古老的、全新的、本土的、外國的，聽起來都那麼美妙、柔和、精緻、恰如其分。可我怎麼會想起亡妻呢？在什麼樣的惡魔迷惑下，我說出了那個名字？我只要想到那個名字，就會鮮血回流，手足發冷。我心底藏著怎樣的惡魔，驅使我在這寧靜的黑夜，在昏暗的教堂大殿中，在神父耳邊輕輕說出了莫蕾娜的名字？我女兒臉部抽搐，面色慘白，這一定是惡魔在作祟。聽到那個幾不可聞的名字，她非常驚訝，仰望著天空，眼神木然。隨後，她趴在教堂的黑色地板上，說：「在！」

埃德加・愛倫・坡

　　我清楚聽到了這一平和、鎮定的回應，剎那間，這回應好像熔掉的鉛，滋滋作響，潛入我腦中。時光——時光過去了，便永不回頭，可是那段記憶永難忘記！我不曾漠視桃金娘、常春藤，只是我的天地都被鐵杉、絲柏遮擋了。我不再計算時間、確定方位。主宰我命運的星辰墜落，我的世界一片漆黑。人們像來回走動的影子一樣，從我身邊經過。我只能看到其中一個影子是莫蕾娜。風在呼嘯，我卻只能聽到一個聲音。無論何時，海浪都在低喚著莫蕾娜的名字。可是莫蕾娜死了，是我親自安葬了她。然而，我將第二個莫蕾娜葬入墓窖時，卻發現第一個莫蕾娜根本不在那裡。於是，我仰天大笑起來，笑得那麼淒慘，許久都未停止。

貝雷尼絲

朋友跟我說，到戀人墳前，就能緩解痛苦。

——伊本・紮伊德

　　痛苦有很多種，人類的不幸也有很多種。好比天邊的彩虹顏色不斷變化，各種顏色時而分得清清楚楚，時而彼此交融。恰如天邊的彩虹！為何從美中，我會得出不愛？為何從平靜中，我會得出哀傷？可是在倫理學中，善導致的結果是惡，哀傷竟是快樂的產物。從前快樂的回憶，如今卻變為一種折磨。如今切身的痛楚，源頭卻是從前極度的歡喜。

　　我的洗禮名叫埃加烏斯。至於姓氏，我不願說出來。可我家灰撲撲、陰森森的祖宅，卻是家鄉長期以來最受尊重的宅子。大家總說我的家族出夢想家，這種說法有很多惹人關注的奇怪事物可作為強有力的依據，包括那座古老的祖宅、大廳的壁畫、所有臥室中的掛毯、紋章上凸起的浮雕圖案，特別是走廊中懸掛的古畫和書房的陳設，不過最重要的還是書房奇特的藏書。

　　我的早期記憶都跟書房和這些藏書有關，但我不願就這些藏書發表什麼看法。我母親在書房死去，我在書房出生。可若說出生之前我並沒有前世，我的靈魂也不存在，就是胡說八道。難道你不相信嗎？我不打算跟你辯論。

我無意說服別人，自己相信即可。我生來就有記憶，包括一些模糊的人影、聖潔而含蓄的眼神、美妙而淒涼的聲音。這些記憶讓我難以忘懷，它們模糊而多變，難以把握，好像影子。我無法擺脫這個影子，除非我的理性光芒熄滅了。

我是在書房裡出生的。童年時期，我一直在讀書。青年時期，我一直在苦思冥想。人到中年時，我依然生活在祖宅中，這很不尋常。我的生命為何會乾涸，我最普通的思維模式為何會完全逆轉，這些都顯得很奇怪。對我而言，現實生活如同夢境，僅僅是夢境而已，而夢中瘋狂的思想卻顯得那麼真實。

我跟表妹貝雷尼絲一起在我家的祖宅長大，卻長成了完全不同的人。我孱弱憂鬱，她健康活潑。我每天都在書房讀書，她每天都去山坡上玩耍。我終日苦思冥想，身體和精神都沉醉其中，無法自拔。她卻終日不知愁為何物，從不理會生活中的陰暗面和揮舞著黑翅膀默默飛過的時間。貝雷尼絲！我叫著她的名字——貝雷尼絲！我的呼喚在陰沉沉的記憶中喚醒了數不清的片段！天哪！我又看到了她的身影，像真的一樣！她還是那樣快樂！啊！她還是那樣美麗優雅！啊！她是森林中的風神！啊！她是清澈泉水中的水神！可是此後——此後的事情都不該說出來，太神祕、太可怕了。疾病——足以奪走性命的疾病——忽然降臨到她身上，好像一場風暴。我眼看著她被迫以一種最神祕、恐怖的方式，改變了自己的思維、習慣、性格，變成了一個截然不同的人！唉！毀滅她的精靈走了，受難的她如今又在何處？我明白她不再是貝雷尼絲，我已認不出她來了。

這種疾病讓我表妹的身體和精神都出現了恐怖的變化，還引發了很多併發症，其中就包括羊癲瘋。它經常讓病人陷入昏迷，治療困難，會帶給病人巨大的折磨。表妹因羊癲瘋陷入昏迷時，像真的死了一樣。然後，她會突然清醒過來，讓人大吃一驚。表妹生病的這段日子，我的病——我被要求不能說出這是什麼病——日漸加重，最終出現了奇怪的偏執狂症狀，且越來越嚴重。到了最後，我已無法控制自己。這種偏執狂症狀——若只能這樣說的話——是一種病態的亢奮。這種心理特徵我本人自然很清楚，但能不能讓大

家都瞭解，我心裡卻沒有底。我的症狀就是，在嚴重的偏執狂作用下，無論多麼不值一提的小事，我都會苦苦思索個不停。

我經常注視著書上並不重要的圖案、書的印刷格式，接連數小時不移動視線。夏天，掛毯或地板上一道精巧的投影，我都能呆呆看上許久，把最寶貴的光陰白白消耗掉。我會被燈火或爐火餘燼吸引，看上一整晚。我會被一朵花的香氣吸引，聞上一整天。我會翻來覆去念叨一個尋常的詞，聲調一點起伏都沒有，直至我的頭腦對這個詞再無半點感覺。我會靜靜待在原地一動不動，最終徹底失去行為意識，無法再感知自己的身體。這些例子不過是一種心理狀態引發的最常見的偏執狂表現，算不上獨一無二，可要對其加以解析，必然會很困難。

大家不要誤會，我這種由雞毛蒜皮的小事刺激產生的過度、熱烈、病態的關注，跟世人喜愛思考的習慣，特別是用想像力思考的習慣，是截然不同的。有人可能會猜測，這是沉思的一種過度或極端的狀態，其實不是的。究其實質，它跟沉思、想像完全不是一回事。比如夢想家或狂熱分子對某件小東西產生興趣時，往往會忽略東西本身，而由其得到豐富的推理、啟發，這個美夢做到最後，通常都會變得無比絢爛。這些人做完夢醒來時，已徹底忘記了讓他們做夢的東西。而讓我受到刺激的東西全都不值一提，只在我病態的想像中展現出一種扭曲、不真實的重要性。我也極少會因此推理出什麼，少數推理也絕不會脫離東西本身。這種沉思不會給我帶來任何快樂。沉思結束時，引發這種沉思的東西會被誇大到反常的程度，絕不會消失不見。我的病主要特徵就是如此。總之，這種獨特的腦力活動對我屬於病態，對夢想家則屬於思考。

在當前的時代背景下，我讀的書就算不會直接導致精神失常，也具備能導致精神失常的特徵與性質，因為其內容想像力豐富，又十分混亂。其中給我留下深刻印象的有義大利人克琉斯·塞昆達斯·庫里奧的名著《論上帝樂土之廣闊》、奧古斯丁的佳作《上帝之城》、德爾圖良的《論基督的復活》。我曾接連數週鑽研第三本書中一個含混的反論句：上帝之子死了，很荒誕，但很可信；他死而復活了，這不可能，但很真實。我為此耗盡所有精

力，卻一無所獲。

我的精神被微不足道的東西掌控，從這個角度說，這很像托勒密·赫斐斯提翁提到的海中的岩石。無論人類的擊打還是狂風巨浪的侵襲，都不會讓這塊岩石動搖半分。然而，當水仙觸碰到它時，它卻會顫抖起來。很多人會不假思索地認為，我剛剛費勁脣舌解釋的疾病，必然跟貝雷尼絲不幸患病後出現的精神狀態的巨大轉變有關。其實不是的。我清醒時，確實為她的不幸遭遇感到難過，為她嬌美的生命受到的傷害感到傷心。到底是何種讓人震驚的力量能在這麼短的時間內引發這種巨大的轉變，我曾苦思冥想過。可這些是普通人在這種情況下都會進行的思考活動，不屬於我病態的思考。我的病症在這方面表現為，病發時，我只關注貝雷尼絲身體上的改變，她的身材、容貌驚人的變化，這種變化不像她的精神變化那麼重要，卻更讓人驚訝。

她患病之前那樣光彩奪目，我卻從未愛上她。對於這一點，我很確定。對精神失常的我來說，感情來自大腦，而非內心。在黎明灰濛濛的薄霧中、中午森林的樹陰下、晚上安靜的書房中，我都看到過她，注意過她。可在我眼中，她是夢想中的貝雷尼絲，而非實際中的貝雷尼絲；她是人的抽象概念，而非真實的人；她是我解析的對象，而非讚美的對象；她是我混亂而深刻的思考對象，而非愛情的對象。之後——之後每次看到她，我都會全身顫抖。每次她靠近我，我都會面色慘白。可她日漸消瘦，形影相弔，我對她滿懷同情。其實她早就愛上了我，想起這件事，我竟昏頭漲腦向她求婚。

婚期日漸臨近。一個冬季的下午（這天十分暖和，有一點霧，這種天氣在冬季很不常見，人稱美麗神翠鳥的守護者[1]），我一個人坐在書房內間，我思考時總是這樣。然而，我一抬頭，卻看到貝雷尼絲在我眼前。

她的身影看起來飄渺不定，是因為我的想像太豐富，還是因為外面的霧，是因為屋裡光線昏暗，還是因為她身上那件灰撲撲的衣衫？我無法確

---

1. 美麗的神翠鳥的守護者即冬季為數不多的溫暖日子，傳說朱庇特每年冬季都會安排兩次溫暖的天氣，每次持續七天。——原注

定。她沉默不語，我也一樣。我覺得渾身發冷，焦躁不安，好奇不已。我靠在椅背上，屏息凝視她，許久都沒動彈。上帝啊！她太瘦了，完全脫了形，連一點從前的影子都看不到。最終，我將炙熱的目光投向她的臉龐。

她凸起的額頭慘白、平靜，一頭烏亮的頭髮變得枯黃，胡亂披散下來，蓋在她的額頭、凹陷的太陽穴上。她神色怪異，帶著一種哀傷，能壓倒其餘一切。她雙眼黯淡，沒有半點生機，好像失去了瞳孔。我不再看她黯淡的雙眼，轉而去看那對乾瘦的薄唇，然後不由得往後縮。她張開那對嘴唇笑起來，笑得那麼詭異。她的牙齒慢慢暴露出來，進入我的眼簾。啊！我真希望自己沒看到那些牙齒！我寧願去死！

忽然關門聲響起。我驚醒過來，看到表妹出去了。可我怎麼都無法忘記她那兩排白牙。牙上一點瑕疵都沒有，琺瑯質上看不到任何汙漬，牙齒邊緣看不到任何缺損。這些牙齒在她微笑的瞬間進入我的腦海，給我留下了深刻的記憶。眼下她走了，她的牙齒卻在我腦海中越發清晰。牙齒！——牙齒！——它們在這裡、那裡，無處不在，總在我眼前浮現。那對蒼白的嘴唇微微張開時，牙齒便暴露出來，那麼長，那麼尖，那麼白。

我的偏執狂再次發作，發揮著古怪的作用。我拼命反抗，卻是徒勞。我開始思考她的牙齒，全身心沉浸其中。除了她的牙齒，我什麼都看不到，什麼都不去想。無論周圍是黑暗還是光明，我總能看到它們。我從各個角度對它們進行思考，思考它們的性質、特色、構造、實質的改變。在我的想像中，我認為它們擁有感知力，因此能夠獨立表達感情，不需要嘴唇的協助。想到這點，我不由得哆嗦起來。世人認為，瑪麗·薩萊[2]的舞步充滿感情。在我看來，貝雷尼絲的牙齒充滿思想。思想啊！就是這愚蠢的想法將我毀滅！思想！啊，我一直渴望的思想！那一刻，我相信只要能把她的牙齒據為己有，平和與理性就會回到我身邊。

我就這樣陷入了沉思，傍晚、黑夜、黎明依次到來，進入了新的一天，

---

2. 瑪麗·薩萊（1707～1756），法國著名芭蕾舞演員。——譯注

之後進入新的夜晚。我始終坐在寂靜的書房中，紋絲不動，陷在沉思中。牙齒的幻象控制了我，在書房中飄來飄去，如此清晰，讓人畏懼。

最終將我喚醒的是一聲可怕的叫聲，隨即是夾雜著哭泣哀嚎的吵鬧聲。我跳下椅子，推開書房窗戶，看到有個女傭人站在客廳。她滿臉是淚，跟我說貝雷尼絲已經——已經死了。

今天早上，貝雷尼絲的羊癲瘋發作。如今夜幕降臨，葬禮的相關工作都已準備好，墓穴也已準備好迎接主人。

我發覺自己又獨自坐在書房中，好像剛做完一個混亂、亢奮的夢，清醒過來。我明白此時已是深夜，黃昏時，貝雷尼絲便被埋葬了。然而，我完全不記得或者說記不清從黃昏到深夜，我究竟做了什麼。唯一的記憶是，這段時間的經歷非常可怕，因為記憶模糊不清，更讓人心驚膽戰。在我的人生中，這是最恐怖的一段經歷，其中充斥著朦朧、詭異、可怕的記憶。我竭盡全力也無法把這段經歷看清楚。可耳邊總是迴響著一個女人尖銳的慘叫，好像鬼魂發出的聲音。我一定做過什麼，可究竟是什麼呢？我大聲問自己。牆壁發出回音，作為對我的回應：「什麼？」

旁邊的桌子上有盞點亮的燈，燈旁邊是個不太醒目的小箱子。這是個藥箱，屬於我家的家庭醫生，我曾見過很多次。它為什麼會出現在這裡？在我的桌子上？我看到它就哆嗦起來，這是怎麼回事？我無法解釋這些事。然後，我看到了一本書，打開的書頁上有句話，用線標注出來。這句話簡單、奇怪，出自伊本・札伊德之手：「朋友跟我說，到戀人墳前，就能緩解痛苦。」我翻來覆去念叨這句話，只覺頭髮根根豎起，血液好像停止了流動，為什麼會這樣？

低沉的敲門聲響起，一個男傭躡手躡腳走進書房。他面色蒼白，滿臉驚懼，用顫抖、嘶啞的聲音低聲對我說話。他都說了些什麼？——一些斷斷續續的詞句傳入我耳中。他說，寂靜的深夜，忽然響起尖銳的叫聲，家裡的傭人湊到一起，尋覓聲音的源頭。他說到這裡，聲音變得清晰起來，讓人聽得汗毛聳立。他說，他們發現了一座挖開的墳墓，看到了一具屍體，屍體穿著壽衣，面容可怖，但還有呼吸和心跳，還沒有死！

他指指我穿的衣服，上面有泥土，還有血漬。我一聲不吭。他又抓住我一隻手，上面有傷痕，是有人用指甲抓出來的。他還讓我看牆角，那裡放著一個東西，是一把鐵鍬。接連幾分鐘，我都沒能從鐵鍬上移開視線。

　　我發出一聲尖叫，跑到桌子旁邊，抓起那個箱子。我想打開箱子，卻打不開。我的手在發抖，抓不住箱子。箱子重重摔在地上，摔得支離破碎。一些牙醫用的工具從箱子裡滾出來，夾雜著一些雪白小巧宛如象牙的東西，共有三十二顆，在書房的地板上滾動。

凹凸山奇遇記

　　1827年秋，我在維吉尼亞州夏洛特維爾附近住過一段日子，恰好在那裡認識了奧古斯特斯・貝德奧耶先生。我對這位年輕的紳士滿懷興趣，因為無論從哪方面看，他都是出類拔萃的。他的道德觀念、社會關係，都讓我難以理解。關於他的家庭，我瞭解也不夠充分。我從未搞清他的來歷。連他的年齡都讓我很困惑，雖然我說他是一位年輕的紳士。當然，他看起來很年輕，他自己也有意強調這一點。然而，有時我會想像他已經一百歲了，這讓我感到些許忐忑。可是最奇怪的還是他的容貌。他長得極高極瘦，時常佝僂著腰背。他手長腳長，瘦可見骨。他的額頭十分寬大，又十分扁平，臉上連一點紅暈都沒有。他有一張靈活的大嘴巴，牙齒很完好，勝過了我認識的任何人，可是排列極不整齊。他的笑容絕不讓人反感，卻不帶任何變化。他有種深沉的哀傷，無休無止。他有一雙大眼睛，大得誇張。眼睛很圓，好像貓眼，瞳孔還會隨著光線的變化縮小、擴大，同樣跟貓一樣。亢奮時，他的眼睛會變得極亮，好像在發出璀璨的光芒，這種光芒並非反射出來的，而源自眼睛本身，好像自己會發光的蠟燭、太陽。可這雙眼睛平時卻像埋葬已久的屍體的眼睛一樣，毫無神采，模糊不清，一點活力都沒有。

　　很明顯，他總在為這些容貌特徵感到苦惱，經常提及它們，語氣半是解

釋，半是致歉。初次聽到他用這種語氣談論這些，我很反感。很快，我適應了這種語氣，便不再反感。他好像不願直接談論，而故意用一種間接的方式讓我明白，他原本長得很英俊，卻因為長期的陣發性神經痛，變成了現在我看到的樣子。這麼多年來，有位醫生一直在他身邊，這是一名老紳士，名叫坦普爾頓，差不多有七十歲了。他們初次相遇是在紐約州薩拉托加，在坦普爾頓醫生的照料下，他有了或者說他覺得自己有了明顯的好轉。最終，富豪貝德奧耶跟坦普爾頓醫生達成協議，醫生為病人貢獻出自己所有的時間與經驗，病人每年為醫生提供極高的酬勞。

青年時代，坦普爾頓醫生曾到世界各地旅行。在巴黎旅行期間，他基本變成了梅斯墨爾催眠理論的擁護者。藉助催眠治療法，他緩解了這位病人的病痛。在此基礎上，病人理所當然會對這種治療法的理論依據產生信任。可是跟一切狂熱分子一樣，醫生拼命想讓這個學生對這種理論完全信服。最終，他成功了。在他循循善誘的勸導下，病人參與了不計其數的實驗。這些實驗彙出了一項結論，現在看來，這項結論平平無奇，極少會有人關注，甚至根本無人關注。然而，在這個故事發生的時代，在美國境內，知道這項結論的人寥寥無幾。也就是說，坦普爾頓和貝德奧耶逐漸建立了一種十分特殊、顯著的關係，也可以說是催眠關係。可我直到現在也無法確定，這種關係超過了單純的催眠所能發揮的作用，哪怕那時候這種作用已經很強大了。

這位催眠師初次嘗試催眠時，一敗塗地。此後，他不斷努力，最終在第五次或是第六次成功了一部分。第十二次，他徹底成功了。從此，他便可以在瞬間催眠這位病人，有時病人還未發現自己被催眠，就已睡著了。這件事看似不可能，卻是真實發生的。到了現在，每天都有數不清的人見證這種奇蹟，我才有勇氣將這件事公之於眾。

貝德奧耶神經敏感，極易興奮，性情熱烈。他極富想像力，且極富創意。究其原因，部分是因為他總愛服用嗎啡，只有大量服用嗎啡，他的生命才能維繫下去。每天吃完早飯，準確說來是喝完一杯濃咖啡（中午之前，他什麼東西都不吃）後，他就會吞下很多嗎啡，這成了他的習慣。隨後，他會一個人或帶上一條狗，去郊外一座小山上散步，許久都不回來。這是一座靜

寂的荒山，在夏洛特維爾西南面蜿蜒起伏。當地人誇大其詞，稱其為凹凸山。

11月底正值美國人口中的「印第安夏天」的反常時節。一天，天氣陰沉、暖和，霧氣彌漫，貝德奧耶先生又去山上散步，一天都沒回來。

當晚大約八點鐘，他還沒回家，我們都很擔心，準備去山上找他。這時，他安然無恙回來了，看起來比平日更加神采奕奕。他談到是什麼事把他留在山上一整天，這件事確實非常神奇。

他說：「大家可能還記得，上午九點鐘，我從夏洛特維爾出發。我直接去了山裡，走進一座之前從未踏足的山谷，當時差不多是十點鐘。我在曲折的山路上行走，滿心好奇。山谷中的風景不算壯美，可在我看來卻有種荒蕪的美，美得難以形容。這裡有種純潔的寧靜，我因此覺得，我是第一個踏足這片青草地、灰岩石的人。這不是不可能的，因為這座山谷完全是座世外桃源，很難找到入口。我也是接連遇到各種巧合，才發現了入口。可能除了我，以後也不會再有人進入谷中探險。

「當時，谷中所有東西都籠罩著『印第安夏天』特有的霧氣或煙氣，毋庸置疑，這使得那些東西更顯得飄渺不定。這種霧氣讓人感覺很舒服，但霧氣非常濃重，可視範圍只有十幾碼。道路迂迴曲折，又看不到太陽，沒過多久，我就分不出東西南北來了。這時，嗎啡慣有的作用發揮出來，因此，在感知外界的一切時，我始終興致勃勃。樹葉的顫動、小草的顏色、三葉草的形狀、蜜蜂的叫聲、露水的反光、輕風的吹動、林中的清香，這些都帶給我一種啟發，讓我聯想到世間的一切，讓我的思想變得亢奮、瘋狂、混亂。

「我對這些著了迷，不斷往前走，走了幾小時。這段時間，霧氣越發濃重，我只能摸索行進。忽然，我感到一種無法言喻的忐忑和十分敏感的遲疑、害怕。我擔心會墜入深淵，走得戰戰兢兢。跟凹凸山有關的奇怪傳說在我腦海中浮現出來，在這些傳說中，有恐怖的野人住在山林的洞穴中。我產生了數不清的模糊的幻覺，因此感到壓抑與惶恐。正因為模糊，幻覺才讓我如此惶恐。忽有巨大的鼓聲傳來，把我吸引過去。

「我自然非常驚訝。這山裡怎會有鼓聲？就算聽到天使長吹喇叭，我都

不會驚訝至此。緊接著又發生了一件事，讓我更驚訝，且十分不解。好像有人在搖晃一大串鑰匙，發出丁鈴噹啷的聲響，越來越近。然後，有個黑臉、半裸的男人從我身邊跑過去，一邊跑一邊叫。他噴出的熱氣都飄到了我臉上，可想而知我倆距離有多近。他手裡拿著一大串鋼環，用力晃動，不住奔跑，在霧氣中消失不見了。這時，一頭張著大嘴、瞪著大眼的龐大野獸從後面跳出來，氣喘吁吁去追那個人。那是一條鬣狗，我肯定沒看錯。

「我確定自己是在做夢，所以看到鬣狗後，我反而不害怕了。我極力想讓自己甦醒，便勇敢地朝前走去，身輕如燕。我揉搓眼睛，大喊大叫，擰自己的手腳。我看到一眼清澈的泉水，就在旁邊停下，俯身清洗自己的手、臉、脖子。那種讓我忐忑不安又無法形容的感覺，好像都被泉水清洗掉了。再次起身時，我覺得自己已煥然一新。我繼續往前走，儘管從未走過這條路，但我依舊走得沉著、放鬆。

「後來，我在一棵樹下坐下，我已走得很累，周圍又那麼窒悶，簡直讓人無法呼吸。很快，微弱的太陽光從天空照下來，將樹影投射在草地上，影子很淡，卻很清晰。接連幾分鐘，我一直注視著樹影，滿心困惑。為什麼它會是這樣的形狀？我很吃驚，抬頭才發現原來是棵棕櫚樹。

「我無法繼續相信這是一場夢，心頭一陣惶恐，急忙站起來。我發覺我所有的感官都由自己掌控，這一刻，我的靈魂因這些感官生出了新鮮、奇異的感受。忽然，周圍變得悶熱不堪。一種不明氣味隨風傳來。低沉的水聲接連傳入我耳中，好像一條蓄滿水但流速很慢的河在流動，中間夾雜著奇怪、雜亂的人聲，人數應該不少。

「不用說，我當時驚詫不已。忽然之間，好像巫師舞動魔杖一樣，吹來一陣短暫的狂風，驅散了大霧。

「我看到自己正站在一座高山下，前面正對著一片廣袤的平原，一條大河穿過平原，十分壯麗。河岸邊有座城，宛如《天方夜譚》中那種有著東方韻味的城市，但特色更加鮮明。因為此處遠比城中的地勢高，城中各處都像一幅地圖，被我盡收眼底。城中縱橫交織的街道數都數不清，連接著長而曲折的小巷，遍佈全城各處。城中的房屋像畫一樣，隨處可見陽臺、遊廊、

尖塔、廟宇、異常精妙的凸肚窗。市集數不勝數，售賣絲綢、輕紗、明晃晃的刀具、璀璨的珠寶首飾，種類繁多，應有盡有。除此之外，旗子、轎子隨處可見，還有輕紗蒙面的貴婦的座駕，被裝扮得異常華美的大象，怪模怪樣的木偶，皮鼓，銅鑼，長矛，以及鍍上金銀的錘子。全城各處只見戴頭巾、穿長袍、蓄長鬚的黑人與黃人吵鬧著，擁擠著，還有無數神聖的公牛從他們中間穿過。而在寺廟的屋簷上、尖塔、凸肚窗上，攀爬著無數渾身髒兮兮的神聖猴子。熱鬧的街道與河岸有長長的石階相連，石階連接著很多可以沐浴的地方。船把河面遮擋得嚴嚴實實，河看起來就像從堆滿貨物的船中間艱難地擠過去。城市周圍長滿棕櫚樹、椰子樹，夾雜著其餘參天古樹。另有水稻田、茅草房、蓄水池、小廟、吉普賽人的紮營地零散分佈其中。有時還能看到年輕美麗的姑娘獨自朝河岸邊走去，頭上頂著水罐。

「你們一定覺得我在做夢，其實不是的。我很清楚夢的特性，可我看到的、聽到的、感受到的、想到的全都沒有這些特性。所有這些都是互相關聯、互相統一的。起初，我也不確定自己是夢是醒。不一會兒，我就透過各種實驗確定自己是清醒的。人在夢中懷疑自己在做夢，這種懷疑一定會被確定。通常說來，這個人會立即清醒。一如諾瓦利斯[1]所言：『夢到自己正在做夢時，距離清醒就不遠了。』如果真像我所說的那樣，這一情形浮現在我腦海中，被懷疑是一場夢，那就很有可能真是一場夢。可它卻以這種方式出現，並透過了我的懷疑與實驗，那就只能認為這是有別於夢的一種現象。」

「我現在還無法斷言，你有沒有搞錯。」坦普爾頓醫生說，「接著說吧！你站起來，走向那座城。」

「我站起來，」貝德奧耶吃驚地看著醫生，往下說，「如你所言，我站起來，走向那座城。途中，我遇到了很多精神亢奮的百姓，從各條街道湧向相同的方向，把我也捲入人群中。受到一種匪夷所思的衝動影響，我忽然對此處發生的事產生了濃厚的興趣。我隱約有種感覺，我要在這件事中發揮

埃德加・愛倫・坡

1. 諾瓦利斯（1772～1801），德國浪漫主義詩人。——譯注

重要作用。但這種作用究竟是什麼，我一頭霧水。可我產生了強烈的仇恨，仇恨的對象便是身邊這些人。我退出人群，迅速繞到城中。城中各處都在混戰，街上有無數暴徒，一個英國裝扮的紳士指揮著一支服裝兼具印度、歐洲風格的小隊，抵擋這些暴徒。我拿起一個倒下的軍人的武器，加入這支小隊，跟這些素不相識的仇敵拼命廝殺起來。沒過多久，因在人數上佔據絕對劣勢，我們難以抵擋，不得不撤退到一座東方風格的亭子中。短時間內，我們應該還是安全的。我從亭子頂端的窗洞往外張望，發現一群人正怒氣沖沖進攻河上一座宮殿。一個看起來弱不禁風的人很快在宮殿樓上的窗前出現，抓著隨從的頭巾連成的繩子爬到底下一艘船上，逃到對岸。

「心中有了一個新目標，我跟同伴說了幾句短促有力的話，得到了少數人的認同。我跟這少數人開始突圍，這真是一次瘋狂的行動。我們衝出亭子，衝進外面的包圍圈，將敵人打得連連敗退。他們集結起來，向我們發起猛攻，再次敗退。我們距離亭子已經很遠，被驅逐到幽深曲折、彷彿迷宮的街道，街道兩邊全是房子，連陽光都照不進來。暴徒用長矛、亂箭，再次向我們發起猛攻。他們的箭好像馬來人的短劍，形狀很怪異，纖長漆黑如同遊走的毒蛇，還帶著有毒的倒鉤。我右側的太陽穴被這種箭射中。我晃動著，摔倒在地，忽然覺得疼痛至極。我反抗——喘著粗氣——就此死去。」

我笑起來，說：「到了這會兒，你總不能再說這次冒險活動不是夢了。難道你要說你已經死了嗎？」

說這些話時，我覺得貝德奧耶一定會說幾句玩笑話回應我。結果他卻一臉憂鬱，全身顫抖，面色慘白，一聲不吭，讓我大吃一驚。我看看坦普爾頓，他正坐在椅子上，身體僵直，牙齒打架，雙眼凸起。最終，他嘶聲對貝德奧耶說：「說下去！」

貝德奧耶繼續往下說：「有段時間，除了隨著死亡意識而來的黑暗與空虛，我什麼感情、什麼感覺都沒有。到了最後，好像有種倉促、迅猛如同電流的衝擊，通過我的靈魂。接著是一種輕飄飄的感覺，不是看到的，而是感覺到的。我似乎從地上升起來，卻失去了身體，無法再看到、聽到、觸碰到。人群都已散開，動亂宣告結束。城市變得十分平靜。我的屍體在我下

面，頭部因太陽穴上插的箭腫脹扭曲。我不是看到了這一切，而是感覺到的。對於這一切，我都沒什麼興趣，連我的屍體也跟我沒有關係。我失去了意志，卻被動地飄動起來，從城市上空、從那些曲折的街道上空飄過。回到遇到鬣狗的地方時，我再次感到電流一樣的衝擊，馬上恢復了原先的重量、意志、身體，成為原先的自己。我急忙趕回家，可那段經歷依舊那樣真實，那樣清晰。直到現在，我也無法逼迫自己相信那只是一場夢。」

「那的確不是一場夢，」坦普爾頓鄭重說道：「但也很難為其歸類。不妨假設現在你的靈魂跟一種讓人震驚的精神發現已相當接近。我們暫且只做這種假設。不過，我可以解釋餘下的部分。這裡有幅水彩畫，因為一種不明所以的恐懼，我一直沒讓你們看這幅畫。」

他把畫拿出來，我們都看了一下。我並不覺得畫有什麼特別。然而，它卻對貝德奧耶產生了驚人的作用。看到這幅畫時，他險些暈倒。這不過是一幅微型肖像畫，只是畫中人長得跟他很像。不管怎樣，我是這麼覺得的。

「大家能夠看到，」坦普爾頓說：「作畫的時間——就在這裡，這個角上，很難注意到——1780年。這幅畫創作於1780年。畫中人是我一位已經去世的朋友，名叫奧德貝。我跟他是在加爾各答認識的，當時沃倫‧哈斯汀正擔任印度總督。我那時只有二十歲，跟他結下了深厚的友情。貝德奧耶先生，在薩拉托加第一次見到你時，我之所以主動跟你說話，跟你結交，最終跟你達成協議，永遠陪在你身邊，就是因為你長得非常像畫中人。好友去世，我深感遺憾與懷念，這是我做這些事的主要原因。另有部分原因是我對你懷有好奇，這其中還摻雜著惶恐不安。

「你詳細描繪了你在山谷中看到的景象，跟印度聖河岸邊的貝拿勒斯城如出一轍。你所說的暴亂、戰爭、屠殺都是1780年真實發生過的。那是徹特‧辛格發起的叛亂，是哈斯汀總督人生中最大的危機。把頭巾繫成繩子逃生的人便是徹特‧辛格本人，他是貝拿勒斯城的城主。亭子裡的人是一些印度士兵和英國軍官，負責指揮他們是哈斯汀。我也是其中一份子。那個軍官想要突圍時，我曾極力勸阻他。最終，在激烈的巷戰中，他死在孟加拉人的毒箭之下。他便是我的至交好友奧德貝。這裡有些手稿，你讀一下就會知

道，」他拿出一本有幾頁明顯是剛剛寫好的筆記簿：「你在山谷中產生這些想像時，我正待在家裡，把它們詳細記錄下來。」

這次交談過去一週左右，夏洛特維爾一家報紙上刊登了一則消息：

我們不得不懷著極度的悲痛，宣佈奧古斯特斯・貝德奧先生已經去世。這位紳士一直深受夏洛特維爾百姓愛戴，因為他是那樣善良，擁有那麼多美德。

多年以來，貝德奧先生一直受神經痛所困，多次處在生死邊緣。然而，這只是他去世的間接原因。直接原因是一件怪事。貝德奧先生幾天前去凹凸山散步，不慎著涼，出現了發燒、顱內大出血的症狀。坦普爾頓醫生用水蛭幫他吸血治病。醫生將水蛭放到病人的太陽穴上，病人卻在瞬間喪命。因為裝水蛭的罐子裡混進一條有毒的螞蟥，這種螞蟥有時會在這一帶的水池出沒，混入罐子裡應該是意外。螞蟥深深扎進病人右側太陽穴的小血管中。由於它跟治病用的水蛭非常相像，因此引發了這一失誤，讓整件事無可挽回。

請注意，夏洛特維爾這種有毒的螞蟥跟治療用的水蛭區別在於，螞蟥是黑色的，特別是其身體會扭來扭去，像蛇一樣。

我跟這份報紙的編輯談及這個匪夷所思的意外，問他報紙上為何會把死者的姓氏寫成貝德奧：「你肯定有你的依據，才會把這個姓氏拼寫成這樣，可我始終覺得這個姓氏末尾還有個e（Bedloe）。」

「有我的依據？沒有，」他說：「只是印刷錯誤而已。全世界都知道這個姓氏應該寫成貝德奧。至於其餘拼寫方法，我至今還沒見過。」

「既然如此，」轉身離去時，我不禁自言自語：「就發生了一件比虛構更離奇的事——去掉e以後，把貝德奧（Bedlo）倒過來，剛好就是奧德貝（Oldeb），不是嗎？那人卻跟我說，這只是印刷錯誤。」

人群裏的人

無法忍受孤獨，便要承受痛苦。

——拉·布呂耶爾

　　據說，有本德文書不准人去讀。有些祕密也不准人去說。每天晚上，都會有人在床上離開人世。臨終前，他們會緊緊握住懺悔牧師慘白的手，注視著牧師的眼睛，滿眼祈求。最終死去時，他們帶著滿心絕望，喉嚨裡咕嚕咕嚕響個不停。因為他們心裡都藏著祕密，不敢吐露出來。很多時候，人只有在死後才能放下良知的重負。正因為這樣，很多罪行都被隱瞞。

　　前不久，一個秋季的傍晚，我坐在倫敦D飯店咖啡館，旁邊是寬大的凸肚窗。過去幾個月，我一直生病。這時身體剛剛康復，我很快樂，連呼吸都像是享受。我心境平和，卻對所有事物滿懷好奇。我叼著雪茄，捧著報紙，時而看報紙上的廣告，時而觀察咖啡館內各種顧客，時而從灰濛濛的玻璃窗向外面的街道張望，快樂地消磨了大半個下午。

　　外面是倫敦一條主要的街道，每天都很熱鬧。傍晚時分，街上的行人越來越多。跟白天相比，燈亮起時，從咖啡館門口經過的人多了一倍。我從來不曾在這種時候待在這種地方，因此，看到窗外這麼多人，我覺得非常新

鮮。最終，我將所有注意力都放到窗外，不再注意咖啡館內。

　　起初，我只是隨意看看，將來往行人當成一個整體。很快，我開始留意細節問題，觀察行人們各不相同的身材、服裝、神色、走路姿勢、相貌、面部表情。

　　很多行人看起來都很滿足，很有計劃，好像一心只想從人群中穿過去。他們蹙著眉頭，轉著眼珠。被別的行人撞到，他們並不發怒，整整衣衫，繼續快步往前走。還有很多行人看起來很緊張，面色發紅，邊走邊喃喃自語，還做著手勢，好像處在熙熙攘攘的人群中，他們依然很孤單。遇到有人擋路，這種人會馬上停止喃喃自語，一個勁兒地做手勢，嘴角帶笑，笑得誇張而不真心，等待擋路的人讓開。若被人撞到，他們會露出十分惶恐的表情，給對方鞠躬。這兩種人的明顯特徵就是這些。他們的穿著打扮都很光鮮，顯然是上等人、商人、中間人、手工業者、證券經紀人——世襲貴族與社會中上層人士——有閒階層和工作繁忙之人——能自己拿主意的人。我對他們並不十分關注。

　　人群中比較顯眼的是職員階層。很明顯，他們分為兩大類型。

　　其一是底層職員，他們都是些驕傲的青年，穿著緊身的西裝、　亮的皮鞋，頭髮閃爍著油光。我認為，他們的風度根本是在模仿上層社會的派頭，可是這些派頭是一年甚至一年半前流行的。他們不過是在對上層社會做蹩腳的模仿。在我看來，這種說法是對他們最好的定義。

　　其二是那些高級職員，他們都很聰明能幹、沉著穩重，打眼一看就能分辨出來。他們都穿著黑色或是棕色的衣服，剪裁得體，能舒舒服服坐下來。他們還搭配著白領帶、白背心，穿著結實耐用的寬大皮鞋、厚長筒襪或綁腿。他們全都有些禿頂，右耳朵朝外翹起，顯得怪怪的，這是因為他們總愛在右耳朵上夾一支筆。我還留意到他們摘下、戴上帽子時，都是用雙手，所用的錶鏈都是那種短短的舊式金錶鏈。他們總是顯得很做作，一種屬於有身份之人的做作。

　　人群中還有不少打扮得很漂亮的人，我馬上看出他們都是些小偷，所有大城市都會有他們的身影。我滿懷好奇，開始留意他們。我很奇怪，真正

的紳士怎會誤會他們是紳士呢？過於寬大的袖口一下就暴露了他們的真實身份。

同樣極易分辨的還有那些賭棍。他們的服裝各不相同。有些是地痞流氓，穿著絲絨背心，繫著圍巾，戴著鍍金錶鏈，衣服上還釘著精美的扣子。有些是謹慎的牧師，穿著樸素的宗教服裝，完全不會引起旁人的疑心。酗酒導致他們面色發黑，沒什麼表情，雙眼渾濁，嘴唇慘白皺縮。根據這些，我就能將他們辨認出來。除此之外，他們還有兩個顯著的特徵：第一，講話小心翼翼；第二，大拇指總是跟其餘手指分開，呈九十度。我跟這種人往來時留意到，他們都是同類，只在習慣方面有少許差異。說他們是憑小聰明謀生的紳士，可能比較恰當。他們好像只會騙兩種人，分別是闊少爺和軍人。闊少爺都留著長頭髮，一臉笑容。軍人都穿著軍裝，表情兇狠。

接下來再看底層社會的人。我從中發現了一些題目，更加深沉，更具思考價值。那些猶太小販有著犀利的眼神，滿臉都是卑躬屈膝的意味。那些強壯的流浪漢怒氣沖沖瞪著他們的同行，後者比他們更像流浪漢，走投無路，不得不到街上乞求別人的憐憫。還有那些病人，他們面色慘白，虛弱不堪，隨時可能被死神帶走。他們側身從人群中穿過，腳步踉蹌不穩，看著周圍每一張臉，眼神中滿是哀求，好像在尋找偶然的寬慰和失去的希望。有些淳樸的年輕姑娘工作了一整天，正往毫無快樂可言的家裡趕。她們躲避著那些流氓的眼光，心中憤怒不已。街上有很多妓女，種類多樣，年齡跨度也很大。她們衣著暴露，展現出成熟女性的風韻，讓人聯想到盧奇安的塑像，表面是用帕羅斯島上潔白的大理石雕刻而成的，內裡卻填滿爛泥。她們有些是痲瘋病人，讓人噁心，卻用華美的服裝掩藏起來；有些是一臉皺紋的老太太，拼命用珠寶、脂粉扮成青春少艾；有些還是小女孩，身體都沒長成，卻早早踏入這一行，擅長賣弄姿色，努力想跟前輩們一較短長。還有很多醉鬼，有些破衣爛衫，東倒西歪，說話含混，面色發青，雙眼黯淡；有些衣著整齊，但髒兮兮的，腳步不穩，但依舊挺胸抬頭，這種人往往長著色欲滿滿的厚嘴唇，且面色紅潤；有些從前衣著光鮮，現在穿得也很乾淨，步伐輕快、沉穩，但不夠自然，他們臉色煞白，眼睛血紅；有些從人群中穿過時會伸出顫

抖的手，把所有能抓到的東西都抓在手中。

此外，街上還有賣餡餅的、搬運工人、運煤工人、清掃煙囪的、風琴師、耍猴子的、街頭賣藝者、髒乎乎的工匠、筋疲力盡的苦力。他們人數眾多，吵鬧不休，讓人聽得耳中嗡嗡作響，看得眼睛都花了。

天越來越黑，我對這街頭景象越來越感興趣。除了因為街上的人整體性質改變了（老實本分的人都回家了，惡人從黑暗中走出來），也因為瓦斯燈終於打敗殘餘的日光，變得明亮起來，照亮了街上的一切。於是，所有東西都在漆黑中閃爍著璀璨的光芒，好像烏木。

在燈光的強烈作用下，我一次只能看一個人的臉。雖然燈光不斷閃爍，對於每一張臉，我都只能快速一瞥，但是我的心理狀態變得很奇特，好像這一瞥就能看清一個人漫長的人生。

我將額頭貼在玻璃上，認真觀察過路人。忽然，我看到了一張臉，屬於一位老人，年紀在六十五歲到七十歲之間。我馬上被這張臉徹底吸引，因為臉上的表情是那樣的獨特。這是種我從未見過的表情。直到這一刻，我依然記得，一看到這張臉，我就想到雷茲希①必定會心甘情願照這張臉畫一個魔鬼。在這匆匆一瞥中，我極力想要解析出這種表情的含義。大量混亂、矛盾的概念在我腦海中浮現，包括慎重、小氣、貪欲、穩重、殘暴、傲慢、歡樂、緊張、過度恐慌和極度絕望。我非常亢奮，非常吃驚，也非常不解，暗暗讚歎：「他心裡隱藏的歷史真是癲狂！」我生出了強烈的欲望，想要再看看他，對他有更深入的認知。我趕緊穿上外衣，拿起帽子、手杖，跑到街上的人群中，朝那個老人前行的方向擠過去，好不容易才擠到能看到他背影的地方。我走在他身後，緊緊跟隨著他，同時小心避免被他發現。

這時，我終於可以好好觀察他了。他身材矮小、瘦削，顯得很虛弱。一身髒兮兮的破衣爛衫，可是他那件亞麻襯衫在強光照耀下，竟然質地上乘。他穿著一件鈕釦全都扣起來的長外套，很明顯是從舊貨店買來的。透過外套的縫隙，我看到了一把鑲著鑽石的匕首，如果不是我看錯了，那就真是如

---

1. 雷茲希（1799～1857），德國畫家，曾經為名著《浮士德》創作插圖。——譯注

此。我更加好奇，決定不管老人去哪裡，我都要跟過去。

天徹底黑了，烏雲籠罩著整座城市，很快下起大雨。人群中出現了新騷動，大家都撐起傘。跟先前相比，人群的擁擠、吵鬧增加了數倍。

我並不在意這場雨。我一直體溫較高，這是一種潛伏的疾病。雨水淋在身上，讓我覺得有些舒服。我繼續跟著老人，同時用手帕遮住嘴巴。老人艱難地從大街上擠過去，耗費了半小時。我生怕會跟丟了，始終緊緊跟在他身後。他沒有發現我，因為他根本沒回過頭。

隨後，他進入另一條街道。這裡人也不少，卻沒有剛剛那條街道那麼擠。他的行為出現了顯著的改變，速度放慢，看起來漫無目的，猶豫不決。他一會兒走在街道這一邊，一會兒走到街道那一邊。街上還是有很多人，我只能緊跟著他，從街道上橫穿過去。他在這條狹長的街道上走了大約一小時。這段時間，街上的人越來越少。

老人再次拐彎，進入一座廣場，其中燈火通明，人聲嘈雜。這個我素不相識的老人回到我剛看到他時的狀態，垂著頭，眉頭緊蹙，眼珠亂轉，打量周圍的人。他毫不遲疑地往前擠，但只是圍著廣場轉圈，轉完一圈又一圈，這讓我很吃驚。有一回，他忽然轉過頭來，險些看到我。

整整一小時，他一直在廣場上轉圈。轉到最後一圈，廣場上的人已經少了很多。大雨導致氣溫下降，很多人都回了家。老人匆匆忙忙走進廣場旁邊一條街道上。街道長約四分之一英里，很是僻靜。老人走得很快，我實在想像不到，這種年紀的老人能走得這麼快。為了跟上他，我花費了不少力氣。

過了幾分鐘，我們進入一個熱熱鬧鬧的大市場。老人好像非常熟悉這裡，又開始在人群中往前擠。接下來約莫一個半小時，我們一直在這個大市場中。我要跟蹤他，同時避免被他發現，必須非常謹慎。好在這天我穿了雙膠鞋，走路幾乎沒有聲音。老人進了很多家店鋪，卻不問價格，也不講話，只是匆匆打量著店裡的東西，眼神空洞。見他如此，我更加驚訝，決定非要滿足自己的好奇心不可。

大鐘敲了十一點，鐘聲雄渾。市場上的人紛紛離開。有家店鋪的老闆出來關門，不小心在老人身上碰了一下。老人頓時哆嗦起來，急忙跑到街上，

東張西望，滿臉焦急。接著，他從一條無人的曲折小道穿過，速度快得讓人吃驚。

最終，我們回到了最開始D飯店所在的街道。然而，街上已經完全變了樣。瓦斯燈依舊很亮，可大雨中已看不到什麼人了。老人面色蒼白，鬱鬱寡歡，沿著之前很熱鬧的街道走了片刻，長歎一口氣，接著走向泰晤士河那邊，經過很多偏僻的小道。最終，他走到一座規模龐大的戲院門前，觀眾們剛好看完戲，從門內湧出來。我看到老人大口大口呼吸，好像再次遇到這麼多人，讓他有些呼吸困難。不過，我覺得他那種煩惱至極的表情緩和了許多。他再次低下頭，恢復了我剛剛看到他時的狀態。他朝觀眾最密集的地方走去。我看到這一幕，依舊搞不清楚他為何會如此多變。

觀眾紛紛離去，他臉上又出現了惶恐、遲疑之色。他跟著一隊人，共有十一二個人，吵吵鬧鬧。然而，那隊人在往前走的過程中，人數不斷減少。走到一個偏僻、狹窄、幽暗的小巷時，只剩了三個人。老人駐足原地，似乎陷入了沉思。然後，他變得很激動，快步走到城郊。這裡跟我們剛才經過的地方截然不同，所有東西都留下了悲慘、貧窮、絕望、犯罪的烙印，堪稱倫敦最不受歡迎的地方。偶有黯淡的燈光亮起，只見燈下的木屋高大、老舊，被蟲蛀得晃晃悠悠。木屋中間是街道，太過曲折，簡直看不出是街道。街上鋪的石頭被野草擠得亂七八糟，高低起伏。路邊的水渠堆滿垃圾，散發著臭味。到處都顯得那樣荒涼。可是往前走過一段路後，又聽到了人聲。最終，我們看到了一群人，他們便是整個倫敦最墮落的群體。

老人再次振作起來，彷彿就快沒油的燈最後跳躍起來。他邁著輕快的腳步往前走，拐過一道彎，忽見前面出現了一片明亮的燈光。原來是城郊一家廉價的酒館，這是那些酒鬼的大聖廟、魔鬼的宮殿。

天就快亮了，依舊能看到酒館門口不斷有人進出。他們都是些酒徒，身上都很髒。老人低聲叫了一聲，很是驚喜。他擠進那群人中，又開始漫無目的大步行走，跟先前沒什麼兩樣。可是酒徒們很快都從門內湧出來，顯然，酒館結束營業了。

在我堅持不懈追到現在的老人臉上，我發現了一種比絕望更深切的絕

望。可他沒有遲疑，馬上沿原路回到倫敦市中心，一路步履匆匆。我依舊緊緊跟在他身後，驚訝到無以復加。我決定跟蹤到底，眼下除了他，我對什麼都不感興趣了。

途中，太陽出來了。重返D飯店所在的鬧市區大街時，街上又熱鬧起來，跟昨晚的熱鬧程度幾乎不相上下。人群越來越擁擠，我繼續緊緊跟在老人後面。跟昨天晚上一樣，他繼續在街上來回走動，在這條熱鬧的大街上徘徊了一天。

黑夜再次降臨時，我筋疲力盡，索性站在這浪跡街頭的老人面前，直視他的臉。他繼續往前走，根本沒留意到我。

我開始思考，就此停止了對他的跟蹤。最終，我得出結論：「老人曾犯下重罪。他不願忍受孤獨。他是人群裡的人。我無法深入瞭解他，打聽不到他的罪過。就算繼續跟蹤他，也不會有任何收穫。人世間最卑劣的心是一本書，比《心之花園》更加低俗。可能是上帝慈悲的安排，這本書不准人們讀它。」

幽會

在那裡等著我！我會趕到幽谷，履行跟你見面的約定。

——奇賈斯特主教亨利・金在他妻子的葬禮上

神神祕祕的可憐人！你在自己絢麗的想像中迷失，墮入青春的烈火！在想像中，我再次看到了你！你再次在我面前出現！啊，不是冷颼颼、陰沉沉的山谷中，是在你的威尼斯，那座城市是用朦朧的夢拼湊起來的。

在威尼斯的歎息橋下，我遇到了我所說的這個人。這是我們第三次或第四次相遇。我已記不清那次相遇的情景了。可我還記得——啊，我如何能忘記呢——深夜、歎息橋、美麗的女子，還有那浪漫的天才。

那天晚上天色陰沉，廣場上的大鐘已經敲過凌晨五點鐘。廣場中十分安靜，空無一人。那古老的侯爵府中的燈也漸次熄滅。

我離開皮亞澤塔美術館，坐著一艘平底船，從大運河上回家。船走到聖瑪律科運河河口對面時，黑夜的寧靜忽被運河深處傳來的女人尖叫聲打破。聲音拖得很長，十分瘋狂。我嚇得一下站起來。船夫手裡的船槳掉進黑漆漆的河水中，再也找不到了。我們無計可施，只好任由船在運河上順水漂流。船緩慢靠近歎息橋，好像一隻大黑鷹朝那裡飛去。

運河兩岸的無數窗戶一下亮起來，把黑夜照得一片光明，侯爵府門口的臺階也被照得一清二楚。

原來剛才一位母親懷中的孩子從岸邊高大的侯爵府窗戶掉下來，掉進運河。運河接受了這一祭品，河面恢復平靜。這一帶的運河上除了我的小船，再無其他船隻。很多勇敢的人跳進運河，在河面上尋找那孩子。可是很明顯，要找到孩子，必須潛到水裡。

侯爵府門口是寬大的黑色大理石臺階。一個女人站在靠近水面的臺階上，任何人只要看她一眼，就再也不會忘記。她便是侯爵夫人阿弗洛狄忒，她是那樣的嬌美，整個威尼斯都會欣賞她。她還很年輕，她的丈夫門托尼侯爵卻是個狡詐的老頭子。那個掉到河裡的可愛孩童是她的獨生子。這一刻，他可能正在痛苦地想念她溫柔的撫摸，正在用自己幼小生命中僅餘的力氣掙扎，叫著母親。

她獨自站在河邊，白嫩的小腳上沒有穿鞋，被黑漆漆的大理石臺階映襯得好像光滑的玉石。她的頭髮一圈圈盤繞起來，像風信子，上面點綴著各種珠寶。這是她為參加晚上的舞會精心梳好的，現在還沒徹底弄亂。她苗條的身體上好像只裹著一片白紗，可她雕像一樣的身體在悶熱夏夜凝固的空氣中紋絲不動，連帶這片輕紗也紋絲不動，好像尼俄柏身上沉甸甸的大理石。可她那雙明亮的大眼睛沒有看下面埋葬著她最美好希望的墓穴，卻看著完全相反的方向，這太奇怪了！我覺得她正在注視以前的威尼斯共和國監獄，這是威尼斯最宏大的建築。可親生骨肉正在腳下的河中死去，她卻注視著這座監獄發呆，這是怎麼回事？而且監獄牆上有個黑洞，正好對著她的臥室窗口，她怎麼還會對它感到驚訝？

門托尼侯爵正遠遠站在侯爵夫人背後、侯爵府的拱門下。他衣著考究，長得好像薩堤洛斯。他不停地向那些搜尋孩子的人發令，同時露出百無聊賴的樣子，不時彈撥著一把吉他，手勢頗為笨拙。

剛剛聽到尖叫，我就站直了身體。眼下見到侯爵，我很吃驚，再也無法動彈一下。我面色慘白，手足僵硬，站在一艘小船上漂流到那些人中間，好像去送殯。在他們看來，我一定像個鬼一樣，這可不是什麼好兆頭。

埃德加・愛倫・坡

一切都像是徒勞，連最賣力搜尋的人都放棄了。孩子生還的機會微乎其微，他的母親絕望至極。這時候，正對著侯爵夫人窗戶的監獄黑洞處出現了一個身穿披風的人影，他看看河面，一下跳進河中，動作快得讓人暈眩。很快，他上了岸，走到侯爵夫人身旁的大理石階上，懷裡抱著還剩一口氣的孩子。被水濕透的披風沉甸甸落到他腳邊，一個英俊的年輕人暴露在眾人眼前。早就對他的舉動吃驚不已的人們看著他，有人用響徹大半個歐洲的聲音叫出他的名字。

年輕人沒有說話。然而，侯爵夫人呢？她本應該伸手接過孩子，抱緊他的小身體，將他緊貼在自己胸口，溫柔撫慰他。可是另外一雙手接過了陌生年輕人手中的孩子，默默將他抱進侯爵府。至於侯爵夫人，她精緻的嘴唇在輕輕顫抖，眼中流出淚來——瞧啊，雕像活過來了，女人全身都在發抖！大家看到用大理石雕成的蒼白面孔、豐滿胸部、潔白雙腳都一下變紅了。她苗條的身體輕顫著，好像草叢裡的百合花在那不勒斯的輕風中搖曳。

侯爵夫人為何會臉紅呢？我們不清楚。可能是孩子有難，她既慌亂又惶恐，顧不上穿鞋和外衣，就從房中跑出來了。除了這個原因，她臉上的紅暈、懇切的眼神、起伏不定的胸膛、哆嗦的手——門托尼侯爵進屋後，那隻手竟放到了年輕人手上，以及跟年輕人匆匆告別時，夫人輕聲說出的「你贏了」，這些又作何解釋？水聲潺潺，也可能是我聽錯了，我聽到她說：「你贏了。我們等太陽升起後一個小時再見面，就此決定了！」

混亂平息，侯爵府內一片漆黑。陌生年輕人一個人站在大理石階上，我將他認了出來。他很激動，身體在顫抖，四處尋覓船隻。我理應出手相助，他很高興地接受了。我們在水門借了一根船槳，划船送他回家。他迅速冷靜下來，跟我說起我們上一次的偶遇，說得非常興奮。

我很喜歡將一些題目寫下來。這個陌生人（對這個世界而言，他依舊是個陌生人，所以就這樣叫他好了）就是我喜歡的一個題目。他可能比中等身材的人還要矮，不過大家都覺得他要高一些，因為每到緊張時，他的身體就好像會變大。在歎息橋下，他憑著自己瘦得近乎過分的身體，而非在其餘更危險的情況下輕鬆展現出的海克力士一樣的強大力量，完成了救人的壯舉。

他的嘴巴、下巴都像天神一樣。眼睛很大很水靈，眼珠子從外到內依次是淡褐色、深褐色、亮黑色的，眼神很放肆。他有一頭濃密的黑色捲髮，覆蓋著寬寬的額頭，額頭上光澤閃爍，宛如象牙。除了康茂德大帝宛如大理石雕像的臉，我還沒見過誰的臉比他這張臉更具古典美。可這張臉只會在旁人眼前匆匆出現一次，沒有任何固定表情可作為其特徵，讓旁人記住。這張臉讓人看過後會馬上忘記，可忘記後又不斷想要重新記起，這種模糊的欲望永遠不會停止。之所以會這樣，不是因為每次情感爆發時，他都沒有將自己的內心清清楚楚映照在臉的鏡子上，而是因為情感爆發後，臉的鏡子上居然沒有留下半點印跡。

這一晚，我們分開時，他請求我明天早上再去跟他見面。我看出他很焦急，翌日一大早就去了他家。這是大運河岸邊靠近石廊的一座龐大建築，十分華美，卻陰森森的，在威尼斯並不少見。有人帶我走上一道寬大的旋轉樓梯，上面鑲滿馬賽克。我進入一個房間，進門之前，已被撲面而來的金碧輝煌弄暈了。

這個朋友非常富有，這我是知道的。過去，有人在我面前談及此事，我輕率地認為對方是在誇大其詞。現在置身於這個房間，四下望去，我無法相信這種君王才有的璀璨與奢華，竟是一個歐洲平民負擔得起的。

外面升起來了太陽，房內卻依舊點著明亮的燈。我看看房內的情況，再看看朋友滿臉的疲乏，猜想他昨夜一直沒有闔眼。設計師設計出這樣的房間佈局與裝潢，幾乎忽略了所謂和諧的裝修風格或與本國習俗的協調統一，這顯然只是為了讓客人頭暈目眩、大驚失色。我匆匆瞥過房中各色珍寶，可不管是希臘畫家的荒誕畫，還是義大利文藝復興時期的雕像，抑或埃及未開化時期的木雕，都不能讓我的目光暫作停留。柔和、哀傷的樂聲不知從何處傳來，房中掛滿的鮮豔帷帳隨著樂聲輕輕晃動。房中還擺著些香爐，一種不和諧的混雜的香氣從香爐中飄出來，飄散到房間各處。另有翠綠色、紫羅蘭色的火光在香爐中閃動。透過鑲嵌著一整塊紅色玻璃的窗戶，透過從牆上流瀉下來彷彿瀑布的窗簾，剛剛升起的太陽光從無數個角度照進房間。最終，日光和燈光融合為一種柔光，落到一塊五顏六色、彷彿正在流動的智利金絲地

毯上，晃來晃去。

「哈哈哈！哈哈哈！」主人大笑起來，指定一個座位讓我坐下。他自己則向後靠在一張矮榻上，將四肢都伸展開。

「我能看出來，」看到我對他特殊的待客之道感到彆扭，他說：「你進入我這個房間後很驚訝。房間這麼華麗，這些雕塑、畫，還有這些新穎的佈局和裝潢，都把你徹底迷住了。可是親愛的先生（他換上非常誠摯的低沉語調），剛剛我笑得這麼大聲，這麼粗魯，還請見諒。你好像被我嚇得不知該作何反應。可遇到荒誕可笑的事，誰能忍住不笑呢？最痛快的死亡方式莫過於笑著死亡！湯瑪斯・莫爾爵士——湯瑪斯・莫爾爵士就是個很好的例子，他在笑聲中迎來了死亡。拉維修斯・特克斯特的《荒誕篇》更是列出了一大串以這種方式死去的人。但是你知不知道，」他沉吟道：「在斯巴達這座軍事要塞西面有一片就快消失的斷壁殘垣，其中有塊基石，清楚殘留著四個字母aaem。毋庸置疑，這個單字原本是Γaaem（笑）。那時候，斯巴達的神廟、神殿共有一千多座，供奉著各種神明。可是其餘神明的廟宇都被毀了，只有笑之神的聖壇保留下來，真奇怪啊！但是，」他改變了聲調和姿態，「我無權拿你開玩笑。你的確應該感到吃驚，我這個小房間就像給君王住的，如此奇妙的房間全歐洲只有這一間。我的其餘房間都一味追求最流行的東西，跟這個房間完全是不一樣的風格。可是跟追求流行相比，這個房間不是更妙嗎？不過，這必然也會成為一些人追求的流行風格，追求這個的人家裡都很有錢，這筆開銷對他們來說不成問題。這是一種冒犯，我時刻防備著這點。在把這個房間裝修成你看到的豔俗風格後，我只允許我的傭人進來。除了他們，你是第一個來到這華麗、神祕住所的人。」

我是被迫接受房間裡的光芒、香味、樂聲，而他的打扮、言談又如此怪異，我無法說出什麼恭維話，只能點頭向他致謝。

「看這裡，」他站起來，挽著我的手臂到房間各處參觀：「這些畫原本屬於希臘人，後來傳給了契馬布埃，一直流傳到現在。把它們擺在這個房間，再適合不過。有些畫出自未曾被世人留意的大師之手，有些則是成名畫家未能完成的畫作。你覺得，」他猛地轉過身來：「你覺得這幅〈悲哀的聖

母〉好不好？」

「這是安吉利科的真品！」我早就注意到這幅無與倫比的畫了，對其滿懷熱情，因此張口便答，「這真是安吉利科畫的！你怎麼得到它的？毋庸置疑，畫中的聖母正如同雕像中的維納斯。」

「哈哈！」他思索著：「維納斯——你是說那座精美的維納斯雕像？——美第奇的維納斯像？——頭部小巧，有一頭鍍金的頭髮？斷掉的左手臂（他的聲音低下去，簡直聽不到了）和整條右手臂都修復了，修復後的右手臂雖然美麗，我卻覺得做作至極。還有卡諾瓦的雕像！阿波羅像！——那肯定也是仿製品——我這個又瞎又蠢的人可看不出那尊阿波羅像的妙處！我不由自主——我真是可憐——不由自主愛上了那尊安蒂諾斯像。蘇格拉底曾說過，雕塑師是從大理石中發掘出雕像，不是嗎？因此，米開朗基羅的詩句『尚未雕刻的石頭蘊藏著天才藝術家想展現的一切思想』，肯定不是他本人的創意。」

大家應該早就留意到了，這位紳士的言行很獨特，可究竟獨特在哪兒，我一時無法說清。在我看來，這位朋友不僅言行獨特，心理更是獨特。他這種心理特徵好像把他跟其餘人全都割裂了，我卻說不清這是一種怎樣的特徵，只好稱其為思考的習慣。在他最微不足道的小動作、他肆意消磨的每一天、他所有轉瞬即逝的快樂中，隨處都能見到這種習慣的影響，好像從波斯波利斯神廟屋簷下的笑臉面具的眼睛裡爬出的有毒的小蛇。

可他用那種隨意而嚴肅的語調、用很快的語速詳細描述那些不值一提的小事時，我卻不可避免地發現他不斷流露出些許恐懼，那是種神經質的亢奮，在他的言談舉止中都有所展露，讓我困惑乃至恐慌。他經常講話只講一半，然後停下來，很明顯把前半句話忘了。接下來，他的表現像在專心捕捉某種聲音，像在等待相約見面的客人，又像在傾聽自己想像出來的聲音。

他這樣陷入沉思或停滯時，我從旁邊的榻上拿起一本《奧爾甫斯》，這是義大利最早出現的一部世俗悲劇，作者是有名的詩人、學者波利齊亞諾。我信手翻開一頁，看到其中一段話用鉛筆圈出來了。這是第三幕最後一段話，極其打動人心。儘管內容有傷風化，但每次讀到這段話，男人都會產生

激情，女人都會連聲歡惋。書頁上還有淚痕，是最近留下的。旁邊的插頁上寫了首英文詩，看字跡，根本不像我這位性格古怪的朋友所寫。可那的確是他的筆跡，我好不容易才分辨出來。

對我而言，你是所有，我的愛人，
我的靈魂愛戀著你——
一座海島，我的愛情，
一口泉眼，一座神廟，
所有這些都圍繞著奇異的花果，
所有鮮花都為我綻放。
啊，美夢都是短暫的；
啊，璀璨的希望升起來，
又被烏雲擋住！
呼喚，從將來傳來的聲音，
「向前進！」
可我的心在從前（黑漆漆的深淵中）
左顧右盼，沉默不語，悲傷不安！
因為對我而言，唉！唉！
生命的火焰早已熄滅。
「變化——變化——變化，」
（這話將汪洋攔阻在海灘上）
樹遭過雷擊，如何再開花？
鷹受過傷害，如何再飛翔？
如今，我的白晝都在夢中度過，
夜晚的夢中全是你漆黑閃爍的眼睛，
是你精緻的雙腳
在義大利美麗的河岸上
翩翩起舞。

唉！因為在那悲慘的日子，

你告別愛人，被帶到汪洋對面，

委身於那身份尊貴的老頭，

喪失貞潔——

與我、與霧氣濛濛的英國告別，

柳樹流下了悲傷的眼淚。

　　此前，我並不知道他精通英語，因此，在看到這首用英語寫的詩時，我多多少少有些吃驚。事到如今，我終於瞭解到他多麼有才華，同時瞭解到，他在用這種獨特的方式取樂——為了製造這種讓人驚訝的效果，他有意隱瞞他精通英語這件事。不過，看到這首詩的落款，我確實很驚訝。這首詩的末尾原本寫著「倫敦」，但他好像不想讓人看到這個單字，小心擦拭掉了，卻留下少許殘留。看到這個落款，我之所以感到驚訝，是因為我清楚記得，上次跟他聊天時，我想起門托尼侯爵夫人婚前曾住在倫敦很多年，便問他有沒有在倫敦見過她。他說他從未去過大不列顛那座城市，除非當時我聽錯了。而我也曾多次聽人提起（這些沒有依據的傳言，我自然不會相信），他是個純正的英國人，在英國出生，又在英國接受教育。

　　他沒有留意到我在看這本《奧爾甫斯》，說：「看這幅畫，你也沒有見過。」說話間，他掀起一道簾子，後面是一張全身肖像畫，畫中人正是侯爵夫人阿弗洛狄忒。

　　她的美超凡脫俗，人類的藝術無法將其淋漓盡致展現出來。我眼前忽又浮現出昨天晚上侯爵府門口大理石階上那風華絕代的人影。可我看到的這個美麗女子滿臉笑容，笑容中還夾雜著一種飄忽、莫名的哀傷，跟她非凡的美貌不可分割。她彎著右手臂，放在胸口，並朝下伸出左手，指向一個雅致的古董花瓶。她只露出一隻小巧、美妙的腳，踩在地上。她背後一片金碧輝煌，像把她的美好包圍起來，向其獻祭。這片金碧輝煌中隱約可見一雙夢幻的翅膀，它們飄浮在那兒，簡直無法分辨。我看完這幅畫，轉而看我的朋友。查普曼的悲劇《布西·德·昂布阿》中幾句豪邁的詩句不由得從我口中

跑出來：

　　他站起來，
　　如羅馬塑像！
　　他絕不會倒下，
　　除非死神將他變成大理石！

　　「來！」最終，他這樣說道，轉身朝一張華麗的桌子走去。桌子是用白銀鑄成的，十分貴重。上面擺著幾個酒杯，五顏六色。另有兩個大大的伊特拉斯坎古董瓶子，跟畫裡的款式一模一樣。瓶裡裝滿酒，照我看，應該是德國約翰尼斯堡的白葡萄酒。

　　「來！」忽然他說，「我們喝杯酒！現在喝酒是太早了，不過還是喝吧！現在喝酒是太早了。」說這些話時，他好像還沒從沉思中回過神來。

　　一個漂亮的小廝用金錘子敲打鈴鐺報時，這是太陽升起後第一次報時。

　　「現在喝酒是太早了，可是又有什麼關係呢？喝吧！太陽這麼厲害，馬上就要讓這裡的燈和香爐失去光彩了，我們來敬太陽一杯吧！」他跟我一起喝了杯酒，又獨自灌了好幾杯酒下肚。

　　「做夢，」他重新用閒話家常的語氣說，還舉起一個漂亮的古董瓶子，朝一個散發著五彩光芒的香爐揮了揮：「我的生活除了做夢，再無其他。因此，一如你看到的這樣，我自己布置了這個房間，用來做夢。我身在威尼斯市中心，還能布置得比這更好嗎？瞧瞧你身邊這些東西，這些東西方混雜的擺設的確有些不三不四，老古董打破了伊奧尼亞的樸素風格，斯芬克斯是從埃及來的，它腳下踩的卻是智利的金絲地毯。可是只有對膽小怕事的人來說，這種風格才是不恰當的。真正的惡魔是地點特別是時間上的恰如其分，這會嚇到人們，讓他們再無勇氣進行嚴肅思考。過去，我也曾按部就班，可我的靈魂厭倦了這種愚不可及的進步。我對現在擁有的一切更滿意，好比這些阿拉伯香爐，在這煙火中，我的靈魂變了形。在這恍惚中，我更方便去尋覓更荒無人煙的夢。用不了多久，我就要到那荒無人煙的地方去了。」他好

像聽到了一種我聽不到的聲音，一下住了口，垂下頭。

然後，他起身仰望著天空，高聲說出奇賈斯特主教的詩句：

在那裡等著我！我會趕到幽谷中，履行跟你見面的約定。

之後，他說自己喝醉了，躺到榻上，張開四肢。

樓梯上傳來急促的腳步聲，接著是砰砰的敲門聲。敲門聲第二次響起時，我跑到門邊打開門。門托尼侯爵家的傭人衝進來，磕磕巴巴、氣喘吁吁道：「夫人！——夫人！——服毒自殺！——服毒自殺了！啊，那麼美的——那麼美的阿弗洛狄忒啊！」

我非常驚慌，趕緊跑到矮榻旁，用力搖晃我朋友，想把他喚醒，把這件可怕的事情告訴他。可是他手腳僵硬，嘴脣泛白，剛剛神采飛揚的眼睛也失去了光彩。

我跌跌撞撞走到桌子旁，伸手撫摸一隻被打爛的酒杯，杯壁已經泛了黑。這件恐怖的事忽然在我腦海中變得十分清晰，然後迅速消失。

亞瑟・戈登・皮姆的故事①

引言

　　在下文中，我將描述自己在南半球海上等地的一系列冒險活動。幾個月前，這些活動結束了，我重新回到美國。機緣巧合下，我結識了維吉尼亞州里奇蒙的幾位先生。對於我在這些地方的活動，幾位先生興趣濃厚，建議我將這些經歷寫下來，公開發表。他們不停地鼓勵、督促我這樣做，但我完全可以拒絕他們，原因有幾點，有的原因只跟我本人有關，其餘原因卻不只是這麼簡單。

　　其中一個原因是，我在海上大半時間都沒有記日記，因為有別的事情要擔心。若只根據記憶寫下來，只怕不僅不能把真相寫得詳實、連貫，還會誇大其詞——在描述能大大刺激聽眾想像力的事情時，我們往往會控制不住自己這樣做。

　　還有一個原因是，我要說的這些事太難以置信，且無法得到證實，唯一

1. 這是愛倫・坡唯一的長篇小說。博爾赫斯說：「這是愛倫・坡最偉大的作品。」儒勒・凡爾納為本書撰寫了續篇《北極之謎》。科幻小說家威爾斯說：「這本書告訴我們，一個世紀以前，一個極度聰慧的頭腦可以對南極做出何等想像。」——編注

的證人是個印第安混血兒。因此，我只期望家人和信任我的朋友會相信我說的是真的，而普通讀者多半隻會把我這些真實經歷當成一部小說，相信其中的情節都是我厚著臉皮編出來的。

然而，我不確定自己是否具備寫作的能力，才是我拒絕那幾位先生最重要的原因。

原先在《南方文學信使》中擔任編輯的坡先生對我的經歷，特別是我在南極海域的經歷極感興趣。《南方文學信使》是在里奇蒙發行的一本文學月刊，老闆是湯瑪斯·W·懷特先生。在鼓勵我馬上把所見所聞寫下來的幾位先生中，坡先生是最積極的一個。他勸說我，讀者是很聰明、有常識的。他堅持認為，無論我的表達多麼粗糙，這種純天然的笨拙都只會產生一個效果，就是讓讀者更加相信書裡都是真的。他的說法好像很有依據。

我雖得到他的鼓勵，但依舊沒能決定接受這個建議。之後，他發現我什麼都沒做，就要求我講述自己的經歷，由他用他的語言幫我記錄下開頭的部分，假裝這是一部小說，發表在《南方文學信使》上。我答應下來，唯一的條件是不能給故事中的我改名字。就這樣，在1月、2月的《南方文學信使》上，這篇偽造的小說分成兩部分發表出來。目錄的文章標題後面注明作者是愛倫·坡先生，以便讓其看起來更像一部小說。

這個法子果然奏效。我終於開始寫下自己的冒險經歷，將其發表出來。因為雖然坡先生在不改變、不扭曲真相的前提下，對《南方文學信使》中發表的部分做了巧妙的修改，讓其具備了小說的虛構性質，但讀者根本不相信這是虛構的小說。坡先生收到好幾封讀者來信，其中都寫明他們相信這不是虛構的。根據這一點，我已基本不用擔心大家會懷疑我的故事是假的，因為這些故事本身可能已足以證實其是真的。

大家看到這裡，能很容易地分辨出後文哪些是我自己執筆寫的，並能明白前面由坡先生代筆的部分也很尊重事實。就算沒看過《南方文學信使》的讀者也能輕易區分出坡先生寫的和我自己寫的，兩部分的區別非常明顯。

亞瑟·戈登·皮姆
1838年，紐約

一

我叫亞瑟・戈登・皮姆，出生於南塔克特。我父親是個正經的商人，在鎮上售賣航海用具。我外公是個出色的代理人，一直非常幸運，先前投資過埃德加頓銀行的股票，賺了很多錢。他還做過其他生意，累積了十分可觀的財富。我期待他去世時會把大半遺產都留給我，因為我認為自己是他最喜愛的人。

我六歲那年，外公把我送到學校讀書。那所學校是里基茨先生開辦的，他是個行事古怪的老人，缺了一條手臂。任何人只要去過新貝德福德，基本都聽過他的名字。直到十六歲，我才從他的學校離開，進入E.羅奈爾得先生在山上開辦的專科學校。在這裡，我跟巴納德船長的兒子結下了深厚的友情。巴納德船長平時在勞埃德、弗雷登伯赫合資公司中任職。在新貝德福德，他也是位名人。另外，我很確定，他有很多親戚住在埃德加頓。他的兒子奧古斯特斯比我大將近兩歲。奧古斯特斯總是對我說起他在南太平洋上的冒險經歷，他曾經跟隨父親的「約翰・唐納森號」去捕捉鯨魚。我經常去他家，一待就是一整天，有時夜裡都不回家。我在他家留宿時，總是跟他睡在一張床上。他會給我講提尼安島上的土著，以及他在其餘地方旅行的所見所聞，一講就是大半夜，讓我無法閉上眼。最終，我不由自主被他描繪的所有事情吸引，逐漸產生了強烈的渴望，想要親自航海遠行。

我有一艘帆船「愛麗爾號」，總價值七十五美元左右。這是一艘單桅船，有半個船艙，也可以說是一個小船艙。至於船的噸位，我記不清了，可就算十個人待在船上，也不會很擁擠。我們經常開著這艘小船航行，期間做盡瘋狂之能事。如今回想起來，我竟然沒在途中喪命，真是不可思議。接下來我會講述一個更加漫長且重要的故事，在此之前，不妨先講講我在這段時期的一次探險經歷。

有一天晚上，巴納德先生家舉辦宴會。宴會快結束時，我跟奧古斯特斯

都已喝得醉醺醺。跟平時一樣，我跟他同床而眠，沒有回家。將近凌晨一點鐘，宴會結束。他剛剛躺到床上就睡著了，完全沒提及平日最喜歡的話題。

過了大約半個小時，我就快睡著了。忽然，他從床上爬起來賭咒發誓，說今天晚上吹著西南風，天氣很好，就算是為了基督世界任何一個亞瑟‧皮姆，他也不能就這樣睡過去。

我感到前所未有的驚訝，不明白他在說什麼。我覺得他也許是喝醉了胡說八道。他卻心平氣和地說，他現在非常清醒，不要誤會他喝醉了。他還說，他之所以跟條狗一樣躺在床上，只是因為疲憊。天氣這麼好，他決定起來穿好衣服，開著那艘小船去海上玩耍。

不知怎麼，聽到他這樣說，我覺得又緊張又快樂，相信再沒什麼建議比他這個瘋狂的建議更讓人快樂、更合乎情理。

外面正刮著大風，且是10月底，天氣很冷。我卻完全糊塗了，從床上爬下去，告訴他，我跟他同樣勇敢，也只是因為太過疲憊，才跟狗一樣躺在床上。現在我很想去海上玩耍，就跟南塔克特任何一個奧古斯特斯‧巴納德沒什麼兩樣。

我們馬上穿上衣服，趕到龐基公司木材廠旁邊破舊朽爛的碼頭上，找到那艘船。船舷正在撞擊那些粗糙的木頭，一下一下撞得不遺餘力。船艙裡進了很多水，奧古斯特斯跳上去，往外舀水。舀完水，我們把船頭的前帆和主帆全都拉開，朝大海開過去，什麼都顧不得了。

剛剛提到西南風刮得正猛，天氣晴朗，十分寒冷。奧古斯特斯掌舵，我在桅杆旁邊站著。船開得飛快。解開纜繩，駛出碼頭後，我們一直沉默不語。後來，我才問我朋友準備去什麼地方，何時回來。

接連幾分鐘，他一直在吹口哨，最後才甕聲甕氣說道：「我要到海上去。你若覺得不妥，就自己回去吧！」

我注視著他，很快發現他心中十分忐忑，卻裝出一副平靜的樣子。藉著月光，我清楚看到他的面色慘白更勝大理石，手劇烈顫抖，掌舵非常困難。我覺得情況不妙，有些害怕。那時，我全指望我朋友開船，自己還不太清楚怎樣駕駛船隻，並且我們飛快遠離陸地的保護時，風一下變得更強勁了。即

便如此，在大約半個小時內，我一直沒出聲，因為我覺得讓人知道我的害怕是很羞恥的事。不過，我最終還是忍不住跟奧古斯特斯說，最好還是就此返航吧！

他又過了差不多一分鐘才回應我的話，也可以說是對我的提議做出反應。他說：「現在就返航，現在就回去，我們出來太久了。」

這是我期待的回應，然而，不知何故，我很怕他講話時的語氣。我又開始認真觀察他。他的嘴脣發黑，雙腿顫抖，好像站都站不穩。

我只覺毛骨悚然，忍不住叫起來：「你究竟是什麼回事？怎麼回事？你要做什麼？」

「怎麼回事？」他一臉驚詫，磕磕巴巴道，邊說邊放開船舵，一下倒在船艙底下，「怎麼回事？哦，沒什麼事——回去。你——你——你真的看不出來嗎？」他無法站立、講話或視物，雙眼呆呆的，一點神采都沒有。

我失望至極，鬆開抓住他的手。他一下滾到進了水的船艙底下，好像根木頭。他很明顯是喝醉了，醉得遠超出我的想像。這種發瘋般的酒精中毒狀態導致了他在船上的種種表現。喝醉酒的人處在這種狀態中，通常都會裝出一副清醒的樣子。然而，跟平時一樣，冷颼颼的夜風吹走了他這種裝模作樣。迷迷糊糊中，他感到自己處境危險，從而更加迅速地進入了現在這種狀態。眼下，他徹底失去了意識，要過幾個小時才會甦醒。

這一刻，我害怕至極。剛剛因為醉酒，我還有些勇氣，眼下這勇氣已蕩然無存。除了恐懼與茫然，我一無所有。我很清楚自己根本沒本事掌控這艘船，巨大的風浪將給我們帶來滅頂之災。很明顯，一場風暴即將到來，可我們沒有羅盤，也沒準備飲食。若我們繼續沿著當前的方向行駛，那麼顯然在黎明之前，我們就會進入大海深處，再也看不到陸地。我腦子裡飛速閃過這些念頭，還有其餘恐怖的念頭，因此嚇得渾身癱軟，不知所措。

這會兒，在風的推動下，小船正快速向前行駛，速度驚人，小船的前帆、主帆都被吹得滿滿的，船頭消失在翻騰的海浪中。剛剛提到，奧古斯特斯鬆開了船舵，我嚇昏了頭，完全沒想過去掌舵，可是船竟沒被風掀翻，真是個奇蹟。船自動保持著原先的航向，在這一過程中，我逐漸鎮定下來。

然而，風越來越強勁。每一次，船頭被海浪拱起來，就會有海水湧到船尾凸起的部分，把我們淋成落湯雞。我的四肢被凍得幾乎完全麻木。最終，我決定勇敢地冒一次險。我朝主帆跑過去，解開帆索。主帆從船頭飛過去，被海水澆透了，扯斷桅杆，墜入海中。可我沒有馬上被大海吞噬，正得益於這斷裂的桅杆。

接下來，我只能靠著前帆，繼續在海上行駛。巨浪還是經常掀起，打在船尾上。不過，小船短時間內應該不會被掀翻。正在掌舵的我發現我們仍有生還的可能，不禁長出一口氣。

奧古斯特斯還在船艙底下，昏睡不醒。那裡的水有大約一英尺深，可能會把他溺死。我把他扶起來坐著，在他腰上繫根繩子，把繩子另一頭緊緊綁在甲板一枚螺栓上，以免他再倒下。我凍得直哆嗦，但仍竭盡全力做完了這些事。然後，我決定用堅定的意志面對一切可能的事，將命運交由上帝主宰。

我才下定這種決心，立即聽到尖叫聲從周圍各個方向傳來，像一千多個惡魔在喊叫。剎那間，我恐懼到了極點，這種感覺我將銘記一生。我的頭髮根根豎起，血液停止流動，心跳徹底停滯。我一下倒在我朋友身上昏迷過去，甚至沒機會抬頭看清楚到底是什麼讓我害怕至此。

再次醒來時，我發覺自己正在一艘大型捕鯨船的船艙裡，這艘船便是「企鵝號」。我身旁站著幾個素不相識的人，奧古斯特斯正幫我搓手，臉色很難看。他看到我睜開眼，開心地大叫起來。那幾個長得很粗魯的陌生人受他感染，也不由得大笑起來，流出了眼淚。

沒過多久，我便瞭解到我們是怎樣逃出生天的。當時，為了躲避大風，這艘捕鯨船改變了方向，張開所有船帆，迎風朝南塔克特駛去，跟我們那艘小船的方向幾乎形成一個直角，結果把我們的船撞翻了。前瞭望臺上的幾名船員看到我們的船時，已來不及躲避。把我嚇得魂飛魄散的尖叫，其實是他們發出的警告。他們跟我說，我們的小船從一根羽毛上壓過去有多輕鬆，他們的大船從我們的小船上壓過去就有多輕鬆，大船上的人一點感覺都沒有。小船擦上大船的龍骨時，他們也只聽到了極輕的摩擦聲，夾雜在巨大的風聲

和海浪聲中。船長（康乃狄克州新倫敦號的E.T.V.布洛克船長）誤會我們的小船（別忘了桅杆已經斷裂）只是一塊碎片，飄浮在海上，根本沒在意，決定繼續往前進發。好在兩個負責瞭望的船員說，他們百分之百看到小船上有人掌舵，現在行動還可能救人一命。船上的人你一言我一語爭論起來。布洛克船長很惱火，說在海上尋找雞蛋殼可不是自己的分內事，那兩個船員的話毫無依據，自己不會因此掉頭，就算有人真被撞到海裡，也是那個人自己的責任——他活該命喪大海，而且肯定不會有生還的可能。船長的話大致就是如此。

亨德森大副站出來。聽到布洛克這番冷酷、無恥的話，亨德森跟所有船員一樣憤怒。他見大家都站在自己這邊，便向船長坦言，就算上岸後自己馬上會被送上絞刑架，自己也要違背船長的命令行事，更何況應該被絞死的是船長。他說完這話，就用胳膊肘把船長（船長面色發白、沉默不語）推開，大步走過去，自己掌舵，並下令掉頭。船員們馬上回到自己的崗位上。不一會兒，大船就掉過頭去。

此時距離撞翻小船已過去五分鐘，小船上的人基本不可能再救活。可大家都已知道，我和奧古斯特斯都得救了，這好像是因為兩個偶然事件，幸運得不可思議。在聰明、虔誠的人看來，這都是上帝庇佑的結果。

捕鯨船掉頭時，大副把船上的小艇放下來，跟兩名船員一起跳上小艇。我猜測，這兩人應該就是剛剛說看到我在小船上掌舵的船員。他們在皎潔的月光下划著小艇，駛到大船背風的一面。這時，大船劇烈晃動起來，朝著風吹來的方向傾斜。亨德森馬上站起來，對大船上的船員大叫：「倒舵。」除了心急如焚地大叫「倒舵」，他什麼都沒說。

船員們拼命想讓船往後倒，拼命放下船帆，想讓船停下，可船已掉頭，以原先的速度朝著小艇的方向駛來。雖然很危險，大副還是緊緊抓住了主錨鏈。大船又一次嚴重傾斜，右船舷差不多全都在海面上暴露出來。大副完全不再掩飾自己的擔憂。他看到平滑閃爍著光澤的船底（「企鵝號」為了讓船底更加堅固，包裹著一層銅板）有個人，正以極為奇異的方式貼著船底，船每晃動一下，此人就在龍骨上猛撞一下。

大船不斷傾斜，大家藉機嘗試了好多次，最終冒著小艇沉入大海的危險，將生命垂危的我救出來，送到大船上——船底那個人正是我。我之所以會以那種奇異的方式貼著船底，似乎是因為一枚凸起的螺栓透出銅板，剛好擋住了從船底滑過去的我。它鉤住我的綠呢夾克衣領，刮破我的脖子後面，並從我右耳朵下的兩根肌腱中間穿過。

大家看到我好像死了，但還是馬上把我抬到床上。船上沒有醫生，是船長給了我極好的照顧。我覺得他應該是想當著大家的面，為之前的惡劣態度做出補償。

這時候，風變得更加猛烈，亨德森又划著小艇出去了。很快，他發現了我們的小船的一些碎片。一個同行的船員說，他隨即便聽到有人在喊救命，聲音夾雜在呼嘯的風聲中時斷時續，卻很清晰。雖然布洛克船長不斷發信號讓他們回到大船上，而且在狂風大浪中，那艘小艇不堪一擊，隨時可能傾覆，但是因為這位船員堅持自己的說法，他們繼續在海上搜索了半個多小時。我們確實難以想像在那樣的大風大浪中，他們的小艇居然安然無恙。那艘小艇是專門為捕鯨製造的，我有理由相信，艇上必定裝著充氣箱，好像威爾士沿海的一些救生艇。

在半個多小時的搜尋中，他們一無所獲，決定回到大船上。剛剛做出這一決定，他們就聽到了一聲低低的呼喊，聲音來自一個從小艇旁邊迅速漂過的黑東西。他們急忙追過去，發現那個黑東西是「愛麗爾號」完整的船艙甲板。在甲板旁邊的海面上，奧古斯特斯正在掙扎，很明顯已到死亡邊緣。

他們把他救起來時，看到他和甲板之間連著一條繩子。大家可能還記得，先前我為了讓他坐著不再倒下，在他腰上繫了條繩子，將繩子另一端綁在一枚螺栓上，他因此免於一死。沉船時，本身並不堅固的愛麗爾號當然會四分五裂。能夠想像，水湧入小小的船艙時，把甲板沖下來，甲板必然會跟其餘碎片一起飄浮到海面上，把奧古斯特斯從恐怖的死亡中拉上來。

奧古斯特斯被救上「企鵝號」。過了一個多小時，他終於能說話了，說出自己的經歷，並從船員們口中得知我們的小船遭遇了什麼。最終，他徹底清醒過來，說出自己落水後的種種感受。剛剛恢復知覺時，他發覺自己正在

水裡旋轉，速度快得不可思議，脖子被一條繩子死死纏繞了幾圈。忽然，他感覺自己正在快速往上升，在一個硬邦邦的東西上狠撞了一下頭，再次昏迷過去。

再醒來時，他越發清醒，卻依然不明白發生了什麼。那時候，他猜到一定出事了，雖然他的嘴巴露出海面，呼吸自由，但他很清楚自己正在海裡。當時，甲板多半是在順風漂流，拖著仰面飄浮在海面上的他快速前行。他若能保持這種姿勢不動，自然不會被溺死。片刻過後，一個大浪打過來，他直接被丟到甲板上。他拼命貼住甲板，不停地高聲喊救命。後來，他筋疲力盡，抓不住甲板，再次掉進海裡，對逃生完全絕望，可就在這時，亨德森先生找到了他。

他在海裡掙扎的這段時間，根本沒想過「愛麗爾號」或他何以會身陷險境。他腦子裡除了模模糊糊的恐懼與絕望，什麼都沒有。最終獲救時，他腦海中一片茫然。剛才說過，他過了一個多小時，終於徹底清醒過來。

而我脫離瀕死狀態，恢復意識，得益於奧古斯特斯的提議：用法蘭絨蘸著熱油在我身上用力擦拭。在此前的三個半小時中，大家用盡各種方法喚醒我，都沒成功。我脖子上的傷不算太重，只是傷口看起來很可怕。沒過多久，我的傷就好了。

經過南塔克特海上這場罕有的風暴，上午九點左右，「企鵝號」進入港口。吃早飯之前，我跟奧古斯特斯想盡方法趕回巴納德先生家。好在這天的早飯比平時晚一些，因為昨晚的宴會很晚才結束。我覺得一起吃早飯的人都沒發現我倆已精疲力竭，因為他們也都十分疲倦。不過，他們要是能仔細觀察一下，我倆的事情就藏不住了。當然，在騙人方面，孩子總是本領驚人。況且我毫不懷疑，在聽一些水手說起，他們的船撞沉了一艘船，有三四十個倒楣蛋都溺死在海裡時，我們在南塔克特的朋友們絕不可能想到這件恐怖的事會跟「愛麗爾號」、跟我和奧古斯特斯有半點關聯。

我跟奧古斯特斯倒是時常說起這段經歷，但每次都忍不住瑟瑟發抖。奧古斯特斯曾向我坦白，當晚在小船上，他發覺自己喝醉了、無法繼續支撐的剎那，是他此生最害怕、最痛苦的時候。

二

　　無論何事，只根據偏見持贊同或反對態度，就算我們有最簡單、最明確的證據，也不能立即推導出結論。有些人可能會覺得，經過這段危險的經歷，我對大海的熱情將嚴重受挫。實際卻正好相反，我們奇蹟般得救一週後，我對航海家的冒險生活有了更狂熱的嚮往。這一週很短，卻足夠把這次危險在我記憶中的陰影抹除，將其變得色彩絢爛，宛如圖畫，讓我興奮不已。

　　我更加頻繁地跟奧古斯特斯交談，談話內容越來越有趣。他以我很喜歡的特殊方式，在我面前描繪他的航海經歷（事到如今，我懷疑其中大半經歷都是他編造出來的）。我那熱情、想像力豐富、帶著些許悲觀的性情，深受他影響。在講到那些可怕的經歷時，他講得越生動，越能刺激我對航海的熱情，這真是匪夷所思。聽他講到航海中的美妙經歷時，我卻興致索然。我經常想像著沉船、飢饉、死亡、淪為野蠻人的俘虜，或在一片罕有人至、不為人知的海域中一座灰濛濛的荒島上度過餘生，受盡折磨，滿心哀傷。從那以後，我始終相信，這種想法或是欲望（其跟欲望相差無幾），就跟人類的無數憂鬱一樣尋常。那時候，我覺得這些不過是對我命運模糊的預示，多多少少都會變成現實。這是一種怎樣的心理狀態，奧古斯特斯完全明白。事實上，我們的關係如此親密，可能已讓我們實現了心靈感應。

　　「愛麗爾號」沉船約莫一年半後，勞埃德、弗雷登伯赫合資公司（這家公司跟利物浦的因德比父子公司有些關聯）開始修整、裝備一艘雙桅帆船「逆戟鯨號」，準備再次出海捕鯨。可是不管如何修整、裝備，都無法讓這艘老舊的船達到出海的要求。公司明明有更好的船，卻偏偏選中它，真讓人想不明白。然而，一切已成定局。巴納德先生出任船長，奧古斯特斯要跟他一起上路。

　　修整、裝備「逆戟鯨號」期間，奧古斯特斯不遺餘力地勸說我抓住這個

大好機會，達成遠航的志願。他看出我有些心動，但此事並不簡單。我父親沒有直接提出反對，我母親卻勃然大怒。我原以為外公會支持我，結果他也毫不猶豫地反對，說我再把此事掛在嘴邊，就別想繼承他的遺產，這真讓我大受打擊。可是我的渴望反而因這些阻礙變得越發強烈。我下定決心，一定要出海遠航。

我把自己的決定說給奧古斯特斯聽。我們開始制定有效的計畫。家人、親戚都相信我已不再想要遠航，因為當著他們的面，我絕口不再提遠航一事，還裝出一副專心學習的樣子。之後回顧自己的這一表現，我經常會感到難過、吃驚。只因我心中燃燒著強烈的渴望，想把自己嚮往已久的航海夢變為現實，我便准許自己變成了如此虛偽的人，在那段漫長的時期內，我的言談舉止無一不展現著這種虛偽。

我那瞞天過海的計畫要求我必須讓奧古斯特斯幫我很多忙。白天，他要在「逆戟鯨號」上幫父親處理船艙中的種種事務，幾乎沒有閒暇時間。然而，入夜之後，他一定會過來跟我一起商量那個計畫。

大約一個月後，我們依舊沒能制定出任何可行的計畫。不過，他跟我說，他已安排好一切。我在新貝德福德有個親戚羅斯先生，我經常到他家做客，住兩三週才回來。6月中旬（1827年），「逆戟鯨號」就要出發了。我們決定在「逆戟鯨號」出發前一兩天，讓我父親收到羅斯先生寄來的一封便箋，羅斯先生將在便箋中邀請我去他家住兩個禮拜，跟他的兒子羅伯特和艾米特作伴。奧古斯特斯主動表示，寫信、寄信全都包在他身上。到時，我表面上去了新貝德福德，其實卻是到「逆戟鯨號」上投奔我的朋友，他會幫我在船上找個地方，讓我藏起來。他承諾會幫我找個很舒適的地方，前幾天，不能讓船上的人發現我，在此期間，我得一直待在那地方。他告訴我，等船開到無法再送我回來的海域時，我就能搬到舒服的船艙裡住了。他父親只會把這件事當成一個惡作劇，哈哈大笑一番。航海途中，我們會遇到很多開往南塔克特的船，可以拜託他們給我父母傳信，解釋清楚此事。

終於到了6月中旬，計畫中的每一步都準備就緒。便箋寫好了，送到我父親手中。週一早上，我從家裡出來，裝作要去搭船前往新貝德福德。實際

上，我卻直接來到一條街道的轉彎處，跟正在等候的奧古斯特斯會合。我們原先的計畫是，我先藏起來，天黑以後再悄悄上船。然而，老天保佑，這天剛好霧氣濛濛，我們決定馬上登船，躲藏起來。

奧古斯特斯在前面引路，我跟在後面，一起朝碼頭趕去。為免被人認出來，我穿著他給我的一件很厚的水手披風。可是拐過第二道彎，走過愛德蒙先生的那口井後，我忽然遇到一個人，他緊緊盯住我不放。這人正是彼德森先生，我的外公！

「啊，上帝啊，戈登！」待了許久，他終於說：「哦，哦，你穿的是誰的披風？這麼髒！」

遇到這種意外，我只能裝出一臉困惑，盡量用粗啞的聲音說：「先生！你弄錯了，我根本不叫戈登，你這個混蛋給我看清楚，這不是什麼髒披風，這是我的新外套！」

遭到我的叱罵，老先生一臉驚訝。我看到他的表情，幾乎笑出來，卻極力壓抑著自己。起初，老先生大吃一驚，後退了兩步，臉色青一陣紅一陣。然後，他把眼鏡拉到眼睛上，然後放下，接著拿著雨傘朝我跑過來。跑到中途，他像是忽然想到什麼，一下停下來。最終，他轉身走了，腳步踉踉蹌蹌，身體因憤怒而顫抖，嘴裡嘟嘟囔囔道：「不行了，新配的眼鏡也不行了，把那個人當成了戈登。大炮進了水，沒法再用了。」

真是好險。接下來，我們一路小心翼翼，總算順利到達碼頭。甲板上只能看到一兩個人，正在船頭忙碌。至於巴納德船長，我們並不擔心會被他發現，因為我們知道他現在還在勞埃德、弗雷登伯赫合資公司，要很晚才會過來。

奧古斯特斯先登上船舷，我緊隨其後，爬到船上，並未被正在忙碌的船員發現。我們馬上進了主艙，裡面一個人也沒有。跟大多數捕鯨船的主艙不一樣，這裡的主艙布置得很舒服。另有四個漂亮的臥艙，其中的鋪位都很寬敞，很舒適。我留意到，船艙裡裝了一個很大的火爐子，主艙、臥艙的地板上都鋪著厚厚的地毯，價值不菲。天花板很高，距離地板七英尺。總之，所有陳設都遠比我想像的更加寬敞、舒適。

奧古斯特斯認為，我一定要馬上藏起來，不准我在這裡逗留太久。在他的帶領下，我進入他在右船舷上的臥艙，隔著一道牆，旁邊便是防水隔艙。我們剛進入臥艙，他就關上門，插上門栓。這個小房間相當漂亮，超過了我之前看過的任何房間。房間長約十英尺，只有一個寬敞、舒適的鋪位。與隔艙相連的牆角處有個四英尺見方的空間，擺著一張桌子、一把椅子，還吊著一個架子，上面擺滿書，其中多數跟航海、旅行有關。臥艙中還有不少小裝備，我印象最深的是個裝著食物的箱子，好像冰箱。奧古斯特斯打開箱子讓我看，裡面吃的喝的應有盡有。

在剛剛提到的那個空間裡，他彎腰在牆角地毯的邊緣處按一下。原來這裡有塊可以活動的地板，大約十六英尺見方。地板靠近牆壁的那一邊隨著他的按動翹起來，出現了一條能容納一根手指的縫隙。就這樣，他打開了這道暗門（地毯並未脫離拉開的活動地板，二者用大頭針固定在一起）。從暗門進去，便能抵達後艙。

他用火柴點亮一根小蠟燭，將其放入一盞提燈，拿著提燈進了暗門。他讓我跟上，我照做了。活動地板下有枚釘子，他用其將活動地板和上面的地毯恢復原樣。若有人進入臥艙，肯定看不出半點異樣。

燈光很暗，我只能摸索前行，頗費了些力氣。走了好一會兒，我才發覺路邊堆滿凌亂的雜物。雙眼漸漸適應了昏暗的光線，我拽著我朋友的衣服繼續前行，已經不像剛才那麼費力了。

他帶我拐過一道又一道彎，最後停在一個裹著鐵皮的箱子面前。箱子高約四英尺，長六英尺，很是狹窄，好像盛放陶器精品的箱子。箱子上面放著兩個空油桶，油桶上面放著厚厚的一摞草席子，堆到了船艙頂上。箱子周圍都是雜物，有些也堆到了船艙頂。其中包括船上的各種裝備，以及大量條板箱、船具、木桶、成包的貨物。在這樣一堆雜物中，我們還能找到這個箱子，幾乎稱得上奇蹟。之後，我才瞭解到，奧古斯特斯故意將這些雜物堆放在這裡，好讓我藏身於此，不被人發現。堆放這些東西時，他只找了一個不會登船出海的人做幫手。

箱子有一頭能打開，我朋友拉開一塊板子，讓我看箱子裡面。我看了一

眼就笑起來，箱子底端鋪著從船艙鋪位中拿下來的床墊，箱子裡地方不大，卻有一切能讓人覺得舒適的東西，還留下了足以讓我好好休息的空間。我進入後，既能坐著，也能舒展身體躺著。其中有些書，紙和筆，墨水，三條毯子，一大瓶水，一小罐餅乾，三四根博洛尼亞紅腸，一大塊火腿，一根烤羊腿，還有五六瓶甜酒、燒酒。

　　我立即進入自己的小房間，就像國王搬進新宮殿一樣滿足。奧古斯特斯教我如何把箱子關起來。然後，他用提燈照亮了地板上一條繩子，說這條繩子穿過雜物中間的曲折道路，最終連接著底艙甲板上的一枚釘子，那枚釘子上面就是臥艙中那塊活動地板。若發生了任何意外，我要離開這裡，不用他帶路，我也能沿著這條繩子找到出去的路。他說完這些，留下提燈和很多蠟燭、火柴，承諾一有空就會過來看我，然後便走了。這天是6月17日。

　　此後三天三夜（時間是我估摸的），我一直藏在這裡，只從箱子裡出去過兩次，在正對著箱子出口的兩個條板箱中間活動了一下身體。在此期間，奧古斯特斯一直沒來看我。不過，我很清楚這艘雙桅帆船隨時可能開船，開船之前，他會非常忙，基本不會有空過來看我，因此，我並不擔心。

　　後來，終於有暗門開關的聲音傳來。片刻過後，我聽到他低聲叫我，問我好不好，有什麼需要。

　　我說：「我什麼都不需要，這裡非常舒服。船什麼時候開？」

　　「半個小時之內。」他說：「我怕你擔心我不在船上，所以過來跟你打個招呼。接下來的三四天，我可能都沒機會過來。上面一切正常。對了，你等我上去關上暗門以後，就沿著繩子找到那枚釘子，我把我的懷錶放在那裡，你拿來用吧，你待在這裡看不到太陽，有了懷錶就能知道時間。你去的時候，小心不要搞出什麼動靜。若問你在這裡藏了多長時間，你一定答不出來吧！今天是20號，你剛剛藏了三天。我怕我離開太長時間，大家會發現不對勁兒，要不然我就親自把懷錶送下去。」他說完這些就走了。

　　過了一個小時左右，我清楚感覺到船開了。航行終於正式開始，我很高興。我心滿意足，決定儘量心平氣和地等待能光明正大現身的那一刻。到了那時，我會搬出箱子，搬到臥艙去，那裡雖然不會比這兒更舒服，卻比這兒

更寬敞。

我想到的第一件事是去拿錶。提燈仍在那兒亮著，我沿著那條繩子出發了。道路十分曲折，我有好幾次艱難地走過很長的一段路後，卻發現自己竟比原先後退了一兩英尺。最終，我還是找到了那枚釘子，拿到了那塊錶，安然無恙回來了。

接下來，我瀏覽了一下奧古斯特斯細心為我準備的書，挑選出一本記錄路易士與克拉克在哥倫比亞河口的探險經歷的書，興致勃勃讀起來。之後，一陣困意襲來，我小心熄滅燈，很快沉沉睡去。

再醒來時，我腦海中十分混亂，什麼事都記不起來了。隨後，我的記憶漸漸復甦。我劃了根火柴，想看看自己睡了多長時間，卻看到錶停了。我四肢麻痺，只能又到兩個條板箱中間活動手腳。

我覺得很餓，想起那根烤羊腿。睡著前，我吃了一些，感覺挺好吃。然而，這時烤羊腿已徹底腐爛，我大吃一驚。想起剛才醒來時，腦海中一度非常混亂，現在又發現烤羊腿變成了這樣，我覺得很恐慌。起初，我猜想自己睡了太長時間。這可能是因為底艙的空氣不流通，最終，這可能會引發更加惡劣的後果。我覺得頭痛欲裂，喘不上氣。總而言之，我滿心鬱悶，很不痛快。即便如此，我也不能冒險推開暗門或做出別的什麼事來，給自己惹麻煩。我儘量讓自己靜下心來，並將錶上滿發條。

隨後的二十小時異常單調乏味，也沒有任何訪客。我不由得責備奧古斯特斯，他考慮得太不周到了。我最擔心的是瓶子裡的水只剩了約莫半品脫，而我剛好十分口渴，因為我發現烤羊腿變了質，就把那幾根紅腸都吃了。我心裡七上八下，無法靜下心來看書。我又開始覺得很睏，同時擔心底艙渾濁的空氣中會有像木炭燃燒時排放的致死氣體一樣的成分，因此，想到自己呼吸著這種氣體酣睡，我就毛骨悚然。

這時候，船身正不斷晃動，我明白船已駛離岸邊很遠。我聽到一陣模糊的聲音在遠處響起，據此判定海上刮著大風。為何奧古斯特斯這麼久都不過來看我呢？我想不明白。船已開出足夠遠的距離，他早就應該過來帶我上去了。他可能遭遇了某種意外，但什麼意外會讓他置我於不顧，任由我在這裡

待這麼長時間？我實在想不出來。唯一的可能是他忽然死了或墜入大海，我不敢再往下想。

也許船仍在南塔克特一帶，因為船剛好是逆風行駛。可若真是如此，船一定會不停地掉頭。而我根據船身一直向左側傾斜判斷其始終在藉助穩定的右舷風前行，沒有改變航向，因此，這種可能並不成立。況且船若果真還在南塔克特一帶兜圈子，奧古斯特斯也該過來跟我說一聲，不是嗎？

處在這樣的困境中，我覺得很孤單，情緒低落。我下定決心，繼續耐心等上二十四小時，如果我朋友還沒有過來，我就去打開那道暗門，找他打聽一下消息，最低限度也可以呼吸一下新鮮空氣，從他的臥艙裡找些水喝。

這樣想著，雖然極力支撐，我還是陷入了沉睡或者說昏迷——後者更為恰當。我做起夢來，其中充斥著最恐怖的事物，種種災難與可怕的事接連而至。一會兒，一群面目猙獰的惡魔用枕頭捂住我的口鼻，讓我幾乎窒息。一會兒，好多大蛇纏住我，用凶光畢露的眼睛瞪著我。一會兒，我面前出現了一片一眼望不到盡頭的荒漠，讓人絕望、恐慌至極。一會兒，我眼前豎起了一大片光禿禿的高大樹幹，其根部藏在無邊的沼澤中，沼澤裡的水是烏黑的，像冥界的水那樣讓人心驚肉跳。這些古怪的大樹好像人一樣有生命，不斷晃動骨頭般的枯枝，對著沼澤中的死水慘叫，叫聲痛苦、絕望至極。忽然，場景改變了，我獨自站在熱烘烘的撒哈拉沙漠中，渾身一絲不掛。一頭凶殘的非洲雄獅蹲在我身邊，猛地張大眼睛盯住我，一下跳起來，張開血盆大嘴，露出滿口尖利的牙齒，發出打雷般憤怒的吼聲。我大受驚嚇，當場暈倒。這太可怕了，我幾乎無法呼吸，許久才漸漸醒過來，發現原來這不只是個夢。

恢復知覺後，我發現真的有一頭猛獸正把前爪狠狠壓在我胸口上，朝我噴出熱氣。周圍一片黑暗，牠白森森的牙齒正閃爍著光澤。

我完全無法動彈，無法發出任何聲音。我不知道這究竟是什麼猛獸，但牠並不想立即把我撕成碎片，只是待在那裡沒有動。我躺在下面，如同一具屍體，心中已徹底絕望。我覺得自己的身體、精神的力量都在快速消失。也就是說，我正在死去，死因是極致的恐懼。我頭暈眼花，難受至極。猛獸那

雙閃閃發亮的眼睛，在我看來也變得越來越黯淡無光。我用僅餘的少許力氣低聲叫了聲上帝，之後便開始等死。猛獸潛藏的怒氣好像被我的叫聲喚醒。牠一下跳到我身上，發出低沉的長嘯，開始在我臉上、手上舐起來，顯得十分高興，十分親熱。我很是吃驚，茫然不知所措。可我不會忘記自己那條名叫老虎的紐芬蘭犬獨特的叫聲，以及牠跟我親熱的獨特方式，不，是對此相當熟悉。原來是老虎！我立即感到一股熱血衝頂。我安全了——這個念頭讓我頭暈目眩。我馬上從床墊上坐起來，抱住好友的脖子哭起來，發洩出滿心的鬱悶。

這次醒來，我跟上次醒來時一樣混亂不堪，腦海中一片空白。過了許久，我才逐漸恢復思考的能力，回憶起一些跟自己處境有關的細節。至於老虎會為什麼會在這裡，我怎麼想都想不明白。我做了種種推測，最終只能相信老虎是為了分擔我的孤單，給我安撫，才來到這裡。我只能開開心心、心滿意足地接受了這種推測。

很多人都喜歡狗，我對老虎的喜愛卻非同一般，而且除了牠，任何動物都不會讓我這樣喜愛。牠陪伴了我七年，狗的一切高貴品性都在牠身上表露無遺。牠小時候，我看到南塔克特一個小混蛋拽著牠脖子上的繩索，想把牠溺死。我救了牠的命。過了三年左右，已經長大的老虎又從一個搶劫犯的棍棒底下救下我，報答了我的救命之恩。

我取出懷錶，放到耳邊聽了聽，發現錶又停了。我並不吃驚，因為我根據自己的特殊感受斷定，這次我同樣睡了很長時間，只是無法確定這時間究竟有多長。我感覺全身都很熱，非常口渴。提燈裡的小蠟燭早就燒光了，又找不到火柴，周圍一片昏暗，我只能去摸索那個裝水的瓶子，發現瓶子空了，裡面的水肯定是被老虎喝了。那條烤羊腿也被牠啃得只剩骨頭，放在箱子入口。我不在乎已經變質的烤羊腿，但是想到水，我的心便沉下去。

我十分虛弱，輕輕動一動，全身都會發抖，好像生了瘧疾。屋漏偏逢連夜雨，船也開始猛烈晃動起來。箱子上面的兩個油桶搖搖欲墜，一旦它們摔下來，就會把我僅有的出口堵起來。除此之外，因為暈船，我還覺得非常痛苦。

亞瑟・戈登・皮姆的故事

面對這些，我終於決定趁自己還能動，一定要從那道暗門出去向人求救。我重新開始摸索火柴、蠟燭。我清楚記得把它們放在了哪裡，相信不一會兒就能找到，結果卻只摸到了火柴，沒摸到蠟燭。我暫且停止尋找，讓老虎躺下來，自己朝那道暗門爬去。

我一爬就感到自己極度虛弱，使出渾身力量，也只能勉強爬行。我的手腳發軟，身體一下趴倒在甲板上。接連幾分鐘，幾乎一點知覺都沒有。儘管如此，我還是拼盡全力，緩慢爬行。我很擔心自己會在雜物中間迂迴曲折的狹窄小道中昏迷過去，那我一定會死在這裡。我拼命往前爬時，猛地撞到一個包裹著鐵皮的條板箱的角上，暫時失去了意識。

再醒來時，我發現這個條板箱因為船猛烈晃動，掉到了雜物中間的小道上，把小道徹底堵住了，這讓我很鬱悶。條板箱被兩側的箱子、裝備卡死，我拼盡全力都無法讓其挪動一點點。在這種情況下，虛弱不堪的我只剩兩條路可走：一是放棄那條指路的繩子，自己去找別的通道；二是從擋路的箱子上爬過去，沿著原先的路線繼續行進。很明顯，第一條路非常艱難且危險，我想想都覺得害怕。此時，我身體虛弱，迷迷糊糊，若選第一條路，最終只會在底艙這座昏暗、可怕的迷宮中迷失方向，葬身於此。因此，我沒有絲毫遲疑，馬上決定竭盡全力爬過箱子。為此，我開始聚集起所有的力量與意志。

我拼命站起身來，發覺自己低估了翻越箱子的難度。這條小道十分狹窄，兩側堆滿各種沉重的東西，我一不小心就會碰翻它們，遭到迎頭重擊。就算沒有發生這種事，它們也可能像面前這個箱子擋住我的去路一樣，掉下來擋住我的回頭路。箱子很長，非常沉重，表面找不到攀爬的著力點。我想抓住箱頂借力翻上去，可用盡種種方法都沒成功。就算夠到了箱頂，我也多半會摔下來，因為體力不支，我不可能翻到箱頂上。

絕望之下，我拼盡全力在箱子上猛推一下，覺得身旁顫動起來，慌忙去扶箱子上的木板邊緣，發現有塊巨大的木板鬆動了。我很走運，身上剛好有把刀，費了好大的勁兒，終於用刀撬下了這塊木板。我從撬開的縫往裡看，發現箱子對面沒有木板，即我所在的這一面是箱底，箱子頂上沒有蓋。

接下來的一切都比較順利。最終，我循著這條繩子找到了那枚釘子。我站起來，心狂跳個不停。我在那塊活動地板上輕推一下，沒有推開，稍微用力，又推了一下。這時候，我擔心臥艙裡會是別人，不是奧古斯特斯。這一次，活動地板還是紋絲不動，我很驚訝。之前若要推開這道暗門，根本不必費什麼力氣，對此我很清楚。我著急起來，用力推門，依舊沒有推動。我繼續用力，暗門卻是那樣的堅固。我憤恨、絕望，瘋狂地推門，它還是一動不動。很明顯，有人發現這道門，從上面把它釘死了，或是上面壓著十分沉重的東西，底下的人別想挪動分毫。

我害怕極了，也吃驚極了。為什麼會有人想把我困死在底艙呢？我絞盡腦汁都想不明白。我只覺一片混亂，難以理清思緒，索性沮喪地坐到地板上，任由渴死、餓死、窒息而死、活埋於此等種種最絕望的想像在腦海中亂竄。最終，我恢復了少許理智，從地上站起來，伸手摸索活動地板的縫隙，靠過去認真觀察有沒有臥艙中的亮光從縫隙中透過來。我沒有看到絲毫亮光，便把刀插到縫隙中，結果刀刃碰到了一個堅硬的東西。我用刀刃在那東西上劃了幾下，發現原來是鐵，而且應該是鐵鍊，否則不會有那樣特殊的起伏。

事到如今，我只有一條路可走，就是回到原先藏身的箱子裡去，接受這種悲慘的命運，或是先極力鎮靜下來，再想辦法逃離此處。我立即開始往回走，歷盡艱辛，最終回到原先藏身的地方。

再次躺到床墊上時，我已筋疲力盡。老虎跳到我身旁，撫摸著我，好像要用這種方式安慰走投無路的我，鼓勵我不要屈服，繼續努力尋找出路。

後來，我留意到老虎的行為很奇怪。牠先在我的臉上、手上舔了幾分鐘，然後忽然停下來，開始低聲叫喚。我每次伸手摸牠，都會發現牠仰面躺在那兒，四腳朝天。如此反覆幾次，我覺得很奇怪，不明白這是怎麼回事。我聽到狗的叫聲很痛苦，猜測牠受了傷，便逐一檢查了牠的腿腳。檢查到最後，沒有找到任何傷處，我覺得牠應該是餓了，就餵給牠一大塊火腿。牠大口吞下火腿，又開始重複之前的怪異動作。我猜牠也跟我一樣，非常口渴。我正在想，事情一定是這樣，又想起剛剛只檢查了牠的腿腳，沒有檢查頭和

其餘部位，也許是這些地方受了傷。我小心摸摸牠的頭，沒有受傷。然而，在牠的後背上，我卻感覺到一片毛髮微微豎起。我認真摸索著，發現這片毛髮下面有條繩子，沿著繩子繼續摸索，又發現繩子在老虎身上纏了一圈。我更加認真地摸索起來，最終摸到繩子上繫了一張好像信紙的薄紙，垂在老虎左肩下。

三

我馬上反應過來，這一定是奧古斯特斯給我的信，他想用這種方式向我解釋，究竟發生了何種匪夷所思的意外，以至於他無法把我從這座地牢中解救出去。我非常心急，不由得開始顫抖。我又開始尋找火柴、蠟燭。昏迷之前，我隱約記得自己很小心地將它們放到了某處。爬去找那道暗門之前，我還清楚記得把它們放在哪裡。到了這會兒，我卻全然忘記了此事，焦急地摸索了整整一個小時，依舊一無所獲。我因此越發焦急、忐忑。

在摸索的過程中，我把頭靠近箱子開口旁用來壓艙的重物，忽然發現前艙那邊閃爍著黯淡的光芒。那光芒距離我好像只有幾英尺遠，我大吃一驚，朝那邊靠過去。然而，我剛剛開始挪動，光芒就徹底消失了。我只能摸索著返回原先的地方，光芒又出現了。我小心翼翼挪動頭部，找到一條跟剛剛正好相反的路線。沿著這條路線，我能緩慢接近光芒，同時又不讓其脫離視線範圍。我走過漫長、曲折、狹窄的小道，最終抵達光源處，卻發現這裡有個歪倒的空桶，我那些火柴的碎磷片正在裡面閃閃發光。火柴為什麼會在這裡呢？我正奇怪，手又摸到了兩三塊蠟燭的碎屑。很明顯，這些蠟燭都被老虎啃過。我立即醒悟到，老虎已把我的蠟燭都吃掉了。如此一來，我便無法看清奧古斯特斯的信。蠟燭的碎屑跟桶裡的其餘垃圾混雜在一起，不可能再用

了。我深感絕望，索性讓它們留在桶裡。我只將所剩不多的火柴碎磷片小心翼翼收集起來，費力地爬回箱子。在我出去的這段時間，老虎始終待在箱子裡。

接下來應該做些什麼，我並不清楚。底艙中黑得什麼都看不到，就算我把那張白紙湊到睜大的雙眼旁，也很難看清上面寫了什麼。不過，若從眼睛邊緣處看過去，即稍微斜眼看過去，卻能隱約看出些許輪廓。這座地牢有多黑，由此可見一斑。若這張紙果真是我朋友給我的信，那它好像只有一種效果，讓我本就脆弱、混亂的神經變得更加混亂，讓我的處境變得更加艱難。各種找尋亮光的荒謬方法接連在我腦海中閃現，卻沒有半點用處。這就好比人在吸過鴉片後失去理智，為達到相同的目的想出的法子。其中每種法子都好像理智與想像交替作用的產物，看似合理，實則荒誕無比。

最終，我忽然想到了一個法子。我很奇怪，為什麼先前沒有想到這個看起來頗有可行性的法子呢？我將那張紙平放在一本書上，再把自己從桶裡撿回來的火柴碎磷片放在紙上。我用掌心在紙上反覆摩擦，很快卻又很沉穩。不一會兒，紙上開始發亮。若上面真有字，我一定能輕而易舉看清楚。可紙上看不到一個字，一片空白，叫人沮喪、絕望。幾秒鐘過後，碎磷片的光芒消失了，我的心也隨之墜入深淵。

我曾反覆提及，我的心智在很長一段時間內都接近於癡呆。當然了，我偶爾也會變得很清醒，甚至過度興奮，不過這種情況持續的時間都很短。不要忘了，這些天我一直待在捕鯨船的底艙，呼吸著這密閉空間中的渾濁空氣，且大部分時間內都得不到足夠的水。剛剛過去的這十四五個小時，我連一口水都沒喝，也沒闔眼休息過。我的食物主要是醃製的肉類，再沒有比這更讓人口渴的東西了。那根烤羊腿壞了以後，除餅乾外，我只吃過醃肉。我的嗓子眼又乾又腫，很難嚥下乾燥發硬的餅乾，因此，餅乾對我毫無用處。

這時候，我發起了高燒，全身上下都很難受。可能就是因為這個，我在摩擦碎磷片讀信失敗後，一直沉浸在悲傷、失望中，過了幾個小時才忽然想起來，剛剛我只看了那張紙的一面。發現自己的失誤，我很憤怒，這種憤怒完全佔據了我的心，可我無意去詳加描繪。這個失誤原本算不得什麼，可惜

魯莽和愚蠢讓我犯下了另一個嚴重的錯誤：剛才發現紙上一片空白，我很失望，居然把那張紙撕成碎片丟到了不知何處，真是太蠢了。

我能從這種完全無望的絕境中走出來，全靠老虎的靈性。我摸索了很長時間，終於找到了一塊小紙片。我將紙片放到狗鼻子下面，努力讓牠瞭解我的意思——牠一定要幫我找到餘下的碎紙片。儘管紐芬蘭犬出了名的有靈性，但我從來沒有訓練過老虎。即便如此，老虎好像還是馬上領悟到了我的指示，這讓我很意外。牠只搜尋片刻，便找到了一塊比較大的碎紙片，把碎紙片交給我，然後像要博得我的讚賞一般，在我身旁磨蹭，用鼻子摩擦我的手。我在牠腦門上拍幾下，牠立即又跑出去了。幾分鐘後，牠叼著一塊更大的碎紙片跑回我身邊。有了這塊碎紙片，整張紙便拼湊完整了。如此看來，我只將紙撕成了三片。

剩餘的碎磷片仍在閃著黯淡的光芒，我藉著這點光，很容易摸索到了碎磷片，真是走運。處在如此困境中，我已學會慎之又慎。採取行動之前，我思考了很久。我相信那張紙上我沒看過的一面多半寫著字，但到底是哪一面呢？我已將那張紙拼湊起來，拼接處天衣無縫，我由此確定若紙上真寫了字，一定是按照原先的順序寫在同一面上。然而，我依舊無法確定是哪一面。我一定要先確定這一點，因為剩餘的碎磷片已不足以再做第三次實驗。

跟上次一樣，我將紙平放在一本書上，開始思索。良久過後，我想到寫著字的那一面可能有些凹凸不平，若能仔細觸摸，說不定能摸出來。我決定嘗試一下，就用手指摸索朝上的一面，沒摸出任何異樣，便將紙翻過來放好。我用食指小心翼翼撫摸這一面，發現了一絲光芒，雖然十分黯淡，但依然能分辨出來。我明白這必然是之前那次實驗留在紙上的碎磷片粉末。這表明若紙上真有字，　定在另外　面，即現在朝下的那一面。我又把紙翻過來，做了一次相同的實驗。碎磷片在摩擦中發出亮光，將好幾行用紅墨水寫成的大字照得一清二楚。明亮的磷光只持續了很短的時間，我原本能利用這段時間讀完紙上的三行字——我看得出是三行字，可惜我太緊張了，迫不及待地想把三行字一眼看完，最終卻看到了末尾的半行字：

血——要躲藏好才能保住性命。

這半行字讓我生出了一種難以言喻的恐慌。我很確定，就算能看清紙上所有的字，瞭解到朋友給我的完整警告，從中獲悉自己將迎來最無法用言語形容的災難，我也不會生出比這更深切的恐慌。不僅如此，一直以來，「血」這個字眼總是出現在神祕、痛苦、可怕的事情中，此刻其所彰顯的恐怖意味更增加了幾倍，它只是作為一個含義隱晦的字眼，與前面的文字或解釋割裂開，獨自墮入這漆黑的地牢，冷冰冰、沉甸甸地壓在我心上。

奧古斯特斯讓我藏在這裡不要出去，必然有充足的理由。我對此做了各種猜測，但沒有一種猜測能讓我滿意。在從暗門處回來、發現老虎的反常行為之前，我一度做出決定，要麼想盡方法製造一些動靜，讓上邊的人留意到我，要麼鑿破底艙的甲板，從這裡逃出去。我大致能夠確定，最後關頭，我至少能做到其中一點。若非如此，我根本沒有勇氣面對當前的困境。然而，現在我已喪失勇氣，剛剛看到的半行字讓我第一次感覺到自己淒慘的命運。我失去了所有希望，重新撲倒在床墊上。接下來大約一天一夜，我一直昏昏沉沉，只偶爾能恢復少許清醒與記憶。

後來，我重新坐起來，思考當前的危險困境。我已經沒有水了，最多只能再支持二十四小時。時間再長，我就撐不住了。我剛被困在這裡時，痛痛快快喝了很多奧古斯特斯為我準備的甜酒，但甜酒根本無法消除口渴，只讓我的身體發熱。眼下，酒只剩了約莫四分之一品脫，且是那種桃子烈酒，讓我看了就反胃。紅腸早就沒有了，火腿只剩一點皮，餅乾也被老虎吃了個精光，只留下些許碎末。而我越來越頭痛，神志不清。我第一次在這裡睡著，就開始神志不清，這讓我很忐忑。之前這幾個小時，我還能勉強呼吸，但到了這會兒，每次呼吸都會讓我的胸腔一陣痙攣，十分難受。不過，我之所以忐忑不安，還有另外一個原因。事實上，我之所以從昏睡中醒過來，這才是主因，牠讓我感到恐慌。這個原因就是老虎的表現。

我第一次留意到老虎行為反常，是第二次在紙上摩擦碎磷片時。那時，老虎把鼻子貼到我手上，低聲叫了一聲，可過度亢奮的我並未重視此事。片刻過後，我便撲倒在床墊上昏睡過去，對此大家應該還有印象。隨後，我聽到怪異的聲音在耳畔響起，原來是老虎興奮的喘息聲。昏暗中，牠的眼睛閃

爍著兇惡的光芒。我叫牠，牠低聲叫起來，作為對我的回應。隨後，牠便沉默了。不一會兒，我再次睡著，然後再次被牠以同樣的方式叫醒。折騰了三四次後，我徹底清醒過來，因為牠的表現讓我害怕至極。牠正伏在箱子的出入口，發出低沉但恐怖的叫聲，同時磨著牙，好像在劇烈抽搐。我非常確定，牠已經發了瘋，可能是因為太渴了，也可能是因為周圍的空氣太過渾濁。現在應該怎麼辦呢？我一點主意都沒有。我絕不願殺掉老虎，但是好像只有殺掉牠，才能確保自己的安全。牠正注視著我，眼神滿是仇恨，似乎隨時可能撲到我身上。我清楚感知到這一點，最終忍無可忍，決定非從箱子裡出去不可。如果牠阻撓我，那我除了殺掉牠，也沒有更好的選擇了。

我一定要跨過牠的身體，才能從箱子裡出去。透過牠的眼神變化，我看出牠應該猜到了我接下來的行動。於是，牠站起來，露出兩排尖銳的白牙。儘管周圍一片漆黑，我還是能清楚看到牠的牙。我帶上剩餘的火腿皮、還有些酒的酒瓶，以及奧古斯特斯留下的一把大切肉刀。我用力裹緊身上的披風，朝箱子外面挪動。我剛動了一下，狗便大叫一聲，朝我的喉嚨撲過來。牠整個身體都撞到我的右肩上，我一下倒向左邊。發狂的狗從我身上跳過去。倒下時，我雙膝跪地，頭伸進幾條毯子裡。狗向我發起第二次猛攻，用尖銳的牙齒撕扯裹住我脖子的毯子。好在毯子有好幾層，狗無法將牠們全都咬破，我因此免於受傷。可狗還壓著我，用不了多久，牠就能徹底控制我了。絕望之中，我有了力氣，拼命站起來甩開牠，順手拿起床墊上的毯子砸向牠。牠被毯子困住時，我跑出箱子，立即關上門，把牠困在裡面。廝殺中，我被迫放棄了最後那一小塊火腿皮。這樣一來，除了酒瓶裡的少許酒，我就什麼食物都沒有了。想到這兒，我忽然放縱起來，將酒瓶湊到嘴邊，一口喝光所有酒，把酒瓶用力摔在地上，宣洩自己的怒氣。被慣壞的孩子遇到這類情況，也會這樣做的。

瓶子摔碎的聲音剛剛落下，我便聽到前艙那邊有人低聲叫我的名字，語氣頗為焦急。我完全沒想過會聽到這樣的聲音，心頭激情澎湃，竟說不出話來。剎那間，我徹底失去了發聲的能力，唯恐我朋友誤會我死了，就此離去，忙站在箱子門前兩個條板箱中間，極力想要發聲回應他。然而，就算此

時說出一個字相當於一千個字，我也一個字都說不出來。前面的雜物堆中傳來輕微的響聲，但是這響聲正逐漸減弱。這一刻的感受我永遠無法忘記。他要走了，我的朋友，我懷著莫大期待的同伴。他要走了——他放棄了我——他走了！他將把我留在這座最恐怖、最讓人作嘔的地牢中，任由我淒涼地死去。

只要一個字就能挽救我的生命，只要一個字而已，可我偏偏說不出來！我毫不懷疑，此時我正承受著比死更痛苦一萬倍的折磨。我覺得頭暈目眩，噁心作嘔，身體一軟，在箱子頂上撞了一下，摔倒在地。

我別在腰帶上的切肉刀在我摔倒時掉到底艙的地板上，發出沉悶的響聲。這是我生平聽過最動聽的樂聲！我心急如焚地捕捉奧古斯特斯對此的反應，我明白，除了他，不會有人到這裡叫我的名字。有一陣子，周圍一片安靜。然後，他呼叫亞瑟的聲音再度傳來！他接連叫了幾遍，聲音低沉，遲疑不決。我再度萌生了希望，因此找回了聲音。我用最大音量叫起來：「奧古斯特斯！啊，奧古斯特斯！」

「噓——上帝保佑，別叫了！」他很緊張，聲音都在顫抖：「我這就過去——我會從底艙穿過去，摸索到你那邊。」

我聽到他開始在雜物中間爬，爬了很長時間。對我而言，簡直像過了一百年。最終，我感覺到肩膀上多了一隻手，嘴邊多了一瓶水。我暢快地喝著這最奢侈的甘霖。這種無法形容的狂喜，只有從墳墓中逃生的人、在類似的恐怖囚籠中忍受過焦渴折磨的人才能明白。

奧古斯特斯見我的口渴有所緩解，又從衣兜裡拿出三四個煮好、放涼的馬鈴薯。我幾口就吞下去了。他還給我帶來了一盞不算很亮的提燈，燈光讓我很快樂，給了我完全不遜於水和馬鈴薯的安慰。

他已經很久沒過來了，我迫切想知道發生了什麼事。他便把我困在底艙時，船上發生的事一一告訴了我。

四

　　他把那塊錶留給我以後，過了一個小時左右，「逆戟鯨號」便出發了。這跟我原先的猜測完全相符。那一天是6月20日，我在底艙的第三天。那段時間，他無法打開暗門到底艙探望我，因為甲板上特別是主艙、臥艙都有很多工作要做，聚集了很多人，他下來很容易被人發現。後來，他終於找到機會，在船啟航前過來了一趟。當時，我告訴他，我在這裡生活得很好。正因為這樣，船出發前兩天，他對我很放心。即便如此，他還是在找機會過來探望我。船出發後第四天，他終於找到機會。此前，為了讓我馬上重見天日，他幾次想要向父親坦白這一冒險計畫。然而，那時船距離南塔克特還不算遠，且巴納德船長隨口說出的一些話表明，若發現我上了船，他可能會馬上掉頭把我送回去。奧古斯特斯還說，他再三考慮過，覺得我不會有任何緊急需求，準確說來是他相信我若有緊急需求，一定會去敲那道暗門。因此，他想得很清楚，確定不會有任何問題後，他才會過來探望我，在此之前，就先讓我待在這裡。

　　剛剛提到，他把錶留給我的第四天，即我在底艙的第七天，他又過來了一次。他來不過是為了讓我注意他，並到暗門下面接住他從臥艙送下來的食物，因此，他並未隨身帶任何飲食。不過，他來時發現我正在呼呼大睡，扯著響亮的鼻鼾。我根據他提到的時間判斷，那應該是我拿回錶後第一次睡著，睡了至少三天三夜。之後根據自己和其餘人的經驗，我最終確定，在密閉的空間中，累積多年的魚油發出的臭味催眠效果極佳。如今回想起來，我藏在底艙那種封閉的地方，那艘雙桅帆船又做了那麼多年的捕鯨船，更讓我吃驚的不是我會沉睡三天三夜，而是我竟然還能從沉睡中甦醒。

　　這次過來，奧古斯特斯還沒把暗門關好，就開始低聲叫我的名字，卻沒聽到我的回應。關上暗門後，他又叫了我幾聲，聲音不斷拔高。我繼續扯著鼻鼾，讓他不知所措。他要花費很長時間才能從那堆雜物中走到我所在的箱

埃德加・愛倫・坡

子。可他的工作是為巴納德船長整理、抄寫航海記錄，需要時刻待在船長身邊。若在這裡逗留太久，可能會被船長發現。他考慮了一番，決定先離開，另外再找機會過來。由於我看似睡得非常香甜，他根本沒想過我會不適應這裡的生活，因此，他很快做出了這個決定。隨即，他聽到從主艙傳來一陣雜亂的腳步聲，趕緊返回臥艙，把暗門關上，打開艙門，準備走出去。這時，他眼前晃過一把手槍。一根木棒迎頭一擊，將他打倒在地。

一隻大手死死抓住他的脖子，把他拉到主艙，扔在地板上。他看清了周圍的情況。父親四肢都被捆綁起來，躺在升降梯上，頭部向下，額頭上有條很深的傷口，正不停地流血，整個人看起來氣若遊絲，一句話也不說。大副站在旁邊看著他，一臉扭曲的笑容，並從容地在他衣兜裡搜索，很快找到一個很大的皮夾、一個航海儀錶。包括一個黑人廚子在內的七名船員在左舷的臥艙中搜尋武器。不一會兒，他們就搜到了步槍、子彈，將其據為己有。主艙除了奧古斯特斯和巴納德船長，還有九個人，都是船上最兇惡的人。他們反綁住我朋友的雙手，將他帶上甲板。

這夥人直接走到前艙入口，有四個叛徒守在這裡，其中兩個拿著斧子。前艙裡面的人關上了艙門。大副大叫：「底下的人聽著，全都上來，一個接一個，很好，小心點，別說話！」

最開始那幾分鐘，一個人都沒出來。後來第一個爬出來的是個英國人，他剛當上船員不過幾天。他卑躬屈膝，哭著乞求大副放他一條生路。他只得到一個回應，即額頭上被砍了一斧子。這可憐人一下倒在甲板上，一聲都沒出。黑人廚子將他抱起來，像抱一個小孩子，從從容容丟進大海。底下的人聽到斧子砍人的聲音，以及一個人倒在甲板上的聲音，任憑上面的人怎樣威逼利誘，都不願到甲板上來。

後來，有叛徒建議放煙燻他們，底下的人便成群結隊衝出來，幾乎有重新奪取控制權的架勢。可是艙門最終又被叛徒們關起來。除了六名船員，其餘人都沒能衝到甲板上。由於沒有任何武器，人數也不及對方多，這六個人稍微反抗了一下，便被對方控制了。大副對他們說了些好聽的話，由於甲板上的聲音能清楚傳到艙內，大副這樣說，毋庸置疑是想誘惑底下的人投降。

事實證明，大副的狡詐絕不遜色於他的兇殘。艙內的人全都表示願意投降，接連登上甲板。叛徒將他們和先前衝出來的六名船員扔到一處，並將他們的雙手反綁起來。船上沒有叛變的二十七名船員（英國人已經死了）這下都聚齊了。

接下來發生了一場極為殘暴的大屠殺。船員們都被捆綁起來，接連被拖到船舷邊。黑人廚子站在那裡，朝每個船員頭上狠狠劈一斧頭，另一個叛徒再將死人推到海裡。有二十一個船員都這樣喪了命。

奧古斯特斯覺得自己也難逃一死，徹底絕望。然而，他和四名船員卻暫時保住了性命。當時，大副讓人去船艙拿來萊姆酒。這幫殘暴的傢伙不知是疲倦了，還是厭倦了這種流血遊戲，暫且停止，坐下痛快地喝起酒來。等到夕陽西下時，他們喝夠了酒，又開始討論如何處置餘下的幾個人。這幾個人距離他們不過幾步遠，能清楚聽到他們每一句話。有好幾個叛徒都認為，只要這些人願意參與叛亂，跟大家一起分贓，就應該放過他們。這些叛徒好像因為喝酒變得心軟了。可是黑人廚子根本聽不進這種意見，他真是個如假包換的惡魔，而且在這群叛徒中間，他的地位跟大副不相上下。有好幾回，他起身想到船舷邊把餘下的人都殺掉。好在他喝了很多酒，爛醉如泥，那幾個不太殘暴的叛徒輕而易舉攔住了他。

這幾個叛徒中有一個名叫德克·彼得斯，他出生於密蘇里河源頭附近布萊克山區的厄普薩羅卡部落，他的母親是印第安人。至於他的父親，我猜應該是個做皮貨生意的，至少也應該跟路易士河上印第安人的交易站有些關聯。在我見過的所有人中，彼得斯是長得最兇殘的一個。他只有四英尺八英寸高，身體卻又粗又壯，堪比大力神海克力士。他的雙手尤其特別，寬大厚實，簡直不像人類的手。他的四肢全都彎曲著，看起來奇怪至極，好像一點柔韌性都沒有。他的頭也長得奇形怪狀，大得不像話，頭頂無毛，還有一條凹陷，跟大部分黑人一樣。他禿頭不是因為年紀老邁，為掩飾禿頭，他總戴著假髮。假髮看起來是用動物的皮毛做成的，比如西班牙狗的皮毛、北美棕熊的皮毛。這時他剛好戴著一頂熊皮假髮。他本就面目猙獰，這下看起來更加兇狠，厄普薩羅卡人的特徵也更加明顯了。他的嘴巴十分寬大，嘴角就快

貼到了耳朵。他的薄嘴唇跟身體其餘部位一樣缺少天生的柔軟特性，所以他的嘴巴一直維持著一個表情，任何情感變化都不會讓其發生改變。要想知道他這種一成不變的表情是什麼，只需想像一下他的嘴唇無論如何都無法遮蓋他滿口凸出的長牙即可。只對他匆匆一瞥，也許會覺得他正在大笑。可若再看一眼，就會毛骨悚然。若說那是種快樂的表情，也必然是惡魔的快樂。關於這個怪傢伙的傳聞，在南塔克特的水手、漁夫中間流傳甚廣。有的傳聞說他若情緒激動，會變成讓人吃驚的大力士；有的傳聞卻叫人疑心他的智力有問題。可是「逆戟鯨號」發生叛亂時，船上的人對他的態度卻以嘲諷為主。

我特意單獨介紹德克·彼得斯，主要因為兩點：第一，長相可怕的他卻是保住奧古斯特斯性命的最大功臣；第二，他在之後的故事中會經常出現——我想說明一點，我之後講述的一些事是人類從未經歷過的，一點都不真實，因此，我完全不奢望大家會相信我。不過，我堅信隨著時間的推移和科技的發展進步，我講的這些最關鍵也最不真實的事都將得到證實。

經過再三的猶豫、兩三次激烈的爭執，那些叛徒最終做出決定，把剩餘的俘虜全部釋放，讓其乘坐船上最小的那艘救生艇在海上漂流。只有奧古斯特斯被彼得斯用開玩笑的方式留下，做他的祕書。

然後，大副去主艙查看巴納德船長是不是還活著。叛徒們登上甲板時，將他扔在下面。兩人很快返回甲板，原本受傷昏迷的船長恢復了一些意識，只是臉色依舊煞白。他用很難聽清楚的聲音哀求這夥叛徒別把他丟到救生艇上漂流，他想繼續做船長該做的工作，同時承諾不會把他們送上法庭，他們想在哪裡上岸，他都會答應。然而，他終究是白費脣舌。兩個叛徒抓住他的手臂，把他從大船邊緣丟到已經放進海裡的救生艇上。原先在甲板上的四名船員被鬆綁，並被命令跳到救生艇上。他們照做了，並未做出什麼反抗。奧古斯特斯極力掙扎，拼命懇求叛徒們准許他跟父親最後道別，卻被拒絕，只能繼續躺在原地。

救生艇上沒有桅杆、帆布、船槳、羅盤，叛徒們只給了船上的人一小包餅乾、一瓶水。救生艇被拖在大船後邊，過了幾分鐘，叛徒們經過商議，砍斷了拖繩。天早就黑了，卻看不到月亮和星星。海上的風不大，可海浪依舊

洶湧。不一會兒，救生艇就消失不見了，那些可憐人基本只剩下死路一條。唯一讓奧古斯特斯覺得安慰的是，救生艇漂流的起點是西經61°20′、北緯35°30′，靠近百慕達群島，救生艇可能漂到岸邊或接近岸邊的海域，被附近的船發現並救起。

這時候，大船上的風帆都被拉滿，朝西南方進發，這是其原先確定的航向。叛徒們正在籌畫做一次海盜，中途攔下一艘從佛德角群島向波多黎各行駛的船。這是奧古斯特斯從偷聽到的少數詞句中推斷出來的。奧古斯特斯已被鬆綁，且被准許在主艙升降口前面的甲板上活動，叛徒們基本不再留意他。德克·彼得斯對他還算友善。那個黑人廚子想對他下手，還是彼得斯救了他。可叛徒們還沒從醉酒中清醒過來，不會一直對他這樣友善，或任由他自由活動，因此，他依舊非常危險。可他卻對我說，我還被困在底艙，才最讓他難過。其實對於他那真摯的友誼，我從未有過半點懷疑。他有好幾次都想跟那些叛徒說我的事，可想到那夥叛徒有多殘暴，以及他覺得自己可能用不了多久就能來解救我了，因此，終究沒有說。

他時刻留心尋找機會，過來解救我。救生艇被放走後第三天，他終於找到機會。這天夜裡刮起了強烈的東風，大家都被叫到甲板上收風帆。他趁亂偷偷從升降梯下來，進入自己的臥艙。看到臥艙已變成倉庫，他十分害怕，也十分沮喪。倉庫中滿是食物、雜物，還有根用久了的長錨鏈。錨鏈原先放在升降梯下面，現在被挪到這裡，以便騰出空間，安放一個箱子。錨鏈剛好壓在那塊活動地板上，他幾乎無法在不被人發現的前提下，將錨鏈挪開。他只能匆匆返回甲板。

他上去後，大副一下掐住他的脖子，問他為什麼要去船艙，一邊問一邊作勢要從左舷將他丟到海裡。德克·彼德斯又一次干涉進來，救下他一條命。此事過後，奧古斯特斯被銬上手銬（船上有幾副手銬），雙腳也被緊緊綁在一起。接著，他被帶到前艙緊鄰前隔艙的一張下鋪，被警告「在這艘雙桅帆船不再是雙桅帆船之前」，他絕不能再到甲板上去。那個黑人廚子在將他丟到下鋪時，發出的警告原話就是如此。這究竟是什麼意思，真是難以理解。可此事卻為我之後得救提供了機會，請看後文。

五

　　廚子從前艙出去後，有幾分鐘，奧古斯特斯覺得自己必將死在這裡，徹底失去了希望。他打定主意，不管有什麼人過來，他都會把我的事告訴對方。因為他為我準備的水還不足以支持四天，而我已經困在底艙十天，讓我在底艙活活渴死，倒不如讓我被這幫匪徒抓住，或許還有生還的可能。這樣想著，他突然想到或許能透過主底艙跟我聯絡。這樣做很艱難，也很危險。若在其餘情況下，他也許不會做這種嘗試。然而，他自己已危在旦夕，不用再顧慮什麼。他開始專心思考這件事。

　　他思考的第一點是手銬。起初，他認為自己無法摘掉手銬，如此一來，便無法開始執行計畫。不過，他仔細觀察後發現，只要用力縮手，雙手都能比較容易地滑出或滑入手銬。年輕人手骨偏細，縮起手來更容易，用這種手銬鎖年輕人的手很失策。他解開腳上的繩子，為了能在有人過來時馬上把腳套進繩子裡，他還將繩圈擺放好。接著，他檢查了下鋪旁邊的艙壁，發現擋板是只有一英寸厚的軟松木做成的，不用費太大力就能撬開。

　　就在這時，有人的聲音從前艙的升降梯口傳來。他左手上還戴著手銬，馬上將右手也伸進去，並將繩子套到腳脖子上，打上一個活扣。然後，德克・彼得斯就過來了。老虎跟在他後面，馬上跳到臥鋪上，在那裡躺下。

　　奧古斯特斯知道我非常喜歡老虎，認為此行若有老虎相伴，我會十分高興，就將老虎帶到了船上。那天他帶我進入底艙後，馬上到我家牽來了老虎。不過，給我送錶時，他忘了跟說我這件事。船上發生叛亂後，奧古斯特斯再未看到老虎，猜想牠已被聽命於大副的凶徒丟進大海淹死了。之後，奧古斯特斯才聽說，老虎好像鑽到了一艘捕鯨小船底下一個洞裡，被卡在裡面動彈不得。彼得斯發現了牠，將牠救出來，帶到前艙陪伴我朋友，這種善意讓我朋友十分感激。彼得斯還帶來了醃牛肉、煮馬鈴薯、一瓶水，然後返回甲板。告別時，他說明天一定會送來更多食物。

彼得斯離開後，奧古斯特斯重新摘下手銬，解下腳上的繩子，把鋪位上的床墊一頭掀起，開始用一把折刀（匪徒忘了搜他身上）切割擋板。他儘量在接近床鋪表面的位置切割，如此一來，就算有人忽然闖進來，他也能迅速放下床墊遮擋住擋板上的刀痕。

不過，這天餘下來的時間，無人再到前艙來。入夜時，他已在擋板上割開一道口子。需要說明一點，叛亂發生後，那些叛徒船員全都從前艙搬進主艙，拿出巴納德船長的美酒、美食吃吃喝喝。他們只進行航海期間必不可少的操作，除此之外，什麼都不理會。這對我和奧古斯特斯來說是件幸事，否則奧古斯特斯可能無法到底艙見我。

他繼續照計畫行事，滿懷信心。快到黎明時，他才在擋板上割開第二道口子，在第一道口子上面，二者相距一英尺。就這樣，他挖開了一個洞，足以讓他鑽進去，爬到通往底艙的甲板上。到了甲板上，他很容易找到了通往底艙的蓋子。在此之前，他要從一堆快要頂到上面甲板的油桶中間爬過，那些縫隙讓他只能勉強通行。

抵達底艙的蓋子時，他看到老虎也從油桶的縫隙中擠過來，爬到他身邊。由於底艙堆滿雜物，要從中間穿過，在天亮前抵達我的藏身處，是不可能的，因此，他決定先回去，晚上再過來。為了下次過來時少些阻礙，他打開了底艙蓋子上的開關。老虎見狀，立即撲到那條狹窄的縫隙處，用鼻子聞了聞，發出悲哀的長鳴，同時像要打開蓋子一樣，伸出前爪在蓋子上用力撬。顯然，牠已意識到我正在底艙。奧古斯特斯覺得讓牠進去，牠可能會找到我。此時最緊急的事莫過於通知我不要從底艙出來，至少現在還不能出來。此外，他也不能確保晚上能不能過來見我。於是，他想到讓老虎給我捎個信。之後發生的事情表明，他能想到這點真是太好了。我若不是收到了那張紙，必然會迫不及待做出什麼事來，到時必會驚擾那夥凶徒，他們也許會把我們兩個都殺掉。

奧古斯特斯決定給我寫一封信，卻沒有紙筆。不一會兒，他用一根舊牙籤做了支筆。由於周圍一片黑暗，他只能摸索著做筆。他還找出先前仿造的一封羅斯先生的來信，把空白部分裁減下來做信紙。這封信因筆跡不夠像羅

斯先生，被奧古斯特斯棄用了。他另外仿造了一封，隨手將這封放進外套衣兜裡，現在剛好可以拿出來用。只缺墨水，奧古斯特斯立即想到用血代替。若手指尖受傷，一般會流很多血，他便用折刀在手指尖割了道小傷口。

他很快寫好一封信。在一片黑暗中，在那樣的處境下，他能寫出這樣的信確實很不容易。信中簡單介紹了船上的叛亂，以及巴納德船長被迫漂流的情況，告訴我用不了多久，他就會送補給過去，同時警告我不要隨意採取行動，否則會有危險。信中末尾一句話是：

我寫這封信，用的是血——要躲藏好才能保住性命。

他將信綁在老虎身上，將老虎放入底艙。他自己馬上返回前艙，確定沒有人在他離開後來過這裡。他將折刀插在擋板的洞上方，從鋪位上找了件水手服掛在刀把上，把洞遮擋起來。隨後，他又給自己戴上手銬，用繩子綁住雙腳。

他剛剛做完這些，喝得大醉的德克・彼得斯就過來了。他看起來很高興，按照昨天的承諾，給我朋友送來了今天的飲食：很多個碩大的烤愛爾蘭馬鈴薯，以及一大瓶水。他坐到臥鋪旁一個箱子上，開始談論大副和「逆戟鯨號」的一些事，沒有絲毫顧忌。他這種表現相當反常甚至奇怪，讓奧古斯特斯有些害怕。最後，他站起來，回到甲板上。道別時，他承諾明天會帶些美食來給自己的囚犯享用。說這話時，他的口齒很不清晰。

這一天，前艙還迎來了三個人，分別是廚子和兩個船員（捕鯨炮手），三人都喝得醉醺醺的。他們也跟彼得斯一樣，肆無忌憚地談論他們的計畫。他們的言語說明，這夥叛徒唯一意見一致的事情是，進攻隨時可能遇到的那艘從佛德角群島開來的船。除此之外的所有事情，他們都未能達成一致。這艘船最終會駛向哪裡，還無法確定。不過，可以確定搶劫並非引發叛亂的唯一原因，還有一個很重要的原因是大副跟巴納德船長私下的衝突。叛亂的船員好像分成了兩大派，分別聽命於大副和廚子。前者準備遇到適當的船就搶到手，開到西印度洋群島的某個島上，將船改造成一艘海盜船。後者力量更

強大（彼得斯也在其中），主張照原計劃到南太平洋上捕鯨，或是根據實際情況制定別的計畫。叛徒們在謀求利益和尋歡作樂之間左搖右擺，曾去過南太平洋很多次的彼得斯的主張對他們頗有說服力。彼得斯不斷描述太平洋島嶼上那個新鮮、有趣的世界，以及當地百分百的安全和自由。不過，他說的最多的還是當地舒適的氣候、美妙的生活、性感的女人。大家還未最終做出決定，但很有可能會接受這個混血兒的主張，因為大家都非常嚮往他描述的生活。

廚子和兩個船員在前艙逗留了大約一個小時。他們走後，整整一天都沒人來過這裡。奧古斯特斯躺在鋪位上一聲不吭。黃昏時分，他坐起來，摘掉手銬和繩子，準備去找我。他在一個鋪位上發現了一個空瓶，用彼得斯送來的水灌滿瓶子，又把幾個涼掉的馬鈴薯放到衣兜裡。他還找到了一盞放了一小塊油脂蠟燭的提燈，這讓他很高興。他身上還有盒黃磷火柴，想什麼時候點亮提燈都可以。

他等天徹底黑下來以後，把鋪位上的被子收拾一番，讓其看起來像有人在睡大覺。接下來，他從擋板洞口鑽進去，轉身又將水手服掛到刀把上，擋住洞口。由於他是最後才將切割下的擋板放回原來的位置，因此，要做到這點非常簡單。他來到底層的甲板上，朝底艙的蓋子爬過去，途中穿過那些油桶的縫隙，一切都跟上次一樣。

爬到蓋子旁邊，他點上提燈，進入底艙，在擁擠的雜物堆中摸索爬行，爬得非常艱難。他很快察覺到底艙臭氣熏天，空氣混濁，因此感到恐懼不安。想到我困在這裡這麼長時間，他覺得我很可能已經不在人世了。他的憂慮好像得到了驗證，他反覆叫我的名字，卻沒聽到任何回應。

這時候，船正在劇烈晃動，底艙內噪音很大，我的呼吸聲、鼻鼾聲都很微弱，無法傳入他耳中。他拉開燈罩，利用船晃動的間隙，盡量舉高提燈，想用燈光通知我有人來救我了，當然前提是我還活著。他還是沒有聽到我的任何回應，已有些確定我不在人世了。儘管如此，他還是決定盡可能擠到箱子旁邊，至少要確定一下自己的猜測是否屬實。他心急如焚，努力朝前移動，最終發現自己無法按照原先確定的路線前行一步，因為道路已被徹底封

堵。絕望之下，他倒在雜物堆裡哭起來，像一個孩子。

哭著哭著，他聽見了我摔碎酒瓶的聲音。這件看不值一提的小事卻關係到我的性命，我真是幸運。可我發覺這一點，是很多年之後的事了。在此後更加開誠佈公的談話中，奧古斯特斯告訴我，他發現道路被堵死時，一度決定回到前艙，不再努力接近我。而在當時，他因自己缺乏毅力與決心，很是羞慚，沒將此事告訴我。不過，要為此指責他，必須先想想他當時的處境有多艱難。時間飛速流逝，黑夜即將結束，他離開前艙一事很有可能會暴露。若黎明到來之前，他沒有及時返回前艙，他的行蹤必將被人發現。提燈裡的蠟燭就快就要燒光了，一旦沒了燈光，他就更難摸索到底艙蓋子。此外，我很有可能已經死了，他有充足的理由相信這一點。若真是這樣，他就算歷盡艱苦來到箱子旁邊，也沒有任何意義。他反覆叫我的名字，都沒聽到任何回應。我已困在底艙十一天，只有他一開始留給我的那瓶水。而剛開始，我相信自己用不了多久就能離開這裡，必然不會控制自己的飲水。另外，他剛剛從空氣比較新鮮的前艙進來，嗅到底艙的空氣，必然比我剛來這裡時更難受，感覺就像在呼吸有毒的空氣——因為底艙的蓋子在我來到這裡前幾個月都是開著的。除此之外，想到我朋友剛剛見證了一場血腥大屠殺，並遭到囚禁，從死亡邊緣逃出來，直到這時仍處在極度的危險中，想到這一切能讓人變得脆弱的經歷，大家在評價我朋友暫時放棄朋友、背叛友情的表現時，當然也會跟我一樣，對他沒有憤怒，只有惋惜。

奧古斯特斯聽到了清晰的酒瓶破裂聲，卻無法確定聲音是不是從底艙傳來的。可就算只是懷疑，也足以鼓勵他繼續前行。高聳的雜物堆幾乎碰到底層的甲板，他爬上去，利用船晃動的間隙拼命叫我的名字，顧不得理會聲音可能傳到叛徒那裡。大家應該還有印象，我到這時才聽到他的叫聲，卻因太過興奮，無法出聲回應他。

他最終確定，我是真的死了。他從雜物堆上爬下來，打算趕緊回到前艙。因為太過匆忙，他碰倒了好幾個箱子，聲音傳入我耳中。他爬出很遠的距離後，又聽到了我的切肉刀掉在地上的聲音，再度起了疑心。他立即回來爬上雜物堆，繼續利用船晃動的間隙高聲呼叫我。最終，我發出了聲音。他

發現我還活在世上，一陣狂喜，決定一定要到我身邊來，不管途中有多艱難，多危險。他幾番嘗試，最終從迷宮中爬出來，開闢出一條道路，抵達我所在的箱子，這耗光了他所有的力氣。

六

在箱子旁邊，奧古斯特斯只把大概情況告訴了我。其中種種細枝末節是他之後才跟我說的。當時，我們決定立即趕到擋板的洞口處，因為他很怕有人發現他離開了前艙，而我又急切地想要走出這個恐怖的牢籠。他會從洞口返回前艙打探情況，我則先留在洞口旁。我們都不忍心讓老虎繼續待在箱子裡，可我們很難將牠帶走。牠好像很安靜，我們將耳朵緊貼在箱子上，也無法聽到牠的呼吸聲。我決定打開箱子，因為我相信牠已經死了。然而，我們看到牠很明顯失去了意識，直著身體躺在那兒，可牠還活著。雖然時間緊迫，但老虎曾兩次將我從死亡邊緣救回來，我無法就這樣丟下牠不管。明知十分艱難，十分費勁兒，我們離開時還是拖上了老虎。因為我太虛弱，根本抱不動牠，遇到障礙物時，奧古斯特斯只能抱著老虎跨過去。

最終，我們抵達洞口，奧古斯特斯進入前艙，又將老虎拉進去。我們終於平安了，虔誠地感謝上帝保佑。我們商量好，我先待在洞口旁，如此一來，我朋友每天都能很方便地把他的飲食分給我一些，我也能呼吸到還算新鮮的空氣。

見識過正規貨物裝載的讀者可能很難理解前文中提到的「逆戟鯨號」船艙內胡亂堆砌貨物的現象。我一定要解釋一下，若非巴納德船長瀆職，這一重要的工作絕不會被疏忽至此。船長這份工作很危險，一定要由謹慎小心、富有經驗的水手擔當，可巴納德船長根本沒有這些素質。我只有很少的一點

經驗，也知道因為一時不慎或愚昧無知，未能將船上裝載的貨物擺放整齊，可能會引發嚴重的事故。最容易因此發生事故的是在近海航行的船隻，因為用來裝卸貨物的時間很短。

船晃動得再猛烈，船上裝載的貨物或是壓艙的重物也不能移位，這是貨物裝載至關重要的一點。相關負責人要留意貨物的體積、類型，以及船是不是滿載。裝入船艙時，大部分貨物都要壓得很緊。因此，將菸草、麵粉裝進船艙時，都會緊緊壓實。最後卸貨時，裝貨的桶多半都已被壓扁，無法馬上恢復原樣，要等一段時間才行。不過，這樣做最重要的目的是節省空間。畢竟在滿載的情況下，麵粉、菸草等貨物都不可能移位，至少不需要為此擔心什麼。然而，這種壓實貨物的裝載方法卻因一種迥異於貨物移位的原因，引發了最嚴重的後果。比如一艘裝滿棉花的船因棉花膨脹，船身破裂，沉入大海。如果盛放菸草的圓桶中間沒有縫隙，那菸草發酵，必然也會引發相同的結果。

貨物移位在不是滿載的船上最危險，為避免這種災難，需採取預防措施。只有親身經歷過海上風暴的人，準確說來是親身經歷過海上風暴後，船如何在突如其來的風平浪靜中顛簸的人，方能想像出這種顛簸會對船上鬆散堆放的貨物產生何種猛烈的衝擊，造成何種恐怖的後果。慎重裝載貨物在並非滿載的船上的重要性，這時便突顯出來了。船（特別是艙帆偏小的船）頂風停下時，船頭造型有所欠缺的船往往會傾斜，船上的橫樑跟水面呈近乎九十度。這種傾斜平均十五分鐘、二十分鐘便會出現一次，但是不會威脅到貨物裝載妥當的船隻的安全。不過，若船上的貨物裝載有失妥當，那船身第一次傾斜時，船上所有貨物就會滑落到船靠近水面的那一側。短時間內，船無法恢復平衡，因此，船在短短幾秒鐘內便會進水，最終沉沒。不妨這樣說，在風暴中沉沒的船有超過一半都是因為貨物或壓艙重物移位而遭遇滅頂之災。

只要船並非滿載，不管船上裝的是什麼貨物，都要儘量壓實，然後在上面蓋上一層防移板，其長度要跟船艙長度相等。可要將貨物全都牢牢固定住，還要在防移板上架上堅固的木棒，木棒要緊緊卡在上面的船肋上。如果

是運送穀物糧食之類的貨物，要採取更多舉措，防止移位。船從港口出發時，艙內裝滿穀物。抵達目的地時，卻只剩下不到四分之三船艙的穀物，可是穀物的實際數量並沒有變。收貨方在以蒲式耳為單位稱量時，因為穀物本身膨脹，重量反而會增加很多。穀物之所以看起來變少了，是因為運送途中，船身晃動，將穀物壓實了。途中遇到的風浪越大，抵達目的地時，船上的穀物看起來就越少。若將穀物鬆鬆散散裝在船艙上，就算加上防移板、木棒，在長途運送的過程中，還是很容易發生移位，從而引發最嚴重的後果。因此，從港口出發前，運送穀物的船應竭盡所能將穀物壓實。包括往穀物中釘楔子等很多法子都很管用。不過，就算這樣做了，也將防移板、木棒小心固定好了，途中遭遇強風時，經驗豐富的船員依舊會很擔心。若艙內的穀物只是半滿，就更要擔心了。可是在平時的航行中，我們有上百艘在近海航行的船，以及更多可能是從歐洲港口出發的船都不是滿載的，有時船上的貨物還相當危險。儘管如此，船上的人卻沒有採取任何預防舉措。在這種前提下，所有該發生的事故最終都沒能避免，讓人感慨萬千。比如我就知道一個因這種疏忽釀成悲劇的例子。

　　1825年，喬爾・賴斯船長的「螢火蟲號」縱帆船裝著一船玉米，從維吉尼亞州里奇蒙出發，前往葡萄牙馬德拉群島。此前，賴斯船長航行過很多次。在裝載貨物這件事上，他總是敷衍了事，最多用尋常的方法將貨物稍微固定一下，卻從來沒有出過嚴重事故。這次是他第一次運送穀物。他把玉米鬆鬆散散放在船艙，只裝了半個船艙多出少許。船出發後，起初只遇到了一些小風。眼看再走一天就到馬德拉群島了，卻遇到了從東北偏北刮過來的大風。船長無奈，想頂風把船停下。前桅帆只捲起一半，他利用它讓船平穩地頂風停下，一滴水都沒灌進來。天快黑時，風小了一些。跟之前相比，船晃動得更厲害了，卻並無大礙。後來，船猛地朝右舷傾斜過去，橫樑一端險些碰到海面。船艙裡的玉米全都向右滑去，發出巨響。玉米的衝擊力太強，一下衝破主艙的蓋子。船馬上沉入大海。當時，剛好附近有艘單桅帆船，從馬德拉群島駛到這裡。船上的人救下了「螢火蟲號」一位船員，除此之外，「螢火蟲號」上的人全部罹難。單桅帆船平穩駛過這片強風區，事實上，任

何小船只要操作沒有失誤，就不會在這裡出事。

「逆戟鯨號」的船艙裡堆著很多油桶、船具，若將它們稱為貨物，那它們的裝載可謂毫無章法。底艙貨物的擺放情況，之前介紹過了。底層甲板和上層甲板之間有很多油桶，油桶之間的空隙足以讓我容身。底艙出入口旁邊有塊空地，雜物堆中也有一些比較大的空間。我暫時藏身於奧古斯特斯割破的擋板旁邊，這裡完全能容納一個油桶，待在其中很舒服。

我朋友爬回前艙，在鋪位上戴好手銬，套上繩子，一切順利。此時，天完全亮了。大副和彼得斯、廚子在他收拾好後，馬上過來了。我們能走到這一步，實在幸運。大副他們聊起從佛德角群島開過來的船，他們好像都在期待它的到來，簡直已等不及了。他們聊完後，廚子走到奧古斯特斯正躺著的下鋪前，坐到他枕頭旁邊。我們並未將挖開的擋板放回原先的位置，因此，我能從自己的藏身處看到、聽到前艙發生的所有事。要是那個黑人往後一靠，靠在擋著洞口的水手服上，我們就什麼都瞞不住了，我和奧古斯特斯必定難逃一死。我為此擔驚受怕。可是伴隨著船的搖晃，廚子碰到過那件水手服好幾次，卻從未試圖把身體靠在上面。而水手服晃動時，並不會暴露出底下的洞口，因為其下擺已被小心翼翼固定在擋板上。我和奧古斯特斯又一次得到幸運之神的眷顧。在此期間，老虎始終躺在鋪位尾端，有時會睜眼，深深吸氣，身體好像恢復了一些。

過了幾分鐘，大副、廚子上了甲板。德克·彼得斯繼續待在這裡。他見那兩個人走了，立即坐到大副剛剛坐的位子上，跟奧古斯特斯說起話來，語氣非常和藹。剛剛那兩個人在場時，他看起來醉醺醺的。現在我們看出來，他的醉醺醺多半是假裝的。不管我朋友問他什麼，他都知無不言。

他對我朋友說，我朋友的父親被放到救生艇上漂流那天，太陽落下去之前，至少有五艘船正在附近，因此我朋友的父親肯定已經得救了。他還說了些寬慰我朋友的話。我很吃驚，也很高興，覺得我們或許能在彼得斯的幫助下奪回對船的掌控權，因此生出了新的希望。之後，我跟奧古斯特斯說起此事，他也覺得這未必不可能。不過，那個混血兒是個反覆無常的人，有時甚至頭腦不正常，所以我們一定要慎之又慎。過了一個小時左右，彼得斯也上

去了。中午，他又帶著很多醃牛肉、布丁下來，送給奧古斯特斯。

等他走後，我從洞口鑽入前艙，跟奧古斯特斯大吃了一頓。這一天，前艙中再沒迎來一位訪客。我沒有回到洞裡，夜裡跟奧古斯特斯睡在同一個鋪位上，睡得很香，一次都沒醒過。天快亮了，奧古斯特斯聽到甲板上有聲音，把我叫醒。我急忙回到洞裡躲起來。

天完全亮了以後，我們看到老虎的身體基本康復。餵牠喝水，牠迫不及待地喝下去，顯然沒有染上狂犬病。這一天，牠的精力、食欲徹底恢復。可以確定，在底艙時，牠的表現那樣反常，不是因為狂犬病，而是因為那裡的空氣太渾濁。我非常欣慰自己執意帶牠離開箱子，到這裡來。這一天是「逆戟鯨號」從南塔克特出發後第十三天，日期是6月30日。

7月2日，大副又來到前艙，跟平時一樣，他又喝得爛醉，看起來卻分外友善。他來到奧古斯特斯的鋪位前問，若把他放了，他能不能老實本分，保證不到主艙去。我朋友自然說能。那個惡人便從衣兜裡拿出一瓶酒，讓我朋友喝了一口萊姆酒，然後幫他摘掉手銬，解開繩子，帶他走上甲板。

接下來大約三個小時，我一直沒有看到奧古斯特斯。後來，他總算回來了，帶回一個好消息，他可以在主桅杆前面的甲板上隨便走來走去，晚上還可以繼續在前艙休息。他給我帶來了豐盛的食物，還有很多水。

雙桅帆船一邊繼續行進一邊留意那艘從佛德角群島開過來的船。就在這時，一艘船出現了，他們相信這就是他們準備打劫的那一艘。接下來八天發生的事情都不太重要，跟本文的主線並無直接關聯，但我並不想完全忽略它們，所以用日記的形式將其記錄在下面。

7月3日

奧古斯特斯給我帶來三條毯子。利用這些毯子，我在自己藏身的地方做了個很舒服的床。這一天除了我朋友，沒有一個人來過前艙。老虎躺在鋪位上酣睡，好像又一次陷入昏迷。牠的身體剛好把洞口擋住。黃昏時分，未等大家收起船帆，就刮起一陣大風，船險些翻了。不過，大風很快過去，只把前桅上帆撕壞了。

這一天，彼得斯跟奧古斯特斯做了相當誠摯的長談，說起太平洋，還有

他去過的太平洋島嶼。他問奧古斯特斯，願不願意跟叛徒們一起到這些地方探險、玩樂，並說原本支持廚子的人逐漸都倒向了大副那邊。奧古斯特斯覺得最明智的做法是說自己很願意去太平洋上探險，畢竟除此之外，自己別無選擇，而無論做什麼事，都好過做海盜。

7月4日

他們沒有對發現的那艘船採取行動，因為那原來只是艘小雙桅帆船，是從利物浦來的。為了打聽叛徒們的計畫，每天大半時間，奧古斯特斯都在甲板上度過。叛徒們經常發生激烈爭吵。有次爭吵時，有個叫吉姆・邦納的捕鯨炮手被丟進大海。大副及其支持者逐漸佔據優勢。吉姆・邦納和德克・彼得斯卻都支持廚子。

7月5日

破曉時分，從西面刮來一陣大風。中午時分，大風變得更加猛烈。除了斜桁縱帆和前桅下帆，船上的其餘船帆都收起來了。收前桅上帆時，有個水手因喝得大醉，掉到海裡淹死了，船上的人全都袖手旁觀。淹死的水手叫希姆斯，是廚子的支持者。「逆戟鯨號」這時只剩了十三個人。廚子這邊包括德克・彼得斯、西摩（即廚子）、瓊斯、格里利、哈特曼・羅傑斯、威廉・艾倫。大副這邊包括大副本人（我始終不知道他叫什麼名字）、阿布薩隆・希克斯、威爾遜、約翰・亨特、理查・派克。除此之外，還有我跟奧古斯特斯。

7月6日

今天從早到晚一直在刮大風，下大雨。很多水從船艙的接縫處漏進來，有臺水泵持續不斷地抽水。奧古斯特斯也不得不過去幫忙。傍晚時分，有艘大船從「逆戟鯨號」旁邊經過。距離很近時，叛徒們才發現這艘船，相信這就是他們期待已久的打劫目標。大副朝船上大叫，可是風聲呼嘯，根本聽不到對方的回應。半夜十一點，「逆戟鯨號」中部左舷被巨浪擊中，掉下一大塊舷牆。除此之外，船上還有些毀損，但都不嚴重。翌日黎明將至時，天氣好轉。太陽出來後，海上已風平浪靜。

7月7日

　　大風過去後，今天一整天都海浪洶湧。因為沒有裝載什麼貨物，「逆戟鯨號」顛簸得厲害。我在自己的藏身處，清楚聽到底艙的很多東西都移了位。我開始暈船，因此飽受折磨。

　　今天，彼得斯跟奧古斯特斯聊了很久，說格里利和艾倫都已決定做海盜，投奔了大副。彼得斯接連問了奧古斯特斯幾個問題，奧古斯特斯不明白他究竟在問什麼。

　　夜裡，船上進了很多水，水泵來不及排出去。由於漏水的縫隙是船身扭曲變形出現的，大家都束手無策。最終發揮作用的是堵住船頭的一張船帆，漏水的情況因此得到緩解，基本跟排水保持在同一水準。

7月8日

　　天亮時，一陣小風從東方吹來。大副命令將船掉頭，朝東南方西印度群島的幾座島嶼進發，執行他早就制定好的海盜計畫。彼得斯和廚子都沒有提出，至少沒有當著奧古斯特斯的面提出反對意見。他們徹底放棄了打劫那艘從佛德角群島開來的船。眼下要控制漏水情況，只需每小時開四十五分鐘水泵。船頭那張用來堵縫隙的船帆重新被拖到甲板上。白天有兩艘小縱帆船從旁邊經過，叛徒們還跟船上的人問好。

7月9日

　　天氣很好。水手全都在修舷牆。彼得斯又跟奧古斯特斯聊起來。跟之前的幾次相比，這次他更加直接，說自己絕對不會贊同大副的主張，還暗示要從大副手裡搶過對船的控制權。他問我朋友能不能幫他，我朋友毫不遲疑，馬上說能。彼得斯說，他需要問問其他支持者的意見，說完就走了。這一天，奧古斯特斯跟彼得斯再沒找到機會，就此事交換意見。

七

　　7月10日，船上的人跟一艘方帆雙桅帆船上的人問好。這艘船是從里約熱內盧出發的，目的地是諾福克。海上起了霧，從東邊吹來一陣小風，風向時有改變。

　　今天，哈特曼・羅傑斯死了。7月8日，他喝下一杯加水烈酒，之後就痙攣不止。他是廚子的支持者，也是彼得斯的心腹。彼得斯告訴奧古斯特斯，他相信羅傑斯是被大副毒殺的，用不了多久，奧古斯特斯也會遭到大副的毒手，必須小心防備。如今，彼得斯這邊除了他本人，只剩下廚子西摩和瓊斯。對方依然是原先的五個人。彼得斯跟瓊斯說過，自己準備從大副那裡奪取對船的控制權。瓊斯沒什麼反應，彼得斯便沒多說什麼，也沒在廚子面前說過這件事。結果當天下午，廚子便說要投靠大副，並真的這麼做了。彼得斯很慶幸自己的慎重。就在這時，瓊斯跟彼得斯吵起來，暗示自己會向大副洩露彼得斯的計畫。剩餘的時間顯然不多了，彼得斯說，只要奧古斯特斯能幫助他，他一定會動手奪船，完全不理會這有多危險。我朋友馬上承諾會不顧一切參與此事，並利用這個好機會說出我也在船上這件事。那個混血兒驚喜交加，因為他已完全不再信任瓊斯，甚至將其視為大副的支持者。

　　奧古斯特斯和彼得斯來到前艙。奧古斯特斯把我叫出來。我馬上跟彼得斯彼此認識了。我們商量了一番，決定一旦機會到來，馬上奪船。我們的計畫中根本沒有瓊斯的位子。我們要是能成功掌控這艘船，就把其開到最近的港口，交由相關部門處理。由於同夥紛紛背棄自己，人手不足，彼得斯無法再照原計劃去太平洋冒險。眼下，他只盼法庭會因為他精神失常判他無罪（他鄭重其事地表示，他之所以參與叛亂，全因當時精神失常了）。若法庭還是判處他罪名成立，他就只能指望我和奧古斯特斯幫他求情，讓他得到赦免。我們正在商議這些，忽然聽到一陣大叫：「全部人過來收帆！」我們停下來，彼得斯和奧古斯特斯一起跑到甲板上。

水手們跟平時一樣，都喝得爛醉。他們還未收好船帆，就刮起一陣大風。雙桅帆船劇烈傾斜，橫樑一端險些碰到海面。船向右傾斜，以躲避大風，卻導致大量海水湧進來。不過，船最終還是恢復了平衡。一切收拾妥當後，又先後刮來兩陣大風，卻未對船造成多大損害。很明顯用不了多久，巨大的風暴就會從西北方湧過來。「逆戟鯨號」為抵禦風暴，做了各種準備，照舊藉助完全收縮的前桅帆頂著風把船停下來。天越來越黑，風越來越猛，海浪洶湧。彼得斯和奧古斯特斯再次來到前艙，跟我商議那件事。

我們都覺得現在是執行計畫的最好時機，因為任何人都想不到我們會在這時行動。眼下，船已停下，可以等天氣變好後再揚帆啟航。若能奪下這艘船，我們要把船開到附近的港口，只需放出一兩個船員幫忙即可。跟對手相比，我們的力量太弱，這是最大的難題。我們不過三個人，對方卻有九個人在主艙，且掌握了大部分武器。我們的武器只有彼得斯藏在身上的兩把小手槍，以及他掛在腰上的一把水手刀。種種跡象（比如船上的斧子、棍子等東西都挪了地方）表明，大副可能起了疑心，至少開始懷疑彼得斯，也許會找機會殺了他。顯然我們應該儘快採取行動，但是當前的情況對我們非常不利，又絕不能魯莽行事。

彼得斯提出一個建議，他去甲板上跟負責瞭望的艾倫閒聊，找個機會把艾倫推進海裡，同時不讓任何人發現。緊接著，我跟奧古斯特斯也到甲板上，找一樣順手的武器，跟彼得斯一起衝到主艙，封住出入口，讓他們措手不及。可我認為大副一定會想盡方法反抗，除了他迷信的那些事，大副在其餘事情上都非常奸詐，所以我並不贊同彼得斯的主張。船遇到風暴停下時，極少會在甲板上安排人負責瞭望，只有那些紀律相當嚴明的船例外。大副這樣安排，足以表明他已對危險有所預感。

考慮到大部分讀者（若不是全部讀者的話）都沒出過海，介紹一下一艘船在這種情況下的具體情況，是很有必要的。停船或是船員們所謂「停航」能達成很多種目的，其本身也有很多種執行的方法。若在正常的天氣下停船，通常是為了等另外一艘船之類的目的。滿帆時若要停船，一般需要把部分船帆翻過來，使其逆著風向，這樣一來，風會將其吹得緊緊貼在桅杆上，

船就會慢慢停住。不過，眼下這種情況是頂風停船。風從船前面吹來，十分強勁。若不想翻船，就不能揚起風帆。某些情況下，就算順風行駛，也不能揚起風帆，因為海浪太猛了。船在大浪中順風前行，船尾往往會嚴重漏水，船頭也可能扎進水裡，這些都會導致船嚴重受損。因此，若不是逼不得已，不會在這種情況下讓船順風行駛。可若是船開始漏水，停船會讓船身受到巨大壓力，拉扯裂縫，將其撕扯得更大，所以浪頭再大，通常也要讓船順風前行，這樣做反而能緩解漏水。若風太大，把保持船頭頂風的風帆都撕爛了，或船身構造欠佳等原因導致用上面的方法無法停船，一般也要讓船順風而行。

頂風停船有多種方式，船的構造不同，採用的方式也不同。對某些船來說，最可靠的方式是藉助前桅下帆頂風停船。在我看來，這是最常用的方式。大方帆船有風暴支索帆，專門用於在這種情況下停船。有時會單獨利用船首三角帆，或同時利用船首三角帆和前桅下帆，或利用收起一半的前桅下帆。至於用後帆頂風，也不是什麼罕有的事。船員多半都覺得跟其餘帆相比，利用前桅上帆頂風停船的效果更好。「逆戟鯨號」在頂風停船時，通常是利用被風縮至最小的前桅下帆。

頂風停船時，往往要先讓船頭正對著風，讓頂風帆吃滿風後，稍微調整一下帆的方向，使其朝向船尾，跟甲板構成一條對角線。這樣船頭和風向就成了一個銳角，不過幾度。海浪打過來時，正對著風的船頭自然能抵擋得住。品質很好的船能在這種狀況下順利度過風暴，船艙中不會漏進一滴水，船上的人可以安枕無憂。

這時候，船舵通常會被牢牢捆綁起來，但是由於船舵在頂風停船時一點用處都沒有，因此，完全沒必要這樣做（否則等到鬆綁時，還會發出噪音）。其實最佳做法不是把船舵牢牢捆綁起來，而是將其鬆開，因為沒有搖晃的空間，船舵極易在大浪的擊打下斷裂。

一艘堅固的船這樣停好後，只要頂風帆沒問題，就能保持這種狀態，像有生命、有理智一樣，安然度過風暴。可若是風太大，撕爛了頂風帆（往往只有真正的颶風才能這樣），船馬上就會陷入翻船的危險。如果船朝著下風

處掉轉，就會讓船舷正對著海浪，如此一來，船就徹底被風和海浪操縱了。除非能馬上讓船調轉方向，迅速轉為順風行駛，直至能張起另外一張帆，否則毫無轉圜餘地。有的船不必利用帆，就能頂風停下，可關鍵時刻不能指望這個。

好了，說回正題吧！大副根本不是那種會在頂風停船後安排船員在甲板上瞭望的人，如今他卻這樣做了，再加上斧子、棍子都不知去了哪裡，我們確定對方已有所防範。彼得斯的突襲建議不可行。可是只要他們開始對彼得斯起疑心，一定會在這場風暴中找到或製造一個機會殺了彼得斯，所以我們一定要做些事，且必須儘快。

奧古斯特斯提議，若彼得斯能找個藉口，搬走他原先所在臥艙中那根鐵錨鏈，露出底下的活動暗門，我們也許能突然從底層衝出去，殺他們個措手不及。不過，我們又想了想，覺得此舉在船劇烈晃動期間完全不具有可行性。

好在我最終想到一個法子，需利用大副迷信的畏懼心理，以及良知帶給他的負罪感。之前提到，兩天前水手哈特曼‧羅傑斯喝了杯加水的烈酒，之後便不斷痙攣，今天上午斷了氣。兩天前，彼得斯曾跟我們說，他懷疑是大副給這個水手下了毒。他還說他有確鑿的證據，卻不肯說證據是什麼，不管我們怎樣求他都沒用。他如此固執地拒絕我們，無非是因為他的怪脾氣。儘管他不願說出他的證據，他的懷疑還是很快得到了我們的認同。在此基礎上，我們確定了接下來的行動。

上午大約十一點，羅傑斯劇烈抽搐，最終死去。他的屍體迅速變了樣，我從未見過那麼可怕的東西。他的肚子嚴重膨脹，好像在水裡溺死、過了幾週才被撈上來的人。他的雙手同樣膨脹起來，臉卻皺巴巴的，一片蒼白，還有兩三塊好像丹毒引發的醒目的紅色斑紋。有塊斑紋斜著在臉上伸展開，好像一條紅帶子遮住了他一隻眼。中午，他們把屍體從主艙抬出來，準備扔進大海。當時，屍體就是這樣的。到了這時，大副才第一次看到屍體。他命令大家用帆布吊床把屍體包裹起來，再為死者舉行一般的海葬。大副這樣做，可能是因為良心不安，也可能是被屍體嚇住了。他好像不想再見到自己害死

的人，發佈完命令就到船艙去了。根據他的指示，大家開始忙碌。恰好強風暴來襲，只能推遲海葬。屍體被扔在甲板上。海浪沖過來，將其沖到左舷的排水孔中，卡住不動了。我們一起研究行動計畫時，屍體還在排水孔中，隨著船身晃動。

我們制定好了計畫，就要儘快付諸行動。彼得斯先到甲板上，艾倫立即向他問好。他早猜到會這樣，艾倫留在甲板上，好像就是為了隨時留意前艙的動靜。彼得斯裝出一副很隨便的樣子，像要跟艾倫聊天一樣走近他，猛地掐住他的脖子，將他扔到船舷外。他還來不及喊叫，就掉進了大海。就這樣，彼得斯悄無聲息結果了這個惡徒。

接著，彼得斯讓我和奧古斯特斯到甲板上。我們馬上開始尋找武器。由於船頭每次往下扎，都會有巨大的浪頭打在甲板上，必須抓住什麼東西穩定住自己，才能在甲板上站穩，因此，我們行動時都小心翼翼。另外，船很明顯正在漏水，情況相當嚴重，大副隨時可能到甲板上把水泵全都打開，所以我們的行動一定要快。我們搜索了一陣子，最終只找到兩根水泵把手比較順手。我拿了一根，奧古斯特斯拿了另外一根。

有了武器，我們將屍體的襯衫脫下來，將屍體丟進大海。我和彼得斯馬上返回前艙，奧古斯特斯留在甲板上艾倫先前所在的地方，背對著主艙的升降梯入口，隨時留意周圍的情況。如此一來，大副那幫人到甲板上時，會誤會他是艾倫。

返回前艙後，我馬上著手將自己打扮成死去的羅傑斯。我們從屍體上脫下來的襯衫款式怪異，藍底白條紋，有彈性，羅傑斯生前總將其穿在外邊，那幫人很容易認出來。我穿上這件襯衫，就有了很好的偽裝效果。然後，我又想辦法讓自己的肚子也像那具屍體一樣膨脹起來。這很簡單，只需在衣服裡塞上一團枕頭套、床單即可。我又戴上一雙白羊毛手套，隨手抓起一些碎片，塞到手套裡，做出雙手膨脹的假象。彼得斯幫我在臉上化妝，先是給我抹了白堊粉，接著割破自己的手指，用血給我畫上紅色斑紋。他自然不會落下眼睛上那塊斑紋，將其畫得格外恐怖。

八

　　透過掛在前艙的一面碎鏡子，藉著一盞應急提燈的黯淡光芒，我看到了自己現在的樣子。一陣難以形容的恐懼湧上心頭，我想起那具死屍的慘狀，不由得哆嗦起來，簡直要就此放棄，抹掉身上的偽裝。可我們不得不馬上行動，我跟彼得斯又上了甲板。

　　我們三個發現甲板上沒有任何異樣，便緊緊貼住舷牆爬到主艙的升降梯入口。艙門沒有完全關好，升降梯頂上還放了根木棒，以免有人從外面關上艙門。我們透過樞軸縫隙，輕而易舉看清了主艙內部的情況。很明顯，他們已有所警覺，幸而我們沒有冒冒失失向他們發動突襲。艙內只有一個人睡著了，還是在身旁放了支步槍、靠在升降梯旁邊睡著的。其餘人都把鋪位上的床墊拉到地板上，坐在上面，熱火朝天討論著什麼。他們一直在喝酒，身旁擺著兩個酒罈子、幾個錫酒杯，可他們並不像平日裡那樣喝得爛醉。他們每人身上都有水手刀，有一兩個人還佩著手槍。另有很多步槍放在旁邊的鋪位上，一伸手就能拿到。

　　這時候，我們的計畫只是假裝羅傑斯復活了，趁他們大吃一驚，向他們發動進攻。至於怎樣進攻，還沒有具體的想法。於是，我們先偷聽他們的對話，再決定接下來怎麼做。他們在商量做海盜的計畫。我們能聽清楚，他們正準備跟一艘縱帆船「大黃蜂號」上的船員合作，一致採取行動。一旦機會到來，他們會奪下那艘船，利用其大肆搶劫一番。不過，我們並未聽清他們的計畫細節。

　　有個人提及彼得斯。大副壓低聲音做出回應，我們根本聽不清他在說什麼。接著，大副又高聲說，彼得斯那麼關心船長的兒子，讓他很不理解，他盼著那兩個人早點掉到海裡。其餘人都沒說什麼，可是很明顯，所有人都聽明白了他話中的暗示，瓊斯更是如此。我心裡七上八下，而更讓我心急的是，奧古斯特斯和彼得斯都猶猶豫豫不知該怎樣行動。不過，我絕對不會讓

惶恐控制自己，打定主意能殺幾個就殺幾個，拼上這條命也在所不惜。

　　大風吹打著索具，海浪沖刷著甲板，發出震耳欲聾的響聲。在這響聲的間隙，我們才能捕捉到那些人的說話聲。我們在一次間隙中清楚聽到大副吩咐一名手下：「去前艙把那兩個蠢貨叫過來。我要看住他們，誰也別想在船上搞陰謀詭計。」他的命令並未被馬上執行，因為船又開始劇烈晃動。廚子從床墊上站起來，準備去找我們，忽然被拋到左舷旁邊的臥艙，腦袋把臥艙門都撞開了。原來又有一陣巨浪打過來，幾乎要把桅杆打斷，主艙內因此一片混亂。好在我們依舊待在原先的地方，沒有被拋出去。藉此機會，我們趕緊返回前艙，制定了接下來的行動計畫，只等大副的命令傳來。

　　負責傳達命令的廚子並未登上甲板，只從升降梯入口探出頭來，高聲向奧古斯特斯說出大副的命令。站在廚子的位置，根本看不出那不是艾倫。奧古斯特斯模仿艾倫的聲音，嘟嘟囔囔答應下來。廚子便又退回主艙，一點都沒懷疑他。

　　就這樣，我的兩個同伴堂而皇之去了主艙，彼得斯隨手關上艙門。大副假裝很熱情，說奧古斯特斯最近表現很好，所以讓他到主艙加入大家，跟大家一起生活。大副說著倒了杯萊姆酒，讓奧古斯特斯喝下。我看到了這一幕，也聽到了他們的話。因為主艙門關上後，我馬上回到之前的位置，繼續窺視。我帶上了那兩根水泵把手，為應付不時之需，將其中一根放到艙門旁邊，小心藏好。

　　為了看得更清楚些，我儘量穩住身體，並極力振作起來。一旦彼得斯根據我們的約定發出暗號，我就馬上衝到那幫叛徒中間。彼得斯開始轉移話題，談起叛亂期間的大屠殺，逐漸引誘那幫人談論在水手中間廣泛流傳的種種迷信。他們的談話有些我無法聽清，可是效果卻都展現在那些叛徒臉上，我看得一清二楚。大副一臉焦慮，完全無法掩飾。有人談及羅傑斯死後那恐怖的樣子，我看到大副幾乎要暈倒了。彼得斯趁機對他說，自己看到那具死屍在排水孔那邊卡住了，來回晃動，看起來真是可怕，現在應該立即把它丟進海裡，不是嗎？大副幾乎喘不上氣來，像要哀求哪個手下到甲板上做這件事一樣，他的目光在每個手下身上慢慢掃過。很明顯，大家都非常畏懼，沒

有一個人動彈。這時，彼得斯對我發出暗號。我馬上拉開艙門衝到那幫人中間，默默站在那兒。

　　我的突然現身引發了強烈的反響。鑑於此時的情況，這也是預料之中的結果。在這類情況下，忽然看到這樣的幻影，人們往往會對其是否真實產生些許懷疑，並希望這個幻影並非從地獄來的鬼魂，只是某人的惡作劇——不管希望多渺茫，他們都不會放棄。不妨這樣說，所有人遇到這種情況，都會對眼前的幻影產生些許懷疑，就算在最可怕、最具代表性的例子中，當事人之所以大受驚嚇，通常也不是因為完全相信眼前的幻影就是鬼魂，而是因為良心不安，生怕這幻影是真的鬼魂。在這個例子中，大家很快就會發現，這幫叛徒根本不可能懷疑我不是復活的羅傑斯，就算不是，我也應該是羅傑斯的鬼魂。他們想像不到這是有人設下的騙局，因為他們在海上一艘孤零零的船上，外面正刮著風暴，將他們跟外界徹底隔離。而且他們相信若這是自己人設下的騙局，肯定瞞不過他們。這時候，他們已在海上行駛了二十四天，與其餘船的接觸僅限於彼此打招呼。船上所有人（至少是他們認為的所有人）除了甲板上的艾倫外，全都在主艙。而他們根本不相信這個鬼魂會是艾倫假扮的，因為他們都很熟悉艾倫，他有六英尺六英寸高，十分魁梧。更讓他們無法懷疑的包括這個風暴大作的可怕夜晚，彼得斯談到的迷信，艾倫的死屍給他們留下的恐怖記憶，我足以以假亂真的裝扮，以及燈光搖晃不停，把我照得時明時暗。正因為這樣，我們的計策發揮了超出想像的效果，這是毋庸置疑的。

　　大副大吃一驚，一下從床墊上跳起來，然後馬上倒在地上嚥了氣，死前連一個字都沒說出來。船再次劇烈晃動，他僵硬如木頭的屍體朝下風處滾去。餘下七個人，有四個都嚇傻了，很可憐，又很滑稽。其餘三人還保留著些許理智，開始反抗。這三人分別是廚子西摩、約翰‧亨特、理查‧派克。不過，他們的反抗都很遲疑，一點力度都沒有。彼得斯開了兩槍，將前兩個人都打死了。我也用隨身攜帶的水泵把手在派克頭上狠擊一下，將他打倒在地。奧古斯特斯拿起地上的步槍，打中了另一個叛徒威爾遜的胸口。這樣一來，對方就只剩下三個人，分別是瓊斯、格里利、阿布薩隆‧希克斯。他們

開始恢復理智，可能還意識到自己被騙了。於是，他們堅定地反抗起來，氣勢洶洶。他們原本可能會反敗為勝，可他們的對手是大力士彼得斯。瓊斯把奧古斯特斯按倒在地，舉起水手刀，在他右胳膊接連刺了好幾下。我和彼得斯都被對手纏住，無法馬上過去救他。若不是我們完全沒想到的一位朋友及時趕到，救下了奧古斯特斯，他肯定會被那個惡徒殺掉。我說的這個朋友就是老虎。牠在奧古斯特斯陷入險境時大叫一聲，闖進主艙，朝瓊斯撲過去，將其壓倒在地。可是我朋友傷得太重了，無法過來支援我們。我也無法使出全身力氣，因為身上的偽裝太礙事了。至於老虎，牠正緊緊咬住瓊斯的喉嚨不放。彼得斯只能自己對付兩個叛徒，不過這對他來說不是什麼難事。他原本早就能殺掉這兩個人，可惜主艙太狹窄，限制了他的行動，船又在劇烈晃動個不停。最終，彼得斯拿起一張凳子。格里利拿著一把槍，正準備開槍。彼得斯舉起沉甸甸的凳子打在他頭上，將他打得腦漿迸裂。這時，船又晃動起來。彼得斯跟希克斯撞在一起。藉此機會，彼得斯用他那雙大手狠狠掐住希克斯的脖子，轉眼就讓他斷了氣。我們就這樣掌控了這艘船，速度比我講述得還要快。

現在除了理查・派克，其餘對手都死了。之前提到，打鬥剛開始，我便用水泵把手把他打倒了。眼下，他正躺在碎裂的臥艙門邊，動彈不得。彼得斯踢了他一下，他忽然開始求饒。剛剛他只是被打暈了，只有頭上有條小傷口，其餘各處都完好無損。他爬起來，我們將他的雙手扭到背後捆綁起來。老虎仍在對著瓊斯狂叫。我們過去看瓊斯，發現他早就死了，喉嚨上有條很深的傷口（自然是老虎用尖銳的牙齒咬出來的），還在流血。

這時是凌晨一點左右，風繼續呼嘯。跟先前相比，雙桅帆船晃動得更厲害。我們必須想個法子讓它變得平穩一些。每次船倒向下風處，海浪都會湧上甲板。進入主艙時，我沒有關上艙門，因此，打鬥期間，海水甚至灌進了主艙。左舷整面舷牆、船上的廚房、船尾的小艇全都被海浪捲走了。主桅杆也快斷了，搖搖晃晃，咯吱作響。情況很不妙，主桅杆即將脫離桅座，因為造船之人愚昧無知，犯了一個嚴重的錯誤，只將主桅杆的桅座放在兩層甲板中間，以便在底艙後側留出更多空間。然而，更可怕的是，我們測量出艙底

的積水已深達七英尺。

　　我們把那幫叛徒的屍體扔在主艙，登上甲板，開始用水泵抽水。為了有更多的人手幫忙，我們不能繼續綁著派克。我們儘量把奧古斯特斯受傷的手臂包紮好，他也竭盡所能幫助大家，可惜實在沒什麼力氣。

　　我們發覺，若能讓一台水泵維持運轉，就能讓艙底的水位不再上升。對我們四人來說，這可不是一份輕鬆的工作。我們都極力打起精神，期待黎明的到來，到時我們或許能把主桅杆砍下來，減輕船本身的重量。

　　在焦慮與疲憊中，我們度過了這一夜。黎明之際，風暴並未減弱，甚至沒有要減弱的預兆。我們把主艙的屍體全都拖到甲板上，拋入大海。然後就該想辦法把主桅杆砍下來了。我們做好了一切準備，彼得斯開始用在主艙找到的斧子砍主桅杆，我們餘下三人站到桅索、帆索旁邊。彼得斯抓住船向下風處嚴重傾斜的時機，命令我們跟他同時行動，砍掉上風處的支索。於是，主桅杆連同船帆、支索全部墜入大海。在這一過程中，主桅杆沒有碰到船身，沒對其造成任何實質性損傷。

　　船身的晃動減輕了一些，可我們依舊沒能擺脫危險。雖然已經傾盡全力，但眼下我們要控制艙底的水位，必須用兩個水泵同時抽水才行。奧古斯特斯給我們的幫助微乎其微。更加糟糕的是，一陣大浪打過來，將船推到偏離風向好幾度的地方。又一陣大浪打過來，船不僅來不及恢復原位，反而越發傾斜，橫樑末端都碰到了海面。壓艙的重物全部移位，壓到下風處那邊（這些重物早就開始來回滾動了）。我們一度覺得肯定要翻船了，可片刻過後，船又稍微恢復原位。不過，艙內所有重物繼續壓在左舷那邊，船傾斜得很嚴重。在這種情況下，我們再怎麼搖動水泵排水，都沒有用。事實上，我們搖了這麼久，手都磨破了，鮮血直流，根本無法繼續。

　　我們又開始砍前桅杆，派克勸我們不要這樣做，我們不理會他。情況如此糟糕，要砍斷前桅杆絕非易事，我們費了很大力氣。前桅杆掉到海裡時，船頭的斜桅也被拖下海。這樣一來，船就只剩下船身，甲板上什麼都沒有了。

　　好在船上最大的小艇至今仍未被不斷湧上甲板的大浪毀壞，保存得相當

完好。可惜前桅杆被砍斷時，自然也把能頂風停船的前桅下帆帶走了。船身失去了所有遮擋，完全暴露在大浪中。五分鐘內，接連湧來的大浪沖走了那艘小艇和右舷舷牆，還砸碎了起錨絞盤。我們陷入絕境。

中午，風似乎有減弱的跡象。之後，風的確減弱了，但幾分鐘後，又變得比原先更加猛烈，讓我們非常失望。下午四點左右，風口上已經站不住人了。天黑以後，我們完全絕望，覺得這艘船無法撐過這個黑夜。

夜半時分，船上的積水已淹沒底層甲板，船身嚴重下沉。一陣大浪打過來，捲走了船舵，將船的後半部分完全托舉出海面。船猛地往下一沉，好像撞到了岸上。那個船舵是我見過最堅固的船舵，我原本以為它必然能保留到最後一刻。船尾柱內部盤繞著一環又一環結實的鐵圈，中間是一根很粗的鐵棍，讓船舵一方面能固定在船尾柱上，另一方面還能繞著鐵棍隨意轉動。我們猜測船尾柱內部的鐵圈在海浪中扭曲變形，被逐一從結實的船尾柱中拽出來，這便是船舵被浪捲走的原因。

這陣猛烈的衝擊結束後，我們剛剛鬆了口氣，又有一陣大浪打過來。我從沒見過這麼大的浪頭，它轟然沖到甲板上，沖走了升降梯，從船艙出入口將整艘船都注滿了水。

九

天黑前，我們四個都用繩子把自己緊緊綁在起錨絞盤的殘留部分上，盡量平躺在甲板上。我們能保住性命，多虧了這一舉措。那時候，我們四個都被狠狠砸在身上的大浪壓得快窒息了，就在我們馬上無法支撐時，大浪退去。

剛剛喘了口氣，我便高聲叫我的同伴們。

奧古斯特斯先回應了我：「我們完了，但願靈魂能得到上帝的救贖。」

片刻過後，另外兩個人也緩過來，說我們還有生還的可能，不能就這樣放棄。船上的貨物決定了船不可能沉下去，況且等到明天早上，風可能就停了。我聽到這番話，重新振作起來。很明顯，一艘滿載著空油桶的船是不會沉的，但是很奇怪，我心亂如麻，竟全然忘了這件事，覺得船很快就會沉。我又有了希望，開始想盡一切辦法讓那條把我跟殘餘的絞盤綁在一起的繩子更結實。沒過多久，我看到幾個同伴也都開始忙這件事。

天完全黑下來，四周噪音不斷，十分恐怖，幾乎無法用語言形容。甲板已跟海面一樣高了，準確說來，我們已被海水圍在中央，需不斷忍受海浪衝擊。每三秒鐘，我們只有一秒鐘能露出頭來。儘管彼此距離非常近，我們卻看不到對方。事實上，儘管我們正貼在船上，身體晃來晃去，卻看不到船上任何一個部分。為了維持自己的希望，並給同伴最重要的安撫與鼓勵，我們不停叫著彼此的名字。我們都很擔心奧古斯特斯，他很虛弱，右胳膊受傷了，無法繫緊繩子，隨時都會被浪捲走。我們想幫助他，卻無能為力。好在他的上身剛好躲在絞盤殘餘部分底下，大浪打到絞盤上，都被化解了，因此，跟我們三個相比，他要安全一些。其實他原先所在的位置完全暴露在海浪之下，後來機緣巧合才被捲到絞盤底下，否則不用等到天明，他就已性命不保。

船身嚴重傾斜，正因為這樣，我們反而不易被海浪沖走。之前提到船是朝左舷傾斜，一半甲板始終在海水中，因此，從右舷沖過來的海浪撞在船舷上，力量便減弱了許多，不會對平躺在甲板上的我們造成多大衝擊。至於從左舷打過來的浪，都是些回頭浪，無力把身上綁著繩子、平躺著的我們捲走。

在如此恐怖的環境中，我們好不容易等到天明。然而，天明以後，我們卻看到了更加恐怖的景象。船已變成一根在驚濤駭浪中漂流的木頭。風越來越大，變成了真正的颶風。看這情形，我們絕不可能保住性命。

接連幾小時，我們都一言不發，覺得綁在我們身上的繩子隨時可能斷裂，殘餘的絞盤隨時可能被沖走，從各個方向呼嘯而至的大浪隨時可能將船

打入海洋深處。我們等不到船再浮上來，就已溺死在海中。幸虧仁慈的上帝給我們庇佑，將我們從這些威脅中拉出來，還在中午時賜予我們聖潔的陽光，這讓我們十分欣慰。

很快，我們都明顯感覺到風減弱了。從昨天下半夜開始，奧古斯特斯就陷入了沉默，這時忽然又說話了，問彼得斯（彼得斯距離他最近）是否覺得我們還有救。起初，我們沒聽到那個混血兒答話，還以為他淹死了。可沒過多久，他開了口，我們都很開心。他用十分虛弱的聲音說，繩子緊緊勒住他的肚子，讓他受盡煎熬，他的忍耐已到極限，如果不想辦法把繩子解開，他一定會沒命的。我們聽他這樣說，都很傷心。因為雖然我們很想幫他，卻無能為力，還在忍受著大浪的衝擊。我們只好對他說，一旦機會來了，會馬上過去幫他解開繩子，現在他必須拼命忍耐。他說，可能等不到我們去救他，他已經死了。他先是發出難受的呻吟，隨後又沉默了。他肯定是死了，我們都這樣認為。

天又黑了，海面平靜了很多。海浪衝擊甲板的頻率變成了大約五分鐘一次。風仍在呼嘯，卻減弱了許多。接連數小時，我都沒聽到同伴的聲音。我開始叫奧古斯特斯，聽到他以虛弱的聲音回應，卻聽不到他說了些什麼。我又叫彼得斯、派克，卻沒聽到任何回應。

很快，我變得昏昏沉沉，很多美好的景象在腦海中浮現，比如鬱鬱蔥蔥的樹、起伏不定的麥田、一行又一行跳舞的女孩、一隊又一隊騎兵。直到現在，我依然記得這些在我腦海中浮現的畫面都是運動的。正因為這樣，房屋、山峰等靜物都未浮現在我腦海中，風車、船、大鳥、氣球、騎馬者、快速行駛的車等運動的東西則不斷浮現。太陽升起大約一小時後，我才結束這種狀態。這時，我感覺自己好像還在底艙那個箱子旁，並把派克的身體當成了老虎的身體，我已全然忘記了自己當前的處境。

徹底清醒過來後，我發覺海上的風變得相當柔和，風平浪靜，波浪輕柔地拍在船身上。我的左胳膊已擺脫繩子的束縛，胳膊肘傷得很厲害，是被繩子劃傷的，右胳膊徹底麻痺了，因為繩子把肩膀下面的部位緊緊綁住，掌心、手腕都嚴重腫脹。除此之外，腰上那根繩子也勒得非常緊，讓我受盡折

磨。我去看那幾個同伴，看到彼得斯還沒死，但是就快被緊緊纏在肚子上的繩子截成兩段了。他發現我在看他，朝我輕輕點頭，讓我看那條繩子。奧古斯特斯蜷縮著身體躺在絞盤旁邊，好像已經死了。看到我在動彈，派克問我能不能幫忙解開他身上的繩子。他說，若我能振作起來，幫他把繩子解開，我們可能還有一線生機，否則誰都活不了。我讓他打起精神來，說我會竭盡所能。我伸出左手，從褲袋取出折刀，反覆嘗試，最終將折刀打開。我想辦法鬆開被綁住的右胳膊。不多時，我就把綁住我的繩子全都切斷了。

我試著走動，卻發現自己站不起來，雙腿完全動彈不得，右胳膊也無法動彈。我跟派克說了這些情況。他讓我伸出左手抓住絞盤，安靜地躺上幾分鐘，等血液循環完全恢復過來。根據他的建議，我躺下來，很快感覺麻木逐漸消退，雙腿逐漸能動彈了，右胳膊也恢復了一些功能。我沒再試著站起來，而是小心爬到派克那邊。不一會兒，我就切斷了他身上所有的繩子。他的手腳也很快恢復過來。我們立即去幫彼得斯解繩子。他的褲腰帶和兩件襯衫都被繩子勒破了，身上也被勒出很深的傷口。我們幫他解開繩子後，傷口開始流血。可他的痛苦好像在瞬間得到緩解，他馬上就能說話了。毋庸置疑，正是因為被放了血，他的行動反而比我跟派克更加輕鬆自如。

很明顯，奧古斯特斯已毫無生機，我們都不再對他懷有太大期望。然而，我們靠近以後發現，他只是昏迷了，因為血流得太多。在大浪的衝擊下，我們在他右胳膊上綁的繃帶都不見了。而將他綁在絞盤上的繩子，並未對他的性命造成任何威脅。我們幫他解開繩子，抬著他離開絞盤，來到比較乾爽的迎風處。我們把他的頭部放得比身體略低，在他的手腳上用力搓揉。過了半小時，他甦醒過來。不過，他認出我們，有力氣講話，已是第二天早上的事了。

我們全都擺脫繩子的束縛後，天完全黑下來，空中濃雲密佈。我們唯恐又會刮起大風，到時已筋疲力盡的我們將必死無疑，因此都非常惶恐。好在這一夜一直很暖和，風平浪靜，我們有望得救。海上吹著西北風，卻是輕風，不會帶來絲毫寒意。

奧古斯特斯依舊非常虛弱，無法抓住什麼東西保持平衡。為了避免他

埃德加·愛倫·坡

在船身晃動時墜海，我們用繩子小心翼翼將他綁在上風處。其餘三人就不必了，我們拉住綁在絞盤上的斷繩，緊靠在一起坐下，商議怎樣脫離當前的險境。我們脫掉衣服擰乾，重新穿上，感覺很暖和，舒服了很多。我們因此振作起來，還幫奧古斯特斯脫掉衣服擰乾，讓他也跟我們一樣舒服。

眼下，飢餓和口渴是我們面臨的最大考驗。我們開始想辦法解決這個問題，心卻不由自主沉下去，甚至覺得還不如在海浪衝擊中死去，免得忍受這種更加可怕的威脅。不過，我們還是寬慰著自己，鼓勵著彼此，也許用不了多久就會有船從附近經過，救下我們，無論遇到什麼危險，都要堅持下去。

7月14日，天總算亮了，又是晴朗、涼爽的一天，吹著輕柔的西北風。海上相當平靜，我們的船不知何故，不再像之前那樣傾斜。我們可以在幾乎乾透的甲板上自由自在地走來走去。過去的三天三夜，我們水米未進，必須想個法子到船艙裡找些食物。剛開始做這件事時，我們基本不相信真的能找到什麼，畢竟船艙已被海水完全淹沒。我們從已經損壞的船艙出入口弄了些釘子，用其將兩塊木板固定在一起，做成一個像打撈筐的工具，在上面綁上一根繩子。然後，我們拉著繩子，將這個工具丟進主艙，拖來拖去，想撈些食物或能幫忙找到食物的工具。上午的大半時間，我們都在忙著打撈，卻只撈到些易被釘子刮住的床單，白忙活了一場。我們實在無法期待這種拙劣的工具能撈上什麼。

我們又去前艙打撈，同樣沒有任何收穫，幾乎要絕望了。就在這時，彼得斯提議由他潛到主艙尋覓食物，讓我們用一根繩子拉著他。我們重新看到希望，都很高興。彼得斯立即脫掉衣服，只剩下一條褲子。我們找了條很結實的繩子，小心翼翼綁在他腰上，又套住他的肩，以免繩子鬆脫。剛剛我們一直在客艙打撈，一無所獲，現在彼得斯下去，必須到儲藏室找食物，他要向右轉，在一條窄窄的通道中游上十一二英尺才能抵達目的地，之後還要回來。在這一過程中，他要一直閉氣，因此，他此行的任務十分困難，也十分危險。

所有準備工作都做好後，彼得斯從升降梯下去，到了水淹沒脖子的地方，便扎進水裡，向右轉彎，迅速游向儲藏室。初次嘗試，他徹底失敗了。

他潛入水中不到半分鐘，我們便感覺到他在用力拉繩子。我們事先約好，一旦收到這樣的信號，就要把他拉上來。我們急忙拉他，結果不慎讓他在升降梯上狠撞了一下。他沒找到任何東西。潛入水中後，他只游了一小段路，因為要避免浮上來撞到甲板，是相當費力的。這次上來後，他耗光所有力氣，在重新探險之前，不得不休息了一刻鐘。

第二次下去，結果更糟糕。我們發現他下水後很長時間都沒發出信號，開始擔心他的安危，直接將他拉上來。他已氣若游絲。之後，他告訴我們，他在水裡接連拉了幾次繩子，我們完全沒有察覺，也許是因為有段繩子纏繞在了升降梯底下的欄杆上。我們打定主意，先儘量把這段礙手礙腳的欄杆拆掉，再做第三次探險。此事頗為費力，我們全都沿著升降梯下水，齊心協力拖拽，總算把欄杆拽下來了。

跟前兩次一樣，第三次探險也一無所獲。潛水者顯然要利用重物維持平衡，才能在船艙中展開搜尋。我們在甲板上四處尋覓，花費很長時間，最終發現錨鏈鬆動了。我們很高興，很容易將它卸下來，緊緊綁在彼得斯一隻腳踝上。第四次下水，彼得斯終於抵達儲藏室門口。然而，門上了鎖，他潛在水裡的時間不能多於一分鐘，沒辦法開門進去，只能回來，這讓他非常沮喪。

我們好像失去了所有希望。念及種種困難和渺茫的生機，我和奧古斯特斯不由得哭起來。不過，不一會兒，我們就擺脫了這種軟弱，跪下祈求上帝幫我們脫離危險。重新站起來時，我們再次滿懷希望與力量，開始思索如何解救自己。

十

　　沒過多久，發生了一件事。在我看來，再沒有什麼比這件事更震驚了。首先，它讓人欣喜若狂，接著又讓人陷入極度恐慌。此後漫長的九年，我遭遇的所有最震驚、最奇妙、最匪夷所思的事，全都無法與它相比。

　　當時，我們躺在升降梯口旁邊的甲板上，討論有沒有可能進入儲藏室。恰在此時，我看到了對面的奧古斯特斯，他面色慘白，嘴脣顫抖，看起來極為古怪。我很害怕，問他出了什麼事，他沒說話。起初，我猜他得了什麼急病。然後，我看到他的眼睛正直勾勾盯著我背後。我一扭頭，看到一艘大雙桅船正朝這邊開過來，距離我們最多不過兩英里。我欣喜若狂，全身上下都深受震撼，這種感覺永生難忘。我一下跳起來，好像胸部被子彈擊中了一樣。我張開雙臂，靜靜保持著這種姿勢，迎接那艘船。我太興奮了，根本說不出話來。彼得斯和派克也都高興極了，用不同的方式表達出來。彼得斯在甲板上一邊跳舞一邊亂叫、大笑、咒罵，瘋了一樣。派克則大哭起來，許久都未停止，像個孩子。

　　那是一艘大雙桅船，荷蘭製造，前桅配著橫帆，主桅配著縱帆，船身上了黑漆，船頭塗成豔俗的金色。很明顯，這艘船也經歷過大風大浪，失去了前桅上帆和一大片右舷牆。我們據此猜測，它也在那場讓我們受盡折磨的風暴中吃了很多苦。剛剛提到，我們第一次看到那艘船時，它在距離我們大約兩英里開外的上風處，正朝我們開過來。這時，海上只有一點風，那艘船卻只拉開了前桅下帆、主桅主帆和一面三角帆，讓我們很是驚訝。它行駛得異常緩慢，我們都心急如焚，簡直要發瘋。不僅如此，當時異常興奮的我們並未忽視那艘船行駛得有多笨拙，且嚴重偏離航向。有一兩次，我們甚至覺得它要轉變航向，因為船上的人根本看不到我們的船，就算看到了我們的船，也不會看到甲板上的我們。我們每次發現它好像要掉頭時，都會聲嘶力竭地叫起來。它好像因此改了主意，又朝我們開過來。這種奇怪的情況出現了兩

三次，我們只能得出一個結論，船上的舵手喝醉了酒。

　　船開到距離我們不過四分之一英里時，我們終於看到了船上的人。甲板上有三個荷蘭人裝扮的船員，兩個躺在前艙旁邊的舊船帆上，另一個在右舷接近船艏桅杆的地方，彎著腰好像正饒有興致地觀察我們。此人又高又壯，皮膚黑黝黝的。他朝我們點點頭，看起來很高興卻又很怪異。他一直在笑，露出閃亮的白牙，好像在鼓勵我們再等待片刻，不要心急

　　船又駛近了一些，我們發現他頭上的紅色法蘭絨帽子掉進了海裡，他卻並不在乎，好像什麼事都沒發生過。他繼續朝我們點頭，繼續保持著笑容，看起來還是那麼怪異。大家要明確一點，我詳細描述的這些細枝末節跟我那時看到的一模一樣。

　　船緩緩靠近，十分平穩——我幾乎無法心平氣和說出接下來發生的事——我們的心都劇烈跳動起來，瘋狂大叫著，叫出心中的歡喜，叫出對上帝的感嗯，上帝派人來救我們了，我們馬上就能得救，這解救如此徹底，如此美妙，如此讓人驚喜。

　　然而，當那艘船駛到距離我們咫尺開外時，忽有一陣氣味，一陣惡臭，一陣找遍全世界都找不出恰當形容詞的惡臭，一陣從地獄冒出來、讓人無法呼吸、無法忍受、無法置信的惡臭從那艘船上飄過來。我喘著粗氣，回頭看看同伴們，看到他們全都面色慘白。不過，我們已經沒時間懷疑、猜度了，那艘船開到距離我們不過五十英尺的地方，好像要貼到我們的船尾上。我們可以直接爬上那艘船，不必再藉助小艇。我們跑向船尾。

　　忽然，那艘船偏離了原先的航向五六度，從距離我們的船尾二十英尺的海面上駛過。這時，甲板上的情況全都展現在我們眼前。那樣一種恐怖的慘狀，我將畢生難忘。從船尾到廚房的甲板上，亂七八糟躺著二三十具死屍，其中還有死去的女人。那些死屍都高度腐敗，讓人作嘔。很明顯，那艘船上的人全都死了，但我們還是忍不住朝那些死人大叫起來，想得到他們的解救。沒錯，我們在這最不堪忍受的時刻，拼命乞求那些沉默的、噁心的死屍，乞求他們掉過頭來，不要丟下我們，接受我們做他們的同伴，不要讓我們變得跟他們一樣！我們陷入恐懼與絕望，陷入空前的痛苦，徹底發了瘋。

我們剛開始發出驚懼的大叫時，就聽到那艘船的船頭斜桅那邊響起了酷似人類尖叫的回應，就算聽力最好的耳朵也會為此感到驚訝，無法分辨那是不是人類的聲音。忽然，那艘船又偏離了航向，在我們面前暴露出前艙旁邊的前甲板。我們立即發現聲音是從那裡傳來的。那個又高又壯的水手還在舷牆上不停地點頭，但我們看不到他的面孔，因為他現在正背對著我們。他把兩條胳膊伸到欄杆外，垂下的雙手手掌朝外。他雙膝跪倒，下面壓著跟粗大的繩子，繩子連接著斜桅底座和錨架，繃得很緊。他的襯衫後背上被撕開了很大一塊，有隻大海鷗站在他露出的後背上，將長長的嘴巴、鋒利的爪子插進他的肉裡，急不可耐地吃著那些恐怖的人肉，血把牠的白羽毛都弄髒了。

船又偏離了一些，前甲板進一步靠近我們。那隻大海鷗非常費勁地把長嘴巴拔出來，上面滿是血汗。牠注視著我們，好像被我們嚇住了。過了一會兒，牠懶懶散散地飛走了，離開了那具讓牠大飽口福的死屍，直接飛到我們所在的甲板上空，盤旋了片刻，口中銜著一塊彷彿肝臟的東西，血肉模糊。最後，這恐怖的東西掉到派克腳下。剎那間，有個想法第一次在我腦海中一閃而過。上帝寬恕，我不想說這想法是什麼。可我感覺自己向那個血肉模糊的東西邁出了一步。然後，我抬頭看到奧古斯特斯眼中閃爍著興奮、迫切的光芒。我一下清醒過來，趕緊過去顫抖著將那恐怖的東西丟進大海。

那具淪為大海鷗食物的死屍雖被綁在繩子上，卻隨著大海鷗的動作晃來晃去。我一開始認為他是活人，就是因為這個原因。海鷗飛走後，死屍的重量減輕，朝一側轉過來，一張臉完全暴露在我們眼前。那一定是我生平見過最恐怖的臉！眼珠和嘴邊的肉都被吃掉了，牙齒全都露出來。這便是那張讓我們生出希望的笑臉！這便是——還是不說了。之前提到，那艘船從我們的船尾緩緩駛向下風處。我們得救的希望與快樂都伴隨著它和船上那些恐怖船員的離開而消失。猝不及防的失望、令人震驚的發現，讓我們完全驚呆了，竟沒想到趁那艘船從旁邊緩緩開過時跳上去。我們可以看，可以感受，卻無法思考或採取行動。等到清醒過來時，已錯過了機會。這一經歷讓我們變得異常愚蠢，我們之中竟有人在那艘船駛到只能看到半艘船時鄭重表示，應該游水追上去。

我在此後的日子裡費盡心機打探那艘船為何會遭遇滅頂之災，但始終一無所獲。之前提到，我們看到船的構造與外形，判斷那是艘荷蘭商船，船上的船員也的確是荷蘭人打扮。我們原本能輕而易舉看清楚船尾的船名，並能發現其餘線索，幫助我們瞭解這艘船。可我們當時太緊張，竟忽略了這一切。部分屍體還沒有徹底腐爛，我們根據屍體的顏色判斷船上的人都死於黃熱病或類似的恐怖疾病。如果真是這樣（我想不到其餘可能性），那屍體擺放的位置表明死亡必是突如其來的，讓人完全無法反抗。這種死亡方式跟大家熟悉的最可怕的瘟疫沒有絲毫相似之處。事實上，這場災禍也可能是食物中毒引發的。機緣巧合下，某種有毒物質混進食物中，或船上的人不慎吃了有毒的魚或別的海生動物、鳥。然而，毋庸置疑，真相將一直藏在那個最可怕、神祕的謎團中，以上猜測都對揭露真相毫無用處。

十一

　　這天餘下的時間，我們一直迷迷糊糊的。等到天黑下來，我們眼睜睜望著其遠去的那艘船徹底消失，我們才稍微清醒過來。然後，再次感受到飢餓、口渴帶來的痛苦，將其餘一切擔憂都拋諸腦後。不過，在明天早上到來之前，我們無法採取任何行動。我們想趁著這段時間睡一覺，於是儘量把自己綁在甲板上。想不到我真的睡著了，只是我的同伴們都沒有這樣的好運。翌日清早，他們叫醒我，我們又開始試著從船艙中尋找食物。

　　海上平靜無風，天氣很暖和，很舒服。那艘船徹底消失了。我們行動起來，又拆下一段錨鏈——花費了不少力氣。彼得斯雙腳都綁上錨鏈，再次前往儲藏室。他覺得只要能順利抵達儲藏室門前，就能打開那道門。這時，船十分穩定，他對這次嘗試寄予了厚望。

他迅速抵達儲藏室門口，取下一隻腳上的錨鏈，用力踹門。可是門比他預期的堅固很多，他沒能把門踹開。他在水裡逗留了很長時間，已筋疲力盡。我們不得不讓另外找人頂替他。派克毛遂自薦，可他根本無法游到儲藏室門口，嘗試三次都失敗了。奧古斯特斯右胳膊受了傷，就算他能游到門口，也沒辦法打開門，所以沒必要讓他下去。於是，只好由我承擔起拯救大家的責任。

彼得斯在通道中留下了一段錨鏈。下去之後，我馬上發覺只有一段錨鏈，不足以讓我潛入水底，保持平衡。我決定先把通道中那段錨鏈找回來，這是我初次下水的唯一目標。我在通道的地上四處摸索，摸到一個硬物，一下抓在手裡。緊接著，我鑽出水面，甚至沒時間搞清楚這東西究竟是什麼。

原來是個酒瓶，其中裝滿紅酒。當時我們有多開心，大家能想像得到。我們感恩上帝，多謝他及時給予我們幫助。然後，我們立即用我的折刀打開酒瓶塞，一人喝了一口酒，喝得很克制。一種難以形容的溫暖、舒適湧上來，我們的身心都重新振作起來。我們把瓶塞塞回去，為免酒瓶摔碎，還用一條手絹將其吊起來。

得到這個幸運的發現後，我休息了片刻，再次下水。這一次，我找到了那段錨鏈，將其帶到甲板上。綁上錨鏈，我第三次下水，終於確定自己根本無法打開儲藏室的門。我十分絕望，回到甲板上。

一切希望好像都不復存在了。我從同伴們臉上發現，他們已經死心，準備迎接死亡。很明顯，他們因為喝酒變得有些精神錯亂，只有我可能因剛喝了酒便下水，並未出現這種症狀。他們顛三倒四說起話來，那些話都跟我們的處境沒有一點關係。彼得斯再三詢問我跟南塔克特有關的問題。奧古斯特斯則來到我面前，煞有介事問我借把梳子，想在回到岸上之前，把頭上那一堆魚鱗清理掉。派克還有些理智，讓我再下水打撈任何能撈到的東西。我答應了派克，再次下水。在水下待了整整一分鐘，我撈到一個小皮箱，這本是巴納德船長的東西。我們馬上打開皮箱，期待能找到任何食物或飲料，結果只發現了一盒刮鬍刀、兩件亞麻襯衫。我又一次下水，卻什麼都沒撈到。

這次，我剛剛從水中探出頭，便聽到甲板上「砰」一聲響。爬上去以

後，我看到同伴們竟背信棄義，趁我下水時把餘下的酒都喝光了，還想把空酒瓶放回原處，以免被我發現。可他們手忙腳亂，把酒瓶摔碎了。我責怪他們不講義氣。奧古斯特斯哭起來，另外兩個人卻在笑，把這當成一個玩笑。他們的鼻子、嘴巴都扭曲了，這種笑容真讓人作嘔，我再也不想看到。轉眼間，酒精便對腹中空空的三人產生了強烈的刺激作用，三人全都爛醉。我費盡力氣說服他們躺下。不一會兒，他們便陷入沉睡，扯著響亮的鼻鼾。

我感覺這艘殘破的船上只剩了我一個人。前所未有的恐慌與絕望湧上心頭。我們一定會逐漸餓死，或在隨時可能出現的風暴中淹死，我們已筋疲力盡，無力再應付另外一場風暴，不過在風暴中死去倒更乾脆。

我餓極了，非常痛苦。只要能緩解痛苦，無論什麼東西，我都能吃下去。我用折刀從小皮箱上割了塊皮，想吃下去，卻無論如何都嚥不下去。可在我看來，將其咀嚼一番，然後吐出來，也能讓自己不再那麼飢餓。

黃昏時分，同伴們接連醒來。因為醉酒引發的乾渴，他們都極度虛弱，看起來非常恐怖。他們渾身哆嗦，好像瘧疾發作，不停慘叫著要喝水。見到他們這樣，我很驚訝，也很慶幸，我要是喝了酒，現在也會像他們這樣受盡折磨。不過，與此同時，我也很惶恐，因為他們若一直這樣，就不可能幫上我什麼忙。我還存有希望。想從艙內找些東西。可沒有人幫我拉著繩子，我沒辦法下水。

我極力想讓三人之中最清醒的派克徹底恢復過來。我想起把他扔進海水裡泡一泡，可能會讓他清醒。於是，我在他腰上繫了根繩子，帶他來到升降梯入口，他很聽話。我將他推下水，然後拽出來。他上了甲板後，氣沖沖地問我為何要對他這樣做。他已恢復清醒，神采奕奕。我把我的理由告訴了他。他向我道謝，說自己在海水裡泡了泡，感覺好了很多。接下來，我們談及當前的處境。我們達成一致，再用這種法子讓奧古斯特斯、彼得斯清醒過來。我們馬上行動。奧古斯特斯和彼得斯受到驚嚇，果然恢復了清醒。之前在一本醫書中，我曾看到淋水能讓躁鬱症病人症狀減輕，所以才想到了這個法子。

天完全黑下來，海浪從北邊湧來，持續不斷，雖不猛烈，但還是讓船

埃德加・愛倫・坡

輕輕晃動起來。即便如此，我仍在確定同伴們能牢牢抓住繩子後，連續三四次潛入主艙。我打撈上來兩把帶刀鞘的刀，一個容量三加侖的空水壺，一條毯子，但未找到任何食物。其後，我又下了幾次水，每次都是空手而歸。最終，我耗光了所有力氣。派克、彼德森也先後下水，同樣什麼都沒撈到。我們覺得這樣做是白費力氣，很是絕望，就此放棄。

這夜餘下的時間，我們一直忍受著常人無法想像的痛苦，無論身體還是精神都擺脫不了這種痛苦。7月16日天亮時，我們急不可耐地望著地平線，尋覓能拯救我們的人。然而，最終還是失望。平靜的海面上只有陣陣從北邊緩緩湧來的海浪，跟昨天晚上沒什麼兩樣。

接連六天，我們水米未進，只喝了那瓶紅酒。如果再找不到食物，顯然，我們很快就會支撐不住了。彼得斯和奧古斯特斯都變得十分消瘦，我從未見過人會瘦成這樣，往後也不想再見。若是在岸上遇到現在的他們，我必然認不出來。我簡直無法相信他們就是幾天前那兩位同伴，現在的他們已徹底變了模樣。至於派克，他也變得很消瘦，且一直垂著頭，沒力氣抬起來。不過，比起那兩個同伴，他的情況還算好的。他拼命忍耐，並振作起來，鼓勵我們。我在剛開始航行時處境惡劣，且我的身體向來不好，可跟他們一比，我的痛苦要少一些，沒有他們那麼消瘦，且一直很清醒。他們則失去了理智，時而傻笑，時而胡說八道，好像變成了小孩子。偶爾，他們好像忽然認識到當前的處境，清醒過來，猛地跳起來，用絕望至極的理智談論接下來的命運，但這種表現很快就會結束。可是對於當前的處境，同伴們所持的看法可能跟我沒什麼兩樣，我也可能陷入他們那種混亂、癡傻，自己卻沒意識到——此事很難說清。

大約中午時分，派克說自己從左舷往外看，看到了陸地。他想跳進大海，朝那邊游過去，我好不容易才攔住他。彼得斯和奧古斯特斯很明顯正深陷苦悶，無法自拔，沒留意派克說了什麼。我極力朝派克所指的方向望去，沒有看到半點像海岸的地方。此時，我們所在的位置不可能接近任何一片陸地。對於這一點，我再清楚不過。為了讓派克明白他看錯了，我費了不少脣舌。派克很難過，居然像個孩子一樣哭起來，哭了兩三個小時才精疲力竭睡

著了。

　　彼得斯和奧古斯特斯正試著把小皮箱上的小塊皮子吞下去，試了好幾次都失敗了。我勸說他們先嚼皮子，然後吐出來。然而，他們太虛弱了，無法照我的意思做。為緩解飢餓，我經常把皮子放在嘴裡咀嚼片刻，這樣做確實有用。口渴才是讓我最不堪忍受的。我之所以沒喝海水，不過是因為想起在相似的處境中，有人喝下海水後的恐怖經歷。

　　這一天就快結束時，我忽然看到東邊出現了一艘船。那好像是艘很大的三桅船，在我們的船左側，距離我們有十二到十五英里，行駛的方向差不多正對著我們。同伴們尚未發現這艘船。我擔心又是一場空歡喜，沒有馬上跟他們說。等船開到更近處時，我清楚看到，船揚起風帆，正駛向我們這邊，急忙跟幾個正在忍受痛苦的同伴說明此事。大家全都跳起來，又一次欣喜若狂，時而哭，時而笑，蹦蹦跳跳，撕扯頭髮，祈禱咒罵，都像傻了一樣。我深受感染，並相信這次一定能得救，為此激動萬分，跟他們一起瘋狂地發洩自己的感激與狂喜，又是鼓掌又是喊叫，還在甲板上滾來滾去，諸如此類。突然，我看到，再次傷心欲絕地看到那艘船猛地掉頭，將船尾朝著我們，駛向跟我剛剛看到它時近乎相反的方向。

　　為了讓可憐的同伴們相信，我們最害怕的事情偏偏發生了，我費了不少力氣。一開始聽到我這樣說，他們的眼神和姿態都表明他們不會上我的當。最讓我傷心的是奧古斯特斯的反應，他堅持認為那艘船正朝我迅速駛來，他已做好準備要到那艘船上去，不管我如何勸說都是徒勞。他看到我們的船旁邊漂過一些水草，就說是那艘船派來的小艇，大叫著要跳到小艇上，那聲音太讓人難過了。我好不容易才攔住他，沒讓他跳到海裡。

　　我們稍微平靜下來後，繼續注視那艘船，直到看不見它為止。周圍起了薄霧和微風。派克等那艘船駛離我們的視線後，馬上帶著一種讓我極為恐懼的神情看著我。直到這一刻，我才留意到他那異乎尋常的鎮定。我心中明白，他接下來要說什麼。他用簡潔的話語提出了他的建議：我們四個人必須有一個犧牲，以保住其餘三人的性命。

十二

之前，我曾考慮過瀕死之際我們的處境會有多恐怖，暗暗下定決心，與其用那種方式保住性命，不如去死。到了這時，我因飢餓受盡煎熬，卻還是堅持如此。彼得斯、奧古斯特斯都沒聽到派克這個建議，我便把派克拉到旁邊。我向上帝祈禱，請他賜我力量，勸說派克放棄這一恐怖的念頭。我勸了他很久，語氣是那樣卑微。我擺出他奉為神聖的所有事物，說出在這種緊急情況下想到的各種論據，誠心誠意請求他放棄這一恐怖的想法，不要在其餘二人面前提起。

我說這些話時，他一直很安靜地聽著，完全無意提出反駁。我期盼他真能改變想法。然而，我剛剛說完，他立即表示，他很明白我的話都很有道理，這確實是人類能夠想像的最恐怖的選擇。可他的忍耐已到人類的極限，再也支撐不下去了。若一個人的死亡可以或者說也許可以拯救其餘三個人，就不該讓四個人一起死。他對我說，看到那艘船之前，他已決定了，若不是那艘船出現，他早就把這個決定說出來了，讓我不必再勸他，不過是白費力氣。

我懇求他，就算他不接受我的勸說，放棄他的計畫，至少可以等一天再說，也許會有船經過救下我們。我把自己能想出來的道理翻來覆去說給他聽。對他這種粗人來說，這樣做也許會有用。他卻說自己到了最後時刻才說出這個計畫，再得不到食物，他隨時可能喪命，再等上一天就太遲了，至少對他而言是這樣的。

我意識到，他不會被我這種委婉的勸說打動，立即換了口吻。我提醒他留意，我在此次災難中受的傷害是最小的，我的身體與體力遠在他之上，也在彼得斯、奧古斯特斯之上。總之，我將在有必要的情況下，採取暴力手段。他若敢在那兩個同伴面前提起這種血腥的計畫，我會馬上把他丟進大海。

他聽到這兒，突然掐住我的脖子，拔出一把刀朝我胸口刺過來。他接連刺出幾刀，都沒刺中，他實在太虛弱了。我見他如此暴力，憤怒不已，將他推到船的邊緣，想將他丟進大海。彼得斯過來將我們分開，救下派克。然後，彼得斯問我們為什麼要打架，派克馬上說出了他的計畫，我根本來不及阻止。

跟我的預期相比，派克的計畫引發的結果更加恐怖。奧古斯特斯和彼得斯好像一早便有了這種恐怖的想法，卻沒說出來。現在派克代他們說出來了，他們馬上對此表示贊同，要求將這一想法付諸實踐。我原本期待他們至少有一個還有理智，能夠支援我，阻止這一可怕的計畫。這樣一來，計畫必然會被推翻。結果跟我想的剛好相反。由於這幾個人已徹底瘋狂，我若繼續反對，他們可能會有理由讓我在馬上開始的慘劇中扮演低人一等的角色，因此，我現在最重要的是保護自己。

我告訴他們，我願遵從這一決定，但是霧氣消散後，剛剛那艘船可能會再次出現，希望他們能等一個小時再實施計畫。我好不容易才說服他們。沒過多久起了風，跟我預想的一樣。還不到一個小時，霧氣便消散了。可惜我們連一艘船都沒看到，於是決定為各自的命運抽籤。

之後發生的事讓人毛骨悚然，我不想細述。雖然後來又發生了很多事，但我還是無法忘記那一幕的所有細節，必將銘記一生，為此時刻忍受煎熬。我會儘量簡述這段情節，還請大家見諒。

除了公平的抽籤，我們想不到別的法子。我們從木板上弄下幾塊小木片，當成決定我們命運的籤。大家都要求我做持籤人。我走到甲板這一頭，其餘三個同伴走到甲板那一頭，背對我站在那兒。我擺弄著幾根木籤，這是這一恐怖的慘劇中最讓我難受的時刻。所有人都有求生本能，這種本能在生死關頭最為強烈。承擔著這項確定、可怕的工作——這跟風暴的喧鬧、日漸惡化的飢餓威脅迥然不同——我開始翻來覆去思考怎樣從死亡（為了最殘暴的目的製造的最殘暴的死亡）威脅中逃出來，可是支持我堅持到現在的力量已經消散，宛如羽毛被風吹走。我現在完全被恐懼掌控，煢煢孑立，淒慘無比。我的手指都麻痺了，甚至無力擺弄那幾根小木籤。我的膝蓋顫抖著撞在

一起。關於如何逃避這場性命攸關的賭博，無數荒誕的念頭在我腦海中迅速閃過。我曾想過跪求同伴准許我不參與抽籤，也曾想過突然動手殺掉他們中的某一個，從而阻止抽籤。總之，我什麼法子都想到了，唯獨不想透過手中的籤決定大家的生死。

許久，我一直沉浸在這些愚蠢的念頭中。最終，派克出聲催促我馬上幫他們擺脫等待的折磨，我才回過神來。到了這時，我還是無法立即擺好那些小木籤。我們約定抽到最短的木籤的人就要犧牲自己，保全同伴，所以我想盡辦法做手腳，好讓這根最短的木籤落入某個同伴手中。要是有人想指責我，說我這樣做太沒良心，就應該讓他跟我換換位置，體驗一下這是什麼滋味。

到了無法繼續拖延時，我只能狠狠心朝同伴們所在的前甲板走去。我的心砰砰亂跳，簡直要從胸腔裡跳出來了。我把握著木籤的手朝他們伸出去。彼得斯馬上抽了一根，不是最短的那根，他可以活下去了。我活下去的機率又降低了。我鼓足勇氣，將木籤伸到奧古斯特斯面前。他也馬上抽了一根，同樣不是最短的那根。如此一來，我生與死的機率便各占一半。我不禁對同伴們產生了強烈的憤恨，尤其痛恨派克。可這種痛恨很快就結束了，我閉上雙眼，渾身哆嗦著朝派克伸出僅餘的兩根木籤。

抽籤前，派克遲疑了整整五分鐘。在此期間，我一直十分緊張，連眼都不敢睜。最終，派克迅速抽走其中一根。一切已成定局，可自己究竟是生是死，我並不清楚。大家都不說話，我沒有勇氣睜開眼，看看自己手裡的木籤。等到彼得斯握住我拿著木籤的手，我才咬一咬牙，睜開雙眼。看到派克的臉，我馬上意識到他已被命運選中去死，而我保住了性命。我喘不過氣來，一下栽倒在甲板上，失去了意識。

再次醒來時，我剛好目睹了這場慘劇的最後一幕——這場慘劇的製造者正要赴死。他讓彼得斯從背後刺他一刀，沒有做出任何反抗，就倒在甲板上死了。隨後，我們開始吃他，這一過程我實在無法詳細描繪出來。大家應該能想像到那一幕，可是其究竟有多可怕，卻是絕對無法用語言表達出來的。我只想說，我們喝下這名犧牲者的鮮血，稍微緩解了口渴，並達成一致，將

他的頭部、手腳都割下來，五臟六腑都取出來，全部丟進大海。餘下的軀體成為我們的食物，幫我們度過了接下來的四天，即7月17日、18日、19日、20日。這段經歷真讓人畢生難忘。

7月19日，天降陣雨，持續了十五分鐘到二十分鐘。我們利用風暴過後從船艙裡打撈出來的床單，接了約莫半加侖稍多的雨水。雖然水不多，我們還是從中得到了不少力量與希望。

7月21日，我們的糧食和水都沒了。天氣依舊很好，十分暖和，有時會起一層薄霧，一陣輕風，風大多是北風，要不就是西風。

7月22日，我們坐在甲板上，彼此靠得很緊。我們都情緒低落，思考當前這種悲慘的命運。忽然，一個飛快閃過的想法讓我再次萌生了希望。我回想起來，我們砍斷前桅杆時，彼得斯從上風處的錨鏈下交給我一把斧子，讓我找個安全的地方將斧子放好。之後，我拿著斧子去了前艙，將其放在左舷旁邊的鋪位上。很快，大浪沖上甲板，淹沒了各個船艙。到了這時，我想起若能找到斧子，就有可能把上鎖的儲藏室頂上的甲板劈開，輕而易舉找到食物，滿足我們的迫切需求。

我向兩個同伴說明了此事。他們都歡呼起來，但聲音十分虛弱。我們馬上走到前甲板。因為前艙的升降口比主艙的小，潛入其中更加困難。除此之外，大家可能還沒忘記，主艙的升降口框架已完全被大浪沖走，前艙的升降口卻沒有受損，其不過三英尺見方。儘管如此，我還是決定下去，沒有絲毫遲疑。跟之前一樣，我又在腰上繫了根繩子，勇敢地跳進水裡，朝放斧子的鋪位游過去，很快便摸到了斧子。我們都高興極了，歡呼起來。我們相信，如此輕易地找到斧子預示著我們一定能得救。

我們有了新的希望，因此變得充滿力量。我們開始劈砍甲板。奧古斯特斯手臂受傷，幫不上什麼忙，我便跟彼得斯交替揮動斧子。每隔一兩分鐘，我們就要停下休息一會兒，因為我們如此虛弱，連保持站姿都很困難。不一會兒，我們意識到，要劈開一個大洞，大到能自如進出儲藏室，需要花費好幾個小時。我們並未因此感到沮喪。這一夜一直在月光下忙碌，最終劈開甲板時，已是23日清晨。

彼得斯主動要求潛水進入儲藏室。做好所有準備工作後，他潛進水中。沒過多久，他打撈上一個小罐子，裡面裝滿了醋汁橄欖，這讓我們非常驚喜。我們大口大口分吃了這罐橄欖。隨後，我們讓彼得斯再次潛入水中。很快，他打撈上一塊很大的火腿、一瓶馬德拉島白葡萄酒，我們欣喜若狂。上次，我們過度飲酒，引發了嚴重的後果。這次我們吸取教訓，每個人只喝了一小口酒。火腿大部分都被海水泡壞了，不能吃了，只有骨頭旁邊的部分還是好的，這部分約有兩磅重。我們將這部分火腿分成三份。火腿的誘惑實在太大，彼得斯、奧古斯特斯迅速吃光了自己那一份。可我很害怕吃太多火腿會口渴，只小心翼翼吃了一點點。我們已忙碌了一整夜，只覺精疲力竭，休息了片刻。

中午，我們恢復了一些體力，也有了些精神，重新開始打撈食物。我跟彼得斯輪著下去打撈，基本每次都能撈到些東西。就這樣，我們一直忙活到太陽落下。我們運氣不錯，又撈到四罐醋汁橄欖，一塊火腿，一瓶大約三加侖、上好的馬德拉島白葡萄酒。此外，我們還撈到一隻比較小的加拉帕戈斯龜。巴納德船長在「逆戟鯨號」開船之前，從剛剛在太平洋上捕捉海豹歸來的「瑪麗·皮茨號」雙桅帆船上得到了好幾隻這種龜。

我會在之後屢次提及這種龜。很多人也許知道，這種龜多生活在加拉帕戈斯群島上，加拉帕戈斯在西班牙語中是淡水龜的意思，那些群島其實是以這種龜命名的。加拉帕戈斯龜有著奇怪的外形與姿態，也被稱為象龜。一般說來，其體型非常龐大。在我的記憶中，從未有航海之人說他們遇到過加拉帕戈斯龜重達八百多磅，但我本人卻親眼看到過幾隻重達一千兩百到一千五百磅的加拉帕戈斯龜。這種龜長得非常奇怪，簡直稱得上噁心。走起路來慢慢悠悠，小心謹慎，步履沉重，身體始終與地面保持著一英尺左右的距離。其頸部通常有十八英寸到兩英尺長，且很纖細。我曾殺掉一隻從肩膀到頭部長達三英尺十英寸長的加拉帕戈斯龜。這種龜的頭部酷似蛇頭。就算不吃不喝，它們也能生存很長時間，讓人驚嘆。有個例子，一隻加拉帕戈斯龜被扔進一艘船的底艙，在長達兩年的時間內沒有任何食物，其體重卻沒有下降分毫，各項指標也都跟兩年前一樣，沒有任何異常。這種奇異的動物有

項特徵跟沙漠裡的駱駝一樣。它們的脖子底下有個肉袋子，裡面一直儲存著水。有隻加拉帕戈斯龜一年沒有得到任何飲食，但被殺掉後，它的肉袋子裡依然儲存著三加侖甜美的淡水。加拉帕戈斯龜以野生歐芹、旱芹為主要食物，也會食用馬齒莧、海藻、仙人掌果。其中，仙人掌果能讓它們茁壯生長。凡是有加拉帕戈斯龜生活的海岸山坡上，往往都長著大片仙人掌果。加拉帕戈斯龜的肉很嫩且很有營養，被無數在太平洋上從事捕鯨等工作的船員當成重要食物，維繫自己的生命。

我們能從船艙裡打撈上一隻加拉帕戈斯龜，實在幸運。不過，這隻龜並不重，只有六十五磅到七十磅。這是隻很肥很健康的雌性龜，肉袋子裡儲藏的甜美淡水達一夸脫。這真是件寶貝，我們很感激上帝及時賜予我們這樣的救援，齊齊跪下向上帝道謝。

這隻龜力氣很大，拼命反抗。我們為了把牠弄出來，費了不少力氣。牠險些從彼得斯手裡跳下去，重新潛入水裡。好在奧古斯特斯及時在牠脖子上套了根打著活扣的繩索。我也跳進水裡，跟彼得斯一同用力推，總算將牠弄到了甲板上。

我們將牠肉袋子裡的水倒進那個從主艙打撈上來的空罐子裡，十分小心。之後，我們把一個酒瓶的瓶頸敲下來，將瓶塞繼續留在瓶口，從而得到了一個杯子，能盛半及耳液體。我們每個人都喝了滿滿一杯水，約定在喝完罐子裡的水之前，每人每天只喝一杯水。

此前兩三天一直是晴天，空氣乾爽，我們的衣服和打撈上來的床單等東西都徹底乾了。7月23日夜裡，我們舒舒服服過了一夜。首先，我們美美吃了頓醋汁橄欖和火腿，喝了少許葡萄酒。隨後，我們安心睡去。睡覺前，我們把食物全都捆綁在絞盤的殘餘部分上，綁得儘量結實，生怕半夜刮起風來，把它們吹進海裡。我們還讓那隻加拉帕戈斯龜四腳朝天，用繩索小心捆綁起來，希望牠能盡可能活得長久一些。

十三

　　7月24日，我們醒來時，發覺自己已恢復了精神和體力，這真是個奇蹟。儘管我們處境依舊危險，分不出東西南北，距離陸地必然十分遙遠，再節約，所有食物也只能維持兩週，淡水維持的時間更短，且依舊在一艘破船上隨波逐流，對風浪的擊打毫無反抗之力，但是在我們眼中，這種處境跟我們剛剛僥倖度過的最恐怖的困難與危險比起來，只是種最尋常不過的災難。幸運與災難準確來說都是相對的。

　　清晨，我們打算繼續打撈補給。恰在此時，閃電來襲，天降陣雨。我們馬上拿出先前用來接雨水的床單接水。拉開床單，放上一個錨鏈環，讓雨水匯聚到錨鏈環處，從床單滲透下去，滴落到地下的罐子裡。罐子快滿時，刮起了強烈的北風，船又開始劇烈顛簸。我們在甲板上站不穩當，只能停止接水。然後，我們再次跑到船頭，用繩子將身體綁在絞盤上，跟上次一樣靜候風暴來襲。我們比自己預想的更加平靜，此前在這種處境中，我們是斷然不會這樣平靜的。

　　中午時分，風勢強勁，若船還在航行，就要收起一半風帆。入夜之後，風力達到大約八級，捲起驚濤駭浪。然而，我們吸取之前的經驗，明白怎樣才能把自己牢牢綁住。因此，雖然我們基本整夜都在忍受海浪的衝擊，憂心會被海浪沖走，但這恐怖的一夜終究還是過去了，我們都安然無恙。好在氣溫比較高，身體被海水浸濕，反而很舒服。

　　7月25日清晨，風減弱到四五級，海浪也平靜了許多。我們待在甲板上，海水已經沖不到我們了。可我們小心捆綁起來的兩罐醋汁橄欖和一整條火腿都被海水沖走，這讓我們十分難過。我們打定主意，先讓那隻龜活下去。吃早飯時，每人分了少許餘下的醋汁橄欖和一杯水，水中兌了半杯白葡萄酒。我們喝下這種混合的液體，感覺精神了許多，並未出現上次大家偷喝紅葡萄酒後爛醉的嚴重後果。海上依舊波濤洶湧，我們無法繼續打撈食物。

x

這天白天，從那個被劈砍過的升降口中漂出幾樣東西，對那時的我們來說沒什麼用處。轉眼間，這幾樣東西就被浪沖走了。我們留意到，船嚴重傾斜，只靠自己根本站不起來，必須藉助繩子的力量才行。整整一天，我們都受盡折磨，情緒低落。

中午，太陽光似乎是垂直的，毋庸置疑，這些天北風、西北風不斷，我們的船已接近赤道。黃昏時分，我們看到幾條鯊魚。最大的那條鯊魚朝我們逼近，沒有絲毫顧忌，我們都很害怕。船猛地傾斜一下，甲板全都浸在水中。藉此機會，那條大鯊魚居然游向我們，趴在前艙的升降口上撲打了許久，尾巴拍著彼得斯，一下一下，異常沉重。最終，巨浪湧來，將其沖回大海，我們才放鬆下來。若不是浪太猛，我們也許能抓到鯊魚，且不必費什麼力氣。

7月26日早上，風力減弱了許多，漸漸風平浪靜。我們準備再下水打撈食物。這一整天，我們一直在忙活此事，最終確定不會再從中撈到什麼東西了。昨天夜裡，儲藏室的隔板被海浪沖毀，其中的東西全都被沖到底艙。我們發現了這一點，自然深感絕望。

7月27日，海上基本已風平浪靜，只有輕微的北風和西風。午後，太陽升起，陽光炙熱，我們趕緊把衣服放到太陽底下晾乾。我們還到海裡泡了泡，口渴得到緩解，感覺舒服了許多。這天，我們的船周圍有好幾條鯊魚出沒，在海裡時，我們都很擔心鯊魚來襲，格外小心。

7月28日同樣是個大晴天。船嚴重傾斜，我們都很害怕船會整個翻過來。為應對這一緊急狀況，我們盡可能做好了相應的準備工作。我們把龜、盛水的罐子、剩餘的兩罐醋汁橄欖綁在上風處，垂在船身外面的主錨鏈下。這一整天都只有輕風或一點風都沒有，海上風平浪靜。

7月29日的天氣跟前一天一樣。奧古斯特斯右胳膊上的傷口出現了壞疽症狀。他不斷表示，他非常想睡覺，非常口渴，卻感覺不到傷口多疼。無法緩解他的痛楚，我們只好用醋汁橄欖裡的醋汁幫他擦拭傷口，可惜這好像沒有任何作用。我們把每天分配給他的水增加至三杯，盡量讓他好受些。

7月30日，天氣非常熱，海上一點風都沒有。整整一個上午，有條大鯊

魚一直緊跟著我們的船。我們想用繩套逮住牠，嘗試了好幾次，都沒有用。奧古斯特斯的傷勢越發嚴重，再加上營養匱乏，很明顯，他不會好起來了。他不斷向上帝祈禱，說自己除了一死，別無他求，希望上帝成全。這天晚上，我們把僅餘的醋汁橄欖都吃了。水罐裡的水臭了，難以下嚥，只能摻上酒喝下去。我們打定主意，明天早上就殺掉那隻龜。

7月31日，此前一整夜，我們一直非常憂慮，疲倦不已，因為船又傾斜了。天亮以後，我們馬上殺了那隻龜。龜看起來十分肥美，實際卻只有不到十磅肉，遠比我們想像的小。我們想盡量延長肉的保存時間，就將其切碎，放進三個醋汁橄欖罐和那個酒瓶中（我們並未丟掉這些容器），並把醋汁倒進酒瓶。我們用這種方式，為大約三磅肉做了防腐處理。我們準備先吃掉其餘肉，再吃這些。我們決定每個人每天只能吃四盎司食物，這樣算起來，等到十三天後，我們才會吃完這十磅肉。傍晚時分，電閃雷鳴，天降大雨。可惜持續的時間很短，我們只得到了半品脫左右的雨水。因為奧古斯特斯已氣若游絲，我們達成一致，將這些水全都給他喝下去。這時候，我們若不倒掉那一大瓶酒或水罐裡已經變臭的水，就沒有盛水的容器了，因此，我們索性讓奧古斯特斯躺在床單下面，張著嘴喝從床單上滴下的水。若雨持續時間長一些，我們真會倒掉酒或臭水，去接雨水。

儘管喝下很多水，奧古斯特斯的病情還是沒有好轉。他的右胳膊從肩膀到手腕全都變黑了，雙腳很涼，好像冰塊。從南塔克特出發時，他有一百二十七磅重，眼下至多只剩下四五十磅，如此消瘦，讓人難以置信。他的雙眼深深凹陷下去，基本看不到東西了。面部皮膚鬆鬆垮垮，垂落下來，難以再喝水，更別說咀嚼食物了。

8月1日，海面依舊平靜，陽光依舊熾烈。罐子裡的水都臭了，還有很多蟲子。可我們太口渴了，仍摻上酒喝了一些，只是這對緩解我們的口渴可謂杯水車薪。更能緩解口渴的方法是在海裡泡一泡，可我們無法經常採用這種方法，因為鯊魚還在附近徘徊。

奧古斯特斯已必死無疑，用不了多久就會嚥氣，我們對此心知肚明。瀕死之際，他似乎非常痛苦，我們卻無能為力。接連數小時，他一句話都說不

出來。大約中午十二點，他劇烈抽搐了一段時間，然後死了。我們從他的死亡中產生了一種最消沉的預感，因此深受打擊。之後，我們一直坐在屍體旁邊，紋絲不動。我們一直沒有講話，只是喃喃自語。天黑以後，我們終於振作起來，把屍體丟進海裡。屍體已高度腐敗，彼得斯抬起屍體的一條腿，結果那條腿竟整個兒掉下來了。我們將腐敗的屍體從船的邊緣扔進水裡，看到它周圍磷光閃爍，赫然是七八條大鯊魚。它們拼命撕扯屍體，尖銳的牙齒碰撞在一起，發出恐怖的聲音，或許能一直傳到一英里開外。我和彼得斯都嚇壞了，各自縮成一團。

8月2日，還是沒有風，還是那樣炎熱，讓人畏懼。天亮時，我和彼得斯的情況十分悲慘，各自都筋疲力盡，完全打不起精神來。罐子裡的水變成了黏黏的液體，有蟲子在裡面爬，讓人看了作嘔，無法再喝。我們倒了這些惡臭的水，用海水洗乾淨罐子，拿起醃製龜肉的罐子，朝盛水的罐子裡倒了些醋汁。極度的口渴讓我們想到喝酒解渴，受到酒精的刺激，我們變得異常興奮，但越發感到口渴。為緩解口渴，我們又想把酒和海水混在一起喝下去，可只嘗了一口，就覺得噁心至極，放棄了。整整一個白天，我們都在急切尋找機會，希望能下海泡一泡。可是鯊魚將整條船都包圍了，我們根本找不到機會。毋庸置疑，昨天晚上就是這些鯊魚吞掉了我們可憐的同伴，牠們一直期待再得到相同的美食。我們因此十分後悔，十分沮喪，對未來失去了希望。泡在海水中會讓我們非常舒服，緩解口渴。我們實在無法容忍這種方法因這恐怖的現狀無法繼續應用。而我們只要稍有不慎，都有可能摔下船去，掉進那些鯊魚的大嘴，這種直接的威脅並未消除。鯊魚時常從船的背風面朝我們游過來，我們朝牠們大叫也好，張牙舞爪也好，好像都無法讓牠們後退。彼得斯揮舞著斧子，將其中最大的那條鯊魚劈成重傷，也無法阻攔牠繼續試圖攻擊我們。傍晚時，一團烏雲出現我們頭頂，可惜又迅速飄走，並未降下雨水。我們有多麼口渴，多麼難受，任何人都想像不到。口渴和對鯊魚的畏懼讓我們徹夜難眠。

8月3日，依舊沒有任何得救的希望，且船傾斜得越發嚴重，甲板上已經沒法站人了。為了避免翻船時丟掉我們的白葡萄酒和龜肉，我們費盡心機

幫它們緊緊捆綁起來。我們用斧子從船頭拔下兩根大鐵釘，釘入上風面距離海面兩英尺的船身上，由於橫樑基本已跟海面垂直，釘鐵釘的地方很接近龍骨。此處比主錨鏈下方更安全，因此，我們便將食物全都固定在鐵釘上。我們口乾舌燥，受盡煎熬，可那些鯊魚一整天都圍著船游動，我們無法下海緩解口渴，所以整夜都睡不著。

8月4日黎明將至，感覺船身開始翻轉，為避免掉進海裡，我們馬上爬起來。起初，船隻是慢慢翻轉，我們可以藉助先前繫在固定食物的兩根鐵釘上的繩子，一點點爬向上風面。然而，船翻轉的速度迅速加快，超過了我們攀爬的速度，這是我們預想不到的。最終，我們還未搞清楚情況，就一下被丟進海裡幾英尋（1英尋為6英尺，約合1.8288米）深的地方，頭頂上剛好就是我們的船。

我掉進海裡時，不得不放開了手裡的繩子。發覺自己被船壓在底下，身上一點力氣都沒有了，接連幾秒鐘，我都在等死，沒有為逃生做出任何努力。然而，船竟自然而然開始朝上風面反彈，真叫我預想不到。這種反彈猛地將我托舉到海面上，造成的水流力度更在把我壓到船底的水流力度之上。這時，我估計自己距離船有二十碼遠。船底朝天，船身劇烈晃動，帶動四周的海水也形成了一個又一個大漩渦。彼得斯在哪裡，我沒看到。我只看到數英里外漂著個油桶，另有很多從船艙沖出來的東西都在海面上飄著。

我明白那些鯊魚正在附近，心裡十分害怕。我往船那邊游，四肢拼命用力，攪動出浪花與白沫，以此阻止那些鯊魚接近我。直到現在，我依舊相信自己能保住性命，靠的正是這種簡單的法子。往船那邊游時，我很有可能真的撞到鯊魚，畢竟牠們在船翻過來之前幾乎把船完全包圍了。我很幸運，安全游到船邊。可游了這一趟，我已精疲力竭，沒力氣再爬到船底，多虧彼得斯向我伸出援手。彼得斯從另外一面爬到了龍骨上，將繫在兩根鐵釘上的繩子扔出一根給我。我看到他，非常欣喜。

我們總算逃過一劫，但旋即又要面對飢餓帶來的威脅。我們會因此喪命，那是一種相當悲慘的體驗。此前，我們小心翼翼把食物捆綁起來，但它們照舊被沖走了，一點都沒剩下。我們不可能再得到任何食物，想到這一

點，我們馬上絕望地失聲痛哭起來，好像兩個孩子，而且都無意去寬慰彼此。從沒經歷過這種事情的人，很難明白我們為何會如此軟弱，還會覺得我們的行為很不合常理。可大家不要忘記，在經過那麼多災難與恐懼的打擊後，我們已徹底失去了思考的能力，若還把我們當成有理智的正常人看待，是很不公平的。此後，憑著堅韌的毅力，面對即使不是更惡劣，也是同等惡劣的險境，我都堅持下來了。大家也會看到，彼得斯將表現出一種讓人無法相信的豁達，一如這時他表現出讓人無法相信的孩子般的懦弱與愚蠢。精神狀態不同，表現也不同。

翻船導致我們丟失了接雨水的床單、裝雨水的罐子，讓我們的處境進一步惡化。至於翻船本身，及其讓我們丟失葡萄酒和龜肉的後果，都對我們的處境無損。因為原來船底的龍骨和龍骨兩邊寬兩三英尺的船板上長滿大藤壺，藤壺本就是種食物，非常可口，且很有營養。因此，翻船雖然讓我們大受驚嚇，最終卻對我們很有好處。這好處有二：一是給我們帶來了充足的食物，若能節約一點，這些藤壺可吃一個多月；二是跟待在甲板上相比，待在船底更加舒服、放鬆、安全。

可惜這些好處都被難以得到淡水的壞處抵消了。我們希望盡可能儲存雨水，便脫掉襯衫，想用它們儲水，就像此前用床單儲水一樣。可是用襯衫儲水，一次肯定不會多過半及耳，哪怕雨下得再大。這一整天，我們沒看見半點雲彩，口渴至極，簡直無法忍受。當天夜裡，我難受極了，始終沒有睡著。彼得斯時睡時醒，總共睡了一個小時左右。

8月5日起了風，風不大，吹著我們的船從一大片海藻中間穿過。我們從那些海藻中抓到了十一隻小螃蟹，好好吃了一頓，真是件美事。我們把軟軟的螃蟹殼也吃下去了。吃藤壺會讓我們口渴，吃螃蟹則要好得多。我們看到這片海藻中並無鯊魚出沒，就冒險跳進海裡，感覺口渴得到顯著緩解。四五個小時後，我們又爬上船底。這天，我們恢復了些精力。跟前幾天相比，這天夜裡我們感覺舒服了一些，睡了一小覺。

8月6日中午開始下雨，直到天黑才停，真是件幸事。不過，我們越發為那些罐子、瓶子的丟失惋惜不已。雖然我們接雨水的工具很不好用，但接到

的水應該能裝滿一個容器，甚至可能把兩個容器都裝滿。事到如今，我們只能想盡方法先解渴，把襯衫放在雨水中淋透，再把甘甜的雨水擰出來，滴入我們口中。這一天，我們一直在忙活這件事。

8月7日天剛濛濛亮，我和彼得斯便一起發現有艘船明顯正從東邊朝我們這邊駛過來！這個發現太讓人驚喜了，我們為此歡呼，但只能發出很小的聲音。船距離我們至少還有十五英里，我們已開始揮動手裡的襯衫，努力往上跳，甚至拼盡全力大叫，發出一切可能的信號。那艘船繼續駛向這邊，我們認為，它若不改變當前的航向，最後必然會駛到附近，發現我們。

我們看到那艘船約莫一小時後，就能清楚看到甲板上的人了。那是一艘雙桅縱帆船，船身很長，船舷很矮，體型輕巧，前桅上掛了兩張橫帆，頂上那張橫帆上有個圖案，是個黑色的球。很明顯，船上配備了足夠的船員。我們忽然很害怕，因為無法相信那些船員會沒發現我們，擔心他們會故意把我們丟在海裡，任由我們死去。在類似情況下，這種看似讓人無法置信的冷酷行為卻時有發生，且都是人類做出來的。[2]不過，上帝對我們很仁慈，命運

---

2. 一個頗具代表性的案例是從波士頓出發的雙桅橫帆船「鸚鵡號」。我提及這艘船，是因為其很多經歷都跟我們的船非常相像。這艘船載重一百三十噸，於1811年12月2日從波士頓啟程，運送木材、糧食前往聖克羅伊島。船上有位船長名叫喀納斯，此外還有大副、四名水手、一名廚子、一位名叫亨特的先生及一個與他同行的黑人女孩，共計九個人。15日，船從喬治斯沙洲過去後，遇到強烈的東南風。船開始滲水，隨即傾斜。不過，桅杆折斷後，船又恢復平衡。從12月15日到第二年6月20日整整一百九十一天，船上的人一直在海上漂泊，沒有火，缺乏食物。最終存活下來的只有兩個人，分別是喀納斯船長與撒母耳·巴傑。他們被從里約熱內盧返航回到赫爾的「威望號」救下。「威望號」船長費瑟斯通是在西經13°、北緯28°救下他們的，由此可知，他們在海上漂流了兩千英里左右。7月19日，「威望號」遇到了一艘雙桅橫帆船「德洛美號」，船長帕金斯將兩名倖存送回肯尼貝克。關於此事的詳細報導結尾是這樣的：「大家一定會奇怪，他們漂流在大西洋上最常見到船隻出沒的海域，卻過了那麼久才被人發現，這是怎麼回事？事實上，他們在漂流途中遇到過至少一打船，有一艘船距離他們很近，他們能清清楚楚看到甲板、索具上的船員在注視他們。然而，那些人卻把船開走了，任由他們自生自滅。如此冷酷無情，讓這些飢寒交迫的受難者失望至極。」——原注

只是跟我們開了個玩笑。

　　很快，我們發現那艘船的甲板上騷亂起來。不一會兒，一面英國國旗在桅杆上升起，船改變航向，直接駛向我們。過了半個多小時，我們登上船的甲板。這艘名為「珍妮・蓋伊號」的船是從利物浦開到這裡的，蓋伊船長身負兩項工作，到南半球各海域和南太平洋捕捉海豹、開展貿易活動。

十四

　　「珍妮・蓋伊號」是一艘雙桅縱帆船，前桅上多了一張橫帆。船載重一百八十噸，造型十分美觀。船頭非常尖，我從未見過哪艘帆船在好天氣中逆風行駛，能跑得比它快。不過，它在遠航途中難以抵擋太惡劣的天氣，且運載了太多貨物，吃水太深。運載這麼多貨物，應選擇載重更大的船，比如載重三百到三百五十噸的船，這樣吃水會比較淺。另外，船應該是三桅的，從各個方面說，都應該跟在南半球海域航行的普通船隻區分開。最重要的是，船上應配備武裝，比如裝上十到十二門能發射十二磅炮彈的短程大炮，兩到三門遠程大炮，還要給船長等人員配上黃銅大口徑短槍、防水彈藥箱。跟其餘貿易船隻相比，這艘船的錨與錨鏈應更堅固一些，尤其是應配備大量精幹的水手。像我描繪的這樣一艘船，至少應配備五六十名強壯的水手。除了船長、大副，「珍妮・蓋伊號」上共有三十五名水手，個個都很能幹。不過，這艘船的武裝與配備在熟悉這類貿易的難度與危險之人看來，仍是不夠的。

　　蓋伊船長是位紳士，頗有風度。他長年在南半球的海域中航行，累積了豐富的經驗。可惜他不是那種當機立斷的人，所以缺乏探險精神，而這種精神在這類航行中是不可或缺的。他是「珍妮・蓋伊號」的股東之一，且得到

其餘股東授權，能在南半球的海域中自由自在地航行，買賣一切容易獲取的商品。跟過去一樣，這次船上運載的貨物包括珠鏈、望遠鏡、火絨、斧子、鋸、鏟子、鉋子、方鑿、圓鑿、手鑽、銼刀、輻刨、銼子、錘子、釘子、折刀、剪子、刮鬍刀、針線、陶器、印花布、小飾品等等。

7月10日，船從利物浦出發，往南行駛。25日，船在西經20°處從北回歸線穿過，29日到達佛德角群島的薩爾島，從島上得到了一些航海途中必不可少的東西，比如鹽等。

8月3日，船從佛德角群島出發，駛向西南方。預計將在西經28°與30°之間越過赤道。為此，船穿過大西洋，朝巴西海岸駛去。船隻從歐洲港口前往好望角或是經過好望角朝東印度群島進發時，一般都會走這條航線，能夠躲避幾內亞海岸從不間斷的暗流，這種暗流時而平和時而洶湧，難以捉摸。除此之外，過了赤道後，經常會遇到西風，推動船隻駛向好望角，所以走這條航線也是最快的。

越過赤道後，蓋伊船長準備把凱爾蓋朗島當成停靠的第一站。他為何會做出這一決定，我實在搞不清。我和彼得斯獲救當日，這艘船正在聖羅克角外海西經31°，可見我們在海上從北向南漂流，跨越了至少25°。

我們歷盡艱苦，終於登上「珍妮・蓋伊號」，之後便得到了需要的一切。接下來的兩週左右，天氣一直很好，船不斷朝東南方行駛。我跟彼得斯都恢復過來，擺脫了那場災禍帶來的可怕折磨。我們都生出了一種錯覺，將記憶中的災禍視為一場噩夢，而非真實發生過的事情。我由此發現，一般說來，精神狀態的突然轉變，包括從快樂到哀傷或從哀傷到快樂，都會導致這種遺忘，轉變越大，遺忘越嚴重。正因為這樣，對我而言，在破船上漂流的那段日子，我曾經受過怎樣的折磨，都已經很模糊了。我依然記得當時發生了什麼，卻忘了自己當時的感受。事到如今，我唯一清楚的是，在忍受那些折磨時，我相信那是人類所經受的最慘烈的折磨。

接連幾週，我們一直在海上航行，沒有遇到任何事。這段時間，我們只是遇到了幾艘捕鯨船，且經常看到黑鯨或是白鯨——我這樣稱呼牠們，是為了跟抹香鯨區分開。這些鯨魚多半在南緯25°以南的海域出沒。

9月16日，船駛到好望角附近時，遇到了大風，這也是船開出利物浦後第一次遇到大風。航海者行至這一帶，尤其是行至好望角南邊、東邊（我們的船是從西邊駛來的）時，往往需要跟從北邊吹來的大風搏殺一番。這種大風會掀起巨浪，且基本都會在風力最強勁時突然轉變方向，這是其最可怕的特徵。從北邊或是東北而來的颶風會突然在原先的方向消失，然後猛地從西南邊刮過來，強勁得讓人無法置信。風向轉變之前，南邊一定會出現一個明亮的點，船能據此做出預防。

早上六點，我們遇到了這樣的大風。跟平時一樣，大風是從北邊刮過來的。八點，風變得異常強勁，掀起驚濤駭浪。在此之前，我還從未見過如此可怕的海浪。儘管採取了所有必要的預防措施，船還是晃動得厲害，顯然，其根本不足以應付遠洋航行。每次船往下顛簸，船頭都會沉進水裡，剛剛掙扎著從水裡出來，又會被新的海浪壓下去。我們一直在尋找那個明亮的點，天快亮時在西南邊發現了它。過了一小時，我們發現船頭的三角帆軟軟垂下來，貼在斜桅上。兩分鐘後，雖然我們一早便做好了充足的準備，要頂風停船，但船還是險些在瞬間被掀翻，甲板被巨浪完全淹沒，就像被施了法術。好在這陣從西南邊吹來的大風很快過去，船恢復平衡，並未受到任何損害。此後數小時，波浪依舊洶湧，我們的船在其中不斷晃動。

第二天上午，海上變得風平浪靜，跟大風吹來之前相差無幾。蓋伊船長覺得自己能在這場大風中安然無恙，真是奇蹟。

10月13日，我們已經能從船上望見艾德華王子島了，那座島位於東經37°46′、南緯46°53′。過了兩天，船經過波塞申島。沒過多久，船又從東經48°、南緯42°59′經過克羅澤群島。到了18日，船抵達南印度洋上的凱爾蓋朗島（也稱為荒蕪島），停在聖誕港，吃水四英尋。

這座島，準確說來是這座群島，位於好望角東南大約兩千四百海里處。1772年，法國男爵凱爾蓋朗發現了此處，將其視為寬廣的南半球大陸的組成部分。他回到法國後，將此事對外公開，引發了轟動。法國政府請男爵第二年再次前往這座群島考察。這一次，男爵意識到自己弄錯了。1777年，庫克船長也發現了這座群島，為其中的主島取名「荒蕪島」。這個名字跟島上的

情況完全相符。不過，由於島上的大半山坡在每年的9月到第二年的3月都是鬱鬱蔥蔥的，因此，航海者剛剛抵達時，也許會覺得這個名字並不合適。這種鬱鬱蔥蔥的假象的始作俑者是一種在島上隨處可見的矮小植物，好像虎耳草，密集分佈於苔蘚上。除了這種類似虎耳草的植物，島上能稱為植物的就只有生長在海港一帶一種氣味惡劣的荒草，一種地衣，還有一種貌似開花的捲心菜、嘗起來十分酸苦的灌木。

主島上分佈著很多不算高的山，山頂常年積雪。岸邊有幾座海港，最優良的是位於島東北面的聖誕港。過了主島北岸的弗朗索瓦角，首先遇到的便是聖誕港。過往的船根據其獨特形狀，很容易辨認出來。其向海中伸展，最尾端有山岩高高佇立，山岩上有個很大的洞穴，天然形成了一座拱門。從這座位於東經69°6′、南緯48°40′的拱門進去，就能找到理想的停船處。周圍分佈著好幾座小島，共同阻擋住從東邊吹來的風。再向東行駛，便抵達了沃斯帕灣，這座被陸地包圍的小灣位於聖誕港最深處。出入口水深四英尋，船開進去後，能找到深三英尋到十英尋不等的停船處，灣底都是硬邦邦的泥土。藉助前錨，船能在此處安然停上一整年。沃斯帕灣最西端有條清澈的小溪，很容易找到。

凱爾蓋朗島上有些海豹，毛髮有的粗，有的細，另有大量海豹。島上還有各種各樣的鳥，其中包括很多企鵝。這些企鵝共有四種類型，體型最大的是帝王企鵝。其之所以被稱為帝王企鵝，除了因為體型龐大，還因為羽毛很漂亮。帝王企鵝上半身多是灰色的，也有一些是淺紫色的，下半身則是白色的，是大家所能想像的最乾淨的白，頭部、雙腳烏黑油亮。從頭上到胸脯有兩條很寬的金色條紋，這是其羽毛最漂亮的部分。帝王企鵝還長著粉紅色或豔紅色的長喙。牠們行走時，身體是直立的，十分氣派。頭部高高仰起，一對翅膀低垂，好像一對手臂。若牠們伸出尾巴，跟腿形成一條直線，看起來幾乎跟人差不多。乍眼一看，或是在朦朦朧朧的暮色中看到牠們，極易誤會牠們是人。在凱爾蓋朗島上，我們遇到的帝王企鵝都比鵝大。餘下的三種企鵝是馬卡羅尼企鵝、黑腳企鵝和盧克里企鵝。跟帝王企鵝相比，這三種企鵝體型小很多，羽毛不算漂亮，在其餘方面也有一些差異。

除了企鵝，島上還有很多其餘種類的鳥。有必要一提的包括大賊鷗、藍海燕、水鳧、野鴨、埃格蒙特港雞、鸕鷀、角鷗、海燕、燕鷗、海鷗、雪海燕、大海燕、信天翁。

其中，大海燕往往被稱為碎骨鳥或是魚鷹，因為其跟一般的信天翁差不多大，且是食肉鳥。看到人類，牠們絕不會逃走。牠們可以變成一道美食，只是對烹飪的方法要求比較高。飛行時，牠們時常緊緊貼在水面上，翅膀打開，卻好像紋絲不動，也可以說好像完全沒有用力。

信天翁是南印度洋最大、最兇猛的鳥類。其是海鷗的一種，平時絕不在陸上降落，只有孵蛋時例外。牠們捕食都是在飛行中完成的。這種兇猛的鳥類跟企鵝是朋友，這種關係相當奇特。根據雙方商議決定的計畫，信天翁和企鵝共同建造牠們的巢穴。四隻企鵝在四個方向建造自己的巢穴，中間圍出小塊的方形空地，一隻信天翁就在這片空地中建造自己的巢穴。航海者都將這稱為群棲。很多人都曾描繪過這種現象，但大家未必讀過。在這裡，我想大致介紹一下企鵝與信天翁如何建造巢穴、如何生活，之後還會再提到牠們。

這兩種鳥會在孵化期大量聚集，接連數日都好像在商議巢穴的選址，然後開始建巢。牠們一般會選中一塊面積三四英畝的平地，鄰近大海，卻不會被海浪侵襲。地面平坦，特別是少石頭，往往是牠們選址時的重要依據。牠們確定選址後，會一起制定計劃。為盡可能適應這片平地的實際狀況，牠們會準確計算出應該把巢穴建造成正方形還是其餘平行四邊形。牠們劃定的區域要能完全容納牠們，又不會有多出的空間——此舉好像是為預防沒有參與巢穴的建造、又想擠進來棲身的鳥。在此之後，向海的那一面會成為出入口，被劃定一條界線，跟海面正好平行。

劃好界線後，這些鳥便一起行動起來，把界線內的垃圾全都清理出去。牠們會把石塊全都搬到不向海的三面，築起圍牆。牆內沿著牆角建起一條寬六到八英尺的通道，表面平整光滑，將所有巢穴都包圍其中，住在其中的鳥都能利用這條通道。

隨後要把整片區域劃分成幾個方形的小區域，每一個的面積都是相等

的。小區域中間會被開闢出一條又一條平整光滑的小道，這些蔓延至整座巢穴的小道呈九十度彼此交叉。信天翁在每條小道的交叉點上建起巢穴，企鵝則在每個方形小區域內建起巢穴。於是，每隻企鵝都被四隻信天翁環繞其中，每隻信天翁也被四隻企鵝環繞其中。企鵝的巢就是個淺淺的土坑，只能確保一個企鵝蛋穩穩待在其中，不會滾出去。信天翁建造巢穴時，會先用泥、海草、貝殼堆一個小土丘，高約一英尺，直徑約兩英尺，然後在小土丘頂端建造巢穴，比企鵝的巢複雜一些。

這些鳥在孵化期內，準確說是雛鳥能獨立生存前，都會時刻待在巢穴中，小心守護。雄鳥到海上尋找食物時，雌鳥會守在巢中。除非雄鳥回來，雌鳥絕不會出去。巢穴中的鳥蛋絕不會暴露出來，雄鳥會在雌鳥外出時，代替其孵蛋。因為這些群棲的鳥一有機會便會偷別家的鳥蛋，所以必須時刻小心。

這種群棲的巢穴有些只生活著企鵝與信天翁，不過大部分巢穴中還能見到其餘海鳥。在不影響大鳥的前提下，這些海鳥會到處尋找空地建造巢穴，享有群棲巢穴中居民的一切特權。遠望這種群棲的巢穴，簡直太神奇了。整座巢穴上空佈滿信天翁，中間混合著一些體型比較小的鳥。牠們要嘛正要朝海面飛去，要嘛剛好從海上回來，絡繹不絕，遮天蔽日。很多企鵝正在巢穴內的小道上走來走去，另有些企鵝在外面的大道上圍著整座巢穴走來走去，雄赳赳氣昂昂好像軍人。總之，這些長著羽毛的動物與人類如此相像，讓人驚訝不已。任何正常人見到這種場面，都會陷入前所未有的沉思中。

抵達聖誕港後第二天早上，雖然時節尚早，派特森大副還是帶著一批人乘坐小艇去捕捉海豹。船長及其侄子要去島中央做一件事，具體什麼事，我也搞不清楚。為此，兩人在島西岸一個荒蕪的地上登陸。蓋伊船長隨身帶著一封用火漆密封的信，裝在一個瓶子裡。登陸後，他朝島上最高的那座山走去。他也許是想把信留在山頂，留給之後到來的某艘船上的人。我跟彼得斯都上了大副的小艇，船長剛走，我們就出發了，沿著海島尋找海豹。

我們忙活了大約三週，把凱爾蓋朗島所有洞穴和周圍好幾座小島都搜了個遍。可惜我們費盡心機，收穫卻不多。我們發現了很多細毛海豹，但是牠

們一看到人就嚇得逃走了。我們花費了很大力氣，也不過得到了三百五十張海豹皮。此處特別是主島的西海岸有很多象海豹。我們拼命捕捉，也只捕到二十頭。我們還在周圍的小島上看到很多粗毛海豹，但並未打擾牠們。

11月11日，我們回到大船上。蓋伊船長及其侄子早就回來了，他們說世間不會有比這座島更荒涼的地方。他們在島上過了兩個晚上，因為留在大船上的二副搞錯了時間，沒有及時派出小艇把他們接回船上。

十五

11月12日，船離開聖誕港，沿著來時的航線往西。經過克羅澤群島的馬里恩島時，我們發現其在船的左舷那一側。接下來，我們從艾德華王子島駛過，其同樣在左舷那一側。此後，船略微向北偏，繼續行駛了十五天，抵達特里斯坦-達庫尼亞群島，此處位於西經12°8′、南緯37°8′。

這一著名的群島共有三座圓形島嶼，是由葡萄牙人最早發現的。1643年，荷蘭人曾到島上訪問。1767年，法國人也來到島上。三座圓形島嶼共同形成一個三角形，彼此之間連接著大約十英里的寬闊航道，能容許船在其中自由穿梭。三座島都地勢頗高，主島尤其如此。在三座島中，主島的面積是最大的，周長十五英里。若天氣很好，隔著八九十英里就能看到島上高聳的山脈。島上北部有一處地勢很高，超過一千英尺。這片高地地勢比較平坦，一路伸展到島中央附近。這片高地上還有一座圓錐形火山，高聳如雲，看起來宛如特內里費島上的泰德峰。火山腳下長滿參天大樹，十分繁茂，山腰往上的部分卻都是岩石，寸草不生，大半時間覆蓋著積雪，且周圍時常被雲霧環繞。島上的海岸全都是陡峭的懸崖，崖底便是深海，水中沒有暗礁，也沒有其餘潛在的危險。島的西北面是一座小海灣，旁邊是黑沙灘。船遇到南

風，能輕而易舉停到這裡。在附近很容易找到甘甜的淡水，還有很多鱈魚等魚類，用魚鈎就能釣到。

第二大島位於最西面，被稱為伊納克瑟布林島。其準確位置是西經12°24′、南緯37°18′。島的周長大約為七八英里，海岸全都是讓人一望便覺膽寒的峭壁。島的頂部相當平坦，但整座島上只長著少量矮灌木，貧瘠的土壤不足以供應其餘植物生長所需的養分。

最小的島名叫南丁格爾島，位於最南端，西經12°12′、南緯37°26′。其南岸邊的海上高高聳立著一連串岩石。另有好幾塊同樣的岩石聳立在東北邊的海上。島上地勢高低起伏，土壤貧瘠，且有一條很深的山谷，簡直要把一座島分成兩半。

在恰當的季節，海獅、象海豹、粗毛海豹、細毛海豹，以及各種各樣的海鳥會成群結隊出現三座島的海岸邊。周圍還有大量鯨魚。這座群島被發現後，訪客不斷，因為捕獵這些動物都沒什麼難度。荷蘭人、法國人許久之前便是此地的常客。1790年，帕滕船長率領三桅船「勤奮號」從費城出發，抵達此處。1790年8月到1791年4月長達七個月間，他一直留在附近，獲取海豹皮。最終，他收集的海豹皮總數達到了五千六百張。他還宣佈，在這裡不用三週就能很容易地收集整整一船海豹油。最初來到這裡時，他只發現了一種四腳動物，就是野山羊，且不過寥寥幾隻。此後來到這裡的航海者帶來了各種各樣的牲畜，以至於現在島上到處都能見到牲畜。

我相信，帕滕船長離開後沒多久，科爾克霍恩船長就帶著美國雙桅橫帆船「貝基號」來到了這座群島的主島上。在此處休息期間，船長率領大家在島上栽種了洋蔥、馬鈴薯、捲心菜等很多種蔬菜。直至今日，島上隨處可見這些蔬菜。

1811年，海伍德船長帶著「海神號」來到此處。在島上，他見到了三個美國人，他們留在此處加工海豹皮，提煉海豹油。其中一人名叫喬納森·蘭伯特，他宣佈自己是當地的統治者。他開墾了大片土地，總面積約為六十英畝，現在又開始種植咖啡、甘蔗。美國駐里約熱內盧公使負責贊助他相應的種子。可惜這項開墾計畫半途而廢了。

1817年，英國政府佔據了該群島，從好望角派來一支軍隊駐守此處。不過，沒過多久，英國政府撤走了這支軍隊。隨後，兩三個英國家庭佔據了這座群島，但未徵得英國政府的許可。1824年3月25日，傑弗瑞船長帶著「貝里克號」從倫敦啟程，趕赴塔斯馬尼亞島，途中經過此處，發現有個名叫格拉斯的英國人住在島上，此人曾在英軍中擔任炮兵下士。他管理著島上十多名男女，以島上的最高統治者自居。他讚美島上的氣候對人類健康很有好處，又說島上的土地十分肥沃。他還談到島上居民的主要工作是收集海豹皮，提煉海豹油，用他的一艘小縱帆船將這些東西運到好望角賣掉，買回其餘生活必需品。我們來到群島時，格拉斯依舊是這裡的最高統治者，島上的居民增加到五十六人，南丁格爾島上另外還有一個小村莊，住著七位村民。我們得到了豬、羊、牛、兔子、雞、鴨、鵝、魚以及各種蔬菜，各項需求基本都得到了滿足，且沒花費什麼力氣。我們把船停在主島旁邊，停船處水深十八英尋，因此，我們輕而易舉就把補給全都搬到了船上。此外，蓋伊船長還從格拉斯手上買了五百張海豹皮，以及若干象海豹牙。在這座群島上，我們停留了一週。這段時間刮的基本是北風和西風，時常能看到薄霧。

　　12月5日，我們再次啟程，先往南，繼而往西。我們準備去搜尋一直仔有爭議的奧羅拉群島。據說，1762年，三桅船「奧羅拉號」的船長便發現了這座群島。到了1790年，西班牙皇家菲律賓公司的三桅船「公主號」的船長曼努埃爾・德・奧維多又公開表示，他的船曾在這座群島中間穿過。1794年，西班牙巡洋艦「艾特維達號」為調查這座群島的準確位置，來到這一帶。可是1809年馬德里皇家水文地理學會公開的一份文件在提及此次遠航時，卻說：「『艾特維達號』在1月21日到27日期間，在這座群島附近的海域做了一切必不可少的勘測，還用經緯儀測量出這座群島跟馬爾維納斯群島的索萊達島的經度差。這座群島由基本處在同一條經線上的三座島組成。其中，中間那座島比較低矮，其餘兩座島在相距二十七海里的海面上就能看到。」「艾特維達號」對三座島的準確位置記錄如下：最北面那座島地處西經47°43′15″、南緯52°37′24″；中間那座島地處西經47°55′15″、南緯53°2′40″；最南面那座島地處西經47°57′15″、南緯53°15′22″。

1820年1月27日，隸屬英國海軍的詹姆斯・維德爾船長從斯塔滕島出發，去尋覓奧羅拉群島。據他彙報，他指揮船從「艾特維達號」船長標明的準確地點穿過，並搜索了其周圍各個方向的海域，竭盡全力尋找，還是沒能找到任何島嶼。

　　在這些彼此矛盾的說法誘惑下，另有一些航海者也去尋覓這座群島。其中部分人在那一帶遍尋未果，但也有很多人堅定地表示，他們不僅發現了群島，還曾逼近其海岸。這真是太奇怪了。

　　蓋伊船長決定盡可能解開這個飽受爭議、匪夷所思的疑團。

　　我們開始朝西南方航行，無論天氣如何變化，都堅持這一航向不變。到了這個月的20日，我們抵達了那片有爭議的區域，西經47°58′、南緯53°15′，這裡基本就是所謂奧羅拉群島最南端那座島所在的位置。然而，我們並未看到陸地，便沿著南緯53°繼續往西，航行至西經50°，繼而往北，到達南緯52°。接下來，我們又開始往東行駛，並保持在南緯52°這條線上，為此我們需要藉助每天早上和晚上測量的雙重地平緯度、各行星與月球的地平經度。往東抵達穿越南佐治亞島西海岸的經線後，沿著經線一直往南抵達啟航時的緯線，接著穿過那片既定海域的對角線。

　　航海期間，我們的桅頂上時刻有人負責瞭望。整整三週，我們反覆搜尋，不放過任何細節。這段日子，天朗氣清，海上一點霧都沒有。我們最終確定，這片海域現在已經沒有島嶼了，但以前可能有過。我回國以後得知，1822年，詹森船長帶領美國一艘縱帆船「亨利號」，莫雷爾船長帶領美國一艘縱帆船「黃蜂號」先後來到這片海域，做了跟我們同樣細緻的搜尋，最終同樣一無所獲。

亞
瑟
・
戈
登
・
皮
姆
的
故
事

十六

　　蓋伊船長原先的計畫是，一旦解開奧羅拉群島的謎團，就穿越麥哲倫海峽，沿著巴塔哥尼亞西海岸向北航行。不過，他在特里斯坦－達庫尼亞群島打探到那些情況後，決定繼續往南，想找到那幾座據說分佈於西經41°20′、南緯60°的小島。他計畫找不到那幾座島，便繼續駛向南極，除非天氣不容許他這樣做。

　　12月12日，我們啟程向南邊出發。19日，我們抵達了格拉斯所說的地方。接連三天，我們一直在那一帶徘徊，卻未發現格拉斯提到的小島。21日是個大晴天，我們繼續往南航行，儘量航行到最南邊。關於人類探索南極的成果，部分讀者也許不瞭解。我會先大致介紹一下，為抵達南極，人類都做過哪些努力。

　　人類最早有明確記錄的南極探險，主角是庫克船長。1772年，他帶領「堅毅號」向南極進發，福諾海軍上尉帶領「探險號」隨行。當年12月，庫克船長抵達東經26°57′、南緯58°，遇到了一片從西北向東南延伸的狹窄浮冰帶，冰的厚度達到八英寸到十英寸。浮冰帶有很多體積很大的冰塊，彼此擠壓，船很難從中穿過。這時候，庫克船長看到了很多海鳥，並發現了其餘情況，據此判斷陸地就在附近，於是冒著酷寒繼續往南行駛，到達了東經38°14′、南緯64°。此處天氣比較溫暖，清風拂面。接連五天，天氣都是如此，溫度計顯示的溫度是華氏36°。這支船隊於1773年1月穿越了南極圈。不過，他們很快就無法前進了，因為他們在南緯67°15′處遇到一大片冰，在南邊的地平線上無邊無際伸展開來，堵住了航道。其中的冰塊各式各樣，密密麻麻，包括一些一塊就長達幾英里的大冰塊，在海面上高高突起，露出的部分就有十八英尺到二十英尺。船隊無法越過這些障礙，因為時節已經太晚了。儘管萬般不願，庫克船長還是只能轉頭向北。

　　第二年11月，庫克船長又一次前往南極。船隊行駛到南緯59°40′處，

埃德加・愛倫・坡

遭遇了一股向南流動的強烈氣流。12月，船隊行駛到西經142°54′、南緯67°31′。此處風很大，霧很濃，極為寒冷。周圍有很多海鳥，以信天翁、企鵝、海燕為主。船隊在南緯70°23′遇到了好幾座大冰山。不過，很快便看到雪白的雲飄浮在南邊的天空，意味著冰原就在附近。船隊行駛到西經106°54′、南緯71°10′，再次遇到一大片橫在南邊地平線上的冰帶，無法繼續前行。冰帶北部邊緣處凹凸不平，往南伸展出約一英里，將航道徹底封堵。邊緣後面的大片冰帶相對平整，向遠處高低連綿的冰山延伸，與之相連。庫克船長相信，這條無邊無際的冰帶跟南極，也可以說是陸地連在一起。

談及此事時，J.N.雷諾斯先生（他堅持要求美國政府成立一支考察隊，遠赴南極考察，最後如願以償）表示：「庫克船長沒能跨越南緯71°10′，對此我們並不驚訝。然而，他竟能抵達西經106°54′，卻讓我們驚訝不已。南極半島位於南緯64°，在南設德蘭群島南邊，朝南部、西部伸展。此前從來沒有航海家到過這裡。就是在前往此處途中，庫克船長遇到了冰帶，無法繼續前行。我們相信這種冰帶擋道的情況將一直存在，在1月份就更是如此。若那些冰山有些正屬於南極半島或其南面、西面的大陸，也很正常。」

1803年，沙皇亞歷山大一世派克盧伊茨坦恩、里西奧斯基兩位船長做環球航行。他們盡可能向南行駛，卻因遇到向東的強烈氣流，止步於西經70°15′、南緯59°58′。在那裡，他們看見了大量鯨魚，卻未看見冰。提及此次航行，雷諾斯先生表示，若他們早點抵達那裡（他們是3月份到那裡的），必然會看到冰。當時，冰已被以南風、西風為主的風和強烈洋流帶到北臨南喬治亞島、東臨南桑德韋奇島和南奧克尼群島、西臨南設德蘭群島的區域。

1822年，隸屬於英國皇家海軍的詹姆斯·維德爾船長帶著兩艘小船，向南行駛到此前從未有航海者到達的緯度。此次航行途中，船隊並未遭遇太大阻礙。維德爾船長表示，抵達南緯72°之前，船隊經常陷入冰塊的包圍圈，但抵達此處後，竟連一塊冰都沒看到。之後抵達南緯74°15′，除了三座像島嶼一樣的冰山，同樣沒有看到冰原。有一點應該留意，雖然船隊在此處發現

了大量鳥類，以及其餘通常顯示附近有陸地的跡象，並從桅頂眺望到南設德蘭群島以南有條往南伸展的海岸線，此前從未被人發現過，但是對那些相信南極存在陸地的人來說，維德爾船長的發現還是無法讓他們滿足。

1823年1月11日，班傑明・莫雷爾船長帶領美國縱帆船「黃蜂號」從凱爾蓋朗島出發，向南航行，希望儘量抵達最南端。2月1日，船抵達東經118°27′、南緯64°52′。在這一天的航海日記中，船長寫下了這樣一番話：「不多時，風已增強到十一級。藉此機會，我們向西航行。在我們看來，穿越南緯64°之後繼續往南，就不會再遇到冰塊。我們便將航向略微朝南偏離，穿越南極圈後，到達南緯69°15′。在這裡，我們只發現了寥寥數座宛如島嶼的冰山，卻未看到宛如平原的大型浮冰即冰原。」

3月14日，船長又在航海日記中寫道：「現在海面上能看到至少十二座冰山，卻連一片冰原都看不到。跟南緯60°與62°之間的地帶相比，此處的氣溫、水溫都要高出13°以上。此處位於南緯70°14′，氣溫是華氏37°，水溫是34°。我觀測到此處的磁偏角是東14°27′……我多次從不同的經線穿越南極圈，每次都會發現從南緯65°越往南，氣溫和水溫就越高，磁偏角則越小，其變化的比例都是相同的。而在南緯65°以北，比如南緯60°到65°的區域，有數不清的大冰山，有些周長能達到一兩英里，突出海面的部分至少有五百英尺。要從中找出一條航道，把船開過去，難度頗高。」

當時，莫雷爾船長並未繼續往南，因為雖然前面的海域毫無阻礙，但是船上缺少燃料、淡水和合適的儀錶，時節也太晚了，船長只能掉頭往北。之後，他表示，如果不是考慮到這些無法解決的困難，繼續往南，船一定能抵達南緯85°，甚至抵達南極。為了讓大家瞭解，此後我的經歷能在多大程度上證明莫雷爾船長這些觀點，我才對此做出如此詳細的描述。

1831年，倫敦捕鯨船主因德比兄弟聘請布里斯克船長帶領雙桅橫帆船「活力號」朝南半球進發，隨行的還有一艘單桅縱帆船「圖拉號」。船隊於2月28日抵達東經47°31′、南緯66°30′。布里斯克船長看到遠處有片陸地，同時「看到東南偏東有連綿不絕的黑色山脈，在雪的映襯下越發清晰」。此後，他在附近徘徊了一個月，可惜風浪太大，始終未能登陸那片陸地，距離

最近時也隔了三十海里。船長明白，在這樣的時節無法取得新的進展，不得不轉頭向北朝塔斯馬尼亞島進發，在那裡度過了冬季。

1832年初，船長再次出發，向南行進。2月4日，他抵達了西經69°29′、南緯67°15′，發現東南邊有座島。不久，他發現這座島鄰近他上次發現的陸地一角。2月21日，他登陸這座島，以英國國王威廉四世的名義宣佈佔據了此處，為其取名為阿德萊德島，這是當時的英國王后的芳名。倫敦皇家地理學會公開了相關情況，並得出結論如下：「東經47°30′到西經69°29′之間，且與南緯66°至67°平行的區域內有片陸地，範圍十分廣闊。」談及這一結論，雷諾斯先生表示：「我們不會承認這個結論是正確的，就算有布里斯克船長的發現，也不足以為這個結論提供證據。維德爾船長曾在這個結論提到的區域內，沿著一條經線往南航行至南喬治亞島、南桑德韋奇群島、南奧克尼群島、南設德蘭群島東邊的海域。」接下來，我會以自己的經歷證明，倫敦皇家地理學會的結論是錯誤的。

人類對南半球高緯度的主要探險經歷就是這些。大家已經發現，「珍妮・蓋伊號」開始此次航行前，南極圈從未有人踏足過的範圍在三百經度左右，可供我們探索的範圍如此廣闊。聽到蓋伊船長堅定地表示自己會毫不畏懼地往南極進發時，我滿懷熱情。

十七

我們沒有繼續搜尋格拉斯提到的幾座小島，而是一直往南進發，接連行駛了四天，沒遇到一塊浮冰。26日中午，我們抵達西經41°25′、南緯63°23′，發現了分佈於小範圍內的幾座大冰山、一片冰原。此時的風很輕柔，多半是東南風、東北風。若是吹起西風，一定會掀起一場風暴，可是西

風頗為罕見。每天都會下雪，有時大些，有時小些。27日當天，溫度計上顯示氣溫為華氏35°。

1828年1月1日，我們好像陷入了困境，被浮冰團團包圍。這天上午，西北風刮個不停，風力強勁。巨大的浮冰被風吹動，狠狠撞在我們的船舵、船尾上，讓我們憂心不已。快到傍晚時，大風還沒有停止。好在前面一大片冰原裂開了，我們把船帆拉滿，讓船從小塊浮冰中間穿過，進入一片廣闊的海域。走到這片海域附近時，我們慢慢把船帆收起來。徹底走出浮冰的包圍圈後，我們只藉助前桅橫帆，就將船頂風停下了。

1月2日的天氣還算不錯。中午，我們測量出船現在位於西經42°20′、南緯69°10′，已到了南極圈以內。看看船後面，隨處可見巨大的浮冰，可往南張望，卻望不到多少浮冰。我們今天做了個探測儀器，所用的材料包括一個容量二十加侖的大鐵桶，以及一條長兩百英尋的繩子。我們用它測量出洋流正以約四分之一英里每小時的速度往北流。這會兒，氣溫大約是華氏33°，磁偏角是東14°28′。

1月5日，我們的船繼續往南進發，沿途從未遇到大的阻礙。然而，上午在西經42°10′、南緯73°15′，我們卻遇到了一塊龐大、堅硬的浮冰，無法繼續前行。不過，我們發現南邊有片廣闊的海域，同時相信我們必能抵達那裡。沿著這塊冰的邊緣，我們向東邊進發，最終找到了一條通道，寬度一英里左右。太陽落下時，我們總算走完了這條曲折的通道，走出浮冰帶，進入一片看不到冰原，但隨處可見冰山的海域。我們繼續向前，毫不畏懼。儘管周圍下著大雪，有時還會有冰雹紛紛落下，但是天氣好像並未因此變得更冷。從東南邊飛來成群的信天翁，從我們的船頂上經過，朝西北飛去。

1月7日，我們繼續在廣闊的海域中往南行駛，沒有遇到任何阻礙。我們往西邊張望，發現了一些冰山，大得讓人無法置信。下午，我們從一座冰山旁邊經過，目測其露出水面的部分最少也有四百英尋，底部周長約有兩海里半，冰山山腰處有些裂縫，不斷往外流水。接下來的兩天，這座冰山一直在我們的視線範圍內。之後起了霧，我們才看不到它了。

1月10日清晨，船上有名船員不幸喪命。他叫彼得·弗雷登堡，是個地

埃德加·愛倫·坡

道的美國人，在紐約出生、長大，是船上最能幹的水手之一。出事時，他正往船頭走，不小心滑了一跤，掉到兩塊浮冰中間消失了。中午，船的位置是西經40°15′、南緯78°30′。天氣很冷，海水冰涼，還有冰雹從北邊、東邊砸過來，始終沒有停歇。我們望見東邊有幾座更大的冰山，層巒疊嶂的高大冰山好像把東邊的地平線完全堵住了。黃昏時分，有些木頭從我們的船邊漂過。大海燕、海燕、信天翁，以及一種長著閃亮藍羽毛的海鳥成群結隊從我們頭上飛過。跟跨越南極圈時測得的磁偏角相比，此處的磁偏角更小一些。

1月12日，我們朝南極那邊張望，除了無邊的冰原、無數層巒疊嶂的冰山，什麼都看不到，我們的航行前途又一次變得黯淡起來。我們想找到一條通道，便往西航行，直到14日。

1月14日上午，船抵達了阻擋我們前行的冰原最西邊。我們從旁邊繞過去，沒有遇到任何危險。然後，船開進一片廣闊的海域，其中連一塊浮冰都沒有。我們做了一番探測，在深兩百英尋的海中發現了一股以半英里每小時的速度往南流的暗流。這片海域的氣溫為華氏47°，水溫為34°。接連兩天，船一直在往南進發，順風順水。到了16日中午，船抵達西經42°、南緯81°21′處。我們又做了一次探測，發現了一股以四分之三每小時的速度往南流的暗流。此處的磁偏角更小。氣溫達到了華氏51°，十分暖和。海上連一塊浮冰都看不到。全體船員都相信，船必能抵達南極。

1月17日發生了很多意外。海鳥成群結隊從南邊飛過我們頭頂，飛向北邊。水手朝牠們開槍，打到幾隻海鳥。有隻鳥吃起來分外鮮美，長得好像鵜鶘。約莫到了中午，在桅頂瞭望的船員看到左前方出現了小塊浮冰，上面有個東西，好像是頭體型龐大的動物。這是個風平浪靜的大晴天，蓋伊船長便派出兩艘小艇過去查探那是什麼東西。大副帶領我和彼得斯等人登上比較大的小艇。我們靠近那塊浮冰後發現，那頭龐然大物好像北極熊，但比體型最大的北極熊都要大得多。我們帶著武器，不必害怕牠，立即發起進攻。幾支槍一起朝牠射擊，很明顯，絕大多數子彈都打在了牠的頭上、身上。不過，那頭龐然大物並未因此退縮，牠跳下浮冰，跳進海中，張大嘴巴游向我跟彼得斯所在的小艇。這件事發生得太突然，我們都慌了，沒有繼續朝牠開火。

最終，那頭龐然大物爬上小艇的船舷，一把抓住一名水手的腰，其餘人根本來不及反抗。多虧彼得斯在這危急時刻表現出的果決與迅捷，我們才保住了性命。彼得斯一下跳上那頭龐然大物的後背，在牠脖子後面插上深入骨髓的一刀。甚至沒來得及掙扎一下，巨獸馬上掉進水裡，死了。彼得斯被牠拖著，也掉進水裡。不過，不一會兒，彼得斯便從水中露出頭來。我們扔給他一條繩索，他把繩索繫在那頭死掉的巨獸身上，然後回到小艇上。我們拖著這一戰利品，驕傲地回到大船上。我們量了量這頭熊，發現牠身長十五英尺。牠的皮毛雪白，是捲曲的，摸起來很粗糙。雙眼血紅，比北極熊的還要大。嘴巴、鼻子好像牛頭狗，比北極熊的還要圓。牠的肉十分鮮嫩，可惜有股魚腥味，非常難聞。可是水手們都說好吃，大口大口吃個不停。

剛剛收拾好這件戰利品，我們便聽到在桅頂瞭望的船員興奮地叫起來：「右前方有陸地！」

我們立即打起精神。剛好刮起一陣輕柔的東北風，不一會兒，船就開到了海岸邊。這是一座方圓三英里左右的岩石島，島上地勢很低，只有一種植物——仙人掌。我們從北岸接近這座島，只能看到如同團團棉花的岩石延伸到海裡。我們從這些岩石旁邊繞過去，往西行駛，就到了一座小海灣。我們將船停在這裡，停得相當穩當。

很快，我們把整座島走了個遍，一點有價值的發現都沒有。唯一的例外是在小島最南邊接近海面的地方，找到了一根一半插在亂石堆裡的木棒，看起來好像小船尖尖的船頭。顯而易見，木棒上有雕刻的痕跡。蓋伊船長相信，這是種烏龜圖案。然而，我並不覺得其像烏龜。若這果真是小船的船頭，那除了船頭，我們沒能從島上找到半點證據，證明曾有人或動物在這裡生活過。偶有少量很小的浮冰出現在島周圍的海面上。為了致敬這艘縱帆船的另外一位主人貝內特，蓋伊船長為這座島取名為貝內特島。島的確切位置是西經42°20′、南緯82°50′。

我們所在的位置比過去所有航海者都更靠南，多出了八個緯度。然而，前面依舊是大海，沒有結冰。此外，我們也發現，越往南行，磁偏角越小。可氣溫與水溫變得越來越高，卻更讓我們吃驚。天氣簡直太暖和了。根據羅

盤指出的方向，我們發現一陣輕風正從北邊刮過來，且一直沒有停止。天氣分外晴好。有時，南邊的地平線上會升起薄霧，但轉眼就會散去。當前擺在我們面前的只有兩大難題：第一，缺乏燃料；第二，有幾個水手出現了壞血病的症狀。蓋伊船長據此認為，是時候回去了。他反覆提及此事。我卻熱情地勸他繼續往南行駛，至少再堅持幾天。因為我十分確定，繼續沿著這條航線走下去，用不了多久，我們就會發現陸地，且種種跡象都表明，那片陸地不會是一片荒蕪，有別於北半球高緯度的陸地。我得承認，面對船長這個怯懦且不合時宜的建議，我表現得很氣憤，這是因為我迫切想要藉此機會搞清楚南極大陸是否存在。我毫不懷疑，船長決定繼續往南航行，完全是因為我這番氣沖沖的勸說。儘管我的勸說引發了最悲慘的流血犧牲，我不得不為此感到難過，但除此之外，我還能感覺到些許安慰，畢竟我為科學的發展做出了貢獻，不管這種貢獻有多小，都解開了科學領域一個最讓人興奮的謎團。

十八

1月18日早上[3]，船繼續往南。這天依舊很暖和，海上吹著溫暖的東北風，風平浪靜，水溫是華氏53°。我們重新準備好探測儀器，將繩子放入海中一百五十英尋處，探測到一股暗流正往南極流去，速度是一英里每小時。

---

3. 大家千萬不要像理解平時所說的早上、晚上一樣，理解我在這裡提到的時間。我不過是想儘量避免敘述混亂才這樣說。很長一段時間內，我們周圍都只有白天，不見黑夜。這裡的日期全都是我按照航海時間推算出來的，方向則是我根據羅盤確定的。另外，由於我後來才開始寫日記，本文前邊有很多事只是我根據記憶寫出來的，其中提到的日期與經度、緯度可能存在誤差，在此有必要說一下。——原注

船上各個崗位的船員在得知風向、暗流全都朝南時，開始多番猜測甚至感到恐懼。很明顯，蓋伊船長得知這一情況後，同樣深受影響。不過，我的笑讓這位對譏笑敏感至極的船長不再憂心忡忡。這時，磁偏角已經非常小了。這一天，我們在航行途中遇到了幾頭大白鯨和無數信天翁，還碰巧打撈上一棵灌木（上面上滿紅色漿果，好像山楂），以及一隻死去的陸地動物。這隻動物長得怪模怪樣，身體長三英尺，身高卻僅六英寸，四肢極短，腳上長著尖銳的長爪子，爪子像珊瑚一樣紅。牠長著雪白、光滑、筆直的毛髮，尖尾巴好像老鼠的尾巴，長度有一英尺半左右。牠的腦袋像貓的腦袋，一對耳朵卻耷拉下來，好像狗的耳朵，牙齒紅亮亮的，跟爪子是同樣的顏色。

1月19日，我們在西經43°5′、83°20′處（此處的海水顏色很深，顯得非同一般），又從桅頂發現了陸地。認真觀察過後，我們確定那是一座島，屬於一系列大型群島。我們看到島岸邊都是峭壁，島上是茂密的森林，非常高興。約莫四小時後，船在距離這座島五英里以外的沙質海底拋錨，此處水深十英尋。我們不敢輕易接近這座島，因為海浪拍打在海岸上，掀起巨大的浪花，四周的海面各處又不斷生出渦流。

我們把船上兩艘最大的小艇放到海裡，包括我和彼得斯在內的一些船員帶上武器，去那些好像把整座島繞了一圈的暗礁中尋覓道路。我們搜尋片刻，最終發現了一處入口。剛要把小艇開進去，卻見四艘大船從海岸朝我們划過來，上面坐滿了人，每個人手裡似乎都有武器。我們等他們靠近。很快，他們迅速來到我們近處，已經能聽到彼此的喊話聲了。

蓋伊船長在一條船槳上繫了條白毛巾，舉起來。那些陌生來客馬上停下，急不可耐地大聲說起話來，有時還伴隨著喊叫。我們聽不出他們說了些什麼，只能聽清兩句：「阿拉姆——姆！」「拉馬——拉馬！」整整半小時，他們一直在大叫。藉此機會，我們仔細觀察起他們來。

那四艘船長度約為五十英尺，寬度約為五英尺，上面坐的野蠻人共計一百一十人。但看身高，他們跟普通的歐洲人相差無幾，只是更加強壯。他們膚色黝黑，頭髮濃密，留得很長，亂糟糟的。他們身穿油光水滑的黑色皮毛做成的衣服，卻看不出是什麼動物的皮毛。衣服裁剪得比較合身，大部分

毛髮都在衣服裡面，只有領子、袖口、腳脖子上的毛髮是翻出來的。他們大部分都拿著用明顯十分沉重的烏木做成的木棒，作為武器。另外有些人拿著用堅硬的燧石做矛尖的長矛。他們還裝備了一些投石器，四艘船底部都盛滿黑石頭，全都有雞蛋那麼大。

他們的演講總算結束了（很明顯，他們大喊大叫是在對我們演講），其中有個人站到所在的船前端，朝我們做手勢，示意我們開著小艇過去。此人看起來像是他們的酋長。由於他們的總人數比我們多了四倍，我們覺得最好還是遠離他們，因此，佯裝不明白酋長的手勢是什麼意思。我們的想法沒能瞞過酋長。他讓另外三艘船停在那兒，指揮他自己所在的船划到我們的小艇旁邊，然後一下跳到比較大的小艇上。他直接坐到蓋伊船長身旁，指著我們的大船翻來覆去地說：「阿拉姆——姆！」「拉馬——拉馬！」我們朝大船退回去，四艘船緊跟在後面，與我們保持小段距離。

酋長靠近大船船舷時，看起來既吃驚又興奮。他不停地拍打著手掌、大腿、胸膛，大笑起來，笑聲十分尖銳。跟在後面的那群人也很高興，他們共同發出巨大、混亂的響聲。蓋伊船長等他們安靜下來，便命令用鉸鏈把小艇跟大船連在一起，以免發生什麼意外。接著，船長想辦法告訴酋長（不久，我們獲悉酋長名叫泰清），他的人要登上我們的大船，每次不能超過二十人。對於這一安排，酋長好像很滿意，命令一艘船划到大船邊，餘下的船全都在大約五十碼開外的地方等候。二十個野蠻人登上大船，隨意在甲板上走來走去，在索具上爬上爬下，觀察船上每一件東西，顯得極為好奇。

他們顯然從沒見過白人，事實上，他們好像很害怕白人的膚色。他們小心豎起長矛，讓矛尖朝上，因為他們把「珍妮・蓋伊號」當成了一隻活物，生怕會扎到它。酋長在船上做了一件事，讓我們這些船員都覺得很滑稽。我們的廚子在廚房邊劈柴，一個不慎，斧子劈到甲板，砍出一道很深的裂縫。酋長立即跑過去推開廚子，大喊大叫，既像哭泣又像哀嚎。原來他覺得大船受到了傷害，用這種激烈的方式表示自己深深的同情。他伸手輕拍、撫摸那道裂縫，並倒出旁邊一個桶裡的海水，清洗船的傷口。我們完全沒想到酋長會如此愚昧。我不由得覺得他是裝出來的。

這群參觀者參觀完甲板上所有的東西，讓自己的好奇心徹底得到滿足後，又得到我們的准許進入船艙。在這裡，他們看起來極為驚訝。在船艙行走時，除了偶爾的低聲讚歎，他們基本沒發出任何聲音，以至於我簡直找不到語言描繪他們那種驚訝。他們看到了我們的槍，對此做出各種猜測。我們便准許他們隨便摸這些槍，好好看個清楚。直到現在，我還是覺得他們那時完全不瞭解槍能做什麼。他們看見我們拿槍時那樣小心謹慎，等到他們拿槍時，我們又時刻關注著他們，便把槍當成一種崇拜的對象。更讓他們驚嘆的是大炮。走到大炮旁邊，他們滿臉敬畏，但我們並未讓他們仔細看個清楚。他們的驚訝在看到主艙掛的兩面鏡子時達到巔峰。首先走到鏡子旁的是酋長，他來到主艙中央處，前後各有一面鏡子，但他還未留意到。等他抬起眼，發現鏡中的自己時，我覺得這個野蠻人幾乎要嚇瘋了。他不想待在那裡，轉過身，又從另外一面鏡子裡看到自己。這一刻，我簡直怕他被活活嚇死。他撲到地板上，死死捂住自己的臉，無論我們如何勸說，他都拒絕再看鏡子哪怕是一眼。最終，我們只能把他拖到甲板上，他這才鬆手露出臉來。

所有野蠻人都登上我們的船參觀了一遍，每次登船的都只有二十人。至於酋長，我們一直讓他留在船上。我們並未發現這些野蠻人想要偷東西。他們離開後，船上也沒有任何東西失竊。他們在參觀期間都表現得很友善，只是有些行為讓我們十分不解。比如他們拒絕接近船帆、雞蛋、打開的書本、一盆麵粉等根本不會對他們造成任何傷害的事物。我們極力想知道，他們有沒有能拿來跟我們交換的東西。可要讓他們明白我們在說什麼，實在太困難了。

我們很吃驚地發現，這座群島有大量加拉帕戈斯龜，酋長的船上就放了一隻。我們還發現，有個野蠻人正拿著海參狼吞虎嚥生吃。這裡緯度這麼高，竟會有加拉帕戈斯龜和海參，太反常了。蓋伊船長準備將此處好好調查一番，做成一筆好買賣。我雖然也很想對這座群島有更深入的瞭解，但更期待的卻是去南極。當時天氣很好，然而，這種天氣何時會結束，誰都說不清楚。我們已抵達南緯84°，前面是廣闊的海域，看不到浮冰，而且強勁的暗流與風都是朝南的。若有人在這時建議我們在島上多做停留，特別是在確保

船員身體健康、補充燃料與新鮮食物的停留之外，繼續留在這裡，確實會讓我失去耐性。我跟船長說，返航時，我們還能經過這座群島，若海水結冰，我們還能留在島上，直至冬天結束。船長被我說服了，當時我對他頗有一些影響力，至於為什麼會這樣，我也搞不清楚。最終，我們決定只在島上休整一週，就算發現島上出產海參，也要按時啟航，繼續往南航行。

我們做了各種必不可少的準備。在酋長的帶領下，「珍妮·蓋伊號」安然駛過那一圈暗礁，在群島南岸一座美麗的海灣中距離岸邊一英里左右的地方拋錨。此處水深十英尋，水底都是黑色的沙子，周圍環繞著陸地。那些野蠻人告訴我們，這座海灣的盡頭有三眼泉水，水質上佳。我們看到那邊有很多樹，鬱鬱蔥蔥。我們開進海灣時，四艘船也跟著開進來，禮貌地跟我們保持距離。酋長仍在我們的船上。我們拋錨後，他馬上邀請我們去參觀他在島上腹地的村莊。蓋伊船長答應下來。十個野蠻人被當成人質，留在我們的船上。我們派出十二個人，準備跟隨酋長上岸。我們表面對他們十分信賴，卻小心將武器帶在身上。為避免出現意外，我們的船員把大船上的大炮從炮孔探出來，在船舷上撐起防攀網，並採取了其餘恰當的預防措施。船長向大副下令，我們回船前，不能讓任何人上船，若我們過十二個小時還沒回來，就要派那艘裝著一門旋轉小炮的快艇，沿海岸一路尋找我們。

我們朝島上腹地走去，每走一步，都不得不確定，此處確實迥異於此前文明人到過的所有地方。這裡的每樣東西都那麼陌生。樹不像熱帶、溫帶或是北半球寒帶的樹，也跟我們此前經過的南半球緯度更低的地區的樹截然不同。島上的岩石也都有著非同一般的品質、顏色、層理。此處的小溪同樣顯得那麼奇異，跟其餘地區的小溪簡直毫無共同點，我們甚至不敢品嘗一下溪水，懷疑那些水是否真是純粹的氫氧化合物。途中經過第一條小溪，泰清酋長及其手下駐足溪邊，開始喝水。我們卻不肯喝，因為覺得溪水看起來非常古怪，可能是被汙染了。稍後，我們發現，這座群島上的溪水全都是這樣的。要給這種液體一個清楚的定義，或將其簡單概括出來，對我來說很困難。雖然跟尋常的水一樣，這種液體也是以極快的速度從高處往低處流，但是根本不像尋常的水那樣清澈，只有像瀑布一樣猛衝下來時例外。事實上，

這種液體也是透明的，跟所有石灰岩洞裡的水一樣，區別只在於它的濃度，打眼望去，特別是當小溪底部傾斜的角度不大時，它就像尋常的水和阿拉伯樹膠混合而成的。不過，它有那麼多奇怪的特徵，這只是其中最平平無奇的一個。它是有顏色的，但顏色始終在變化。流動時，它看起來是紫色的，有時顏色深，有時顏色淺，好像一塊閃閃發亮的絲綢。我們發現此處的溪水竟有這種顏色深淺變動，大吃一驚，不遜於看到鏡子時的泰清酋長。我們從小溪裡盛了一盆水，等水面徹底平靜下來後發現，這種液體由數不清的脈絡構成，每條脈絡都有其顏色，看起來十分清晰。這些脈絡本身的粒子有著強大的凝聚力，對於旁邊的脈絡則沒有這種凝聚力，因此，這些脈絡並不會融合在一起。若拿刀橫著切這些脈絡，液體就會跟尋常的水一樣，馬上把刀刃淹沒。若將刀拔出來，液體也會立即恢復原樣，一點刀痕都沒有。可是找準兩條脈絡中間的位置，把刀插進去，就能將液體切開一道口子，因為每條脈絡自身都有凝聚力，這道口子要過一會兒才會消失。註定會將我鎖住的那條魔鏈的第一環，便由這種液體構造而成。

十九

　　大約三小時後，我們終於走到了他們的村莊。那裡距離海岸太遠了，少說也有五英里，且道路曲折，高低起伏。途中我們經過一些拐彎處時，常有一些人加入我們，或是兩三個人，或是六七個人，泰清酋長帶領的隊伍（船上那一百一十個野蠻人）變得越來越龐大。這好像只是巧合，可是巧合得太有規律，我不由得起了疑心，並提醒蓋伊船長留意此事。然而，到了這時再折回船上已經來不及，除了表現出完全信賴泰清酋長是誠心誠意的，沒有別的法子保護自己。我們繼續往前走，與此同時，我們時刻關注那支野蠻人的

隊伍，不允許他們插入我們的隊伍，將我們衝散開。我們穿越了一座陡峭的山谷，最終抵達那座村莊。他們說島上並無其他村莊。看到那座村莊時，泰清酋長開始高聲重複「克羅克——克羅克」。我們猜測，這要麼是村莊的名字，要麼是「村莊」這個名詞。

我們根本沒想到，村民們的居住條件竟會如此簡陋。就算是最落後的人類種族的住所，也比他們的住所好。島上有些大人物被稱為旺普斯或是央普斯，他們的住所就是把一棵樹距離根部四英尺的地方砍斷，只留下樹樁子，將一張黑色大獸皮蓋在上面，獸皮垂落到地面。他們就睡在獸皮底下。還有些住所是用一些大樹枝做成的，樹枝上還保留著枯葉，將樹枝斜靠在土坡上，形成45°角，卻不固定，就這樣做成高五六英尺的巢穴。另有些人會在地上挖洞，洞與地面垂直，用相同的樹枝蓋住洞口，拿開樹枝進洞，進去後再把樹枝蓋好。還有少量住所是在樹杈上搭起來的，砍斷更高處的樹枝，讓其垂落下來，為住所遮風擋雨。不過，大部分住所都是窯洞，挖得小而淺。很明顯，窯洞是在一種好像漂泥的黑色岩壁上挖出來的。這種險峻的黑色岩壁分佈於村莊三面，將村莊環繞其中。所有這種原始洞穴旁邊都放著一塊小小的岩石。主人每次都是先小心將岩石放到洞穴門口，然後出門。由於這種岩石甚至無法遮蓋洞口的三分之一，我實在搞不清楚此舉是為什麼目的。

這座村莊（若這裡能被稱為村莊的話）位於一座很深的山谷中，三面都被我剛剛提及的險峻岩壁阻擋，只能從南面進入。一條小溪從谷中穿過，其中的溪水同樣是之前描繪過的奇妙液體。在村民的住所旁邊，我們發現了幾種顯然已被徹底馴化的陌生動物。其中體型最大的動物，無論身形，還是嘴巴、鼻子，都跟尋常的家豬很像。不過，這種動物的尾巴長滿毛，四條腿都很細，好像羚羊的腿。動作異常笨拙，慢慢吞吞，好像完全不會跑。我們還發現了幾隻動物，長得跟這種動物很像，只是身體長了很多，還長滿柔軟的黑毛。各種家禽在村莊各處亂跑。村民們好像以牠們的肉為主食。其中甚至有被徹底馴化的黑背信天翁，讓我們大吃一驚。每隔一段時期，這些信天翁就會去海上覓食，可是時間一到，牠們一定會飛回村莊。到了孵卵的時節，牠們會到島南邊的海灘上，那是距離村莊最近的海灘。牠們在那裡仍跟朋友

企鵝住在一起。不過，牠們回到村莊時，企鵝絕不會跟隨。除此之外，家禽中還有種酷似我們的北美野鴨的鴨子，一種長著黑色羽毛的塘鵝，一種好像紅頭美洲鷲卻不吃肉的大鳥。此處還有很多種魚。我們在參觀期間，發現了很多曬成魚乾的鮭鱒魚、石斑魚、藍鯡鰍、鯖魚、隆頭魚、鰩魚、鰻魚、銀鮫、緇魚、鰨魚、鸚嘴魚、鱗魨、鱈魚等各種各樣的魚，數都數不過來。其中大部分魚都跟南緯51°奧克蘭勳爵群島周圍的魚十分相像。另外還有大量加拉帕戈斯龜。至於野生動物，我們只見到寥寥幾種，都很陌生，且體型都比較小。路上，我們發現了一兩條長得非常恐怖的蛇爬過，它們應該不是毒蛇，否則那些野蠻人不會無視牠們。

在泰清酋長及其隊伍的帶領下，我們進入村莊。很多村民跑出來迎接，不停地大叫：「阿拉姆——姆！」「拉馬——拉馬！」他們還叫了些什麼，但我們聽不清楚。大部分村民都全身赤裸，讓我們很吃驚。好像只有船上那些人才有權穿動物皮毛做成的衣服，有權攜帶武器。過來迎接我們的村民幾乎什麼武器都沒帶。他們之中有不少女人、孩子。人體之美在這些女人身上得到了很好的展現。她們都長得高挑勻稱，體態優美，悠閒、雅致——這是文明社會的女性所不具備的。可惜跟島上的男人一樣，她們都長著厚重、笨拙的嘴脣，就算笑起來也看不到牙齒。她們的頭髮很光滑，比男人們的頭髮更好一些。這些村民中約有十一二個人穿著黑色獸皮衣服，拿著長矛、棒子，跟泰清酋長那幫手下一模一樣。他們被尊稱為「旺普斯」，好像擁有很大的權力。他們住在那些蓋著黑色獸皮的宮殿裡。

在村莊正中央，我們看到了泰清酋長的宮殿，比其餘同類型宮殿規模更大，品質更好。那棵被當成支柱的樹在距離根部大約十二英尺的高度被砍斷，木椿頂上還保留著好幾根樹枝。樹枝頂住獸皮帳篷，將其撐起來，沒有讓其緊貼著樹椿子垂落下來。帳篷是由四張大獸皮做成的，獸皮中間用木頭做成的針縫在一起。帳篷的四個角被木釘子釘在地面上，牢牢固定住。帳篷內部的地面上鋪上厚厚的枯葉，好像鋪了地毯。

我們被帶進帳篷，場面很是莊嚴，身後還跟著無數村民。泰清酋長坐到樹葉子上，指示我們有樣學樣。我們都坐下了。不多時，儘管不能形容為

坐立難安，但我們的確覺得非常忐忑。我們十二個人都坐在地上，旁邊坐著四十個野蠻人，他們緊挨在一起，把我們圍住。一旦出了什麼事，我們可能都沒機會站起來，更別說使用武器。帳篷內部擠滿了人，帳篷外部同樣如此。島上的居民可能全都趕過來了，他們之所以沒湧進來，把我們踩踏成肉泥，全靠泰清酋長不停地揮舞手臂，大喊大叫。酋長正坐在我們中間，他是我們最重要的安全保證。我們決定緊靠酋長坐著，若這些人圖謀不軌，我們就馬上殺了酋長，再藉此機會，從這個危險的地方逃出去。

酋長費盡力氣才讓大家安靜下來，然後開始對我們發表滔滔不絕的演講。我們剛剛遇到他們的船時，曾聽酋長發表過一次演講。這次演講聽起來跟那次很像，不過跟「拉馬——拉馬」這句話比起來，「阿拉姆——姆」這句話出現的頻率更高，語氣更重。我們畢恭畢敬聽著，一句話也不說，直至酋長發表完他冗長的演講。

接著，蓋伊船長該發言了，他對酋長說，希望雙方的友誼永不改變，並表達了真摯的願望，還將幾條藍色的珠鏈、一把折刀當成禮物，送給酋長。酋長看不上那幾條珠鏈，卻非常喜歡那把折刀，讓我們大吃一驚。

然後，酋長立即命令設宴款待客人。幾個傭人把食物頂在頭上，送進帳篷。所謂的食物是某種不知名動物的內臟，還在顫動。內臟的主人說不定就是我們剛剛進入村莊時發現的那種四肢很細的豬。面對這種食物，我們不知該如何下口。酋長見狀，先吃起來，給我們做個榜樣。他拿起一根豬腸子，一段段吞嚥下去，吃得那麼香甜。我們噁心得忍無可忍，都清楚寫在了臉上。酋長停下來，滿臉驚愕，比在大船上看見鏡子時的驚愕只少了一點點。即便如此，我們還是不肯吃面前的美食，同時極力向他解釋，我們遇到他們之前，剛在船上吃飽，現在什麼東西都吃不下。

我們等酋長吃飽後，想盡辦法向他打聽這裡有什麼特產，能不能讓我們賺到錢。最終，酋長好像明白了我們在說什麼，說要帶我們去海岸邊一個有無數海參的地方，一邊說一邊指著一個海參標本給我們看。終於能從這麼多人的包圍圈中出去了，我們非常開心，對酋長說，我們都迫不及待想去瞧瞧那地方。

就這樣，我們從帳篷出去，跟隨酋長來到這座島最南邊，我們的船就停在附近。所有村民都跟過去了。在此處的海岸邊，我們等待了約莫一個小時，終於等到一些野蠻人划著四艘船過來。我們十二個人登上其中一艘船。船划動起來，沿著之前提及的那一圈暗礁，以及遠處另外一圈礁石前行。在這些礁石中間，我們發現了無數海參。就算是我們之中年紀最大的水手，在緯度較低、被譽為著名海參產地的群島，也從未見過如此豐富的海參。沒過多久，我們就回去了。我們剛剛確定能不費吹灰之力得到滿滿十二艘船的海參，便被送回大船上。分別時，泰清酋長向我們承諾，他會儘量用鴨子和加拉帕戈斯龜把他那四艘船裝滿，在二十四小時內給我們送過來。我們的這次探險就這樣結束了，並未從這些土著身上發現什麼疑點，唯一的例外是前往村莊途中，不斷有人有規律地加入酋長的隊伍。

二十

沒過多久，酋長便信守承諾，給我們送來很多新鮮的食材。我們發現那些龜品質不遜於我們見過最好的龜，鴨子肉質鮮嫩，汁液豐富，非常好吃，比我們見過的最棒的野禽還要出色。我們還想辦法讓那些野蠻人送來了大量褐芹、辣根菜，以及整整一船鮮魚和魚乾。對我們而言，芹菜確實是珍貴的美食。至於辣根菜，已被證實對我們之中出現壞血病症狀的船員頗有好處。很快，這些船員全都康復了。此外，我們還得到了其餘很多新鮮的食物，有必要一提的是一種看似貽貝、味道像牡蠣的軟體動物。那些野蠻人還給我們送來了很多褐蝦、龍蝦，還有無數信天翁等各種禽鳥的黑色鳥蛋。我之前提及的豬也被大量送上船。我覺得這種豬肉有種魚腥氣，很不好吃，但大部分船員都認為其是美味。

我們為了感激這些慷慨大方的野蠻人，送給他們一些藍色珠鏈、銅做的裝飾物、釘子、折刀、紅布。這種貨物交換給他們帶來了莫大的歡樂。為此，在船上大炮射程以內的海灘上，我們設置了正規的交換市場，跟他們進行貨物交換，交換雙方都滿懷誠意，市場內秩序井然。我們先前在那座名叫「克羅克——克羅克」的村莊看到這些野蠻人的種種表現時，絕不敢妄想能與他們進行這種交易。

接連幾天，我們都跟這些土著相處得十分融洽。這幾天內，不斷有土著三五成群來到我們的大船上。我們的船員也時常結伴到岸上，一直走到島上的腹地，沒有任何人來找我們的麻煩。蓋伊船長見島上的居民如此友善，認為若請他們幫我們採集海參，很快就能裝滿一船，而他們必定會欣然答應。船長打算去跟泰清酋長商議，在島上的海岸邊建造一些房子，用於存儲、加工海參，這樣能方便酋長及其族人採集更多海參。至於船長，他要趁著天氣正好，繼續前往南極。

酋長好像很願意接受船長的提議。不久，雙方達成了一份協定，彼此都很滿意。協議規定，我們會留在這裡幫忙完成那些必須由所有船員參與才能完成的工作，包括劃分界線、建造部分房子等等。然後，我們的船將繼續往南進發，只在島上留下三個人，負責監督這些計畫的執行，教島上土著晾曬海參。我們離開以後，土著們努力工作的成果如何，決定了我們回到此處時，跟他們進行以物易物的條件。我們將用若干藍色珠鏈、折刀、紅布等東西，換取他們加工的海參。

大家可能會很好奇這種珍貴的海產品有何特徵、加工過程如何。現在就是我向大家介紹海參的最佳時機。我從一本在南半球各海域航行的現代航行史中，摘錄了以下詳細的文字描述：

開展貿易時，那種出產於印度洋各海域的軟體動物通常被人用法語戲稱為bouche de mer（海中的美食）。著名動物學家居維葉相信其是「腹足綱軟體動物」——若我沒徹底弄錯的話。在太平洋的各個島嶼，人們同樣大量採集這種軟體動物。若賣到中國，價格分外高，可能跟中國人經常掛在嘴邊的燕窩價格差不多——燕窩應該是某種燕子從這種軟體動物體內銜出一種好像

膠的物質，建造而成的巢穴。這種軟體動物沒有外殼，沒有腿腳，僅有的顯著器官不過是吸收器官與分泌器官。不過，牠們能靠著伸縮自如的觸手爬到水淺的地方，就像鱗翅目幼蟲、蠕蟲那樣。等到退潮以後，有種燕子會發現牠們，把尖尖的喙插入牠們柔軟的身體，銜起一種膠質絲狀物。這種東西快放乾時，便能用來建造燕子的巢穴。這些生理特徵決定了海參會被叫做「腹足綱軟體動物」。

這種軟體動物是橢圓形的，身體的長度在三英寸到十八英寸之間，有的大些，有的小些。我還看到過長度超過兩英尺的。其身體接近於圓形，靠海底的那一面略顯扁平。一般說來，其厚度從一英寸到八英寸不等。每年特定時節，牠們會成對爬到水淺的區域，可能是要在那裡繁殖後代。牠們總在陽光直接照射著海面，讓海水溫度升高之際，爬到靠近海岸的地方。很多時候，牠們爬進極淺的水域，退潮以後，便被留在原地，直接被熾烈的陽光曬成海參乾。可是只有成年的海參才會從水深的海域爬到水淺的海域，其幼蟲從不會在後一種海域出現。能聚集成珊瑚的植形動物，是海參的主要食物。

一般說來，人們要到深三四英尺的水中採集海參，將其帶到岸上。用刀切開海參的一頭，根據其體型大小確定切口的長度，最好是一英寸或略長一點。從這個切口把海參的內臟擠壓出來。這些內臟跟各種小型深水動物的內臟都差不多。然後，把海參洗乾淨，放進鍋裡煮，控制好火候，將其煮到某種程度後，再埋進土裡，之後挖出來繼續煮，這次只要煮很短的時間即可，接著經過烘烤或日曬，讓海參脫乾水分。海參若是曬乾的，能賣出更高的價錢。可是曬乾海參所需的時間與精力，相當於烘乾海參的三十倍。藉助正確的方法將海參脫乾水分後，放到乾燥的地方保存，能放上兩三年。只是需要隔幾個月打開倉庫，檢查海參有沒有受潮，比如每年檢查四次。

之前提到，中國人相信海參具有神奇功效，能增強體魄，安神滋補，能調理好因放縱欲望變得虛弱的身體，因此將海參當成一種十分寶貴的食物。在廣州，一等海參能賣到每擔（約一百三十三磅）九十美元的高價，二等海參能賣到每擔七十五美元，三等海參能賣到每擔五十美元，四等海參能賣到每擔三十美元，五等海參能賣到每擔二十美元，六等海參能賣到每擔十二美

元，七等海參能賣到每擔八美元，八等海參能賣到每擔四美元。可海參若數量不多，賣到馬尼拉、新加坡、巴達維亞，通常能獲取更高的利潤。

我們跟土著們達成協議後，立即開始往海岸上搬運工具和材料，以便打好地基，建造房子。海灣東岸旁邊有大片土地十分平整，還有很多樹和淡水，並靠近採集海參的主要礁群，我們便選擇在這裡建房子。然後，我們熱火朝天的幹起來。不多時，便砍了足夠多的樹，再砍掉樹枝，剝掉樹皮，做成椽子、檁子，島上的土著見了都非常吃驚。之後，我們又忙了兩三天，搭建起房子的架子。我們毫不懷疑，留在島上的三個人完全可以完成餘下的工作。這三個人都自願留下來的，分別是約翰·卡森、阿爾弗雷德·哈里斯、彼德森（我猜測他們都是倫敦人）。

這個月的最後一天，啟航前的所有準備工作都已就緒。不過，我們承諾過，離開之前會去村莊做正式的道別，泰清酋長也堅決要求我們這麼做，我們覺得若是拒絕，可能會激怒酋長，這可不是聰明的做法。我認為，我們所有人當時都對這些野蠻人的真誠滿懷信任。從頭到尾，他們都表現得那樣彬彬有禮，快樂、高效地幫我們工作，不斷送我們各種各樣的食物，卻不求回報，且從未偷過任何東西，哪怕在他們看來，我們船上的東西都非常貴重——收到我們還贈的禮物時，他們是那樣的高興。那些女土著更是十分友善，在各個方面都是如此。總之，面對一個對我們這麼好的種族，若還懷有半點疑心，那我們可能才是最應受到懷疑的民族。然而，不久，我們就會看到，他們的善良淳樸只是表象，他們制定了精密的計畫要剷除我們，這便是他們計畫的一部分。這些深受我們敬重的島上居民其實是讓地球變得汙穢的惡徒，且是最殘暴、最狡詐、最嗜殺的那種。

2月1日，我們登上海島，到村莊跟他們道別。雖然我們完全信任這些土著，但還是不忘小心提防。我們安排六個人留下守著大船，在其餘人出去的這段時間，他們要始終留在甲板上，拒絕任何野蠻人以任何理由接近大船。我們張開防攀網，將雙倍榴霰彈裝在大炮裡，還給旋轉炮裝上了滑膛霰彈。錨鏈垂直，大船停在距離海岸一英里左右的海上。無論船要從哪個方向靠近大船，都會被發現，且馬上進入旋轉炮的射程。

我們將六個人留在大船上，其餘三十二人上島，每個人都佩著滑膛槍、手槍、單刃劍和長水手刀（跟如今西部、南部應用廣泛的鮑伊獵刀有些相像），武裝十分充分。

海岸上，一百個黝黑皮膚的武士正等著陪同我們到村裡去。我們發現他們都沒有帶武器，有點驚訝。泰清酋長對此的解釋只是一句話Mattee non we pa pa si，即兄弟見面，用不著帶武器。我們幾乎沒懷疑什麼，就跟他們一起出發了。

走過之前提前的泉水與小溪，我們走進一條窄窄的山谷。山谷從連綿的皂石山中穿過，通向那座村莊。山谷兩側都是奇形怪狀的石頭，道路坑坑窪窪，上次我們去村裡走的就是這條路，相當費力。山谷長約一英里半到兩英里，在山中曲折蔓延，最多走二十碼就會遇到一個急拐彎。許久之前，這裡很明顯曾是一條山間溪流，水流很急。山谷兩側的山峰垂直高度平均下來一定有七八十英尺。部分山峰高到把太陽光都遮擋了大半，山谷中一片黯淡。山谷底部基本都有約四十英尺寬，但也有些地方相當狹窄，只能讓五六人並排行走。總之，要設下伏擊，此處堪稱世間最理想的地點，所以我們進入山谷後，馬上忍不住抓住身上的武器。如今想來，那時我們真是蠢，但最蠢的可能是走進山谷後，竟任由那些陌生野蠻人掌控了局勢，將我們夾在中間。迷迷糊糊中，我們跟那些野蠻人的隊形就變成了這樣。因為我們太蠢了，相信自己的力量足夠強大，還有威力強大的火槍（那些野蠻人尚不瞭解火槍的厲害），相信酋長及其手下都沒有武器，更相信那些奸邪小人這些天來裝出的假面孔。有五六個野蠻人走在最前邊，不時將擋在路上的大石塊、垃圾挪開，做得那樣明顯，好像在幫我們開道。我們只是提防著別被他們衝散，緊緊聚攏在一起。大批野蠻人跟在我們後面，紀律嚴明，神色莊嚴。

我跟彼得斯以及一個名叫威爾遜·艾倫的水手，走在我們的隊伍右側，觀察著頭上高懸的崖壁奇怪的紋理。崖壁質地比較疏鬆，上面有道縫隙。我們留意到這道縫隙足以容納一個人鑽入，縫隙向山峰內部伸展了二十英尺左右，接著向左側傾斜。站在山谷底部，我看到縫隙的總深度可能有六七十英尺。有幾叢矮灌木從縫隙中長出來，枝頭長著堅果，看起來好像榛子。我好

奇地想去看清楚些，便迅速跑到縫隙中扯下五六個堅果，急忙又往外退。轉身發現彼得斯、艾倫也跟在我後面，鑽進了這道縫隙。縫隙不足以容納兩人並排走，我便讓他們出去，並說會分給他們些堅果。他們轉身向外走，艾倫就快到入口了。這時，一種從未體驗過的強烈震動降臨到我身上。若我那時還有思想，就從這震動中隱約感覺到，堅固的地面忽然全都裂開了，世界末日就在眼前。

二十一

　　剛剛緩過神來，我便感覺到窒息。四下裡黑漆漆的，我趴在鬆鬆軟軟的泥土裡，不斷有土塊從各個方向砸到我身上，砸得那麼重，用不了多久就可能把我活埋。我發現情況如此恐怖，拼盡全力想要爬起來，好不容易才站起身，站在原地平靜了一下，努力想搞清楚出了什麼事、我身在何處。很快，我聽到旁邊響起微弱的呻吟，然後是彼得斯的喘息聲、呼叫聲，他讓我看在上帝的份上過去幫他。循著聲音，我跌跌撞撞走出兩步，接著摔倒了，剛好砸在我朋友的頭部、肩膀上。我馬上發現，他的半邊身體已被鬆軟的泥土埋住，他極力掙扎，想要從裡面鑽出來。我拼命幫他挖身上的泥土，總算讓他重獲自由。

　　稍微定一定神，能進行思考了，我跟彼得斯立即確定，我們鑽入的這道縫隙因自然的震動或是本身的重量忽然垮塌，把我們永遠活埋於此處。我們在相當長的一段時間內心如死灰，陷入痛苦、絕望之中無法自拔。這種痛苦、絕望有多強烈，只有有過類似經歷的人才能明白。我毫不懷疑，我們的身心因遭到活埋感受到的極致痛苦，超過了人類在任何災禍中承受的痛苦。被活埋後，四周一片漆黑，肺忍受著極大的壓力，呼吸的都是濕泥土讓人窒

息的氣味，又想到絕不會有人來救自己，自己必將喪命，便會感受到無法忍受的驚恐，旁人根本想像不出這是什麼情況。

彼得斯最終提議，我們應盡可能搞清此次災禍有多嚴重，四處探索一下這個囚籠，或許能找到一條路逃出去，儘管這種可能性極低。我迫不及待抓住這渺茫的生機，勉強站起來，在鬆軟的泥土中往前走。剛走出一步，我便看到了一線光，據此斷定我們不會很快窒息而亡。我們稍微振作起來，給彼此打氣，別那麼悲觀絕望。我們朝有光的地方爬，越過一堆擋在前面的爛泥，接下來的路就好走了，呼吸也順暢了一點，感覺舒服一些。不多時，我們就能看清楚四周了。這時，我們發覺自己已靠近這道縫隙直行通道末端，通道在前面左拐。拼命又走了幾步，走到拐彎處，我們發現了一道向上的狹長縫隙，不由得一陣欣喜。這道縫隙的傾斜度在45°左右，其中有些部分更在45°之上。縫隙的出口在哪裡，我們還沒找到。不過，我們基本確定就在頂上，因為有很多太陽光從縫隙中照進來。若能想辦法爬上去，必然會找到一條寬敞的通道，回到地上。

突然，我想起進入縫隙的是三個人，還有同伴艾倫，他不知去了哪裡。我和彼得斯立即決定原路返回，尋找艾倫的卜洛。頭上的泥土可能會繼續卜塌，我們冒險尋覓了很久。最終，彼得斯高聲說，他摸索到艾倫的腳，卻無法將其救出來，因為艾倫全身都被泥土埋起來了。不一會兒，我意識到彼得斯的判斷完全正確，艾倫早就死了。我們只能將他的屍體留在那兒，懷著悲痛返回原先的拐彎處。

縫隙很窄，我跟彼得斯只能勉強鑽進去。然而，我們攀爬了兩次，都失敗了，再次感到絕望。之前提到，此處的山都是皂石山，質地鬆軟。我們攀爬的縫隙也是相同的質地，岩壁因潮濕變得格外滑溜。要在最平緩的地方穩穩立足，都相當困難。要攀爬那些幾乎呈90°的地方，更是難上加難。我們甚至覺得，要從這道縫隙中爬上去，根本不可能。可我們終究還是忘掉絕望，重新振作起來，用水手刀在鬆軟的岩壁上挖掘出能站立的地方，冒險抓住岩壁上突起的少量堅硬板岩的邊緣處，最終爬上一個天然形成的檯子。檯子很平坦，與一條長滿樹的山溝相連。在山溝最末端能看到小片藍天。

這時，我們已經鎮定下來，扭頭看剛才經過的縫隙。很明顯，它是剛剛出現的。我們據此判斷，那場突然而來的震動（無論其究竟是如何發生的）封堵了一道縫隙，又幫我們開闢了這條逃生的通道。我們的精力已在此前的攀爬中耗盡，這會兒，連站都站不穩了，講話也斷斷續續，因此，彼得斯提議開槍，讓同伴們循著槍聲過來救我們。我們的滑膛槍、單刃劍都被泥土掩埋了，只有手槍還掛在腰上。之後發生的一切表明，開槍會讓我們後悔不迭。好在當時我已對那些土著生出一些模糊不清的懷疑，決定先不讓他們發現我們在這裡。

　　休息了差不多一個小時，我們朝山溝最末端爬過去，速度十分緩慢。剛爬了一小段路，就有一陣又一陣恐怖的叫聲傳來。最終，我們總算爬到了或許能算是地面的地方。而我們從檯子開始一路爬過的地方，全都處在一座由高高懸掛的岩石與茂密的樹枝、樹葉共同組成的拱頂下。我們爬到一道窄窄的裂口旁，動作小心翼翼，沒被任何人發現。從這個裂口能望見四周所有的景象。我們望一望，瞬間醒悟到那恐怖的震動是如何發生的。

　　這道裂口距離那片連綿的皂石山很近，裂口左側就是我們走過的那道山谷，二者距離不過五十英尺。然而，谷中的道路至少有一百碼都被人為用一百多萬噸泥土、石塊堵住了，甚至可以說整座山谷底部都已被封堵。這場殘酷的屠殺留下的痕跡顯而易見，證明將這些泥土、石塊推入谷中並不是什麼難事。我們能看到山谷東面的山頂（我們正在西面的山谷）有幾根木樁子，被敲進泥土。木樁子所在的岩壁並未塌陷，但是已經塌陷的那片岩壁上留下了一長串印跡，好像爆破手打炮眼留下的。由此可見，那片岩壁大約三百英尺長的範圍內、山頂以下大約十英尺處，同樣曾被敲進木樁子，每兩根木樁子的距離都在一碼以下。山頂殘留的木樁子上還拴著粗大的繩索，是用葡萄樹藤編織而成的。其餘所有木樁子上都拴過這種繩索，這是很明顯的。之前曾提過皂石山的岩石層理奇異，正因為這樣才有了那道深而窄的縫隙，讓我們逃出生天。關於這道縫隙，我會做一些描繪，以便大家深入瞭解這種岩石的性質。無論遇到何種自然震動，這種岩石基本都會沿著層層平行紋理垂直裂開。就算人為引發的震動，也會造成相同的結果。藉助這種岩

石，那幫土著背叛了我們。他們必定是靠那一長排木樁子，從山頂將厚約兩三英尺的岩石、泥土推到谷中。行動信號發出後，他們便一致行動，拉下每根粗大的繩索（這些繩索都拴在木樁子頂上，從陡峭的崖壁邊向後伸展），由此產生了強大的槓桿力，完全能將山頂全都掀翻在谷中。我們能夠想像那三十個同伴遭遇了什麼。除了我和彼得斯，其餘人全都在那場大災難中死去。眼下，全島只剩了我們兩個白種人。

二十二

　　這樣說來，跟我們覺得自己遭到活埋、毫無生機時相比，當前的處境也好不到哪裡去。我覺得我們只會有兩種結果，不是被那些野蠻人殺掉，就是淪為他們的俘虜，過著豬狗不如的生活。當然了，我們可以暫時躲在偏僻的山裡，並能再回到剛才爬出來的縫隙中——若有這種需要的話。可若真是這樣，我們就將在飢餓與南極漫長、寒冷的冬季中死去，或在尋找食物時被島上的土著發現。

　　四周好像都是野蠻人，他們全都成群結隊。其餘島上的很多野蠻人也划著平底木筏，朝這座島南端的海灣駛來。毋庸置疑，他們此行是為了幫這座島上的土著搶奪「珍妮‧蓋伊號」，再搶劫船上的財物。這時候，我們的船仍停在海灣，船員們明顯對正在逼近的危險毫無察覺，一點動靜都沒有。我和彼得斯真希望我們也在船上，無論跟他們一起逃走，還是跟他們並肩作戰，我們都心甘情願。然而，我們甚至沒機會提醒他們危險將至。因為我們無論發出什麼聲音，都會馬上惹禍上身，因此喪命。而對他們而言，我們的提醒可能有害無利。若我們開槍提醒他們，他們可能會明白島上發生了意外，卻不知道只有馬上把船開出海灣，才能保住性命。我們無法透過開槍告

訴他們，同伴們都死了，他們不必再遵守任何承諾。他們一早便做好了充足的準備對抗前來進犯的敵人，每時每刻都不敢放鬆，所以就算我們現在開槍，也不會讓他們的準備更加充足。因此，我們透過開槍警告他們，對他們只有害處，沒有任何好處。我們這樣深入思考了一番，最終決定不開槍。

隨即，我們想到可以衝到海灘上，奪下土著們停在海灣裡的一艘船，拼盡全力與他們廝殺，回到我們的船上。可不一會兒，我們就醒悟到，如此破釜沉舟的冒險，只有死路一條。剛剛提到，現在灌木叢中、山峰背後，到處都藏著野蠻人，他們不想讓船上的人看到他們。特別是泰清酋長親自帶領那些皮膚黝黑的武士，在我們去搶船必經的路上，距離此處並不遠。很明顯，一旦援兵趕到，他們便會開始進攻「珍妮・蓋伊號」。況且海灣中停泊的四艘船上同樣有野蠻人守著，他們手裡沒有武器，但身邊一定有。考慮到這些，我們再不情願，也只能躲在原地偷窺即將開始的殘酷交鋒。

過了約莫半小時，有六七十艘平底木筏載著滿船的野蠻人，朝南邊大船停靠的海灣划過去，另有大量獨木船運載著槳架駛向那邊。那些野蠻人好像沒帶什麼武器，只有手上拿著的短棍、平底木筏上運載的石頭。隨即，一支更大規模的船隊也從反方向駛近我們的大船。船上野蠻人的裝備基本一樣。這時候，大批野蠻人從島上的灌木叢中跑出來，那四艘船都擠得滿滿當當。四艘船迅速出發，去跟那兩支船隊共同進攻大船。轉瞬間，「珍妮・蓋伊號」就被大批湧來的島上土著包圍了，好像變魔術一樣。很明顯，這些暴徒為了搶奪大船，什麼都在所不惜。

我們毫不懷疑，他們一定能得償所願。我們的船上只有六個人，再怎樣意志堅定，也無法同時操作那麼多大炮，也可以說，無法在這場敵強我弱、對比懸殊的戰爭中取勝。更有甚者，那六個人可能根本不會做出反抗。不過，我這個想法大錯特錯。不一會兒，我就看到他們拼命全力將右舷的舷側炮對準那些已進入手槍射程的船，至於那些平底木筏，這時也已開到上風處大約四分之一英里開外。可惜舷側炮的炮轟一點效果都沒有，關於為什麼會這樣，我不清楚，多半是情勢太過危急，可憐的同伴們都太緊張了。炮彈全都從野蠻人頭頂上竄過，沒有打中任何船或任何一個野蠻人。只不過那些野

蠻人突然聽到那麼大的響聲，看到煙霧滾滾，都大受驚嚇，驚慌失措。我幾乎以為他們會退回岸邊，不再進攻大船。此時，船離大船那麼近，如果我們的同伴繼續用右舷的小炮進攻，一定能發揮作用，最不濟也能嚇退那些船，爭取時間，再從容不迫利用左舷的大炮炮轟平底木筏，這樣便有可能擊退敵人的此次進攻。然而，那些同伴急於用左舷的大炮開炮，並未利用右舷的小炮繼續進攻。船上的野蠻人趁機從驚懼中緩過神來，彼此瞧瞧，看到沒有人受傷。

左舷大炮發出的榴霰彈發揮了巨大威力，炸碎了七八艘平底木筏，炸死了三四十個野蠻人，還炸傷了一百多人，受傷的人大半是重傷，紛紛跌入水中。餘下的人都嚇壞了，不管正在水裡拼死掙扎、嚎叫的同伴，掉頭就跑。

可惜這場遲到的大勝利無法挽救我們那幾個忠心不二的同伴。大約一百五十個野蠻人從船爬到大船上，在左舷的大炮發射前，他們之中大半已爬到錨鏈上，爬過防攀網。這些野蠻人已越過所有障礙，可以隨便發洩他們的野性了。他們立即打倒了我們的同伴，將其踩在腳底上，轉眼間就將其徹底撕碎了。

平底木筏上的野蠻人看到這一幕，也都不怕了，跑回來加入搶掠。短短五分鐘，「珍妮・蓋伊號」就被折騰得面目全非。甲板被劈爛了，索具、船帆乃至甲板上所有能活動的東西全都被毀掉。四艘船在前後推動大船，上千野蠻人跳到水裡，一起推動大船，最終將早就解開錨鏈的大船推到岸上，交給泰清酋長。在剛才的交戰中，這名酋長一直在山上的安全地帶觀望，好像一位身份尊貴的將軍。如今大獲成功，他便放下架子，帶領那隊皮膚黝黑的武士來到山下，跟大家瓜分勝利的成果。

我們見泰清酋長下了山，便從躲藏的地方走出來，走到那道裂口旁，觀察我們所在的這座山。在距離裂口五十碼的地方，我們找到了一股細泉流，解了口渴，在此之前，口渴已讓我們忍無可忍。我們還在泉流附近找到幾叢之前提及的灌木叢，其果實好像榛子。我們嘗了嘗這種果實，跟尋常的英國榛子相差無幾，應該可以食用。我們立即摘了很多，把兩頂帽子都裝滿了。我們將這些榛子送到裂口處，再回來繼續摘。正摘著，聽到灌木叢中傳來一

陣響聲，我們不由得警惕起來。剛想悄悄回到藏身的地方，就看到一隻黑色大鳥撲閃著翅膀，慢慢從灌木叢中露出頭來，像一隻野雞。我大吃一驚，一時不知該怎麼辦。彼得斯卻冷靜多了，馬上撲過去抓住大鳥的脖子。大鳥奮力掙扎，尖聲大叫。我們擔心還有野蠻人藏在附近，會被這叫聲吸引過來，一度想要放過這隻大鳥。不過，我們最終還是拔出水手刀，讓牠停止了掙扎。我們拖著這隻大鳥，進入山溝。就這樣，我們得到了能吃整整一週的食物，開始暗自慶幸。

隨後，我們又開始到各處尋覓，還沿著南邊的山坡往下，走出很遠的距離（這是很危險的），卻什麼食物都沒找到。我們看到一些土著扛著從船上搶劫的財物，朝村莊那邊走。我們生怕他們從山下經過時，會看到我們在山上，急忙撿了一些乾燥的柴火，回到裂口處。

現在我們最關注的是儘量讓藏身處變得更加隱蔽，於是找來一些樹枝，將之前提到的裂口——即從縫隙中爬到平臺上時，能望到小片藍天的山溝最那端——遮掩起來，只留下一個能讓我們看到海灣、卻不會被山下人發現的小洞。

我們安排好這些，便慶幸起來，因為藏身的地方非常安全，只要不冒險爬上山坡，一直留在山溝，一定不會被人發現。我們沒在這道與岩壁縫隙相連的山溝中看到任何野蠻人留下的痕跡。可轉念想到我們爬進山溝的那道縫隙也許是剛剛成型的，成型的原因是山體震動，這道深深的山溝也許並無路徑連接到外面，我們可能無法找到路下山，於是，我們為藏身地的安全產生的欣喜便打了折扣。我們下定決心，一旦機會來臨，就把山頂仔細搜查一遍。透過樹枝上的小洞，我們不斷觀察著那群土著的一舉一動。

他們已將那艘大船毀壞殆盡，並打算放一把火，將其燒掉。我們很快看到主艙出入口冒出滾滾濃煙，前艙也跟著冒出巨大的火焰。大火馬上燒著了索具、桅杆、殘留的船帆。甲板各處都燒起火來。很多野蠻人拿著石頭、斧子、炮彈，圍著大船敲擊船身上的釘子等銅、鐵零件。部分野蠻人已帶著分得的勝利果實，回到村裡或周圍的島上。除了他們，還有上萬野蠻人留在大船旁邊的海灘、船、平底木筏上。我們預感到，即將有巨大的災難降臨到這

些人身上。事實的確如此。首先出現的是劇烈震動，我們待在藏身處，都有種遭到輕微電擊的感覺。不過，視線所及，看不到任何爆炸的預兆。那些野蠻人不再敲擊零件，也不再大喊大叫，很明顯被嚇傻了。等緩過神來，他們正要重新開始，忽有宛如壓頂黑雲般的滾滾濃煙在甲板上升起。然而，一根高四分之一英里的大火柱似乎是從船頭騰地升起來，然後立即向各個方向擴張。眨眼間，就有無數碎木頭、碎金屬、人體斷肢飛上天，好像魔術一樣。最終，最劇烈的震動傳來，巨大的響聲在周圍的山中迴響，震耳欲聾，我們連站都站不穩，只見無數碎片落在身邊，好像下起了雨。

此次爆炸造成了我們無法想像的影響。經過此事，那些野蠻人終於為背叛我們付出了沉重代價。當場被炸死的可能有一千人之多，另有至少一千人被炸成殘廢重傷。這些惡徒將整座海灣都填滿了，其中有些人還在垂死掙扎，有些則氣若游絲。海灘上的淒慘景象，更加讓人不忍去看。野蠻人突然遭遇如此徹底的失敗，好像都嚇傻了，沒有一個去幫助受傷的同伴。然而，他們的表現卻在之後發生了巨大的轉變，好像一起從癡呆進入了極度興奮的狀態，在一片海灘上來回奔跑，臉上有害怕，有憤怒，還有強烈的好奇。他們一起拼命大叫：「特克里——里！特克里——里！」

很快有一群野蠻人跑到山裡，不一會兒，又搬了一堆木樁子返回海灘上人最多的地方。大家都為他們讓路。我們終於清楚看到，究竟是什麼東西他們如此興奮。我們看到地上有個白色的東西，但並未立即辨認出來。之後，我們才看清楚，那是1月18日當天，我們從海裡打撈上來的怪物的屍體，長著紅色的牙齒和爪子。蓋伊船長想把它做成標本，帶到英國，先將其保存起來。抵達這座島之前，他曾命人將這隻怪物搬到船艙一個儲藏櫃中。剛剛發生了大爆炸，將怪物拋到海灘上。不過，那些野蠻人見到它，為何會反應如此強烈，我們並不清楚。雖然一大群人聚集到怪物附近，但好像沒人肯走到它身邊去。

不多時，那些搬運木樁子的人圍著怪物釘了一圈木樁子，把它圈起來。然後，所有人都朝島上腹地跑過去，同時大叫：「特克里——里！特克里——里！」

二十三

　　此後六七天，我們除了偶爾出去找些淡水，摘些榛子，小心謹慎不被人發現，其餘時候都在山頂的藏身處。我們在檯子上搭了個棚子，鋪上乾燥的樹葉，放上三塊扁扁的石頭——這是我們的爐子，也是我們的桌子。我們找來一塊軟木，一塊硬木，互相摩擦，輕而易舉生起火來。我們及時抓住的那隻鳥味道很好，只是比較難嚼。它是野雞，而非海鳥。羽毛灰黑間雜，比起身體，牠的翅膀分外小。之後在山溝一帶，我們又發現了三四隻同樣的野雞。很明顯，牠們是為尋找被我們抓到的同伴，才到這裡來的。我們沒能抓到牠們，因為牠們始終沒降落到地面上。

　　鳥肉沒吃完時，我們的日子過得不錯。如今，鳥肉都吃完了，我們必須再去尋覓食物。那些榛子不能果腹，反而讓我們腹痛，若吃得過多，還會讓我們頭痛欲裂。我們決定想辦法到山下去，因為看到山下東側海灣附近有幾隻大龜，要抓住它們，也許不是什麼難事，但要避開那些土著的視線。

　　我們先從看似坡度起伏最小的南坡下山，但是（一如我們根據山脈走向做出的預測）走了不到一百碼，就遇到了一道深谷，無法繼續前行。這道深谷是那座山谷的分支，我的同伴們都已葬身於那座山谷。沿著深谷邊緣，我們繞道而行，走了大約四分之一英里，走到一座陡峭的懸崖邊。我們無法繼續沿著懸崖前行，只能返回山溝的藏身處。

　　我們又試著往東邊的山坡走，卻跟在南邊基本沒有分別。我們不顧摔斷脖子的危險，攀爬了一小時，卻只抵達了下面一座幽深的黑色花崗岩山谷，山谷底部鋪著一層細粉末。除了往下走時經過的那條高低不平的道路，這座山谷中沒有任何道路通往谷外。我們沿著這條路爬出山谷外，歷盡艱辛。然後，我們開始勘測北邊的山坡。在北坡，一不小心就會被村裡那些野蠻人發現，因此，不得不慎之又慎。我們用手和膝蓋爬行，速度緩慢。有時候，還會伏在地上，平攤四肢，抓著灌木的枝條往前挪動。如此小心翼翼往前爬

著，我們很快又遇到了一道比此之前幾道更深的山谷，直接與那座大山谷相連。這表明根本不存在能通往山下的路，我們的擔憂是真的。搜尋至此，我們都已精疲力竭，立即回到樓子上，在樹葉鋪的床上倒頭便睡，睡得很香甜。

　　探尋道路一無所獲，而我們又想查清山上有什麼資源。接下來的幾天，我們把山頂各處找了個遍。結果發現山上只有兩種能吃的食物，一種是那種會毒害人的榛子，另一種是聞起來令人作嘔的辣根草，且辣根草只分佈在一小片只有十二三碼見方的土地上，作為食物吃不了多長時間。我記得2月15日④，我們的情況已到了最糟糕的地步，辣根草全都吃光了，榛子也只剩下一點點。2月16日，我們又開始在山頂四處搜尋逃生的道路，還是一無所獲。我們還爬下樓子，爬進先前那條縫隙，希望僥倖從中找到一條路，返回大山谷。然而，除了找回一把滑膛槍，此行並無任何收穫。

　　2月17日，我們再次啟程，去對初次尋覓出路時找到的黑色花崗岩山谷做更徹底的搜查。上一次，我們在山谷岩壁上發現了一條縫隙，卻沒走到縫隙最深處。儘管並不覺得其中會有出路，我們還是迫不及待想要到縫隙最深處看看。

　　我們很容易便到了山谷底部，跟上次沒有分別。不過，這次我們更加不慌不忙，可將其認認真真看個清楚。這裡簡直太神奇了，達到了人類想像的極限。要說這裡的一切都是自然形成的，真讓人無法置信。谷底十分曲折，東西總長五百碼左右，但東西直線距離僅有四五十碼。當然了，由於條件所限，我未能對其進行精確測量，只是估計。剛開始往下，即從山頂往下走到一百英尺時，我們就發現山谷兩側陡峭的岩壁變得非常獨特，且很明顯一直都是分裂的，這一側的岩壁是皂石岩，那一側卻是泥灰岩，表層有金屬質地的顆粒物。在這一高度，兩側岩壁之間的平均寬度（或是間距）為六十英

---

4. 這一天，我和彼得斯看到南邊的地平線上彌漫著好幾團之前提到的灰色霧氣，因此，我對這一天印象深刻。——原注

562
埃德加・愛倫・坡

尺左右。然而，其在外形構造方面，卻顯得無規律可循。過了這條界線，再往下走，會發現山谷馬上變窄，兩側陡峭的岩壁也成了平行的。只是一定範圍內的岩壁仍有著不同的岩石質地、外形構造。走到距離山谷地底部五十英尺時，岩壁變得十分規律，毫無瑕疵。無論岩質、顏色，還是走向，兩側的岩壁都一模一樣。岩壁上全是相同的花崗岩，黑油油的。間距則保持為二十碼，沒有任何變化。還好我還隨身帶著日記簿、鉛筆，將山谷的形狀精準地畫下來。在此後的種種探險活動中，我也一直小心保存著日記簿、鉛筆，記錄了很多細節，這些細節原本很容易被遺忘。

從下面這幅圖中，能大概看出這座山谷的輪廓，只是岩壁上幾座小洞穴並未在其中體現出來（每座洞穴對著對面一塊凸起的岩壁）。谷底鋪著一層厚約三四寸的粉末，顆粒極小，底下是黑色花崗岩，與兩側陡峭的崖壁連在一起。大家可能會留意到，圖右側最下面有一條分支，好像出口，這便是之前提到的那條縫隙。我們就是為了深入觀察這條縫隙，才第二次進入這座山谷。那時，我們把縫隙中大量擋道的荊棘斬斷，又挪動了很多線條銳利、宛如箭頭的燧石，才進入窄窄的縫隙，興奮地搜索起來。我們看到縫隙深處有一道光，因此勇氣倍增，不肯輕言放棄，完全不在乎擋在前面的荊棘、燧石。我們艱難前行，走了三十英尺左右，然後發現這條縫隙是一座拱形洞穴，洞很矮，形狀很規則。跟谷底一樣，洞穴底部也鋪著細粉末。

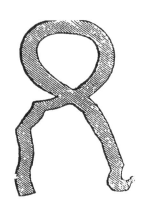

隨後，我們發現一道明亮的光線出現在前方。一個急轉彎過後，我們走進了另外一座幽深的山谷，周圍是高而陡峭的崖壁。這座山谷除了縱向的大致輪廓，其餘各個方面都跟我們剛剛走出的山谷一模一樣，如下圖所示：

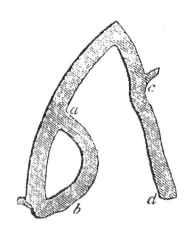

這座山谷從a沿著彎道繞行至b，再到尾端d，總長度在550碼左右。在c處，我們找到了一條岩壁縫隙，其內部形狀跟我們從第一座山谷進來時途經的拱形洞穴是相同的，洞內狹窄，有很多荊棘和白色箭頭形燧石，把路都擋起來了。我們好不容易才走過這座洞穴，估計其長度在四十英尺左右。洞穴盡頭是第三座山谷，如下圖所示，在各個方面都很像第一座山谷，只是縱向的大致輪廓有些許差異。

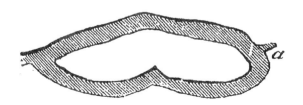

據我們估計，第三座山谷全長三百二十碼左右。在a處有一條縫隙，寬

六英尺左右。這條縫隙向岩壁內側伸展，深不過十五英尺，然後碰到了一面泥灰岩壁，一如我們的預想。我們正準備從這條昏暗的縫隙中退出去，彼得斯忽然叫住我，讓我看縫隙最深處石灰岩壁上那些凹陷的圖案。

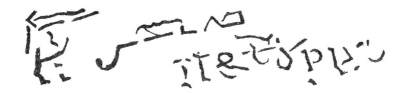

如果能稍微發揮一下想像，就能把這些奇異、粗糙的圖案最左側（也可以說最北側）想像為一個故意雕刻出的人的形狀。這人呈站立姿勢，朝前伸出兩條胳膊。至於餘下的圖案，跟字母有點相像。彼得斯堅持認為這是文字，哪怕他連一點證據都沒有。最終，我成功說服他相信他弄錯了。我讓他看地上，跟他一起從細粉末中撿起好幾塊很大的碎石，它們很明顯是從岩壁表層掉下來的。這些碎石跟岩壁上的凹陷剛好契合，由此可見，它們的脫落不是人工造成的，完全是自然作用。

我們確定無法從這些怪模怪樣的洞中逃走，便沮喪地回到山頂。此後二十小時發生的事全都不值一提。不過，在第三座山谷頂部東側，我們發現了兩座很深的坑，如下圖所示。兩座坑都呈三角形，周長都有大約二十碼，內壁同樣是黑色花崗岩。由於兩座坑看起來只是兩口天然形成的深井，底下應該不會有通往外面的路，我們都覺得沒必要下去查看。

二十四

　　2月20日，我們發現只吃榛子（吃這種東西讓我們受盡折磨），已無法維持生活。於是，我們決定冒險從南面的山坡下去。儘管那面山坡總高度最少有一百五十英尺，幾乎跟地面呈直角，且有很多凹陷，但岩壁表層都是皂石岩，質地鬆軟。我們尋覓良久，終於在峭壁上距離頂端大約二十英尺處，找到了一片窄窄的條狀凸起。我盡可能利用我們的手帕繫成的繩子，幫彼得斯跳到這處凸起的岩壁上。然後，我也下去了，只是過程更加費力。我們隨即發現可以從這座陡峭的岩壁上爬下去，具體方法跟我們被倒塌的山體活埋時爬出縫隙的方法一樣，即用水手刀在皂石岩壁上挖掘落腳點，做成一條通往山下的石階。此舉非常危險，幾乎超出了想像。可是除了破釜沉舟嘗試一次，我們沒有別的選擇。

　　我們所在的岩壁凸起上長著灌木叢，我們將繩子一頭綁在一棵灌木上，綁得十分結實。然後，我們將繩子另一頭綁在彼得斯後腰上。我把他往下放，速度相當緩慢，直至他的重量將繩子繃得筆直。隨後，他開始在岩壁上挖掘一個深八九英寸的洞，再將洞上面約一英尺處的泥灰岩切成一個斜面，垂直釘入一枚稱得上堅固的木釘子，用的釘錘就是手槍的把。接下來，我將他往上拽，拽了大約四英尺後停下。在那兒，他又挖了一個相同的洞，釘入一枚相同的木釘子，讓手腳都有了著力點。我解開灌木上的繩子，朝彼得斯扔過去。他將其綁在上面一根木釘子上，拽著繩子，緩慢下滑至比原先更低三英尺的地方（這時，他已將繩子繃至最緊），再挖一個相同的洞，釘一枚相同的木釘子。拽著繩子，他又向上爬了一小段距離，手抓住上面的木釘子，腳踩著剛挖出的洞。為了把繩子綁到第二根木釘子上，彼得斯接下來要把繩子從最頂上的木釘子上解下來。就在這時，他意識到自己挖的洞彼此距離太遠，失算了。他左手抓著木釘子，伸出右手去解繩子，冒險試了兩次，還是沒能夠到繩子那頭。最終，在距離繩子那頭六英寸的地方，他把繩子切

斷了，將斷頭綁在第二根木釘子上，身體下滑，踩到第三個洞。這一次，他沒有再在距離上犯錯。他用這種方法（這是彼得斯用自己聰明的頭腦想出來的，又用自己堅定的意志付諸實踐，我一點兒功勞都沒有）以及岩壁上一些凸起，安然無恙爬下了這座陡峭的岩壁。

遲疑許久，我還是不敢跟隨他爬下去。可是到了最後，我終於決定冒險。爬下岩壁前，彼得斯把自己的襯衫留給了我，我用他的襯衫和我的襯衫編了條繩子，這在接下來的冒險中不可或缺。

首先，我把我們從縫隙中找到的滑膛槍丟到岩壁下，接著將亞麻襯衫編成的繩子一頭綁在灌木上，開始往下爬。我爬得很快、很有力，希望以此消除自己的畏懼。除此之外，我不知道還有什麼方法能讓自己不害怕。這種法子起初很有效，但是過了四五級後，我便開始不由自主想像下面陡峭的岩壁有多麼高，木釘子、石灰岩有多麼不結實，難以承受我身體的重量，因此陷入恐懼。我極力想讓自己只看眼前的岩壁，不要胡思亂想，可我做不到。越努力讓自己不要胡思亂想，我就想得越清楚，這真是太可怕了。我最終進入一種幻覺，在類似處境中，再沒有比這更恐怖的狀態了。人在這種狀態中，會想像墮入深淵是什麼感覺，會噁心作嘔、頭暈目眩、垂死掙扎、半睡半醒，最終頭部向下迅速下墜，這是怎樣的一種煎熬？那時，我感覺這些想像全都是真的，這些可怕的景象也都是真切存在的。我的雙膝不斷碰撞在一起，抓著木釘子的手緩緩放鬆——這是毋庸置疑的。一陣耳鳴聲響起，我暗想：「我的喪鐘敲響了！」往下張望的欲念再也無法抑制，我不能也不願繼續只看著眼前的岩壁。最終，我低頭看向腳底下的深淵，心中有種瘋狂、隱晦的感情，畏懼與解脫各占一半。我抓著木釘子的手馬上哆嗦起來，一種必死無疑的模糊想法在腦海中浮現。對墮入深淵的渴望充斥著我的內心。這種嚮往之情無法壓抑，既是種期許，又是種渴求。我立即鬆手，側身朝外，靠在岩壁上晃動起來。忽然，我覺得頭暈眼花，耳畔響起一種虛無縹緲的尖銳聲響。一個模糊不清的恐怖身影冷不丁出現在下邊。我發出一聲歎息，一下跌入那個身影懷中，已急不可耐。

我失去了意識。跌下去時，我被彼得斯抱住了。從頭到尾，他都站在底

下觀察我的行動。發現我身陷險境時，他拼命勸我振作起來。可惜神志不清的我根本沒聽清他的話，也可以說根本沒發現他在跟我說話。到了最後，他看到我就快掉下去了，迅速爬到岩壁上，正好趕得及救下我。我整個人摔下去，必會把那根亞麻布繩子扯斷，然後我必將墜入谷底。他想辦法緩衝了我下墜的力度，讓我在清醒之前，一直安全地吊在半空。在大約一刻鐘內，我一直沒有意識。再清醒過來時，我便一點都不害怕了。我又有了力量，稍微藉助一下彼得斯的幫助，便安然抵達山腳。

我們所在的位置在活埋同伴們的山谷以南，二者距離並不遠。這是一座異常偏僻、荒蕪的山谷，我忍不住聯想旅人口中巴比倫文明滅亡後，其遺址上那片荒涼的景象。山谷最北面是一片斷壁殘垣，混亂不堪。拋開這些不說，我們身邊隨處可見成堆的泥土和石塊，好像荒廢的墳墓，又像龐大建築的廢墟——雖然其中並無人造痕跡，再怎樣仔細觀察都看不到。到處都是火山熔岩，另有大量黑色花崗岩，體型龐大，形狀怪異，還夾雜著泥灰岩，這兩種岩石表層都有金屬質地的粉末。整座荒蕪的山谷中連一棵植物都沒有，只有幾隻大蠍子和種種在其餘高緯度地帶根本不存在的爬行動物出沒於岩石間。

當前，我們最緊急的工作是尋找食物。我跟彼得斯打定主意，到海灘上捕捉我們從山頂藏身處望見的幾隻龜，那裡距離此處不過半英里。在高大、荒蕪的岩壁間，我們走了數百碼，從一處拐角拐過去。忽然，有五個野蠻人從一座小洞裡跳出來，朝彼得斯揮出一棒，將他打倒在地。五人見彼得斯倒下了，全都撲到他身上，準備把他綁起來。藉此機會，我從驚恐中鎮定下來。我雖帶著那把滑膛槍，但是在把槍丟到谷底時，摔壞了槍管。與之相比，我更加信任自己小心保管的兩把手槍。我將滑膛槍丟開，拔出手槍朝對方衝過去，雙槍齊發。槍聲響起，兩個野蠻人立即倒在地上。有個野蠻人正想用長矛捅彼得斯，嚇得收起長矛，一下跳起來。我的同伴恢復自由，跟我一起對付那幾個野蠻人，我們占盡優勢。彼得斯很聰明，沒有用手槍，因為他對自身力量很有信心。據我所知，那種力量簡直無人能及。他從倒在地上的一個野蠻人手裡拿過一根木棒，在餘下三個野蠻人頭上分別打了一棒，把

埃德加・愛倫・坡

他們的腦漿都打出來了。就這樣，我們大獲全勝。

　　整件事太突然了，我們簡直無法相信這是真的。我們站在幾具死屍旁，望著他們出神。突然，我們清醒過來，因為聽到有喊聲正在遠處響起。顯然是那些野蠻人聽到槍聲，覺察到不妙。我們很容易會被他們發現。而要想重新爬上山頂，一定要朝喊叫聲那邊跑。就算我們能率先抵達山腳，要想在那些人發現之前登上山頂，也是不可能的。情況危急，我們正在為選那條路逃走遲疑不決，有個好像已被我們槍殺的野蠻人又猛地跳起來跑了。他剛剛跑出幾步，就被我們追上。我想殺了他，彼得斯卻提議帶他一起走，可能會對我們有利。我們就帶上了他，還告訴他不要試圖反抗，否則會再開槍殺了他。他很快便對我們完全馴服，陪我們從亂石中間穿過，朝海邊跑去。

　　先前，大海被地勢高低起伏的山地遮擋，我們只能看到一點海面。這時，我們終於看到了整個大海，其距離我們可能不過兩百碼。剛剛走進廣闊的海灘，就看到成群的野蠻人從村裡出來，從各個方向靠近我們。他們個個都那麼兇悍，瘋狂地叫個不停，彷彿野獸。我們準備朝更加起伏不定、荒無人煙的山地退去。就在這時，我看到兩艘船的前端在一塊朝海面延伸的大石頭後面露出來。我們拼盡全力跑到船邊，看到其中裝著三隻龐大的加拉帕戈斯龜，以及能供六十個槳手使用的船槳。除此之外，船上沒有任何貨物，也沒有人在旁邊守著。我們立即佔據了一艘船，逼著那個俘虜也上去。隨後，我們拼命朝海上划去。

　　剛剛划出去五十碼，我們逐漸冷靜下來，發現自己犯下大錯，將另外一艘船留給了那些野蠻人，他們正飛快跑向海邊，距離海面不過一百碼。情況如此危急，一刻都不能耽誤。我們別無選擇，只能靠運氣糾正錯誤。就算現在拼命划回去，也難以在野蠻人抵達前奪下船，可終歸還有一絲希望。一旦成功，我們就有可能保住性命。若連試都不試一下，無異於等著野蠻人來殺掉我們。

　　這種船首尾兩端是完全一樣的，只要改變方向划槳就能返回海邊，不用掉頭。岸邊的野蠻人見我們划著船回來了，叫得更加響亮，跑得更加迅速。他們朝海邊飛奔，速度快得不可思議。我們拼盡全力划槳，最終趕到餘下那

艘船前。一個跑在最前頭的野蠻人同時趕到，立即被彼得斯開槍打中了頭，為自己的迅速付出了最沉重的代價。跟在後面的野蠻人距離海邊不過二三十步時，我們控制了船，努力將其往水深的地方推，這樣野蠻人便觸碰不到它了。可是船擱淺了，我們根本推不動。危急時刻，彼得斯拿起滑膛槍朝船狠狠砸下去，從船頭砸下一部分，又從舷側板上砸下一大塊。接著，我們馬上划著船離開。有兩個野蠻人死死抓住船不放，我們只能拔刀殺了他們。我們總算自由了，在海面上划出去很遠之後，餘下的大隊野蠻人終於追到海岸邊，發出震耳欲聾的大叫，顯得十分憤怒。親眼見證了這群野蠻人做的每一件事，現在我確定全世界再沒有哪個種族比他們更加罪惡、虛偽、狠毒、殘暴、宛如魔鬼。這次，我們要是被他們抓住了，毋庸置疑會被他們殺死。他們像瘋了一樣，還想划著那艘破船過來追我們。發現船無法使用時，他們又發出恐怖的嚎叫，然後全都湧向山裡。

我們逃脫了最緊迫的威脅，但只是暫時性的，前途依舊渺茫。我們知道野蠻人共有四艘船，卻不知道在「珍妮‧蓋伊號」爆炸時，其中兩艘已被炸爛（之後，那個俘虜才把此事告訴我們）。所以我們相信，那群野蠻人只要回到大約三英里之外平日停船的海灣，用不了多久，就會追上我們。於是，我們逼迫那個俘虜跟我們一起拼命划槳，能走多遠就多遠。船快速行駛，過了約莫半小時便朝南駛出五六英里。這時候，我們發現從那座海灣開出了很多平底木筏。很明顯，平底木筏上的人想要追上我們。他們很快意識到，雙方距離太遠，追不上，只能掉頭回去。

二十五

我們現在正駕著一艘不太堅固的船，行駛在南緯84°南邊茫茫的南極海

面上，僅有的補給是三隻龜。我們一定要考慮清楚接下來該怎麼做，畢竟漫長的極地冬季很快就要降臨了。我們能看到周圍的海上有六七座島嶼，屬於同一組群島，彼此距離十幾海里左右。不過，我們都不敢靠近，因為太危險了。在「珍妮‧蓋伊號」上，我們已穿過最危險的浮冰地帶，不能再調轉方向，向北行駛，這太愚蠢了，眼下時節已晚，就更是如此。這樣想來，我們只剩一條路可走：繼續往南，或許能發現其餘島嶼，且多半會遇到更加暖和的天氣。因此，我們下定決心，勇敢前行。

到了這時，我們發現，南極海面並沒有大風大浪，跟北冰洋沒什麼兩樣，真是怪事。可船雖大，卻經不住風浪，我們開始竭盡所能讓船變得更堅固。船主體是用不知什麼樹的樹皮做成的，肋骨則是用柳樹的木頭做成的，這種木頭十分結實，正好用來做肋骨。船約有五十英尺長，四英尺到六英尺寬，船舷全都有四英尺半高，因此，從外形上說，這種船迥異於文明人知道的南半球各海域居民所用的船。要說島上那些愚蠢的野蠻人能造出這種船，我們才不相信。過了幾天，我們從俘虜處聽說，這些船是那些野蠻人所在群島西南邊另外一座島上的土著造的，因機緣巧合才被那些野蠻人控制。

事實上，我們沒有多少法子加固船。船兩端都有幾條寬大的裂縫。我們把毛衣撕爛，堵上了裂縫。船上有很多長木槳都派不上用場，我們就用它們支成一個架子，固定在船頭，阻擋迎面而來的大浪。我們還在兩側的船舷邊相對豎起兩根木槳，當成桅杆，如此一來，連帆桁都用不著了。我們用襯衫拼湊成一張船帆，掛在桅杆上。俘虜心甘情願幫我們做各種事，但做船帆除外，因此，我們費了不少力氣才做成這張船帆。對俘虜來說，亞麻布好像有種相當奇異的影響力。不管怎樣，他都不願觸摸或是接近我們的襯衫。我們若逼迫他，他就會顫抖著尖叫：「特克里——里！」

我們加固完船身後，為避開群島最南邊的島，決定先選擇東南偏南的航向。成功繞過那座島後，又向正南方行駛。天氣很好，不斷有微風從北面吹來，海上很平靜。總是白天，不見黑夜。周圍見不到一塊浮冰——過了貝內特島所在的緯度，浮冰便徹底消失了。實際上，此處的海水溫度很高，根本不會有冰。我們殺掉最大的那隻龜，得到了充足的食物與淡水。接連七八

日，我們一路航行，非常順利。在此期間，船不只是順風，還被一股強有力的洋流往南邊推，因此，我們必然往南航行了相當長的距離。

3月1日，我們正在進入一個奇異的新區域，很多反常的現象都證明了這一點。南邊的地平線上一直蔓延著長長的條狀霧氣，呈淺灰色，霧氣頂上有時會出現幾根從東往西或從西往東發光的光帶，然後又恢復平整。總之，極光具備的一切變化，它都具備。我們從自己所在的位置看那團霧氣平整的頂部，需要仰起25°左右的角。水的溫度好像在持續上升，顏色也發生了顯著改變。

3月2日，經過反覆審問，我們最終從那個俘虜口中對那座發生大屠殺的島、島上居民及其習俗有了很多瞭解。眼下說起這些，會讓大家分神。但可以介紹一下，那座群島包括八個島，全都接受那個被稱為特薩拉蒙或是普薩拉蒙的酋長統治，酋長生活在其中面積最小的島上。島上武士穿的黑色獸皮來自一種體型極為龐大的野獸，只有在酋長住所附近一座山谷中，才能看到這種野獸。生活在群島上的人只會製造平底木筏。至於那四艘船，是機緣巧合下，他們從西南邊一座大島上得來的。除此之外，他們並無其他船。我們的俘虜名叫努努，他甚至沒聽說過貝內特島。我們逃走的那座島叫特薩拉爾。特薩拉蒙和特薩拉爾兩個詞語的第一個音節都有種拖長的嘶嘶聲，跟我們在山頂上吃的黑色野雞的叫聲如出一轍。我們再怎麼嘗試，都無法模仿出這種聲音。

3月3日，海水的溫度上升到讓人驚訝的地步，顏色也迅速發生改變，從透明的變成了濃度、顏色都類似於奶水的液體。我們周圍很平靜，海浪絕不足以威脅船的安全。可是左右兩邊遠處的海面上經常會忽然出現大規模的起伏波蕩，讓人十分驚訝。最終，我們還發現，南邊那片霧氣帶經常在海面出現起伏波蕩之前，強光閃爍。

3月4日，我見北風顯著減弱，便從衣兜裡取出一條白毛巾，準備把我們的船帆加寬一些。努努正坐在我旁邊，冷不丁看到那條白色亞麻毛巾，馬上抽搐起來。等抽搐停止，他便呆呆出神，不停地嘟囔：「特克里——里！特克里——里！」

3月5日，風徹底停了。不過，很明顯，我們仍被強有力的洋流推動著，迅速往南航行。根據這時的情況，我們最正常的反應應該是，對正發生的事情感到恐懼。可是我們沒有，彼得斯也沒露出任何恐懼之色，雖然他臉上經常有種讓我很不解的表情。極地的冬季好像就要來臨，卻絲毫不讓人恐懼。我只覺身心都有少許麻痺，有種模糊不清的感受，除此之外，再無其他。

3月6日，地平線上的灰色霧氣顯著上升，且漸漸擺脫了那種灰濛濛的顏色。海水已變成了幾乎燙手的熱水，顯露出比之前任何時候都更加顯著的乳白色。今天在船附近的海面上出現了一次海水波蕩，照舊伴著霧氣頂部的強光，且底部也跟海面出現了剎那分裂。霧氣頂部的強光消失、海水波蕩逐漸平息後，船和周圍廣闊的海面上灑落了一層白色的細粉末，很像火山灰，但一定不是。努努捂著臉趴伏在船底不肯起來，不論我們怎樣勸說他都是徒勞。

3月7日，我們問努努，那些野蠻人為何要殺我們的同伴。他顯得十分驚恐，神志不清，無法做出回答。我們再三追問，他只用食指揭開自己的上嘴脣，露出滿嘴的牙齒，並做出其餘愚蠢的動作，像在暗示什麼。他的牙齒是黑色的，這是我們第一次注意到特薩拉爾島土著的牙齒。

3月8日，今天有頭曾在特薩拉爾島海灘上讓那些野蠻人興奮不已的白色巨獸從船旁邊漂過。我原本想將其打撈到船上，但忽然襲來的疲倦讓我打消了這個念頭。海水的溫度繼續升高，變得很燙，將手放進去待一會兒，都會不堪忍受。彼得斯沉默著，我不明白他如此冷漠，究竟是怎麼回事。努努仍在呼吸，除此之外，什麼都沒做。

3月9日，我們身邊不斷有大量白粉末灑落。南邊的霧氣高高升起，輪廓變得更加清晰。除了將其比喻為一片望不到盡頭的瀑布，正悄無聲息從空中一座高牆落入大海，我想不出其他比喻。南邊的地平線完全被這座大水幕遮擋，卻連一點聲音都沒發出。

3月21日，我們頭上出現了一片漆黑，可是乳白色海洋深處的一道光卻在船邊浮動著，悄無聲息。那些白粉末雨一樣落下來，遇水即化，卻在我們身上凝固了，還在船中堆積起來，讓我們不堪忍受。瀑布頂部被黑暗徹底吞

噬，但很明顯我們正向其駛過去，速度快得驚人。水幕上經常裂開一條條寬大的縫隙，但轉眼就消失了。縫隙中有很多模糊、縹緲的影子。從縫隙內部吹出陣陣異常猛烈的大風，將閃閃發光的海面撕扯開，卻聽不到半點風聲。

3月22日，我們頭上越發黑了。除了對面那座白色的水幕反射出的波光，任何東西都無法減輕這種黑暗。水幕那邊飛出數不清的白色大鳥，飛到我們面前，便各自散開，不停地叫著：「特克里——里！」

聽到這種叫聲，正伏在船底下的努努動了一下。我們摸摸他，發覺他的靈魂已脫離肉體。這時，我們的船闖入了那座瀑布。瀑布忽然裂開一道縫，將我們迎進去。一個異常高大的人影裹著一身裹屍布，出現在縫中，其膚色極白，宛如白雪。

附錄

大家已看過新聞，瞭解到皮姆先生前不久猝然離世。大家很擔心，他的去世會讓我們無法看到本文還未公開發表的幾個章節。以上內容排版印刷時，他還在校訂末尾幾章的稿件。可大家可能多慮了，只要我們能找到那幾章的稿件，必會馬上發表出來。

我們也嘗試過各種方法，想把這個故事補充完整。在引言中，作者提到了一位先生，或許能幫上忙，但這位先生拒絕了。他拒絕的理由有二：一，他認為已知的細節整體而言不算精確；二，他對後半部分內容的真實性存疑。這兩個理由都很強大。此外，彼得斯或許能說出一些情況，他還在人世，住在伊利諾州。不過，我們還沒能找到他。之後，我們可能會跟他取得聯絡，他必然願意將皮姆先生的故事補充完整。

若末尾的兩三章（只剩下兩三章了）真的丟了，就太可惜了。毋庸置

疑，其中對極點或至少對極點周圍的區域做了描繪，且用不了多久，將要趕赴南極考察的官方探險隊就可能證明作者這些描繪正確與否。

　　這個故事中有一點有必要在此說一說。作為這篇附錄的作者，我的說法若能增加這些奇妙記錄的可信度，我將感到無比榮幸。我想說的是特薩拉爾島上發現的幾座山谷和作者畫的幾幅圖。

　　皮姆先生將那幾座山谷畫下來，卻沒有給出任何評語，還斷言最東側山谷深處岩壁上的凹陷圖案只是看起來像字母，實際不是。他那樣簡單地得出了這個結論，還有確定無疑的證據（從地上的粉末中撿到好幾塊碎石，正好跟岩壁上的凹陷契合）。我們只能被作者的嚴肅折服，任何讀者只要頭腦清醒，都應接受他的結論。可是某些跟這些圖案相關的事那樣反常（特別是跟正文內容聯繫在一起時），尤其是坡先生完全沒留意到這些事，因此，若能對此做一番解釋，就再好不過了。

　　如果根據那些山谷的排列順序，將第一、第二、第三、第五幅圖連在一起，將其中多出的細節也可以說是拱形洞穴拋開（這些拱形洞穴跟山谷有著截然不同的性質，其本身不過是連接山谷的工具，這點絕不能忘記），得到的一組圖案就是古衣索比亞語中的根詞「陰」ﬡ∩⌢∶——「昏暗」、「黑暗」的根詞。

　　而第四座山谷最左側或是最北側如同象形文字般的凹陷圖案，被彼得斯視為人為雕刻而成的人形，也許是對的。大家已經看過這個圖案，可以自行判斷其是否像人形。至於餘下的凹陷圖案，則更強有力地證明了彼得斯的觀點。很明顯，凹陷圖案上面寫著阿拉伯語中一個根詞「白」ﬡﬥﬥﬤ——「明亮」、「白色」的根詞。下面那一排圖案不夠清晰，有些殘缺不全，但依然能確定其原本應是古埃及語中一個完整的詞語「南部地區」Π⅄ᴜ⅄ΡΗC。大家能夠發現，根據上述闡釋，彼得斯認為最北側的圖案是一個人朝南邊伸出雙臂的說法剛好能被證明是成立的。

　　有了上述結論，更深入的思考與振奮人心的推理便有了充足的空間。我們或許能把這些字母跟這個故事中一些模糊不清的情節聯繫起來，雖然二者是否屬於同一個完備的體系，眼下還不能確定。在海灘上看到那頭白色巨

獸的屍體時，特薩拉爾島上的野蠻人驚呼：「特克里——里！」被俘虜的特薩拉爾島野蠻人看到皮姆先生拿著白色亞麻布，同樣驚呼：「特克里——里！」從南邊霧氣中飛出來的白色大鳥發出的叫聲還是：「特克里——里！」特薩拉爾島上沒有一樣白色的東西，之後，皮姆先生一行人往南行駛，沿途所見的卻都是白色的東西。如果從語言學方面對此進行詳細考證，也許能發現「特薩拉爾島」這個名字中隱藏著怎樣的祕密。其或是跟島上幾座山谷有關，或是跟那些彎彎曲曲、神祕莫測的古衣索比亞文字有關。

　　「我已將這深深刻在山裡，將我對泥土的報復刻在岩壁上。」

愛倫・坡 作品年表

1832 失去呼吸（幽默）

1833 瓶中手稿（恐怖）

1834 幽會（恐怖）

1835 貝雷尼絲（恐怖）

1835 莫蕾娜（恐怖）

1835 捧人（幽默）

1836 梅策爾的西洋棋手（科幻）

1838 亞瑟・戈登・皮姆的故事（冒險）

1838 莉吉婭（恐怖）

1838 如何寫布萊克伍德式文章（幽默）

1838 困境（幽默）

1839 鐘樓魔影（幽默）

1839 厄舍府的崩塌（恐怖）

愛倫・坡　作品年表

海鴿 文化出版圖書有限公司
Seadove Publishing Company Ltd.

探偵事務所 02

愛倫‧坡的
偵探與驚悚小說

作者　　　埃德加‧愛倫‧坡
譯者　　　葉盈如
美術構成　驂賴耙工作室
封面設計　斐類設計工作室
發行人　　羅清維
企畫執行　張緯倫、林義傑
責任行政　陳淑貞

出版　　　海鴿文化出版圖書有限公司
出版登記　行政院新聞局局版北市業字第780號
發行部　　台北市信義區林口街54-4號1樓
電話　　　02-27273008
傳真　　　02-27270603
e－mail　　seadove.book@msa.hinet.net

總經銷　　創智文化有限公司
住址　　　新北市土城區忠承路89號6樓
電話　　　02-22683489
傳真　　　02-22696560
網址　　　www.booknews.com.tw

香港總經銷　和平圖書有限公司
住址　　　香港柴灣嘉業街12號百樂門大廈17樓
電話　　　（852）2804-6687
傳真　　　（852）2804-6409

出版日期　2019年07月01日　一版一刷
特價　　　399元
郵政劃撥　18989626　戶名：海鴿文化出版圖書有限公司

國家圖書館出版品預行編目資料

愛倫‧坡的偵探與驚悚小說 ／ 埃德加‧愛倫‧坡作；
葉盈如譯. -- 一版. -- 臺北市 ： 海鴿文化，2019.07
面 ； 公分. -- （探偵事務所；2）
ISBN 978-986-392-278-0（平裝）

874.57　　　　　　　　　　　　　　　　108009480

Seadove

Seadove